戦場へ征《ゆ》く、戦場から還《かえ》る

火野葦平、石川達三、榊山潤の描いた兵士たち

神子島 健
Kagoshima Takeshi

新曜社

目次——戦場へ征く、戦場から還る

引用について

・本書は、小説テクストの分析を中心とし、特にテクストが発表された時期における意味を考察するため、旧かな遣いで発表されたテクストについては基本的に旧かな遣いのまま引用している。ただし便宜上、漢字については原則として旧字体は当用漢字に改めた。人名や作品名などは旧字体のまま用いている場合もある。

・同上の理由から、一次資料として引用している小説や評論のテクストは、作者が後の版で改訂している場合であっても、基本的に初出誌かその直後に単行本化されたテクストから引用している。資料の都合上後の版を用いている場合は注で言及する。

・引用の出典は、中心となる三人の作家のテクストなど、頻繁に引用する一部のものは本文中に明記し、その他のものは巻末注に示した。

・引用文を省略する場合は「〔中略〕」で統一した。従って、引用文中に「…」とある場合は原文通りである。引用文中において「〔中略〕」以外の〔　〕内は、断わりのない限りすべて引用者（神子島）による補足である。引用文中の「／」は原文における改行の意味である。また、引用文中に「（　）」がある場合は原文のままである。

・引用文中、戦時中に編集・検閲で伏字もしくは削除され、後に復元された部分には傍線を施してある。

例「弟へ　十月二十日　太平丸にて」→戦時中に発表されたテクストでは「弟へ　十月二十日。

○○丸にて」となっていた（○○が伏字を施された部分）。

4章2節では下線の扱いが少し異なる（二七七頁参照のこと）。

・原則として敬称は略させていただいた。

装丁――難波園子

第I部 方法

序章　本書の問いとその背景

「うちの新聞はこの戦争を「侵攻」と書いた。反戦デモは世界中で起きている。どう思うか」〔中略〕
「この戦争にいろいろ批判があるのは知っている。だがおれたちは兵隊だ。飯を食って、銃を磨いて、敵を殺さないと家族に会えないんだ。やるべきことをやるのさ」
兵士にとって戦争というのは、殺すか殺されるかだけなんだ。お前の質問は意味がない。そういわれたような気がした。(1)

ここで引用した新聞記事は、イラク戦争時の米軍部隊に同行（embed）取材をした、『朝日新聞』の野嶋剛記者の書いたものである。出口の見えない戦争において「やるべきことをやる」としても、果たして兵士は家族に会えるのか、その保証はどこにもない。だがここには自らの戦っている戦争自体の意味は宙吊りにして、「兵隊」としての自己を受け容れ、淡々と与えられた役割をこなす人の言葉が見える。しかし一方で、彼はその役割を終え家族に会うことを心の支えとすることで、「殺すか殺されるか」の場である戦地での自己を保っているのであろう。兵士としての自己ではなく、父親として、夫として、息子としての、つまり家族とのつながりにおける自己が戦地での彼に入り込んでいる。むろん両者は一人の人間のなかで並存し得る。だがよき父やよき息子である自己が前面に出すぎると、「敵を殺」す自己との矛盾が顕在化しかねない。家族が兵士の心の支えであるとしても、彼はその矛盾を起こさない場合においてしか、家族のことを考えないようにするだろう。

彼は従軍記者の質問をはねつけている。当の記者からすると、兵士の気持はお前にはわかるまいというコミュニケーションの不可能性を宣告されているように思えたのだろう。だがこの返答は、自らが現場に放り込まれてしまっている戦争の意義に疑問を差し挟むことが、兵士としての自己を揺るがしかねないことを警戒した、兵士の側からのコミュニケーションの拒否でもあるのだ。兵士としての自己と、兵士でない自己との葛藤。これは本書全体を貫く重要なテーマの一つである。

歴史学者の加藤陽子は日本人の戦争観の特徴を、ヨーロッパの人々と比較して次のように書いている。「傀儡国家であった満州国、植民地下の朝鮮、そして沖縄など、いくつかの例外（重大かつ最も過酷な体験を人々に強いた例外ではあったが）を除けば、多くの日本人にとっての戦争とは、あくまで故国から遠く離れた場所で起こる事件と認識されていたとしても不思議はなかった」[(2)]。米国にとってのイラク戦争も、日本にとっての十五年戦争の大部分も、本国から離れたところで行なわれた戦争である。現在における先進国の軍隊の活動を考えれば、アフガニスタンのISAF（国際治安支援部隊）や国連のPKOやPKFと、本国から遠く離れた場所での活動が中心となっている。本国から離れた空間で戦う兵士の多くにとって、自分が故郷でなく戦地にいることの意味は自明ではなく、兵士であることへの疑問や葛藤を呼び起こしてしまうきっかけは沢山あるはずである。十五年戦争で戦った多くの日本兵たちもそうであった。

本書は十五年戦争を題材にした日本の小説の分析を通して、（一）戦場へ征くこと、戦場から還ることの意味と、（二）そのプロセスのなかにいる兵士の内面の揺らぎや兵士の表象が作品の発表当時もった意味、とを考える研究である。出征や帰還、復員というプロセスは、兵士の置かれる環境の変化を浮き彫りにし、それによって軍隊における規範や習慣と、軍隊外におけるそれとのギャップを示す。軍隊の内部と外部とのギャップ、もしくはそのギャップに起因する日本兵の内面の揺らぎについて詳しく考察していく。

本書を読むにあたって

序章では以上の主題を取り上げることの意味を論じていくことになるが、第Ⅰ部を通して社会科学や歴史学における先行研究を中心に、十五年戦争の語りについての研究のなかで本書がどう位置づけられるのかを取り上げる。

本書のテーマを考えた時、読者の関心は十五年戦争史、文学史や作家研究、戦争の語りについてなど、各人で大きく異なる可能性がある。十五年戦争研究に関心のある方は、第Ⅱ部以降の、小説を通して戦争を考える本書のようなスタイルに馴染みがないと思われるので、初めから順番に読んでいく方が理解しやすいと思う。対して、ここで中心的に扱う三人の作家、火野葦平《あしへい》、石川達三、榊山潤《さかきやまじゅん》への関心から本書を手に取ったという方や、戦争の語りをめぐる抽象的な議論に関心のない方は、第Ⅰ部は飛ばして第Ⅱ部から読んでいただいてもかまわない。その場合、第1章は日本軍に関する先行研究を中心に論じており、第1章2節は本書全体に、第1章3節は第4章と、第1章4節は第5章と関わるので、第Ⅱ部以降を読んでいて軍隊関連の知識を確認したいと感じたら、関わりのありそうな部分を読む、ということでもいいと思う。ただし第1章1節には、戦場の「今・ここ」(の相対化)という、本書での作品分析において重要となる考え方が出てくるので、できれば読んでいただきたい。以下、十五年戦争の研究のなかで、本書がどういった位置づけにあるのかを述べていこう。

1　背景　十五年戦争の研究

戦争の呼称

吉田裕『日本人の戦争観』(岩波書店、一九九五年)[3]が詳しく論じているように、戦争観の変化は政治状況や社会の変動と強く結びついている。戦争の呼称一つとっても、「あの戦争」、「太平洋戦争」、「大東亜戦争」など定まっていない。それぞれの呼称は時期区分や性格づけが異なり、戦争の評価と切り離せないのだ[4]。

本書では一九三一年九月の「満州事変」[5]から一九四五年の日本の敗戦までの「足かけ十五年の戦争」の連続性を重

視した、「十五年戦争」という呼称を用いる。一九五六年にこの言葉を最初に用いた鶴見俊輔は、そのことを振り返って「私のこどもの頃、満州事変が始まった、上海事変が始まった、日支事変が始まった、大東亜戦争が始まったというように、ばらばらに、ニュースが伝わってきた。そのために、主観の側からとらえると、それぞれバラバラの戦闘行為が起ったようにうけとってきた。それでは変だと思うようになったのは、敗戦後のことで、ひと続きのものとしてとらえるほうが事実に（私の意識上の事実ではなく）あっていると思うようになった(6)」と述べている。当時を生きた実感と、後に振り返ったときのズレ。十五年戦争を内在的に問おうとするならば、当時を生きた人々の実感は無視できない。しかし単にそれに寄りそうだけでは、当時見えなかった多くの事実を隠蔽してしまう。兵士と従軍記者との戦場に向かう態度のズレや、中国などの戦地と銃後日本の緊張感のズレ。戦争にまつわるそうしたズレを本書では積極的に考えていくことになる。

とりわけ、本書では十五年戦争のなかでも一九三七年七月の盧溝橋事件に端を発する日中戦争を扱う比重が大きい。日本の総力戦体制の形成において、「満州事変」という限定的な戦争ではなく、国家同士の全面戦争としての日中戦争（一九三七年七月―）に起因する変化が大きいとして、十五年戦争という時期の取り方を批判する向きもある(7)。本書も日中戦争の開始が社会全体の変化をもたらして小説のあり方にも変化を及ぼしたことを第2章で論じるので、そうした立場に似ているようにも見えるかもしれない。しかし「足かけ十五年の戦争」の連続性を重視すべきという立場を筆者はとる。

十五年戦争（歴史学においては「一五年戦争」と表記することも多い）と同じく連続性を重視しつつ、さらにそれ以前からの中国に対する日本（軍）の侵略的態度、さらには戦後の責任を含めて捉えるために、広義の「アジア・太平洋戦争」という呼称を重視するスタンスで編集された『岩波講座　アジア・太平洋戦争』（全八巻、岩波書店。二〇〇五―二〇〇六年）のような研究もある(8)。こうしたスタンスを筆者も基本的に評価するが、それでも「十五年戦争」を用いるのは便宜的な理由もある。

前記岩波講座の編者の一人である吉田裕が、同じ岩波から新書で『アジア・太平洋戦争』（二〇〇七年）を書いている。ここではアジア・太平洋戦争とは一九四一年十二月八日、日本軍のマレー半島侵略で口火が切られた、米英など連合国軍を相手にした戦争をさしているのだ。つまりこちらは「狭義の」アジア・太平洋戦争となるが、狭義と広義の区別がつけにくいのである。本書でアジア・太平洋戦争を用いる場合は「狭義」の意味とする。よって以下、本書では「十五年戦争」という呼称を基本的に用いていく。

十五年戦争の研究と現在

現在、十五年戦争を研究する意義とは何だろうか。

十五年戦争の時代と比べれば現在は社会構造や国際関係が大きく変化してしまった。すべての「国民」がさまざまな形で戦争に関与することが名誉や義務とされ、あらゆるものが戦争のために動員された総力戦の時代から、占領改革、高度成長を経て、ポスト産業資本主義と呼ばれるような社会へと変化した。例えば総力戦体制論の流れに位置づけられるであろう雨宮昭一『占領と改革』のなかに指摘があるように、総力戦体制への注目は五五年体制という、戦後に作られた日本社会の大きな転換期、崩壊期に出てきた。五五年体制の崩壊後から見ると、五五年体制の日本社会は一九四〇年ごろに形成された戦中の総力戦体制に大きく規定されていたというわけだ。[9]

占領改革の重要性が捨象されがちであるため、総力戦体制を批判する論者もおり、それは重要な指摘である。だがどちらの立場であっても、冷戦が終焉し、五五年体制が崩壊した以上、日本を取り囲む安全保障の環境が十五年戦争当時と大きく変化してしまったことは認めざるをえないだろう。[10]

現行の日米安保体制における、米軍の戦争遂行を支援する形での間接的な戦争協力や、近年では憲法上位置づけのはっきりしない自衛隊という実力組織が海外へ派遣されることもあり、日本国家の戦争への関わり方自体が見えにくくなっている。それゆえ、日本社会に生きる人々の戦争への関わり方、あるいは関わり方への意識も曖昧になる。近年の米国では非市民が市民権を得るためとか、貧困層が生活や進学のために軍隊に入るケースが増えていることがよく知られているが、日本でも経済危機によって、他に就職先がないからとか、自衛隊内の職業訓練を求めて自衛隊に入隊する若者が増えている。人と戦争とのかかわりが目に見える形で不平等化しているのだ(11)。しかも軍隊そのものにとどまらず、例えば軍事産業や兵站《へいたん》、あるいはメディアのあり方も含め、社会構造が今と十五年戦争の時期では大きく変わってしまったのである。しかし一方で、日本において十五年戦争の研究の持つ比重は高い。それはなぜか。

それはこの戦争自体が社会構造や国際関係の変化を引き起こして現在を大きく規定していることによる。社会構造であれば、総力戦体制の形成にとどまらず、GHQの占領改革や、その一つとしての日本国憲法の成立が戦争の結果と不可分であることは言うまでもない。国際関係であれば、戦争が東アジア情勢を大きく変化させ、中華人民共和国の成立などの中国の変動や、朝鮮半島の分断など、この地域の冷戦体制の重要な条件を形成していった。

また、戦後日本の知的世界における戦争の影響力の大きさも無視しえない。多くの人々が死んだ結果、残された人が、戦争を止められなかった「悔恨」や死者への「後ろめたさ」のように戦争を引きずることで、知的世界にも影響を及ぼしたわけである。歴史学や政治学における研究を考えてみても、例えば戦争を体験した当事者世代である丸山眞男『現代政治の思想と行動』（初版、上巻一九五六年、下巻一九五七年）や家永三郎『太平洋戦争』（初版一九六七年）を見れば、あのような戦争を二度と繰り返さないというモチーフに貫かれている。「なぜあの戦争は起きたのか」、あるいは「なぜあの戦争は防げなかったのか」という問いが戦後の当事者世代を突き動かしていたとも言える。この問いが彼らにおいて、新たな戦争を起こさぬという決意と強く結びついていたわけだ(12)。侵略戦争を可能にした戦前・戦中の日本の社会基盤を復活させない、といったマクロな視点から、あの時代に抵抗を行ないえた人の体験に注目するといったミクロのレベルにまで、あのような戦争を繰り返さない、という思いが影響していた。

その両方をつなぐ重要な認識枠組みが「天皇制」であった。日本のマルクス主義のなかから出て、戦後の知識人たちが重要視したこの概念は、憲法上の制度である象徴天皇制と同一視されるべきようなものではない。天皇が大日本帝国の元首にして軍隊の大元帥であったこと。それを支える家父長制的で農村中心の社会構造が存在したこと。個々人の内面に天皇制が食い入り、その正しさを疑わせないことで、天皇の軍隊が侵略戦争を幾度となく行なったこと。十五年戦争を考察するために、天皇制は今日でも重要な問題である。侵略戦争を可能にし、正当化する条件の考察としても、今日的意義があるだろう。本書では天皇制そのものを主題的に取り上げるわけではないが、農村を中心とした陸軍の社会基盤と、兵士の内面を関連づけて論じる部分[13]などは、天皇制と密接に関わるテーマである。

こうした知的遺産を踏まえた上で、戦争の当事者世代とは別の視点から戦争を考える必要があることも指摘しておかねばならない。当事者世代にとっては、戦後、学問の世界や論壇において、十五年戦争は「悪であった」という広範なコンセンサスがあった。だが、それゆえ、当事者の体験としての日本軍の愚劣さや当時の社会の息苦しさという点を超えた部分については、何が悪であったのかという点はあまり具体的に論じられなかったという批判も多い。第5章でも論じるように、十五年戦争が本質的に侵略戦争であったという問題意識は少なからぬ人々が抱いていたが、では具体的に日本軍将兵が戦地で何を行ない、被害者がどのような苦しみに直面したのかといったことが実証的に明らかにされるには時間がかかった。

これは中華人民共和国と一九七二年まで国交がなかったことが示すとおり、十五年戦争を通して主戦場であり続けた中国大陸の被害当事者との接触の困難や資料の制約という背景も大きい。むろんその国交の欠落（そもそもの問題として講和条約における中華人民共和国の排除）は、冷戦体制に起因した。アジア諸国の被害者の存在が日本社会において明らかにされ、ある程度の範囲に共有されるには、冷戦の変容・終結にともない、ネイションという認識枠組みの壁が低くなり、アジアの被害者の存在に直面する一九七〇年代から八〇年代を待つ必要があった。その後、アジア諸国での日本軍の実態を具体的に明らかにする作業が実証的に行なわれるようになり、国境を越えた歴史観のすり合わせ、共有も試みられている。

こうした実証的研究の進行と蓄積はしかし、北はアリューシャン列島近辺から、南はオーストラリアまでをまたぐ広大な日本軍の活動地域と、狭義の軍事面のみならず占領地域などでの軍政や企業活動などのさまざまな領域を対象とする以上、必然的に十五年戦争研究における専門分化を伴わざるを得ない。それは広範な知の共有を困難にする。その細分化した研究をつなげて考えるために、本書では小説という媒体を考察の出発点に置く。小説世界の持つ具体像が、分断された領域のつながりを考えるために有効なのである。またその具体像は、既存の研究では見落とされていた視角を提供することにもつながるのであり、第4章で取り上げる戦時中の帰還兵（帰還者）などはその例である(14)。本書は軍隊や、兵士の帰還や復員などの領域に注目しつつ小説の分析をすることで、専門知の再統合を図りつつ、新しい視角を打ち出すものと位置づけることができよう。

記憶とナショナリズム

本書の関心は、戦場へ征くこと戦場から還ることを描いた小説テクストを分析することで、征くことや還ることが当時もった意味を明らかにすることにある。単に兵士の表象を分析するのではなく、行政の史料や評論などを手がかりに、その小説が当時の原論空間のなかでどのような位置にあったのかも考えていく。第5章で扱う「復員」を例にとると、焦点は復員という歴史事象が現在持つ意味や戦後史のなかでもった意味といった記憶の問題にはない。筆者が問うのは復員が実際に行なわれていた同時代的な意義である。現在の読者には知らず知らず一般のメディアや、あるいは戦後社会で形成された復員兵のイメージが、復員兵を描いた小説の読解の前提として入り込んでくる。しかも有名な作品になればなるほど、批評や他人の評判が、作品解釈にも影響してくる。本書も現在からの過去の再構成には違いないが、当時の意味に焦点を当てることで、時間を経てから書かれた体験者の手記や小説、あるいは記憶という視点からはこぼれおちる復員の意味を浮かび上がらせることができる。

一方で、当時の復員が、終わったばかりの戦争の記憶を戦後社会に持ち込むという側面もあり、やはり記憶について触れざるを得ない。記憶を扱う重要性は先に述べた専門知の問題ともつながってくる。実証的な歴史学の研究水準が上がっても、それが専門的になるほど広範な共有が難しい。それに対してある程度社会的に共有された集合的な知は、不安定さを孕む。日常のレベルで記憶という時、それは個人的なものとされるのが普通である。それと本来矛盾するはずの「集合的な記憶」という言葉が定着した背景には、うつろい、変容するものとしての記憶というニュアンスがうまくはまり込んだ感がある。

『集合的記憶』を一九五〇年に書いた社会学者のアルヴァックスには、文書化困難な（あるいは文書化されない）、あるコミュニティにおいて共有される過去からの連続性を保った知、あるいは対象化されがたい、場合によっては言語化もしがたいものをすくい取るものとして「集合的記憶」を扱うという意図があった。復員者が、時に意図せずもたらした戦場の記憶など、もともとはそういった側面が強かっただろう。そこでは学者と官僚の合作として国家レベルで形成される大文字の「歴史」に並存する（別の）ものとして記憶が位置づけられていた。(15) しかし現在では、教科書やメディアを通して作られる集合的なイメージが「国民的記憶」として位置づけられ、公的な性格に近いものとして理解される場合もある。

こうした集合的な記憶の変化は、コミュニティの解体（変容）のなかで、マスメディアや公教育といった情報の回路が肥大化したことによる。しかしそれでもパーソナル、ローカルな回路がなくなるわけではない。結局のところ国民と記憶との関連は多義的である。例えば国民的記憶の不在（分裂）や日本国民の「あるべき」歴史像の不在を嘆いて、歴史教科書を作る集団が存在する。ここでは「国民」を立ち上げるために歴史が動員され、新しい国民的記憶を作ろうということになる。

他方では国民以外の存在、特にアジアの被害者の実態を見落としていた戦後日本の歴史学への批判と、国民的記憶そのものへの批判が結びつく。この場合、史料中心主義批判として、テクストに載らない、いわばサバルタン的な位置にある人々の語りを記憶として重視することが多い。(16) ここでは「集合化できない記憶」と、「公的なものから排除された記憶」という問題が絡みあってくる。

その問題の一つの典型として「従軍慰安婦」（日本軍性奴隷制の被害者）のサバイバーたちの経験がある。彼女たちの経験は他者に理解しがたい壮絶なものである。一方で、彼女たちはむごたらしい事実の共有を求めている。彼女たちを性奴隷として扱った日本国家の責任（戦後の不作為も含む）を問う姿勢が彼女たち自身にあり、(17) それに応答しようとする場合、高橋哲哉が述べるように日本国籍保持者（選挙権保持者）として共有「すべき」政治的責任がそこに立ち上がる。(18)

ここで「国民の責任」とでもいうものが出てきているわけだが、ここでの国家（a nation state）は単なる「観念」

上の問題ではない。戦争によって国家と国家（あるいは民族と民族）の間の線引きは強化されたり引き直され、物理的な力をともなって暴力的に国籍（民族）の違う人たちを分断する（した）。だからこそ戦争を語ることには国家について語ることが入り込む。フィリピンやインドネシアなどの被害者についてはわかりやすい。例えばより複雑なのは、朝鮮半島および台湾出身の元「従軍慰安婦」たちの場合であろう。大日本帝国の臣民でありながら日本人よりも民族的に劣るとみなされる、さらに女性が劣位に位置づけられたことにより、民族やジェンダーなど複合的な要因から被害者へ追い込まれていったわけである。そして戦後に日本国籍を剝奪されることで、国家あるいは国籍による分断が加わる。だから彼女たちにとっては、日本国家の責任を問うと同時に、日本社会が抱えてきた民族差別や女性差別も問う必要がある、ということになるだろう。

国民国家を他の集団や地域に比べて特別視するという意味でのナショナリズムは批判されるべきものである。だが国家という機構がある以上は、特に戦争のような強制的な力の働いた過去の出来事について、「ナショナリズムを論じるのは新たな国民を立ち上げるからダメだ」というような批判は論点をずらし、国家の責任を曖昧にしてしまいかねない。これが本書でのナショナリズムに対する態度である。もっとも本書はナショナリズムや国民国家の問題を直接論ずるよりも、そうした分断を生み出し、あるいは強化した戦争そのものを、どう認識していくかということを中心課題としている。次に、その認識と切り離せない、今日における戦争の表現や記述について触れておく。

近年における十五年戦争の表現

二〇一二年は戦後六七年である。敗戦の年に生まれた人の多くですら定年退職してさらに数年を経ているのであるから、戦争体験を持つ人々の存在は今や貴重なものとなっている。そうしたなかで十五年戦争を語ったり書いたり表現したりすることは、どのような状況にあるのか。むろんさまざまなジャンルで生み出されるテクストや映像を網羅することなど、筆者の能力の範囲を超えている。しかしいくつかの特徴的な傾向だけはおさえておきたい。

樋口真嗣監督『ローレライ』（二〇〇四年）という戦争映画があり、岡田斗司夫、唐沢俊一が対談でこれを論じている。旧日本軍の戦争をモデルとした映画であるが、旧日本軍の軍服はカッコ悪いから、新しいデザインの軍服を作って撮影する、というこの映画の感覚を両者は肯定的に評価している。「要するに〝カッコイイ〟ということを重視しているんですよね。〔中略〕普通、戦争モノでリアリティを高めようと思うと、ひとりやふたりは必ず実在の人物を出すでしょう。そういうことも一切考えずに、全て架空の人物でやっている。これは新世代による、初の〝歴史にとらわれない戦争映画〟です」[19]。

本当に「初」なのか、検証する能力は筆者にはない。しかしパロディ的に歴史から全く切り離された時代劇を作るような感覚で、十五年戦争をモデルにした映画が存在するということである。こうした映画を評価する彼らに言わせると、「戦争モノは「どうせ悲惨で重苦しいんでしょ」ということで人は観ないんですよ。でも「ローレライ」では、戦争は〝舞台〟に過ぎない。これは時代の力、結果だと感じますね」[20]となる。エンターテイメント化されざる戦争映画は重苦しく、少なくともマス（大衆）にとっては拒絶の対象であるわけだ。十五年戦争の歴史化によって、そのリアリティの稀薄化も、行き着くところまで行ったということだろうか。だがこれは兵士や戦争をカッコよく描くことで、人々、とりわけ少年、少女たちを戦争へ駆り立てる地盤を作っていった、十五年戦争における各種メディアのプロパガンダへの無自覚な先祖返りであると言っておこう[21]。

しかし、こうしたリアリティの変化は、別の側面において当事者が戦争を語ることの（おそらく最後の）変容をもたらしているともいえる。

毎年八月前半を頂点に、日本のメディアでは季節物のごとくテレビや新聞で戦争関連の特集が組まれる。こうした季節物あるいは年中行事を批判する向きもあろうが、十五年戦争の歴史とは無縁だった若いジャーナリストに一つの「きっかけ」を与えていると考えれば、ないよりはあった方がいいだろう。関心も知識もない若者が当事者に話を聞くなかで問題も起こるかもしれないが、そうしたプロセスのなかで若者たちが関心を持った時、そこに新しい可能性が開ける。単なる年中行事を超えて、新資料や新証言などを地道に掘り起こした質の高いものも少なくない。例えばＮＨＫの「シリーズ証言記録　兵士たちの戦争」（二〇〇七年―二〇一一年十二月現在放送中）のように、戦場の体験を持つ元兵士たちのほとんどがこの世を去りつつあるという事態に対する、当事者およびジャーナリスト双方の危機意識が感じられるものも多い。この双方向の危機感が極めて重要なのである。

というのは、当事者の多くが抱く危機感は、決して今に始まったものではないが、体験談の受け手の側にはそれを共有し難かった過去があるからである。戦場や戦争の体験が語られてきたとき、戦争責任の問題も含め、過去を風化させず新たな戦争を起こさないためにといった切迫した問題意識が多くの語り手にはあった[22]。当事者ならではの危機意識を孕んだ諸テクストは、一面的な分析を拒むような性格を持っているといえよう。それとはやや異なった意味ではあるが、言論の幅が狭まるなかで紡がれた戦時中のテクストも一面的な分析を拒むものがある。総力戦の時代においては、進行中の戦争の内側でその戦争について何かを書く以上、書き手が戦争の当事者たらざるを得ないだけでなく、読み手もほとんどが当事者なのである。そのなかには「ギリギリの抵抗」や、協力しつつ変革を求める「投機」の思いが込められているものも多い[23]。

むろん戦争体験を語ることがある程度制度化されてしまえば（例えばシリーズ化された新聞の投書欄であったり、戦友会で集められた記事であったり）、当人の思い入れが強くとも、平板で紋切り型の言説が再生産されてしまうこともあるだろう（それでもそこからはみ出るものが書き込まれることはある）。それとは逆に、書いた当時の党派的思惑から、戦争体験を意図的に歪めて書くことも起こりうる。そのような外部要因による変容や、それにともなう問題はあっても、当事者の切迫した意識は戦争の語りや手記などに力を与えている。

その反面、この切迫感、あるいは言説のもつ「すごみ」ゆえに、他者には容易に理解しがたいものとなりかねない。「戦争は体験したものにしかわからない」というクリシェは、やはり容易に否定しがたいものを含んでいるように思われる。これは、例えば戦後民主主義的な空間のなかで政治的な理念を共有した上で、戦争を二度と起こさないために「非体験者は体験者に学べ」という上下関係、いわば体験者の特権性につながる場合もあっただろう。その切迫感ゆえ、それを共有できない非体験者に対して体験者の憤りが生まれることもある。

学徒出陣で陸軍に入った安田武は、かつて自己の戦争体験を凝視して、「戦争体験の伝承ということ、これについては、ほとんど絶望的である」[24]と書いた。「アイツが死んで、オレが生きた、ということが、どうにも納得できないし、その上、死んでしまった奴と、生き残った奴との、この〝決定的な運命の相違〟に到っては、ますます納得がゆかない。――納得のゆかない気持は、神秘主義や宿命論では、とうてい納得ができないほど、それほど納得がゆかない。まして、すっきりと論理的な筋道などついていたら、無性に肚が立って来るだけのことである」[25]。

安田のテクストを分析した冨山一郎は、「饒舌に体験が語られれば語られるほど、その具体的体験が構成する意味連関をいっさい打ち消してしまう領域が背後に迫ってくるのである」[26]と書いた。語れば語るほど、自己の語りたいと思っていることからずれていき、語りたいと思っていることが分からなくなっていくような言語の運動。こうした言語の運動を支えている、戦争体験の割り切れなさは、紋切り型化を防ぐ可能性を持つ代わりに、非当事者にとっては近寄りがたいものとなっていく。これを、語ることの一つの限界として考えれば、語り切れないことに意味を見出す当事者が歴史の舞台から退場していくにつれ、戦争体験にせよ、戦争の記憶にせよ、フォーマルな歴史にせよ、結局のところ言説という形でしか十五年戦争はもはや存在しないと、ディスクール（言説）の問題として戦争を捉える立場が出てくる。

戦争体験記や戦争文学のディスクール分析を試みた野上元の研究は、「戦争を書くこと」（エクリチュール）の意味の変容を論じた。安田武の戦争体験論は、体験当事者である彼が体験のディスコミュニケーションを先験的に立てることで体験の伝達不可能性を確保している、と野上は指摘している[27]。つまり体験者から「分かっていないな」と言われると非体験者には有効な反論ができない、ということだ。しかし安田が前記のようにディスコミュニケーションを前提とした時点で、もはや非体験者は理解できないものに縛られる必要などなくなり、体験者の特権性も消えていく。

こうした点に見られるように、野上の研究は戦争を書くこと、および書かれたテクストを読むことが共有している条件とその変化について考えたものとして意義を持つ。だが、己れの全存在をかけるかのような安田の体験論を受けとめ切れているかどうかは別問題である。長野県栄村で一九九五年に出版された戦争体験の記録（栄村戦争体験記編集委員会編『不戦の誓い――私たちの戦争体験記』栄村公民館、一九九五年）について調査した野上は、その結果を戦争体験の「現在」として、前記研究のなかに位置づけている。顔の見える農村のコミュニティのなかで、その関係を壊さない範囲で書かれたテクストは「戦後培われてきたそれぞれの社会関係のなかに慎重に埋め込まれている」[28]ものとされる。

それは村の人々の間で読まれることを前提としているため、知人の誰それが、あるいは自分自身が戦場でやったあくどいこと、語りにくいことを、封印する形で書きつづられる。それは結局のところ、先の制度化（紋切り型）とも関わるが、戦争のほんとうに触れたくない部分を隠蔽した戦争像を（再）生産していくことになる。

テクストを書いた当人に会って話を聞くことができた野上は、そこで何が隠蔽されているかを確認する可能性を持つ。しかし当事者がいなくなっていくこれからにおいて、「十五年戦争がテクストの形でしか存在しない」と宣言してしまうことは、テクスト化されざる無数の触れ難い部分をなかったことにしてしまうことになる。

また野上の立場では、制度化されがたい、社会関係を壊し得るような鋭い政治性を持つ語りやテクスト、例えば元「従軍慰安婦」の証言や、中国での加害を語り続けた中国帰還者連絡会の元将兵らが語ってきたことを位置づけうるのだろうか[29]。

十五年戦争での戦場の体験を持つ世代がこの世を去りつつあるなか、受け手の側（の一部）が体験者がいなくなることへの切迫感を持ち、そして、語り手の側もそれを意識するようになった。つまり双方向の危機感が新しい変化を産み出しているのだ。それは語り難いゆえにテクスト化されていない体験を掘り起こすのみならず、非体験者が戦争を深く理解するための条件を作り出すという、質的な変化を含んでいる。

現在、元兵士たちが語るとき、聞き手の側が知らないこと、伝わらないこと、つまりディスコミュニケーションを出発点として、その隙間を積極的に少しでも埋めていきたいという、当たり前のコミュニケーションがようやくできるようになってきたのではないか、と思う。戦争について戦後の世代もある程度知っていて当然、ということを、もはや今の語り手は聞き手に期待しないので、丁寧に語る。聞き手もそのぶん謙虚に一つひとつ言葉を聞こうと接することが可能になる。まさに語り手（体験者）と聞き手（非体験者）との共同作業が行なわれるのである。さて、ここまでできてようやく本書の主題である「戦場へ征く、戦場から還る」に近づいてきた。

2　問題設定

初めから「戦争体験者」である人などいない

近年、若い世代（十代後半から三十代）のなかから、戦争体験を直接聞ける最後の世代として、体験者の話を聞く運動がいくつか出てきている。体験そのものを伝えることができないことを前提とした上で、非体験者が戦争を語る方向を模索しているのだ。その結果生まれる語りの内容以上に、両者の関係性にここでは注目したい。そこに、戦場へ征くことと戦場から還ることの重要性に関わる、戦争体験を考えるためのポイントがある。

こうした運動をいくつか紹介した小森陽一監修『戦争への想像力』（新日本出版社、二〇〇八年）では、「虹の会」というグループが取り上げられている。沖縄在住の学生が集まった虹の会は、ひめゆりの元女学生たちの話を聞いてきた。戦時下のごく普通の女学生たちが、沖縄戦の開始によって従軍看護婦として動員され、最激戦地へ赴くこととなった。その戦場での体験を聞くために、まず若者たちが学び、彼女たちに問いを投げかけることによって、モノローグでは決して出てこない語りを呼び起こしている。そのプロセスで、元ひめゆりの女性たちも、個々人の体験を語るにとどまらず、その戦場で起きたことを、当時の自分には見えなかった広い視点から説明するために必死に勉強していることを若者たちは発見する。(30)

この虹の会の取組みの場合、若い学生と元ひめゆりの女性たちとの共同作業として語りが作り上げられていく。会の若者が問いかけることによって記憶がまさに引き出されていく。そして、虹の会の学生と元ひめゆりの女性たちの対話のなかでは、対話で語られる戦場の出来事の内容と同時にまさに対話で生まれた経験がより重要な意味を持ってくる。体験者Aと非体験者Bの関係というものは、AとBの関係の一部でしかない。戦争の体験は本来見ず知らずの誰にでも易々と語れるものではない。何気なく書かれるものでもないだろう。講演会や記念館におけるフォーマルな語りではなく、個人的な関係のなかで語られる場合、相当の信頼関係が不可欠である。

虹の会の若者の場合、文字どおりの対話をとおし、元ひめゆりの女性たちが自分たちと同じような当たり前の学生生活を送っていたこと、自分たちと同じように戦場のことなど本当に何も知らなかったことを感じていく。彼女たちも「一週間もすれば戻れる、と思いました」との感覚で戦場へ赴いたことを知るのである。[31] ここでの「戻れる」とは、あたかも遠足や修学旅行から帰るようにすぐ元の生活に戻れると思っていたことを含意している。戦場で体験したこと、そこで級友たちの多くが亡くなったことが、彼女たちの人生を縛り付けることなど、戦場へ行く前の彼女たちの想像力の外側にあった。それは彼女たちの話を聞く前の若者たちが、戦争、戦場への漠然としたイメージしかもっていなかったことと同じである。

戦争体験者は初めから戦争体験者であったわけではないという当然のことを発見し、あるいは再発見し続けることで、過去の出来事に対する非体験者の見方が変わってくる。体験者は戦争という自分たちの理解し得ない「向こう側」にいる人ではなかったことを。それは現在世界各地で起こりうる（あるいは起こっている）戦争にさらされた人たちについても深く考え得る可能性を示している。

つまるところ、最初から「戦争体験者」である者などいないということである。むろん戦場や空襲のなかで自己形成した人のような極端な場合は別とすれば、であるが。この当たり前すぎることはしかし、体験者と非体験者の差が絶対視される場においてはしばしば見落とされてしまう。体験者の特権性など解体されたはずで、体験者と非体験者との距離が余りに大きくなりすぎた現在においても、体験者はもともと非体験者であったという事実の持つ意味が十分に捉えられていない。結局のところ、体験者という存在が少なくなればなるほど、戦争に関心のない人はそれを遠い世界（あるいは遠い過去）のこととして、自分からかけ離れたものとして捉える。戦争に関心のある人の場合は、体験者の言葉を「貴重な」ものとして噛みしめるように聞く。それ自体は悪いことではないが、人々がさまざまな形で戦争に巻き込まれ、戦争体験者になっていくそのプロセスは、「体験者が非体験者に語る」という構図の下では見え難いのである。むろん戦場へ征くことへの本書の関心は、そのプロセスをたどり直すこととつながっている。

戦場へ征く、戦場から還る

この「最初から「戦争体験者」である者などいない」ということと、戦争（体験）の言語化を、本書の関心にしたがってもう少し別の角度から考えてみることにしよう。戦争、とりわけ戦場の内側にどのような形で入り込むかは人によって違いがある。そして戦争の終結をどう迎えたかも。ちなみに戦争と戦場とのズレに関しては、第1章1節で詳しく論じる。

小田実が次のように述べている。「私たちは敗戦体験＝被害者体験があまりにも大きいものであったゆえに、かえって、〔加害者である側の〕私たちが加害を受けた側からの挑戦を受けることはなかった。いや、それは感じなかっただけのことだが、奇妙な言い方をすれば、敗戦体験＝被害者体験が一種の防壁の役割をはたしていたのにちがいない」[32]。つまり敗戦のショックや空襲の被害が大きすぎて、自分たちが加害者であることに気がつかなかったのだ。

こうした混乱のなかでは、そもそも言葉が出てこないだろう。空襲の焼け跡で迎えた敗戦とは、こんなものだったのかもしれない。しばらく時間が経つうちに、即自的なものとしての経験を、対象化して言葉にすることで体験にする。これは語り手や書き手のなかで一定の整理のプロセスを含んでいる。結果的に語られたもの書かれたものが整理されているかは別問題である。そして、その語りあるいは記述をとおして、その体験者の現在において回想される戦争（さしあたり兵士の経験も銃後の経験も含んだ幅広い概念としての戦争）に意味が与えられていく。戦争への関わりが各人によって異なることによっても、記述の仕方の選択によっても、さまざまな意味づけがなされ得る。その上で、「被害者の声も叫びも」届かないままであれば、加害者の側面は欠落して被害者としての自己の体験のみが語られ、書かれる。

こうした視点から導き出された、一人の人間のなかにある被害と加害の絡まりあいは、小田実の展開した有名な議論であるが、今日では珍しい議論ではない[33]。その上で、小田実が「ふつうの人々」や「市民」という立場から考えることにこだわった人であることを想い起こそう。小田は日本軍のBC級戦犯の戦争犯罪を分析した作田啓一「われらの内なる戦争犯罪者」（『展望』一九六五年八月）[34]を引き合いに出し、そこでの最も残虐な例である「石垣島ケース」について次のように述べる。

「石垣島ケース」は、たしかに、ふつうの日本人が明瞭に荷担の意識もなくずるずると「犯罪」にひきずり込まれて行った場合だった。しかし、それはふつうの日本人だけにかぎられたことではなかった。かつて、ふつうのドイツ人にもあり得たことだし、現在、ふつうのアメリカ人にもあり得ることなのだろう。[35]

ここで普通という基準を措定して、日本人の類型を立てる日本人論を展開している、などとは思わないでいただきたい。むしろ小田はそうしたものを批判する形で論じている。つまり、戦争犯罪は「日本人」の特殊性ゆえ起きたものではなく、ある条件下において、人間誰しも起こしうることを考えるべきと指摘しているのだ。そしてここでの「ふつう」は、こうした戦争犯罪を起こした人々を特別視して他人事として片づけるのではなく、「誰しも起こしうる」、一人ひとりが自分の問題として受けとめるべきことである、ということの表現なのだ。ちなみにこうした問題関心を受け継いだ研究として、小田の方法を出発点に日本軍の戦争犯罪を分析した田中利幸『知られざる戦争犯罪』（大月書店、一九九三年）がある。[36]また、非当事者世代としてどう過去の戦争と向き合うかを論じた田口祐史『戦後世代の戦争責任』は、体験者と非体験者との戦争の引き受け方の違いを詳細に検討した、本書にとって重要な先行研究の一つである。[37]

さて、「被害と加害のからまりあい」と、「誰もが戦争犯罪を起こしうる」ことのつながりを十五年戦争の日本兵のケースで考えてみよう。ここで兵士は民間人である自己が軍隊に入れられ、戦争へ駆り出されることによって日本の国家に対して被害者となる。そして兵士として戦場へ行くことによって相手国の人々に対して加害者となる。当時の日本軍の組織文化においては、兵士としての自己を受け容れ、軍隊内の規範にしたがっている限りにおいて、戦争犯罪を犯すことへの心理的な抵抗は少ない。

しかしすべての人や部隊が戦争犯罪を犯したわけではないのであり、部隊や個人ごとの違いがあるわけである。部隊によって、戦場においても越えてはいけない一線を何かしら共有していた場合もあるだろう。個人でも、兵士として戦場で起きていることをすべて容認するのか、そうした状況を相対化することができるか否かで、歯止めのあり方が異なる。

おそらくその相対化は、兵士になる前の自己の価値観をもって、戦場の自己の振舞いを反省できるか否かが重要になる。むろん戦争犯罪は兵士であってもしてはいけない行為であり、それは故郷での価値観と無関係であるとも言い得る。ただし当時の日本兵は一般に戦争犯罪に対する知識をほとんど与えられていなかったり、組織文化のなかで戦争犯罪が許容されていたことが多いので、そのなかで戦争犯罪を抑止するためには軍隊外にいた、地方人(民間人、非軍人)としての自己の価値観で歯止めをかけるしかなかっただろう。[38] これを、作田の言葉を捩《もじ》って「内なる軍民関係」とでも書こうか。

「軍民関係」とは要するに、軍隊と民衆との関係である。ちなみにその両者の関係を悪化させるものとしての「軍民離間」にあたる言動は、戦前日本においては厳しい非難の対象であった。ここで私が「内なる軍民関係」と書いたのはつまり、冒頭の米兵の例でも触れたように、兵士の内面における兵士としての自己意識と、それに染まりきらぬ非兵士としての自己意識の葛藤に注目したいからである。兵士でなくとも、戦地へ行った従軍記者が軍隊の行為を相対化できるかを考えるためにも有効だと思う。これは単なる自己意識の問題ではなく、戦場における兵士たちの行動をどう記述するか、どのような形で戦地と故郷との関係をつなげていくのかという表現行為にも関わる問題である。第1章1節では、これを戦場の「今・ここ」をどう捉えるかという議論として詳しく展開し、第2章以下の具体的なテクスト分析のなかでも用いていく。

このように軍隊に、またその論理の支配する場所としての戦場に、人々が放り込まれる一連のプロセスを、本書では象徴的な意味を込めて「戦場へ征く」(第Ⅱ部　第2、3章)と書く。それは単なる空間の移動のみを指すのではなく(その場合は「行く」と書く)、兵営での訓練や戦場に適応するためのある程度の時間を含んだプロセスを指す。

兵士との比較対象として、従軍記者として作家が戦場へ行き、そこに入り込むプロセスも考察している。「征く」ことに関する先行研究は第1章2節で整理しておく。

同じように「戦場から還る」（第Ⅲ部　第4、5章）と書く時も、単なる空間の移動ではなく、軍隊や戦場で身につけてしまったハビトゥス（しばしば本人の自覚しないかたちで、経験的に習得され、形成された習慣）を携えた（元）兵士や従軍記者が、帰国して社会に（ある程度）適応するまでのプロセスを指すこととする。空間の移動のみを指す場合は「帰る」を用いる。

ここで気をつけたいのは、ある人にとって戦争の意味づけが、客観的にその人がどう戦争の進行に関わったかという問題以上に、感覚的な領域に入り込んでくることである。分かりやすいのは、戦争が終わってからもトラウマのような形で戦争中の体験が想起され、それについて語らざるを得ない場合であろう。それは戦場の「今・ここ」を、戦後に持ち込む形になる。また、戦時中にあっても、前線から故郷へ帰ってきた（元）兵士が生活に適応できず、前線での生活を参照軸にして銃後の生活を考える時、そこには戦場での生活との関係で現在が認識される。

なぜ、小説を対象とするのか

さて、こうした「征く」「還る」という問題を本書では考えていくこととなるのだが、ではなぜ小説を中心に論じていくのか。それは基本的には専門知の統合で述べたように（一六―一七頁）、研究が細分化されてしまうことで分断された領域をつなげて考えるのに、小説テクストが適しており、征くこと、還ることの意味をよく表わすからである。だが正直にいえば、それは結果的に小説である必要がわかったのであり、初めから小説を分析する必然性を筆者が分かっていたわけではないともいえる。小説、しかもほぼリアルタイムで戦場へ征くことや戦場から還ることを描いた当時の小説を題材として取り上げるのには、以下のような利点が存在する。

まず単純なレベルの話からいえば、戦時中であれば兵士は兵士であることによって英雄的な存在とされる。アジア・太平洋戦争の開始頃になると、部隊の情報を秘匿するために大規模な出征見送り、歓送会などは行なわれなくなるが、日中戦争期など、出征者の見送りが地域における一大イベントとして定着していたことは、一ノ瀬俊也『銃後の社会史』（吉川弘文館、二〇〇五年）などの研究で明らかになっている。また、戦地に行ってからも、家族からの手紙や慰問袋などに入れられた雑誌などを通して、見送る側の期待は、兵士にも共有されていた。小説の読解や元兵士へのインタビューを通し、兵士にとって戦場がどう日常化していくのかを鋭く突いた彦坂諦『ひとはどのようにして兵となるのか』（上下巻、罌粟書房、一九八四年）も、本書にとって重要な先行研究である。これらの先行研究はしかし、当時の送り出す側のこと、特に報道で出征への熱気を高めていくメディアについては、十分な言及がない。戦争に熱狂し、出征した家族や友人への期待のまなざしを送る銃後の人々との関係性抜きにしては、戦場へ征くことの意味は捉えがたい。人々が戦況を注視し、メディアが戦争を肯定する報道をして銃後が熱狂していく様子をつかむために、私が以下「戦場の小説」と呼ぶ、日中戦争開始後に現われた一群の小説が重要な意味を持ってくる。戦場を小説テクストが扱うことが社会現象となるプロセスが見えるからである。

第2章1節で論じるとおり、本書で取り上げる三人の作家、榊山潤（一九〇〇―一九八〇）、石川達三（一九〇五―一九八五）、火野葦平（一九〇六―一九六〇）は、戦場の小説の形成においてそれぞれ重要な位置を占めている。特に石川達三『生きてゐる兵隊』（一九三八年）と火野葦平『麦と兵隊』（同年）は、日本の近代文学史研究では有名な作品である。

当時ベストセラーとなった『麦と兵隊』は、内容面のみならず、作者自身が出征中（＝戦闘の当事者）であることが注目を浴びて、銃後と前線とをつなぐメディアとしての戦場の小説の最大の「成功例」となった。この時期はといえば、テレビがないのはもちろんのこと、ラジオも普及途上であり、映画は重要な娯楽だったとはいえ、日常的な情報源としての新聞・雑誌の役割はきわめて大きかった。そのなかで、娯楽でもあり芸術作品でもあり、思想的な問題とも関わる小説の持った社会的影響力は、今とは比べられないほど大きかった。

近年、『麦と兵隊』に関する新しい研究はいくつか出てきている。時評などをあたってこの作品を単なる戦時期のエピソードとしてではなく、文学史上、一つの作品としてどう位置づけうるのかも試みられている。だが文学研究として焦点を当てることは、この作品が戦時期の社会にもった独特の意味を後景に退かせてしまいかねない。この作品など当時の戦場の小説の射程を明らかにするには、①「満州事変」ではマスメディアが大きく事変を取り上げていたが、多くの作家は戦争を描くことはしなかった（つまりなぜ日中戦争ではそれが起きたのか）、②日中戦争の引き金を引いた盧溝橋事件（一九三七年七月）から『麦と兵隊』（一九三八年七月）に至るまでの、他の作家のルポや小説に描かれた戦場や兵士と、『麦と兵隊』のそれとの違いは何か、という点を考える必要があるだろう。

①の課題については、先行研究では十分に論じられていない。本書では、文学というジャンルにとどまらぬ他メディアとの競合のなかで、作家が戦場へ注目していくプロセスを具体的に捉えていく（主に第2章）。②の課題は主に第3章で論じるが、『麦と兵隊』の成功は、戦場の日常を、当事者としての兵士や下士官の視点から描いたことに要因があった。『麦と兵隊』以前のルポや小説は、記者や作家という非当事者の視点から、兵士を美化したり、あるいは戦場の珍しい側面が強調されて描かれていたのだ。だが、榊山潤の「戦場」という、盧溝橋事件直前に書かれた、現在ほとんど知られていない作品は、戦場で起きていることを兵士（当事者）とは全く異なる視点でフィクションとして描くことが戦争を批判しうる可能性を示している。『麦と兵隊』と石川達三『生きてゐる兵隊』を対比的に論じたものは多いが、榊山潤「戦場」という第三項を入れることで、当時の小説に描かれた戦場の意味をより深く捉えられるのである。

火野葦平も石川達三も、戦後は大衆的な人気を博した作家として有名であったが、デビューから間もない一九三〇年代後半にあっては、純文学作家の若手として期待されていた。そうした作家が戦争というテーマに注目したことと、新聞・雑誌などのメディアが期待の作家の「戦場の小説」に注目することとは、関連し合っている。つまり、メディア状況と純文学の流れの両面を考える必要があるのである。

また、ここで取り上げる作品を分析するにあたり、文学研究にとどまらず、実証的な歴史研究をはじめ各種研究を積極的に利用した。当時描かれた戦場と、実際の戦場との落差、そのギャップ、つまり当時何が意図的に隠蔽され、あるいは何が見落とされていたのかが、当時の戦場について考えるためには必要なのである。弾圧を受け戦時中は日の目を見ることのなかった石川達三『生きてゐる兵隊』は、その恰好の題材である。
さて、本書が戦場の小説のみを対象とするのであれば、その出発点に位置する三人の作家を取り扱うことに必然性があることは言えるとしても、そこを離れて戦場から「還る」ことの意味も併せて考える際にも、同じ三人を中心とする理由はどこにあるのであろうか。作家の伊藤整が一九四八年に書いた評論「病める時代」を手がかりに、それを考えてみよう。

戦争が済んで自分の良心が傷ついてゐないと意識するこの時期の文学者が一人でもゐるとは私には信じられない。〔中略〕
ただ一つ明かなことは、既成の文学者が一人残らず傷ついてゐる、心に蔭を持つてゐる。そしてその点を避けて、ある者は道化めき、ある者は弁解めき、あるものは開き直り、あるものは顧《かえりみ》て他を言ひ、あるものは他人の疵《きず》を指差して声を荒げつつ、一人も書くことをやめないといふ現象のみが、私の目には大きく盛り上がつて来るのだ。〔中略〕
この、後暗さにふれずに自分の書いたものを世に放つといふ生きかたにおいて、重ねて四十歳代の作家は自分を傷めてゐる。それは、若しそのまま続けるならば、心の角を摩滅させ、その時代の運命的なほど自明な思考の急所を思考上の盲点として、時代のタブウとして残し、一つの合言葉、符牒によつて動くところの思考せず、生活せぬ人間の大群を改めて作るに終るであらう(39)。

伊藤自身を含む「四十歳代の作家」は、作家として脂の乗り切った時期であろう三十代後半と四十代を、戦争の時代のなかで過ごしたわけである。日中戦争開始後、戦争と関連したこと以外を発表するのが少しずつ、しかし確実に難しくなっていく。アジア・太平洋戦争の開始ごろには徴用によって多くの作家が強制的に軍の報道に狩り出され、東南アジアの戦地や占領地などでさまざまな文化工作に携わった。国内に残った者も戦争賛美の文章を積極的であれ消極的であれ、書くか、さもなくば沈黙するかのどちらかだった。前者がほとんどだったが。一九四二年には日本文学報国会が結成され、作家への一元的統制が出来上がる。自らの関心や作家的資質と無関係に、軍隊や戦争のことを書き、その戦争が国家の破滅的状況を呼んだ。敗戦で戦争への悔恨が広がる戦後初期、作家としての戦争へのコミットメントに「後暗さ」を感じているはずなのに、ほとんどの作家はそれを「タブウ」として触れずにいるのが現状ではないか。伊藤はそう問いを投げかける。

戦後に実質的デビューを果たした戦後派作家、野間宏や武田泰淳や大岡昇平など、若い世代も戦場のこと、兵士としての体験などを数多く書いてきたことは言うまでもない。兵士としての自己や戦争の傷を引きずりつつ、作家としての活動を歩んでいったわけである。しかし作家としての自己の後暗さを背負っていた人々となると、「四十歳代」、厳密な世代というよりも戦時中に作家として活躍した人々のことに他ならない。

火野も石川も、今日ほとんど忘れられた榊山も、確かに戦時中に活躍した作家であった。そして三人ともに、戦場から「還る」ことを、戦時中も戦後も描いていることが、第Ⅲ部「戦場から還る」においてもこの三人を取り扱う理由である。伊藤のいう「後暗さ」とは、戦争という過去を戦後という現在においてどう受けとめるかという問題と関わってくる。戦時中に活躍した作家でありながら、一応のところ「タブウ」とせずに復員者たる元兵士を描いた彼らであればこそ、戦時中と戦後の具体的な作品の比較を通して、敗戦をまたいだ戦争の受けとめ方の連続と変化を考えることができるのである。

小説から見える「還る」ことの意味

そもそも「戦場から還る」ことの具体的な様相は、実証的な歴史学においても明らかになっていない部分が多すぎる。特に戦時中の帰還兵（帰還者）の持つ意味については、私がこの三人の作家の兵士や戦場を描いた小説を調べていくなかで気づき、切り開いたものとも言える。

近接領域の研究としては、藤井忠俊『在郷軍人会』がある。これはタイトルにあるとおり在郷軍人会についての包括的な研究である。在郷軍人会は帰還者に故郷で「軍人」という役割を負わせるための重要な場であり、「還る」ことと密接にかかわってくる。藤井の研究の第八章では日中戦争時の帰還者について取り上げられており、本書での見解に重なる部分もある[40]。ただし還るプロセス自体は大きく取り上げられていない。

兵士が出征するときに大歓声のなかで送られたのに対して、兵士が帰ってくるときにどう迎えられたのか。私が見たなかで唯一戦時中の帰還を取り上げた吉良芳恵の研究は、日中戦争期に帰還兵たちがあたかも凱旋＝勝者のように盛大に迎えられている状況を受けて、それが銃後の弛緩に結びつくことを軍が警戒していることを指摘している[41]。だが帰還の一時点にとどまらず、再統合される社会において、軍隊や彼らの戦ってきた戦争がどう意義づけられているかが、兵士たちの戦争観や軍隊観に影響しないはずはない。そして理論的に、いうなれば戦後に戦争を描くことの前提条件としての「復員」を考える必要を説いたような例はあるが[42]、実際に還るプロセスの具体的な様子と、その持った意味を掘り下げた研究となると見当たらない。本書第Ⅲ部ではそこにまで踏み込んで「還る」ことの意味を考えてみたい。

ここで、「還る」ことの意味を次の例から見てみよう。

A　戦時中の帰還者「彼は戦線の実情を述べると同時に、銃後の人達にもう少し緊張して貰ひたいと説く。自分が三年間を現実に弾丸の下にあつたといふ兵隊としての動かし難い自信が、彼に思ふことを何でも語らせた[43]」。

B　戦後の復員者「出征の日には、歓呼のとどろきのなかに、笑みをたたえて故郷をはなれ、その胸のうちには、いつれ《ママ》も勝利の凱旋の日の夢を大切にしまつてゐたのに、いま敗北の日に遇つて、たゞひとり、誰も迎へるもの、ない故郷に帰り、旗もかゝげられてゐないひつそりとした我が家の入り口を、沈痛の面持ちをもつてくゞる[44]」。

これらは二つともに火野葦平の書いたものである。戦時中の帰還者とは、特に日中戦争期においては、あたかも凱旋した英雄であった。それは戦時社会（銃後）を牽引するモーターのごとき存在であった。そうした彼らの社会復帰と、敗残兵とも名指されるような肩身の狭い戦後の復員者の社会復帰とが同じであるわけはない。そうした違いが元兵士たちの戦争観に影響を与えたとしても何ら不思議はない。ちなみに征くこと、還ることが「当時どう描かれたか」を考えるため、特に分析の中心となる小説テクストは、初出誌か、その直後に出された単行本のテクストを利用した。

復員に関する研究はある程度あるが、戦時中の帰還者となるとその意味自体ほとんど考えられてこなかった。私がその意義に気づいたのは、上記Aで引用した「雨後」という小説を読み、小説世界のなかに描かれた帰還者の銃後における具体的な生活を考えたことによってである。

戦場の小説に関する文学史上の研究において、火野など元軍人・兵士を「帰還作家」と名指すケースはよくあるが、それは当時その言葉が用いられたからに過ぎない。「還る」こと自体の孕む意義はほとんど論じられていない。戦時中に兵士たちが帰還し、そのことが描かれる。帰る側も、受け容れる側も、おそらくこれから帰るかも知れぬ、少なくとも帰る希望を持っている戦場の兵士たちも、その作品や諸言説を共有しただろう。戦場の小説と同じように、リアルタイムの構図のなかで帰還者を描くことの意義を、作品分析に加え、批評やメディアの扱いなど、言論空間の問題も併せて第4章で論じる。単に小説内の表現として還ることを捉えるのみならず、作品や作者のメディアでのプレゼンスや批評などを含め、多面的に帰還の問題を扱える。このことが、これまで取り上げられることのなかった戦時中の帰還者へのアプローチに小説を用いることの決定的な利点となった。とはいえ、この利点は理論的観点から演繹的に取り出したものではない。本書での分析を通して得た知見から筆者が帰納的に述べているのであって、この意味づけが妥当か否かは読者の判断を待つしかない。

戦時中における帰還者の社会への統合との対比において、戦後の復員者の再統合は興味深いものがある。戦時中と異なり、復員者は社会から目の敵にされる存在であった。敗戦を境にした価値観の転換といえよう。だがそれは人々が兵士への批判をとおして戦争を批判したのだともいえるが、実際のところ指導者の政治的責任の追及、そして戦争そのものへの批判を中途半端にしか行なえなかったのが、戦後（初期）の社会である。こうした批判の半端さは元兵士たちが結局のところ、かなりスムーズに社会への再統合を果たせたという事実と併せて考えるべき問題である。おそらく同じような関心から、元兵士たちの戦後社会への統合、そこでの摩擦を考察した研究に、吉田裕『兵士たちの戦後史』（岩波書店、二〇一一年）がある。吉田の研究が「還った」あとの戦争や軍隊の記憶の語られ方、その変容に焦点を当てているのに対し、本書は「還る」ことそのもののプロセス、帰還（復員）が起きている空間でそれがどう意味づけられたかに重点がある。

復員に関しては、戦後責任（あるいは戦争責任）研究などの領域などとも関わってくる。復員を扱う第5章では、復員者を取り巻く政治的なコンテクストも論じるが、小説や評論を用いてこそ初めて見えてくるような、政治的な文脈からこぼれ落ちる復員の諸相も論じていく。そこでは、特に兵隊作家と呼ばれ、兵士と切り離せない存在だった火野が非難の的となったことが明確な例であるが、戦時中に「活躍」した三人を取り巻く状況の変化も併せて考察する。

以上が本書において小説を扱う意義であるが、つづいてこの研究において小説を扱う上での方法論上の立場を手短かに述べておく。

文学という領域

小説は言語芸術としての文学の一ジャンルである。文学、芸術というものは、社会のなかでの他の領域から自律した独自の価値を持つものとして考えられていたといえる。現在ではもはや小説というものは、社会から超越したような価値をもつという見方はあまりなされず、むしろマーケティングなど市場の動向に大きく左右されるメディアの一つと受け取る向きも強いだろう。だがそれでもやはり、政治的な影響力や経済的な成功といった価値には左右されない独自の基準を持つ、相対的に自律した領域という文学観は残っていると思う。

ピエール・ブルデューはこの特権的な価値としての芸術（もしくは文学）という見方を成立させる社会的な「場」を考察した。何か他の目的のための手段として芸術があるのではなく、芸術のための芸術、芸術への純粋愛こそが芸術を支えるというイメージが共有される場が必要である。そうした文学の特権性が守られる際には、「芸術作品の超越性を承認できる人々の（精神的）超越性を肯定するため」に文学の特権性が再生産されるのだが、そうした特権性を共有しあう集団として、「芸術家社会」がその時々の社会経済的条件に合わせて形成されることをブルデューは指摘した[45]。

日本において、元来は中国語の学問や学芸を意味した「文学」という言葉が、現在のような言語芸術の総称としての意味で用いられるようになったのは明治期に入ってからである。日本の「文学」概念を整理した鈴木貞美の研究によれば、この用法は明治二十年ごろには現われていたが、一般的に定着するようになったのは明治四十年前後とのことである[46]。つまり、この頃に文学という芸術領域が自律的なものとして登場したわけである。それにともない、ほぼ同じ時期にその意味での文学の専門家集団という意味での「文壇」も成立していくといえる[47]。

本書ではそうした文壇を、日本の文学における狭義の「芸術家社会」として捉える。文壇に属した人々をすべてひっくるめて漠然と「文学者」と呼ぶことも少なくないが、ここでは文学者という言葉は、学問としての文学の学者に対して用いる。芸術家集団としての文壇に所属する人々のことは、特によい表現が見つからないので、必要に応じて作家や批評家など限定して呼び、全体を指す必要のあるときは文壇関係者や文壇の人々と呼ぶことにする。

第2章で論じるように、日中戦争開始直前の一九三五（昭和十）年前後は、文学領域の独自性がさまざまな形で揺らぐ時代である。基本的にその要因は、作品や批評を掲載する媒体の中心だったジャーナリズムにおける文学の位置づけの変化と、文壇関係者による芸術の特権性に対する自己批判やその乗り越えという問題意識の二点であった。当然、本書では文学を他の領域から隔絶したものとして捉えるのではなく、そうした揺らぎのなかで捉えていく。その際、本書は作品研究を主要な目的とするものではなく、文学と呼ばれていた領域が戦争と関わっていく様子を扱うので、文壇における作品の評価や規範をめぐる争いとしての文芸批評や文芸思潮を重視する。特に第2章では、戦場の小説の登場が文学の特権性の解体と不可分であるという観点から、文壇関係者の関心がどのような過程で戦争へと向けられていくかを探ることをめざす。また、戦後を扱う第5章では、作家たちが終わった戦争をどう受けとめたか、あるいは戦争からどのような形で自分を切り離そうとしたかを考える。それには、社会の動きに対する素早い反応を示してくれる時評や評論が有効な手がかりとなるのだ。

以上のように本書では、文学の特権性を相対化するという視角をとるので、第3章以降でいくつかの作品を検討するにあたっても、当然テクストを社会から自律・超越した絶対的なものとして読むわけにはいかない。では本書において小説のテクストをどう読むか、作品のなかに描かれている戦争をどう読み解いていくのか、大まかな見取り図を述べておきたい。

文学の特権性を認めない以上、作品を「作者の天賦の才能」によるものとして時代や社会から隔絶したものと見るような立場はとらない。同時に、ロラン・バルトのように「作者の死」[48]を宣言して、テクストをインターテクストの領域に追い込んで、作者とそれに連なる社会性や歴史性から切り離した記号として扱うような立場もとらない。

だからといって、作品がおのずと世界や社会をありのままに反映すると考えるような素朴反映論的な読み方をするわけにもいかない。文学作品にはその作品ごとにその書き手がいて、その書き手特有のバックグラウンドがあり、認識方法があり、作品成立のためのルールが共有され、さらには出版に関する社会的な成立背景がある。いうなれば内部評価をする文壇があり、それを取り囲む消費者や出版資本などの経済構造がある。さらには政治からの介入もあり得る。それは作者の執筆における「意図」といったものを超えたレベルの問題である。「批評の機能は、作品が自らに関して知り得ぬところを示すこと、必然的に自らは語りえない(一つ一つの文字に刻まれた)作品産出の条件を明かすこと、にある。作品の自己認識には程度と範囲があるというのではなく、その自己認識そのものが自己忘却を形づくるのである」[49]とテリー・イーグルトンが述べるように、さまざまな制約のなかで事象を描写する時に、ありえた他の描写方法が断念されるなかで、しばしば作者も気づかぬうちに隠蔽されるものがある。そういったものを見つけ出していくことで作品解釈の可能性を広げることが重要となる。そうなれば、歴史的ないし社会的なコンテクストのなかで作品を見つめていくことが必要となるわけである。本書が小説の内容だけでなくメディアの状況についても詳しく扱うのはこうした理由とも関わる。

そうなると、作品がダイレクトに作者の思想を反映しているという別の素朴反映論をとるわけにもいかない。「言語作品は思想、つまり認識や感情の表出ではあるが、思想に還元できない。思想の自由な表出というものはありえず、その表出は表現様式に規定される。既成の文体やそれぞれのジャンルの特徴、それらのむすびつきが表現様式の規範として働く。とりわけフィクションの領域において、規範に従った表現は、しばしば生身の作家の予想を裏切ることになる。逆にいえば、読者にとって表現の現実形態から抽出されるものしか、「作家の思想」はありえない。そして、新しい表現は表現規範を破ることによってのみ成立する」[50]。例えば、作者の事後的な解説などはフィクションの読解において極めて重要な情報を与えてくれるものであるが、しかし提出された作品はその解釈よりも広い可能性を含んでおり、小説を扱う以上は作者の解説よりも小説テクストを重視する必要がある。だから仮に主人公や登場人物が、作者をモデルにしているような作品でも、その人物の考えがイコール作者の考えと捉えられるかは、吟味が必要である。しかし読解のためにも、作者の解説やエッセイ、他の作品との比較などが極めて有益なものであることは言うまでもない。

これに関連して、作品に描かれた戦争あるいは戦場と歴史研究との関係を考えると、作者がたとえ実際の戦場の体験に基づいてある小説を描いたとしても、フィクションとして描いている限りは、それを歴史的事実としては捉えられない。しかしその作品のモデルとなった事象のうち、歴史研究などによって明らかとなっている部分と照合して、作者の意図で事実からどこがどう変えられているかが判明するならば、作者の意味づけの力点を知る上で重要である。また、歴史学において十五年戦争の蓄積が分厚いことから、ある作者が題材として選んだものが、十五年戦争のなかでもった意味を作者とは別の視点から考えることもできる。後日の視点から過去を一方的に断罪するとすれば問題であるが、かといって今日の視点を介在させず当時の表現に一方的に寄りそうとすれば、当時の小説を今日解釈する意味は大きく失われてしまう。そうした今日的な解釈可能性をおさえた上で、当時の作家が描いた戦場へ征くこと、戦場から還ることの意味を明らかにしていく。

作品を読み解く鍵として、作品と関連する社会的ないし歴史的な文脈を考慮し、また他のテクストを随時参照しながら、作品の特徴を浮かび上がらせていきたい。小説を作者の思想のダイレクトな反映として読むわけではなく、作者の意図しなかったものや、それによって隠蔽されているものなどを含めて探っていくつもりである。

作家研究について

本書で扱うそれぞれの部分には、歴史学、思想史、文学史など重要な先行研究があり、当然それらの研究抜きに本書は成立し得ないが、基本的には第1章を中心に後ほど詳しく言及する。ただし本書で扱う三人の作家の研究に関しての大まかな状況だけは他に適当な場所がないのでここで書いておく。「征くこと」「還ること」と関わる研究の量は三人ごとにかなりの差がある。基本的に本書は一九三七、三八年ごろ（第2、3章）、三九、四〇年ごろ（第4章）、四五―四八年（第5章）という三点において彼らが兵士や軍隊をどう書いたかという「定点観測」である。それぞれの作家の全体像ではなく、断片を示した形である。一方で、扱う題材の性格上、今まで注目されることのなかったいくつかの作品に光を当てる恰好ともなった。

兵士や戦争描写に関する先行研究の圧倒的に多い火野葦平については、第5章のいくつかを除けば、『火野葦平選集』（全八巻、東京創元社。一九五八―五九年）に収録されている作品を中心に、よく知られた作品を扱った。他に基礎的な先行研究として、鶴島正男「新編＝火野葦平年譜」（『敍説XIII』花書院、一九九六年）を用いた他、安田武「戦争文学の周辺（一）――火野葦平論」（『定本 戦争文学論』朝文社、一九九四年）、田中艸太郎『火野葦平論』（五月書房、一九七一年）、池田浩士『火野葦平論』（インパクト出版会、二〇〇〇年）などに負うところが大きい。

榊山潤はそもそも、先行研究が第2、3章で触れる若干のものしかない。榊山の弟子筋にあたるのであろう、小田淳『歴史作家榊山潤――その人と作品』（叢文社、二〇〇二年）という本もあるが、歴史作家としての戦後の榊山の活動に焦点があり、本書が取り上げる時期とはほとんど重なっていない。榊の会編『回想・榊山潤』（一九九一年、非売品）に収録されている、小田淳編・榊山雪閲「榊山潤　年譜」を頼りに資料を掘り起こすことから研究が始まった。年譜にない資料もいくつか用いている。第Ⅲ部については、ほとんどが誰も扱ったことのない作品ばかりである。

石川達三の先行研究は多い。本書では基礎的な研究、資料として、久保田正文『石川達三論』（永田書房、一九七二年）、浜野健三郎『評伝　石川達三の世界』（文藝春秋、一九七六年）、五十嵐康夫「石川達三参考文献目録」（『国文学　解釈と鑑賞』特集「石川達三の世界　生誕百年」二〇〇五年四月所収）を用いた。特に『生きてゐる兵隊』は白石喜彦『石川達三の戦争小説』（翰林書房、二〇〇三年）をはじめ多数の先行研究が存在する。だがやはり第Ⅲ部については、『石川達三作品集』（新潮社）にも収録されていない「俳優」（『日本評論』一九四〇年一月号）など、ほとんど研究のない小説、エッセイを多数用いた。そのなかで特に第4章は、「常識人」とされる石川達三像への批判にもなっている。

もっとも、今まで知られざる作品をいくつか掘り起こしたことが重要なのではなく、あくまでそうした作品やそれぞれの作家を取り囲んだ言論空間に注目しつつ、戦場へ征くこと、戦場から還ることが当時どのような意味を持ったかを考えることが、本書の狙いである。

本章最後に

以上が本書の主な問題設定である。こうした設定は、日本軍兵士、特に今回の場合はそのうちの日本民族とされる兵士の視点を中心に十五年戦争を考えることである。十五年戦争後半の日本軍には朝鮮、台湾出身の軍人・軍属もいたが、彼らについては扱えなかった。また、広義の「還る」ことに入るであろう民間人の引揚げは考察の対象に入っていない。戦後派作家など、若い作家が描いた復員なども考察できなかった。戦後における小説をめぐる場の変化を考えることも含め、彼らの描いた復員はいつか扱いたい。

また、日本軍を対象とするにしても、軍隊の正規メンバーとしての兵士を中心とした考察であるために、強制連行で動員された朝鮮人や中国人、元「従軍慰安婦」、日本人女性の銃後での戦争協力など、軍隊をさまざまな形で支えた人々の問題、あるいはそれを取り囲む経済構造などの問題はほとんど扱えなかった。また、「軍民関係」は論じたが、「軍政関係」（あるいは「政軍関係」）、つまり政治と軍隊の関係という問題も、ほとんど扱えなかった。筆者としては戦争のそうした側面を描いた小説の分析もなされるべきであると考えているが、それは今回とは全く別の試みになるだろう。あるいは、現在の戦争を本書の手法で分析することにどこまで有効性があるかも考えてみるべきかもしれない。こうした点は本書の限界を指し示しているし、同時に今後の課題となるわけである。

続いて第1章で、先行研究を整理しながら、戦場へ征くこと、戦場から還ること、およびそのプロセスのなかにいる兵士について考えるための基礎的な事項を見ておこう。

第1章　兵士たちのこと

①（出征まで）市井での生活　↓　入営（新兵教育／召集）↓
②（出征）派兵　↓　駐留・戦闘　↓（俘虜）↓
③（帰還／復員）帰国　↓　除隊　↓　帰郷

十五年戦争当時、普通の日本兵が戦場へ征《ゆ》き、戦場から還《かえ》るためには、大雑把にいって以上のようなプロセスをたどった。むろんそのなかのかなりの兵士が途中で戦死、戦病死、餓死した。生還した多くの場合も、兵士になるまで、そして兵士から民間人に戻るまで、かなりの時間を経たし、相当な移動を経験したわけである。先行研究を利用しつつ、そうしたプロセスを考えるための前提をおさえておくことが、本章の第一の目的である。

こうした先行研究の整理は、もちろん征くこと、還ることを描いた小説を分析する際に不可欠である。だが、本章では単なる知識の整理をするわけではない。戦場は、「異常、特殊、非日常、極限状態」といった言葉と結び付けられがちである。征く、還るというプロセスを重視するのは、兵士たちの体験が形成されるプロセスを考え、「特殊」といったイメージを批判的に捉えるためである。そのプロセスのアウトラインをたどるのが本章と言えよう。まずは1節でそのための前提として、どう戦場が「異常な」空間として捉えられていくのかについて考える。これは本書全体に関わる考察である。そして以下、2節では兵士が軍隊や戦場へ放り込まれることによって被る変化（主に第3章に関わるが、第4章、第5章にも関連)、3節では戦時中に兵士が故郷(銃後)へ還ることの意味(第4章と関連)、4節では復員について(第5章と関連する)、それぞれ基本的な事項を確認していきたい。小説の分析自体は次章以降で扱う。

1 戦場と戦争

戦場、戦地、銃後

"I am here." イラク戦争に際してアメリカの戦争報道記者の姿勢を辺見庸が評した言葉がこれだという。[1] "here" というコンテクストに依存する単語、より正確にいうならば発話者のいる場所(ここ)に依存する単語は、この場合、前線ないしは戦闘の行なわれている現場を意味している。そして "I am here." という現在形の文は、戦闘が行なわれている瞬間か、しばらく前まで行なわれていたり、ないしはまたいつ戦闘が始まるかわからないという時(空)間に自分がいて、そこからアメリカや世界へと戦争を伝えるのだという意識を表わしている。危険を冒してジャーナリズムの「現場主義」を守り、戦場の「真実」や「現実」を伝えるために最前線つまりは戦争の現場にいることにヒロイズムを感じ、自己陶酔しているジャーナリストを、辺見は批判した。つまり危険な場所で取材すること自体に意義を感じて、そこから何を伝えているのかへの意識が弱いということである。戦地の様子を伝える側であるジャーナリストが「今・ここ」にいて、その雰囲気を戦地にいない人間に伝えること自体が意味を持っていると彼らは考えているということだ。特に生中継の場合は、「今」を共有するが「ここ」にはいない視聴者に対して送り手の「今・ここ」への陶酔感は高まることであろう。

こうした報道への批判を込めて、ベテランの戦場ジャーナリストで、二〇〇四年にイラクで亡くなった橋田信介は、次のように述べる。

戦場記者は「場」(戦場)から、「況」(戦況)は語れるが、「争」(戦争)は語ってはいけないのだ。

なぜなら「争」の原因は、すぐれて政治の世界であり「場」からは見えないからだ。〔中略〕要するに、戦争の開始はテーブルを挟んで決められる。ピカピカのテーブルの上と泥まみれの戦場は密接に結びついているが、その「次元」はまったく違うのだ。(2)

政治の領域で動く戦争という大きな状況のなかに、直接的な暴力行使の行なわれる場としての戦場が存在し、そこにいる人間がその状況（戦況）を把握する。まずはこの三つの言葉の違いを確認しておこう。その上で本書ではもう一つ、「戦地」という言葉も使いたい。二ヶ月前に戦闘のあった場所や、二十日前に空襲を受けた場所を戦場と呼ぶかどうかは、人によって異なることと思う。そこでここでは戦場の意味を限定して、戦闘が実際に行なわれている最中の場所としたい。対して「二ヶ月前に戦闘のあった場所や、二十日前に空襲を受けた場所」なども含め、最近戦闘があったか、再び戦闘の起こる可能性の高い大まかな（かつ曖昧な）領域を『戦地』と以下では呼ぶことにする。

戦場は常に移動する可能性があり、突然の銃撃によって新たに生まれる場所でもある。そしてその戦場において、二つ（以上）の勢力が直接衝突する部分を普通は前線と呼ぶわけである。前線は英語では front である。front は前方、前面などを基本の意味として持つ。『オックスフォード英語辞典』（『ＯＥＤ』）によれば、front の前線という用法は既に十四世紀ごろから存在した（当時の語形は front ではなく frond という形だった）。軍隊の規模が小さく馬などによる移動が中心だった機動戦の時代には、いちばん前方にいる部隊同士がぶつかり合う時に、敵に的を絞らせないために兵が広がり、その広がりを線として捉えるものだった。だが塹壕戦、総力戦の時代になると、長いものでは数百キロにも及ぶ塹壕をはさんで線をなした軍隊が対峙する形になり、地図上でもはっきりとした線が引けるほどの規模となったわけである。

さて、戦地、戦場の様子が伝えられる側としての「銃後」は、戦争という大きな状況のなかにあって、戦地特に前線を支えるために物資や人員を（再）生産する社会的な空間と言えよう。「銃後」に対応する英語としての home front は『ＯＥＤ』によれば一九一九年に登場している。この意味での front は、an organized sector of activity という意味が与えられており、前方という意味は特にない。しかし第一次世界大戦中に出現したhome frontは明らかに「前線」との対比で作られた言葉であって、戦争を強く意識したものであるし、活動の最前線というイメージを与える。(3) home frontは兵士たちがクニ（故郷）を離れて戦っている時に国（国家）に残って働き、兵士や軍を直接的・間接的に支える人々、もしくはその活動を指す。frontで戦っている兵士たちと同様の敵に向かい合っている（to face）状況にありfrontもhome frontも同じ方向を向いているのだが、その一方でhomeという言葉が示すように、そこより前方にいる兵士たち（そして彼らはfrontをさらにその前方へ押し広げようとする）が帰ってくる場所を意味のなかに含んでいる。銃後もhome frontも前線から見れば後方であり、前線を支援するという役割を共通して与えられている。

しかしfrontと前線が直訳的な関係にあるのに対して、銃後とhome frontでは語の持つ雰囲気がかなり異なる。銃後という言葉は日露戦争時の陸軍将校、櫻井忠温《ただよし》が書いた戦記『銃後』（一九一三年）に端を発すると言われている。日露戦争で負傷し、後方に運ばれた櫻井は日露戦後の一九〇六年に『肉弾』という戦記を書き、それがベストセラーとなった。(4) その七年後に、再び当時のことを振り返りながら書かれたのが『銃後』である。日本においては日露戦争は総力戦的な性格をもつといわれるものの、第一次世界大戦における欧米での女性の社会進出に見られるようなレベルでの社会変化を生むには至らなかった。しかし十五年戦争期に、前線を支える後方社会として銃後という言葉が定着していくこととなる。

戦場という場から伝えられる「今・ここ」の情報つまり戦況は、戦争という巨大な社会現象のごく一部でしかないにもかかわらず、現代でも人々を惹きつけてやまない。戦況は政治の前ではやはり小さな情報でしかないかもしれないが、しかし大きな力を持ちうることはベトナム戦争などでも証明されている。その一方で、ごく断片的な情報でしかない戦況は、その激しさから人々の冷静な判断力を奪いかねず、ついついそれが断片的であることを忘れさせるような役割を果たしてしまう。そうなれば、戦況はより広いコンテクストでの政治につながっているということも見失わせてしまいかねない。

戦況を把握すること

現代のように文字どおりリアルタイムでさまざまな情報が飛び交う時代はもちろんのこと、それ以前から戦争はニュースや物語の題材として重要な位置を与えられてきた。基本的な理由としては、戦争が国家の重大事として捉えられてきたことと、人々の生命にかかわり、時に辛い別れや英雄的な行動、奇跡的な生還といった物語を提供してきたからであろう。だからこそ文学の題材としても頻繁に選ばれてきたのである。時代とともに情報のあり方が変化しただけではなく、戦争そのもののあり方も大きく変化したが、少なくとも自国の関わる戦争に関する話題が重要な情報として位置づけられていることには大きな変化がないようだ。

二十世紀、そして二十一世紀の初頭と、戦争と情報に関する変化は驚くほどに目まぐるしい。今まで住民が安全だと信じて疑わなかった世界最強の国家アメリカの諸都市も含めてテロがさまざまな場所で起こるようになった。イラクやアフガニスタンを見ればわかるように、一度戦争が起きた後、戦闘終結が宣言されても、いつまたどこで戦闘が起こるかわからない事態も生じるわけである。そのように戦争の形態が変化したなかでは、戦況、ないし一方的な武力行使をリアルタイムで把握することは、情報機器が発達したにもかかわらず、ある意味で正規軍同士の戦いの時代より難しくなっている。

戦闘の当事者たる軍隊組織は、作戦遂行のために戦況の全体的な把握を必要とする。彼らはどのように戦況を把握するのだろうか。戦場においては、まさに戦場の「現場」の渦中に近ければ近いほど危険であるという単純な理由だけではなく、そもそも人間の持っている視点を考えれば当然のことだが、現場から距離を置かなければ全体を俯瞰して見ることなどできない。一度の会戦に何万人もの兵が参加する世界大戦時のような戦闘の大規模化や、数百キロの距離をたやすく移動できる輸送手段やミサイルなどの発達によって戦場という空間自体が広がり、生身の人間の知覚のレベルを超えているのは明らかである。

ポール・ヴィリリオが司令官の所在位置についてこう述べている。「地下深く身を隠し、不可視のものとなった暗箱要塞《カメラ・オブスキュラ》は当然のことながら、現実の音と視界を失っているから、十九世紀の段階で、自国他地域との意思疎通は知覚の兵站術、つまり、地下、空中要塞、空中経由型通信や電気的通信技術に頼るほかなくなっていたとみなければならない。〔中略〕つまり、**実際になに一つ見ることなく、いかにして周囲の状況を把握するのか、**という問題が深刻なかたちで提起されていたのである」[5]。

戦場が巨大化するか、または使用する技術が高度化するほどに、全体像を捉えることが難しくなる。もっとも全体像を把握するといったところで、軍隊組織において必要な情報とはあくまで戦争遂行という目標に対する手段としての情報であるから、戦地から寄せられる情報は可能な限り記号化される。その記号も、進行中の戦闘に対処するためにはリアルタイムで処理可能な量でなければならないので、現場から司令部に上がってくる過程で必要か否かを選別される。そのプロセスを有効に機能させる（と考えられていた）のが軍隊におけるピラミッド型の組織体系である。

指揮系統のために作られた記号は、現場で起きている生々しい出来事とはほとんど無縁なものである。死者が出たとしても怪我人が出たとしても、その事実は部隊の作戦遂行という見地から捉えられるので、何よりも作戦続行のために必要な人数へと記号化される。しかし、そのように記号化されて司令部に集められた情報を再構成しても、作戦遂行という目的に関してさえ十分に戦況を把握できるという保証がないのは、幾多の戦争の歴史が示しているところだろう。

戦場における情報が記号化される以上、同胞の死を悲しむ兵がいたとしても指揮系統における記号体系にとっては全く意味を持たない。とはいえ、その記号体系は作戦上必要であるが、悲しみや痛みとは無関係なコマとして兵士や部隊が動かされることが前面に出てしまうと、生命を賭けて戦争に参加する兵士たち個人が抱く自己犠牲的な意識や実存的な問い、あるいは彼らを送り出した側の人々の思いを否定しかねない。つまり軍事的な合理性を表に出しすぎると、国民の戦争への支持を危うくしかねない。軍隊組織とともに戦争遂行のもう一方の主役である政府は、戦争の正当性と兵士の士気の維持・強化のためにも、兵士たちの死や怪我や同朋意識を美化するなど、記号化の際に落とされた情報のうち戦争遂行に役立ちそうなものを拾い出して国民に伝達するのだ。

その際、その意味にそぐわない情報は当然のごとく遮断され、隠蔽される可能性が高い。その「戦争の最初の犠牲者」つまり「真実」を救出するために、そしてそれによって政治＝戦争の大義名分を批判する可能性が戦場にあるからこそ、戦場で起きていることを伝える意義がある。もっともそれが容易に政治＝戦争の大義名分の肯定につながる可能性もある。いずれにせよビデオカメラが小型化して通信技術が向上した現代においても、戦場のごく一部の断片しか伝えられないことはわかりきっているのだ。それは戦場の全空間を把握できないということにとどまらない。映像や写真で伝えられることにも限界があるからだ。

写真機をもっている、そしてあるものを写すという行為はそれ自体根本的に第三者の行為です。人は瀕死のわが子を撮影しない。いや限界状況というものはカメラそのものの携帯を許さない。カメラの踏み込める領域はじつはきわめて限定されている。限定されているばかりではない。カメラの見たものもまた限定されている。人は目の前で皮がむけて死んでゆく人の涙をカメラにとることはできない。カメラには見えないものを人間の目は見るのです。(6)

シャッターをその都度押して空間を切り取る写真機と異なり、ビデオカメラは一度スタートすれば撮影者が銃弾に倒れようとも、撮影者がいなくてもまわり続けるので、時にここでの「限界状況」を映し出すかもしれない。しかしそれはたいてい奇跡的な偶然に過ぎないだろう。そしてまたその偶然ですら、その状況に立ち会っている人間の内面は映し出せない。だからこそ、その偶然に満足することなく、ジャーナリストでも芸術家でもない人も含め、多くの人間が戦場の「限界状況」を表現しようと試みてきたのだろう。ちなみに、そういった表現者たちは、「限界状況」にたまたま居合わせた人だけではなく積極的に参与した人も含まれるのであり、普通の兵士たちもそのなかに入る。

彼ら彼女らはたいてい、その「限界状況」を取り囲む環境全体ではなく、その「限界」たる断片を強烈に意識し、切り取る。普通の人々であれば、自分の意識に強くこびりついたその部分に焦点を当てて表現せざるを得ないだろう。ジャーナリストであれば、商品価値の高い情報や、報道的な価値の高い情報を伝える。となると、当然のごとくに、戦況を全面的に把握しようという意識をジャーナリストや芸術家、普通の人々はほとんど持たない。特に、プロフェッショナルのジャーナリストが「今・ここ」に陶酔するとしたらそれは、そこで陶酔しても彼らの仕事が成立するという事情があるからである。メディア研究者の門奈直樹はこう述べる。「とくにテレビの記者たちは、戦争の全体像を見るよりも部分を撮影することに興味をもつ。彼らは社会学者でもなければ、歴史学者でもない。魅力ある物語、競争力の強い話題を作れというプレッシャーに常に見舞われている。そのために目先の情報に振り回され、背後にある巨大な情報から目をそらしてしまうことになる。〔中略〕視聴者が見ている映像は、戦争の現実にとって必ずしも重要なものではなかった。にもかかわらず、生中継のテレビ画面に接していると、いつしか批判的かつ客観的に戦争を判断する能力を失っていく(7)」。

これはテレビにおける報道の即時的・瞬間的な消費財という性格による部分が大きいが、しかしテレビだけのことではあるまい。キャロル・グラックは9・11のテレビ報道と玉音放送の共通点を次のように指摘する。「すべての人は、その放送を聞いたときに自分がどこにいたかを憶えており、したがってそれが歴史の転機を画するものであると本能的に感じ取っていたのである(8)」。「本能的に」という言葉は決定的に重要である。どのような形であれ戦争に巻き込まれた当事者にとって、戦争は情緒的な意味合いを持つ。社会の行く末を左右する戦時の状況下で極めて理性的な判断を下さなければならない政治家や軍人でさえ、その情緒・感情から逃れるのは難しい。自らの意志とはまるで関係のないところで戦争に巻き込まれた庶民たちであればなおさら、その戦争の意味合いを理性的に考えてみたところで状況が変わらないという現実の前で思考停止に陥り、まさに「本能的に」事態を把握するという方向へ進みがちとなる。そして戦争という「今・ここ」を生み出すに至ったコンテクストを自分で考えることができなくなる。

キャロル・グラックが述べるには、二〇〇一年九月十一日の当日においては「9・11（nine-eleven）」という「象徴的なあいまいさを含ん」だ呼称はまだなく、「ワールド・トレードセンターとペンタゴンへの攻撃とペンシルバニアでの飛行機墜落事故」、「ツインタワーへの攻撃」、「テロリスト攻撃」という呼び名を経て数日後に「9・11」に落ち着いた。[9] その出来事は、理性的に重要だと意義づけられていたわけではない。この時点では情緒的に何か重要なことが起きていると多くの人々は感じていたが、それでもこの出来事に対する当初の呼称は、情緒的な語感も象徴的な語感も帯びてはいなかった。むしろ放送を通してであれ実際にそこにいたのであれ、目の前で起きていることをどう意味づけてよいかわからない混乱的な状況が、かえって客観的な呼び名を要請していたような感がある。

テレビというメディアが極めてナショナルな性格を持つことはよく指摘されるが、そのテレビでさえリアルタイムで起きている暴力の行使に対して瞬時に無条件でナショナルな意義づけをできるとは限らないのである。確かに暴力行使や、破壊された瓦礫のライブ映像といった衝撃的な映像は、言葉によって解釈の方向づけがなされ、受け手がそれを受け容れない限り、情報の受け手は混乱から「救い出され」ないことが多い。しかもすべての人が特定のメディアの情報に囚われているわけではない。複数のニュースソースにアクセスすることが可能な環境にいる人であれば、自分が違和感を感じる意義づけのみに縛られる必要はない。違和感が解消するまでいろいろな見解にアクセスするかどうかは別の問題であるが。

とはいえ、ナショナルなメディアの解釈によって一旦混乱が収まると、「今・ここ」を起点に、たとえばイスラム教徒やアラブ諸国に対する意味づけを変化させて、ニューヨークやアメリカの人々が直面した事態に対する納得のいく説明を考えていく。これは一見9・11がなぜ起こったかという「今・ここ」のコンテクストを考える作業のようでありながら、実は不動の「今・ここ」（9・11）を設定して、そこに埋没しながら自分たちの納得できない解釈を排除し、その超越的ともいえる不動点に依存してコンテクストを事後的に解釈していくのである。「9・11を境に歴史が変わった」という物言いはその典型であろう。いくら歴史が現在からみた過去の解釈であっても、現在を現在たらしめている過去のイメージは、過去をより詳しく知ることによって変容しうる可能性があり、それは現在の意味づけを変えることにもつながりうるので、だからこそ人は歴史を学ぶ必要がある。ある一時点が不動点となってしまうとしたら、そこに向けて積み上げられる歴史はイデオロギーでしかない。

だからこそ「今・ここ」のなかでも情緒的で没入を生みかねない戦場は、その外部に対して相対化されなければならない。戦場にいる作家やジャーナリストが「今・ここ」に陶酔もしくは埋没し、そこで起きている出来事の背後にあるものに気づかないでは済まされないのである。だが戦争が進行中の場合、特に軍事機密との関係もあり、戦争を把握するための資料・情報というものは非常に限定されてしまう。世界に内在する存在である人間にとって戦場や戦争の全体などというものが原理的に把握不可能であるという問題にとどまらず、戦争後にその結果を知った上で戦争の性格や意義を位置づけることよりも、戦争の進行中にそれを意義づけたり伝えたりすることはより困難である。特に何らかの形で戦争の当事者といえる立場にあるならば、そこでの発言や表現は何らかの政治的機能を果たし、自らも戦時における状況の一部たらざるを得ないからだ。

傍観者

さて、以上の議論では、戦争の当事者という意識を持った人々——軍人、戦場からの生存者や、9・11を例にして「今・ここ」をわがこととして受け止めようとする人々——の問題が論じられていたのだが、十五年戦争中の銃後の人々も、基本的には同じように戦況の動きをわがことのように注視したのである。ただしそこで与えられている情報は、政府の統制するものであることに深刻な疑問を差し挟まない範囲のものであったが。いかにそうすることが当たり前の社会を作り、戦争への参加を組織化していくかが、戦時動員においては重要だったのだ。しかしながら、すべての人がそのような政府や軍の思惑どおりに動いたわけではない。少なくとも戦地が遠く離れた空間にあるから銃後は銃後たりえたのであり、そうでなければ前線に対する後方社会も戦地となる。日中戦争における中国社会、特に沿岸地域や長江流域は間違いなく戦地であった。戦地から離れたものとしての銃後であった日本社会では、空襲が激しい大戦末期は別として、生命がいつ奪われるかわからないという状況からは逃れることができた。

国家や国際社会の大きな動きとしての戦争の前では、一人ひとりの人間は無力でしかない。そうした状況で傍観者たることを許さない社会は非常に息苦しい社会である。銃後にいるときに、戦地の外部にいること、それ以上に政治的な決定プロセスの外部にいることの限界を無視していたずらに戦況に眼を向けよなどと個々人に言うのは動員のスローガンと同じである。とはいえ傍観は進行している戦争への、黙認をとおした肯定でもある。意図的に傍観者たることで戦争に対してギリギリの消極的抵抗を示した例なら戦中の日本にしばしばあった。しかしそのような抵抗的傍観者はともかく、傍観者一般においては、戦場の「今・ここ」に関してまた別の問題が出てくるのである。

戦場ジャーナリストの黒井文太郎は次のように書いている。「たとえば初対面の人と会ったとき、「あなたは何をしている人ですか?」なんて尋ねられるのが一番困る。/戦争の取材をしているんです。――などと答えなきゃならないわけだけど、それがどうにも苦手なのだ。なぜなら、たいていの相手はそんなセリフを聞くと、すばやく勝手なイメージを作ってしまい、基本的にこちらを〝変人〟扱いし、「へええ」なんて驚いてみせて、それから好奇の目であれこれとトンチキな質問なんかしてくるからだ(10)」。黒井は日本国内にいる時の、平和――戦地の外部――のなかでの会話を述べている。この場合「好奇の目」とは、異質なものに対して先入観を排除して近づいていくのではなく、奇妙なものへの目線、異質なものに距離を保ったまま傍から眺めるといった意味で用いられていることは明らかだ。その好奇の目の持主は、「今・ここ」で自分と話をしている黒井が、わざわざ危険を冒して戦場に飛び込んでいくということを理解しない、というだけなのだろうか。それとも戦地というものを全く自分と関係のないものと捉えているがために、そもそも戦地についてなど考えられないというのであろうか。

後者の場合はひとまずおいておこう。可能性としては、前者のような人がいてもおかしくはない。つまり、自分と同じく安全な場所で平和を享受している人間が好きこのんで戦地に赴いていくという行動が理解できないのであって、戦地には生命を脅かされている多くの人が存在するという現実はわかっているという場合である。黒井には好奇の目線を送ってしまうが、戦地の人々に対しては別の(同情的であったり批判的であったりする)目線を送るという場合が。とするとここには、わざわざ危険を冒して戦地に赴く(戦場ジャーナリストのような)人間と、好きこのまず自分のいた場所が否応なく戦場にされてしまったり何らかの重大な理由で銃を取った(戦地の)人間とは違うのだよ、という主張が隠れている。もっとも、戦争の当事者や利害関係者による情報操作の壁を乗り越えて戦地の現実を詳しく知るには戦場ジャーナリストのような存在が必要である限り、その主張は矛盾に陥るのだが。

後者の場合を考えてみよう。国家や国際社会という巨大な状況に対して個々人の無力を感じざるを得ない現代では、政府のコントロール以前に、戦地の外部にいる側の人間は戦争に対して傍観者、無関心という立場を貫いても世界は変わらないと考える人が多くなっていくのも無理からぬことである。そうなれば、戦地の人間がいくら死んでいくからといって、それに何もできない以上いちいち悲しんでなどいられないと感情を閉ざし、戦地は自分たちの世界とは「別の世界」として捉えられていく。

この場合、実際に傍観者である人だけでなく、直視するのが恐ろしい事態にのみ防御的な反応をしつつ、選択的に傍観を決め込む人もいる（もはや傍観と呼べないかもしれないが）。ある新聞記事によれば、イラク戦争時にアメリカでは、イラク滞在中に戦死した米兵の写真を掲載した新聞社に「一部の読者から「残酷だ」「配慮に欠ける」「非国民」などと抗議があった(11)」という。こうした抗議はおそらく「愛国心」に富んで、アメリカの政治状況に傍観者ではない人間が行なうのであり、イラクへわざわざ赴いたアメリカの若者が死んだという事実の生々しさと、その派兵を政治制度を通じて自分たちが支えているという事実のみに眼を塞ぎたいという願望がはたらいている。

なぜなら、同じ記事によると、『ロサンゼルス・タイムズ』が米主要八紙誌を調べたところ、二〇〇四年九月から二〇〇五年二月までの半年間に「イラクで米兵が死亡した時の写真を掲載したメディアはわずか1紙、それも1回だけだった」のに対して、「イラク人死者の写真はニューヨーク・タイムズで30回、ロサンゼルス・タイムズで22回など圧倒的に多かった(12)」のである。そちらには抗議がないわけだ。イラクでアメリカが起こしたことによってアメリカ人が死んでいる現実を覆い隠し、イラク人が死ぬことだけを許容するという形で、戦地と自分たちとは「別の世界」であることを自らに納得させているのだろう。こうして傍観が戦争を支えていくのであり、こうした思考停止にこそ、戦場の真実によって対抗する必要がある。

戦地と自分たちとの隔たりを自明視している人々と接するなかで、黒井はこう考えるようになる。

だいぶ後になってわかってきたことだが、戦場は決して特別な場所じゃない。そこには、僕らとまったく変わらないような普通の人々がいて、僕らと同じようなそれぞれの欲望やら愛情やらを抱え、〝しがらみ〟のなかで暮らしている。

ただ、そこに他の平和な世界と多少違っているものがあるとすれば、それはおそらく「死」というものとの距離ではないかと思う。そこでは、誰にとっても死が現実のものとして、わかりやすく転がっている[13]。

死が現実のものとして「わかりやすく転がっている」。この表現は、砲弾や銃弾のために戦地で死をしばしば意識せざるを得ないという状況を示しているだけでなく、物のように転がった死体を否応なく眼にせざるを得ない（もちろんそれも死を強く意識させるであろう）という状況を示している。

確かに平和な社会に生きる人であっても、死を意識する場面に遭遇することは決して少なくない。しかしながら、そこに死は転がってはいない。そこでは誰かが死んだとしても、彼らが一個の人格をもった存在であったことをだれもが知っている、故に彼らは死者なのだ。戦地でも死者が丁重に扱われることは少なくないが、バラバラの破片が物のごとく転がり手のつけられない亡骸もあれば、跡形もなく吹っ飛んでしまう屍体もある。平和のなかにしかいたことのない人間が、そのような戦地だけを見るならば「想像を絶する場所」として捉えてしまうのはおかしくない。

本節のまとめ

戦場の「今・ここ」を相対化する必要があるのには二つの理由がある。一つは異常な空間として切り取られて伝えられる戦場の強烈な光景が、戦況の背後にある政治状況を覆い隠してしまう可能性があるからである。もう一つは、異常さに眼をひかれるあまり、戦地の空間も本当は私たちの暮らしている社会空間と同じように平穏な暮らしをしたいという人間で満ち溢れていることを忘れさせてしまう可能性があるからだ。よって本書で〝戦場の「今・ここ」を相対化する〟と書くとき、戦場を「想像を絶する場所」として外部から絶対的に隔たった空間と捉えることや戦場での兵士の行為を美化することに対する批判を含意している。

だから、例えば戦場の負の側面を隠蔽したり兵士を美化したりすることは、戦場で起きているありのままに対する概念操作なので、戦場で起きていることに「距離」をとっていると考えられるけれど、それは一般社会の規範から戦場を眺める可能性を排除する（少なくとも弱める）方向に機能する。つまり、戦場での暴力や殺人を絶対化したり無視したりすることにつながる。それは結局「戦争だから仕方がなかった」という言葉によって、どこまでも殺戮や略奪や強姦を正当化してしまいかねない。それと同じく、戦争を体験した人が戦後にその体験を封じ込め、あたかも何も起こらなかったかのように振る舞うことも、過去の戦争を間接的に正当化しかねない。関わった戦争から自己を切り離すことに関しては主に第5章で取り上げるが、体験者が戦場の「今・ここ」を相対化するには、当然ながらその体験と向き合い続けることが前提とならざるを得ない。

「今・ここ」という個々人の体験に寄り添った特定の時空間の意味を重視することは、演繹的に導かれた「普遍的」理論が独り歩きして個々人の価値観を押しつぶすことに対する批判の足場として大きな力を発揮する場合がある。筆者もその点は重要だと思っている。本書で戦場の「今・ここ」を相対化するというのは実のところ、個々人の体験の交換不可能性とその意義を確認することにもつながるのだ。戦場という空間で暴力が行使されている状況を戦場の外部から追認して、個々人の命を奪う戦争が正当化されてしまう。そのことを批判的に捉えることこそが、戦場の「今・ここ」の相対化なのだ。

とはいえ、戦場を外部の目線から批判することが必要だからといって、戦場もそれ以外の場も結局は同じだ、などと言ってしまっては何にもならない。また、戦場＝非日常、平和＝日常という二項対立を設定してそれを崩していこうというのも違う。しばしば戦地に赴く黒井であっても、次のように言う。「さらに言えば、戦場は〝境界線〟なのだという気もする。／危険と安全の境界線。日常と非日常の境界線。敵と味方の境界線。殺す人と殺される人の境界線。正気と狂気の境界線。生と死の境界線——」(14)。他の場所と何かが異なるから「戦場」という概念でひとくくりにできるのである。黒井は「戦場」と「平和な世界」を危険／安全云々と単純に二分法で分けているのではない。彼のいう境界線は「戦場」／「平和な世界」に単純に対応しているものではなく、殺す人／殺される人、敵／味方といったように戦場の内側の線も含んでいることからも明らかだ。戦場は特別な場所ではないがそれでも何か他と違う場所であると言う時、戦場という場の内側に何本もの境界線が重層的に引かれることをもって、その違いを述べているのだ。

もう一つ私なりに付け足すと、戦場の内部で境界線が引かれる時、それは戦地の外側から情報や人を通して入り込んでくる政治やイデオロギー（たとえば「イラクに民主主義を！」）に依拠するものであったとしても、観念のレベルではなくむしろ物理的かつ強制的なレベルで戦地にいる人間に迫ってくる。その理不尽なまでの暴力性が、人々の眼を戦場に向けさせるのだろう、戦場の「今・ここ」に。しかし死者と生存者をほんの数センチで分け隔てる、超ミクロレベルのほとんど偶然的な境界線を除けば、政治による線引きや、なぜ「今・ここ」が戦場になっているかは、その外部を考えなければ理解できない。

それは言い換えると、戦場の内側からはその外側の政治がほとんど見えないことも示している。政治によって引かれる戦場内の境界線、例えば国家による敵と味方の線引きは暴力を伴う。それゆえに戦場の内側にいる人間がその線引きを拒否しようとするならば、しばしば死の覚悟が必要となる。だから外部から安易に戦場の内側にいる人間を批判することは効果が薄い。一旦戦争が起きてしまえば、特に暴力行使の現場のなかにいる人々にとっては、ナショナリズムによる「われわれ」「奴等」という線引きは、単なる想像上の概念として片づけられるものではなくなってしまう。そこには、「奴等」を殺さなければ「われわれ」が殺されるという状況が存在してしまうからだ。だからこそ戦地を「異常」として殺戮や略奪などを止当化させないために、外部の人間が戦場の内側ではたらく論理にも眼を向けて、「今・ここ」を相対化し、その論理を問うていく必要があるのだ。

総力戦の時代を現代と比較する時、例えば総力戦の時代には戦場からの報道が新聞を埋め尽くしたように、動員を強化するために戦地の情報が頻繁に銃後に与えられ、戦地と銃後とのつながりが強調されたが、今では必ずしも過剰な戦時色を全面に押し出さないという点では異なっているかもしれない。しかし戦争の負の面を覆い隠し、偉大な兵士像を作り出そうとしたり、巻き添えにされる市民の姿を覆い隠そうとするといった点では、今も昔も大差ないのである。それは結局、戦場を「別の世界」とすることで、戦争への批判を封じていくということなのだ。以上見てきたとおり、戦場から戦争を語ることは難しいことであり、戦場と戦争を分けて考える必要性はこういったところに存在するわけである。その上で戦争を批判していく視座が必要となるのだ。

2　軍隊と戦地——日常生活から切り離された空間として

前節では、現代の戦争を参考にしながら、戦場から外部に向かって戦況、戦争を伝えることの難しさについて考察した。送り手にとっても受け手にとっても、戦地の日常を捉えることは難しいのである。そのなかではしばしば戦場ジャーナリストの話が登場してきた。それは彼らが自ら戦地と外部を行き来するなかで、その難しさに直面しているからである。

ジャーナリストや作家に限らず、兵士も戦地と外部（占領地や駐屯地など）を、頻繁かどうかは人によるが行き来する。彼ら自身がそのギャップを意識する場合もあるだろうが、それについてどう考えているかは見えにくい。兵士が戦地に赴くのは戦闘行為やその支援活動に従事するためであり、私的な手紙を書いたりすることはあっても、故郷と戦地とのギャップをことさらに語る必要などないのである。だからこそ、銃後からは戦地に滞在する兵士の生活を知ることはいっそう困難なのである。

戦闘行為の当事者である兵士の戦場での意識を知ろうと思えば、当人たちの言葉を聞く必要がある。ところが兵士たちは、職業軍人の場合は別として、召集や徴集された場合は日常の職業から離れ、家庭から離れて兵士になる。その時点で既に、ふだんの環境からの変化を経ている。その上でさらに戦地へ向かうわけである。このように二重の意味で彼らは普段の生活から切り離されているのだ。だから彼らがどのように戦場へ向かうかについて考えなければ、彼らの視点や兵士としての自己認識は見えてこない。日常の役割の延長線上で戦場へ行ける従軍作家や記者の場合とは対照的なのである。

そこで以下では、十五年戦争期の日本の軍隊に関して、軍隊や戦地での兵の変化を考えるための視角を考察したい。その際、（Ⅰ）旧日本軍の軍隊組織、特に「内務班」と呼ばれた兵営での訓練生活によってもたらされる変化と、（Ⅱ）戦地において死の恐怖にさらされたり、異常な体験を経ることによる変化、の二点を区別して考察したい。それは兵営における変化の中心が、市民的な価値基準の剝奪、軍隊の規律の叩き込みのなかで起きるものであり、戦地における変化が、極度の緊張状態と弛緩の連続や、人の死に日常的に接することなどによって起こるものであり、両者はかなり異質な性格を含んでいるからである。ちなみに、本書では陸軍を中心に扱っている。これは国民皆兵としての徴兵制度が陸軍を軸に形成されたことと、参照した文献の性格、および第3章以降で中心的に分析するのが陸軍の兵士であることによる。

軍隊組織

周知のように、天皇が軍隊に直接与えた軍人勅諭の存在によって、日本の軍隊はその存立の根拠が大日本帝国憲法の外側に位置づけられており、国家元首たる天皇は大元帥として軍隊を直接掌握する立場に置かれていた。当然、軍隊は天皇制イデオロギーとのつながりを意識しながら組織を作り上げていった。それでもしばしば指摘されるとおり、天皇の軍隊を意味する「皇軍」という言葉は、明治、大正期には一般的に用いられることは少なく、「満州事変」勃発の頃までは国軍が一般的であった。以前から皇軍という言葉を好んで用いた荒木貞夫が陸相に就任した一九三一年頃から、日本精神を強調する社会の動きを捉えて広まりだしたと見られている[15]。

大日本帝国の軍隊は、社会の常識や道徳が否定され、独自の規律のなかで一般社会から切り離された空間であった。徴兵制の軍隊であったため、一般社会のなかで育った人（男性）の多くが突然放り込まれる場所でもあった。軍隊での初年兵へのいびり、リンチなどはあまりにも有名なことであり、兵士たちの軍隊生活への恨みつらみを書いた手記は多い。特に帝国内において訓練を行なう場である兵営での生活は、その閉鎖性ゆえ下っ端の兵士たちにとっては戦地よりも息苦しいという言葉も聞かれるほどであった。皇軍と呼ばれ人々に親しまれてきた存在でありながら、その閉鎖性ゆえ実際には外部の人間がのぞき見ることができない世界がそこにはあったわけである。

この兵営での生活の酷さを描いた有名な小説の一つに野間宏『真空地帯』(一九五二年)がある。戦地の場面、戦場の描写など全くないにもかかわらず戦争文学の記念碑的な作品と呼ばれただけあり、「内務班」(兵営での二〇―三〇人での生活単位)という空間を見事に表現した作品である。『真空地帯』という象徴的な題名が示すとおり、内務班、軍隊組織を他の社会から隔絶した空間として捉えている。野間とすれば、市民としての生活からあまりにかけ離れた論理によって動く世界がそこにはあり、暴力に支配された独自の論理に貫かれた自律的な組織であったのは確かであるから『真空地帯』と名づけたのであろう。しかし大西巨人が「俗情との結託」(一九五二年八月)で批判したように、そこの人間たちもすべて外部の一般社会で生まれ、そこに入ってきた人間である。外部とかけ離れた世界が存在するにせよ、そこでの論理が特定の形になるにはその外部の社会との関係があるはずなのである[16]。

そうした問題意識が広がってきたことと関連して、ここ十年ほど、従来多かった帝国主義研究や軍国主義研究とは異なった角度から日本の軍隊へのアプローチが試みられ、軍隊と一般社会、市井の人々とがどのような関係を構築してきたのかが着目されるようになってきた。たとえば加藤陽子『徴兵制と近代日本』(吉川弘文館、一九九六年)は、徴兵制を国民と軍隊とを結ぶ窓口という観点から捉え、小澤眞人+NHK取材班『赤紙――男たちはこうして戦場へ送られた』(創元社、一九九七年)は、軍がどのように徴兵対象者を把握し、徴兵がどういった行政手続きによって行なわれたかを、貴重な兵事資料と証言によって描き出した。吉田裕『日本の軍隊』(岩波新書、二〇〇二年)は、軍隊組織が徴兵制を通して文明開化・近代化を人々の日常に広めゆく役割を果たしたことを示した。

同時に、その帝国の軍隊組織の兵営や、軍人として赴くこととなる戦地において、兵士がどう生きたかという問題に注目した研究もある。その嚆矢ともいえる彦坂諦『ひとはどのようにして兵となるのか』(上下、罌粟書房、一九八四年)はかなり早い例であるが、二〇〇〇年代に入りこうした研究が増えてきている。藤井忠俊『兵たちの戦争』(朝日選書、二〇〇〇年)は、兵士たちの日記や戦地から送った手紙を読み解き、彼らの日常をあぶりだそうと試みている。また、鹿野政直『兵士であること』(朝日選書、二〇〇五年)などもその流れに近い。そのなかで鹿野はこうした研究の変化を、「国家が戦争したという視点から一人ひとりが戦場へゆかされ、またいったという視点への移動」[17]とまとめている。

軍隊と周りの社会との関係というものは、戦地と銃後との関係と完全にパラレルというわけではないが、互いに関連した重要な意味を持っている。戦後における元兵士の語りの多くは、軍隊の経験も戦場での経験もおなじく「戦争体験」というようにひとくくりにしてきた。それは戦地の生活も軍隊（内務班）の生活もともに、自分がそれまで暮らしてきた市井の生活から隔絶した特殊なものとして観念されているからであると同時に、彼らの多くにとって戦地と軍隊が切り離すことのできないものだからである。ある地域を戦地たらしめるのは戦争であり、戦争の中心的な役割を担うのは軍隊である。兵は軍隊に所属することによって戦地へ運ばれる。民間人であっても戦地にいるならば兵との接触は避けがたい。

第2章で詳しく見るように、戦前の言論統制といえば内務省の主導であったことは有名であるが、日中戦争開始後、軍事情報に関する出版物に対して陸海軍は独自の検閲権を確立していく。出発点は作戦上の情報を中心とした軍事機密を守る、いわゆる防諜対策というタテマエであったものの、実際には軍隊のイメージに関する統制が働いていった。同時に、軍人の社会的な発言に対する統制も強く、軍人が出版物を出すときは軍部の許可が必要であった。

火野葦平はそういった軍部の言論統制の最前線にいた。自らの作品が直属の上官から検閲を受けたばかりか、報道班員として新聞記者たちの記事を検閲する側にも立った。戦場での体験をもとに作品を書くにあたって彼が軍の報道部から提示された制限を要約すると次のようになる。[18]（1）日本軍が負けているところを書いてはならない。（2）戦争の暗黒面を書いてはならない。（3）戦っている敵は憎々しくいやらしく書かねばならない、敵国の民衆もこれに準ずる。（4）作戦の全貌を書くことは許されない。（5）部隊の編成と部隊名は書けない（すべてを「部隊」という言葉でまとめ、しかも部隊名は伏字となるので、例えば「第七連隊第三大隊第二中隊」は「○○部隊○○部隊○○部隊」と書き換えられる。多少の例外はあるが）。（6）軍人の人間としての表現を許さない。軍人（小隊長以上）は高潔、沈着冷静な人格として描かれなければならない。（7）女のことを書いてはならない、というものである。

軍隊という組織の論理を表向きは貫徹させるために、そこに綻びを生じさせるような表現を規制するわけである。軍隊の正当性を脅かすような負の側面を覆い隠すわけであるが、このような制限の上でなお軍隊について書くとしたら、結果的にどういう軍隊が描かれることになろうか。ここで「6　軍人の人間としての表現を許さない」に注目したい。これは別に非人間的に書けというわけではなく、当然人間性のいい面は書いていいとされている。それは軍隊という暴力的な組織に属する人間を、「いい面」ばかりの無欠の人間という、ありえない人間の造形で描かざるを得ないということだ。しかしここでもっと大事なのは、軍人は軍人として描け、という意味がここにあることである。

軍人は軍の規律にのみ従って行動する人間であり、それ以外の私的利害や欲望はおろか、軍隊という組織に入る前の学歴、職業といった個人が担う社会性を剝ぎ取って描く必要があるということである。軍人、特に兵卒は軍隊において個性を持ってはならず、上官の命令に従うのみの存在であるはずで、「兵隊は一般に「わかる」と個人的判断を誇示することを、禁じられていた[19]」という（ちなみに「兵卒」は「兵士」と同じ意味だが、もともと最下級の軍人を指して「卒」と呼んでいたため、勇ましいニュアンスのある「兵士」に対して、立場の弱い者の悲しさを強調して用いられることが多い）。このことの意味をもう少し詳しく見ていくことにしよう。

軍人は戦闘をはじめ（輸送や工作なども含めて）軍の命令に従って作戦行動に直接に間接に従事する。いわゆる兵士たちは軍人としてひとまとめに扱われてしまいがちだが、自ら志願した職業軍人と、徴兵された一般の兵とを一緒にすることはできない。徴兵制は「国民皆兵」というタテマエではあったが、徴兵検査を受けて合格した人のすべてが徴兵されたわけではない。平時はそれだけの人数を必要としなかったからである。大正から昭和初期にかけては、検査に合格した青年のうち、適性などによる振り分けはあるが、くじに当たった十数パーセントが入営した程度で、それ以外の人々は軍隊生活を経験せずに済んだわけである。戦時になるとその割合は当然高まり、日中戦争開始後の一九三八年になると五〇パーセント近くにまで上がっている[20]。

ちなみに、割合を上げたところで、新兵には訓練期間が必要であり、すぐに戦線に出られるわけではない[21]。日中戦争開始直後に前線へ向かったのは、かつて現役を終えて元の生活に戻り、予備役や後備役としていわゆる赤紙で召集された人々が中心だった。召集に対して徴兵年齢に達したばかりの新兵（現役兵）の募集は徴集と呼んだ。こちらの場合は赤紙を受けとることはない。火野葦平の場合は予備役として召集されて日中戦争に参加している。職業軍人は自分の意思で軍隊に入り、現役兵、召集兵はそうではないということも重要な違いだが、それと同時に軍隊の外側に自分の生活基盤があるのか、軍からの給与を生活の基礎にしているのかという違いもある。特に現役兵よりも年齢の高い召集兵は、多くが結婚して子供もいる上、働き盛りで故郷でイエを支える中心的な存在であることが多く、イエは大黒柱を取られたわけである。長期戦化にともない、出征者の家族への援護・支援が行なわれざるを得なかった所以である。これについては次節で詳しく論じる。

命令でいとも簡単に集められる兵士は「一銭五厘」（ハガキ一枚の値段）とも呼ばれ、その扱いの軽さがよく指摘される。これはハガキで赤紙が届けられたというイメージがあったことと関係しているが、ハガキで召集令状が送られることはなかったようだ。召集令状は直接本人か、本人が本籍地にいない場合は代理人（普通は家族）に手渡され、その場で受領日時を記入し、押印する。本籍地を離れている場合、電話の普及率のごく低い時期であるから、家族から電報や手紙で本人に知らされ、故郷に戻って初めて赤紙を見ることとなったのだ。この際の「手紙で召集を知りショックを受ける」という構図が、「一銭五厘」につながった可能性を小澤眞人は指摘している。[22] さらには鹿野政直によれば、日中戦争の頃にはハガキは既に二銭に値上がりしていたという。一人の兵の命の扱われ方の軽さを強調した庶民の哀しさが、より安い値段の「一銭五厘」に込められたということだろう。[23]

軍隊は階級序列の厳しい組織であるが、職業軍人は長年軍隊組織内で生活するうちにそれに慣れていく上に、二等兵のような最底辺の階級にはいない。兵卒とは別の部屋かあるいは兵営外の家から通うことができる。二十四時間監視下にある生活のなか、底辺の立場でもっともこき使われいびられるのは現役兵か召集兵であった。

市井の人々が軍隊に入るということは、自分が長らく親しんできた日常の生活を離れるということである。特に二十四時間自分が管理される対象となる兵営での暮らしに関しては、軍隊という厳格な規律《ディシプリン》の組織に入るという意味で別の日常性の世界、別の意味構成の世界に入り込むことであった。軍隊に入ると、どれだけ社会的地位があろうとも、それまでの生活での立場というものを徹底的に剝奪され、軍隊の階級制度に対する絶対的服従を「第二の天性」とすることを要求される。それが目的に対する合理的な限定的服従であればともかく、兵卒には目的に対する手段の適合性を判断して行動する合理的思考は許されない。「価値観がいわば地位の上のものに独占されてしまう[24]」のだ。合理的であろうが非合理的であろうが、上官の命令は絶対なのである。これが先の「わかる」の禁止、つまり自主性の剝奪である。

日本の徴兵制における基礎的な研究ともいえる『徴兵制』で大江志乃夫は、国土防衛のための民兵や志願兵主体の軍隊という選択肢も議論されたなかで、徴兵による大兵力の常備軍が確立された背景には「陸軍の外征軍隊化」という路線があったことを指摘している[25]。「国民の自発性にもとづかない徴兵軍隊を軍隊として機能させるためには、軍隊でいう「地方」つまり一般社会から隔離し、兵士を「軍紀の鋳型」にはめこんで〝人格なき道具〟にしたてあげるしか道がなかった[26]」というのだ。大江のこの指摘は陸軍成立期という早い時期に関するものだが、荒川章二は日露戦後の一九〇六年、参謀本部の作戦計画の力点が「守勢」から「攻勢」に変更されるにともない、対外的危機感が消えることで、一般人の戦争・軍隊参加のモチベーションが下がり、兵営内部での教育が強化されたことを指摘している[27]。つまり軍隊が侵略的性格を増せば増すほど、人々の自発性による防衛から離れて、非合理な命令による軍紀の必要が高まるわけである。

一般社会を「地方」と呼び、あるいは隠語として「娑婆《しゃば》」とも呼んで軍隊は別の世界であることを日々強調する。軍隊生活におけるコードから逸脱して「地方」のコードを持ち込んでしまうと「娑婆っ気が抜けていない」と、私的制裁は禁じられているはずだが実際には古参兵からビンタが飛ぶ。インテリ兵であっても一人で思索にふける時間などもてないし、イエのなかで比較的大人数で生活してきた農民であっても、軍隊のような形で一斉行動を要求される集団生活は全く未体験の世界であり、ストレスとなることが多かった。

そうしたストレスによって兵の士気が下がったり訓練に支障があっては軍も困る。そのために兵営でも戦地でも、兵士たちの士気を再生産する必要がある。日本軍において、それは基本的に酒と「女」の二つであった。それが短期間で再生産を可能にすると考えられていたからだ。特に休暇制度が不十分なまま長期間滞在する戦地ではなおさら、兵士たちへの慰安が必要となる。しかし日本軍はそれに対して性的搾取の対象としての「女」しか与えなかった[28]。だからこそ「慰安所」という言葉が、一般的な娯楽ではなく、性奴隷のいる場所に対して使われたわけである。また、慰安の手段にアルコールが加わることによって、女性への暴行が引き起こされるという悪循環も多かった[29]。命令に服従し続ける兵士にとって、女性を「抱く」という行為は、主体性を回復するという幻想を味わうことのできる行為であり、だからこそしばしばレイプという強制的な形をとったとも言われている[30]。

こうした軍隊の息苦しい生活は、軍隊が人殺しという本来ならば法的にも道徳的にも許容されるはずのない行為を目的として組織されていることと関係する。それが「外征」、つまり侵略かそれに類似した戦闘であればなおさらである。「地方」における常識が軍隊では全く通用しないということを徴集者の身に染み込ませることが必要となるのである。それは本書の関心にそって言い換えれば、外部の民間社会の日常、常識、世界観を軍隊（そしてその先にある戦地）には持ち込ませないことが必要だということとなる。十五年戦争期の日本は戦争を肯定的に捉える社会であり、「皇軍」は無謬の組織であると一般に受けとられていた。とはいえ内地の兵営で行なわれる訓練で人殺しをできる人間を育て上げるには、兵の感情を取り除き、敵を人間と思わせないためにまず、兵自身が人間として扱われない場に放り込むことが必要だった。もちろん、「酒と女」による男の「慰安」に関しては、よく指摘されるように公娼制度の存在など、一般社会と地続きのものであることは忘れてはならない。

こうした兵営での生活は、結果として多数の自殺者を生んだ。一九三八年十月、すなわち日中戦争開始から一年余り経った頃の陸軍の内部資料には、陸海軍の軍人・軍属の自殺率について、「十万人に付三十人の比率は一般国民の自殺率より稍々高い、而して日本国民の自殺率は世界一であるから、日本の軍隊が世界で一番自殺率が高いといふことになる[31]」とある。

このデータは戦地に行った将兵を内地に残った将兵と区別していないため、戦場における自殺者数はわからない。しかし、「支那事変発生後満一ヶ年間に於て自殺した陸軍々人の数は百六十八名の多数に上り、之を事変前十ヶ年間の平均人員七十七人余に比較すると遙かに二倍を越えて居るやうな有様である」[32]。これは総数をさしているので、戦時動員による母集団の増加による部分もある。同時にそれにより、平時なら動員されないような、体力面で劣ったり精神面に不安のあるような、軍隊生活に適応しにくい人が動員されることが増えたことも背景にある。しかし戦時という状況が自殺者の総数を倍化させた事実は動かない。

また、先の「慰安」と関連して、軍が懸念していた事項として次のようなことも記されている。「軍隊に入ったが為に酒色の味を覚え性病に感染して自殺するものが生じたとあっては、此等の父兄に対しても申訳ない次第であって、軍隊幹部としても注意すべき点であると思ふ」[33]。しかも戦地中国での性病感染の「流言」という話も出ている。

自殺の理由は個々人違えど、軍隊生活の圧迫感のなかで逃げ場がない結果、自殺に追い込まれた人々が多数いたことは以上見たとおりである。自殺の話はこれくらいにして、軍隊生活への適応の問題をもう少し考察しておこう。

戦後の戦争体験論などは『きけわだつみのこえ』への賛同に典型的に見られるように、市民生活から軍隊という場に入り込んでいく時の世界の変化、そこに待ち構えていた暴力的な世界への告発を、一つの出発点にしていたといえる。それは裏を返すと、知識人たちが誇りとしていた知性が、軍隊や戦地の現実の前には力を持ち得なかったことへの後悔でもあった。それは戦後の文学においても重要なテーマであった。

軍隊や戦地の日常は、市民生活における日常のなかで当たり前に思われている倫理や道徳とは全く異なった理論で動いていたわけであり、軍隊に適応するためには市民生活の日常を捨てなければならない。適応できない人間に対しては肉体的、精神的な私的制裁が待ち構えており、市民生活での日常を捨てざるを得ない[34]。特に規律の厳しい内務班（兵営）での生活においては一挙手一投足が監視され、矯正される。そのような場では、思考によって行動を律したり反省的になるよりも、思考を捨ててその場の「常識」に身を任せることが適応の近道であった。また、一般社会のなかで「男らしさ」や「憧れ」の存在として兵士を位置づけることで、その「常識」に適応するモチベーションを出征前の若者に身につけさせるということもあった[35]。

思弁的、反省的な行動様式をとる学歴の高い層ほど、そのような場への適応が困難であった。適応するためには、自分の知識人としてのハビトゥスを捨て去らなければならない。捨て去ってしまうことにも葛藤は生じるが、いつ終わるとも知れない軍隊での生活に従いつつ、心の中で市民生活における常識を保ち続けようとしたら、そのエネルギーは想像を絶するものであっただろう。例えば自らも学徒兵であった安田武は『きけわだつみのこえ』に手記を掲載している学徒兵についてこう書く。学生時代の友人に宛てた手紙を兵営で一度没収されて以来、「文字による表現の一切を断念してしまった私自身の軍隊生活を顧みて、おなじ条件のなかで、これだけのおびただしい発言を記録してきた同世代の不屈な勇気の前に、私は愧《は》じなければならない。彼らは、死んでもついに「学徒」兵であった[36]」。疲れ切った軍隊生活の合間に知性を用いてものを考えるということ、さらにはそれを書き付けることは大きなエネルギーを要した。そしてそれが見つかることは「シャバッ気が抜けていない」と私的制裁の対象となる可能性もあった。安田は軍隊では学徒たりえなかったが、手記を残した彼らは軍隊のなかで学生としての生活を保ち続けたというのである。

もちろん、極端な例として学生と農民では、それぞれの肉体的、精神的な条件が異なるので、市民生活上の「常識」を捨て去るといっても実際のところ出身階層が消え去るわけではない。何がしかのハビトゥスは残る。『戦没農民兵士の手紙』（一九六一年）などを見ると、「軍隊も忙しい時は実に目が廻るほど忙しい時もあるけれど、家の忙しさよりは遙かに楽です。今だったら朝の起床は六時、多忙な農村でなら恥かしくて人様には見てもらえませんよ[37]」と、同じ軍隊での経験が、貧しい農村で暮らし、強靭な肉体を持った農民にとっては必ずしも苦しいものでもなかったことがうかがえる。

近代日本の軍隊自体、農民を中心として構成されているという側面を持っていた。そもそも当時の日本における農業従事者の比率が高かったことがある上、高等教育を受ける学生などの徴兵猶予者、免除者などが都市出身者に比べて少なかった。そして身体能力の違いから、徴兵検査における甲種合格の比率も高かったことなどが理由として挙げられる。そして同じく重要なのが、兵営や戦地において直接兵士たちに接して指揮する立場にある下士官に農民が多かったということも、軍隊が農民にとって違和感の少ない場となった理由である[38]。高学歴者も幹部候補生制度によって下士官となるケースは多かったが、その場合は訓練を終えて再び学校や会社に戻るケースが普通なので、訓練で兵士に接することは少なかった。ただし戦時中に召集された場合、最前線で戦うことが多いことには変わりない。

軍隊における農民の役割が大きいからといって、農村での生活と軍隊での生活とのギャップがないわけではない。軍隊はほぼ一県ごとに一連隊が置かれ、居住地ではなく本籍地で徴兵されたのだが、基本的に兵営の所在地はその地方の都市が多かった。これは徴兵された農民にとっては少なからず都市の雰囲気に触れる滅多にない機会であった。

農家の次・三男たちはイエを継ぐことができないために、郷里を離れて近代日本における階層および地域間の流動性を高める役割をしばしば果たしたといえるが、軍隊も重要な就職の場の一つとなった。陸軍であれば、幼年学校から陸軍大学に進むような超エリートや陸軍士官学校出のエリート層を除けば、たいていの場合は二十歳になって徴兵検査を受けて現役兵として入隊する。就職する場合、三年間（一九二七年以降は二年間）の兵営での現役期間を終えた後に、そのまま志願して職業軍人となるケースが多かった。農村出身の志願兵であっても高い学歴を持つ場合、それは大都市の高校や大学に通って都会的なハビトゥスを身につけていたということでもあるが、軍隊に残る場合は将校クラスの軍人を目指すことを意味する。対して学歴の低い農民層であれば、志願して職業軍人となる場合は主に現場に近い下士官となるのが普通だった。そもそも、仕事を見つけるチャンスの多い都市住民にとっては、下士官として軍隊に残ることは仕事としての魅力が少なかったという。

こうした銃後の常識が持ち込まれない場というものは、学歴や社会階層といったものによって不利益を受ける立場から見ると、実際には学歴の差が階級差に反映されることが多かったとはいえ「平等」の保障される場でもあり、軍隊独自の価値基準にそった同一階級内での能力主義（機会の平等）によって評価される可能性がある場でもあった。丸山眞男は一九四九年に行なわれた座談会で、軍隊のその性格を「擬似デモクラティックなもの」と呼び、次のような説明を加えている。「天皇の軍隊ということは最近の段階になってから強調されたことであって、その前には、むしろ日本の軍隊は国民の軍隊である、外国の軍隊は貴族の軍隊だが、日本の軍隊は本当の国民の軍隊であるということを強調していたという点もあるのじゃないかと思います」[39]。このような性格によって、戦前の日本社会においては警察という官僚組織に比べて軍隊への信頼が格段に高かったといわれる。この点、ヨーロッパ諸国の軍隊は、一般社会の身分(階層)の序列と軍隊内の階級が強くリンクしている点で異なっていた。それにはノブレス・オブリージュ(noblesse oblige)に見られるような貴族制の名残や、高学歴者が高階層を占める割合の高さなどが関係していたと指摘される。

皇軍においては天皇の前に皆平等、農民だろうが漁民だろうが炭鉱夫であろうが職工であろうが法学士であろうが関係がなかった。何か差があるとすれば星の数(階級の差)のみというのは単なるタテマエに終わるものではなく、絶対的な立場、待遇の差が存在した。だからこそ高学歴者の多くは、軍に反感をもつ場合であっても星を得るために(中学校卒業以上の学歴を持つ者だけがなれる)幹部候補生として入隊したのである。こうして軍隊における日常は、彼の身体に染みつき、世界理解、習慣のレベルで彼のあり方を変えてしまうのである。この徴兵制軍隊の「擬似デモクラティック」な側面は、後に朝鮮への徴兵制施行(一九四四年)の際の正当化にも用いられることとなる。つまり、〝徴兵制は皇民にのみ与えられる特権〟であり、大東亜共栄圏のなかでもほかならぬ朝鮮の人々の地位の〝高さ〟ゆえ与えられるものである、と。それゆえ、日本人との平等化を進める徴兵制の施行は真の「内鮮一体の具現」と標榜されていた(40)。

PTSD

以上、軍隊組織において兵士たちの生活がどのように外部の社会から切り離され、どういった価値が叩き込まれたかを見てきた。続いてここでは、兵士たちが戦場に行ってどう変わるかを、極端な例としての「異常な体験」を中心に考えてみたい。前節で見たとおり、戦場を「異常な」空間としてのみ捉えてしまうことは問題である。だが、異常な側面のみを取り出すことが問題なのであって、実際には近代戦の戦場においては、人間の肉体、精神の適応を超えた状況のなかで、簡単には拭えない変化を被る兵士たちが多かったのである。

人間の適応の限界を超えた状況が生む戦争での精神障害が社会問題として大きく取り上げられたのは、第一次世界大戦が最初と言われている。特に塹壕戦に参加した兵士に精神障害が多く見られたため、砲弾の炸裂が兵士たちに脳震盪《しんとう》を起こして障害が生じると考えられて「砲弾《シェル》ショック」という名がつけられた。この響きのよい名は最前線の過酷さを物語るような気がするからであろう、今でも用いられることがあるが、実際には脳震盪を起こすような状況にはなかった兵士や、砲弾にさらされることのない後方支援の兵士たちなどの場合も同様の症状を示し、また、脳の損傷などによって起こる症状と異なることからも、すぐに心的外傷によるものであることがはっきりした(41)。

しかしこの頃はまだ、兵器が日進月歩で破壊力を増すなかで、長期化した戦争における兵士たちの置かれた極限的な状況への理解がなかった。軍人としての栄誉を求めて勇敢なる行動をとるものこそが兵士であるというステロタイプの前に、精神障害を起こす者たちは臆病者で資質の劣った存在、場合によっては詐病者であるかのように扱われることもあった。精神科医のなかにさえそのような主張を行なう者も少なくなかったのである。しかし、そのような態度をとっては患者たちが回復を見せるわけもなかった。患者のなかには臆病者というスティグマを内面化することで、いっそう症状を悪化させる者もあった(42)。

もともと軍の精神科医の役割というのはいかに兵力の消耗を防ぐかにあった。戦地で精神障害を発した患者をどれだけ早く治療して再び持ち場へ戻すかが大事なのだ。となると、患者を詐病扱いしたところで彼らを戦地に返すことはできないので、第一次大戦の教訓のある欧米では第二次世界大戦の頃になると患者を「合理的」に扱うようになっていく。ようやく、戦争神経症の患者から臆病者といったスティグマが取り払われ、「いかなる人間も銃火の下に置かれた時には神経的破綻を起こしうるものであることが認められた。また精神科的傷病兵の数は戦闘に暴露される〔さらされる〕程度の苛烈さと正比例することが認識された(43)」。それはつまり戦闘に慣れる、というようなことはどんな屈強な精神の持主でもありえないということでもある。第一次世界大戦に本格的には参戦しなかった日本が、それゆえ軍事面で他の列強に遅れをとることとなったことはよく指摘されるが、戦争神経症への対応についても事態は同じであった。

アジア・太平洋戦争中に東京帝大の医学部精神科に所属していた井村恒郎は、戦争神経症の患者に接したなかで、情緒的緊張にともなう生理的反応として、心臓の激しい鼓動、胃の痛み、脱力感、冷や汗、嘔吐、ふるえ、尿失禁、便失禁、硬直などを症状として挙げている。ところが前線においては、こういった障害をもちながらも兵士たちの多くが軍務に従事していられると言う。「この耐性の強さは、市民の神経症では考えにくい。前線兵士の心身反応は、まさに「異常な」環境に適応するための「正常な」者の反応なのである」[44]と述べている。ただし、そういった危ういバランスが崩れる「破綻点」を超えてしまうと、もはや軍務は果たせなくなる。

医学部においては自己の専門分野のみならず、基本的に一通りの診療を可能にするだけの知識を学ぶことになっているが、当時の日本の医学においては精神医学に対する関心が概して低く、前線で精神医学的診療の行なわれる機会は、召集された隊付の軍医が偶然精神科医でもない限り皆無であったろうと、当時の医学水準を身をもって知る井村は述べている[45]。

そうした精神医学一般への関心の低さも関連してか、戦後の日本では戦争神経症の研究が行なわれることはほとんどなかったようだ。欧米の研究のなかではっきりとしてきたのが、小隊や分隊などの小さい単位における戦闘員同士の感情的なつながりが強い場合、精神的破綻が少なくなるということだった。統率者のリーダーシップが強く、互いの信頼感が高いと障害を起こしにくい。たとえ一旦起きても、部隊内でのつながりが強い場合、患者をできるだけ元の部隊に近い場で治療すると回復が早いということだった[46]。つまりは、トラウマの発生、継続は単なるショックといった問題だけでなく、人間関係が重要なファクターとなる。精神医学者の森山公夫の定義によると、「「トラウマ」とは、孤立無援感を伴う恐怖体験である」あるいは、「離断と疎外をもたらす恐怖をトラウマと呼ぶ」と。〔中略〕単なる「精神症状」なるものはなく、どんな病的症状も必ず「身体・精神・社会」症状として、三位一体で現れるのです」[47]。こうした性格をもつ戦争トラウマは戦地における人間関係だけでなく、兵士たちが帰還したり、病院に搬送されるなかでどのような社会的関係を築けるかによっても症状が変化するわけである。当然、トラウマの症状が理解されて彼らが適切に社会に受け容れられれば、トラウマは悪化しにくく回復も早い。こうした戦争トラウマの性格を浮き彫りにするのが、ＰＴＳＤ（Post Traumatic Stress Disorders　心的外傷後ストレス障害）である。それについて見ておこう。

戦地での生活、特に銃弾にさらされ、多くの人が死んでいくのを目の当たりにする戦場での生活では、しばしば人間の精神の耐え得る限界を超えてしまう。どれだけ長い間戦地で過ごしても日常化しえないという意味で（非日常ではなく）異常な世界がそこには待ち構えているのである。そこで異常なものを体験してしまった人間は、帰還後、故郷へ帰ってきてももはやかつてと同じような生活をすることができない。つまり彼らは自覚的であれ無自覚であれ、戦場や軍隊の痕跡を市民生活に持ちこんでしまうわけである。その典型的な例は、それがはっきりと見える傷痍軍人や被爆者などの戦傷者であろう。そして最近一般的に用いられることの増えたPTSDを含めた戦争神経症が、もう一つの例である。

既に述べたように、戦後の日本において戦争体験が振り返られる際、市民生活から軍隊生活や戦争に移行する際の変化には注意が払われた。しかし帰還兵や戦争を深くくぐった後の人間が市民生活に帰っていくときの困難に対してはあまり注意を払わなかったといえる。もっともそうなったのにはそれなりの理由がある。市民生活自体が空襲や食糧不足で破壊されていて、戦地、軍隊、市民生活の差が少なかった。つまり戦地から「還る」ことにともなう適応困難などのショックは（懐かしき故郷を心に抱いて帰ってきたのに、それが完膚なきまでに破壊されていたというようなショックは別として）大きくなかった。さらには誰もが戦争の傷跡を持っていたし、軍隊や戦地を経験した人も多すぎて、多少の適応困難などは注目に値しなかった、といったこともある。

しかし戦後においては以上のような理由で注目されなかったが、むしろ市民生活が破壊されつくしていなかった戦時中にもそのような帰還者の適応困難が現われたのである。そしてそこには、戦傷者や顕著な神経症患者も含めて、戦時下においての帰還兵の社会的な位置が関係している。当時の日本を見わたした時に、帰還者たちが（たとえばベトナム戦争から帰還した米兵の多くが戦争中から反戦活動を活発に行なったのとは異なり）戦争を根本から批判したというようなことは、筆者の知る限りない。しかし彼らは銃後に戦地を持ち込む存在として、戦地と銃後の距離を近づけるものとしての総動員体制において動員を推し進める役割を果たす一方で、戦地の現実をさまざまな形で映し出すことでしばしばその絶望的な距離感を指し示し、市民の戦意を削ぎかねない存在でもあったのである。

ＰＴＳＤという病気の成立は基本的にベトナム戦争期の米国において、帰還者の精神的後遺症が社会問題と化したところに端を発する。ベトナムにおいて米兵は、住民と全く見分けのつかないゲリラにいつ襲われるかわからないために常に警戒心、恐怖心を抱き、泥沼のような戦いのなかでトラウマを負った。そしてもう一つ、実際に戦地に行き、もしくは帰還したなかで、米国の戦争目的に対して深い懐疑をいだいていった。そうしたなかで生まれる罪の意識がトラウマを強めていったのである。戦争トラウマに悩む帰還者の救済のために反戦・平和運動が後押しをして、「彼らに診断名をつけ、治療、補償することでアメリカは国家としての責任をとったとも考えられる」[48]。このような政治的背景から、一九八〇年に認定されたのがＰＴＳＤである。ちなみにその後、レイプ被害者の女性も帰還兵と同様の症状を生ずることがわかり、そうしたなかで定着していったＰＴＳＤは、惨劇の被害者の症状というイメージが強まった感がある。だが被害か加害かとは関係なく、あくまで上で述べた症状によって判断される障害である。

残虐な行為や脅威を体験した人間は誰でも心の傷を負う。その衝撃の度合が高ければ精神障害を引き起こすが、そのうち一ヶ月以後になっても続いているものがＰＴＳＤとされる。精神科医の藤澤敏雄の説明をもとにＰＴＳＤの主な症状を便宜的に四つに分けると、①外傷を負った事件を再び生き生きと体験する感覚や錯覚、幻覚、フラッシュバックなどが繰り返し想起、再体験される。②心の傷のもととなった体験が思い出せなくなったり、関連した思考や感覚を回避しようと努力する。感覚の鈍麻が起こる。③他人から疎遠になった、孤立しているという感覚を覚えたり、重要な活動に対する興味が著しく減退する。また、未来が縮小した感覚が起こり、長い人生の見通しを持てなくなる。④眠れなかったり、目覚めやすくなったり、かんしゃく発作、集中力の低下など、過覚醒と呼ばれる一連の症状が起こる[49]、といったところである。

このような症状のうち、①と②は互いに相反する様相を示している。つまり、①では事件が繰り返し想起される（「侵入」という用語で呼ばれる）が、②では事件を避けるだけではなく思い出せなくなる（「狭窄」と呼ばれる）。Ｐ

ＴＳＤの患者は、特に症状が重い場合、「侵入と狭窄という相矛盾する二つの反応が一種のうねりのようなリズムをつくり上げてしまう」[50]。ＰＴＳＤ研究の第一人者ジュディス・Ｌ・ハーマンは、これがＰＴＳＤの「最大の特徴」と述べている。こうした両極端の症状の間で患者は振り回され、時間が経つにつれて安定を取り戻すどころか不安定さを増して周囲の人々とのつながりがうまく保てなくなり孤立感が増す。そうすると必然的に③のような感覚が強まっていくのである。心的外傷を生んだ元の体験だけに集中して向き合う環境にいられたならば克服できたかもしれない場合でも、治療期間中も自分の生活においてさまざまな人々との関係のなかで生きざるをえない患者は、こうした症状の連関によって、数年間もの長期にわたって症状を継続させることとなる。通常の軽いショックに対しては、人間はそれを自分でコントロールし、他者とのつながりを回復することができるのだが、そのレベルを超えた圧倒的なショックの前では、人は自己のコントロールを失って孤立無援化され、無力感に打ちひしがれてしまうのである[51]。

こうした症状の病気であるから、当然回復のためには安定した人間関係を築く必要がある。侵入と狭窄の往復運動は患者からすればトラウマ記憶によって自分が支配されるという感覚を生む。そうした状況から自分が記憶をコントロールする側に回るために、そして外傷を引き起こした（個人の統御できる限界を超えた）ショック体験を自己一人の責任として負ってしまわないために、他者に体験を語ることが必要となる。だが普通、地獄のような戦場で彼らが行なない体験したことの深い意味を、非体験者が理解することはできない。それは当然のことである。そこで治療早期の段階では特に、似た体験を持つ帰還者の患者同士のグループを作ってトラウマ体験を語り合うことなどがしばしば行なわれたという[52]。

ＰＴＳＤの患者の症状の多くは、起きた出来事（ショック体験）の責任をすべて自己が負うことによる罪悪感に起因する。その裏返しとして自己の無力感に襲われるのである。こうした罪悪感は、先ほども述べたように被害者、加害者といったことには基本的には関係がない。しかもしばしば、ＰＴＳＤ患者を担当する精神科医ですら、患者に対する同一化・感情移入が強いと「治療関係において患者の人生に過剰な個人的責任を引き受け」てしまうために、改善を見せない患者に対する自己の無力感に打ちひしがれてしまうという[53]。

生存者の治療にかかわる治療者はまた、自分自身との絶えざるたたかいにもかかわっているのであり、このたたかいにおける味方は他者であって、他者のたすけによって自分の対処能力のもっとも成熟した部分を動員しなければならない。昇華、他者本意、ユーモアは治療者を救う恩寵のようなものである。ある災害援助ワーカーの言葉を借りれば「ほんとうのことをぶちあければ、私と友人たちが正気を保つ唯一つの方法はいつもジョークをまき散らしいつも笑っていることでしたね。ジョークがえげつないほどよかったですね[54]」。

こうした形で自分が引き受けている責任感を共有したり、ジョークで深刻さを跳ね飛ばしあうことで、起きたことを自分の責任ではなく他者の責任として捉えることが症状の軽減につながるのである。身近な（自己と同一視しうる）仲間と笑いあうことで責任意識を逸らすわけである。しかしこのことは裏返すと、集団への強い依存のなかで生活していれば、最初からある行為への責任を自ら引き受けることなく、責任意識や罪責感を持たないということにもつながるのである。

軍隊のような命令系統の下では理不尽な命令によって自らの意にそぐわない行動をとらされることが多い。今日われわれの知るような中国大陸におけるさまざまな日本軍の残虐行為を考えれば、旧日本兵たちが自分の無力感に打ちひしがれて罪悪感が生まれてもおかしくはないはずである。普通の兵卒たちには戦争の正当性に確信が持てず、ストレスを感じていた場合も少なくなかったという。戦争の正当性が正面から問われることのなかった戦時中は、帰還兵と社会との摩擦がなかったにせよ、それでも戦争神経症の兵士は存在していた。しかし、戦争への批判がさまざまに飛び交った戦後においてすら、戦争神経症や、帰還兵と社会の摩擦が問題になったとはほとんど聞かない。この欠如は重要なことを物語っている。

今まで述べてきたことから、その欠如の理由を推測すると、（a）戦後の日本社会が戦争のトラウマ自体をほとんど対象化してこなかった、（b）日本兵の多くが戦争でしたことに対して罪悪感を感じていない、（c）加害の記憶を

年　度	比率(%)
1937	0.93
1938	1.56
1939	2.42
1940	2.90
1941	5.04
1942	9.89
1943	10.14
1944	23.32
1945	5.24

表　陸軍における還送戦傷病兵における精神疾患の比率(小倉, 広島, 大阪の三大陸軍病院に還送された戦病者数のうち, 精神病の占める割合)(浅井利勇編『うずもれた大戦の犠牲者』国府台陸軍病院精神科病歴分析資料・文献論集記念刊行委員会, 1993年, 24頁)

はじめ、戦争の罪悪感を抑圧する社会が作り上げられてきた、といったことが考えられるのである。戦後日本における戦争トラウマの欠如という観点から兵士たちの分析をした貴重な研究である野田正彰の『戦争と罪責』(岩波書店、一九九八年)を手がかりに、このことをもう少し詳しく見てみたい。

(a)の前の段階として、実際のところ戦時中から既に兵士たちの神経症は問題になっていた。データは陸軍のものであるが、戦争の長期化にともなって精神疾患が増えているのは明らかである。一九四四年の一月から四月までの間の戦病還送患者の二割以上が精神疾患であったとする研究もある[55](上表参照)。十五年戦争期の日本軍では、「お前たちは軍の消耗品である。一銭五厘で召集できるんだ。馬はそういうわけにはいかんぞ[56]」というような兵士の扱いをしていたとよく言われる。戦争が長期化し、大規模な動員において兵の頻繁な交代ができない状況では特に、戦争神経症となった兵士たちは、勇敢で無敵の皇軍に傷をつける臆病者や逃亡者のようなイメージを抱かせる存在として一般的には隠蔽されていたようである。これは勇敢さの証として銃弾などによって受けた傷が一目瞭然である傷痍軍人が、頻繁に銃後の表舞台に立って感謝の対象として持ち上げられたのと対照的である[57]。

しかし戦時神経症の兵士たちを完全に無視するわけにもいかなかった。そこで千葉県市川市にある国府台陸軍病院が神経症患者受け容れの中心的な病院として位置づけられた。その国府台病院で軍医をしていた櫻井圖南男《となお》が一九四一、四二年、『軍医団雑誌』に「戦時神経症の精神病学的考察」という論文を掲載している。精神医学を専門とする櫻井は陸軍軍医中将という地位にあり、当時の戦時神経症の権威的存在だった。彼の見解は当時の日本の戦時神経症に対する精神科医の一つの代表的なものと考えてよいと思う。

彼の論文を見ると、神経症発生の要因を個人的な性質、気質としての「素因」(Disposition)と、その個人を取り囲む「環境」(Milieu)の二つに分類した上で、両者を独立に捉えるのではなく、素因も環境によって変化しうるものとして捉えている。[58]それはつまり、精神疾患の発生原因を臆病や怠惰といった個人的な資質の問題として捉えてしまうことを退けているのである。ところが、実際の臨床データの解釈を読むと、患者をあからさまに非難し臆病者などのラベルを貼るようなことはさすがに避けているが、戦場からの逃避的な志向が症状を生んだというような見解を示しているケースが多い。[59]こうした状況について野田は「国府台陸軍病院の精神科医たちに、症状の背後にある苦しみを聞く余裕も能力もなかった[60]」と書いている。

（b）に関していえば、戦地は普通、一般社会の規範とは全く異なった規範の通用する場と観念される。軍人であればなおのことそれを受け容れやすい。銃弾が飛び交う戦場であればいっそうである。多くの人は自分の身や仲間の身を守るために引鉄を引いても自分を納得させることができる。本節の最初に述べたように、軍隊のなかで兵たちは感情を表に出すことを禁じられる。そして敵＝他者＝人間に対して感情をもって接することのないように兵士たちを作り上げていくのだ。しかしこうした他者像はもちろん独善的で排他的なナショナリズムによって作り出される他者イメージと適合的であり、殺すか殺されるかという場に留まらず、一方的な暴力行使による略奪や虐殺を生みかねない。中国人を「チャンコロ」と呼んで侮蔑する当時の日本社会ではなおさらである。しかし「チャンコロ」意識を持たない人であれば、中国の戦地で残虐行為をしないかといえばそうでもなかっただろう。

十五年戦争の時期、中国では民間人に対する恐ろしいまでの虐殺、略奪、強姦、拷問、人体実験などが日本軍によって行なわれた。日本軍の兵士から見れば、中国は敵地であり、いつ狙われるかわからない、誰がスパイかわからないという緊張感を常に持っている。ちょっとした怪しい行動などがスパイ行為と見做されて一般市民が殺される状況であった。野田は中国の一般市民に対する虐殺や拷問などを行なった兵士たちの心理を何例か分析しているが、そのなかの典型的な例を挙げよう。二四名の捕虜を見習士官たちが「腕試し」として次々に殺していく。その見習士官の一人の回想である。

私はこの計画が発表されてから、このような行為は人道に背き、国際法に反するのではないかということから、若干の抵抗を感じてはいたが、私にはもっと差し迫った切実な問題が提起されていた。それは私が赴任した中隊で、私の部下となる下士官兵はみな歴戦の勇士であり、私だけが戦闘の経験がない、というコンプレックスであった。このような部下を指揮するに当たって、「捕虜の一人も斬れない」、とあっては野戦の小隊長は勤まらない。このような気持ちが、私をむしろ積極的に行動させた。〔中略〕〔捕虜を斬殺した後〕もとの席に帰って、私はやっと「つとめ」を果たした、という感じを持った。私は「人間であること」より「野戦小隊長」であることを選んだのである。[61]

軍隊内での立場のために「軍人らしく」振る舞うことを選ぶ人は、軍紀がひねくれればひねくれるほど（例えば独善的で残忍な行為ほど「勇敢」とされる場合）、こういった残虐行為を起こす。特に外国で活動する場合は、兵士たちは軍隊組織に物質的にも心理的にも依存して生きるのが普通で、仲間意識はいや増しに増す。集団独自の規範の意味が強くなるわけだ。

野田がインタビューした元日本兵たちは、中華人民共和国で戦犯容疑者として長期間過ごしている。野田が取り上げているのは実際に中国人（多くは一般市民）に対しての残虐行為を行なった兵士たちなのだが、中国で捕虜となり戦犯容疑者となったか、「満州」でソ連軍の捕虜となり、シベリア抑留を経て中国へ移送されて戦犯容疑者となったかのどちらかの経過をたどっている。そのどちらかによって彼らの示す反応は二つに分かれるという。

中国で捕虜となった将兵たちの多くに共通しているのが、「「自分は中国人を虐殺した。だから、事情はどうであれ、自分も中国側に殺されるかもしれない」という怯えを欠如していることである。倫理的な罪の意識の欠如と共に、中国側への強い甘えがある。罪と自覚していないので、責任を取らなければならないとは考えない」ということである。こうした思考を支えているのは「集団に準拠して生きる人間の絶対的強さであり、集団は常に人々の行為の責任をぼかし、すべての行為に同意する装置として機能している」[62]という。序章で紹介した作田啓一「われらの内なる戦争犯罪者」は、こうした観点から戦争犯罪を分析した早い例であろう。[63]

ソ連軍の捕虜となった人々の場合は、シベリアで五年ほど捕虜生活を送った後、中国に引き渡されている。こちらの場合は自分たちが蛮行を行なった中国を外から眺めた後で、「わざわざ」移送されるというプロセスを経ているので、「必ず殺されるという不安」に襲われるのだ。「その不安を撥ね返そうとする傲慢」が表に出て、「命令されて戦争に従事しただけなのに、戦犯とされる理不尽への怒り」を覚えるという。最初から中国で捕虜になった人々も、戦犯として取調べを受け始めると同様の反応に変化を見せる。しかし中華人民共和国側は、かつて日本軍が行なったような暴力に任せた捕虜・逮捕者の扱いを決してせず、看守たちよりもよい食事を彼らに与え、彼らの反省をじっと見守るばかりであった。そうした扱いに当惑も覚えたという。(64)

彼らは自分が何をしたかについて書き記すことだけを中国側に要求される。自分の行為を分析するうちに命令に進んで応えていった自分が見えてくるという。(65)そうしたなかで、「私はこういうことをしました」という事実の分析は進んでいくのだが、そこで自らが書いている残虐行為に対してそもそも悪いことをしたと思う人がほとんどいないようだ。彼らは「戦争だから、上官の命令だったから、しかたがなかった」と一般化して自己弁明を行なう。こうした一般化は事実を忘却しようとする意図を隠していると、野田は指摘している。そうした戦犯たちが罪悪感を覚えるに至るには、いずれのケースにおいても、殺された人やその肉親たちがどう感じたのかについて思いを巡らせることで可能になるという。だがたいていの場合そのような「シンプルな」視点に至るまでに二、三年、それも外側からの何らかのきっかけがあって初めてそうなることが多いようだ。

しかしそうして罪の意識を感じ反省して、日本に帰国後自らの虐殺体験を語り継いでいるような人であっても、いや、そうであればこそ、自らの体験を語るときには感情を抑えて説明的・分析的にならざるを得ない。それは相手に説明するためといったことではなく、「語れば必ず、平和な日常から異常な過去の戦場に連れ戻される。感情の記憶は、言葉による想起より少し遅れて湧きあがる。しかも家には、血の感覚からあまりにも遠い家族がいる」(66)のであり、その記憶によって自分が支配されてしまうからである。そうした事態を避けるために、事実を坦々と語るという方法をとらざるを得ない。そういう意味では、彼らは罪悪感を感じていないというより、罪悪感を必死に麻痺させていると考えた方がよい(67)。

戦争責任に関して、アジアへの加害、他者への視点の欠落が指摘されてからかなり長い時間が経ている。未だに克復されたとは言えない（むしろ悪化した）状況であるとも言えるが、少なくとも加害の直接の当事者にとっては、この壁は恐ろしいほどに分厚い。PTSDのところで述べたように、強烈な体験の記憶は個人の統御できないほどの力を持ってしまう。それを語り合い、共有することで何とかコントロールできるようになる。しかし予め集団主義的な規範のなかで個人の行為の責任を回避する回路を作って行なわれた行為の記憶は、その人を支配したりしないが、罪悪感も生まない。レイプ被害者であっても「自分が悪かった」と感じてしまうところに心的な外傷の恐ろしさがあるのだが、裏返して残虐行為の加害者が罪悪感を感じないということはいっそう恐ろしい。第3章ではこうした兵士の精神構造を、他者（被害者）への意識が欠落したと言われるテクストから逆に読み取っていくことにしよう。

3　帰還と銃後

兵士が語る戦争について考えるためには、彼らが日常生活から切り離されていることについて考えることが必要であることを見てきた。しかし普通の兵士にとっては、戦地から銃後に向かって戦争を語ったり書いたりする機会はごく限られていた。せいぜい手紙程度であり、だからこそ手紙は兵士にとっても、今日から見て彼らを知る上でも重要なのだ。だが兵士が自らの戦争体験について語る場合、圧倒的多数は軍隊や戦地から帰ってきて事後的に語るケースである。ここには軍隊や戦地での生活から一般社会へ「還る」際の変化が入り込んでくる。ただしこの変化は、帰ってすぐ語る場合は別として、事後的に語る当事者には意味がつかみにくい。

兵士たちが自分の戦ってきた戦争を語る際、その戦争をどう意味づけるかは、語りの「場」となる社会との関わりが重要となる。前節のPTSDでも帰ることによるトラウマの想起を取り上げた部分があるが、本節では兵士が帰還する場の考察、そして受け容れる社会における帰還者の意味を、戦時中の帰還に絞って考えていく。まず（I）「帰還」に関する基礎的な事項の確認をした上で、(Ⅱ) 社会学者アルフレッド・シュッツの「帰郷者」論について論じる。それを受けて(Ⅲ) 戦時中の日本における帰還者と銃後社会との関係をおさえておく。

戦時中の帰還者を取り上げること自体、今までほとんどなされていないのではないかと思う。序章で取り上げた吉良芳恵が、兵事史料から「満州事変」期、日中戦争において帰還者がどう迎えられたかを論じており、軍事機密保持や戦死者遺族への配慮から派手な出迎えを禁ずる軍当局と、家族や友人の帰還を盛大に迎える人々との思惑のズレを描いているぐらいであろう[68]。ほかには、吉見義明が『草の根のファシズム』で、帰還によって「秘密」を話してしまったある元兵士について触れているが、「還る」ことの意味にはそれ以上触れられていない[69]。また、「抵抗」という観点から、そうした言動を扱った研究がある可能性はあるが、今のところ目にしていない[70]。

また藤井忠俊『在郷軍人会』が日中戦争期の帰還者に着目しており、本書第4章でも用いる『思想月報』(五八号)を取り上げ、帰還者のもつ秘密にも触れている[71]。もっとも帰還者自体を掘り下げた研究ではなく、本書との関係でいえばむしろ、未知の部分の多い帰還者について考察するための足場となる近接領域として重要であろう。在郷軍人会のような組織があってこそ、帰還者が政治的な力を発揮しやすいからである。

別の近接領域として、本節でも取り上げている軍事援護が挙げられる。これについての通史として、郡司淳『軍事援護の世界』(同成社、二〇〇三年)がある。他に重要な研究として、一ノ瀬俊也『近代日本の徴兵制と社会』(吉川弘文館、二〇〇四年)、特に第三部が挙げられる。他にもいくつか研究があるが、それは随時触れる。以下、本節をとおして、戦時中の帰還兵あるいは帰還者というものに注目する必要がある理由を論じていく。

帰還について

帰還兵とは一般的に戦地(出征先)から帰ってきた兵士をさす言葉である。軍人全般をさす必要があるときは帰還将兵と書く。日本の旧軍隊の兵員(非職業軍人)が、「帰還」するまでの一般的なプロセスをおさらいしておこう。

① (出征まで) 市井での生活 → 入営(新兵教育/召集) →

②（出征）派兵 → 駐留・戦闘 →（俘虜）→

③（帰還／復員）帰国（→ 除隊 → 帰郷）

出征先から帰った時点でその兵は帰還兵と呼んでいい。多くの場合、帰還してもその兵は兵役が残っており、言い換えれば兵籍がある。ただし帰国はしても動員されたまま、軍の組織のなかで働き続ける場合もあれば、除隊となって予備役や後備役として市井の生活に戻ることもある。どちらも帰還兵と呼びうるが、後者の場合は正確にいえばもはや兵ではないため、帰還者と呼ぶ方がよい。

帰還兵と関連した言葉に復員兵がある。復員は英語でいえば demobilization で、mobilization が動員であるから、動員から外される、という意味になる。「動員する」主体が国家であることからもわかるように、本来「復員する」主体は国家であることを、加納実紀代が指摘している[72]。そして「復員」とは、戦時中の日本陸軍では、軍隊（部隊）が戦時編成から平時編成に戻るという意味で用いられていた。よって復員とは本来個々の将兵と結びつけて用いられる言葉ではなかったようだ。それが敗戦にともない、日本軍が壊滅的に打撃を受けた地域では、部隊を単位とした復員手続きが不可能になったケースが多数出てきた。そのため、「元来部隊について用いられた「復員」が、個々の軍人軍属についても用いられることとなり、帰還した「軍人軍属がその身分を解除されること」も又復員と呼ばれることとなった[73]」と厚生省の復員に関する報告にはある。それによって戦後に「復員兵」という言葉が一般的に用いられるようになったのである。復員兵という言葉の定着とともに、一九四六年に入ると、「復員する」主体が兵士というかたちでの表現が出てきたという[74]。戦後に軍隊が解体されて帰還した元兵士たちは復員兵あるいは復員者となる。復員については次節で詳しく扱う。

戦時においては、帰還して除隊となっても再び動員される可能性があり、その際には赤紙が来る。一九二七年に徴兵令が改正されてできた兵役法では、予備役が陸軍五年四ヶ月、海軍四年。後備役が陸軍一〇年、海軍五年となっている。つまり途中で除隊したとしても、それだけの期間は在郷軍人としていつ動員されるかわからない立場にいるわけである。また、元来「後備兵ハ戦時若クハ事変ニ際シ予備兵ニ次テ之ヲ召集ス[75]」とあり、予備役の兵を召集してもなお人数が足りない場合に召集されるのが後備役兵だった。しかし現実には、軍の編成上不可欠な特殊技能を持つ者、例えば衛生関係、蹄鉄工、自動車免許保有者、船員などの人数は限られているため、日中戦争開始以後、後備役からの召集は日常的なものになっていた[76]。こうした事情もあり、一九四一年二月の徴兵法改正では「後備役」そのものがなくなり、その年限を加えた期間が予備役となっている[77]。

実のところ戦時中においては、除隊した帰還者に対しても「帰還兵」という言葉が用いられていることが多い。戦地から帰ってきた「勇士」をイメージさせる「兵士」（であったこと）に焦点が当てられてこの言葉が用いられたのだろう。

帰還者は戦場の現場を知る存在として周囲から注目されることが多かったのであるが、「戦地から帰ってくる」ことの当事者にとっての意味を、1節で考えた戦場の「今・ここ」の捉えがたさと関連づけながら考えていこう。

シュッツの「帰郷者」論

現象学的社会学で有名なアルフレッド・シュッツが、「帰郷者」について考察した論文がある。これは第二次世界大戦中に書かれたものであり、帰還者の問題を大きく取り上げている。兵士たちはしばしば戦地から帰って故郷や銃後において事後的に戦地での体験を語る。戦地に行って仮に彼らが何かしら変化してきたとしたら、彼らが帰ってきた時点まで含めてどう変わったかを考えないと、彼らのことは十分にはわからない。さらには帰ってきてから戦場を語る場合、彼らは1節で見てきたような「好奇の目」に曝されながら戦場を語らなければならない可能性もあるのだ。

全く見知らぬ場所に入り込んでいくよそ者と異なり、「帰郷者の場合は、かつて周囲の環境は常に自分のものであり、今でもそれに関する親密な知識をもっている――と思っている――所へ帰るのだと考えている」。そして自分がよく知っているはずの場所だと考えるからこそイメージとのギャップによって、「帰郷者にとって故郷は見慣れぬ景観を――少なくともはじめは――呈している[78]」という。

帰郷者とは、故郷（home）という情緒的なニュアンスを含んだ親密な空間を一度離れ、そして帰ってきた人々である。シュッツは戦地からの帰還者と併せて帰郷者一般を論じているが、ここでは帰還者の話に絞ろう。まず最初の段階として、兵士たちは故郷を離れて戦地へ向かう。そして故郷の人々と離れての生活が始まるわけである。兵士は、自分がいない間に故郷で起きる変化を直接把握できない。故郷内での親密な人間関係の「生ける経験が記憶に置き替えられてしまっている(79)」のだ。そこでは、

前線にいる兵士の多くは、故郷からの手紙が自分のおかれている状況をすこしも理解してくれていないことを知って愕然とするものだ。というのも、そうした手紙が、兵士の直面している実際の状況においては何の重要性ももたない事物の関連性を強調しているからだ。もっとも、仮に彼が故郷にいてそういった事物を処理しなければならないとしたら、それらは多くの配慮がなされるべき話題ではあろうが(80)。

つまり、兵士のいない間に故郷では社会が動き続けていると同時に、現在の兵士からみれば故郷の生活は直接的な利害を持たないものになってしまっている。そして彼らは兵士として、規律と命令（軍隊の生活）、アノミー（敵と対峙する前線での生活）という全く異なる性格を併せ持った環境にいるわけである。

親しい間柄の人々を兵士として送り出す故郷の人々は、戦地における兵士たちの生活に関心を持つが、メディアなどをとおしたステロタイプ的なイメージしか持たないのが普通である。つまり1節で見た戦場の把握のし難さの問題がここに存在するのである。こうしたなかで兵士が戦地にいる間、少しずつ両者のギャップが深まっていく。故郷自体の変化の大きさや、兵士の置かれた環境によって、このギャップが埋め戻し可能かどうか変わってくる。

そして兵士たちが帰ってくる。故郷を離れている間、彼らは「いつでも身近かにあって手に入っていたときには特別あり難いとも思わなかった代物(81)」に懐かしみを覚えるようになるし、帰ってから元の生活にすぐに戻れると思っていることが多いだろう。しかし、しばらく故郷を離れていたことによる故郷の変化や彼自身の変化によって、帰還者

の側が違和感を感じるとともに、「彼を待ちわびる人びとにとっても、帰郷者は同じようによそよそしい存在として現われる」[82]。それによって彼らが離れていた間のギャップが顕在化する。

兵士は戦地で変わるだけではない。故郷の迎え入れ方次第ではあるが、帰ってきてからも帰還兵としてのアイデンティティを背負わされる可能性が高い。特に戦時中ならばなおさらである。兵士もしくは軍人としての（肯定的であれ否定的であれ）社会的な役割を期待されるのである。特に銃後の期待を受けて戦地でのことを語るならば、帰還者と故郷の人々とのギャップはむしろ強まりかねない。

兵士が帰郷し、自分の経験について話をはじめると――いやしくも話をはじめると仮定して――彼の聴き手たちはとても同情的であるにしても、彼を別人に仕立て上げることになったこうした（戦場や軍隊での）個別的な諸々の経験の独自性を理解してくれるものではない。兵士はそのことを見て取って当惑してしまう。聴き手たちは、前線での兵士の生活について自分たちが前もって作り上げた類型に、兵士の報告することを当てはめて聴き、そのことによって、兵士の報告のなかに身近に知り親しんでいる特質を見出そうとする。[83]

この場合、戦時中にこれを書いたシュッツが想定しているのは、帰還者に対して自分なりに感情移入をして、積極的に彼らの言葉に耳を傾ける人々である。決して「傍観者」ではない。この場合ギャップを感じるのは話し手の側であって、聞き手の側は場合によっては自分が帰還者の話を理解したと満足している可能性もある。しかしこうしたことが繰り返されれば、元の生活に戻ろうと故郷へ帰ってきた兵たちも「戦場のことは体験者にしかわからない」と、「帰還兵」としてのアイデンティティを否応なく押し付けられてしまうであろう。戦場の話を別の世界の出来事として受け取るような「傍観者」が相手の場合、彼らがギャップを強く感じるのは言うまでもない。

また、戦場を語ることとは異なった種類の問題もある。シュッツはこれを帰郷者が味わった「異邦性という不思議な果実」と呼んでいる。兵士によっては、故郷では知らなかった自分の可能性を戦地において見出すのだ。「激しい望郷の念にかられている最中にあっても、帰郷の際には新しい目標やその目標を実現するための新発見の手段あるいは異郷で獲得した技能などを、故郷のかつての文化の型に移入しようとする願望がのこる」[84]。その願望によって、彼が英雄として故郷に迎え入れられでもすれば特に、もし出征前に売店のカウンターに坐って煙草を売る毎日を過ごしていたとしても、そこに戻る気がなくなってしまうわけだ。場合によっては帰還者の立場を利用して、何らかの高い地位を目指すかもしれない。だが、軍隊生活で要求される資質と市民生活で要求されるそれは異なるわけで、よほどの幸運か偶然でもなければ、彼は失望することになる。

このように、兵士たちは戦場においてのみ変わるわけではなく、帰還してから一般の社会にどう復帰し、受け容れられるのかによっても何がしかの変化を被る。社会への再統合がうまくいかない場合、それは自らが帰還「兵」であるからという捉え方になりがちであり、いっそう帰還兵というアイデンティティを強めかねない。場合によっては戦場の自己を起点として今の自分に失望したり、不適応を周囲のせいにしたりすることもあるかもしれない。戦地から帰り、兵士たちが社会にどう入っていくかも、(元)兵士たちの自己イメージを考える上では重要な論点になるのだ。

このように、帰還者たちは戦地や軍隊内において故郷で暮らしていた時とは別の世界に生きていたわけである。そして戦争が終わるか、除隊などによって元の暮らしに戻ったとしても、すぐに元の生活世界に馴染めるとは限らない。たとえ本人の意識としては、元に戻ることなどわけないと思っているとしても、彼が戦地に行っていた間に故郷では彼を抜きにした別の生活が営まれていた上に、近代戦はしばしば長期化し、故郷(home, home front)自体が変化していることもある。同時に、戦地に赴いていた帰還者が、戦地や軍隊で身に着けてしまったものを簡単には取り払えないということも起こるわけである。

戦争を語ることによってできる他の市民とのギャップや、「異邦性という不思議な果実」によって帰還者たちが戦地での経験に重要な価値を見出す時、それは戦場の時空間を基準に、帰還後の「今・ここ」を対象化する恰好となる。そんなものはノスタルジーや現実逃避でしかないと切って捨ててしまえばいいと思う人もあるかもしれないが、問題はそれほど単純ではない。帰還者が戦争を語ることには政治性がつきまとうからだ。進行中の戦争について語る場合であれば特に影響力が大きい。

帰還者と銃後

さて、ここまできて、次のような疑問を抱いた方はいないだろうか。シュッツのような社会認識の方法として帰還者を重視することはよいとして、十五年戦争中の日本の帰還者について論じている本書で、しかも政治性のような話もするとなれば、実際に帰還者がそれなりの人数いなければ論じても意味がないのではないか、と。結論を先に述べてしまえば、帰還者は実際にかなりの数いたのである。それも、本書において重要な位置を占める日中戦争期においては。

戦争末期の絶望的な状況下では、輸送網の断絶で、戦地から傷病兵すら帰ってこられなかった。もはや、兵力を戦地から引き上げさせるという決断はほとんどなかったと考えられるので、終戦近くの帰還兵はほとんど存在しなかったかもしれない[85]。しかしそれ以前、一九四〇年ごろまでは別である。

一九三七（昭和十二）年に日中戦争が勃発してすぐ兵士が大量に動員される。平時では二五万人程度だった陸軍が、約一五〇万人の戦時編成となった。新兵は育てるのに時間がかかる。そのため、現役兵（普通二十歳で徴兵検査を受け、合格したなかから選ばれる）ではなく、一度現役を終えた、つまりかつて一通り訓練を受けた予備役兵および後備役兵が召集され、戦地へ送られたのだ。既に一家の大黒柱となり、多くの場合妻子のある二〇代後半から三〇代半ばくらいまでの人々が中心である。そして一九三八年二月、参謀本部が戦面（戦線よりも広い、戦略的な作戦地域）不拡大方針を出し、兵力削減を目指して一月末には上海から帰還第一陣が帰国したという[86]。

十五年戦争の動員計画に関する基礎的な資料である『支那事変大東亜戦争間動員概史』によれば、一九三八年約六万人、三九年約一二万人、四〇年約一二万人と、単純に足せば約三〇万人にものぼる将兵が中国から帰還したことになる[87]。念のため付け加えておくと、陸軍のこの帰還の狙いは「在支作戦兵団ヲ対「ソ」作戦兵団トシテノ出師準備完壁ヲ期スル為」[88]とある。日中戦争の収拾がつかなくなっていても、陸軍の主要仮想敵はあくまでソ連であって、対ソ戦をにらんだ戦力の調整であった。その結果、関東軍特別演習（関特演、一九四一年六月の独ソ開戦に乗じた対ソ連動員）による五〇万人もの大動員や対英米開戦により、再び召集された者も少なくなかった。ちなみに火野葦平も一九三九年に中国戦線から帰還、除隊したが、彼の場合再召集されることはなかった。

別の側面からのデータを示しておこう。小澤眞人＋ＮＨＫ取材班『赤紙』は、富山県の山村、庄下村（現在の砺波市の一部）の兵事記録を分析したものである。ほとんどの市町村の兵事記録が命令により敗戦時に焼却されたなか、当時の兵事係の決断でほぼ丸ごと残った極めて貴重な事例である。ここでは日中戦争が始まった一九三七年から一九四五年までの村（人口約一二〇〇人）の出征者について分析されている。戦死者を含めた実人数として二六三人が軍隊生活を送ったが、うち六五人が二回以上赤紙を受け取っている[89]。つまり全動員数の四分の一弱にあたる。時期的に、その多くが戦地へ赴き、一度帰還・除隊してから二度目の召集令状を受け取ったのであろうと思われる。しかも一度しか赤紙を受け取っていないケースであっても、帰還したあとはそのまま元の生活に戻ったり、傷痍軍人として過ごした場合もあっただろう。また、現役兵や志願兵として入隊したあと（このケースでは赤紙は受け取らない）、帰還して除隊後、召集される（ここでその本人は初めて赤紙を受け取る）ことがありうるので、帰還者の割合は、「全動員数の四分の一弱」よりも多かった可能性が高い。

というわけで、三〇万人もの兵士が中国の戦地から帰還し、そのかなりの部分が一時的にでも除隊して一般社会へ戻ったわけである。このことは当時の社会においてどんなことを意味したのか。

軍事という領域に秘密事項や言論統制はつきものである。南京大虐殺も戦時中には報道されず、知識人層は外国の新聞などを通じて知っていた場合もあったが、一般的には知られていなかった。「大本営発表」といえば、戦後日本ではデタラメ情報の代名詞であり、政府や軍に都合の悪い情報は隠されていた。帰還者とは、そうした「秘密」を携えて帰国した兵士もしくは元兵士であるとも考えることができる。秘密を握っている時点で、国家権力からすれば帰還者は戦争の正当性を崩しかねない存在になり得る。そしてもう一つ、帰還者が国家権力にとって厄介になり得るのは、彼らが自分の命を危険にさらして国家権力のために尽くしたからである。

戦後日本において、進行中の戦争における体験ではないにせよ、戦争体験をテコに反戦を訴えるということが一つの自明なパターンとして存在したことはそれと必ずしも無関係ではないし、逆に特攻隊員などを賛美して戦争を肯定するような語りも、「死を賭した」彼らの戦争体験の利用であろう。近年では、イラクから帰還した米兵が、"Winter Soldier"（「冬の兵士」）という活動で、泥沼化するイラクにおける米軍の現状を厳しく批判している。この活動は、反戦活動を本格的に展開したベトナム戦争当時の帰還兵の活動から名前を受け継いだものである[90]。

日本の戦時中に話を戻せば、権力に批判的な、あるいは戦争に不都合な声の影響力を抑えるためには、言論の統制以外にも、各種社会（福祉）政策によって帰還者やその家族の社会統合を図り、怨嗟の声を静めなければならない。軍隊内にいる人々の不満であれば軍事組織内の賞罰や暴力で抑えることも可能であるし、それによっていっそう兵士の凶暴性を増すことができるかもしれない。だが、銃後に帰った者の不満となると簡単ではない。そして彼らの不満は軍隊および戦争の正当性を危うくする。しかし逆に彼らが戦争の意義を一般社会に向けて発信する時、「命を賭けて戦った」彼らを民間人が、ひいては世論が面と向かって批判することは困難である。つまり帰還者の戦争支持を取りつければ、世論の反対を封じ、戦争を推進して銃後を引き締める大きな力となるのである。戦時中に大きな展開を見せた日本の福祉制度において、軍事援護の占めた役割の大きさが最近の研究で明らかになってきている[91]。一般の兵員を多く輩出した下層の家庭は、家族が出征することによって家計に大きな打撃を受けた。出征兵の家族や、傷痍軍人への支援である軍人援護とは、戦争の支持基盤と軍隊の存立基盤としての庶民、特に農民が戦争への不満を抱かぬように実施された福祉的な政策だった。以下、この部分をもう少し検討しておこう。

戦前の日本の軍隊は、「国民皆兵」というタテマエながらもコストをできるかぎりかけずに効率よく新兵を教育するという観点から、実際は優秀な兵になりそうな若者のみ厳選して集中的に鍛えた[92]。「満州事変」後の一九三二（昭和七）年ごろでも、徴兵適齢の男性の一八パーセント程度しか入営していなかった。これは軍縮の進んでいた大正末期とほとんど変わらない数字である[93]。徴兵制度の場合、一部の職業軍人を除き、市井の人々を軍隊に入れ、兵士として「教育」する。彼らは衣食住を軍隊に依存し、申しわけ程度の給料を受け取る。大江志乃夫によれば、一九二七年改正の陸軍給与令では、一等卒、二等卒（三一年にそれぞれ一等兵、二等兵と改称）の月給は六円四〇銭だったという。ちなみに「京浜地方の各種工業の男工の平均月収は六四円余と算定されていた」[94]ともいう。兵士の給与が小遣い程度でしかなかったことがよくわかる。出征する場合は戦時手当がつくが、それを合わせても八円八〇銭だったと一九三九年末の座談会で火野葦平は述べている[95]。安価で質の高い軍隊を創るために日本が徴兵制を取り入れたことを考えれば、これは当然のことであった。一般の兵員（徴集者および召集者）の生活基盤は軍の外部にあり、農業、工業などの一般の仕事に就き、それを休んで、場合によっては辞めて軍隊へと入ったのである。帰還して除隊した場合は当然再び働くわけである。だからこそ、帰還者という存在は、戦争や軍隊そのものの問題には収まらないものを抱えているのである。

帰還者のなかには、戦場で受けた衝撃などにより社会への適応が困難な者もいたり、英雄としての影響力の強さが裏目に出て、その存在が少なからず問題となった者もいた。帰還者の増加による社会への影響を裏づけるものとして、早くも一九三八年二月ごろには『輝く帰還兵の為に』というパンフレットが陸軍省新聞班から出されている[96]。除隊する帰還者を含めて帰還兵と呼びかけていることに注意されたい。そこでは帰還者に「此の時に当り諸士は克《よ》く歴戦勇士たるの矜持《ほこり》を保つて、その言動を慎むのは勿論のこと、さらに戦場において得たる尊き経験を以て、進んで国民指導の中心となり愈々尽忠報国の誠を致さんことを希望して已《や》まざるものである」[97]と、戦時体制下にあって国民の「模範」となるように呼びかけている。軍機保護法によって、部隊状況や配置などの軍事機密を守る必要があったものの、家族や知人に対してまで守秘を徹底できるかは怪しいので、こうしたパンフレットが作られたのである。帰還者は戦場と銃後の「メディア」の役割を持ってしまうわけである。その役割を動員に積極的に利用したいが、下手をすると戦地の残虐な行動などが伝えられてしまう。特に傷痍軍人の場合、彼らの存在そのものが戦争の残酷さを物語っているので、それを美化するさまざまな道具立てが不可欠だった。そうしたジレンマに、軍部は既に気がついていたわけである。

ここで大雑把にではあるが、帰還者のなかで傷痍軍人が占める特殊な位置をおさえておこう。銃後に戦地を持ち込む存在として帰還者を捉える時、外傷によって戦地の暴力性を視覚的に銃後に持ち込む戦傷者は、その典型的存在であるとも考えられる。彼らは戦地で負傷し、野戦病院に収容される。彼らを前線に戻すために治療が行なわれ、軍務をこなせるレベルに治れば戦地へと戻される。しかし野戦病院では回復が見込めない怪我をした場合、日本国内の病院に搬送されるわけだ。障害が残るような場合は希望に応じて廃兵院（のちに傷兵院）に収容された。そこでは白木綿の和服に身を包まれる。「白衣の人」とは傷痍軍人の代名詞であった。ちなみに外出する時は軍服であった。軍服である以上、階級ごとにデザインも異なる。廃兵院は陸軍省の管轄から一九二三年に内務省管轄に移るとはいえ、傷痍軍人はどこまでも「軍人」たることを要求されたのだ[98]。

怪我と異なり戦争の暴力を直接示しうるわけでもない戦病者も、搬送された場合は同じく「白衣の人」となった。戦地の過酷かつ不衛生な状況ゆえに発病しやすいことは言うまでもない。十五年戦争の時期にあって、そうした「白衣の人」はもはや「廃兵」であってはならず、感謝の対象であり、英雄であり、重要な軍事援護の対象とされた。その啓発のためにまず一九三八年十月に「軍人援護に関する勅語」が出され、つづいて一九三九年七月に軍人援護を専門とする組織、軍事保護院が厚生省の外局として設立された[99]。

この軍事保護院は、障害を負った人のリハビリ施設の運営や職業訓練、就職のバックアップなどを業務としていた。そしてその諸施設のなかでも特に多かったのが、結核患者の療養所であった。日本の結核死亡率は、社会政策の導入によって一九二〇年ごろから下がり始めた。ところが一九三三年から再び上昇する。戦争の長期化による栄養状況の悪化が原因と考えられ、一九四五年にピークを迎えている。結核という国民病との闘いが必要であるとされるなか、劣悪な環境におかれた兵士の結核が軍にとっても大きな問題となっていたのである。軍事保護院は厚生省の所管だった国立結核療養所を移管するなど、結核治療に力を入れた。しかしそれは限られた結核病床を軍事保護院が独占していくことでもあった。終戦後の一九四七年末で国の持っていた結核病床数は六万二〇二一床だったが、「このうち約半数は軍事援護関連のものであった[100]」という。

栄養状況の悪いなかで贅沢病といわれ顰蹙《ひんしゅく》を買った結核。一般の結核患者はといえば、栄養不足により一九四五年には入院患者の半数以上が死亡した療養所もあったという。[101] 軍事保護院関連施設の患者の死亡率がどうだったのかは残念ながら今のところデータを把握していないが、「聖戦」を戦ったがゆえに結核を患った戦病者を放置してしまえば戦争の正当性を掘り崩しかねず、それだけに軍人の闘病についてはその意義を世間に向けてアピールする必要があったわけである。

ある意味で「地味」な結核療養よりも、視覚に訴えるものとして傷痍軍人のイメージ作りでしばしば引き合いに出されたのが、失明者だった。失明傷痍軍人には東京都小石川区（当時）の大塚、東京文理大学構内に失明傷病軍人寮が作られ、退院後東京で職業訓練を受ける場合、特に地方出身者はここに住むことが多かった。ここには世話係の少年がおり、彼らの目となり手足となって働いていたようである。

ちなみに小石川区には雑司ヶ谷に官立東京盲学校があり、そこには一九三八年度中に失明傷痍軍人教育所が作られたという。もっとも一九四〇年度の事業概要を見ると、四一年五月末時点でその教育所の師範部在籍者が一一名とあるので、規模としては小じんまりとしたものであったようだ。[102] ここで師範部と書いたが、失明者に限らず、外傷を受けて肉体労働が難しくなった傷痍軍人の職業として、しばしば教職が選ばれたようである。また夫を失い、いわゆる「靖国の妻」となった女性に対しても、再婚を憚られる雰囲気が強かったため、経済的自立を促すため女学校卒業者の戦争未亡人向けの教員養成所が作られた。その援護施設として、東京特設中等教員養成所があったようだ。[103] 傷痍軍人や遺家族に不満を抱かせないための施設がいろいろと存在したわけである。

こうして戦時において軍人、帰還者やその家族に不満を抱かせないための装置として軍事援護が形成されていった。そしてこうした制度やメディアの報道などを通して戦時の雰囲気が人々を取り囲み、銃後の人々の多くが戦争の「当事者」という意識を持つに至るわけである。しかし同じ当事者といっても、直接の暴力にさらされる点において、中国の戦地においては、民間人は「銃後」の当事者などではなかった。戦争の当事者意識は、戦争の持っている暴力性を知っているか否かでその意味合いが大きく異なる。一九四一（昭和一六）年十二月にアジア・太平洋戦争が始まり、日本にとっての戦争の様相は変化していく。そして外地へ征った兵士たちは敗戦後までほとんど帰還がかなわなくなる。さらに日本内地でも、一九四五年が近づくにつれ、兵士のみならず民間人もその暴力の渦中に入り込んでいくことになる。

4　軍隊の崩壊と復員

戦争体制の崩壊

「日本国民は、今、初めて「戦争」を経験している」[104]。清沢洌《きよし》『暗黒日記』、一九四五（昭和二十）年一月一日の有名な言葉である。戦地から遠く離れた内地に住んでいる人々の実感であっただろう。十五年戦争最後の年、空襲を目の当たりにして初めて知った近代兵器の破壊力。そのすさまじさと、文字通りいつ訪れるかわからない生命の危機。多くの人間が重慶爆撃に喝采したことなど忘れていたことだろう[105]。一九四五年一月時点での空襲などほんの序の口に過ぎなかったことは、後世の私たちからすれば自明のことである。軍事施設を狙った高度精密爆撃から三月十日の東京大空襲に象徴される無差別爆撃へ、そして原子爆弾へとエスカレートしていく米軍の爆撃の強烈さが、戦後かなりの間、戦争に対する日本人の根強い被害者意識の母体の一つとなっていたことは言うまでもない。

独自の情報網を駆使し、ギリギリの表現のなかで戦時体制を批判し続けた、つまり大日本帝国が戦争をしていることを自覚的に捉えてきた清沢の言葉には、現実を知らずに戦争を賛美してきた人々への強い批判が込められている。自分たちが支えてきた戦争という暴力行使の正体を、空襲を受けるまで考えてもみなかった人が大勢いたわけである。その意味を考える間もなく死んでしまった人ももちろんいただろう。

航空機の登場は人間社会の空間概念を大きく変容させるとともに、戦争の空間概念も変えた。もはや戦場は二つの勢力が衝突する前線に限られず、空爆という攻撃手段が当然のものとなれば、戦闘員と非戦闘員という区分が意味をなさなくなる。第二次大戦における総力戦は、動員対象としての国民の平準化から、被害の平準化への可能性も意味するようになったといえる。「可能性」と述べたのは、あくまで被害の本当の平準化などありえず、紙一重の差で生死が分かれ、家が残るか否かが分かれ、その差が結果的にその後の生活に大きな格差をもたらしたからである。そこでの混乱を利用して私服を肥やした者もおり、格差が拡大した側面もあった[106]。さらに植民地支配を受けた人々のような構造的弱者は、大きな被害を受けやすかった。また、アメリカのように、そもそも民間人の被害がほとんど出ないケースもあった。空襲の例ではないが、毒ガスの禁止に関する議定書（いわゆるジュネーブ議定書、一九二五年）を批准した多くの国によって「相手が対等の報復手段をもたない非「文明」国であった場合には、禁止兵器が公然と使われ、国際法による規制をすりぬけ実質的に無効化する結果となった[107]」という指摘もある。技術と戦力の圧倒的な非対称性は、ごく若干の例外を除いて、戦場になる国・地域とそうでない国・地域を分断し、民間人を含めた驚くべき大量殺人を現在にいたるまで続けさせている。

銃後であったはずの本土がもはや「後方」ではなくなり、暴力行使の現場となった十五年戦争末期の日本。「戦場」という概念がそれまでとは異なった様相を呈するに至ったといえる。連合軍が日本本土の制空権を完全に手に入れたこの状況は、大日本帝国の戦争体制が終焉に近づきつつあったことも意味している。庶民の日常生活を犠牲にして全力を注いだはずの軍事産業の生産力も一九四四年でピークに達し、低下しつつあった。縮小再生産を既に始めていた日本経済は、空襲の本格的な開始以後、インフラや各種設備の破壊、そしてほとんど実効性のなかった工場疎開などにより音を立てて崩れていく。四五年六月以降、国民の生活水準が急激に落ち込んだことはその事実を如実に示している[108]。

戦時下にあって兵器は消費され続け、人々は次々と亡くなっていく。軍隊は根本的に非生産的部門であり、そこに有限なる人材、資源、資金がつぎ込まれればつぎ込まれるほど、生産的部門に投入できる分が減るのは当然の理である。軍需工場において生産されるもの（武器など）もあるが、その消費は社会の再生産には結びつかない。小澤眞人の指摘によると、前節で触れた『支那事変大東亜戦争間動員概史』において、「大東亜戦争ヲ決意スルニ至レル前後ニ於テ」、つまり一九四一年の秋ごろ、大日本帝国における軍隊への動員は三五〇万人が限度、兵員一人を支えるために二人の軍需動員が必要であり、それ以上の兵力増加は、生産のバランスを崩して「人的国力ハ急激ニ低下スルニ至ルヘシ」と認識されていた。しかし一九四三年にはその三五〇万人を突破してしまう[109]。翌四四年に軍需部門の縮小再生産が始まったというのは、その認識が誤りでなかったことを示している。国力を無視した軍事部門への過剰な集中は社会の各部門の再生産を困難にする。空襲の本格化を前にして当の軍事部門自体が縮小し始めたのは当然であった。

軍隊の崩壊

三五〇万人という歯止めを突破した後も、軍への動員は止まらなかった。藤原彰『日本軍事史　下巻』によると、一九四五年八月十四日の降伏決定時、日本軍の総兵力は約七二〇万人に達したという[110]。これは現役兵の約九〇パーセントにのぼる徴集、未教育の補充兵や体力の下り坂にある中年の予備役兵（一九四一年には後備役という名称がなくなっている[111]）、国民兵にまで及ぶ根こそぎ動員によって可能となった。それによる労働力の欠如を補うため、中国人、朝鮮人の強制連行や連合軍捕虜の動員までが行なわれた。こうした大量動員は、兵士の質の低下はもちろんのこと、日本軍を支えてきた軍紀の崩壊を必然的に招いたと藤原は見ている。

一般社会から隔絶された軍隊社会内の秩序を担ってきた現役の下士官。2節で見たように彼らは農民、それも二、三男が中心であった。そうした層が、兵卒に対する暴力をいとわぬ秩序の形成を担っていたのである。だが大量動員で兵士はもちろんのこと、学生上がりの幹部候補生に見られるように、下士官・将校も含めて軍全体にさまざまな階層が大量に入り、軍の均質性が崩れていく。「そのため、社会との隔絶ゆえに、また現役下士官の強力な掌握のゆえに、保持されていた特異性が消失し、軍紀維持の条件が失われたのである[112]」。その結果、内地ですら脱走や詐病が起こる（増加する）ようになったという。

兵卒の一挙手一投足まで厳しい軍紀で管理しようとするのは、既に触れたように基本的に帝国軍隊が外征軍であったことに起因する。そしてもう一点、規律に関する荒川章二の次の指摘も重要である。「銃や軍服、靴、さらには水使用量にいたる物を大事に、節約をという管理主義は、いうまでもなく日本国家の軍需生産力の低さから来る日本軍の物量戦（総力戦）への対応力の低さと相関関係にある。〔中略〕総力戦への対応力の低さを攻撃的精神力の強制的な育成で補おうという日本軍の教育方針は、兵営の生活にいびつな管理的道徳主義と、それと裏腹な暴力の世界を創り出していたのである」[113]。日本の工業生産力の低さ、ひいては経済力を無視した軍の肥大化が、暴力的な軍紀と関係していたのである。

荒川はこの研究で、歩兵への教練方針を規定した『歩兵操典』を分析し、一九四〇年の改正について次のような興味深い指摘をしている。アジア・太平洋戦争の開戦前、既に銃弾の不足が問題になり始めており（金属が航空機へと振り向けられていたのだろう）、「弾薬・資材を節用し」という文言が改正で加わる。そこには「兵器の節約だけを配慮した歩兵による突撃戦術（歩兵の命の消耗）へのいっそうの傾斜が現れていよう」[114]。資源の足りないなかで、航空機は作るが、歩兵たちには銃弾も与えられない。大戦末期は召集しても銃が足りていなかった。白兵戦、肉弾攻撃が中心となるということは、精神主義の強調であるばかりか、死の可能性が通常より高いその作戦を可能にするために、日頃の訓練から本来禁じられている私的制裁の強化による絶対服従を叩き込まざるを得ない。そうなると、上官による暴力というタガが外れた際に軍の秩序は崩壊する。

一九四四年ごろになると生命維持のための必需品である食糧の不足が顕著となる。これは戦時動員による農業労働力の疲弊・減少のみならず、より決定的なのは朝鮮や「満州」からの輸入（帝国内の「輸送」）に主食の米を含めた食料をかなりの部分、当時の日本「本土」が依存していたことによる。一九三九年ごろには南方からいわゆる外米が輸入され、配給米に混入されたりもしたが、結局のところ一九四三年頃になり制空権・制海権を失うと、南方はおろか朝鮮や「満州」方面からの輸送も困難になったのである[115]。

食料を優先的に回されるはずの軍隊でも台所事情が苦しくなる。貴重品であるガソリンとトラックがあるのをいいことに、統制を無視して軍が直接、あるいは仲買を通して農業生産者と取引する。その軍の大量の闇取引によって、一般の闇物資の価格まで規定されていたという指摘もある[116]。一九四五年に入り各地で本土決戦の準備が始まると、陣地構築などで一般の軍人と内地住民との接触も増加する。畑を荒らして食料を持ち去るといった問題が出てくるのである。中国などの戦地における現地調達（徴発、略奪など）が常識となっていた日本軍としては、戦争末期のこの時期、日本国内の個人財産（作物）に対してすら、自分たちのものとなるのが当然と考えるレベルまで、一部では軍紀が崩壊していたわけだ。ちなみにこの戦地の「常識」を内地に持ち込むのに、一定数いたであろう中国戦線からの帰還将兵が「活躍」したのではないだろうか。また、弾丸が飛びかう戦場や、生活基盤を欠いた異郷であれば、軍の規律の下で集団行動をとることが生存可能性を高めることも多く、その場合、軍紀も保たれる。しかしそういった状況になければ、軍紀よりも生存確保のための行動が優先されることは想像に難くない。

敗戦直前には、「「国体護持」のため最後の一兵まで戦い抜くという精神主義の建て前は、戦局の不利と軍隊の素質の低下、軍紀の頽廃などによってすでに形骸化していた。当局者の予想とは反対に、降伏が決まり、精神主義の呪縛が解けると、予想に反して軍隊はたちまち自己崩壊してしまったのである[117]」。この自己崩壊はつまり、本土決戦を叫んで兵が銃を置かないのではないかという軍当局の心配をよそに、ポツダム宣言第九条、「日本国軍隊ハ完全ニ武装ヲ解除セラレタル後各自ノ家庭ニ復帰[118]」させるというGHQによる軍隊の廃止を待たずして、日本の軍隊は実質的に解体したということだ。

あれだけの力を持った旧帝国陸海軍がごくあっさりと解体されたことは、意外と自明視されがちである。この問題に対して大江志乃夫は次のように書く。降伏はあくまで休戦であり、交渉を通じて講和条件で合意し、講和が結ばれるまでは「戦争状態は継続中であるから、いつでも武力行使を再開することができる」。しかしほとんど自発的に軍事力が解体されたということは、無条件に戦勝国に従うという意思表示であり、「もし、兵士たちが、家族を、郷土を、国土を防衛するために主体的に武器をとっているという意識を持っていたならば、たとえ誰の命令であろうと、そう簡単に武器を捨てたであろうか[119]」。

この指摘を裏返せば、ほとんどの兵は主体的に武器をとっていたのではないということだ。もちろん、降伏後における連合軍の占領原則を示したポツダム宣言内に軍の解体が述べられている以上、大江の指摘する講和、つまりはサンフランシスコ講和条約締結まで、「いつでも武力行使を再開することができる」という選択肢はありえなかった。とはいえ四五年九月二日、「「ポツダム」宣言ノ条項ヲ誠実ニ履行スルコト」[120]、ひいては軍の解体を日本国政府が認めた降伏文書に調印する前に、内地では命令を待たずして、少なからぬ兵士たちが故郷へ帰り（これはほんとうは脱走に当たる）、軍の内部から崩壊が始まったことは事実である。これは帰った兵の主観では、占領軍によって軍が解体される前に、さらには上官の命令とも無関係に、天皇の声（玉音放送）をきっかけに自ら軍を離れたことを意味する。天皇の命令ゆえに武器を捨てたわけで、もとはといえば天皇の命令ゆえに武器をとったという単純な事実が浮かび上がる。八月十四日でも九月二日でもなく、八月十五日が「終戦」にまつわる日本の集合的記憶のなかで突出した位置を占めていることはこのことと無関係ではない。

戦争が相手（交戦国）のある行為である以上、本来はポツダム宣言を受諾した八月十四日か、降伏文書に調印した九月二日が終戦という区切りであるべきものであり、八月十五日を特別視することに対する批判は当然である。しかし私がここで言いたいのは、その上で八月十五日が特別視されてきたという内向きの論理を突き詰めて考えることが「おことば」を発した天皇という主体の責任を考えることにつながるということなのである。[121]

こうして敗戦とともに、外地からであれ、内地からであれ、兵士が「帰って」くることになる。そしてこの場合軍の解体が伴うために、彼らは軍人ではなくなり民間人になる（戻る）わけである。

復員

個々人の意識において、天皇の命によって人が軍人となるという側面があろうとも、近代国家の正規軍において、軍人は法令上の手続きによって初めて軍人という身分を正式に与えられる。だから復員(除隊)手続きの完了によって法令の縛りがなくなれば、もはや彼は兵士でも軍人でもない。

前節で指摘しておいたとおり、兵に対して「復員」が一般的に用いられるようになったのは戦後のことである。戦中あるいはそれ以前にそうした用語法が皆無だったのかは今後の研究を待つしかない。だがここで大事なポイントは、戦時中の除隊が普通は軍に籍を残して（再）召集の可能性を残していたのに対し、戦後に将兵が復員するということは、母体となる軍の解体によって、軍との法的関係が切断されるということである（軍人でなくなった後に戦争犯罪が判明して、軍法や戦時国際法によって裁かれる、といった形での縛りは別の問題である）。だから復員者は元兵士であっても今は兵士ではないはずだから、「復員兵」という呼び方はある意味で矛盾を抱えているのである。今までそんなことを一々指摘した人はいないかもしれない。しかし法的区切り以外に、兵士がいつ兵士でなくなるかの判断を下す根拠を探すのは実のところ困難である。

とはいえ実際には、「復員兵」という言葉は元兵士に対して普通に使われてきた。また、「兵」だけでなく将校・下士官を含むことを含意するものとして「復員将兵」もある。よりニュートラルな言葉として「復員者」があり、さらには復員者に対して、「復員」と呼びつけたり、「復員さん」と親しみを込めて呼ぶようなケースもあった。復員兵という言葉の使用には、戦時中の帰還した除隊者を「帰還兵」と呼ぶこととパラレルな「過剰」が込められている。結局のところ公職追放を受けた職業軍人や戦争犯罪で裁かれた軍人のように、軍人であった過去の経歴が敗戦直後の「今・ここ」において実体的な意味を持つ場合のみならず、一般の元兵士にいたるまで、法的な規定とは別に、社会的な場においてある人を「兵」という軍隊と結びついた呼称で名指すこと自体に意味が見出された。そのためそう呼ぶのが一般化されたのである。つまり戦後すぐの日本で、復員した人に対して「元軍人」[122]や「復員者」ではなく、「復員兵」という呼び方が多く用いられたということには、ある種の価値判断が入り込んでいるのである（このことの意味は第5章で分析する）。

復員兵の存在は敗戦直後の日本を彩るイメージとして小説、映画などさまざまな場面に登場する。一方で復員についての体系的な研究となると多くはないようである。そのなかで全体の大まかな整理の枠組みとして、長崎寛による時期区分がある。[123]

主力引揚期　（一九四五―四七年）

共産圏引揚期　（一九四八―五〇年）
大空白期　（一九五一―五二年）
続共産圏引揚期　（一九五三―五九年）

これは引揚げに焦点を当てたものであり、そこに外地からの復員を含めている。丸川哲史がこの区分を参照しつつ指摘しているのは、時期や帰って来た地域によって大きく引揚げ体験の持つ意味が異なるが、「にもかかわらず、戦後の日本社会に沈潜する「引揚」（復員）の残像は、あいまいにアマルガム化されてしまっているようである」[124]ということである。区分と合わせ、これは念頭においておくべき指摘である。その上で復員に焦点を当てる本書では、この区分からはみ出る内地にいた将兵たちの復員も含めて考えなければならないだろう。

以下、復員を軍の解体という観点から取り上げている前述の藤原彰『日本軍事史　下巻』の第一章と、「軍人の戦後社会への包摂」という観点から取り上げている木村卓滋の研究を中心に、いくつかの一次史料や他の研究にも触れつつ、復員の基礎的な事項をおさえておきたい[125]。

藤原によれば降伏決定時の日本の総兵力は約七二〇万人。内訳は陸軍約五五〇万人（内地約二四〇万人、外地約三一〇万人）、海軍約一七〇万人（内地約一三〇万人、外地約四〇万人）[126]。内地部隊の復員については、敗戦直後の若干の反乱を除けば大きなトラブルはなく、四五年九月末には八割以上が終了し、十月二十三日には完了したという[127]。ちなみに厚生省の報告では、終戦の時点で朝鮮出身の軍人・軍属は約二四万二千人、台湾出身の軍人・軍属は約二〇万七千人だったとある[128]。

次に外地からの復員についてであるが、これについて考える際、終戦時、外地に約三〇〇万人いたとされる民間人の存在について言及しておかなければならない。粟屋憲太郎は次のような指摘をしている。「敗戦直後の外地の部隊、民間人に対する日本政府の政策の特徴は、第一に、一般邦人よりも軍人の復員を優先させたことであり、民間人は「出来得ル限リ〔現地に〕定着セシムル様措置スル」としたことである[129]」。

こうした外務省の方針に対して、中国の現場で対応にあたった楠本公使は「本件ハ重慶側ガ如何ナル程度迄日本人企業ヲ容認シ又中国法人ノ大企業ニ従事シ居ル日本人ヲ残置セシムルヤニ懸ル次第ナルガ、差当リノ見透トシテハ大ナル期待ヲ懸ケ得ザルベク[130]」と返答している。主導権はもはや戦勝国側にあり、敗戦国日本の民間人が残ることの難しさを述べ、外務省の見透しが甘いことを指摘している。

復員のための船舶の不足という事情もある。だがこれは結局のところ、外地在住の日本人の多くが、日本軍の侵略の結果その土地に事後的に進出し、軍の存在を前提として生活を成立させていたという単純な事情を外務省が理解していないか無視していることを意味している。このことは、侵略の引き起こす現地社会への変動や、外国の軍隊（日本軍）が占領地に滞在することがもたらす現地住民との摩擦に対する無感覚であり、加害への責任意識の欠落をも示している。確かに海外在住の民間人のなかには、特に東南アジアなどを中心に、日本軍が侵略するよりも前から長期間在住していた人々も少なくなかった。しかし彼らの多くも日本軍の進駐・占領を歓迎し、通訳ほかさまざまな形で協力したのである。現地の人々からみれば日本軍と密接なつながりをもつ存在であり、そうした人々が敗戦後もその地に踏みとどまることを当然と考える日本政府の認識は甘いと言わざるを得ない。ところが厚生省の資料では、「しかしながら、十月二十五日GHQの指令により、日本政府の外交機能が全面的に停止されたことによつて、外地の一部邦人は、各地域の連合国軍および当該国官憲の強制命令又は終戦に伴つて発生した現地の混乱によつて生活手段を喪失し、残留することがきわめて危険、不安な状態になつたため、日本に引揚げざるを得ないこととなつたのである[131]」と、現地社会の日本人への反発が「混乱」の背景にあることを無視して、GHQの措置のせいで引揚げを行なわざるを得なかったともとれるような書きぶりである。

確かに加藤陽子の研究を見ると、決定権を握る連合国側が日本軍の武装解除を早期に行なうため軍人の復員を優先させたかったという事情は大きい。また、さすがに日本政府も「病者、老若婦女子」といった一部民間人を優先帰還させるよう要求を出したようではある。[132] だが先に紹介した厚生省の資料が戦後二〇年を経て書かれたことを考えると、国家の命令に基づき外地へ赴いた軍人、軍属については責任をもつが、自発的に行った（とされる）民間人が戦争や戦後の混乱でどうなろうと、直接的な責任は負うまいとする戦後の日本政府の姿勢をよく表わしている。外地にいた民間人の立場への無感覚をずっと踏襲してきた（今もしている）わけだ。軍人恩給などに見られる、戦争被害者について軍関係者とそれ以外の間に楔を打ち込む、扱いの明確な落差がここにある。外地からの復員はこうした側面にも関わってくるのだ。

外地からの復員ではシベリアに抑留されたソ連軍の捕虜の復員が遅れ、あるいはその過程で多くの死者が出たことは有名だが、地域、および管轄する国家などによって復員の時期が異なった。船舶の確保に限界があることから、食料事情の悪い地域や、日本の船舶不足を補う米海軍のＬＳＴ船（戦車揚陸艦）の運用の事情を合わせ、日本側とＧＨＱとが折衝して決められたことが、加藤陽子の研究からうかがえる。[133] 中部太平洋からの復員が優先されたのだ。また、国民党と共産党の対立があった中国や、旧宗主国と独立軍の衝突があったオランダ領インドシナなどのように、日本兵が現地の戦闘に加わるようなケースもあった。同時に戦争犯罪被疑者の選定も行なわれた。[134]

復員は一九四八年中にはシベリアなどを除けばほぼ終了したという。一九四五年十一月三十日、陸海両軍の廃止にともない、復員手続きを担当する部署を中心に改組され、陸軍が第一復員省、海軍が第二復員省となる。[135] 以後復員の進行とともに組織が縮小し、四八年に厚生省に移管された。

こうした手続き上のタイムラグは、軍の解体後も軍人が残存する事態を生み、次のようなことが起きた。一九四七年五月三日、憲法九条で戦力を放棄した日本国憲法の施行後、「法令上、軍隊、軍人軍属の存在が許されないこととなつた。そのままでは、外地にある軍人軍属は外地で復員してしまう（未帰還のままその身分を解除される。）ということとなるので、陸軍刑法等を廃止する政令（昭和二十二年五月十七日政令第五二号、五月三日から適用）において、「未復員者」という身分を未復員の軍人軍属に擬制し、公務員に準ずる取扱をすることとなつた。ここで復員とは、未復員者が帰還して「未復員者という身分を解除されること」を意味することとなり、その後に及んでいるのである」。[136] 新憲法施行後、法令上は「兵」や「軍人」自体が存在しない。そこで海外に残っている元軍人に、「未復員者」という法令上の身分を与え、復員作業を続ける法的根拠を作ったのだ。また、「その後に及んでいる」とあるように、海外に残る元日本兵が存在する限り、この「未復員者」は現在の問題であり続けるのである[137]。

法令上の問題とは別に復員の意味を考える上で重要なことは、軍隊および将兵に対する一般市民の反感の強さである。その反感は戦争そのものの傷跡の大きさと、その戦争を主導した軍への反感が前提にあることは間違いない。だが特にそれを決定的にしたのが、降伏決定の八月十四日、閣議が「軍需用保有物質を隠密に緊急処分することを決めたことも作用して、軍用の物資を片っぱしから不正に処分した場合も多かった。このため大きな荷物を担った脱走兵や復員将兵が全土に溢れ、交通を混乱させ、物資不足に苦しむ国民の不満と怨嗟の的となった[138]」という事態である。不正処分は多くの将兵が行なったと推測されるが、木村によると悪質なものは軍法会議や一般の裁判にかけられ、「敗戦から翌年の五月までの間に処断された七六名の将兵のうち、およそ七八％の五二名が将校・下士官であった[139]」という。こうした事実に対して先の厚生省資料では、「終戦時の閣議決定により軍需品、衣糧品、資材等は窮迫している民需を緩和させるため、日本の復興に必要なものはほとんど無制限に、所在最高指揮官の権限によって地方公共団体に放出された[140]」という総括が三〇年後になされている。政府の政策を国民のための行動として「美しく」書き、その政策の実態、結果には全く触れていない。

基本的には軍人といっても、意思決定の側にいた将校や指導者層に対する反感が特に強かったことは間違いないのだが、実のところ反感は兵士にまで及んだ。復員兵という言葉が当時持ったイメージはこの反感と無関係ではない[141]。徴兵制に基づく軍隊であったことを鑑みると、このことの意味は極めて重要である（第5章で詳しく考える）。また、復員者が犯罪者になるといったイメージも少なからずあるが、データとしては特に犯罪率が高いわけでもないようで、むしろ軍人への一般的な反感がそうしたイメージ形成および受容を進めたのではないかとも思える[142]。特に戦争末期の英雄であり生き神様であった特攻隊員たちが、「特攻くずれ」として死をも恐れぬ犯罪者集団のリーダー格となったといったエピソードは、敗戦にともなう価値観の転換としてインパクトが強かったのであろう、当時広く流通していた。元特攻隊員の復員に限定した犯罪率のデータは眼にしたことがないので、このイメージは実態をともなっているのか単なる印象によるのか不明である。

戦時体制の解体の一環として民主化が進められる社会に対して、「復員将兵たちは戸惑いを感じ、さらには反軍・反軍人感情が広まりつつある状況に対してもある種の疎外感をいだきつつあったのではないだろうか[143]」と木村は書いている。軍国教師が急に民主主義を語り出すのを目の当たりにした子供たちの混乱と同列に論じることはできないまでも、復員者たちの直面した状況の変化を考えることから見えてくる戦後の一側面があることと思う。これは前節で扱ったシュッツの「帰郷者」論で取り上げたギャップにつながることである。これは帰ってくることによる兵のギャップだけでなく、復員者が（ごく最近のことであっても）終わった戦争、特に外地からの復員者であれば内地の人には見えなかった戦争をどう敗戦後の日本社会の時空間に持ち込んだか、ということにもなる。

戦地での凄惨な状況、数々の死体は訓練を超えるショックを与えるものである。特に中国大陸では敵国の住民と接する機会も多く、略奪や虐殺、あるいは捕虜などの「度胸試し」と称した試殺／刺突訓練が日常茶飯事。米軍との主戦場では、戦争末期に近づくにつれて流通ルートの遮断による物資・食糧不足や、相手側の圧倒的な物量作戦が、さまざまな惨劇を生んだ。

そうした状況に長期間さらされた空間から、多くの将兵が日本に帰ってきたわけだ。すべてが前線にいたわけではないにせよ、敗戦時、海外にいた日本軍人は三五〇万人強（うち中国大陸に約二〇〇万人とも）。その彼らが再統合されていったのが、戦後の日本社会である。もちろん、敗戦後すぐの社会のイメージを考えれば、例えば虚脱・解放・混乱といったキーワードが挙がり、敗戦時の日本各地は焦土と化していて、破壊の跡が生々しい空間であった。つまり兵士たちの帰った社会がそもそも尋常ならざる空間だったのである。とはいえ、帰還兵の精神障害が大きな問題と化している二十一世紀から考えると、何もなかったかのように元兵士たちがすんなり社会へ復帰できたのかどうか、検討が必要であろう。

また、兵士たちの社会復帰の裏側で、戦死の報が入ったのに実際は生きていた「還って来た英霊」の妻（再婚していることもあった）や、帰って来なかった男たちを浮かび上がらせる戦争未亡人（少なくとも五六万人以上はいたという）など、兵士たちと同世代の女性たちが直面した困難も無視しえない[144]（これについてはわずかではあるが第5章で触れる)。

前節で扱った戦時中の帰還者は、主に一九三八年から四〇年を中心とした帰還に限られており、特にアジア・太平洋戦争の開戦以後は敗戦まで、まとまった形での帰還は(おそらくは)なかったであろう。その比較によって、敗戦を挟んだ約五年あまりの間に、社会の側が軍人に対して態度をどう変化させたのか、つまり「復員兵」を受け容れる(あるいは排除する)一般市民の側の問題を考えることもできる。それは敗戦直後の日本社会が軍隊、軍人、戦争をどう受け止め、あるいは無視したのかという問題であり、戦後の体制に対する認識や戦争責任とも関わってくることなのである。むろんその背後には一連の戦後改革という制度的な問題、特に軍人恩給の停止(一九四六年二月)やGHQによる旧軍・戦争に対する言論統制(検閲やイメージ操作)、そして公職追放や戦犯裁判と天皇の免責といったものがある。復員の意味とそうしたものとの関係も、第5章で可能な限り言及する予定である。

以上で兵士の意識や、当時の軍隊、兵士が置かれていた状況の基本的確認を終えて、第2章では日中戦争期の戦場の小説が成立していく状況を見ていくことにしたい。

第Ⅱ部

戦場へ征く

第2章　戦場の小説へ

限定的な戦争であった中国東北戦争、いわゆる「満州事変」[1]と異なり、日中戦争は両国政府の全面戦争と化したため、兵士や物資の動員量が大きくなった。そのなかで出征という光景が大きくクローズアップされていく[2]。メディアでは出征する兵士だけでなく、見送る側の人々も取り上げられる。銃後で戦地の情報を得るのみならず、新聞・雑誌が戦地にも運ばれ、同じ情報を兵士たちも共有する。本章では戦場と銃後をつなげる場としてのメディアの空間を、戦場の小説を軸に論じていく。ちなみに、日本の「生命線」とも名指された「満州」、その語を冠した「満州事変」という言葉が用いられることで、当時の日本社会において侵略戦争が煽られていったこと、その熱気をつかむ必要があることに鑑み、以下、本章では文脈に応じて中国東北戦争だけでなく「満州事変」を併用する。

日中戦争の時期になって、作家が戦争と強い関わりを持たざるを得なくなったということは確かである。かつての研究は、その「関わり」の最前線ともいえる戦場の小説に焦点を当てるために、戦場ルポルタージュや火野葦平の作品などが戦時期という時代性を象徴するエピソードとして突然変異のごとく出現したかのように描きだして、それ以前の状況や、同時代の他の小説のとつながりが見えにくくなってしまっていた。近年、戦時中の「暗い時代」の代表としてかつてはあまり触れられることのなかった火野の作品が、別の角度から光を当てられるようになってきた。それと同時に戦場の小説の登場は単なるエピソードではなく、戦争にどう向き合うかが当時の文壇にとっての中心的な課題の一つとして存在していたことも明らかになってきている。だがそれは単に、既成の作家たちも戦時体制に積極的に協力していったという話ではない。それだけならば他のメディアなどでもあった話である。

中国東北戦争に際しては、他のメディアとは異なり時局に積極的な反応を示さなかった文学というメディアが、日中戦争には反応を示したのである。小説のテーマには社会性が必要であるという流れが一九三五（昭和十）年前後に作られ、そのなかで日中戦争が起きたことによって、戦争を描くことに作家たちが意義を見出していったのである。本章では、先行研究を参照しつつ、ジャーナリズムや社会との関わり、あるいは対抗のなかで、小説という文学の一ジャンルが戦争に関わりを持つに至ったプロセス、どういう形で戦場の小説が登場してきたのかを明らかにしたい。

ちなみに、本章以後、引用文中に中国を指して「支那」が用いられることがある。China に漢字を当てたものだからそのまま用いてもかまわないという論者もいるが、やはり明治以降の日本においては差別的なニュアンスを持っていた語であって用いるべきではないというスタンスを私はとる。ただし引用や支那駐屯軍（中国に駐留していた日本陸軍の部隊名、正確には戦略単位としての「軍」名）の場合はそのまま用いている。

1節では、日中戦争期に戦場の小説が成立したことを考察する意義を論じる。その上で、「満州事変」勃発にあたってのメディアの状況をおさえ（2節）、日中戦争開始にともなうメディア状況の変化を論じる（3節）。つづいて4節でその前後において文壇の問題関心が「社会」へと向けられる様子を論じ、その結果戦場の小説が成立していく様子を5節で見ていく。

1　戦場の小説の出発点

戦争文学

本節では、戦場の小説の成立を具体的に追う前に、考察の前提として、火野葦平、石川達三、榊山潤の三人の作家が戦場の小説の成立においてどういう位置を占め得るのかについて見ておきたい。

戦争を描いた小説というと、戦争文学という言葉に馴染みがある人は多いと思う。では戦争文学という言葉を聞いて、あなたは何を思い浮かべるであろうか。トルストイ『戦争と平和』、レマルク『西部戦線異状なし』、もしくは大岡昇平『野火』や井伏鱒二『黒い雨』でもいい。こうした作品が描かれたのは主に文学（小説）が、少なくとも知的な世界では大きな社会的影響力を持った時代である。今ならばこうしたものはテレビや映画などの他のメディアで作られるかもしれない。しかし、ここに挙げた著名な諸作品が成立した時代的条件にはもう一つ、別のものがある。それは作品のなかで扱われている戦争が終わった後に、その反省や批判のなかで作品がはぐくまれたということである。

時代や社会によっては戦争を批判することに困難がつきまとうので、戦争後に描かれた作品とて発表時に無条件に受け容れられたかどうかは一概には言えない。しかし少なくとも総力戦の時代と言われた二十世紀前半期、国家全体の力を注ぎ込んで実際に戦争をしているなかでは、戦争を批判したり、戦争の悲惨さを暴露するような作品を描くことが難しかったのはもちろん、描けたとしてもそういった作品が時代の流れをつかんで評価されることは少なかっただろう。

戦争は人間社会によって組織的に遂行されるものであるから、社会が複雑化すれば戦争も必然的に複雑になる。戦争の目的は案外単純であったりするかもしれないが、その目的達成の手段としてどのような戦闘が行なわれるか、そのために国家組織をどう動かし、社会に働きかけるかといったことは簡単にわかるものではない。トルストイの時代であれば、「戦争の全体を描く」ことは不可能でなかったかもしれない。実際にすべてを描くことは不可能であるが、これだけ描けばその戦争の全体像をつかむことができる、と読者が受け容れる水準はあっただろう。しかし巨大化する一方の二十世紀の戦争にあっては、全体像をつかむことなど不可能であるという考え方が広まっていた。ましてやその戦争が現在進行中だとなれば、その戦争を描いても断片的なものたらざるを得ないのは当然である。

侵略と拡大の時代ともいえる大日本帝国の歴史において、戦争は幾度も起こり、それに対しては批判も含めて同時代的な反応がいろいろと出た。作家たちもそうした流れのなかに度々放り込まれたのである。その大日本帝国の総決算となったのが、一九三一（昭和六）年九月十八日の柳条湖事件に端を発する十五年戦争であった。十五年戦争の時代、特に戦争が末期に近づくほどに、ほぼすべての作家が何らかの形で戦争に対して関わりを持たざるを得なくなった。

終戦後一年と経たない一九四六年春、非転向組を中心とした共産党が多くの人々の支持を得ていた時期に、文芸評論家の平野謙は左翼文学者の立場から、なぜ戦争を防げなかったのかを冷静に見つめる必要があるとして、次のような言葉を述べている。

小林多喜二の生涯がさまざまな偏向と誤謬とを孕んだプロレタリア文学運動のもっとも忠実な実践者たることから生じた時代的犠牲を意味してゐ《ママ》たとちやうどうらはらに、『麦と兵隊』に出発した火野葦平の文学活動もまた侵略戦争遂行の凄まじい波に流された一個の時代的犠牲ではなかつたか。誤解を惧れずに言へば、小林多喜二と火野葦平との表裏一体と眺め得るやうな成熟した文学的肉眼こそ、混沌たる現在の文学界には必要なのだ(3)。

小林多喜二に象徴されるプロレタリア作家の弾圧と、戦争に熱狂する時代の流れをつかんだ作家、火野葦平をつなげて考える。平野は、単に弾圧だけの問題ではなく、文学に対する政治の優位を主張していた戦前のプロレタリア文学運動が、大衆の心をつかめず政治的な責任を果たすべくもなかったという事実の裏で、多喜二の死から五年あまり後、デビューしたての火野葦平なる作家が時代をつかんだということを見つめる必要があると説いたのである。

もっとも戦後一年と経たぬ時期でのこの指摘は衝撃的すぎて十分に理解されなかった。火野葦平とは長らく続いた戦争の時代を象徴する作家であり、軍国主義宣伝のシンボルのごとき存在だったからである。火野葦平『麦と兵隊』（一九三八年）は、発表直後に大ブームとなり、単行本で七〇万部売れたという(4)。他の作家が数日から数週間の従軍によって、外側から、非当事者として戦場を描く場合、多くが兵隊に対して「感謝」の念を込めて美化して描いていたのに比べ、実際の下士官であった火野は、当事者にしかわからないような日常の細部を描いた。それによって当時の読者が、戦地に赴いた自分たちの親や兄弟や友人などの日常を火野の作品に読み取り、銃後と前線をつなぐ役割を

『麦と兵隊』が果たしたと指摘されている。(5)そこでは特に、日記や手紙という日付をもった文体が、読者にドキュメンタリーのような、時間を共有する形で受け容れられたともいう。(6)

十五年戦争期の戦争文学、もしくは文学というものが振り返られる時に火野葦平という作家は欠かせない。それだけでなく、火野葦平という作家が振り返られる時、一九六〇年に自殺するまでの戦後の活動の方が、戦前の七年間よりも長いにもかかわらず、戦中につけられた「兵隊作家」という呼称がはずされることはなかった。ちなみに日中戦争期には、戦争文学という呼称が一般的なものとして使われていた。そのため本章でも「戦場の小説」という対象を限定した言葉と併せて、やや大まかな括りとしてこの言葉を用いる。

そんな火野とともに、戦時中の文学について言及される時必ずと言っていいほど取り上げられるのが石川達三である。火野と年齢も近く、共に早稲田大学中退でかつ芥川賞受賞によって世間に名を知られるようになった上、『麦と兵隊』と好対照に、即日発売禁止となり実刑判決まで受けた『生きてゐる兵隊』(初出『中央公論』一九三八年三月号)が作家に対する言論弾圧の代表的な事例となったからである。この石川の『生きてゐる兵隊』と、その五ヵ月後に時代の寵児となる火野の『麦と兵隊』は、ともに戦争一色と化していく時代の熱狂を強烈に印象づける文学史上のエピソードとなった。

問題設定

戦後における文学史の流れのなかで、かつては日中戦争開始から終戦までの時期は文学の不毛の時代として位置づけられることが多かった。「戦争の時代の文学」として戦場を描いた火野や石川やその他の作品が少し言及され、その他は文学的抵抗として、時流に迎合しない作品や、戦争への加担を極力避けた作家の作品が注目されるのが普通だった。たとえば戦時色を感じさせない永井荷風、谷崎潤一郎の作品や、私小説の枠組みを超えようとした太宰治のいくつかの作品などである。戦中には文学をめぐる議論のなかで重要な位置を占めていたが、戦後には(純)文学の主流から外れて大衆作家とされ、議論の対象から外されていく火野や石川などの作家の位置は、ややもすると戦争との関連のみで扱われてしまうわけだ[7]。

しかしここ十数年ほど、文学史研究においては戦争への抵抗／加担という作家の態度をダイレクトに作品の評価（抵抗＝佳作／加担＝駄作）として単純に捉えてしまうことへの批判が進んでいるといえる。単純化すると、加担＝駄作としてしまえば、戦争への熱狂を推し進めた作品は駄作だから取り上げるまでもないということになり、その戦争動員に果たしてしまった役割を正面から考えることがなされなくなってしまう。当時の複雑なイデオロギーや権力関係が見落とされてしまったり、作家ごとの抱える問題意識が見落とされてしまうことが見えてきたのだ。これは抵抗派と見られていた作家が戦後において、協力の証拠となりかねない戦時中の作品を改訂・削除したことに対する批判的検討とも関わる[8]。

ここ十数年の研究関心の変化により、今まで一部でしか扱われてこなかった戦場の小説にも、別の角度から光を当てる研究がいくつか出てきた。例えば、戦場の小説そのものを直接論じたものではないが、饒舌体と呼ばれる「昭和十年代」によく見られた文体が持っていた「「いま、ここにある」現実をしたたかに眺め変えていく語りの力[9]」を考察しつつ、その力が喪失に向かうターニングポイントとして火野葦平に言及した安藤宏の研究が本書に与えたインスピレーションは大きい。

より直接的に戦場の小説を扱った最近の研究として、当時の時評やメディアとの関連のなかで『麦と兵隊』がどう評価されたかを扱った、花田俊典や松本和也の研究がある[10]。松本は当時の作家が社会性に注目するなかで、石川達三の芥川賞受賞作『蒼氓《そうぼう》』（一九三五年）が出てきたことを論じながら、そうした文脈と関連づけてルポルタージュ的手法の『麦と兵隊』が登場する様子を論じてもいる[11]。

こうして戦場の小説の誕生を、メディアとの関わりや文学史の流れのなかで考えるようになったのは近年の成果であるが、それで戦場の小説の成立とその意味が十分に明らかにされたとは言い難い。だからこそ①「満州事変」では少なからぬメディアが戦時ムードを盛り上げたが、その時点では文壇関係者の多くがその流れに乗らなかったのに対し、日中戦争の開始の時点では一気に文壇の眼が戦争へ向かったことの意味を考える必要がある。その上で、②日中戦争開始後、『麦と兵隊』というベストセラーが生まれるまでに、一年以上を要したことの意味を考える必要がある。

一九三五年ごろに「文学の社会化」が文壇で重視されるようになったという研究をふまえて本書では、日中戦争開始後、メディア空間のなかで作家や文芸評論家が、ジャーナリストや学者など、それまで関連の少なかった人々と、「戦争」をめぐって直接競合する立場に巻き込まれたことを明らかにしていく。また、『麦と兵隊』の登場までに「失敗」したいくつかの作品やルポルタージュについて論じ、その上で『麦と兵隊』を再検討していく。これを実際の戦争の進行状況と合わせながら論じていく。この立場を明記したうえで、「戦場の小説」と呼びうるものの出発点として、従来どんなものが挙げられてきたかをみておく。

戦争文学の出発点

文芸評論家の板垣直子が一九四一年五月に出版した『事変下の文学』は、日中戦争（当時の呼称では「支那事変」）が始まった一九三七年七月から一九四〇年までの文学作品（小説）を包括的に整理した研究書である。その第一章で「戦争文学」が取り上げられている。日本では社会的・政治的事情の変化が文学の世界に反映されることが少ないが、「事変」の勃発は大きな変化を文学の世界にも及ぼしたという認識を述べている。[12] 盧溝橋事件後、作家が幾人か雑誌の特派員として中国へ渡り、現地からのルポルタージュが続々登場したことを、板垣は日中戦争期の戦場の小説の出発点に据えている。だが「戦争小説の出現を頻りに望んでゐた社会に対し、特派作家たちの僅かばかりの試作類は決して満足を与へるものでなかつた。その事実もよけいに参考にされて、現地で実際に戦つてゐる兵士からでなくては、優れた戦争文学がでないだらうと一般に云はれてゐた」。[13] そうしたところに出てきたのが火野葦平の『麦と兵隊』『土と兵隊』『花と兵隊』であるとしている。合わせて「兵隊三部作」とも言われるので、以下本書でもこの三作をまとめて呼ぶときはこれを用いる。

「兵隊三部作」の特色は記録的な形式にあり、『西部戦線異状なし』に代表されるような第一次大戦後のヨーロッパで発展したものを受け継ぐ恰好になっていることも指摘されている。しかし単なる記録ではなく思想性を持ち、人物の内面も扱っていることを指摘したうえで、単に出来事や感情を羅列するのではなく、小説として全体の構成が巧みであるとの評価を与えており、故にそれ以前のルポルタージュ（ここで板垣は氾濫した現地ルポを文学と呼ぶに値しない文章としているわけだが）と区別して小説、つまり文学作品と呼ぶに値するとしている[14]。

小林多喜二が拷問で死んだのは一九三三年であり、火野葦平がデビューしたのは一九三八年、この間に五年の時間差がある。そしてこの五年の間に、十五年戦争は中国東北戦争という限定的な戦争から日中全面戦争へと推移している。その推移のなかで日本社会では、すべての人的、物的資源を戦争という目的のために利用する総動員に向けて社会編成が大きく変化する。こうしたなかでは板垣の指摘するように、戦争の語られ方も変化して戦争と作家との関係も変わり、社会と文学との関係も変質したと考えられるのである。

とはいえ、実際には日露戦争などは当時多くの作家の作品に影を落としている。竹長吉正『日本近代戦争文学史』（笠間選書、一九七六年）のように、日清戦争からシベリア干渉戦争（シベリア出兵）までの時期の文学と戦争を丹念にたどった研究もある。ドナルド・キーンは日露戦争などを引き合いに出しながら、日中戦争期以降の文学がそれ以前まで続いていた反戦的・厭戦的小説の伝統から突然途切れるという指摘をしている[15]。反戦小説として例えば、シベリア干渉戦争を描いた黒島伝治や、関東大震災で朝鮮人の虐殺に軍が関与したことを描いた越中谷《えっちゅうや》利一《りいち》がいる。また、その二人も参加した反戦アンソロジー、日本左翼文芸家総連合編『戦争に対する戦争』（一九二八年）などがあった。

こうした指摘はあるが、具体的に日中戦争期とそれ以前、特に「満州事変」の時期から文学における戦争の描かれ方がどう変化したのかはまだわかっていないのである。こうした連続性が問われないままできた一つの原因として考えられるものに、戦後すぐの文壇における問題意識のあり方があるのではないかと思う。

戦後早い時期の戦争文学に対する批評で代表的なものとして、文芸評論家の小松伸六「戦争文学の展望」（一九五二年）がある。「昭和十年代」の文学全体を「文学が政治の奴隷になつた時代の、奴隷文学にほかならぬ[16]」と位置づけ、その代表者として火野葦平の戦争文学を挙げている。作家が「盲目」になることによって戦記もの、兵隊ものというような作品=奴隷文学が乱発されたというのだ。「盲目」という言葉は火野が『麦と兵隊』の前書きで自ら使用したもので、その意味をここで小松が火野に問い返した恰好になる。

火野の代表作『麦と兵隊』においては日記形式の一人称の語りがとられているが、これが文壇の私小説的傾向と（同じものだったかどうかは別として）合致し、しかも戦地で実際に活躍する当事者（下士官）として「うちがわ」から描くことで、大衆の人気をも得た。平野謙などもこうした点を火野の位置づけにおいて重視している。しかしこうした一人称の語り、特に日記形式では、小松いわく「結局、戦争の全体性は考えられず、したがつてそうした統一性にそつて個々の戦闘、個々の行軍、兵隊たちの行動、思想も考えられず、それは有機的にではなく、個人的な限定のもとにばらばらに叙述され表現されざるをえなかつたとき、それにふさわしく、ばらばらなりの戦争の現象的、部分的事実の即実性を伝えてくれる」。だが「その事実のおくにひそむ普遍的な戦争の意義をあたえないことは、日記の否定的側面であることは云うまでもない」。そしてそれを支えた「盲目」とは、小松から見ると「作家が自己を喪失し、やすやすと自我を放棄した[17]」ことに他ならず、作家の戦争に対する敗北であったという。

小松の説明としては作家が「盲目」となった理由は、時代が「芸術的なものを持つ余裕を失つた」ことと、「一方作家たちも戦争という巨大な圧力によつて、ともかく思想上の変換を強いられ、思想の無力を感じ、かといつてファッシズムへもなびき得ないという、心理的な安定をもち得ないとき、なにはともあれ、事実の確かさに手応えを求め、素材のなかに自分を埋め、それによつてそうした錯綜から逃れたいという考えから生まれたのであつた[18]」。そこで「報告文学」「ルポルタージュ文学」と呼ばれるものが多く出たのだという。そんななかで、戦争をルポルタージュではなく小説として描こうとした上田廣のような作家も現われたが、火野の成功の前に霞み、作家たちの関心がルポルタージュ的な作品に方向転換することとなる。

小松は以上のような性格をもつ火野の作品が昭和十年代の「原《ウル》戦争文学」となってしまったという[19]。「戦場」文学という本来なされるべき限定の下での「ウル」ではなく、「戦争」文学の「ウル」となってしまった、言い換えれば戦場を描いているのにそれが戦争を描いていることとされてしまったということが、当時の戦争文学の状況を物語っているのだ。戦場や戦争といった区別と同時に、文学作品（本書では小説）に読み手の側がジャンルをつけるのは、基本的に便宜的なものであるということも重要だ。戦後に戦争文学と呼ばれてきたジャンルのうち、特に戦時中の戦場の小説は同時代の一般的な小説と区別されてしまうことで関連が見えにくくなっていた、ということが一つ問題となるわけである。そこに注意しなければ、形式的に戦争文学を「戦場の小説」と呼びかえたとしても意味がない。

そう考えると、小松のような形で火野の作品に「ウル」を設定することは、デビューしたてで広く社会に受容され、ブームを作り上げることになった火野に原型を押し付けることで、あたかも戦争文学が突然変異として現われたかのような印象を与えてしまう。敗戦が近づくほど、国民の戦意のほころびを表面化させまいと、作家に対する権力からの圧力・弾圧は概ね強まったために、戦後すぐの文壇関係者の多くは権力に屈服したという自覚をある程度持っていただろうし、そのなかで軍と密接な関係を持っていた火野は、戦後の進歩派作家、評論家にとって作家仲間というよりもむしろ敵であっただろう。特に直接面識のない戦後に出てきたような若手から見ればなおさらだっただろう。しかし本章で見ていくように、火野のデビューを後押しして彼の作品に高い評価を与えた多くの文壇関係者は、けっして権力に屈して戦争文学を持ち上げたわけではなく、むしろ当時の純文学的な問題意識のなかからそこに流れ込んでいったのである。権力が直接、一般の作家に戦時体制協力を強制するのは、火野の登場から三年以上も経過した一九四一年末だということも、それを教えてくれる。

現在では確かに、フーコーの権力理論を受け、戦時体制に弾圧された単なる被害者としてのメディア関係者や作家たちというような見方はすっかり覆され、彼らの多くが積極的に戦時体制に加担していったということが明らかになっている。戦場の小説が文壇の主要な問題関心になっていったという点や、戦場の小説とそれ以前の小説の流れとの関連性も次第に明らかになってきている。その上で、小説の流れだけでは見えてこない側面を次節以下ではできる範囲でカバーしていく。

さて、小松伸六の指摘に戻って、彼が火野の作品を「ウル」と設定した理由をもう少し詳しく考えてみたい。もちろん、火野の作品が戦時中の人々の心をつかんだという外在的な理由は大きいのだが、しかし「盲目」という言葉を用いて彼が批判した自我・自己の放棄という点もやはり重要なのである。戦時中の作家は自我を放棄したことによって戦争になだれ込み、それに対する反省こそが作家たちにとっての最大の課題だ、と戦後しばらくの間考えられていた。荒正人「第二の青春」、坂口安吾「堕落論」、田村泰次郎の「肉体文学」など、「自我《エゴ》を、戦中の抑圧の反動としてラディカルに解放しようとする衝動。それはエコールをこえた時代のモチーフだったわけで、まさしく戦後の〝解放〟を主導したものの実態でもあったに違いない[20]」と安藤宏が指摘するように、立場を超えて共有された問題意識であった。さらには作家のみならず、近代的な主体の確立とは、作家もその一部である当時の知識人すべての課題として取り上げられた問題でもあった。小松は、戦争文学という限定された領域の問題に、戦後の文学、そして知識人の抱える問題の一つの核を見ていたともいえるのである。

小松がこの問題を考える際に提出した論点、(i) 一人称の語りと私小説、ルポルタージュ的手法との関連、(ii) 戦場／戦争の区別の必要、という二点は重要である。戦場の内側にいる一人の兵士や下士官が自分の目線で描くことのできる戦争とは所詮戦場でしかない。しかしその限界に忠実に描くことには、出来事の筋の面白さよりも現場の持つリアリティの表現が重視されるならば作品として高い評価が与えられるだろう。特に、後に触れるように当時の文壇においては、自らの内面や感情を表現することこそ芸術であり文学であるといった文学観が強かったために、「自分の目線」の限界に忠実に内面を表現すれば立派な芸術作品として評価される可能性はあったのである。しかも単に内面を描くだけではなく、自らが全く知らない世界に飛び込んで取材して描くよりも勝手知ったる親しみある世界、自分がそこに息づいている世界における内面こそ(作り物でなく)本物であるという見方が、当時の私小説論のなかで大きな位置を占めていた。だから当事者の描いたものは評価されやすかった。

(i)(ii) の事項がつながった問題として初めて現われたという意味で、火野の登場は「ウル」に当てはまると、小松の提起を読み変えることも可能だろう。しかしこういった問題は火野の登場前から出てきていた。だがその上で、火野の作品が初めて当時の時代の流れをつかんだのはなぜなのか、小松のいうように単なる「うちがわ」から描いたことにのみよるのか。そして火野のいう「盲目」とはそのまま小松のいう「自我の放棄」なのか、という問いが残る。

ひとまず『麦と兵隊』以前の作品を戦場の小説の出発点として位置づけている研究を見てみよう。安永武人『戦時下の作家と作品』（一九八三年）は、火野の作品が日記体という文体を選んだ理由を考察するにあたって、身の周りの兵士たちに目をみはり、「この兵士へのあらたな認識と感動は、まずみずからを兵士らしい兵士にむかって変革しようとする志向――ゆきつくところは、いわゆる「近代的知性」の放棄――をうみ」、兵士たちが新しい人間像として彼らの眼に写ったという。火野は現実にあるがままの兵を描けばよかったのに、理想化してしまったことで文学の自立を妨げたのであり、「かつてプロレタリア文学にも〔労働者を描く際に〕おなじ現象がおこった[21]」と位置づけている。

安永は、ルポから離れて取材で得たことを消化してフィクションとして再構成した石川達三『生きてゐる兵隊』を「文学とよぶことのできる実質をもった作品」であると評価し、「虚構におけるある程度の失敗は、虚構を放棄した他の作家の「戦争風俗小説」よりも評価されねばならぬことはいうまでもない[22]」と述べ、石川の作品こそ文学と呼ぶに値するとしている。この安永の見方は、火野も含めたルポルタージュ的手法の作品に関して小松のいう「奴隷文学」に近い位置づけをし、例外的に石川の作品を評価するという構図になっている。

これらとは全く異なった作品を取り上げて評価しているのが矢野貫一である。日中戦争からアジア・太平洋戦争期の戦争文学の「魁《さきがけ》」として彼が位置づけているのが、榊山潤という作家の「戦場」（『日本評論』一九三七年八月号）である。プロレタリア文学の名残を色濃く残し、主人公の「私」の内部に向ける眼ばかりでなく、部下の戦死や支那の難民を見る眼は、平和時の失業者であるインテリゲンチャの眼であ」り、反戦文学では決してないが、「それでもなお、〔昭和〕十二年当時としては穏かならぬ作品であった」と評価している[23]。石川の『生きてゐる兵隊』との共通点として、観念から出発して現実を捉えようとする傾向が強いのが難点としているが、「死に対面する人間の苦悩に発する」観念を持っていることには評価を与えている。[24]
対して火野の作品に矢野は、「みずからの体験を離れては現実を捉えがたいとする素朴なリアリズムは、文学の方法としては誤りにちがいない。だが、誰も肩代わりしてやることのできぬ死という現実の前には、他人は傍観者でしかありようがないのも事実である」と、文学作品としての評価には留保しながらも、戦場の記述におけるルポルタージュ的な手法の有効性、そして当事者(兵、下士官)が書くことの力を確認している。安永と矢野の論からは、フィクションとしての「戦場」および『生きてゐる兵隊』と、ルポルタージュ的な『麦と兵隊』という二つの系譜があることが指摘されているのである。

戦時中の板垣の見解も含めると、日中戦争期の戦場の小説の出発点として、盧溝橋事件直後から出てくる作家の現地ルポルタージュ、「戦場」、『生きてゐる兵隊』、『麦と兵隊』という四つの見解が出てきた。管見では、他の研究でもこれ以外のものを出発点として挙げたものはない。その上で、戦場の小説の流れとしては、第一次大戦を受けてのヨーロッパの戦争文学の手法の影響が言及されている。他方で、火野にせよ、榊山にせよ、プロレタリア文学からの流れも指摘されていることを確認しておこう。ちなみに石川も、文壇デビュー作『蒼氓』におけるプロレタリア文学との連続性が指摘されている。[25] それぞれの見解の違いはもちろん論者の戦場の小説評価の違いから生じるものであるし、論者の狙いは戦場の小説の出発点よりも、作家たちが戦場ないしは戦争を描くことによって何を伝えたかったのか、何を表わしているのかを突き止めることにあった。

しかし、日中戦争開始後の戦争への熱狂によって、文学のみならず社会が大きな転換点を迎えたということが本当ならば、その他の領域での戦争の語りやそれ以前の戦争文学との関連のなかで見えてくるものがあるはずだ。しかしながら先行研究では、ヨーロッパの戦争文学の影響やプロレタリア文学との類似が指摘されてはいるが、盧溝橋事件を受けて『麦と兵隊』が登場するところに力点がある。そこで、「満州事変」期を中心に、日中戦争以前の状況との比較を行なう必要が出てくるのである(これについては次節で扱う)。

けられる。

盲目について

「盲目」に関する論点にも触れておこう。これは作家の自我の表現とも関わってくる。この論点は大きく二つに分

まず一つ目は検閲の問題である。そもそも火野葦平が「盲目」という言葉を用いたのは『麦と兵隊』（初出『改造』一九三八年八月号）の「前書」である。火野はこう述べている。「私は戦場の最中にあつて言語に絶する修練に曝されつつ、此の壮大なる戦争の観念のなかで、なんにもわからず、盲目のごとくになり、例へば私がこれを文学として取り上げる時期が来ましたとしましても、それは遙か先の時間のことで、何時か再び故国の土を踏むを得て、戦場を去つた後に、初めて静かに一切を回顧し、整理してみるのでなければ、今、私は、この偉大なる現実について、何事も語るべき適切な言葉を持たないのであります[26]」。これを素直に読むならば、この「前書」のついた『麦と兵隊』は文学ではない、と自ら宣言しているようなものである。火野は一九五八年にこのことを振り返って書いている。「それは、弁解をするわけではなかつたが、自由に戦争を表現できない作家としての悲しみも、わかる読者には伝えたいと思つた[27]」ということであり、それが「盲目」という言葉を用いた意図なのだという。弁解といえばそれまでかもしれないが、検閲という問題が当時の言論、特に戦争にまつわる言論には切り離せないものとして存在したのは確かである。

作家が一度ペンをとった以上、制限のなかでいかにギリギリのことを表現するかが重要だと要求するのは簡単だが、要求するのであれば、読み手もそういったギリギリの表現を読む力を求められることになろう。もっとも、検閲は時期や書き手、媒体などによって基準が変化する厄介な問題なのだが。

盲目に関わるもう一つの論点は、「近代的知性」や「自我」の放棄という問題である。戦争に対して知識人が知性を失ってしまったことが十五年戦争下における知識人の敗北であった、と考えたり、自我を失って集団に埋没することで批判的意識を放り投げてしまった、だからこそ自我を確立しなければならないという課題は、戦後しばらくいろいろな形で出された。

確かに、戦争に対して知性を放棄してしまうことは問題である。軍の暴走が作りだした戦争の「現状」を追認するのではなく、それに対して批判的な判断を下せるような主体性を獲得する。そのことが戦後初期における課題として位置づけられたことには極めて切実な理由があったのである。だが、戦争という大きな状況ではなく、銃弾の飛び交う戦場に、特に戦闘の当事者＝兵士／下士官としている場合、知性を保つことの意味の限界も考えておくべきだろう。ちなみに火野葦平がそうであった下士官とは、兵に対して命令する立場であるが、最前線で兵とともに行動し、しばしば先頭に立って指揮するきわめて死亡率の高い立場であり、間違いなく当事者である。例えば欧米の文化を知り、戦時国際法の知識や赤十字の理念を知っていたことで、ギリギリまで追い込まれた際に「鬼畜」たる米軍に投降して捕虜となって生き延びた人々のなかには知識人が比較的多かったという報告もあるが(28)、こういった稀なケースを除けば、戦場にいる兵士が知性を用いることの限界は無視できない。戦争が終わった後に、その体験を知性をもって振り返り反省することは意味があるが、理性の役割とは自らの限界を知ることにあるという見方をとるならば、戦場に放り込まれてしまえばその時点で一個人の力が無力であるに過ぎないと認識せざるを得まい。そうした状況を無視して安全な位置（戦後）から安易な「盲目」批判をすることは、知性的ではなくむしろ感情的ですらある。だから知性を捨てて何でも（戦争犯罪でも）していいというわけではまったくないが、戦場で理性を働かせて踏みとどまることの意味は、その難しさを踏まえた上で考えるべきである。戦場と戦争の違いについて考える必要性もこのあたりと関わってくるだろう。

破壊し、破壊され、殺し、殺され、奪い、奪われ、奪い合った戦争——戦争末期の日本ではもはや銃後も戦場と変わりなかったし、そもそも中国大陸ではいつどこが戦場と化すかわからない状況が長らく続いた——を深く潜り抜けた人間にとって、単にその現場で知性が役に立たないということだけでなく、そうした光景を目の当たりにし、さらには当事者としてそこに参与した人間は、その前と後で一貫した「知性」を持ち合わせることができるのだろうか。知性によってそうした場を見つづけられるのだろうか。理性や知性というブレない軸があったとして、その持主はそのままでいられるのだろうか。

近代的自我や知性といった言葉によってこうした問いが立てられることは今や珍しいかもしれないが、この問いを別の角度から見てみると、戦争／戦場をくぐることで人は変わったか否か、という問いにつながってくるのである。たとえば社会のレベルにおいては、戦中と戦後で何が変わり何が変わらなかったのかという論点は未だに重要なものであろう。社会の変化と個々人の終戦をまたいだ変化を関連づけて「彼〔太宰治〕はこの八月十五日に影響されることに自分の文学の敗北を見る。〔中略〕彼は戦前から持ち越しのその眼に、戦後の光景を見させるのだが、彼の考えでは、誰かがそうしなければ、誰もこの戦争を、ほんとうには、見たことにならないのである[29]」と述べた加藤典洋の議論が物議を醸したのが一九九〇年代半ばであるが、冷戦の終結にともなうアジア諸国との接近で改めてこうしたことが問題になった側面もある。

加藤は敗戦を経て変わらなかった（とされる）太宰を評価したわけである。これは敗戦を境に占領という状況下で安易に民主主義になだれ込んでいった人々への批判である[30]。だが一方で、自らは軍隊に行くこともなく、空襲の被害者であった太宰が敗戦を経て変わらないでよいと思ったことは（ある種の無邪気さであれ決意であれ）仕方がないと仮に認めたとしても、自らが破壊し、殺し、奪った当事者であった兵士が戦争をまたぎこして何も変わらなかったと言うのならば、それはそれで欺瞞があるのではなかろうか。人々は軍隊に行き、戦場に行き、そのまま何も変わらずに帰ってこられたのだろうか。むろんこれは本書全体の問題意識と関わってくる。

火野や石川に代表される戦時中の作品をさして、いや、戦後（少なくとも一九七〇年ごろまで）に数多く書かれた戦争の小説も含めて、アジアに対する加害意識の欠落が指摘されるようになってから久しい[31]。そこでは戦場が描かれる際にアジアの人々、奪われ殺されていった人々への、人間的な共感が欠落しているとも言われる。たとえば成田龍一は火野の兵隊三部作を分析して「帝国のまなざし」を持っている、と言う。それは「被侵略者を他者のまま排除・隔離するような視線」（帝国の「自治的」統合）と「他者としての被侵略者を自らの内側に包摂するために、彼らとの境界を一方的に消去するような視線」（帝国の「同化的」統合）という二つの類型を持ち、火野の作品においては前者が顕著であり、日本人という「われわれ」の外部にあり、中国大陸に暮らしてきた人々との交流ややり取りは、火野が日本から持ち込んできた「私」や「われわれ」というものを揺るがすことがなかったと言う(32)。

こうした指摘は理解できるし、それなりの説得力もある。しかし、これが（成田もそう見ていると思うが）火野個人の問題ではなく、日本社会において広い範囲で見られたものであり、しかも敗戦後長きにわたって払拭できなかった問題であるならば、侵略や他者の痛みといった戦場における罪悪感がなぜ生まれなかったのか、もしくはなぜ社会的に共有されなかったのかについてより深く追求していく必要があるのではないだろうか(33)。だからこそ、戦場における人々、ここでは特に兵士について問うていく必要がある。彼らは残虐な悪魔でもないが、反戦の勇士ばかりでもない。最前線で行動した兵士たちは、ほとんどが故郷に別の仕事を持つ庶民であった。そこには銃後の人々の兵士たちへの期待のまなざしが込められていた。兵士たちが戦場へ放り込まれ、そこで何をし、何を感じたのか。戦時中のいくつかの作品には、戦争に進む時代の熱気のなかで戦場へと征く人々の姿が描きこまれているのである。

2　日中戦争開始前

本節では、第2章の焦点である日中戦争開始後の状況を考えるための準備作業として、日中戦争開始以前の戦争とメディアと文学の状況を、特に「満州事変」の時期に焦点を当てて確認しておきたいと思う。そしてその作業は、従来の日中戦争期の戦場の小説の研究において欠落していた部分、つまりそれ以前の状況とのつながりを埋めることでもある。

戦争におけるメディアの役割の大きさは、力説するまでもないほど一般的に意識される問題となっている。十五年戦争期の日本のメディアに関しても、検閲の存在に限らず、治安維持法による思想弾圧など、「言いたいことが言えない」時代であったことは周知のとおりである。「満州事変」の勃発（柳条湖事件）が関東軍の謀略であったことを当時多くの国民が知らなかったことや、いわゆる大本営発表の出鱈目な戦果報道に見られるように、当時伝え得たものの限界というものを知っている現在からみれば、当時のテクストを額面どおりに受け取るわけにはいかない。

その上で、戦後早い時期に見られた、軍部や政府（内務省）の弾圧によって戦争賛美の言論が作られていったという単純な見方が誤りであることも確認しておこう。中国東北部への侵略には慎重論を主張するメディアもあるなかで、多くの雑誌や新聞が積極的に戦争支持を打ち出していったのである。

大正後期から昭和初期に花開いた大衆文化は、雑誌や新聞を消費文化の一つへと変容させていった。そのなかで文学のあり方も変化していく。戦争開始後にもそうした大衆文化は存在し続ける。大衆は戦争を支持し、多くの読者を得ようと新聞社その他メディアは愛国的報道を競い合う[34]。反戦的ではない多くの執筆者が戦争を後押しする記事を積極的に書いただけではない。そうした時代の流れで次第に露骨になっていく弾圧のなかでは、反戦的ないし政府に批判的な意識を持つ者であっても、自らの主張を文面に忍び込ませるためには愛国的な主張を押し出す必要があった。

抵抗と加担の言説

戦前の日本の出版界では、検閲を受けたことが読者に明らかにわかる伏字という方法を基本的にとっていた。検閲による雑誌そのものの発行禁止や文章そのものの掲載禁止などを避けるため、編集段階での自己規制によって伏字が行なわれていた。

検閲に関して忘れてはならないのは、統制や検閲が何ものかを「削除」するだけのものではないということである。言論弾圧の対象が広がるにつれ、書き手は検閲官の目線を意識せざるを得ず、それを内面化する形での自主規制を始めるわけである。そのなかで書かれるテクストは、もともとの筆者の意図とは別のものとして生み出される。それはしばしばプロパガンダ的なレトリックを挟み込むことで弾圧を逃れる結果、表面的には権力追従的なものとならざるを得ないわけである。つまり、筆者の言いたいことが「削除」されるだけではなく、そこに統制のまなざしを受けたテクストが「生産」されるわけである。

検閲官の目を逃れるために巧妙なレトリックを用いて抵抗ないし批判の言説を述べた知識人は少なくない。そのような言説は戦後に多くの賞賛を浴びた。確かに弾圧の危険のなかでの抵抗の精神は高く評価されるべきであるし、多くの場合は消極的抵抗であったり、わかりにくいレトリックを用いることでしか抵抗を維持できなかった。しかし「日本における統制とプロパガンダ」で権錫永《クォンソクヨン》が指摘しているように、読者の受容を考えた時、検閲官の眼をかいくぐって出版されたテクストの多くは、高いテクスト解読能力をもったごく一部の人間にしか抵抗のテクストとは読まれなかったであろうという問題が存在する(35)。

一例として、アナキストの石川三四郎が『改造』一九三八年八月号に掲載した「黄河の水をも浄化せよ」という文章を見てみよう。石川は膨大な黄河の流れと、それによって運ばれて河床にたまり洪水を呼び起こす黄土について述べ、黄河の治水が不可能であると言う。そしてテクストの力点が置かれている部分で、「〔黄土は〕乾けば粉塵となつて飛び揚り、混れば泥濘となつて押し流れる。漢民族はこの粉末の黄土と同性質を持つてゐる。いくら捏ね固めても、乾けば粉末になつて吹き揚げられる。古来この漢民族を征服した諸民族は、いつでもミイラ取りのミイラになつたと同様になつた(36)」と書く。つまりは中国侵略の不可能性を主張していると読むことのできる文になっているのだ。

しかし、こうした主張を述べるために「満州人はこの三百年間に全く漢民族の文化に征服せられ、自らの国語までも忘却して了つたのである。支那民族の執拗とその文化力との偉大なことは以つて知るべきである。／だが併し歴史は必ずしも繰り返へさない(37)」といった部分を挟んで、日本ならばできるかもしれないと解釈するための逃げ道を作っている。そして「黄河の治水は永久策としては不可能とされた。併しながら支那人が絶望した黄河の水も吾等は従順な婢僕として新産業に利用しなければならない。「百年河清を待つ」なぞと詠歎する前に、吾等はこれをも浄化することを意図すべきである。黄河、揚子江の濁水を清めんとする意気を以て、吾等は此地に東洋平和の基礎を樹てねばならぬ(38)」と文を締めくくっている。全体として読めば批判的な意図はかなり読み取れるが、現状を改善する（＝侵略を進める）ためにさらなる努力を読者に訴えるというレトリックを随時差し挟んでいるのだ。

石川三四郎という筆者の政治的スタンスを知った上で慎重に読むならば侵略の不可能性、ひいては批判を行なっていると読めるわけであるが、東洋平和の確立のための聖戦というタテマエの下に一色に染め上げられた文章の飛び交う戦時においては、一般の読者がそうした部分を読み取れるかどうかは心もとない。特に検閲の厳しい時期になればなるほど、抵抗的言説を織り交ぜたテクストが検閲官の眼を潜り抜けた場合、多くの読者がそれを戦意高揚のテクストとして読むだろう、と検閲官は判断しているのである。戦時中のテクストを読む際には、体制への批判的な言説と考えられるものでもこのような点を勘案しながら読まなければならないのである。

「満州事変」の報道

さて、少し回り道をしてきたが、日中戦争開始前のメディアの様子を見ていこう。十五年戦争と一口にいっても、中国東北戦争の時期と日中戦争期では戦争動員のあり方が大きく異なる。中国との全面戦争開始を境に総動員体制が形成されていくということはしばしば指摘されることである。それは言論の統制に関しても当てはまることではあるが、具体的にそれ以前と何がどう変わっているのかが指摘されることはあまり多くない。ここで見るように、「満州事変」でも既にメディアの戦争への熱狂は明らかな現象だったのだ。

「満州事変」の開始は各メディアを戦争への熱狂に駆り立て、戦争の語り方にも変化をもたらした。しかしその時期の文学の世界においては、戦争が中心的なテーマに据えられることは全くといっていいほどなかった。研究の欠落という側面もあるかもしれないが、しかし他のジャンルと比較した時に作家たちの無関心は明確である。以前から日露戦争などを描いた作品などがなかったわけではないし、黒島伝治のような反戦をモチーフとした作品を描き続けた作家もいた。そのように作家個人が関心を持つことはあったかもしれないが、批評の世界にまで戦争の色が入り込み、創作の主要テーマとして戦争が置かれることなどなかった。それが日中戦争開始後には主要テーマとなるのである。その落差について考えるために、まずは「満州事変」に対する諸メディアの熱狂について考えてみたい。

二十世紀初頭以来、中国大陸において列強は門戸解放（市場開放）政策を基本的にとり続けた。それは十九世紀以来のアヘン戦争に代表される、武力による解放要求を基調としてはいたが、しかし列強の武力の発動は抑制される方向にあった。そうしたなかで一九一五（大正四）年一月、山東省の権益や満鉄の租借期限延長などを中心とする、袁世凱政権に対する日本のいわゆる二十一ヶ条要求以降、中国における対日感情は悪化の一途をたどっていた。列強に対する中国人の反発は（半）植民地化の中心的存在だったイギリスから日本に移り、日本に対する反発をとおして、中国ナショナリズムが形成されていくのである。

抗日の運動は当初学生を核としていたが次第に民衆へと広がり、日本製品ボイコットやストライキが特に上海などで目立つようになる。満鉄を中心にさまざまな権益を日本が持っていた東北部（「満州」）と並んで、紡績工場を中心に日本の資本が進出していた上海の治安に関する問題は、日本国内の大きな関心事となっていく。一九三〇年代に入ると、日中の衝突は避けられないのではないかと見る者が多かった。実際、開戦を見越して多くの新聞社は東北部に特派員を事前に送っていた。そんななかで一九三一（昭和六）年九月十八日、関東軍の謀略による柳条湖事件を皮切りに、「満州事変」が開始される。

柳条湖事件の発生後、ニュース配信を行なう電報通信社（以下「電通」と記載）の電報が最初に日本本土に届いている。たいていの新聞社は十九日朝刊にその記事を載せている。『東京朝日新聞』と『東京日日新聞』は、それに加えて夕刊までに二度も号外を出したという[39]。東北部からは文字情報であれば電報で本土に届けられる状況にあったわけである。しかし、当時の技術では写真は送れず実際に輸送しなければならなかった。当時の二大新聞社である大阪朝日と大阪毎日は、資本力にものを言わせて多くの写真記者を東北部に送り込むとともに自社の飛行機を投入、写真の輸送を行なって写真速報で他社に圧倒的な差をつけた[40]。他の新聞社は航空機など所有していなかったので写真の速報戦では勝負にならなかった。

『東京朝日新聞』を例に挙げて、戦地の写真について見てみよう。事件勃発から二日弱、九月二十日の日曜日午後四時に出た号外に初めて事件後の現地の写真が掲載されている。「日支両軍衝突画報」と題されて日本軍が占拠する奉天の様子などが映されている。二十一日にも三日連続となる号外が出され、事変がメディア・イベントとして煽られていく様子がうかがえる。二十一日の号外（午後七時発行）では、関東軍の占領した奉天飛行場などが写されているが、記載されている東京までの輸送経路を見ると次のようになっている。二十日奉天にて撮影→汽車便でソウル（京城）へ→広島まで社機で空輸→大阪まで空輸→東京へ電送、という具合である。加えて二十一日の朝刊を見ると、「日支両軍衝突事件　けふ映画第一報公開　午後二時半より本社講堂（入場無料）」という告知がなされている。どんな場面を映したどの程度の時間のフィルムか不明だが、柳条湖事件から三日後にはニュース映画という形で現地の映像が東京で見られるようになっているのである。ちなみに当然ながらこの時点ではまだ「満州事変」という呼び名ではなかったことがこの見出しからわかる。

さて、戦争報道に関して、柳条湖事件からほぼ一ヵ月後に出た『改造』十月号（十月二十一日発売）を見ると、ジャーナリストの阿部慎吾が「満州事変を綴る新聞街」という時評を書いている。以前から「満州」をめぐっての強硬論が幅を利かせていたため、現地記者も東京にいる記者も事変勃発前において、「いつも軍部から出た報道と見るべきものが優待され、（中略）電通あたりから這入つた、日本軍が毎日のやうに演習に次ぐに演習で、随所に中華人と起した小事件の如きは、報道を不利としてか各紙とも握りつぶしてゐた(41)」。そして、「全体を通観してみて、満州事変を綴る新聞の報道戦には（中略）ただ記事の取り扱ひや紙面の調子に濃淡の差があつた程度で、先づ云へば各紙とも軍部側の純然たる宣伝機関と化したといつても大過なからう(42)」。阿部の論旨は事変自体を批判するものでは決してないが、この時期には軍部からの情報を垂れ流しにする報道に対してのこうした批判は問題なく行なえたのである。『東洋経済新報』において満蒙放棄論を展開した石橋湛山などの存在は必ずしも例外ではなかったわけである。それでも、熱狂を後押しする大メディアの声の前には十分な効果を上げられなかった。

「満州事変」期の英雄

事変勃発に際して、当時北平《ペーピン》（現在の北京。当時国民政府が首都南京の位置づけを明確化するために改名していた）で病気療養中だった張学良は全軍に不抵抗・撤退を命じていた。蒋介石も対共産軍作戦に追われていて軍隊を北上させる余裕がなかった。そして国内の基盤整備を優先させるソ連も不介入の立場をとった。よって戦争は大規模化、拡大を免れていたが、中国各地で日本に対する反発の声が強まったことは言うまでもない。

一九三二年一月には、こちらも日本軍の謀略に端を発し、世界の目線を東北部からそらす目的と言われる（第一次）上海事変が起こる。ここで日本国内での戦争報道に関して重要な事項として「肉弾三勇士」という軍国美談が作り上げられていったことは重要である。敵の鉄条網を突破するために爆弾を持って突入し、命を落とした三人の兵士のニュースが、自分の命を捧げた英雄として日本の国民の強い関心を惹いた。新聞、雑誌、ラジオ、レコード、映画、演劇、浪曲、舞踊などさまざまな業界がキャンペーンを繰り広げて、今でいうメディアミックス的状況が発生し、メディアが英雄イメージを作り上げていった。爆弾を抱えて敵陣に突っ込む兵士を神話化し、他社、他メディアよりもより国家・天皇に忠実であろうと競争が繰り広げられたことはメディアの自主的、能動的な戦争協力をよく示している(43)。

「肉弾三勇士」をはじめとする戦場の美談や「戦記もの」と呼ばれるような戦闘を描いた読物は、最大部数を誇った雑誌『キング』をはじめとした、講談社などの大衆雑誌に描かれていた。大衆読物の世界ではメディアミックスの一貫として戦争を描くことが行なわれていたわけである。また、中国東北戦争や第一次上海事変に出征した、特に職業軍人などが描いた兵士の手記には、例えば上海事変を描いた伊地知進『火線に散る』（欽英閣、一九三七年）などがある。このあたりの実態は上野英信（『天皇陛下万歳』）が若干触れている程度で詳しくはわかっていないが、職業軍人の手記や大衆読物の世界では、「満州事変」以降、戦地の状況に敏感に反応して戦争が描かれていたわけである。しかし後で見るように、純文学の領域で活躍する作家たちがそうした社会の動きに目立った反応を示すことはなかった。おそらくこうした状況を冷ややかな眼で見ていた者も多かったのではあるまいか。

「三勇士」に見られる殉死の英雄化は、日清戦争での木口小平のような前例もなかったわけではないが、「死んでも喇叭《ラッパ》を放しませんでした」という木口の場合、死してなお自分の職務を遂行しようとしたことが美談とされているわけである。またどことなく戦場の一角で目だたず死んだ目立たぬ一兵卒の物悲しさも持っている。しかし三勇士となると、死ぬことで職務の遂行を果たすという、意志的な殉死としてその献身が誉め称えられるにまでなっている。ルイーズ・ヤングはこの時期にマス・メディアが作り上げた殉死を核とする美談が、「愛国心の概念を再定式化した」と見ているが、その指摘によると、それ以前の軍の英雄は東郷平八郎や乃木希典のような軍隊組織の上に立つ存在、「偉大な指導力」を持つリーダーであり、「大胆さの他に戦術上の専門知識も兼ね備えていた」。しかしこの時期になると「個人的経験」が重視されるようになり、どのような立場であれ命をかけるほどの行為を見せることが英雄の条件となった。軍人のみならず、例えば貧困のただ中にありながらさらに生活を切り詰めて、そこから軍への募金を捻出するような「女性の銃後での犠牲」までもが賛美される対象となった。ありきたりな存在としての兵士や主婦が、日常的な職務（主婦業も家庭における職務の遂行である）のなかからそういった行為を行なうことに意義が見出され、ひいてはそのメディア言説を受け容れる大衆の一人ひとりが同様に英雄になりうるのだと呼びかけられているのだ。

この英雄（＝国家の要請する理想の人間類型）の個人化は、大衆社会における既存共同体からの個人の遊離を反映しているのみならず、男性には「武士道」、女性には「良妻賢母」という犠牲の型を与えることで、大衆化にともなって懸念された利己主義的な思潮に対する歯止めという役割も期待されていた[44]。こうした個人化された英雄像は、動員体制が強化され、社会編成が変化するなかで個人化のますます進む日中戦争期にも持ち込まれるはずだった。だが変化の激しい大衆文化においては、熱狂を当て込んだ英雄候補の乱発や「満州事変」期の二番煎じという状況に消費者が飽きを感じたのか、目だった英雄は見当たらない。その意味では、他には真似できない（＝商品価値のある）サクセス・ストーリーとして、本章で見ていく「兵隊作家」火野葦平は数少ない、日中戦争期の例外的な英雄として存在したとも言える。同時に、火野が「兵隊」にこだわり続け、発禁になったとはいえ石川達三も『生きてゐる兵隊』として、集団を描こうとしたということは、個人化が進む裏返しとして、個人主義批判がしつこく行なわれていた時代背景と合致しているのかも知れない。

一九三二年九月十日には、非公式の情報委員会（法的権限なし）が発足し、メディアの情報に対して政府が強い関心を示している。またその後一九三六年六月に電報通信社（電通）と連合通信社（連合）が合併して、国策的な通信社として同盟通信社（同盟）が設立された。電通は陸軍と、連合は外務省とつながりが深かったため、それぞれの情報源の意向がニュースに反映されていた。日本発の外国向けニュースが外務省と陸軍の対立を反映してバラバラだったので、その不整合が日本の通信社の国際的信用を落とすという懸念が同盟設立の背景にはあったという。[45]とはいえ、この時期にはまだ情報宣伝のための統一的な国家機関は存在していなかった。正式な国家機関としての情報機関は、一九三六年七月一日に設立された情報委員会（前のものと同名だが別の組織）が最初になる。「国民ノ自覚ヲ強化」するというテーマで一貫した活動を行なっていたが、報道、宣伝活動といっても独自に企画・実施する機関ではなく、あくまで「連絡調整」機関という性格を超えなかった。[46]

「満州事変」勃発後、日中戦争開始までの時期は、メディアをめぐっての統制や国家によるプロパガンダといった問題だけでなく、やはり「転向の時代」という言葉に象徴される共産主義の弾圧も重要である。そして国体明徴運動、つまりは天皇機関説の否定という、言論・理論によるのではない、ヒステリックともいえる一部の勢力を背景として、権力の一方的な宣言による憲法解釈学説の転換が起きたのが一九三五年である。

このように、大衆社会化に巻き込まれる形で「満州事変」とそれに続く第一次上海事変が熱狂的に社会に受け容れられたのであるが、こと文壇、文学の専門家集団としての作家と評論家たちが中国東北部や上海周辺での戦争を後押しすることはほとんどなかった。一九二九年に発表されたレマルク『西部戦線異状なし』は同年に翻訳が出るなど日本においても強く歓迎され、戯曲として翻案されて上演されたりと人気を博した。レマルクの作品が肯定的に迎え入れられていることからも、文壇関係者の間では反戦的な志向が強かったことがうかがえる。大正期以来の軍隊への嫌悪感も強かったと考えられる。[47]しかしそもそも文壇の世界に生きる人々にとっては硝煙の匂いや泥濘、塹壕での日々というものはあまりに遠いものであり、自らが描く対象ではないと考えられていたことは間違いない。

作家たちにとっては、肯定するにせよ否定するにせよ、弾圧を受けていたとはいえプロレタリア文学運動の提出したさまざまな問題や、大正期以来顕著になってきた文学の大衆化という問題の方が遙かに重要だったのである。以下、この時期の文学の動きを大まかに見ておきたい。

一九三〇年代の社会と文学

この時期の文壇の潮流の全体像を描き、説明するのは私の手に余るが、日中戦争期の戦争文学との関連で重要なものに絞って挙げておきたいと思う。

まず、一九三〇年代前半を代表する文芸誌は『新潮』『文学界』などの商業誌、『三田文学』『早稲田文学』などの大学系のもの、そして『文藝戦線』や『戦旗』などのプロレタリア文学系統のものなどがあった。それぞれ部数は大きくないが、文学理論に関する議論の応酬、実験的な表現や新たな素材の文学作品を載せる場として重要であった。

文学の領域において、こうした文芸誌に劣らず重要だったのが、当時の知識人の間でのオピニオンをリードした媒体である綜合雑誌であった。政治、経済はじめ社会的な問題を広く扱うのみならず、芸術への批評、創作も重視する綜合雑誌は、文学の世界でも文芸誌に劣らず大きな影響力を持っていた。綜合雑誌を中心として作り出される言論空間は「論壇ジャーナリズム」とも言われ、「アカデミズムから相対的に自立した独自の威信ないし正当性の源泉として確立してい」た[48]。論壇ジャーナリズムは、知的関心の強い読者層が増え、雑誌メディアの自律性を支える条件が整う大正中期頃に生まれたという。帝大教授をはじめ従来アカデミズムの内側にいた学者のなかにも、論壇の発展とともに次第に論壇に乗り出してくるケースが増えた。その代表格は吉野作造や河上肇などであった。

特に『改造』『中央公論』の二つは大きな綜合雑誌の中心的役割を担っていたが、社会主義路線を売りにしていた『改造』が、左翼への弾圧の強まる三〇年代初め頃に何とか持ちこたえていたのは、執筆陣に居並ぶ帝大教授の権威があったからだろうが、論壇ジャーナリズムの隆盛はアカデミズムの権威そのものを相対的に低下させたと田中紀行は指摘している[49]。二誌に続いたのが、文芸誌から次第に綜合雑誌的性格を強めていった『文藝春秋』と、『経済往来』から一九三五年に誌名を変更した『日本評論』であり、四大綜合雑誌と呼ばれた（すべて月刊）。それぞれ五万部から一五万部程度が出版され、知識層への影響力が非常に強かった。こうした論壇ジャーナリズムを成立させるにいたった大正後期以後の大衆社会化が、同時に文学の領域においても重要な変化を生むのである。つまり、文学の大衆化という問題である。

大正期、特に関東大震災からの復興後に増加した新中間層の発展は、中等教育の拡大をもたらすとともに、知識欲に飢える女性層を狙った婦人雑誌の増大をもたらした。こうしたなかで通俗小説や大衆小説が発展する。ちなみに用語の問題として、当時は一般に通俗小説が現代物の作品をさし、大衆小説は髷物《まげもの》とも呼ばれる時代劇の読物をさしていた。

婦人雑誌や大衆雑誌自体が市場の動向によって生み出された媒体であるということは、当然それに掲載される文学作品の性格も市場の影響を強く受けるわけである。それまでは「文壇」という専門家集団の内部で文学的な価値の基準の決定を独占し、作品生産はもちろん、徒弟制度的なシステムによって作家の再生産も独占していた。しかし、莫大な発行部数を誇る大衆誌においては、読者を獲得する作品こそが優秀な作品であり、その作品を生み出せる作家こそが優秀な作家となった。大正末期には発行部数百万部を超える雑誌も登場していた。創作（小説）は読者獲得のための大きなポイントであったから、人気作家を集めようと出版社は豊富な資金を用いたために原稿料単価が高騰し、婦人雑誌の原稿料は綜合雑誌の四～五倍にのぼったという(50)。

当初は物書きといえば文壇作家しかいなかったのだが、次第に婦人雑誌、大衆雑誌が氾濫して既存の作家だけでは創作の書き手が足りなくなる。そして文壇に認められずとも読者を獲得できれば職業作家として生活できるわけであるから、既存の文壇の権威は落ちていく。もちろん既成作家の側はそうした状況に危機感を覚え、素人の読者の支持、つまり商品価値によって作品の良し悪しを判断する傾向に対して、通俗小説・大衆小説を低く扱い、専門家集団たる文壇の決めた「芸術的価値」を押し出すことで、「純文学」の重要性を訴えていく。

もともと自由民権期には政治や社会とのつながりが強かった文学という領域は、明治後半ごろには「芸術」として自律的なものとして捉えられ始め、それが「文壇」という専門家集団の成立につながっていく。その「自律」が作家のアイデンティティとして内面化されていくうちに、文学と社会とのつながりが徐々に弱まっていき、この時期に至っていた。文壇が中国東北戦争に関心を示さなかったのもその表われと考えられよう。

さて、こうした大衆化による文壇の凋落を指摘した最先鋒が大宅壮一であったということは注目に値する。ジャーナリストとして時代を読む感性に秀でた大宅は、当時は左翼知識人として活躍していた。その大宅の出世作ともいえるのが、彼の初めての文学評論である「文壇ギルドの解体期」(初出、『新潮』一九二六年十二月号)であった。

徒弟制的な方法で評価基準や文壇人を再生産し、古い体質に縛られた既存の文学者集団である文壇を中世のギルドに見立てて、文学の大衆化/商品化が引き起こす文壇の崩壊を宣言した文章である。「ギルドの内部に於て久しい間神聖にして犯すべからざるものとされてゐた批評的尺度に代ふるに、文学とは何等本質的な関係がないかのやうに考へられてゐた新しい尺度を以つてせよといふ凄じい要求[51]」というこうした動き、つまりは文壇の内部評価ではなく、文学を社会的側面から眺めるといういわゆる外在的批評が登場したわけだ。これは大衆化によって作家が市場に放り込まれると同時に、マルクス主義的な視点の文学への導入がもたらしたものでもあり、プロレタリア文学運動の影響である。大宅自身この時期はマルクス主義者として活躍している。社会現象としての文学・雑誌の大衆化はそのまま日中戦争期に引き継がれていくという意味で重要であるのに対して、文学や批評の方法論においてプロレタリア文学の提出した問題は、弾圧によって運動自体が消滅した後も残り続けるという意味で重要なのである。こうした基本的な状況をおさえた上で、これから日中戦争期へと眼を移していくことにしよう。

3　日中戦争とメディアの変化

既に触れたように、文学に関していえば日中戦争以前には反戦文学の根強い伝統が日本にはあった。それがプッツリと音を立てて切れたようになくなるのが日中戦争開始以後であるともいえる。それを弾圧のためと言うのは簡単であるが、しかし文学の領域にかかわらず社会全般において、盧溝橋事件直後から、「満州事変」の頃には見られた反戦論がほとんど出なかったのが日中戦争の時期でもあった。長期化が進むにつれて、あまり表面化することはなかったにせよ、列強支配からの中国の「解放」のタテマエでその中国と戦う割り切れなさを人々が感じていたことがよく指摘される日中戦争にしては奇妙なほどである。それは小ぜりあい程度でしかなかった紛争の最初期に、戦争の目的も性格もわからぬ時点で大メディアが政権への協力を表明してしまったことが大きいだろう。本節では、日中戦争の勃発によるジャーナリズム、およびそれをとおした文壇への影響を見ることにしたい。

「満州事変」があくまで中国東北部での限定的な戦争であったのに対して、日中戦争の口火を切った一九三七（昭和十二）年の盧溝橋事件は、その東北部から南西へ少し下がった華北地域、北京（北平）の近辺で起きた日中両軍（この場合は国民党軍）の衝突である。

そもそも華北地域における日本軍の駐屯は長期にわたっている。一九〇〇年の義和団事件（北清事変）を列強の連合軍が鎮圧し、一九〇一年に北京議定書が結ばれる。議定書によって北京、天津を中心に列強が軍隊を駐屯させることが可能となり、日本も軍を配備することを決める。支那駐屯軍と名づけられ、司令部は天津に置かれた。ちなみに日本以外に英、米、仏、伊もすべて天津に司令部を置いていた。しかし当然、「満州国」建国などによる反日感情の高まりに加え、現地での支那駐屯軍の度重なる演習によって、日中間にトラブルが頻発した。そんな時期に起きたのが盧溝橋事件であった[52]。

一九三七年七月七日も、北平の西南郊外、盧溝橋（別名マルコ・ポーロ橋）で日本軍が夜間演習をしており、そこで起きた日中両軍の衝突が盧溝橋事件である。偶発的に起きた衝突であると見られており、双方とも戦略的な意図などがあったわけではないようだ[53]。手間取りながらも十一日午後八時、中国側の一方的な譲歩により「解決条件」がまとまり、現地ではいったん停戦が実現し、日本軍の主力は盧溝橋から引き上げる。しかし同日、近衛内閣が「重大決意」のもとに華北への派兵を決定することとなる。近衛内閣はこの衝突を「北支事変」と命名し、「不拡大方針」を唱えながらも、現地の停戦協定調印に逆行していくのである。そして現地の強硬派を勢いづかせ、慎重派による事態収拾を難しくした。

当時の検閲制度

ここで、日中戦争開始から一年以上経過してから出された『雑誌年鑑』昭和十四年度版と先行研究によって、日中戦争の開始が出版物の統制・検閲制度に及ぼした影響を見てみておこう。一九三八年度の雑誌界を概観すると、「統制」の二字に尽きる、とこの年鑑には書かれている。[54] 一九三七年末の人民戦線事件で大森義太郎や、猪俣津南雄らが検挙され、翌年二月には大内兵衛、美濃部亮吉らも検挙されたことで、綜合雑誌の主要執筆陣がいなくなるという状況であった。それに追い討ちをかけるようにして、同二月末には石川達三の筆禍事件が起こる。

発売禁止という処分自体はそれ以前から各雑誌にしばしば見られたことであるが、人民戦線事件では逮捕者が出た上、社会主義陣営の論者のみならず自由主義者と見られていた論者にまで影響がおよび、論壇の不安は大きかった。また、石川の『生きてゐる兵隊』を掲載しようとした『中央公論』(一九三八年三月号)は発売禁止処分を受けたばかりか、石川と中央公論社の社員二名が起訴され、石川と編集責任者雨宮庸蔵は執行猶予三年、禁錮四ヶ月の判決を受け、発行責任者の牧野建夫は百円の罰金刑を受けた。[55]『生きてゐる兵隊』への有罪判決は、戦争に関する言論への引締め強化という当局の決意を強く示すものであった。

以下、『雑誌年鑑』の説明を中心に当時の検閲制度を見てみる。検閲は「出版法」と「新聞紙法」の二つの法律に根拠を持っていた。情報のスピードが求められる媒体は届出を基本とする新聞紙法に基づいて発行し、そうでない媒体は出版法に拠っていた。時事問題を扱う必要上、『中央公論』などの綜合雑誌は新聞紙法に基づいて発行された。後述のとおり両法の検閲は執行の官庁が異なっていたが、どちらの場合でも発売頒布の禁止、差し押さえは内務大臣の命令によってのみ行なわれた。

出版法による検閲は内務省警保局図書課が一括して扱っていた。発行の三日前までに内務省へ二冊納本する必要があり、そこで検閲を受けた。その上で問題がないと判断されれば出版可能となる。

新聞紙法の出版物の場合は印刷してすぐ納本と同時に販売されるという性質上、発行して販売された後、ある記事に問題があると判断されると差し押さえや回収が行なわれたり、一部を切り取って販売することもあった。新聞よりは速報性の低い綜合雑誌の場合、事後でなく少し早めに納本することもあったようだが。新聞紙法の場合、発行者はそれぞれの発行地域により、各府県庁、北海道庁、東京は警視庁に届出を行なう。「時事ニ関スル事項ノ掲載」があるような新聞、雑誌はさらに管轄官庁に保証金を納める必要があった。[56] 発行者は処罰を避ける意味でも編集段階で自主規制して伏字をし、早刷りの版などを事前に検閲してもらって処罰を回避する内検閲（あるいは内閲）が普通に行なわれていた。それでも内検閲は公的な制度ではなかったし、急遽差し替えられた記事などが問題を生じた場合などしばしば処罰された。

新聞・雑誌などに掲載することを差し止める制限事項は次のとおりである。（1）公判に付する以前における予審の内容その他に関して、（2）官公署や議会における非公開文書など、（3）犯罪の煽動など、（4）「軍事外交に関して特に定めたる重要事項」。この四つ目の項目に関しては、陸海軍相、外相がそれぞれ自分の省に関係のある情報に対して掲載の禁止や制限の命令を下せることになっていた。[57] 戦争に関して具体的にどのような事項が執筆できないかという細目は、「新聞掲載事項拒否判定要領」に記され、随時更新されて書ける範囲が狭まっていったという。[58]

基本的に出版禁止や差し止めといった処分で受けるダメージでいちばん大きいのは、雑誌を売ることができないことによる会社の収入減であった。実際、相次ぐ発禁によって武田麟太郎が主宰していた文芸誌『人民文庫』は一九三八年一月に廃刊となってしまった。しかし雑誌などは発売日までの時間がなくなると検閲を受けている間にも発行を見越して印刷、輸送を行ない、差し押さえが決定されても既に販売された後であることがしばしばあった。悪質でなければ処罰が大きく変わるわけではないので、できる限り販売元は回収を先送りにして売り切ってしまおうということもあったようだ。

『生きてゐる兵隊』のケースでも、『中央公論』は書店にまでは出ていたし、ある程度売られたようだ。石川とともに有罪判決を受けた編集長雨宮庸蔵の回想によれば、「掲載誌は店頭発売前日の十八日午後六時発禁処分の通告をうけた」[59]という。この時点ですでに刷り上って書店へ配送されていた雑誌が存在したわけだ。「伏字の操作は、輪転機にかけられはじめた際まで続けられたが、そこにケアレス・ミステークをおかす盲点が伏在した。そして納本（内務省検閲課など関係当局に発売二日前に納入したもの）での伏字の箇所が市販にだしたものでは生かされていたり逆に後者で伏字になっている箇所が納本では生かされていたり、という事態が発生した」[60]。「市販にだし」て一度出回ってしまえば、出版社が回収するまでは、書店の側が売ろうと思えば売れる。回収できなかった『中央公論』三月号は約二万部近くに上っていたという[61]。実際、石川を特派員として中国へ送ってまで書いてもらった原稿は今号の目玉として、「コマーシャル・ジャーナリズムの呼びものと予定していた」[62]ためリスクも冒したという。そして石川は、書店に出回ったものを読んだ武田麟太郎など作家仲間が誉めてくれたという[63]。そこで出た市販用と納本用の削除部分にズレがあったことが、意図的な検閲逃れと見なされて、単なる発行禁止ではなく起訴にまで踏み込まれた原因だとも言われている。

発禁をしても売り抜けられるとするならば、事後に起訴をしても重要事項が既に世間に知れわたってしまうわけである。こうした事態を避けるためにも、『生きてゐる兵隊』の筆禍事件が起こるより前に既に、戦争開始を受けて軍事外交関係の記事に対しては届出制から許可制に変わり、事前のチェックが徹底された。盧溝橋事件を受け、陸軍は一九三七年七月三十一日、海軍も八月十六日、外務省は十二月十三日に省令を出して、軍事や外交に関する個別の記事に対して許可を受けなければ掲載できないという制度が作られた。これこそが日中戦争開始直後の制度上の最大の変化とも言える。ちなみに『生きてゐる兵隊』はあくまで小説であり、帰国後に執筆されたものであるから、軍による直接のチェックは受けていない。事前にチェックを受けていたら起訴にまでいたる事件は起こりようがなかった。戦地の部隊に随行する従軍記者などの場合は、記事を書いた後にその部隊の将校や軍の報道部などの許可を受けなければ記事を各社に送ることができなかったのである。

また、それに先立つ一九三七年三月には陸軍軍人軍属著作規則というものが発布されていた。現役の軍人・軍属は著作を出す時に、「所管の長官又は監督官庁の長官に申請してその認可を経なければならないことに[64]」なり、軍人の著述に関する統制が強められていた。こうした軍部の締めつけは裏を返すと軍事外交の記述に関しては内務省の統制が結果的に弱まったことを示しており、軍人が軍人という立場から（軍の意向に沿った）政治的な発言をする可能性を制度的な面から潜在的に保証していったともいえる。

もっとも、軍事・外交に関する事前の検閲が日中戦争開始直後の制度上の最大の変化と書いたが、事前検閲の動きは実のところそれ以前からあった可能性もある。横浜事件での弾圧などで廃刊となり、戦後すぐ復活したばかりの『改造』の編集者となった松浦総三は、後に占領下の検閲について調べているなかで戦時中の検閲との連続性について考え、次のような指摘をしている。「内務省の警保局は、占領軍にくらべれば、やりかたがはるかに老獪であった。この伏字を消滅させてゆく方針を文書で指示したり、早急に伏字を消滅させて読書人や国民に気づかれぬように、時間をかけておこなった。編集者や記者をあつめて、必ず口頭で指示したのである。そして、二年後の昭和十三年の終わりころには『改造』『中央公論』などにはほとんど伏字はなくなっていった」[65]。松浦の見るとおりに内務省が伏字を極力なくして書き換えを要請していく方針が一九三六年の秋に出されたのかはっきりしないが、本書を執筆するにあたって調べた当時の雑誌、特にメジャーな雑誌において、三九年以降伏字が減少する感じがするとは言える。伏字の必要がある記事や論説をそもそも掲載できなくなるという意味で、検閲の跡を残さないという占領軍の検閲方針が実のところ戦時中の日本ですでに行なわれていたという指摘は傾聴に値する。その意味でも、陸軍報道班による事前検閲で大幅な削除の跡が書面には現われない形で掲載された火野葦平『麦と兵隊』は、より巧妙化されていく検閲においても特筆すべき小説なのかもしれない。ただし『麦と兵隊』にも検閲による○○（伏字）が度々登場するように、軍隊の部隊名や人数などに関する情報は別の言葉で置き換えようがないため、アジア・太平洋戦争開始後においても伏字が見られるので、戦時下の内務省検閲にあっては、検閲の跡を完全に残さないとまでは言えない。

盧溝橋事件後のメディアの変化

さて、以上のような検閲制度の変化などを受けて、盧溝橋事件をまたいだ日本国内の言論には具体的にどのような変化が見られたのであろうか。結論を先に述べれば、事件前から既に準戦時体制がしかれていて戦争は不可避であるという雰囲気であったことと、こうした軍事衝突自体は珍しくなかったので長期戦になるとは限らず、平和な状況が一気に変わるというわけではなかったことである。事変の進行とともにだんだんと締めつけ、ないし自己規制が厳しくなっていくというのが、大まかな状況であった。とはいえ、戦時への協力体制が事変開始後すぐに整えられていくのも事実である。

盧溝橋事件を受けて、よく知られているように七月十一日夜、近衛首相は新聞・通信社、政界、財界の代表者を官邸に招いて政府への協力を要請する。そして一人残らず政府への協力を約束するのである。新聞・通信社に遅れること二日、七月十三日には主要な雑誌社幹部に対しても同様の要請がなされる。この協力要請に対して、軍事分野を専門とするジャーナリスト伊藤正徳は、戦時において言論の自由が平時に比べて制限されるのは当然であり、「挙国戦争に赴くとき、非戦論は我国に於ては許されないし、また、事実に於て日本には想像し得ない現象だ」[66]としながらも、ある程度の言論の自由がないと言論機関は「窒息死」すると述べている。さらに、「国民が「知らされない」ことは、形の上の挙国一致を製造し得ても、心の一致を求める所以ではない。結局、土台の脆弱なる建築であつて、美しい外観は一震忽ち崩壊するの危険を孕むのである」[67]とも書く。この例を挙げたのは、戦時の言論統制に対する日中戦争期のある種の典型的な反応が記されているからである。つまり、(1)非戦論は日本ではあり得ないと述べ、(2)戦時における統制を当然、または止むを得ないとして戦争そのものへの批判を自ら封じた上で、(3)政府は国民を信頼すべきであり、度を越えた統制には反対する、というものである。

その上で伊藤は、イギリスのロイター通信とロシアのタス通信では、言論の自由のあるロイターの方が国際的な標準となっていることを指摘する。検閲はニュースの速度を遅らせ、さらに記事の信用度を落とすのであり、日本が中国に対する情報戦で優位に立つためにも言論の自由の確保を要求している。実際に華北における対外情報戦で中国に負けているとも述べている。戦争を円滑に遂行し、挙国一致を達成するためにも、国民は本当のことを知らなければならないという形で言論の自由、もしくは統制への反対を論じていくというのが伊藤に限らず一つの型として見られる。ただ、盧溝橋事件直後から既にこうした論法が多いというのは、戦争反対は唱えることができないという自主規制を、個々の論者も内面化してしまったことの表われであろう[68]。こうした状況をもとに、日本のソフト・パワーは中国のソフト・パワーに完全に敗れたと結論づける研究も出ている[69]。

こうした状況では、戦争そのものへの反対を表明することができないばかりか、傍観者であることも許されなくなっていく。以前は傍観的なスタンスをとることのできた作家たちもそれができなくなっていく。開戦当初、政府や軍部などはおそらく作家など、書斎にこもってわけのわからぬものを書き連ねるか、アカ崩れで酒や女のことばかり書いている存在と見て、戦争参加への期待などしていなかったと思われる。むしろ同業者として他のジャンルの執筆者との比較のなかから、作家たちは強く戦時を意識せざるを得なくなった側面がある。

盧溝橋事件の勃発によって新たな読者層が雑誌を購入する機会が増え、一九三七年後半から三八年にかけて出版界は好況に突入し、それに乗じて各メディアは戦時色を強めていく。これにはむろん「思想戦」というようなかたちで国家の側から精神的な動員強化のためにジャーナリズムが使われるという側面もあるが、むしろ総動員体制への動きにともなう戦争の大規模化、複雑化とジャーナリズムの大衆化によってジャーナリズムの内側から戦争へのアプローチに大きな変化が起きたと考えられる。たとえば綜合雑誌『文藝春秋』は、中国の事情や戦地からの情報などについて、戦時色の強い増刊号をたびたび出すなかで、一九四〇年には『現地報告』と題した新たな雑誌を出版するまでに至る(70)。戦争開始にともなうこのようなジャーナリズムの変化について当時考察したのが、戸坂潤の「戦争ジャーナリスト論」(『日本評論』一九三七年十月号)である。

そもそも戦争に関することを専門とするジャーナリストは、「満州事変以来軍部の社会勢力台頭と共に発達したものなので、その観念はまだ若いと共に、まだ表面現象的でお粗末であることを免れない(71)」という。こうした狭義の戦争ジャーナリストは、副業的に執筆を行なう軍人や元軍人によるか、軍の戦術や職業軍人の人事情報などを専門とする一部のジャーナリストであった。しかし軍人は軍人勅諭によって原則的に政治的意見を発表できない上、戦時となればそもそも定期的に原稿を執筆する時間がない。専門の戦争ジャーナリストも歴史が浅いので、戦争遂行における一般社会の役割が大きくなるなかでは、当然他の分野に秀でたジャーナリストの持つ「社会的視角」によって戦争を捉える必要が出てくる。

日中戦争の開始後、「戦争時局論・軍事論・其他を含む戦争に関するジャーナリズム」は孤立した領域ではなくなり、戦時外交、経済、社会、文化などに関するジャーナリズムとの交錯なくしては成立しなくなっていた。[72] 尾崎秀実などは「支那通」として、こうした時代の要請のなかで表舞台に登場した。

ジャーナリズムの領域でこうした動きが進行したということは、社会の各領域において戦争とのつながりが進み、戦争遂行が軍の独占物ではなくなりつつある事態が表面化してきたということでもある。ちなみに戸坂は前記論文のなかで、文化面での関わりで作家の役割にも期待したいと述べつつ、この時点までに従軍特派員として中国へ行った数人の作家たちの記事を見る限りにおいて、「歪曲されたニユースを提供するやうな不始末にならぬとも限らない」[73]と、実際はあまり期待してはいなかったように見受けられる。

ちょうど盧溝橋事件の前後には、新聞用紙の不足から新聞の値上げが予定されており、新聞社は苦境を予測していた。新聞用紙の市場は王子製紙がほぼ独占しており、値上げが容易であった。一九三六年六月の時点で一連三円七〇銭だった用紙が、三七年六月の契約更改時には五円五〇銭と五割近い値上げとなった。よって七月から各新聞社は購読料を二割値上げし、そのうえ八月からは多くの新聞が面数を減らすという状況だった。それによって二割ほど読者が減るのではないかという予測がなされていたが、事変勃発によって各紙とも逆に読者が増えるという結果になったという。[74]

盧溝橋事件が勃発した一九三七年七月七日の時点で既に、華北の大都市、北平、天津には約三百名の日本人の新聞記者がいた。だが盧溝橋事件後もしばらくは不拡大方針の前に待機するのみだったので、記者たちはスクープ＝衝突を待ち望んでいた。「現地解決の望みは断たれてゐながら、何が故に徹底的な行動を起こさないのか、かうした興奮が前線記者の感情を爆発させ」、支那派遣軍の橋本参謀長が急遽記者会見を開き、軍が不拡大方針をとる理由を説明するまでに至る。[75] ジャーナリズムが「売れる」記事として戦争を煽って軍が抑えるという恰好になっているのだ。現地の不拡大方針にもかかわらず、結局衝突は拡大し、七月二十八日には華北において全面的衝突へ発展する。記者にも戦死者が出るばかりでなく、「記者の中で歩哨に立ち看護卒となつて戦闘に参加したものさへあつた」[76]という。中立などありえない当時の日本の戦争報道の姿勢がよく表われている。

この頃には柳条湖事件の時期よりも航空機の技術が向上し、写真の輸送はスピードアップされた。大阪朝日新聞所有の飛行機神風は当時世界最速を誇り、天津―福岡間を四時間で結んだ(77)。また、写真の電送は柳条湖事件の頃は大阪から東京のみだったが、この頃には福岡から大阪、東京へ電送できるようになっていた。そして、文字ニュースを日本へ送信するための無線設備を中国に持つのは同盟通信社のみだったが、開戦後二ヶ月の間に朝日、毎日、読売の大新聞が導入している。他の中小紙、地方紙はそういった設備は持たず記事を速報できないので、記者は送っているが主要な記事は通信社から購入している状況だった。ちなみに、九月上旬には華北一帯の新聞記者は約五百人に達していた。東北部や上海を含めた中国全土では、もっと多くの日本人記者がいたのである(78)。

一九三七年七月二十八日には日中両軍の衝突が本格化し、戦地は未だ華北に限定され宣戦布告はなくとも、国家対国家の戦争が始まったのである。近衛内閣は、長江流域の日本人居留民に引揚げを指示する。しかし上海には日本資本の工場が多数存在したため、危険を冒して残るものも少なくなかった。そこでは海軍の陸上戦闘部隊である陸戦隊が上海の民間日本人保護の任についていたが、八月九日夕方、上海虹橋飛行場周辺で大山勇夫海軍中尉と斉藤要蔵一等水兵が中国保安隊に殺害されるという、いわゆる大山事件が起きた。これを受けて日本の軍部は二万を超える居留民を保護するためとして、海軍の部隊を増派したのに続いて陸軍を上海へ派遣する。そして八月十三日には欧米人の多い国際都市上海でも交戦が始まり、華中へと戦線が拡大する（第二次上海事変）。八月十七日の閣議で、近衛内閣は従来の不拡大方針を正式に放棄し、戦時体制上必要な諸般の準備を講ずることを決定するに至るのである。

上海では華北以上に報道体制が整っていた。というのも日中戦争開始直前において、現地の日本人は二万八千人を数え、主要なメディアが支局を置き、現地日本人用の新聞なども発行されていたほどだったからである。宣戦布告をしてしまうと、アメリカの中立法が適用され、アメリカから武器や戦略物資を輸入できなくなることから、両国とも宣戦布告はしないまま、全面戦争へと突入する。国民政府は八月十四日に抗日自衛を宣言し、八月十五日に全国総動員令を下して、蔣介石が三軍総司令官に就任。二十二日には西北の紅軍が国民革命軍第八路軍に改変され、九月二十三日に第二次国共合作が正式に成立している。戦線が華中に広がったことで、日本側も九月二日には「北支事変」から「支那事変」へと呼称を変える。

ニュース映画は「満州事変」での好評もあって、東日・大毎国際ニュース、朝日世界ニュース、読売発声ニュース、同盟ニュース、日本新聞聯盟ニュースなどの新聞社映画班に加え、松竹、日活、東宝なども参入していた。ニュース映画専用の映画館もあちこちにできた。伊藤恭雄というニュース映画制作の関係者によると、ニュース映画に対する検閲は、前年のベルリン・オリンピックの時点では中央に統一されてはおらず、三七年に入ってから（それもおそらくは盧溝橋事件以後であろう）、東京において一括での検閲体制がとられることとなった。[79] これはニュース映画がこの時点で急速に一般的なものとなり、その上で戦時体制における新しいメディアとしての映像の役割を当局が強く意識したことを物語る。特に、カメラの小型化が進んで、前線での撮影が容易になったことも映像の重要度を高めた。もっとも、音声付きの映像についてはまだ前線での撮影は無理だったようだ。

戦争勃発によるメディアのこうした反応は、作家たちの生活にも直接的な影響を及ぼす。盧溝橋事件から間もない、七月二十日頃に発売された『改造』八月号では、時局への反応を各界が要求されるなかで、「文学者の困難もいよいよぎりぎりの所へ来る。ところが文学者は戦争に何と答へるか――この生死の大問題をハッキリと見詰めてゐさうな文学者は見当らない」と指摘されていた。[80]

そうしたなか、八月には『大阪毎日新聞』が、当時ライバル紙『朝日』に連載中の『宮本武蔵』で大衆の人気を博していた吉川英治を華北の戦地へ派遣している。これは剣豪を描く吉川の筆で日本兵が中国兵を斬る様子を描いてくれることへの期待があったのかもしれない。だが、現地は、広大な大地が広がり、どこが前線か軍人や新聞社の現地特派員にすらよくわからない状況であった。白兵戦のような泥沼の戦場を短期間滞在しただけの吉川が眼にしたとも考えがたく、大きな反響はなかった。吉川に続いて林房雄、榊山潤、吉屋信子らが特派員として戦地へ行ったが、「寧ろ一般社会の動向に比較すると、〔作家の動きは〕まるで立ち遅れている」[81]と、文学者に対する風当たりは強くなっていく。

こうした非難は形だけにとどまらなかったようで、大宅壮一が一九三七年のジャーナリズム界を振り返って次のような指摘をしている。戦時下で新聞の学芸欄が減少し、文芸評論家の収入は三割から五割も減少したという。また、綜合雑誌の創作欄も減ったため、特に旧プロレタリア系の作家などは、相変わらず活況の大衆誌に掲載する通俗小説を書けるようなごく一部の作家などを除けば、「惨憺たる生活をしてゐるものが多い(82)」というありさまだったようだ。こうして文壇関係者の生活に大きく影響するジャーナリズムの世界から、作家たちの戦争への態度表明が要求されるに至るわけである。

4　文壇文学の社会化

前節で見たように、日中戦争の開始を受けて、作家や文芸評論家たちの生活に大きく影響するジャーナリズムの領域から、戦争に対する文学者への協力要求が出てきた。そして新聞や雑誌などの特派員として戦場に赴いた作家もいた。だが作家たちはこうした外部の声に反応して戦地に行ったという側面もあるが、本節で見ていくように戦争開始以前から文壇全体が社会的な関心を強めていく流れのなかで、自ら飛び込んでいったという側面も決して無視できない。

1節で述べたように、戦後早い時期の作家たちには「自我の確立」が必要だという問題意識が強かった。それは戦時中に作家は自我をもてなかったからこそ、戦争に引きずり込まれ、抵抗できなかったのだという意識の裏返しであった。小松伸六は「盲目」となった（ならざるを得なかった）火野を批判したが、この要求はいってみれば、何があっても揺らぐことのない不動点としての自己を確立せよ、戦火の砲弾のなかでも揺らぐことのない超越的な自己（もしくは超越的な自己の拠り所）を確立せよ、と言っているようなものである。そんなことが身体を持ち生命を持つ人間に可能なのか怪しいが、その点の検討は次章で行なうとして、ここでは文学史研究における議論を参照しつつ、日中戦争期前後の文壇における「自我の確立」にまつわる論点を考えてみたい。本節は、前節から一旦時期がもどって、盧溝橋事件の起こる前から話が始まるので注意していただきたい。

　本節の結論を先に述べるならば、昭和初期の批評や創作のなかで、揺らぐことのない「自己」のようなものの確立はむしろ否定的に捉えられていた。一九三五（昭和十）年ごろには広い意味での〈他者〉の発見、他者との関係性のなかで自己をつむいでいくという方向へと、作家の意識は大きくシフトチェンジしていた。こうした動きがなぜ最近まで見えていなかったかといえば[83]、松本和也が指摘するように、当時議論の中心となっていた「私小説」という言葉のもつ曖昧さや何よりそのイメージが、そうした議論の可能性を隠蔽してきたからだと言える。[84]「社会的なる私」といった合言葉によって〈私〉という概念が変容する途中で日中戦争という大きな磁場が生まれ、諸作家がその動きに翻弄されるなか、渦の中心に放り込まれる恰好になってしまったのが火野葦平なのである。

　２節で昭和初期の文学の状況を大雑把に敷衍した時に、文壇文学、通俗／大衆文学、プロレタリア文学という三つの大まかな区分を出しておいた。純文学の流れを探るのが中心であったかつての「文学史」[85]においては、文壇文学の内部での流れが細々と区分されるところであろうが、その成り立ちの社会的背景などを考えて、本章ではこの三つの区分で大過ないと考える。もっとも実際は、三つの区分といってもそれぞれ影響しあい、区分を横断して活躍する作家なども珍しくはなかった。これはあくまで便宜的な区分である。

　前述の松本の研究によれば、一九三五年前後の文学の動きを考える時、純文学（社会から超越したものとしての言語芸術）の専門家集団として自らを位置づける文壇の人々の関心が社会へと向けられることになる。[86]それ以前であれば、通俗小説／大衆文学に対しては「読者の好みや本の売れ行きから超越したところ」、プロレタリア文学に対しては「政治から独立した領域にあるところ」に芸術としての純文学の優位が主張されていた。そのような形で純文学を背負ってきた文壇の人々が、通俗小説やプロレタリア文学の作品を評価していたかどうかは別として、自分たちの書く純文学の作品自体に面白味を感じなくなってきたということが決定的な課題として当人たちに議論され始めたのだ。それは当然文壇的小説の内在的な問題であったから、プロレタリア文学の陣営にいた作家、評論家が一九三〇年前後に転向を余儀なくされ、「ライバル」の一方がいなくなったからとて変わるべくもなかった。むしろ元プロレタリア派の作家たちが文壇の世界に近づいてきて、より行き詰まりが増した感さえあっただろう。

私小説について

こうした文壇の行きづまりと、それに対する打開策のための中心的な論点が私小説についての問題だった。そしてこれは当然「私と社会」に対する問いとも大きく関係する。ここでまず私小説とは一体何かについて説明しておきたい。

文壇の作家たちが身辺的な題材を中心に扱うという傾向とその弊害は、この頃はじめて意識されたわけではない。鈴木貞美の指摘によれば、既に一九二七年、『中央公論』五月号の文芸時評で佐藤春夫は「心境小説」に対する批判を行なっている。彼は、かつての自然主義作家といわれた北村透谷や国木田独歩の方が「社会的に働きかけた範囲が」広く、今の作家は「何の文明批評をも持ち合はせない(87)」として、そうした作家たちに向け、自省を込めて佐藤は次のように言う。

> 二十五歳から三十五歳までの間にわれわれは原稿用紙と雑誌編集者と以外にその外のどんな者と一緒に暮らして来たか。われわれは他の一般の人々が最も多く社会と接触してその間に自づから社会に於ける自己の立場を、社会と自己との交渉を、社会的自我を自覚するその時期の間、われわれは編集者と出版書肆《しょし》とに甘やかされて浮世の風を知らずに来た(88)。

これは後で見るとおり、一九三五（昭和十）年ごろに私小説に対して投げかけられた疑問と非常に近い問題提起である。もっともこのときは作家が書斎に閉じこもって自分の内面を綴るものとしての「心境小説」への批判というかたちになっている。自己の内面を描く「心境小説」と、「私小説」とはこの時点でははっきりと区別されていた。私小説はこの頃では、作家が自らの実体験を題材にして、それを脚色して小説に仕立てる形式の小説としてとらえられていた。特に主人公に関しては、「私」という職業作家であるという情報以外はよくわからない場合が多い。この私小説の場合、必ずしも作中人物の「私」は語り手である必要はなく、私の行動を超越的な語り手などが語ることもある。そのなかでの主人公が作家であれば、彼が作者自身と重ねて読まれるからである。

私小説と心境小説は昭和初期まではこのように区別されていた。それは主に作品が身辺的な体験に焦点があるか（私小説）、人物の内面に焦点があるか（心境小説）という違いに大きな意味が見出されていたからである。しかしながら、こうした違いは、作家が描くものが近しい人間関係か、書斎であるかだけの違いで、例えばプロレタリア文学の立場から見ればたいした違いではなかった。文壇の外部からの批判において両者の区別がなされないうちに、心境小説も一緒に私小説として扱われるようになったといわれている[89]。

文壇作家たちが以前から身辺雑記的なものを書き続け、広い素材を扱わなかったのには、次のような理由があると考えられる。すぐ後で触れる純粋小説に関する議論が行なわれていた一九三六年頃、私小説という立場にこだわっていた伊藤整は、志賀直哉「城の崎にて」、葛西善蔵「子をつれて」などの短編小説を評価して、次のように述べている。

> 短篇小説と言つても、多く作者自身の生活を背景にしてそれを暗示的に短く描くのが、今までに短篇の名作として残つてゐるものの殆んどすべてではないかと思ふ。〔中略〕つまり読者は、これ等の短い作品がうまく出来てゐるといふこと、書かれたものの技術の完璧に参るのではなくて、そこに浮び出る作家の生活、作家自身の人間苦に参るのである。〔中略〕〔こうした短篇においては〕人物は作中になく、作外にある。作者がその日常生活から、端的に、直接に作中に飛び込み、作品内で創造されないのに、作者としての資格を作中人物の資格にすりかえる。〔中略〕だから十五枚の断片的な説話に盛られてあることだけで作品の意味が尽きるときは、如何に見事に書かれてゐても、それは単なる断片で終る。だが断片がそれ以外の厖大な人生を象徴して、書かれざる一切を暗示してゐるときに、多分日本の短篇は思ひがけない処から常に生きかへつてくるのであらう[90]。

「書かれざる一切を暗示してゐる」ということばが象徴的だが、この論理はつまり、読者が作外のイメージをふくらませて読むことを前提にしている。だから作者は多くを説明しすぎてはダメなのだ。例外はあるが、こうした理由からこの時期の私小説は短編が中心であった。

長らく対象化されてこなかった私小説もここ二十年ほどでだいぶ研究が進んできた。その見地からすると、こうした伊藤の論理は、戦後にも持ち越されて私小説という制度を長らく支えてきた。提出された作品の内部の登場人物と、作品内とは関係のない実際の存在である作家自身が同一視されることによってはじめて評価される作品が、私小説なのである。そしてそれは「読者の関心と知識の度合いに頼る」作品であり、その関心が「失われた時に私小説は私小説をやめるということになる。〔中略〕極言すれば、私小説は読者がそう認める限りにおいて私小説なのであり、それは循環論法的である[91]」。

結局のところ、鈴木登美が指摘したように、私小説とは書き方ではなく「読みのモードとして定義するのが最も妥当である[92]」。単純にいってしまえば、読み方の問題なのである。作品内の作家と思われる主人公（作者ではない）の身近なことを記した作品は身辺小説、語り手（これも作者ではない）の心境を語る小説は心境小説と呼べばよい。フィクション内部の存在である語り手や主人公を、現実の作家その人と同一視して読んでしまうところに私小説は成立しているのである。ただし実際のところは、作者の側も語り手＝作者として読み手が読むことを促すような仕掛けや情報を散りばめて作品を書いていたので、それがいっそう私小説的な読み方を強めたのである。

ただし注意してほしいのは、ここで述べていることは、実在の作者と作品内の語り手や主人公などを同一視したり、そう読むことによって作品の価値が決まるという読み方が間違いだ、という以上の指摘ではないということである。「批評は、作品の背後に「作者」（または、それと三位一体のもの、つまり社会、歴史、心理、自由）を発見することを重要な任務としたがる[93]」として「作者の死」を宣言し、作品を、その社会的なコンテクストである作者や社会や歴史などから完全に切り離してしまったバルトのような立場とは、筆者のスタンスは全く異なるのである。作品の理解を深めるための補助線や作者の変化を知るために、社会的なコンテクストや作者自身の行動などはむしろ積極的に参照すべきである。文学作品として独立したテクストから読み取れるものと、ある社会に生きた作者の思想や意図の読み取りとは、それぞれの方法で抽出される別のものである。そして、その二つは何かしら重なり合い、比較しあうなかでそれぞれの読みを深めていけるようなものである、と筆者は考える。

私小説の論理に戻ろう。読みのモードとしての私小説を支える枠組みとは別に、もう一つの問題がある。再び伊藤整を引こう。

たとひ作品の主格が作品外の作家によつて代表されてゐたり、創造がなく記録のみだつたとしても、作家の意識の直接の表現である私小説が厳として小説の最上位に坐してゐるのは、何と言つても作家の体験としての人間についての思考が、他の人間経験から生れる思考よりも、もつと直接で、もつと高く、もつと純粋でありうるからだ。この事実を見てとれば、作家は作品のみによつて生きてゐるものではないといふ言葉が、月並な連想から切り離されて常に激しく我々に迫つて来る。(94)

この伊藤の論理は、内省や知覚などの「直接性の表現」に過剰な(むしろ絶対的な)価値を置くことで成立している。直接的な知覚や経験といえども、他者とのやり取りや非直接的な情報理解に用いられるのと同じ言語に依存して理解し、表現せざるをえないことは言うまでもない。こうした作者=登場人物という読みの規範化と、それに支えられた(登場人物ではなく)作者の経験の直接的な表現の重視、という二点が私小説を支えてきたのである。こうしたなかで作家たちは書斎に籠もり、狭い人間関係のなかだけで暮らすことに慣れ切ってしまっていた。そうした状況に揺さぶりがかけられるのが一九三五年以降であった。

社会化した「私」

大正後半以降だんだんと大衆消費社会のなかに放り込まれた人々の多くは、都市近郊の新中間層を中心に、生きるなかでの確かなものという手応えを失っていく。既に一九二七年、芥川龍之介が「ぼんやりした不安」のなかで自殺したのは、そうした不確かさによって内省・自意識の世界の陥穽にはまり込んだものと考えられるだろう。

そうしたなかでは、大宅壮一が一九二七年の文壇を振り返って評したように、芸術至上主義者は世間（周囲）からの「超越」という欲望にとらわれ、実際には世間の壁のなかで現実の生活を変えることができず、身辺を題材に小説を書く彼らが「新しさ」を追求しようと思うならば表現の奇抜さに走らざるを得なかったというわけである。新感覚派の表現への運動がその代表例と位置づけられている。[95]

しかし当時左翼系評論家として活躍していた大宅が「不安」を抱える彼らをバッサリ切ることができたのは、大宅に限らずプロレタリア文学に関わっていた人々の多くが、政治の優位――共産党の無謬を信じ、その目指す政治目的のために文学は仕える――というテーゼを信奉することができたからである。そしてそれを別の角度からいえば、階級的視点という「現在に於ける唯一の客観的観点」[96]から世界を認識して、作品を記述していくことができるという「プロレタリヤ・レアリズム」（蔵原惟人）のような不動点を持つことで、不安とは遠いところにいられたからである。

しかもこのプロレタリア文学にしても、社会を描くことは左翼仲間の内側でのみ理解される理論に基づくことで、その間で評価されるものを書くことが優先されていた。その結果、戦後に徳永直が回想して、「プロレタリア文学時代は、たとえば小林〔多喜二〕が「党生活者」の主人公を「私」とだけかいて、一行の説明をしなくても「私」がなにものであるかが通用したほど、読者がせまい良心的インテリを中心とする範囲にかぎられていた」[97]と述べたように、あたかも先ほど見た私小説の理論を思わせるような作品が描かれていたのだ。

「客観性」への信頼に安住する側から蔵原が、「自然科学者の客観性」をもつが「社会科学者の客観性を有してゐなかつた」[98]と難ずる「ブルジョア・レアリズム」は、長年にわたる試行錯誤や、ニーチェやベルグソンの受容のなかで「客観性」への懐疑に行きついていた。そして、転向の時代を経て、理想の敗北を受け容れざるを得なかったプロレタリア派の人々も（非転向を貫いた人々に関してはここでは措いておく）、不安の世界の一つとしてのデカダンスへと放り込まれるのである。時代の先端を行く存在としての芥川の死から六、七年が経過した頃、不安が時代全体に共有されるものと位置づけられるに至る。そうした時代を反映し、ロシアの思想家シェストフが流行する。哲学者や文壇関係者が不安について論じ合ういわゆるシェストフ論争が一九三四年ごろに起こるのである。作家たちの生活自体がそもそも狭い範囲のものになり、社会性が薄くなり、いっそう内にこもる傾向を強める。

確固たるモノのつかめぬ不安のなかで作家たちは、自己意識を解剖したり、自意識過剰を書き付けるような作品にいっそう走っていった。新感覚派や新心理主義と呼ばれるような「実験的」「先鋭的」なものとしての自意識過剰は以前からあったが、そうしたものが時代を覆うに至ったわけである。こうしたなかで純文学の作品に対して（たとえ同じ作家が書いたにせよ）、そうした不安の影を消し去って読者に対してわかりやすい筋のストーリーを展開していく通俗小説がいっそう人気を博したのは当然であっただろう。こうした一般読者と文壇小説の乖離に対して、文壇のなかから変革の必要性が模索され、一九三五年に二つの有名な評論が出る。横光利一「純粋小説論」（『改造』四月号）と、小林秀雄「私小説論」（『経済往来』五―八月号）である。

この両者に共通しているのは、通俗小説に対する純文学の側からの強い期待である。通俗小説の持っている良い要素を取り入れるというところであろう。「純粋小説」という言葉は、アンドレ・ジイドが『贋金作り』のなかで用いたのがもとになっており、翌年の別の批評「純粋小説について」で小林秀雄が説明するところでは「小説でなければ書けないあるもの、さういふあるものが必ずあるわけだ。そのあるものとは何か、それを探求する事即ち小説の純粋化」であり「小説が詩でもなく、演劇でもなく小説がまさしく小説である所以のものはかくかくであるといふ、言はゞ小説の自己反省の上に純粋小説論は築かれたのであります」[99]。

横光の説く純粋小説というものは、「純文学にして通俗小説」というものである。横光は「通俗小説の概念の根柢をなすところの、偶然（一時性）」に注目し、ドストエフスキーの『罪と罰』を例に挙げてその偶然性の説明をしている[100]。「思はぬ人物が、その小説のなかで、どうしても是非その場合に出現しなければ、役に立たぬと思ふとき、あつらへ向きに、ひよこりと現れ、しかも、不意に唐突なことばかりをやるといふ風の、一見世人の妥当な理知の批判に耐え得ぬやうな、いわゆる感傷性を備へた現れ方をして、われわれ読者を喜ばす[101]」という、いわば作家のご都合主義を「偶然性」と呼んでいる。

これを裏返すと、純文学は通俗臭を避けるために作者の考える「必然性」ばかりで構成されていることになる。そうした結果、「今までの日本の純文学に現れた小説といふものは、作者が、おのれひとり物事を考へてゐると思つて生活をしてゐる小説である。少くとも、もしそれが作者でなければ、その作中に現れたある一人物ばかりが、自分こそ物事を考へてゐると人々に思はす小説であつて、多くの人々がめいめい勝手に物事を考へてゐるといふ世間の事実には、盲目同然であつた[102]」。さまざまな他者の思惑がぶつかり合う場としての世間は、ひとりの眼から見れば偶然にあふれている。だからこそ、目指すべき純粋小説は偶然という要素が必要である。しかし、自意識という不安な精神を持ってしまった作家たちには、読者に迎合するという形で偶然を描いて喜んでいるわけにもいかなかった。人の思惑を超えたものが出てくる場としての世間と、そのなかで生きる人の内面を見つめる作業をどう両立させるかが横光において課題とされたわけである。

小林秀雄の「私小説論」は、先にも述べたとおりこの横光の問題意識と非常に近いところに位置する。小林はヨーロッパにおける私小説が「社会化した「私」」や社会における個人というものの持つ意味について考える小説であるとする。ヨーロッパにおいて私小説なるものはそもそも存在するのか疑問があるが、とにかくヨーロッパの小説で描かれる「私」が社会的な性格を持つというのだ。ヨーロッパの「私小説」と小林が呼ぶ、主にフランスの自然主義文学から影響を受けた日本の自然主義の作家たちは、技法としての影響は受けても、題材は社会から離れ、「作者の実生活に膠着し」、「技法の発達」のなかで「我が国の私小説家達は、実生活のうちに「私」が死に、作品の上に「私」の再生することを希つた[103]」と言う。社会通念上の生活者から作中の「私」が乖離していく。

こうした私小説を変えるために必要なものを考えるにあたって小林は横光の「純粋小説論」に触れたあと、世間においては一つの事象の見方は一つではなく、自己のあり方も一つではないと述べる。なぜならば、「他人が僕について作る像が無数であるに準じて、僕が他人についてあるいは自分自身につつ《ママ》て作る切口は無数である。結果は、僕らは自分をはつきり知らない様に他人をはつきり知らない。又知らない結果、社会の機構のなかで互ひに固く手を握り合つてゐて孤立する事が出来ない[104]」からである。

　ここから見えるのは、小林の私小説論は、世間や社会を超越したという態度をとったり無視したりして内省にふける「私」の世界を批判して、その上で今でいうところの「他者」や相互主観的な「私」を描くものとしての私小説を目指すということだ。戦後にいたっても読まれることになるこの論のこうした可能性は、「私小説」という言葉のイメージによって見えにくくなってしまったのであり、「総じて、大正期には本格小説と相補的な関係にあった私小説なるものとは、昭和十年前後には社会小説やプロレタリア文学にイメージされるような、時代・社会（性）を有した小説と切り離せない位相にあったのだ[105]」と松本和也は指摘している。

　しかしここで出てきた他者も世間も社会も、どれも実に曖昧なまま用いられていることが最大の弱点であった。自己意識や書斎に閉じこもっていた文壇作家たちに「外へ出よ」と言っても、どこへ行って何をするのかという方法も問題意識も具体的に持ち合わせていなかったわけである。おまけに、そういうことを長らく考え続け、社会認識の方法論も持っていたプロレタリア文学出身の転向作家たちの場合は、権力によって社会的活動が制限されていたために、皮肉なことに書斎へこもって身辺的な題材もしくは心境を扱う小説を描くしかなく、次第に文壇作家たちへと近づいていった。

新人作家と社会

　一九三五年は、こうした文壇の行きづまりを解消するために積極的に新人を発掘しようと多数の文学賞が設立された年でもあった。しかしこの時期の若手作家といえば、若い頃から文学青年として文壇の流儀にどっぷりと漬かり、大学の同人誌などで文壇内に知られている人々が多かった。マルクス主義運動のピーク時に学生時代を過ごした世代も多いが、転向を経たあとは文壇の流儀に入り込むというのが普通だったといえる。

新人〔作家〕と言はれるものは誰と誰とであつて、誰はどういふ業績を、誰はどういふ傑作を、誰は如何なる才能を、と論ずることは、商品の公告然としたものとなるほど、新人と言はれる人たちのことは、みなよく文壇に、また多分読者の間によく知れ渡つてゐる。公式的には文壇人として最初に引つぱり出される人間でも、ああ、あの人か、といふ風に、特徴は知り尽され、時には力量の限界まで云々される始末である。(106)

という伊藤整の言葉は、新人育成の問題にまで文壇の行きづまりが現われている状況を端的に示している。

そんな状況で一九三五年八月十日に、第一回の芥川賞受賞者が決まった。受賞したのは石川達三の『蒼氓《そうぼう》』(107)、他の候補者は外村《とのむら》繁、高見順、衣巻《きぬまき》省三、太宰治。いずれも伊藤の言うような知られた「新人」だった。

石川達三は特定の作家に師事して門下生となるような文壇の典型からは外れていたが、既に一九二七年、二十二歳にして『大阪朝日新聞』の懸賞小説の受賞者となっていた。この懸賞金で早稲田大学英文科に入ったものの、経済的な事情から結局一年で退学。実業雑誌社に入ってジャーナリストとして生計を立てながらも同人雑誌『新早稲田文学』などで活躍しており、名の知られた存在であった。とはいえ、こうした「新人」のなかでもこの『蒼氓』が選ばれたということには、文学の「社会化」への志向が色濃く出ていると考えられる。

貧しい農民たちを中心としたブラジル移民を描いたこの『蒼氓』は、移民船に乗り込んでブラジルに短期間滞在した石川の実体験を基にしてはいるが、身辺的な作品では全くない。芥川賞受賞作を掲載する『文藝春秋』の編集長である菊池寛が「この頃の新進作家の題材が、結局自分自身の生活から得たやうな千遍一律のものであるに反し、一団の無知な移住民を描いて、しかもそこに時代の影響を見せ、手法も健実《ママ》で、相当に力作であると思ふ(108)」と述べているように、主役は「移民」とでも言うのが当たっている作品である。

神戸の移民収容所へと集められ、まだ見ぬブラジルへの希望と不安に揺れる貧しい農民たち。集合からブラジル出発までの約一週間の彼らの様子を描いたのがこの『蒼氓』第一章である。幾人かの主要な登場人物はいるが、超越的な視点の語り手が、次々と視点を変えていろいろな家族、人々の様子を描き出す。「天性的に構想力に恵まれていた」[109]という声があるほどストーリーの構成に苦労しなかった石川だからこそ、こうした手法をとりながら小説として「読ませる」ものになっている。石川は日本では稀な骨太の社会小説作家であるといえよう。

こうした手法はフランスのゾラの社会小説に連なる部分を強く持っている。ゾラは、日本の同時代の作家にあまり影響を受けていない石川が強く影響を受けた数少ない作家のひとりである。いわゆる私小説が、日本における自然主義の系譜として、ゾラの自然主義から強く影響を受けたということはよく言われる。[110]しかしゾラの批評や理論はともかく、実作を考えた時には社会小説的な色が濃く、「日本のいわゆる私小説的伝統なるものに、もっとも縁の薄い作家である」[111]石川の方がゾラの流れを強く受けていると言えるだろう。[112]

そうした石川の『蒼氓』について、戦後に山本健吉がこう振り返っている。他の芥川賞候補者、特に高見順や太宰治など、転向後のデカダンスを描いた作家たちが「すべて根生いとして深い心の傷痕を抱いている」のに対して「石川氏の作品はそこに如何なる心の痛手をも前提する必要がない」[113]。これは作家石川達三の強みでもあり弱みであろう。彼は世間や社会にうごめく人々を淡々と描き、『蒼氓』でいえばブラジル移民は「当時の民政党内閣の緊縮政策、といってもそれは、あくまで金融資本家の利益擁護のために外ならなかった政策の犠牲者たちであり、やがては軍部ファシズム台頭の踏み切り台になった農村疲弊の産物」[114]として強いイデオロギー的な書き方もできたはずだが、あくまで船の出発を待つ移民たちの何気ない会話や彼らの様子の描写に徹底するという手法を選んだ。これが幅広い読者を獲得する要因となる。一方で、「心の痛手」のなさからくるのであろう、躊躇なしに歯切れよく「解説」された登場人物の心理描写が差し挟まれるために、単純で図式的すぎると

所感

石川達三

名譽ある芥川文藝賞を受けるに當つて私は何とも言へない一種の逡巡を感ずる。それは自分の作品に自信が持てないからであらう。又、息苦しい樣な責任の重さを感ずる。故芥川氏の名を辱しめないだけの仕事をしなければならない義務を負うたのであるから。

今後どれ程の立派な作品を創る事が出來るか、自分では内心甚だ忸怩たるものがあるが、俊才芥川氏の後塵を拜して、淺學非才の自分はたゆまざる駑馬の努力をして行きたいと思ふ。（八月十日）

石川氏略歴

一、明治卅八年七月秋田縣横手町に生る。

図1 『蒼氓』で，第1回芥川賞を受賞した石川達三の「所感」（『文藝春秋』1935年9月号）

批判されることが多いのも特徴である。作者が本来その場にいた時、単なる観察ではなく状況に参与している者としての、社会や世間に対しての自意識や感情といった文壇で提起されていた問題は、石川のなかには入ってこなかった。というよりは、むしろ当時の過剰に自意識の書きこまれた作品への対抗心が石川のなかには強かったから、そうした記述が選ばれたというのが正確であろうか。

石川自身、ゾラと同じくジャーナリズムの世界にいたこともあるが、おそらく他の多くの作家たちと異なって、考える前に動いて現場に駆けつけるという性格であり、だからこそ社会的なテーマの長編をいくつも書き残すこととなったのだろう。彼自身、私小説的傾向の作品に対して、自らの作品を「調べた小説(115)」と後に呼んでいる。次節で見る『生きてゐる兵隊』もこうした性格が色濃く出ている作品であり、こうした点は後々まで続く石川の特徴である。日本では稀な社会小説の作者が第一回の芥川賞を受賞したというのは、社会へと視野を広げる必要を感じていた文壇の流れを示すものであろう(116)。

文壇と社会

このように日中戦争開始前から、特に中堅の文壇作家たちは「社会」を強く意識するようになっていた。転向を経て日本主義の急先鋒となった作家の林房雄は、準戦時体制下で国内改革の進められているなか、文学の領域でも今日の指導者層が関心を持つような社会的テーマを扱う必要性を説く。同時に、階級や地域にとらわれぬ、幅広い「国民」のための文学として、「国民文学」の必要性も打ち出して大衆の心をつかむ作品の必要も説く。「やがて、現代文学は、現在の孤立状態を脱して、「国民」或は「人民」の中に乗り出すであらう。その時に始《ママ》めて、文学もまた国内改革に協力し得るのである。「世界征服は武によるべからず、須《すべから》く文によるべし(117)」とここでの主張を締めくくっている。横光利一の「純粋小説論」が、作家による創作のための理論としてあくまで社会や世間を作品のなかでどう描くかという目的を持っていたのに対し、林の議論は社会をテーマとした作品を描くといった話を飛び越えて、現実政治への関わり、政治の推進力としての文学の必要性を打ち出していったわけである。世界征服などという言葉まで出てくるのには呆れるが、文学の政治的な効用を論じていたかつてのプロレタリア文学の議論を国家へ寄り添う形で繰り返しているのだ。

　こうした林房雄の議論を「大人の文学」と名指しつつ、中條（宮本）百合子は次のように批判している。林の議論では主要なターゲットとして官吏、軍人、実業家などが名指されているが、「官吏、軍人、実業家といつても、たゞの小役人や何かではない。おびたゞしいさういふ連中の形作る底のひろい三角形の頂点の部分、情熱と信念とをもつて今日動いてゐる一部の指導的な連中と、大衆を指導すべき真面目な一部の文学者である自分たちとが結合すべし、といふのである(118)」。林の議論には政治的な志向に裏打ちされた「指導者」への欲望が読み取れる。

　宮本百合子のこの批評が出たのが一九三七年二月、盧溝橋事件勃発の約五ヶ月前であった。林が打ち出したような指導者的立場への欲望というのは、やはり先に述べた文壇関係者たちの不安と関連している。「知識人として又知能者として自負するインテリは必ず、非知識人乃至非智能者である俗衆に対する一種の指導者としての支配権に、自信を持つてゐる。仮に俗間の支配権は金持ちや政治家の手にあつても、精神上の・又は文芸乃至科学上の・要するに文化上の・支配権だけは、自分のものである他ないという安心が、インテリをいつも幸福にするのである(119)」。これは戸坂潤の『日本イデオロギー論』（増補版、一九三六年）からの引用である。この幸福な状況もマルクス主義者の登場で事態が一変した。知的世界でのマルクス主義の流行とともに、史的唯物論にもとづいて、階級対立の末に社会の原動力、言いかえれば支配権がプロレタリアへ移ることが宣告され、文筆家たちは苦悩する。マルクス主義への批判者も、プロレタリアの側につこうとする側も、インテリの役割の限界を眼前にして多くが苦悩したのだ。

　しかし戸坂はこう続ける。「そこで、今度、世間的に云つてマルクス主義の「流行」が衰へ始めると、それと一緒にこのインテリ悲観説も亦衰へ始めなければならなかつたわけであり、一連の所謂〈転向〉現象（その本質をこゝで論ずることの出来ないのが残念だが）に応じて、本来のインテリ楽観説ともいふべきものが復興して来たのである(120)」。これを踏まえて転向者たる林房雄の論を見れば、まさに一度失われた自信を回復するために、今度は「俗間の支配権」と手を組もうというところに進んだと言える。

ここで戸坂は、一見したところインテリ一般の話を展開しているようにも思えるが、実のところ特に文壇関係者について論じているとも言える。戸坂は同時代のインテリ（知能分子[121]）とは「サラリーマンでもなければ文士でもない。正に生産技術者でなければならないだらう[122]」と述べている。知識をマルクス主義的な物質的生産関係に根差した観点から捉えると、エンジニアこそインテリの中心に位置するべきだが、実のところそうなっていないと述べているのだ。だから現実には「インテリの代表者を文学者・作家・評論家などに求めることは、文筆上の活動が何よりも人間のインテリジェンスの基準になるものだといふ仮定[123]」に基づいているという。つまり、「文学者・作家・評論家」がインテリとされているのが現状であり、そうした一面的な当時のインテリ言説を戸坂は批判しているわけだ。

この指摘は文筆家を中心とする層が、エンジニアとの接点を欠き、インテリが分断されている状況を示してもいる。ことにこの後日本が突入していく戦争の時代にあって、生産の場におけるエンジニアの重要性はいっそう大きくなるはずであるが、彼らの視点が反映されるという方向には進まなかった。そもそもエンジニアの視点が知的世界でより影響力を持っていたなら、ずさんな見込みに基づいてずるずる戦争が拡大していくこともなかったかもしれない。戦争遂行や兵器の生産が観念的に捉えられ、精神主義が跋扈していく（少なくとも一つの）背景には、戸坂が批判したような知識人および知識の在り方が関係していると言える。

話を文壇に戻せば、社会や他者をどう描くかという掛け声があっても、その実質をとらえる視点を欠いていたのである。とはいえ、自己を自己の内側だけで描くことの限界へぶつかり、自己と他者、社会との関係性をどう描くかという小林秀雄が「私小説論」で出した問いに、全く成果がなかったわけではない。身近な他者との関係のなかでの自己意識の問いや、小説という方法の可能性の追求を、太宰治や石川淳などが作品のレベルで受け継いでいったとされている。しかし、自己を取り囲む圧倒的な力を持つ他者としての社会に関しては、文学の社会化、私の社会化といったスローガンはあっても、具体的に描くとなれば、石川達三のような例外的でかつ文壇の多くの作家から見るといささか〝ジャーナリスティックな〟存在しかいなかった。作家のほとんどが、「満州事変」（一九三一年）の時期とは明らかに異なり社会に眼を向ける必要を感じてはいても、社会を描く方法を欠いたままであった。林房雄のように国内改革という進行中の政治課題に飛び込もうとするような作家も出てくるなかで、時代は日中戦争へと突入していくのである。

5　戦場の小説へ

一九三七（昭和十二）年七月七日、盧溝橋事件が勃発し、そしてメディアは「満州事変」以上に熱狂的な報道を行なうようになることは、既に見たとおりである。そうしたなか、七月下旬（十九日に印刷・納本とある）に出た綜合雑誌『日本評論』八月号では、「戦争小説号」と銘打った特集を組んでいる。そこに戊辰戦争を扱った二つの作品、林房雄「明治元年」、村山知義「勝沼戦記」と、一九三二年の第一次上海事変を舞台にした榊山潤「戦場」を掲載した。時期的に考えてこの特集が企画されたのは、盧溝橋事件の起こるよりも前であることは間違いがないが、「大人の文学」を主導していた林房雄が書いていることからも、準戦時体制という時流を読んで戦争小説を特集したら、偶然そこで中国で戦争が始まったというわけであろう。この特集は取り立てて大きな反響を呼ばなかった。だが、同特集のなかで唯一現代戦を描いた榊山潤「戦場」は、矢野貫一編『近代戦争文学事典』第一輯でこの時期の戦争文学の「魁《さきがけ》」として位置づけられている（この作品は第3章で検討する）[124]。

戦地ルポルタージュをめぐって

盧溝橋事件の勃発を受け、各新聞社が大量の記者を送り込んだことには触れた。単なる一時的な衝突にとどまらず本格的な戦争となった一九三七年八月には、作家も何人か新聞社や雑誌社の特派員として中国へと渡ることになる。大阪、東京両『朝日新聞』で「宮本武蔵」を連載、好評を博していた吉川英治が、ライバル『大阪毎日新聞』の依頼を受け、特派員として中国へと渡る。

国際都市として知識人が結集していた上海は、日系紡績工場でのストや抗日デモなど、幾度も激しい抗日のうねりを作り出してきた土地であった。当然、盧溝橋事件以後の日本への反発も大きかった。日中戦争開始により日本政府は長江流域の日本人居留民の引揚げを決め、「中国民衆の敵意のなかを居留民を満載した軍艦が上海に向か[125]」い、上海経由で帰国するという状況であった。武装中立の上海共同租界に住む日本人も、約二万八千人のうち約五千人を残して帰国することとなる。「残つてゐる人たちは、一部に巨大会社の支店或ひは工場の残務を見てゐる者で、他は虹口《ホンキュウ》〔日本人街のある地域〕にあつて自己の利益をまもり乍ら直接間接軍に協力してゐる人達だ[126]」ということであった。

日本政府は残った租界の居留民の保護という名目で、駐屯軍（海軍陸戦隊）の増強を決め、上海は一触即発のムードとなっていた。折しも日中の政府高官の間では、武力衝突の収拾を図って会談が行なわれていたが、八月上旬に上海でいわゆる大山事件が起きる。在上海の海軍陸戦隊隊長・大山勇夫が軍服姿のまま殺害されたのだ。日本の軍人を狙った犯行という見方がなされ、結局八月十三日に上海でも戦闘が始まることとなる。これが第二次上海事変の発端であった。

華北に限定されていた戦線が華中に広がり、報道戦も激しくなる。作家もそれに飛び込み、「大人の文学」を実践するためか林房雄が『中央公論』特派員として上海へと渡っている。林は戦争開始に対して冷静な態度をとろうとする『改造』執筆者など論壇の一部知識人を批判し、「事変の中で冷静でゐることはどうしてもできない[127]」と述べて上海行きを決めている。他にも、吉屋信子や尾崎士郎などが戦地へ渡っている。作家たちのこうした動きは明らかに柳条湖事件（一九三一年）の時には見られなかったものであった。少し遅れて九月上旬、「戦場」を書いた縁で榊山潤も『日本評論』特派員として上海へと渡っている。榊山の上海からの戦地ルポに関しては、「戦場」（小説）との比較のため次章で検討する。ちなみに林と榊山は、上海から海軍の駆逐艦に乗せてもらって一緒に帰国している。上海での取材を終えて日本へ近づいた時に、林は次のように語っている。「偏見をもつて支那に対してはいけないことは知つてゐる。公正な支那観を得ることに努めつゝ、上海の三週間をすごしたことも信じていただきたい。榊山君もまた同様であつたらう。〔中略〕にも拘らず、僕らの最後の会話は、「戦争は嫌だ」ではなかつた。「支那は嫌だ」であつた。支那を好きになれるのは何時の日のことであらうか」[128]。

彼が見て書き記した上海、中国が公正な視点ではないということを堂々と宣言しているのである。こうしたものまで出てくる作家の戦地ルポルタージュは、どのような評価を受けたのだろうか。社会へ眼を向け始め、さらには時局への認識が問われ始めた文壇――この時点ではもはや旧プロレタリア文学の人々も文壇のなかに入っているといえるが――にどのような反応を生んだのだろうか。

この一九三七年九月の時点で戦地に向かった作家はまだまだ少数派だった。しかも、各雑誌や新聞から特派員として派遣された作家たちの戦地ルポは、文芸誌に掲載される場合はともかく、普通は職業記者や戦地を訪れた他の文化人たちの戦地ルポと並んで新聞・雑誌に掲載されたのである。今まではほとんどなかった、作家とジャーナリストが同じような題材を扱うという事態が出てきたわけである。そうなると、作家ならではの存在意義、作家にしかできない題材の扱い方が問われる。

ちょうどこの頃、三七年九月に石川達三が、東京の小《お》河内《ごうち》村のダム建設をめぐる村民たちの様子を描いたルポルタージュ的な手法の長編小説『日蔭の村』を発表した。石川のいう「調べた小説」の典型ともいうべき作品であるが、彼の初めての長編でもあり、戦地ルポの増加と相俟ってルポルタージュと文学に関する議論が文壇では高まる。

そうした議論のなかから見えてくるのは、作家の戦地ルポへの文壇での評価はあまり芳しくなかったことである。例えばプロレタリア文学華やかなりし頃『太陽のない街』のルポルタージュ的手法で知られた徳永直は、作家の戦地ルポを評して「新聞記者の現地報告に比べれば、共通して狭く身辺的であることがめだつ」。作家ならではの文がないわけではないが、「戦線の塹壕に泥まみれになつて銃を執つてる《ママ》であらう兵十たちそのものとの気分や感情からはたぶんの距離があるとともに、身辺的狭さに低徊してる感じがある。そのことは現地の情景描写において読者の脳裡に刻まれるやうなハツキリしたものが少いといふことにもあらはれてゐる」[129]と言い、特に林房雄と榊山潤のものは自己感傷が多いと切って捨てている。

徳永は杉山平助の書いた「満州断片物語」（『改造』一九三七年十月号）を「出来事の急所を衝」く感性があると評価していたが、それは現地の事情に対する知識や教養があって書けたものであるとしている。言っていることはあまりにも当然なのであるが、ろくな知識などなくともとりあえず作家が社会に――これが時局としての戦地に結びついてしまうことが問題なのは言うまでもないが――出ることが大切なのだという論調の広がり、多くの作家がそれを実践していた現実に対する指摘なのである（ちなみに杉山平助とは、この頃から一九四〇年ごろまで文壇でかなり大きな影響力を持った評論家である）(130)。

中野重治も、「ルポルタージユについて」（『文藝春秋』一九三七年十一月号）で、こうした戦地のルポルタージュに関して「卑俗な作家を多く動員してゐる」ために、煽情的なルポが増えることを危惧している。そして「もしあるルポルタージユ文学作品が対象とされた事実の一般的意味と位置とを見落してゐるならば、どれだけ事実上の条件に結びついてゐても優れた文学作品とすることはできない。それの行く先は、いはゆる「実話もの」「猟奇もの」世界《ママ》である」(131)と、行って見た事実、特に物珍しい事実を書き連ねて、その出来事の文脈や社会的な背景を欠落させる傾向の多いルポルタージュを批判している。この「実話もの」「猟奇もの」とは、珍しい出来事を面白おかしく描く、大衆雑誌によく見られた記事をさしている。

またそれとは別の角度からの批判としては、宮本百合子「明日の言葉――ルポルタージユの問題」（『文藝首都』一九三七年十二月号）がある。かつてのプロレタリア文学のなかでのルポルタージュの議論を回想しながら宮本は、ルポの持つ意義は書き手によって変わると述べている。一方では「所謂文学的専門術は身にそなえてゐなくても、人間として民衆として生きる日常の生活の中からおのづから他の人につたへたいと欲する様々の感想、様々の生活事情」を「小説ではなくあつたまゝに、それを書きたい」という人間的欲求に根ざしたものがある。他方では「既に十分の技術をもっている作家が、刻々に推移してしかも一般人の生活の歴史に重大な関係をもつ社会事相に敏速に応じ、それを正当な方向において、歴史の意味することを報告し、より正確で深い人間性に迄ふれて一般人に各自のおかれている現実関係を理解させようとする任務をもつてゐる」、社会的に重要な事象の意義を正確に知らしめるものがある。[132]しかしながら現在の作家の戦地ルポは、戦地に行く必然性のない作家が「何となくただ眼をうごかして外側にある物事をみるにせわしい[133]」だけで、スクープを抜くか抜かれるかにかける、報道のプロとして従軍する新聞記者のルポに劣っているというのである。

こうした指摘をまとめると、ある題材を書くことの内的な必然性か、その対象を位置づける方法や知識があってこそ、出来事の表面をなぞるだけのレポートにとどまるのではなく、その出来事を深くえぐるものが生まれるということである。こうした見方に支えられながら宮本は、「ルポルタージュは観たこと、聴いたこと、感じたこと、即ち対象となる現実をひつくるめた人間生活諸相の報告であつて、もとより平常では見られない珍しいこと、スリルなこと、風土的エキゾチシズムが主要な部分ではない[134]」と述べる。第1章1節で述べたような、戦地の異常さや珍しさにばかり焦点が当てられ、そこでの日常の姿が隠蔽されてしまうことの問題が、既にここではっきりと指摘されている。

こうした戦地ルポに対して挙げられた論点をまとめると、(1)報告者と現場との距離感、(2)単なる事実の羅列ではなく出来事を社会的な文脈に置きなおす必要、そのための知識、(3)書き手の側の内的必然性、(4)現場の異常な側面だけに囚われずに描けるか、といったところになるだろう。戦場の「今・ここ」を見据えつつそれを相対化するための視点の必要性が述べられているのだ。

以上のような批判が、旧プロレタリア文学陣営から出てきたのはもちろん偶然ではない。細井和喜蔵『女工哀史』(一九二五年)以来のルポ的手法は強い社会意識があってのものであったし、既に同じ年に青野季吉が「調べた」芸術を提唱して、[135]ルポルタージュを批評の分野においても扱ってきた積み重ねがあったからである。そしてそのルポの対象となっている事象を社会的なコンテクストに結びつける社会認識の方法に対しても、強い関心を持っていたことは言うまでもない。

しかし逆にいえば、こうした指摘がされるのは、戦場ルポルタージュ自体は旧プロレタリア派の積み重ねから切れていて、批評のレベルでのみ連続性が見られるということでもある。この時点では戦地への派遣とは積極的な社会参加であり、脛に傷持つ身であるプロレタリア作家は、大きく右旋回した林房雄のような例を除けば、そういう場に呼ばれることはなかった。

　以上のような批判に対し、あまり多くはないが肯定的な評価をした作家もいた。伊藤整である。新聞記者たちの報道を「折角現地のなまなましい立派な材料のあひだに身をおきながら、写実の精神がそれ等の文の筆者たちに殆んどない[136]」と批判しているのに対して、作家たちのルポは「戦争という混乱のなかにある生きた人間、生きた精神の動きがよく解るのだ。そしてそれによって始《ママ》めて文章をとほしての戦争の現実が響いて来るのだ。ニュウス映画で見るあのなまなましさをどうしても新聞記者からは感じられなかった私も、これ等作家の文章によつて始めて、文章のとらへた戦争を味つたやうな気がした[137]」と述べている。

　この高い評価は、先ほど述べた伊藤の私小説への高い評価と強く結びついている。何があったのかを伝えることを第一の役割とする新聞記事よりも、何を感じたかという側面から人間の体験、直接性を重視するという芸術観の下では、人間がある場において感じたことを表わすことに重きをおいた文が評価されるわけである。

　これは作家仲間同士でのもたれあいと言ってしまえばそれまでかもしれないが、ニュース映画を引き合いに出しているように、戦場で起きている銃撃戦の激しさや廃墟のすさまじさを伝えることは映像や写真には敵わないのが現実であろう。大衆の娯楽の一つとして人々が映画を頻繁に見ており、また、既に述べたように専門のニュース映画館も数多く作られていた状況では、視覚メディアに対するものとして言語メディアの特質について考える必要があったのは確かである。新聞での戦場報道は、「壮烈な戦死を遂げた」「袋の鼠と化した敵兵」「輝かしい戦果」といった単調な決まり文句にあふれており、通俗小説などもそうした言葉遣いを多く用いていた。そうしたなかでは映像が苦手とする人間の内面の表現の可能性を指摘した伊藤の論は、他のメディアと比較した時に現在の作家の手持ちの手法でなし得ることを述べたと言える。しかし、その思いむなしく、作家の現地ルポは社会の大きな注目を集めるには至らなかったといえる。

戦場と兵隊の小説

戦場に赴いた作家のルポルタージュが成功しなかったのを、石川達三はどう見ていたであろう。既に述べたとおり日本では稀少な社会小説家として認められつつあった石川は、日中戦争開始後、新聞の戦況報道や作家のルポルタージュを横目で眺めつつ「我こそは」と思っていたようである。戦後に『生きてゐる兵隊』について述べた際にこう回想している。

「皇軍は至るところで神の如く」「占領地の住民は手製の日章旗を振って日本軍を迎え……云々」という記事が、どの新聞にも一様に掲載されていた。私はその虚偽の報道に耐えがたいいら立たしさを感じていた。〔中略〕私が一番知りたかったのは戦略、戦術などということではなくて、戦場に於ける個人の姿だった。戦争という極限状態のなかで、人間というものがどうなっているか。平時に於ける人間の道徳や智慧や正義感、エゴイズムや愛や恐怖感が、戦場ではどんな姿になって生きているか。……それを知らなくては戦争も戦場も解るわけはない。(138)

石川達三は自ら中央公論編集部へ掛け合って、戦地特派員として中国へ渡ることになる。一九三七年十二月二十九日に石川は日本を発った。十二月十三日に日本軍が占領したばかりで混乱の最中にあっただろう南京へ、その攻略戦の足跡を辿りながら向かう。南京への滞在は翌年一月上旬の八日間、その間には前線で活動してきた兵卒や下士官などと寝食を共にし、戦場での出来事をさまざまに聞きだしている。帰国後すぐに執筆に取りかかり、十日あまりの間に三三〇枚の作品を書き上げた。それが『生きてゐる兵隊』である。

ルポルタージュや、見聞に若干の脚色をして身辺小説に仕立て上げるという他の作家の手法とは明らかに異なり、インタビューを中心とした調査でかき集めた情報を大胆に再構成し、しっかりとした筋のあるフィクションとして仕立て上げた。次章で詳しく述べるとおりに、ある部隊に所属する数名の兵士、下士官の戦場での（蛮行を含めた）行動と、それにともなって戦地で大きく変化する彼らの内面を描いた作品である。3節の検閲の項で触れたようにこの作品は発売禁止となり、編集者を含めて起訴され有罪となった。[139]「皇軍兵士ノ非戦闘員ノ殺戮、掠奪、軍紀弛緩ノ状況ヲ記述シタ」ことが「安寧秩序ヲ紊乱[140]」するとされ、新聞紙法違反とされたのである。

石川は反戦的な意図でこれを書いたのではなく「戦争というものの真実を国民に知らせることが、真に国民をして非常時を認識せしめ、この時局に対して確乎たる態度を採らしむる為に本当に必要だと信じておりました[141]」と戦中の公判で語ったようで、戦後の発言などを見ても、こうした意図は否定していない。

実際には書店に出回った分のうち約一万八六〇〇部が回収できず市場に出回り[142]、その一部が上海に出回って『未死的兵隊』という題名で、日本軍の蛮行を描いた部分を中心に編集されて翻訳され、出版された。当然海賊版である[143]。

この作品は戦時中に公刊されることなく終わったわけであるが、出版界、文壇などではある程度読まれていたようで、宮本百合子や板垣直子が言及している[144]。作家たちへの衝撃は大きかったであろう。時局参加の必要性を感じて焦る一方で、迂闊なことを書けないという恐怖感が増していく。伊藤整はこの発禁事件の翌月にこう述べている。「我々は、真実を語る最上の手段として文学を考へた。〔中略〕だがいま個人主義思想の末期にまで来てみると、真実を語る、といふことが必ずしも文藝の第一義的なものとしてゆるされなくなつてゐるやうに思ふ。真実よりも、「役に立つ」ことを語らねばならぬ傾向が到る処に現はれてゐて、それは統制的な社会制度が進むに従つて強まつてゆくやうである[145]」。現状への批判ではなく時代の流れを述べているだけだと弁明しながら書いているが、今まで見てきた伊藤の文学観を考えれば、苦々しい想いであったことは間違いない。

ちょうどこうした時期であった一九三八年の春、三七年度下半期芥川賞が発表された。無名の作家、火野葦平が九州の同人誌『文学会議』に掲載した「糞尿譚」という作品が受賞したのである。この作品、および作家が当時どう見られていたかを考えるには、芥川賞関係者の言葉を見るのがいちばん早いだろう。芥川賞主催の文藝春秋社社長、菊池寛（ちなみに菊地は選者には入っていない）は、芥川賞発表の三月号において、受賞作について簡単な論評をした後、こう続ける。「しかも、作者が出征中であるなどは、興行価値百パーセントで、近来やゝ精彩を欠いてゐた芥川賞の単調を救ひ得て充分であつた。〔中略〕我々は火野君から、的確に新しい戦場文学を期待してもいゝのではないかと思ふ[146]」。

選者による選評を見ても、久米正雄は、作者が出征中であることや、地方の文芸雑誌からの選出であることの話題性を評価し、「或ひは凄惨な戦場なども、恰好の題目かも知れない[147]」と書く。選者のなかで最も火野を評価していた一人宇野浩二も、一作ごとに上達が見られると述べて、「そこで、天と文学の神は、火野に、もっともっと「意外の上達」を遂げさせる為めに、火野を戦場に召されたのであらうか[148]」と述べている。前節で見たような「新人」とは異なり、実際にほとんど知られていない地方作家であった新鮮さもさることながら、何より出征中の作家の受賞という話題性のなかで火野葦平という作家は文壇に登場したのである。

話題先行であったことは間違いないのだが、作品の方はどう見られていたのか。「糞尿譚」という奇抜なタイトルの受賞作は、召集令状を受け取った火野が、入営の前日、三七年の九月九日までに何とか書き上げた作品であった。火野の出身地である福岡県若松市（現北九州市若松区）を舞台にした、糞尿汲取り業者の話である。かつては地元の豪農であった主人公の小森彦太郎は、農業を辞めて若松で汲取りの事業を始める。自分が展開し、拡大した汲取り事業を市の事業として高値で買い取ってもらうために市議会議員に掛け合ったりと事業に絡む小経営者の悲哀が描かれ、社会的な題材が本筋に据えられている。一方で、大してこだわる理由がないはずの汲取り業に先祖伝来の田畑を売り払ってまでのめり込む主人公は、実は満たされぬ心、不安の意識を仕事で紛らわせようとする都会的な人物である。そうした世界が、登場人物の心理けおろか会話まで地の文と同列にカギカッコなしに語られ、句点を打たずに数ページも続くような、饒舌体と呼ばれる文体で描かれる[149]。これは明らかに自意識過剰、不安の文学の系譜を引き継ぐ系統の作品である。つまり、文壇の主流の系譜を通って「社会化した私」へと向かおうとする作品であった。

だからこそ、この作品を評して伊藤整は「心理的修飾、躊躇、イデエの意匠等」の扱い方に注目しつつ、「これはまさに二十世紀文化人の意識の不要なる縁飾のびらびらした部分の並列であり、作者がその意識過剰を整理せず、かりに素朴なるが如きこの種の題材に託したものと言ふほかはないのである」と述べ、〈良くも悪くも〉「まさに近代文学の正統を享けてゐる小説なのである」[150]と位置づけている。

陸軍の伍長として占領下の杭州警備にあたっていた玉井勝則（火野葦平の本名）に芥川賞受賞の報せが届いたのは、一九三八年二月八日であった[151]。そして文藝春秋社から依頼を受けた小林秀雄が杭州に足を運び、芥川賞の「陣中」授賞式を三月二十七日に行なっている。この時の様子を小林は「杭州」というエッセイに書き、「二人は直ぐ旧くからの友達の様になつた」[152]と述べている。小林によれば、この時点では「火野君も戦争の事はあまり話したくないらしい。わしは当分何も書かんぞ。戦争をした者には戦争がよくわからんものだ」[153]という状況だったそうだ。

しかしこの芥川賞受賞を受けて、火野に陸軍報道部への転属の話が出る。現在の部隊への愛着の強い彼は一旦話を断わるが、報道部の馬渕中佐が「分隊長として戦闘する兵隊は他にもたくさんいるけれども、文章を書いて芥川賞をとるような兵隊は他にはいない〔中略〕今すぐ書かなくともいいのだ」[154]と説得し、命令という形なら受けると、報道部へ移ることになる。ちなみに大宅壮一が「軍報道部の馬渕中佐に、出征作家の起用を熱心に進言したのは僕で、どういふ作家が出征してゐるかときかれ、まづ第一に僕の口から出たのは、当時芥川賞を獲たばかりの火野葦平君であつた」[155]と翌年自慢気に述べている。

こうして火野は陸軍報道部へ移ることが決まり、一九三八年四月末に活動の拠点であった国際都市上海へと移った。街の様子もさることながら、インテリが集まり自由な雰囲気の報道部が通常の部隊とあまりに異なることに驚いている。そして早速五月に行なわれた徐州作戦に報道部員として従軍し、その時の体験をもとに『麦と兵隊』を書き上げる。作品のクライマックスとして描かれる孫圩《そんう》という部落での激しい戦闘シーンがあるが、中国側の攻撃によって建物内に釘づけにされた火野は、他の報道班員と別行動だったため行方不明とされ、「芥川賞の火野伍長　奮戦・消息絶中　同盟特派員7名も」[156]という見出しで写真入りの新聞記事も出るほどであった。翌日には無事部隊に合流しているが、それもまた報道されている。火野の弟の回想によれば、無事の報せはラジオの臨時ニュースにまでなったという。[157]このようにいっそうメディアへの露出が高まるなかで、火野はその時の戦闘経験を執筆していく。

こうした経緯を受けて書き上げられた『麦と兵隊』が一九三八年七月下旬発売の『改造』八月号に掲載される。当時芥川賞受賞者の受賞後第一作は、『文藝春秋』に掲載するのが慣例になっていたことから、当然編集長の菊池寛も火野に依頼していた。しかし火野は一軍人という立場からどこに掲載するかは自分の自由になく、陸軍報道部に任せると述べている。当初報道部内では、できるだけ広く読まれる雑誌ということで、講談社の大衆路線を代表し、最も販売部数の多い『キング』が提案されたが、結局知識人への影響力のある『改造』に載ることとなる。[158]『改造』への掲載は、火野の親友であり、原稿を受け取り東京へと運んだ詩人の中山省三郎の思惑などもあったと言われているが、今までのところ詳しい事情はわかっていない。いずれにせよこうした掲載誌をめぐるやり取りは、大衆路線か純文学路線かといった、読者層や作品のイメージをめぐり、軍報道部内で議論されていたことをうかがわせる。結局その『麦と兵隊』が大きな反響を呼ぶこととなったため、それを逃した菊池寛は不機嫌になったようである。当時の文壇では『文藝春秋』に掲載されなかった理由に関するデマ・憶測が飛び交った。[159]結局、火野と菊地の間で次回作は『文藝春秋』に載せるとの約束がなされ、一件落着となっている。

この『麦と兵隊』は、「五月四日／晴れわたつたよい天気である」という書き出しで始まる日記形式の作品である。一九三八年五月の戦況報道で中心を占めていた徐州作戦を描き、しかも前述のようにニュースにまで出て有名人になっていた火野が作者であるこの作品において、語り手の「私」は陸軍の報道班員であることが明らかで、実名の報道班員まで出てくる。戦況の推移もほぼ事実どおりであり、多くの読者はルポルタージュとして読んでいたと思われる。ただし適宜フィクションが織り交ぜてあり、長編であることを除けば、当時の文壇の主流の私小説的手法そのものである。

『麦と兵隊』の検閲は、軍の報道部員が書いているという事情から、通常のものと大きく異なっている。第1章2節で述べたように、（1）日本軍が負けているところを書いてはならない。（2）戦争の暗黒面を書いてはならない。（3）戦っている敵は憎々しくいやらしく書かねばならない、敵国の民衆もこれに準ずる。（4）作戦の全貌を書くことは許されない。（5）部隊の編成と部隊名は書けない。（6）軍人の人間としての表現を許さない。（7）女のことを書いてはならない[160]、というような具体的な条件があらかじめ軍から提示されているということ。そして通常の小説ならば活字になってから検閲を受けるので、削除や伏字がわかるのだが、原稿が書きあがった段階で有無を言わさずチェックが入り、場合によっては書き換えられたため、地名や部隊編成などの伏字を除けば、伏字や削除が掲載稿には全く現われないのである。『麦と兵隊』の場合、直属の上官である高橋少佐から下検閲を受けたあと、軍報道部長の木村大佐の検閲を受け、参謀長の河辺少将の同意と承認を得て掲載に至ったということである[161]。

　こうした事情から、銃後の読者には検閲の存在が普通のテクストよりも見えにくい。だからこそ、「たとへば女に対する情熱が、どんな形で、心で戦場、に表現されてゐるか、乃至は施設はどんな風になつてゐるものなのか、兵隊に行く位な健康な男たちであつて見れば戦争の間間には、さうしたものが深刻な要望となつて現はれるに相違ない」。こうした人間のウィークポイントが「表現されて始《ママ》めて日本人の戦争文学が出来る[162]」といった、前述の条件からすれば書きようのないことが、当時は火野への今後の注文として提出されたりもした。

　また、（活字化されたものではなく）原稿を軍が直接チェックしたという事情から、原稿が火野の手元に残らなかった。火野が確認した限りでは、『改造』に掲載された版を見て二七箇所の削除訂正があったという。中国人への同情的な場面が多いため、大本営報道部内では掲載反対もあったようだが、報道部員の説得などで掲載に至ったという。こうして軍報道部が送り出す恰好となった原稿であるため、場合によっては逆に通常の作家であれば削除されたであろう表現に対しても内務省の検閲官が手を出せず通ったようなものもあったと言われている。第3章で触れる有名なラストシーンもその一つである[163]。

　さて、『麦と兵隊』の掲載された『改造』一九三八年八月号は出版後すぐに書店からなくなったとも言われるほどの売行きを示し、文壇も大きく反応する。小林秀雄は『朝日新聞』の文芸欄「槍騎兵」で、「迫撃砲弾が雨下する中で、全力を挙げて勇敢なる兵隊たらんとする自分を、全力を挙げて冷静に観察せんとするもう一つの自分がある」。「この作品（敢て作品とよぶ）の魅力は、立場だとか思想だとかに一切頼らず、掛け代〔が〕へのない自分の生命だけで、事変と対決してゐる者の驚くほど強靭な、そして僕に言はせれば謙遜な心持からやつて来る[164]」と、熱狂する従軍記者や他の作家と異なり、作者が前線でも冷静な観察眼、自己を見つめる自意識を保っていることを高く評価する。これは戦場という「社会的」空間における自意識を書き込んでいること、そして私小説のところ（４節）で見たような自己の「直接性の表現」への評価である。

もっともこの作品で描かれている意識は戦場という場における社会性に対して積極的に切り込むようなものではなかった。例えば戦場に外から働きかける政治や、戦場内で兵士を動かす軍隊の組織などに眼が行き届くといったものではない。また、この批評からうかがえることは、かつて「社会化した私」を説いた小林秀雄も、具体的にその社会性を掘り下げるという方向の指摘はしなかったといえる。

ちょうどこの一九三八年夏頃は、前年以来戦地ルポが大きな成果を上げていないこともあり、画家や彫刻家などの「美術家達が、その職とする絵画彫刻の力を借りて、対外宣伝、宣撫工作、そのほか、軍事知識の普及、傷病兵の慰問等を、軍方面と協力して行ふといふのに、おなじやうなことを、文章の力で十分になし得る筈の文学者達の間には、いまだそのやうな団体的行動を取るべき機運は醸成されていないやうである[165]」と、「社会性」（の無さ）への意識はもはや作家にとってコンプレックスとなっていた時期であった。文芸誌である『新潮』ですら、七月号「国策と文学者の役割」、八月号「現下の日本と文学者の役割」といった特集を組んでいる。ちなみにこの特集のなかで、榊山潤は「民族的自覚」という文章を書き、作家のなかでも最も早く国策に沿うことを宣言したうちの一人となった。こうしたなかで出てきたのが『麦と兵隊』であるから、火野は文壇にとって救世主のごとき存在だったのである。

作家が戦場へと眼を向けるなかで、火野の作品がブームを巻き起こし、今まで作家に見向きもしなかった国家の側が作家たちに眼を向け始める。八月二十三日には、内閣情報部の主導で、陸軍班海軍班に分かれ二〇名以上の作家が集められた。蒋介石政権を長江沿いに内陸まで追い詰めようとする武漢作戦への作家の従軍を要請したのだ。俗に「ペン部隊」と呼ばれるこの作家たちについては、高崎隆治『戦時下文学の周辺』（風媒社、一九八一年）、都築久義『戦時下の文学』（和泉書院、一九八五年）などに詳しい。その人選に際しては、戦争協力に積極的であった『文藝春秋』を率いる菊池寛が一役噛んでいたと高崎は見ている。[166]菊池自身も海軍ならば軍艦に乗るだけなので体力のない自分でも行ける、と海軍班に従軍している。このペン部隊への参加は決して強制ではなく、自発的に行った作家が多かったといえる。例えば横光利一が辞退している他、二ヶ月ほどにわたる武漢作戦で、ほとんどの作家は途中で帰国していることも強制でないことを物語っている。二十数名の作家が従軍したにもかかわらず、丹羽文雄の「還らぬ中隊」(『中央公論』一九三八年十二月号)など若干の作品以外、ほとんどが前年以来の戦地ルポと大差ないか、それ以下の評価しか受けていない。ペン部隊とは別に『中央公論』の特派員として石川達三も従軍して『武漢作戦』を書くが、これも大きな話題にはならなかった。この作品については次章で少し触れる。

そうしたなか、『文藝春秋』一九三八年十一月号に、火野葦平『土と兵隊』が掲載された。こちらは火野が報道部員になる以前、召集されてすぐに参加した三七年十月の杭州湾上陸作戦を題材にした作品であった。二作とも初出から一月半ほどで改造社から単行本が出版された。「新編=火野葦平年譜」によれば、『麦と兵隊』は七〇万部、『土と兵隊』は四〇万部売れたという。[167]改造社の記録が空襲により残っていないため、少なく見積もってもこの部数ということである。

『土と兵隊』は、戦地から弟へ向けて書かれた手紙という形式で書かれている。もちろんこれは本物の手紙ではなく、火野が作戦参加当時につけていた断片的なメモを書簡形式で再構成したものである。『麦と兵隊』と同じく、実際の部隊の行動を追っているがところどころにフィクションを混ぜ込む形をとっている。両作に共通する一人称の語りは、戦地の内部にいる人間が事実と感想(自意識)を書き込むのに適した形式であり、これが私小説的な芸術観に親和的であることは述べたとおりである。こうした手法と、作者=主人公という(私)小説観によって、この二作は戦後になってもしばしばルポルタージュとして捉えられた。しかし随所に断わりなくフィクションが挟み込まれることの作品を、事実の報告としてのルポルタージュとして扱うことが適当でないことはあらためて確認しておかなければならない。

さて、この作品で用いられた弟(肉親)への手紙という形式は、出征した肉親の日常を知りたがっていた銃後の人々の共感を得られる形式として機能したといえる(168)。それに加えて、報道班員という立場から戦場に臨んでいた『麦と兵隊』よりも、召集された無名の一下士官として前線に放り込まれた視点で描かれた『土と兵隊』の方が、いっそう戦場の現実を伝え、兵士の日常を伝えるものであった。こうした要素から考えれば『土と兵隊』の方が一般の人々の支持を受けてもおかしくはないが、やはり当初の物珍しさ、センセーションの力であろう、『麦と兵隊』の方がよく売れたのである。

だが文壇の評価は概して『土と兵隊』の方が高かった。作品としてのまとまりや完成度の高さが評価されている(169)。『麦と兵隊』が、報道班員として比較的自由に戦場を動き回るなかで、戦地をダイナミックに伝えるような構成である分やや散漫な部分があるのに対し、『土と兵隊』は、まだ見ぬ戦地へ向かう船のなかで、のんびりした生活の様子と、その奥の兵士たちの不安を描くところから始めて、戦場へ足を踏み入れていくことで緊張感のある場面へと展開されていくという全体の流れがはっきりしているからであろう。

図２　『土と兵隊』を目玉とした『文藝春秋』1938年11月号の広告（『東京朝日新聞』1938年10月20日）

このように、火野の戦場の小説は一般の人々のみならず、文壇にも好意的に迎えられた。『新潮』一九三八年十二月号の「新潮評論」欄では、一年間の創作を振り返り、映画や写真など他のメディアとの比較で火野の作品が「人の心の深みに働きかける点で」文学作品の持つ力を示してくれたと言及している。そして「元来大衆性のなささうなあの報道文学が此の程度まで「流行の寵児」になつた――と云ふ事情に就いては、反省させられる問題が色々ありさうに思はれる(170)」と、大衆に対しておもねらずに純文学の力を発揮したという観点からも評価されている。こうした芸術観によって純文学の可能性を訴え続けてきた伊藤整も、「文学的にいへば、此作品〔『麦と兵隊』〕は火野氏の力量の証明であるとともに日本の純文学の写実力のもつとも実践的な証明として大きな意味があつた」と、火野葦平がもたらした「純文学の勝利」を誇らしげに語っている(171)。

戦地ルポルタージュに対して「1．報告者と現場との距離感、2．単なる事実の羅列ではなく出来事を社会的な文脈に置きなおす必要、3．書き手の側の内的必然性、4．現場の異常な側面だけに囚われずに描けるか」という四つの観点から問題を提起した宮本百合子は、火野の『麦と兵隊』に対して次のように述べている。[172]「戦場の光景はそのものの即物的な現実性で読者の感銘に迫つて来るし、一方作者によつて絶えず意識され表明されてゐる人間自然の感情といふものはその描かれてゐる世界への近接を感じさせる十分の効果をもつてゐた[173]」と、「報告者と現場との距離感」の近さを評価している。

だが、「文章の独特な人間的文学的ポーズを感じさせる」、つまり「私」の語り口や振舞いに若干の作家的虚飾を感じ取っており、3の「書き手の側の内的必然性」に対して苦言を呈している。4に関しては「火野の文章のあらゆる場合、戦場の異常性といふものが抑へられて描かれてゐる点」に評価を示しつつも、「人間が、どのやうな強烈な刺激のなかにも馴らされて生きるものであるのは一つの現実であるけれども馴らされるまでに内外から蒙る衝撃と思考の再編成の姿は、人間の生活的ドキュメントであらうけれど、火野の記録にこの歴史から照り返される人間精神の一契機は、語られていないのである[174]」と、戦地に行くことで兵士たちが変化するプロセスが十分に見えてこないと述べ、またそれに対する火野自身の見解が見え難いことも指摘している。ただしこれは、宮本としてはジャーナリズムに氾濫した他の作家の戦地ルポに比べれば格段の高い評価を与えているといえる。残りの2に関しては（火野の作品自体にそうした性格が弱いので）触れずじまいであった。戦地ルポの時点では述べていたことだけに、宮本が火野の戦場の小説における社会的なコンテクストの欠落、ひいては戦場の「今・ここ」を相対化する必要性を指摘しなかったのは残念な気もする。もちろん、指摘していたとしても戦場の「今・ここ」を相対化しうるような内容を、作家が検閲のなかで書けるわけではないだろうが、そうした視角から作品を読むことを読者に意識させるという問題提起には意味があるからだ。

以上見てきたように、火野葦平の戦場の小説は、当時文壇の抱えていた問題に対して、かなりの部分に明るい光をもたらしてくれるものだった。つまり、作家が書斎から飛び出して、しかも必然性のある形で社会、それも戦場を描いたということ。しかも戦場という場において冷静に自己を見つめようとする自己意識を保ったこと。その冷静な筆致は、裏返せば読者におもねるような通俗小説にはできないものとして純文学の優位を示したとされたこと。さらには戦地における人間の心情を描くことは、映像などの他メディアには表現できない、芸術家としての作家の役割を示したということでもあった。おまけにその「芸術」が一般の人にまで受け容れられたのであるから、文壇が勢いづいて当然という状況だった。

一躍「時の人」となった火野には、当時の二大新聞である『朝日』『毎日』(大阪・東京の両『朝日新聞』と、「東京日日」『大阪毎日』)から新聞小説の依頼がきた。結局二つを同時に引き受け、『朝日』に『花と兵隊』、『毎日』に『広東進軍抄』[175]を執筆する。両方ともに三八年十二月下旬から連載が始まり、軍務の合間に二本同時の執筆で締切りギリギリとなり、原稿を電報で日本に送ったこともあったようだ。当時の電報はカナしか送れないので、新聞社で漢字仮名まじりに起こす必要があった。特に『花と兵隊』などは、登場人物の会話に福岡弁が多く、「翻訳」にてこずったらしい。

もっともこの二作は、前二作ほどの熱狂的な反響は呼ばなかった。また、火野の二番煎じのような作品や、作家ではない一般の兵士たちの手記なども出版されるようになり、一九三九年に入ってしばらくした頃から、うちがわ＝兵士の目線による戦場の小説や手記に読者の「飽き」が出始めていた。文壇内からも、例えば保田與重郎が「戦争文学の後に来るもの」と題した評論を書き(一九三九年二月末)、戦場の小説から抜け出て、これからは「文化建設」の方向へ向かうべきだという主張を述べている[176]。とはいえこれ以後、戦場の小説や記録はジャーナリズムの一角を安定して占めることとなる。そしてこの「兵隊二部作」の成功により、火野葦平は日中戦争期の戦争言説における例外的な英雄として、戦時下の言論界での地位を確立したとも言える(これについては別の角度から第4章でも扱う)。

以上、日中戦争期の戦場の小説が成立するまでの流れをたどってきたが、かんたんにまとめてみよう。

一九三五年前後、社会へと眼を向け始めた文壇がその方法を模索している最中に、日中戦争が始まってしまった。

ジャーナリズムなどの圧力もあり、社会をどう描くかという議論が（戦時）社会にどう貢献するかという話へと変わってしまったわけである。おまけにその結果、社会へ切り込む方法を持たぬ作家たちが戦地へ飛び込んだことで、むしろ社会を描けないことへのコンプレックスを強めたともいえる。

そうしたなかで火野葦平という作家が登場した。彼は「兵隊」という、当時においてはそれが即社会性を持つ題材を描き、戦地を内側から描くことで社会に「貢献」したわけである。しかし結局、そこでは社会をどう描くかという議論にはほとんど進んでいかなかった。兵隊を描けば社会性がある、という程度のもので、その内実が十分に問われていなかった。それはつまり戦場の「今・ここ」を相対化するような方向へとは、戦場の小説をめぐる議論が進まなかったことを意味しているのである。そして素人作家も含めて、兵士としての体験を綴った戦場の体験記録が次々と出版されることとなる。

この火野の成功は、軍からしてみれば戦争協力に役立たぬと思っていたであろう作家という存在に目を向けさせることになった。内閣情報部が作家への従軍要請を出し、「ペン部隊」が結成されたことに見られるように、権力と作家との距離が縮まれば、強制しなくとも抵抗はし難くなり、むしろ積極的に協力しやすい雰囲気ができる。次第に出版社や新聞社に対して題目や執筆者の変更、官制原稿の掲載といった要求が出されるようになっていく。そして用紙割当てをとおして各社の縮小・統合まで行なわれるようになり、戦争末期には「共産党再建」というでっち上げ事件を皮切りに、権力の意に添わぬ原論人・出版人を次々に検挙していった「横浜事件」にともない、中央公論社、改造社という主要綜合雑誌の二社に対し、政治力によって自主廃業が強要されるにいたるわけである。逆にいえば、そこにいたるまでのグラデーションのなかで、ある点では協力するが別の点では権力を嫌悪する者もいたし、ある段階になってむしろわが世を謳歌するような立場になった者もいたのである。

以上、本章では日中戦争期の戦場の小説が登場する時期を中心に、当時の言論状況や文壇の議論を見てきた。次章では戦場の小説の登場における鍵として位置づけられているいくつかの作品を詳しく検討しながら、同時代には見えていなかった部分、たとえば「今・ここ」の相対化の可能性や、そこで描かれていた「社会化した私」の問題を見ていきたい。また、当時の作品の限界としてしばしば指摘される他者――被害者――への目線の欠落にも触れていくことになる。

第3章　戦場と兵隊の小説

日中戦争期の戦場の小説がどのような状況で生まれてきたかを第2章で見てきた。そのプロセスで「社会化した私」という問題が出てきた。戦後初期（一九五〇年代前半ごろまで）においては、周囲に流されない近代的自我の確立が、特に若い世代を中心に知識人の課題とされていたのに対し、一九三五年前後においては「私」というものが社会のなか、他者との関わりのなかで形成されているものであることが意識されていた。そのなかで、その社会をどう捉えていくかという視角を問うより先に、作家が社会性のあるもの、とりわけ戦場へと実際に出て行き、それを描くという方向に進んでしまった。

本章では、そうした時代のなかで出発した戦場の小説に描かれた兵士像を中心に見ていきたい。兵士とは国家との関係を強制的に刻印されたアイデンティティを背負う存在であり、その意味で強い社会性をもっている。芸術家として世間を超越しようとしていた作家のアイデンティティとは社会との関わり方が大きく異なる。兵士はその強制的な関係によって、殺人をはじめとする通常の社会規範から逸脱した行為を要請されるわけである。しかも「兵隊」という言葉に見られるとおり、常に集団で生活を営むという意味でも独自の社会性を持っている。彼らは父親であり夫であり息子であり、サラリーマンであり農民であり学生であり……、とさまざまな存在でありながら、そうした故郷での自己から離れた、兵士という一色に塗り込められかねない存在であった。もちろんそこで軍隊の規範と、それまでに民間社会で身に付けた規範がぶつかることもあるだろう。彼らが兵士となり、戦場へ行き、戦場で生活すること、つまり「戦場へ征く」プロセスが、日中戦争の当時、どのように描かれたのか。前章で挙げた戦場の小説の出発点に据えられている諸作品(1)(榊山潤、石川達三、火野葦平)においてそれがどう描かれたのか、また、その戦場の描かれ方をとおして、戦場の「今・ここ」がどのように捉えられているかを本章では見ていくことにしたい。

ちなみに、本章の引用文中では、戦時中に編集・検閲で伏字もしくは削除された部分には傍線を施してある。石川達三の場合は基本的に戦時中に書いたままの原稿が残っていたので、傍線部であっても戦時中に書かれたものであるようだ。火野葦平の場合は原稿が残っていないので、傍線部は戦後に記憶を頼りに書き直したものである。

1 榊山潤

まずは榊山潤の「戦場」(『日本評論』一九三七年八月号)という作品から見ていく。「戦場」は、盧溝橋事件(一九三七年七月)発生後に出たおそらく最初の、戦争を描いた作品の一つである。同時代の若干の時評を除いて「戦場」について触れているのは、管見では矢野貫一編『近代戦争文学事典』第一輯(和泉書院、一九九二年)のみである。矢野によるとこの作品は、一九三二年の第一次上海事変を描いた伊地知進(職業軍人、いくつかの戦記を手がけた)の『火線に散る』という戦記を下敷きに(榊山はそのことを明記していない)、戦場に赴いたことのない著者が想像で描いた作品である。軍人ではなく実戦経験がなく、この時点では戦地取材をしたわけでもない榊山は『火線に散る』の戦闘経過の叙述をほぼそのまま借用し、「剽窃に近い箇所もある」と指摘されている。その意味で彼は、軍人の戦記で重視される兵の指揮・統率、作戦実行のための戦略などには全く興味がなかったのである。彼がこの作品をとおしてやってみたのは、戦場という場における人間の内面をめぐる思考実験である。ここには明らかに「社会化した私」という問題意識や、軍人たちの興味を引こうとした「大人の文学」の影響がうかがえる。

榊山潤について

榊山潤は一九〇〇年横浜の繁華街、関内にごく近い村（現在は横浜市南区）で生まれた。有名な作家ではないため簡単に紹介をしておこう。榊の会編『回想・榊山潤』（一九九一年、非売品）の年譜や、『現代日本文学大事典』（増訂縮刷版、明治書院、一九六八年）などによると、商業学校卒で、生家没落のため英人商館に勤めたり職工などをしていたが一九一七年に東京に出て、ある三流雑誌の編集助手となったという。そして一九二四年に時事新報社に入ることとなる。関東大震災後で経営が悪化し始めていた頃だったとはいえ、東京五大新聞の一角と言われた新聞社であるから、学歴が低く貧しさのなかで育った榊山にとっては名を上げる大きなチャンスだったに違いない。時事新報社では調査部と学芸部に勤務しながら小説を執筆していたが、一九三二年四月、大正期の『新潮』を支えた名編集者、中村武羅夫らの推薦で『新潮』に「蔓草の悲劇」を発表、デビューすることとなる。貧しい生い立ちからいっても、当時の知的雰囲気の影響からしても、マルクス主義に親近感を覚えていたことがいくつかの作品からうかがえるが、運動に身を投じるということはなかったようだ。次章で見るとおり、一九四〇年ごろには純文学の中堅作家としてかなり有名であった。

榊山潤の第一著作集は『をかしな人たち』（砂小屋書房、一九三七年）という短編集である。『をかしな人たち』を見ると、東京都心および近郊を生活の場とする無産知識層の頽廃的な暮らしをニヒリスティックに描いた作品が多い。その意味で榊山は先に見たような「不安」の時代の波に乗って文壇に登場した作家といえる。

この単行本のなかの「頽廃の顔」という短編は、玖木という三十代だと思われる官庁勤めの男が主人公である。玖木は何度か失業したあとで嘱託として今の職場に採用されたが、「勇敢におべつかを使へる才能」で上司に取り入る同僚たちを見ながら、「度々の失職の苦労で、玖木は次第に頸垂れ、虚無的になり、もはや何事も見まいと固く心の目を閉ぢるのだ」（榊山潤『をかしな人たち』砂子屋書房、一九三七年、二一一頁。以下、頻繁に引用するテクストは本文中に頁数を記す）という態度で単調な毎日を何とかやり過ごす。専業主婦の彼の妻は、彼と同じく単調な毎日に嫌気がさし、カフェーを始めることを決める。それを聞いた玖木も味気ない生活からの「望ましい華やかな変化」を期待して了解する。それからすっかり妻の様子が変わり生き生きとしだすが、かえって玖木は家庭での居心地が悪くなる。そして妻はカフェーの客と不倫をし、玖木も妻のカフェーの女中と関係を持つ。「そこから展けると思つた希望が逆になり、退屈な役所の空気が却つて玖木を落ち着かせる逃げ場所になつたのだ。玖木の神経はばらばらになつて統一を失つ」て酒に溺れる毎日となる（『をかしな人たち』二八頁）。

そんななかで玖木は、学生時代の友人で左翼として検挙され、最近釈放された男と偶然再会する。その友人の選択したマルクス主義の道は、ある種の「正しい道」だったと心の片隅に思い、引け目を感じる部分もあり友人をはげます。その反面、彼の心には「どつちにしろ、自分たちの生活などよくなるものかと、懶《ものう》い絶望感がいつも底に根を張つてゐる」という状況である（『をかしな人たち』三七頁）。

よそよそしい人間関係のなかで単調な作業を繰り返す役所での仕事を、嫌悪感を感じながら生活のために続ける。そこから脱出するチャンスかと思っていた「モダン」な生活は結局不安を覆い隠すためにせわしなく刺激を求める運動に過ぎず、一度それに気づいてしまえばニヒリズムが強まるばかりであったわけである。そして三〇年代も半ばとなると、相次いだ弾圧でマルクス主義にももはや解決を求められないという時代で苦悩は深まり、酒と肉欲にはまり込んでいく。このように都会の人々の頽廃を描いた作品などを中心に榊山は活動していた。ただ、彼の場合どちらかといえば内省や自意識に過剰に走るタイプではなく、そういうなかで生きる人々の生活の様相、風俗を描くことが多かった。

盧溝橋事件勃発の少し前、『新潮』一九三七年四月号に掲載された「サル蟹合戦」は、同題の有名な昔話を脚色した興味深い作品である。サルに対する蟹の仇討ちを、人間社会の悪習を真似した動物たちの大騒ぎとして語る。「大義名分とは、後で考へて見れば大抵隙だらけ矛盾だらけの代物である。世論がそれに同化すれば、いつの世でも立派な錦の御旗になる」(2)といった覚めた目線の語り手は、サルに憤慨して蟹の仇討ちに参加する栗に対して、「まさしく人間は、いつも弱者に同情する種族である。その癖人間社会は、弱者なしでは成立たぬ組織になつてゐる。殴つたり締めつけておいたりして、殴つた奴や締めつけた奴に同情するのである。これが貴重な人間の道徳性なのである。それに較べれば栗の同情は、もつと純粋であると云へたらう」[3]と、ニヒリスティックな語りを人間社会の暴力への風刺に用いている。

近代の行きづまり感やそこからくるデカダンスやニヒリズムは小説の題材としてはこの三〇年代には珍しくないものであり、それ自体は榊山のオリジナルでもなんでもなく、その時代の流れについていっただけである。しかし東京のデカダンスから出発した榊山が、扱う題材を広げようというなかで結果的にこうした手法を戦場の描写に持ち込んだために、今から振り返ると当時としては特異な作品が生まれた。

「戦場」 想像による戦場と頽廃

榊山の「戦場」という短編は「私」という主人公が語る形で描かれている。小隊長として隊の指揮をとりながら、戦地で起きていること、思ったことをリアルタイムで叙述するという（実際には不可能な）語り方をとっている。一人称の語りによく見られることではあるが、できるだけ客観的に出来事の推移を叙述するのではなく、その「今・ここ」（この場合は戦場）にいること、それに対する自意識を語ることに主眼が置かれているのである。まずは、ここでの戦地がどのような空間だったのかをおさえておこう。

既に述べたように、この作品は一九三二年の第一次上海事変を舞台としている。主人公の「私」の所属する部隊は、上海近郊の呉淞《ウースン》近辺にいる。呉淞は上海市内を流れる長江の支流太浦川が長江に合流する近辺で、その周辺にはクリークが張りめぐらされ、中国側が日本軍の上海上陸を食い止めるための防御線として用いた。「私」の部隊は最前線にはおらず、住民の様子を偵察しながら便衣隊（普通の服装をした戦闘員部隊、いわばゲリラ）の探索をしている。上海市街の真ん中ではないので、数百万の人口を抱える上海の中心地から避難する中国人が次々とやってきて、残っている元からの住民も含め、中国の市民の合間にこの部隊は滞在していることになる。

主人公の「私」は、描かれている内容から判断すると、大学出で、在学中は徴兵猶予制度を用い、大学を出た後幹部候補生として入隊して兵役を終え、少尉として除隊している。その後、結局就職できず、二年間失業状態にあった。そこに起きた第一次上海事変で予備役として召集され、突然戦地に放り込まれたという設定になっている。戦地の生活のなかで、ふと「私」は失業に喘いでいた東京での生活を回想する。

> 一日私は友達のところを渡り歩き、若干の金を集めて酒を飲んだ。酔つても肩をすぼめる習癖のついた私は、重い敗北感が澱み、命を持て余した姿で街をうろついた。〔中略〕間借りの部屋へ帰つた私は、父親から送つてきた召集状を発見したのである。〔中略〕私のような環境に思いあぐんだ人間は、戦場にはもつとも相応しいであらう。〔中略〕失業二年の間に、すでにそれ以前から芽生えてゐた虚無が、固く根を張つて私の影とひかれてしまつた。もはや自嘲さへ凍つてゐるのである。人間を歪めるものは、戦場よりもむしろ歪んだ平和だ。（「戦場」『日本評論』一九三七年八月号、三九九頁）

ここに描かれているのは、『をかしな人たち』でも顔をのぞかせていたデカダンスやニヒリズムである。しかも主人公は戦地でこれを回想しているのである。立派な志を持った軍人などでなく、失業して頽廃的な生活を送っていた「私」こそが戦地に相応しい存在として描かれているのだ。

本題に戻ろう。常に反省的な意識が働き、「自嘲さえ凍」るほどの虚無感に囚われているなかで、「私」が戦地にふさわしい理由が次のように述べられる。

> 此処へ来れば私は少尉だ。父親の学費の効果を、今始《ママ》めて私は知ることが出来る。私の手には拳銃があり、手榴弾がある。生活の巷では空しくおのれに返つて鬱屈していた憤懣が、国家の名によつて、胸の透く吐け口を見つけたのだ。敵は誰であつてもいい。東京にあつて、私の行く手をすべてふさいでしまつた現実が、支那服を着て目前に現はれたと思へばいいのだ。（「戦場」三九九頁）

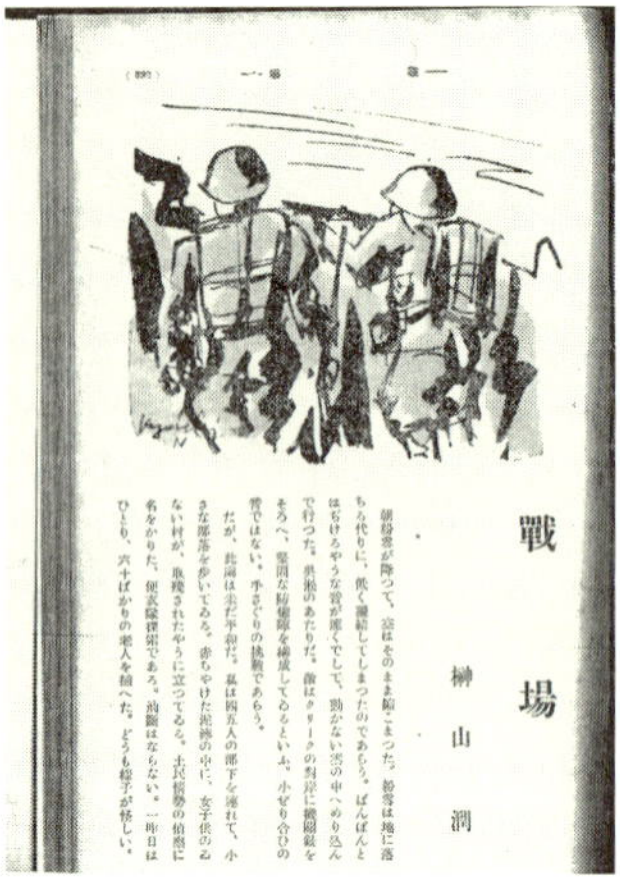

図3　榊山潤「戦場」（『日本評論』1937年8月号）

不況のあおりを受けて失業に喘いでいる状況を戦争という対外問題に転化し、その現実に気づきながら戦争に熱狂するという構図がはっきりと書かれている。資本主義社会における敗者（弱者）ゆえデカダンスに苦しめられていることを知っていながら、帝国主義的侵略へと加担していく失業者の意識を表象している。共産主義が弾圧され、国内での解決方法が見当たらないという追い込まれた状況のなかで、失業した都市インテリ層は追い込まれていく。同時に、ニヒリズムに慣れ親しみ、「サル蟹合戦」で戦争の大義名分を相対化して見せたこの時期の榊山からみれば、戦争を聖戦として描くことはあまりにナイーヴであり、頽廃を通して戦争を描くという方法が選ばれたのであろう。

そんな「私」でも、前線へ近づいていく途中、小隊長として六〇人の部下を率いる立場から緊張感を覚えながら、今から共に死地へと赴く部下たちとの一体感を感じる。

> 私は生死を乗り越えた、爽快な境地を私自身に感じた。改めて戦争に来てよかつたといふ感じだ。埃りを被つた市井の生活の巷では、このくらゐ昂然と身を捨てきつた精神に洗はれることは、殆んどあるまい。私の周囲には私の部下、一個小隊がゐる。この約六十人の人間は、私の頭の動くままに動くのだ。私の楯でもあり、一人一人がそれぞれの楯でもある。いざと云へばひと塊りの暖い血となつて、お互の庇になり合ふのだ。此処には人間同士の猜疑もなければ、不信の感情もない。私自身の人間性に対する嘲弄さへ、いつか影をひそめてゐる。（「戦場」四〇二―四〇三頁）

死への危険に身をさらすことによって生命の充実感を感じる。特にここでは、敵にいつ命を狙われるともしれない場所での強い仲間意識であり、責任意識もある。そうした充実感のなかではじめて、階級闘争への幻滅も忘れられ、ニヒリズムからの逃避も味わえるわけである。

その後中国側の部隊と衝突して銃撃戦になるが、「硝煙の匂ひは、人間を一種の錯乱におとし入れる。私は子供の花火遊びを理解した。この錯乱のなかには、血に飢えた人間の渇望がある。生き生きとほとばしる破壊への渇望、しかし破壊とは自らを守るための積極的な塹壕だ」(「戦場」四〇五頁)。静けさのなかで前線に向かっていく時の緊張感と、そのなかでの部隊との一体感から一転、混沌とした銃撃戦のなかでは興奮と破壊への渇望を感じる。しかしニヒリズムあふれる東京の机の上で榊山が描く渇望は、忘我、脱我としてのエクスタシーへと進みかけながら、その破壊を「自らを守るための積極的な塹壕だ」と反省的意識で対象化していくことができる。

こうしためまぐるしく揺れる意識のなかでは部下たちへの強い仲間意識も決して恒常的なものではない。仲の良かった部下の三島一等兵が戦死した翌日、「私」はこう思う。

> さうか、三島は死んだのだと、私は自分に云ひきかせた。昨日の一日が嘘のやうである。人間は嘘のやうに死に、嘘のやうに生きてゐる。それが一切だ。何が正義、何が憤懣に値ひするといふのか。眼を閉ぢた方がいい。自分たちは悪い時代に生れ合せた。しかし、それならば明日が今日より好い時代だとは、誰に保証できよう。人間の文化はますます進むだらう、けれども人間はいよいよ不幸になるにちがひないと、云つたのは誰であつたか。〔中略〕だが、私はすがすがしい。私の夢はもはや戦場にしかない。与へられた運命を甘受して、私自身の危機にゆすぶられる。(「戦場」四〇七―四〇八頁)

死んだ仲間への感情の移入による一体感が恒常的に保たれていれば、仲間の死による喪失感に悲しむか、彼の死を「犠牲」と捉えて美化して積極的に意味づけるかのどちらかが選ばれてもおかしくないが、そういったことは行なわれない。軍や国家という集団への同一化が弱いのである。それは失業者としての目線が戦場の「今・ここ」を相対化するからでもある。しかしその失業という状況は、本来忌まわしいものなので、戦場に没頭したい気持もあるわけである。そこでは他の兵士は「今・ここ」を共有して生死を賭す仲間として、その限りにおいての愛着があり、死んだ以上そこに積極的な意義を見出せないのだ。三島一等兵の死を悲しんではいるが、かといって失われた命の尊さが確認されているわけでもない。こうした死を重ねてもよくなることのない人間の社会に対する虚無感が、部下の死も同じように覆うのである。それは自分も免れないものであると知りながら、それでも「私の夢はもはや戦場にしかない」と述べる。

「戦場が破壊するのは命だけではない。恐しさは人間性の破壊だといふ。しかし人間性は、すでに今日の巷にあつて破壊しつくされてゐるではないか。この上に何の破壊があり得るか。このやうな私の憤懣は、すでに精神の怠惰を示すものであらうか。いや、精神は必要ではない。却つて人間を不幸にするばかりだ。けものになるか、鋼鉄になるか、人間を救ふものはこの二つの中のいづれかだ」(「戦場」四一一頁)。「けものになる」とは、欲望や感情を丸出しにして自己保存のためにとりうる手段をすべてとることであり、「鋼鉄になる」とは命令に対する忠実な実行者として自己の感情や欲望を完全に遮断することであろう。ここではこの二つの「いずれかだ」と述べてはいるが、実際にはどちらも選択することなく、「けもの」としての戦争への熱狂と「鋼鉄」としての虚無の二つの極を「私」の意識は揺れ動いている。

こうした二つの極というのは、第一次大戦後のドイツで、いわゆる塹壕世代(もしくは前線世代)を代表する作家といわれたエルンスト・ユンガーに通ずる部分がある。ドイツ人の歴史家であるクリスティアン・グラーフ・フォン・クロコウの指摘を引こう。

ユンガーが他の戦争作家に比べて際立つ点は、その仮借ない描写と言語の力だけでなく、とりわけ、極端な忘我のただ中にありながら、悠然と反省的な距離を取ること、それを徹底している点である。陶酔と冷徹な考察の絡みあい、「火と氷」こそが、そもそも彼の特徴なのだ。それは、二極的な緊張として、彼の作品内の内的な動揺であるとともに原動力である。「両極端の魔術」は、一種の弁証法を牛み出す。徹底して距離を置くこと、ほとんど狂躁的なまでの自我中心性は、ついには忘我的な自己滅却に通じ、これが一転、ひたすら考察に徹するというシニカルとも取れる冷ややかさに帰着する。(4)

ここでいう「火」が榊山の「けもの」、「氷」が「鋼鉄」に対応している。榊山がユンガーを読んでいたかどうかは不明だが、市民層の内側にいながら市民的な生活への嫌悪感を抱いていた点で両者は共通している。仮に榊山自身がこうした方向へとさらに進んでいくことができていたならば、日本の戦場の文学にももっと異なった展開があったかもしれない。しかし現実は違っていた。「ユンガーが他の戦争作家に比べて際立つ」と指摘されているように、戦争に熱狂した彼らの世代の並みいる作家にとっても、熱狂と反省の並存は戦場において決して簡単ではなかった。結局、検閲のような外的な障害以前の問題として、榊山本人が熱狂の一方へ進んでいったのである。

ハンナ・アーレントは『全体主義の起原』の「3　全体主義」のなかで、戦争の残酷さを目の当たりにした塹壕世代に触れて、「この世代のうち、戦争の経験によって戦争への熱狂をさまされた者は比較的少数でしかなかったのであり、「その際彼らは過去を理想化しようとする誘惑には屈しなかった」。彼らは、機械化時代の戦争が勇気、名誉、男らしさといった騎士道的な美徳を生み得ないこと、そしてそれは絶対的な破壊の経験を与えてくれるほかには、せいぜいのところ人間の慢心を打ち砕いて、人間など巨大な大量殺戮機械の一つの小さな歯車に過ぎないことを教えてくれるだけだ、ということを認めた最初の戦争賛美者だった(5)」と述べた。

しかし、塹壕の外側にいるアーレントはやすやすとこう言ってのけたが、戦争に熱狂しつつも自分たちが「巨大な大量殺戮機械の一つの小さな歯車に過ぎない」ことに気づき、しかもそれを表現するというのは、実は簡単なことではない。戦地において戦争遂行の歯車としていつづけるためには、あたかも単純労働を淡々とこなす労働者のごとく冷静でいるか、もしくは破壊行為に入り込んで戦争に熱狂し続ける必要がある。戦場での生活が結局は「大量殺戮機械の一つの小さな歯車に過ぎない」ならば、彼らの憎んだブルジョワ社会での生活と何が違うのだろうか。彼らは疎外された存在であり、それに気づいてしまえば熱狂を続けるのは困難である。

だとすれば、実は戦争への熱狂が覚まされなかった塹壕世代の多くは、自分たちの活動が戦争機械の歯車である側面から目をそらし、五感、特に市民生活の日常においては使わないような感覚を研ぎ澄ます戦地での生活に、生きている充実感を感じることで、破壊を自己目的化し得たのである。[6] そして、生死を賭すような場面ではなおさら、生への実感が高まり、その時間を共有した人々とは敵であれ味方であれ、戦地における共同性を感じることもあったのである。だから彼ら塹壕世代は忘我のなかでも、銃後から戦争を見守る大衆とは異なり、ナショナリズムに陥ることを避けられる側面があった。その点に着目してアーレントは前のように書いたのであろう。

こうした形で、少なくとも戦地において戦争に熱狂することは、結局自分が暮らしていた市民生活と今とのつながりを意識的に断ち切ることであった。「冷静」を貫き通すなかで感情を封じ込めた結果、感情そのものを失ってしまった人々が大量にいたからこそ、第一次大戦では「シェル・ショック」が大きな問題として立ち上がったのだろう。[7] また、「戦争の経験によって戦争への熱狂をさまされた者は比較的少数でしかなかった」とするならば、彼らもそこでのショック（興奮状態）を引きずって戦地から還ってきたと考えることも、あながち間違いではあるまい。

榊山の「戦場」は実際の戦場に赴くことなく描かれた戦場であり、戦場のリアルさについてはユンガーと比ぶべくもない。榊山は戦場という素材を扱う必然性がほとんどないなかで書いているために、「「私」と作者の腹のなかとが実はちぐはぐで、「私」の内省と苦悩とが真に読者の肺腑をつく態の真摯な人間的情熱を欠いてゐるところに、この作品の希薄さが在る」[8] と中條（宮本）百合子が感じるような稀薄さがある。しかし当時、「大学は出たけれど」職に就けないインテリがそのまま戦地へ放り込まれた時に（それは当時十分にありえるケースであった）、どのような目線で戦地を見て、そこからどう東京を捉え返すかを、フィクションの特権としての思考実験を行なったものとしてこの作品を見ると、「今・ここ」に没入するのとは別の方法で戦場を描いていく可能性を示していたといえる。あるいはここに、「希望は、戦争」と語る今どきの若いフリーターの閉塞感との共通項を見出してもいいのかもしれない。[9]

先ほど触れた矢野貫一はこの作品を評して、「〔主人公の〕「私」の内部に向ける眼ばかりでなく、部下の戦死や支那の難民を見る眼は、平和時の失業者であるインテリゲンチャの眼である」[10]として、この作品を日中戦争期の「戦争文学」の「魁《さきがけ》」として位置づけた。しかし榊山はそういう方向を突き詰めていくことはなかった。他の作家もそうした方向へとは進まなかった。兵士は兵士であって他の存在ではないという形で捉えられていくわけである。既に述べたように、この「戦場」を発表して約一ヵ月後、榊山は戦火の上海へ『日本評論』の特派員として渡ることになる。

『上海戦線』

華北に限定されていた戦線が華中に広がり、報道戦も激しくなる。作家もそれに飛び込み、『中央公論』が林房雄を特派員として上海に送った。それに続いて先に「戦場」を掲載した『日本評論』も、榊山潤を特派員として国際都市上海へ送り出す。榊山は一九三七年九月一日に東京を出発し、途中長崎で船を逃すなど予定より遅れて九月六日に上海に到着し、十七日発の船で帰国している。その上海滞在をタネにして帰国後すぐ榊山はいくつかの現地ルポルタージュと一つの小説を書いている。それをまとめたのが『上海戦線』（砂子屋書房、一九三七年十二月）である。[11]この著作については、榊山潤に関する数少ない研究である畑中佳恵「長崎・一九三七年――榊山潤から届く手紙」（『敍説Ⅱ』一〇号、花書院、二〇〇六年）と、高崎隆治『上海狂想曲』（文春文庫、二〇〇六年、四章）でも取り上げられている。高崎は上海でしばしば榊山と行動を共にした林房雄との関わりのなかで、上海での特派員作家としての二人の動きを検討している。ここでは畑中や高崎が触れていない「戦場」との対比を中心に、実際に戦地へ赴いて書いたこの著作と、「戦場」で描かれた世界との違いに少し触れておきたい。

ルポルタージュにおいては、開戦後まだ日が浅いこの時期、東京の頽廃を鏡に戦地の上海を眺める榊山の姿が見られる。物珍しさを求め、上海へ向かう長江の船上で遠くに砲弾の音を聞き、船員に危ないから船室へ入れといわれたが緊張感を感じないので無視して、「何だといふ気持ちだつた」（『上海戦線』六頁）と述べる。上海市街に到着して日本人街の廃墟と化したあたりを歩き、「〔関東大〕震災以上の感じを与へなかつた」ので「失望さへを感じ」てしまう。東京から戦地の緊張感にあふれる感覚を期待して来たわけであるが、死者も出ていたであろう場所でそのような失望を感じてしまう自分に、すかさず「この不当な見物意識に咀《のろ》ひあれ」（『上海戦線』八―九頁）と述べるような自意識過剰が、ここにはまだ残っている。ルポの書き出しにおけるこうした構えには、東京を比較の軸として上海の様子を見極めようとする冷静さがいくらかは残っているとも言える。

　榊山がこのルポ（単行本に掲載されているのは計四本）を書いたのは、初出誌の掲載時期から考えて九月上旬から十月半ばまでの間である。この時期ではまだ戦線や兵の描写に対する検閲の引き締めはそれほど表面化していなかった（引き締め自体はあったが）。ルポにも検閲の跡はほとんど見られない。作戦行動を取材する場合であれば、従軍記者はまさに軍に従って行動し、今でいう「エンベッド取材」を行なうため、記事を書く際に軍の将校や隊付きの軍報道班員にチェックを受け、許可を受けなければ記事が送れない。しかし上海の市街戦を取材する榊山のようなケースは、軍人との接触はあっても、狭義の従軍取材と異なり、見物した部隊から離れて上海のホテルで原稿を書き、自分で原稿を船便で送るか、帰国してから執筆する。よって特別厳しい統制を受けてはいない。

　上海事変勃発以後、避難して共同租界から逃げた各国の人々の住居や商店などが盗難にあわないように、そういった家々の扉などには板が打ち付けられていた。そのなかに蒋介石の妻、宋美齢などを輩出した宋家とつながりの深い教会、景林堂があった。榊山は砲弾で開いた穴から景林堂に忍び込む。「便衣隊のかくれ住むには屈強な場所であらう。僕は不気味な好奇心に煽られて、却つて隈なく室内を窺いて歩いた。生命の危機に身をさらす空想は、最も甘美な魅力である」（『上海戦線』六五頁）。勇敢さを示すといったことではなく、戯れで危険と刺激を求めている。「しかし、砲弾の音には憑かれる。怕《こわ》いがふしぎな魅力があるのである。といふよりも漲つてゐる落着かない混乱、敵機のうなりを頭上に聴きながらあほるウヰスキーの味、炸裂する砲弾の痛烈な破壊、さういふ気持に憑かれてしまつたのかも知れない。環境にひるむまいとする張り切つた心理のゆらぎ、抵抗力はいい」（『上海戦線』七九―八〇頁）。生々しい戦地の廃墟や砲弾の音に囲まれて生活するに従い、戦争への熱狂は増す一方で、それを冷たく突き放す「戦場」の主人公のような目線はなくなっていく。

　この榊山の戦地ルポに見られる最大の特徴は、「立派な軍人への感謝」と、上海で生活する多くの日本人市民の緊張感である。特派員の従軍記者という立場から、軍の取り計らいで前線近くの塹壕を見物させてもらい、「埠頭を降りてから今まで、僕が感じてゐた暢気な見物気分は、もはや跡形もなく吹き飛んでしまつた。戦争は厳しい、厳しくなる事実である。感傷は許されないし、また、感傷の忍び入る隙はない。それにしても前線の兵隊さんに、僕は一人一人握手したい要求を禁ずることが出来なかつた。これは僕の感傷であろうか。感傷ではない」(『上海戦線』一六頁、傍点原著者)と、結局感傷的になっている。震災と変わらないという「失望」から、すっかり兵隊への感謝へと変わっているわけだ。さらには兵隊の美談を聞いて涙を流すまでに至る(『上海戦線』三九頁)。ここでは戦争への熱狂でナショナリズムに囚えられてしまっている。兵士の行動に関しては、過剰な自意識も彼らのことを肯定的に確認するだけで、批判的に突き放した形で捉えられることがないのだ。

この一九三七年九月上旬ごろの上海では、日本人の集まっている虹口《ホンキユウ》地区の警備の中心は海軍の陸戦隊が行なっていたため、日本人居留民と海軍の兵士との接触が多かった。特に雑誌の特派員として行っている作家であれば、なおのこと軍人と接することが多かった。その際のことを榊山はこう記している。「海軍士官諸氏と親しくウヰスキーを飲み、戦争については勿論のこと、国家、文学についても、大いに語り得たことは幸ひだつた。海軍の少壮士官は、文学に対しても一家の識を持つてゐる。予想外の気持ちだつた。教へられるところが多く、僕等は友達になれた。共通した時代意識の中で、仕事の上でも握手できる愉しさを感じたのである」(『上海戦線』七〇頁)。

軍人に対しておもねっているという可能性はあるが、むしろ素直に喜んでいるようにも読める。戦時だからこそ軍人に期待するということの表明に加え、「大人の文学」の流れを受けて指導者的立場の側に自分も入るのだという野望から、若い士官と知り合えた喜びでうかれているのだろう。そもそもそういった願望があるからこそ上海に来たわけだ。

榊山も含め、日本人居留民の集住していた虹口地区は、国際租界の外れにあった。租界の中心地である国際金融資本が集中するバンド(中国語では外灘《ワイタン》)から川一本隔てた地域にあった。上海市民の敵意も強く、ゲリラに狙われる可能性が高いので、日本人のための警備体制のないところにはあまり行けず、榊山はほとんど中国人とは接していない。戦場も、前線も近くを少し見物しただけなので、中国側の兵士もあまり見ていない。ただし中国兵の死体はしばしば目にしているのと、虹口で捕虜となった国民党軍の兵も見ている。

その捕虜のことを、帰国後すぐに書いた小説「流泯」（初出『日本評論』一九三七年十一月号）[12]で次のように書いている。「若し私が銃剣を取り、不幸にして敵の捕虜となつたらどうであらう。私のやうな臆病者でも、彼ら（中国兵の捕虜）の真似はしないだらう。のうのうとして、頒ちあたへられる敵の糧食に満足し、せめて一日の命が完とうされた喜びを感ずる代りに、恥なき死の平安を取るだらう。その手段ならいくらもある。それが日本人の潔癖だ」（『上海戦線』一一二頁）。小説のなかとはいえ、中国兵への明らかな侮蔑とともに、「日本人の潔癖」として捕虜となることを恥とすることが表明されている。「生きて虜囚の辱《はずかしめ》を受けず」として有名な「戦陣訓」が出されたのはこれより三年以上あとの一九四一年初めであるから、それより以前に民間人のレベルで、捕虜となることを潔しとしないという考えがすっかり広まっていたことがよくわかる。また、その際に脱走を企てる捕虜の話が出てきて、捕虜でいることをよしとしないその中国人を、国家意識を持っているという意味で「新しい支那」、「のうのうとして」いる国家意識のない捕虜を「古い支那」と述べている。この「古い」方への見方は、国家を持たぬ中国の民衆という当時の日本人の持つありふれた中国観であった[13]。

さて、榊山はたかだか十日あまりで上海滞在に飽きて帰国することになる。その際には軍の取り計らいで林房雄とともに駆逐艦に載せてもらって帰るのだが、そこでもまた海軍の士官と打ち解けている。そこで士官が「僕等は小説は好きですよ。大抵読んでゐますが、しかし何故日本の小説家たちは、芸者や、女給に惚れたことばかり書いてゐるのですか」と、そんな小説ばかり書くことで文壇になんとかのし上がった榊山に向かって話す。この士官が本当に小説を「大抵読んでゐ」るならば、これは榊山への当て付けである。だが榊山はそれを受けて「僕は今、その言葉を噛みしめます。さういふ意見は、そこできいたばかりではありません。僕は軍人の社会認識、また文学の新しい方向についての希望、見識といふものを始《ママ》めて知り、思想的にも深い血のつながりを感じました。僕らは握手しました」（『上海戦線』九四―九五頁）と彼らに文学を指導されたことを喜びながら帰国してきた。

そう書いて締めくくられた榊山の戦地ルポや「流泯」には、あちこちにカフェーの女給や売春婦の話が出てくる。日本人街の中で、廃墟にはならずに人が暮らしている場所であってもかなり砲撃の痕がある。居留民たちは時々襲ってくる砲撃や空襲にも慣れてしまったかのように元気に生活していて、「女学生であつた人たちが、武官室に、野戦病院に、目ざましい働きぶりを示してゐる。明るく、可憐な姿である。これらは皆善良な上層家庭の女性たちであるさうで、曾つてのモダン派小説に出て来るやうな所謂上海ガールは、一人もゐない。頽廃は砲弾のためにぶちこはされたか」(『上海戦線』二三―二四頁)と一旦は書きながら、カフェーを見つけると早速入ってみて、この街にも頽廃が残っていた、と書く。

「前のやうな兵隊さんの話に、涙を流した僕が、一時間も経たぬ間にあばずれた放蕩者として麦酒を口にふくんでゐる。かねて噂にはきいてゐたので、こいつ、都合によつては物にしてやれと意気込んだのも、実は不自然ではない心の状態であつたかも知れぬ。どつちも本当の僕なのだ」(『上海戦線』四〇―四一頁)と、これ自体は多面的な自己の表明とも言える。それが軍人の言葉への皮肉(反骨)であれば面白いのだが、そうではない。その女給(彼女たちは朝鮮人であるらしい)のなかにこれから軍のために従軍看護婦となるという女性がいたことに感動して、「取るに足らぬ連中と、真向から喰つてかゝつた女の出発に、僕は心からの健康を祈った。足許を掬はれた気持ちなのだ。危険を犯して出発する。敵地に身をさらさうとする。如何なる意志によるにもせよ、そこには人間の美しい緊張がある」(『上海戦線』四二頁)。兵士たちの活躍に触発され、頽廃的な女給が決心して従軍看護婦に志願するという「美談」が描かれるのである。榊山にしてみれば、いつものとおりに自分の描きやすい対象を描こうとしたら、結果的に掘り出し物に当たったということだ。差別により就ける職が限られている貧しい朝鮮人女性にとって、おそらく従軍看護婦志願が社会的な上昇の稀有なチャンスだったのだろう。だがあたかも戦争が彼女を「回心」させたかのように描かれているのである。

「戦場」に描かれた「氷と火」はデカダンスからくる戦争への熱狂と、その熱狂をも覆い尽くそうとするニヒリズムとの相克であった。しかしながら戦地ルポで描かれたのは、デカダンスの時と変わらぬ[14]女と酒でありながら、観念の上でだけ頽廃を捨てると言い、そこにはもはやそうした自分の矛盾を突き放すニヒリズムの力は失われている。「戦場」の持っていた可能性は、こうして自らが戦地に赴くなかで断たれたのである。

2　石川達三『生きてゐる兵隊』『武漢作戦』

作品について

続いて本節では石川達三の『生きてゐる兵隊』について検討したあと、弾圧を受けた後に描かれた『武漢作戦』について少し触れる。『生きてゐる兵隊』を通して戦場に放り込まれた兵士たちの心理や、内面の変化を中心に考えていきたいと思う。石川達三は榊山と同じく、自ら兵士として戦場に赴いたわけではない。しかしながら既に見たように、当時の作家たちの多くが身辺雑記やそれを多少脚色した身辺小説しか書けなかったのと異なり、石川は取材で得たものを再構成してフィクションを書く術に長けていた特異な存在であった。

戦線が絶え間なく変化するなかで、戦地ルポは可能な限り新鮮な情報を載せられるように締切りギリギリで書かれた原稿を送ることが多かった。そこでしばしば短い文章となり、作家が動ける範囲で身近なことを書き留めるという形を助長した。それに対してこの『生きてゐる兵隊』は、取材に基づいた長編のフィクションである。日本軍は南京を一九三七年十二月十三日に占領した。石川は三八年一月初めに上海に到着、日本軍の足跡を辿りながら南京に入り八日間滞在、現地取材を行なっている。占領後に入っているので部隊の移動や戦闘の様子に関してはほとんどが事後のインタビュー頼みで、帰国時の船内などで構想は練っていたであろうが、執筆時期は帰国後わずか十日間、その間に三三〇枚を書き上げたという作品である。

発売禁止となった『生きてゐる兵隊』が初めて公表されたのは、敗戦後間もない一九四五年十二月、河出書房から単行本として出版されたものである。これは石川が中央公論編集部に渡した初稿が保管されていて、それをもとにしている。戦後は長らくこの河出版を決定稿としていたが、一九九九年の中公文庫版は、初出（発禁）の『中央公論』

掲載版と対照して、どこの部分が伏字、削除となったかが分かるようにしたものである。検閲などにともなう若干の表現の修正以外は大きな変化はない。ただし『中央公論』の伏字・削除箇所は印刷のタイミングによる異同があり、現存する『中央公論』を調べて少なくとも四種類があることを牧義之が明らかにしている[15]。いずれにせよ『中央公論』版では、日本兵が南京で日本人の芸者に向けて発砲する場面（一一、一二章。本作品の最後の部分に当たる）は完全に削除されていた[16]。以下、本書では国立国会図書館所蔵のマイクロフィルム版『中央公論』一九三八年三月号から引用し、そこで伏字および削除されていた部分には傍線を施して中公文庫版から引用した。

石川いわく、取材のために南京へ渡る際の船で、若い将校たちと知合いになり、そこで将校たちの考え方や人柄をよく知ることができたという。そして南京到着後は、できる限り最前線での経験を持つ兵士や下士官たちと寝食をともにし、酒を飲み、南京攻撃などの話を聞いたという[17]。その意味で、作品中の多くの出来事は取材に基づいていて、事実に対応している部分もあり、戦後に出された部隊員の日記などと対照して白石喜彦がそれを確認している[18]。とはいえ、短期間のインタビュー取材という手法から浮かび上がってくるのは、戦地の異常な側面や、戦争をわかりやすく切り取るエピソードが中心となる。その意味では後で見る火野の作品とは好対照をなしている。以下、この作品への主な評価をおさえておこう。

発禁となったという事情によって「抵抗の文学」と戦後すぐに評価されたような外在的な批評とは別に、内在的にこの作品を評価する論者の多くは、第2章1節で触れた安永論文[19]のように、戦場の現実を前に単なる観察者にとどまらず作家として自らの作品世界を「創造」した点に、当時の状況下での戦場の文学における稀有な可能性を見出している。

その一方で、有名な作品であるだけに批判も多い。例えば戦時中から既に宮本百合子が出していた次のような批判である。『生きてゐる兵隊』は「如何にも文壇的野望とでもいふやうなものの横溢したものとなつてゐた。作者はその一二年来文学および一般の文化人の間で論議されながら時代的の混迷に陥つて思想的成長の出口を見失つてゐた知性の問題、科学性の問題、人間性の問題などを作品の意図的主題としてはつきりした計画のもとに携帯して現地へ赴いた。そこでの現実の見聞をもって作品の細部を埋め、そのことであるリアリティーを創り出しつつ、こちらから携帯して行つた観念を背負はせるにふさわしい人物を兵のなかに捉へ、全く観念の側から人間を動かして、結論的にはそれらの観念上の諸問題が人間の動物的な生存力の深みに吸ひ込まれてしまうといふ過程を語つてゐるのであつた[20]」。

つまり、あらかじめ社会的に話題となっている切り口を設定しておいて、戦地へ赴いてその視角に適した素材を選択してきて描かれた作品だという批判である。作者自身がなぜその題材を選んだのかという部分を作品内で隠蔽することで、特定の価値観によって切り取ったはずのことをありのままの事実という形で提示してしまう方法的な問題が批判されていると同時に、前節で見た社会性への注目という文壇の問題意識が、面白い素材の選択という社会的要請への過剰な反応となり、「私」（作者）がそこで何を感じたかといったことが何も反映されていないということへの批判でもある。

戦後すぐには、「抵抗の文学」として評価される半面、特に左派系の作家・評論家を中心に、知識階級の兵士たちが知性を放り棄てて戦場の流儀に適応していく様子を描いているとして激しい非難を浴びせている。一例として中野重治の批判を挙げておく。この作品の登場人物の場合、「そのあらゆる才能、インテリジェンス、人間性を破壊されて、一様に戦争道具化されて行く過程を無感動に肯定して認めている。才能とインテリジェンスと人間性とをこのように変化させていく日本側の戦争そのものの性格には全く目をむけないというところにこの作の眼目があるわけである[21]」。これは火野に対する「盲目」批判と同じ問題意識から出ている。

対して、一九四〇年生まれの都築久義は、「私の独断では、戦場では「知識人」も「ただの人」に還るはずである」と述べ、戦場で知性を保つことができるという見方を批判しつつ、石川に対しては「戦争の迫力の前にはたちまち無効になってしまう「知性」とは何かを探求すべきではなかったか」と批判している[22]。私はむしろ、今から見ていくように、石川の筆はある程度この問いへの答えを用意していたと思う。

この『生きてゐる兵隊』に対しては、安田武と高崎隆治とがまた別の角度から批判している。「虚心にこの作品を読めば、石川が、兵士の現実、戦場の現実について何ほどのことも知ってはいない、ということがよくわかる。私自身、戦争体験をへてきていっそうよくわかるのである」[23]と安田は述べている。高崎の批判も、兵士の実態を知らずに描いたところに力点がある。[24]ともに学徒兵世代であるこの二人が、戦場の、兵士の現実を映し出していないとこの作品を痛烈に批判し、また戦時中の戦場の小説のなかで最も評価するのが、後に触れる火野葦平の『土と兵隊』であるというのは極めて特徴的である。

こうした批判は、戦闘の当事者として戦場にいる兵士の行動が、戦場での行動を規定（制約）するさまざまなディテールに裏打ちされずに、ロマンティシズムやら知性やらという一般的な言葉で簡単に、しかも超越的な視点から語る語り手によって解説されてしまうことに対する部分が大きい。特に、超越的な語り手が、単に登場人物の行動や発言を解説するにとどまらず、易々と人物たちの内面に入り込んで彼らに内面を吐露させるという石川の記述方法がそうした反発を強めている。近代小説において人物の内面を描くことなど当たり前のことであるが、内面を描くことが重視されるからこそ、自分の知らない立場の人々の内面をどう表象するかが問われてくる。これは兵士という社会的存在の自我という問題と、先入観によって切り取った図式に当てはまる人物像を作り出すという手法の問題とに関係してくる。作品中の兵士たちの人物設定が図式的、類型的であるというわけだ。作品内で中心になる部隊の構成員が、医学士、都会育ちの繊細な青年、戦場で中国兵を躊躇なく殺す従軍僧、勇敢にして残虐な兵士の手本としての農民など、ストーリーを展開するためにあまりに都合がよすぎるということも言える。

こうした類型性は石川のほかの作品にも見られ、確かにある種のわざとらしさとして作品のリアリティを落とす部分もあるだろう。特に戦場の作品においては、戦争体験者からの批判にあるように、過剰なまでのリアリティを要求される傾向があり、その批判に応え難い部分がある。しかし『生きてゐる兵隊』に見られる図式的な人物配置は、描かれている人物自体が図式的かどうかは別として、限られた作品世界のなかでの戦場を、戦場の外部に広がっている銃後の社会との関係性のなかで捉えるための有効な補助線として、作品に力を与えている。

そして、その類型性から来る観念的傾向は、批評する際の攻撃対象として恰好である。だが、同じく戦場を――ベトナムの戦場であるが――描くことに苦心した開高健いわく、「この作品そのものには多彩な人間の多彩な反応が手ごたえをもって描きわけられていて、めいめい鋳型からハミだし、氾濫している。作者が作者の定義を裏切る結果になっている箇所がよくある(25)」のである。だからこそ、『生きてゐる兵隊』と、それに対して与えられた戦後の批判を並べて、「両者を読みくらべた率直な読後感からすると、やっぱり作品のなかのイメージ群そのもののほうがながく生きのこるであろうと思われた(26)」とする開高の見方に私は賛成である。

兵隊の造形

この作品に出てくる兵隊たちは、高島師団に属する西沢連隊（いずれも仮名）に所属している、という設定になっている。作品中における彼らの行動日程は、一九三七年十一月―十二月の南京攻略戦に参加し、占領後は南京の警備にあたっていた第十六師団麾下歩兵第三十三連隊の行動とほぼ一致する。この三十三連隊こそ、石川が南京入りした時に取材をした部隊である(27)。その連隊のなかの、倉田という少尉が率いる一小隊（約五十人程度の規模）が中心に描かれる。西沢連隊は十月ごろには北京の南西二〇〇キロあまりの寧晋《ネンシン》にいるのだが、華中での戦線が拡大するにつれて華中へ移送されることになり、十一月十日ごろ、上海付近で長江から上陸、南京攻撃に参加することとなる。

作品では、主要な登場人物が銃後での生活から抜け出て、全く違う生活をしている戦地での自分にどう折合いをつけるかということが主要なテーマとなっている。そうした作者の意図を端的に浮かび上がらせるのが、従軍僧の存在である。死んだ兵を弔うために戦地の部隊に、普通の兵士としてではなくあくまで僧として従軍したのが従軍僧である(28)。

この作品に出てくる従軍僧片山玄澄は、僧という殺生を禁じる立場にありながら、戦地で「味方＝日本軍」への肩入れが強くなるにつれ、他の兵士に混ざって中国兵を躊躇せず殺すに至る。ある集落で中国軍を攻撃し、中国の兵たちが退散して民家に逃げ込む場面を見てみよう。中国兵は民家に紛れ込んで住民の平服を着て、追いかけてくる日本兵を誤魔化そうとする。しかし脱ぎ捨てた制服を処分する暇がなく、追っ手にばれてしまう。兵士たちと一緒に追いかけてきた片山従軍僧は次のような行動をとる。

「貴様!」とだみ声で叫ぶなり従軍僧はショベルをもつて横なぐりに叩きつけた。刃もつけてないのにショベルはざくりと頭の中に半分ばかりも喰ひこみ血しぶきを上げてぶつ倒れた。

「貴様!……貴様!」

次々と叩き殺して行く彼の手首では数珠がからからと乾いた音をたてゝゐた。〔中略〕いま、夜の焚火にあたつて飯を炊きながらさつきの殺戮の事を思い出しても玄澄の良心は少しも痛まない、むしろ爽快な気持ちでさへもあつた。従軍僧はどこの部隊にもついてゐるが、彼ほど勇敢に敵を殺す僧はどの部隊にも居なかつた(『生きてゐる兵隊』三五頁。以下、同作品からの引用は断わりのない限り、初出『中央公論』の「創作欄」の頁数)

片山従軍僧は、こうした殺人行為についてどう思うか、連隊長に聞かれて次のように答えている。

「従軍僧はなかなか勇敢に敵を殺すさうだね」「はあ、それあ、殺ります」と彼は兵のやうに姿勢を正して答へた。

「ふむ。敵の戦死者はやはり一応弔ってやるのかね」

「いや、やつてゐる従軍僧もあるやうですが自分はやりません」

「生きているのは殺さなけやなるまいが、戦死した兵は弔つてやつてもいゝだろうぢやないか」

「はあ、しかし、自分はどうもさういふ気持ちになれませんな。やつぱり戦友の仇だと思うと憎いですな」〔中略〕

「しかしそれで君の宗教はどうなる?」

玄澄は困惑して暫くだまつてゐたが、やがて顔を上げるとだみ声で答へた。
「駄目ですなア」。〔中略〕
彼〔連隊長〕は幾千の捕虜をみなごろしにするだけの決断をもつてゐたが、それと共にある一点のかなしい心の空虚をも感じてゐた。この空虚を慰め得るものが宗教であらうと思つた。（『生きてゐる兵隊』六一―六三頁、傍点引用者）

玄澄の話の前に、連隊長の記述について少し触れておく。「幾千の捕虜をみなごろしに」というのは、明らかに無差別な捕虜虐殺を意味している。そうした戦時国際法違反を日本軍が行なうことがあり得ることを暗示しつつ、しかも「決断」という言葉と結びつけて、ポジティヴな武人像を示すエピソードとしての話を作者は持ち出しているのである。しかも編集者もそのことに疑問を差し挟まなかったからここは伏字になっていないわけだ。

その上で、その連隊長は敵を殺すことに対する心理的な重荷を感じてはいる。だから玄澄に救いの言葉を求めた。だが、玄澄の返答に失望する。戦場に来る前は中国側の戦死者も弔おうと思っていたが、戦場へ来てみるとそういう気にはなれなかった玄澄。戦場の現実の前に、超国家的なものであるはずの宗教が完全に国家の壁の内側に閉じてしまうのである(29)。このように、戦場で生活する人間を石川はどう描いたのか、以下「自己」や「知性」の問題を軸に見ていきたい。

この作品中から読み取れる「戦場へ征くことで人間性は変わるのか?」という問いのなかで特に重要な位置に置かれるのが、インテリ兵の変化である。これについては頻繁に指摘されているが、従来の研究では個々人の内面に抱える問題と戦地での行動とを結びつけた解釈ばかりであり、「兵隊」という集団の及ぼす心理的な影響が十分につかまれていない。これは作品の語り手がそうした解釈を導くような内面描写を行なっていることに半ば起因するが、しかし行動の描写などをよく見てみると、兵隊という集団の及ぼす文化的、心理的影響、兵たちの相互依存といったものは描きこまれている。以下、本章ではそうした部分に光を当てて、インテリ兵たちの内面を考えていくことにする。

まず、インテリ兵たちの心理を考へるための参照軸として、作者は笠原伍長という農村出身の下士官という人物を設定する。農家の次男坊である笠原は、見事な兵士であり兵士そのものであるとされる。「彼は戦場で役に立たない鋭敏な感受性も自己批判の知的教養も持ちあはせてはいなかつたのである。さうしてこのように勇敢でこのように忠実な兵士こそ軍の要求してゐる人物であつた。〔中略〕たゞ彼の欠点は上官からの指令なしに自由行動をとる場合にはどんな乱暴をやるかもわからないといふ点であつた」（『生きてゐる兵隊』四〇頁）。戦場において一切の命令を疑うことなく受け容れて実行し、それに対して何の反省的な意識をも介在させない。命令に従うだけでなく、「自由行動」での乱暴においても、自分の行為に対する反省的態度をとらない。これは「ＰＴＳＤ〔心的害障後ストレス障害〕にならない」、つまり感情としての罪悪感を持たないような精神構造であろう。

この笠原という人物をよく表わすエピソードを挙げておこう。ある戦友が中国兵に撃たれて、復讐をする場面である。その中国兵のいるトーチカ（コンクリートで固められた陣地）に発炎筒を投げ、彼らを煙であぶりだして機関銃を撃つ用意をする笠原。

暫らくすると、青服に着ぶくれた支那軍の正規兵がひとり煙の中からとび出して、頭を両手でかゝへて走りだした。方角も何もあつたものではない、ただ真一文字に走り出したのであつた。だだだだ……と彼の機銃は大地を慄はせて鳴つた。

「一匹！」と笠原は怒鳴つた。

次に二人つゞいて同じ様にとび出した。

「二匹、三匹！」

再び機銃は菱形の炎を吐いて鳴つた。――さうして彼はつひに十一匹まで数へると立ち上がつて歩き出した。

（『生きてゐる兵隊』三八―三九頁）

そして復讐を遂げて、死んだ戦友の死体を抱き上げては涙を流すのである。ここでは中国兵の生命と日本兵の生命に極端なまでに対照的な意味づけがされているのだ。そこに何の矛盾も感じることがないのが笠原伍長である。

この笠原を一つの基準として、語り手は、「戦場といふところはあらゆる戦闘員をいつの間にか同じ性格にしてしまひ、同じ程度のことしか考へない、同じ要求しかもたないものにしてしまふ不思議に強力な作用をもつてゐるもの、やうであつた」(『生きてゐる兵隊』三七頁)と述べ、インテリ兵はこの笠原という兵士像に近づこうとしているように説明する。しかしこうした説明とは裏腹に、実際には一人ひとりの差異が書き込まれているのである。

最も意図的に笠原に近づこうと努力をするのが倉田小隊長である。小学校の先生をしていた倉田は、毎日日記を規則正しくつける几帳面な男である。戦場では勇敢だが、「部下と対してゐる時には小学校の先生の平和な情深い感情に自分で負けてゐるやうな三十一の独身将校であつた」(『生きてゐる兵隊』一五頁)。

南京に進んで行く部隊が十一月二十一日夕方、人口二〇万の都市、無錫《むしゃく》近郊の農村で戦闘をしている。ここで住民が巻き込まれ、十七、八歳の女性の泣き声が聞こえる。母親が流れ弾に当たり死んだのだ。膠着状態になって日中両軍が動きをやめ、夜静かになった戦場に、女性の泣き声が響きわたる。

夜が更けるとともにこの女の泣き声はいっそう悲痛さを加へて静まり返つた戦場の闇をふるはせてゐた。或は声を放つて号泣する調子になるかと思ふとやがて声を忍んで涕泣嗚咽するやうにもなり、さらに唸るとも吠えるともつかない獣の長啼きのやうにおうおうと節長く泣いて、次にはまた悲鳴に似た叫びの調子にもなつた。

聞いてゐる兵士は誰も何とも言はなかつたが、しんしんと胸にしみ透る哀感にうたれさらに胸苦しい気にさへもなつてゐた。はげしい同情を感じ同情を通り越してからはもの焦立たしい気になつてゐた。(『生きてゐる兵隊』四九頁)

巻き込まれた民間人、それも若い女性の泣き声は、多くの兵たちの心を捉えた。最初は同情的であったが、長い間の泣き声に「焦立たしい」気持を覚えたというのは、自分たちの罪悪感の裏返しである。ここでの罪悪感は侵略に対するものではないかもしれない。だが非戦闘員を多く巻き込んで続く戦争への罪悪感であることは確かである。その時、倉田の部下である平尾一等兵（彼については後で触れる）は、苛立たしさに耐え切れなくなり彼女を殺しに行くと走りだす。その後を追って数人の兵が続き、女性は銃剣で突かれて殺される。倉田少尉も笠原伍長も彼らにはついて行かず壕の中に残っていた。

倉田少尉は壕の中に伸び上がつて闇の中の気配からそれと察してはゐたがひとことも言はなかつた。そして興奮した兵たちが唾を吐き吐き壕に戻つて来たとき、笠原伍長は壕の底の方に胡坐をかいて煙草を喫ひながら笑ひを含んだ声で呟いた。

「勿体ねえことをしやがるなあ、ほんとに！」

このひとことがどんなに倉田少尉の苦しさを救つたか知れなかつた。彼は唇を噛んで、よし！　と思った。〔中略〕このやうな殺戮は倉田少尉の神経としては到底たへられないことであつた。士気に関する、さういふ理由で彼は平尾一等兵の行為をはつきりと是認することはできた。それは正当な理論であり已むを得ないことである。しかしその理論とは別に彼の神経は八つ裂きの苦しみに喘いでゐた。それを救つたのが笠原伍長のこの上もなく図太い放言であつた。（勿体ねえことをしやがるなあ……）（『生きてゐる兵隊』五〇―五一頁）

前線での管理職ともいえる立場の倉田にとって、こうした殺戮は「士気」という観点から「正当」とされる。ここには軍人としての論理がある。

しかしそれでも彼個人の心情としては納得できるものではなかった。自分が殺したわけではないが、死んだ娘への後ろめたさがある。殺された中国人女性の側からその命の意味を考えようとする姿勢の現われである。が、そこで出てくる罪悪感に耐えられずにいたところ、笠原の「勿体ねえ」という言葉を聞く。これは強姦の対象たる若い女性を殺すことを指して述べられているのだが、それを受け容れることで、こちら側＝日本人の男性兵士からみた、中国人女性を性的搾取の対象という「モノ」に貶める理論を仲間と共有するのである。

これは作者の見るとおり罪悪感を意識の表面から奥へと追いやることによる「自己の崩壊を本能的に避けるところの一種の適応としての感性の鈍麻」（『生きてゐる兵隊』四四頁）であっただろう。そうして、その後激しい南京攻略戦と、それにともなう占領下での大虐殺を経た後で倉田は、「今では死なうと焦る気持ちもないし自分の感情が支へきれないほど掻き乱されることもなかつた。〔中略〕一人の軍人として、一人の国民として、重い義務を負うて行動する場合の一つはめをはずした心の状態を身につけることができたのである」（『生きてゐる兵隊』九一頁、傍点原著者）。強制、命令の世界であり、かつそれを敵の破壊、殺戮のエネルギーに転嫁する軍隊の論理を、この時点で見事に倉田は内面化したものとして描かれる。だが、ここから先は描かれているわけではないが、もし彼が生き残って元のやさしい小学校教師に戻ったとして、心の底に澱《おり》のように溜まっていた虐殺された人々への罪悪感を抑圧し続けることはできただろうか。表面的にはできたとしても、元の彼には戻れなかったのではあるまいか。

続いて、先ほど若い女性を虐殺した当人の平尾一等兵について見てみよう。彼は「ある都会の新聞社で校正係りをしてゐたロマンテックな青年であつた。骨格の大きさに似合はず感受性の強い繊細な彼の神経は戦場の荒々しい生活のなかではひとたまりもなく崩壊しなければならなかつた。そして新しく彼の全身を動かしはじめた神経は一種すてばちな闘争心であつた。戦線に出るやうになつてから彼は急に大言壮語することを覚えた」（『生きてゐる兵隊』一五頁）、という人物である。語り手はこのロマンティシズムという言葉で平尾の行動を何でも説明しがちである。しかしこの言葉にあまり引っ張られずに彼の行動や考えていることを見たほうがよい。「死が転がっている」戦場において、侵略者として振る舞うことに徹しきれない自分の心に入り込んでくる痛みを、攻撃的な行動で覆い隠そうとし、それがさらに罪悪感を生むという悪循環に陥った心情が読み取れる。

戦闘の後、その場で野営しながらその日亡くなった兵士たちの遺体を焼いている時に、平尾は精神が不安定になり、大声でいつもの大言壮語を始める。「「自分の小隊では今日の塹壕戦で、俺が一番さきに飛び込んで行つた！」／彼は突然大きな声でさう言つた。相手は誰だか分らない。火のまはりに坐つてゐる兵たちといふよりもむしろ穴の中で焼けつゝある戦死者に向つて言つてゐる様なうつろな気持であつた。しかもこの大言壮語を中止したら自分の方がたまらなくなる事は分かつてゐた」（『生きてゐる兵隊』二四頁）。半ば死んでいった仲間へ向ける言葉であり、半ば彼らを見送る部隊の仲間同士で自分たちが生き残ってしまったことを確認しあう言葉でもある。死んでいった仲間への後ろめたさを共有し、また、その後ろめたさを残さないために、たまたまその死者は自分たちの楯となって死んだが、自分が「一番さきに飛び込んで行つた」ことを強調して、他の誰が死んでいてもおかしくなかったという状況を確認しあうのである。ここにはもちろん「自分」の役割を強調して、自分こそ最も後ろめたさを感じる必要がないことを確認してもらいたいという気持もある。

先ほどの倉田の部分もそうなのだが、日本人（仲間）に対してであれ、中国人（敵）に対してであれ、兵士が後ろめたさや罪悪感を感じる時（最初から罪悪感を抱かない笠原のような場合は別として）、それを一人で抱えることは常人にはおよそできないのである。それを他人——多くは兵士仲間——と共有することで、精神の崩壊を防ぐのである。

石川の筆は平尾をとおして、それを的確に捉えている。倉田少尉の罪悪感のところで述べた、母親が死んで泣き続ける若い女性を殺した場面で、自ら進んで女性を殺しに行った後の平尾の様子を見てみよう。

たしかにあの泣き声を聞かされてゐる間は彼の感情は救はれる道を失つていた。〔中略〕さうして彼女を殺すことが彼の苦痛を鎮めるものではなくていっそう耐へ難いものにするであらうことも彼の感受性はよく知つてゐた。而も真先に立つて銃剣を振ったのは苦痛から逃れようとする必死な本能的な努力であり唯一の血路であると同時にロマンテツクな嗜虐的心理でもあつた。たゞ一つ彼が最もうれしかつたのは四五人の兵が彼と一緒に女を殺してくれたことであつた。彼は涙が流れるほどこの兵たちを有難いと思つた。（『生きてゐる兵隊』五一—五二

頁）

彼は女性の泣き声に心の痛みを感じながら、それから逃れるために彼女を殺すことでまた罪悪感を深めている。しかし、仲間の兵が一緒に殺してくれることで、その行為は仲間との間で、そして自分に対して、軍人として当然なすべき行動であったと、言い聞かせることができるのである。仲間とそれを共有し確認することで、自分一人の内面では抱え切れなかったはずのことをやり過ごせるのだ。平尾の人物像はそれをよく表わしている。

さて、次に『生きてゐる兵隊』のインテリ兵のなかでも研究上最もよく取り上げられる近藤一等兵を見てみたい。近藤は医学士であるが、軍医とはならずに通常の兵卒として兵役についた。戦場に来て以来、医学の「研究目標たる人間の生命現象といふやつはかくも脆く、かくも易々と、かくも小さな努力で以て消滅する。生命といふものが戦場にあつては如何に軽蔑され無視されてゐるか」。戦場でその医学を自分は侮辱したことになるし、「もしこの戦場で俺の命もまた敵軍によつて軽蔑されてゐるものならば、この命の上にある俺の医学とは一体なんだらう。よりいつそう軽蔑されてゐるに違ひない」（『生きてゐる兵隊』二九頁）と考えるが、あくまで論理的な考察のレベルにとどめる。戦場において兵士としての行動をこなしつつ、冷静な観察眼で戦場を眺めようとするのだ。

彼はある集落で、スパイの疑いのある若い女性を短剣で突き刺して殺している。拳銃と怪しげな速記の記された紙片を持っていた女性の身体を検査している時である。「他の兵は彼女の下着をも引き裂いた。すると突然彼等の眼の前に白い女のあらはな全身が晒された。それは殆んど正視するに耐へないほど彼等の眼に眩しかつた」。近藤一等兵は「物も言はずに右手の短剣を力限りに女の乳房の下に突きたてた。白い肉体はほとんどはね上がるやうにがくりと動いた。彼女は短剣に両手ですがりつき呻き苦しんだ」（『生きてゐる兵隊』二七―二八頁）。彼はこうした行為と、そこで失われる生命について思索をめぐらすが、そこに罪悪感は見出さないのである。なぜならば「彼は戦場にあつて戦場を客観し、しかもその客観に敗北しない強さをもつてゐた。したがつて彼は笠原伍長の性格に最も同化しがたい人間であつた。彼が女スパイを殺したのは笠原が放火した支那人を殺したのとも平尾が泣き叫ぶ姑娘を殺したのとも違つてゐた。彼はちやんとした反省をもちながら而も敢てその反省をのり越えてやつてゐた。つまり彼のインテリゼンスは戦場と妥協してゐたのである」(『生きてゐる兵隊』五二頁)。

生命を救うための医学に支えられた彼の知性と、生命の軽んじられる戦場とは原理的に相容れない。一兵卒としてこの戦場を知性によって観察したところで、生命を大切にするための方策はない。そこで知性をもって観察する（反省的思考によって捉える）が、日本軍のルールに従って行動するという原則に対しては「妥協」するのである。だから思考だけはなされているが、「彼のインテリゼンスは出征以来ずつと眠つてゐた」というこの言葉のほうが本当なのかもしれない。

倉田少尉が罪悪感と戦いながら、それを押しのけるために意図的に笠原と近づこうとしていたのに対して、陰惨な南京攻撃を終えた時点でこの近藤一等兵は「戦場を客観し次に妥協してしまって倉田少尉のように真剣な苦悶を経て来なかっただけにさほど大きな変化もしなかったが、戦場の客観にも新鮮さを感じなくなり慌しい闘争生活のなかでそのインテリゼンスが鈍らされて行ったはてには、悪く戦場馴れがして何をするにも真剣味のない怠惰な兵になって行った」(『生きている兵隊』中公文庫版、一九九九年、一五〇頁)[30]、という状況にあるのだ。

南京を日本軍が占領した後、彼らの部隊は二十日以上の休暇となった。南京で正月を過ごしたものの、日本から手紙も慰問袋も来ないと、遺骨を後方に送る片山従軍僧と一緒に、平尾と近藤が一月五日、部隊に手紙が来ていないか調べに上海へ向かう。榊山の訪れた一九三七年九月の上海は市街戦の最中であったが、十一月中には国民党軍が退却して軍隊同士の戦闘は収まっていた。日本軍の存在感が増したとはいえ、列強の権益も残るかつての国際都市の賑わいを取り戻そうとしているところだった。彼らは八日に上海に到着し、従軍僧が用を済ませるまでの三日間、平尾と近藤は自由時間を過ごす。「こゝまで来て近藤はある錯乱を感じはじめた。宿につくと澄んだ湯にひたり、畳の上に長々と寝て、朱塗りの膳で酒を添へた飯を食ふことが出来た。給仕の女は日本の娘である。乍浦路《チャポロ》の酒場では贅沢な支那料理を肴にして香りの高いウイスキイを飲むことが出来た。そして彼は永ひあいだ軽蔑することに馴れてゐた生命といふものに再び価値を見出して来たのである」(『生きてゐる兵隊』九七頁)。そしてそれにともない、今生きる喜びを見出している自分に対して、死んだ者はどうなるのかという問いも頭をもたげる。そうしたなかで南京の部隊へ再び合流する。

近藤の戦場への客観(観察)は、自分の生命への執着を断ち切ることを前提としてきた。そこでは失われている生命も単なる機械的な思考の対象としてとどめておくことができた。つまり生命の価値や、それに対する自分の感情を問うことがなかったわけである。しかし故国日本を思わせる落着いた上海での生活のなかで、生命のもつ意味を実感し、一度それに対して思考が回り始めた時、彼の知性は感情をともなって生命の価値に向かって反省を始める。「妥協」をやめたのである。

上海から南京へ帰った近藤は、女スパイを殺した場面のフラッシュバックを体験し始める。その苦しみを紛らわそうと、平尾や笠原と芸者を買いに行く。第1章で述べたように結局日本軍の兵士にとって、リクリエーションの手段は「酒と女」しかないからである。近藤は行った先の飲み屋で店の女性(芸者)に対して事件を起こす。日本の軍人が日本人女性を傷つけるというこの場面は「一一章」だが、『中央公論』では章ごとカットされていた。蝋燭しかない飲み屋の暗い部屋に、化粧をして顔の白い女が彼らの相手をしに入ってくる。兵士たちは幽霊のような印象を受ける。アルコールが回るうちに、近藤は「不思議にあのスパイの女の真白い肉体を幻に描いていた。胸に刺された短剣につかまってもがき苦しんでいた時のうねるような波打つような白い肉体の動きである。不意に彼はむらむらと女を殺したくなりはじめた。自分でも恐ろしいほど兇暴な胸が熱くなるような感情であった。彼にはそれが一種の神経衰弱であるかまたは鬱積した慾情の為であると思われた」。そしてふと「俺あまた女を殺したくなって来た」と芸者の前で口走るのである(中公文庫版、一八四―一八五頁)。

それを聞いた平尾は、自分が殺した女の話を芸者に誇張して話し始める。再び「女を殺したい」と言う近藤。「強迫観念のようにそのことばかりが頭を苛めていた。むしろ上海以来の混乱した気持、戦場生活に馴れていた心の状態がはめを外したちぐはぐな気持ちが、また人を殺すことによって元の静かな状態に返れると思うのであった。戦争があればいいのだ、火線に立って一度忘我の境をくぐればいいのだ」（中公文庫版、一八七頁）。

一度生命の価値について考えだすと、近藤は以前感じなかった罪悪感にさいなまれる。近藤はおそらく元には戻れない。多くの場合、日本兵は無抵抗の相手や非戦闘員を殺す時に、彼らの表情を見なかったり目隠しをさせて表情を隠したという。彼らの生命の重みに対する想像力を塞ぎ、意識の外に追いやるためだという[31]。スパイを殺したシーンを見る限り近藤も特に相手の表情は見ていないが、若い女性を象徴する白い裸体が彼の眼に強烈に焼きついていたことがうかがえる。そうした苦悶から逃れたいと、なにも考えなくてすむ前線の緊張感へと彼の思いは駆り立てられるのである。そうしたなかで、「女を殺すなんてよくないわ〔中略〕だって女は非戦闘員でしょう。それを殺すなんて日本の軍人らしくないわ」（中公文庫版、一八七頁）と言い返した芸者に向かって近藤は護身用の拳銃を反射的に発砲してしまう。

彼らはすぐに逃げて部隊に戻ったものの、彼が撃ったのは日本人の女性であったために揉み消すことができず、近藤は翌朝憲兵隊に引き渡される。憲兵隊本部において取調べを受け、勾留されるのだが、その夜留置所において「寒くて眠れなかった。突然に日本のことが、日本のあらゆることがこの上もなく懐しくなり、矢も楯もたまらないほど帰りたくなってきた。彼は毛布に顔をかくしたまま咽びあげて泣いた。ほとんど一時間ばかりも泣き、そして眠った」（中公文庫版、一九五―一九六頁）。女性のケガがたいしたことがなかったこともあるだろうが、留置所での近藤の意識は撃った女性や殺した中国人女性には向けられない。

留置所のなかで近藤は、罰を受けて放免されたら日本でもう一度医学を勉強しようと思う。しかし翌朝、部隊が移動を始めて留置所の脇を通り過ぎていった後、原隊復帰を命じられる。「突然彼は非常な狼狽を感じた。中隊はもう行ってしまったのだ。しかも憲兵は一応今後の注意を与えたり叱言をくれたりして中々放免してくれなかった。漸く許されると彼は涎が垂れるほどあわてて背嚢に装具をくくりつけ水筒を肩に引っかけ銃をかかえて憲兵隊本部を飛び出した。〔中略〕彼は気狂いのようになって走った。このときほど彼は心からの淋しさを感じたことはなかった。部隊は彼一人の居ると居ないとに全く無関心で進んでいる。そして彼は部隊をはなれてまるで何の価値もなく何の力もないのだ。彼は心の底から自信を失い誇りを失って、溺れた者のようにただひた向きに原隊に追いつこうとあせり、走った」（中公文庫版、一九七―一九八頁）。ここでの近藤は、罪悪感を封じる形で妥協した知性をもって戦場を眺めていた時の近藤ではない。もともと平尾のような感覚の鈍麻とも異なり、近藤は意志によって感情を抑えてきたのだ。だが一旦反省的意識が感情に向かい始めると、戦場で軽く扱われている生命と彼の知性によって捉えられる生命の重みは調停不可能であった。彼は心的外傷の症状を呈し始めており、発砲事件を起こすに至ったのだ。

一旦そうなってしまえば、そのトラウマの重みは一人で抱えられるものではない。おそらく上海から帰った後の近藤は、部隊の仲間への依存感覚を強めていったはずである。だからこそ部隊から離れることへの激しい寂しさに突き動かされて取り乱し、走って追いかけたのである。

この近藤の心理を杉本正子が分析しているが、「近藤は発砲事件後においても、彼の〈個人〉である「頭」と「心」の二元論を決して崩壊させてはいないということである[32]」と述べている。走って部隊を追いかける近藤は「頭」が「心」に負けていると述べてはいるが、〈個人〉という枠が崩壊することなく、その上で二元論を保っているという。

しかし、近藤はむしろ反省的思考（＝知性）を貫いていくなかで戦場にいて感情や心まで対象化して考えだしたことで、前記のように涎まで垂らしていくような事態に陥ったのである。そして、もはや意志で感情を麻痺させることができなくなり、個を保てず、仲間に依存せざるをえないところまで追い込まれたのである。仲間からの孤立に対する恐怖感に完全に押しつぶされそうになっているのがこのシーンなのである。平尾や倉田ではなく、最後まで戦場を観察し続けることをやめなかった近藤だからこそ、作者はこのような結末を与えたのではあるまいか。

こうして見ると、『生きてゐる兵隊』の兵たちは、笠原、片山は別として罪悪感を感じ、それを抑圧するために残虐な出来事を仲間と共有するのである。しかも単に共有するのではなく、「勿体ない」といった言葉に見られたように、殺戮を正当化したり全く別の方向の意義づけを与え、確認し合うことによって、自分の意識の内部だけでは合理化できないような事柄を合理化してしまうのである。

第2章2節の「満州事変の英雄」で見たように個々の兵を英雄として描くようなものではなく、この『生きてゐる兵隊』は集団としての兵隊が描かれているという指摘自体は以前からあった。それはそうであるが、しかしその集団とはどんなものかが、当然、兵一人ひとりをバラバラに分析するだけでは見えてこないのである。以上見てきたように、依存しあい、罪悪感を遮断し、凶暴性を強める「皇軍」の姿を的確に捉えている、というのがこの作品の重要な意義なのである。このように、死んでいく中国人自体の悲哀や感情を直接描くよりも、中国人への罪悪感を抑圧する日本兵の姿を中心に書き込むというスタンスは、戦後にいたっても侵略戦争という認識を持たなかった石川自身の姿勢と重なる[33]。そうした心理を抑圧するために共同で凶暴化していく兵士たちの姿は、戦時中に描かれたこの作品の熱気にこそよく捉えられているとも言えるのである。

戦争を描く小説として

この『生きてゐる兵隊』には、以上に見てきた兵隊の描写の他に、自らの戦場の体験によるリアリティを追求するような作品には見出しにくい、取材に基づいたフィクションとしての重要な側面がある。さまざまな場所を回る取材でこそ得られる、ストーリーの端々で描かれる戦争の、つまり戦場には限定されないいろいろな側面である。

戦地では後方からの物資がなかなか届かず、日本軍は食糧などを現地調達するのが普通であった。現地調達といっても、基本的には「略奪」である。もっとも兵士たちは「略奪」ではなく「徴発」と呼んでいたが。この徴発はどう描かれたか。「「おい、婆さん」と彼〔日本兵〕は戸口に立つて言つた。「俺達は日本の軍人だが、お前の所の牛が入要だ。気の毒だが貰つて行くよ」」。老婆は抵抗するが、「「どけイ」一人の兵は老婆を突き飛ばして水牛の手綱をとった。「じたばたすると命にかかわるぜ」」。兵は牛を奪い取って、「「命ばかりは助けてやるぞ。戦争が済んだら牛も返してやるからな」／牛はぼくぼくと砂塵の道を歩きはじめた。兵たちは良い気持ちであった。無限の富がこの大陸にある、そしてそれは取るがままだ。このあたりの住民たちの所有権と私有財産とは、野生の果物の様に兵隊の欲するがまゝに開放されはじめたのである」（『生きてゐる兵隊』一九―二一頁）。

「野生の果物の様に」というのは、社会契約によって所有権の確立される前の自然状態を思わせる言葉である。ただしここでは国家権力によって作られた軍隊によってもたらされた擬似的な自然状態だが。また、戦後に中国における日本の軍隊の振舞いを称して田村泰次郎が呼んだ「蝗軍《こうぐん》」（蝗《いなご》のようにすべてを喰らい尽くす軍）という言葉を彷彿とさせる。次節で見るように、徴発自体は当時普通に日本国内で知られていた。むろん銃後の人々の多くは金などを払って取引をしていると思っていただろう。だが民間人の殺害には罪悪感を覚える兵士でも、戦地での略奪などになるとほとんど罪悪感を覚えないのである。徴発が日本社会からやってきた感覚で冷静に見ると略奪のごときものであることを、石川の筆は伝えている。軍の外側にいる目線だからこそ見えたことなのである。

また、日本軍の性奴隷制度、いわゆる従軍慰安婦のことについても描かれている。[34]「日本軍人の為に南京市内二個所に慰安所が開かれた。彼等壮健なしかも無聊に苦しむ肉体の欲情を慰めるのである」（『生きてゐる兵隊』九二頁）。「彼等は窓口で切符を買い長い列の間に入って待った。一人が鉄格子の間から出て来ると次の一人を入れる。出て来た男はバンドを締め直しながら行列に向ってにやりと笑い、肩を振りふり帰って行く。それが慰安された表情であった」（中公文庫版、一五七頁、傍点原著者）。占領後に少しずつ復興する南京の様子のなかの一つの情景として出てくるのである。

前線から帰り休養する将兵であふれている上海の場面にも、慰安所が出てくる。「夜更ける頃には料理屋の暗い門前に軍の自動車がずらりと並んでこゝは将校の慰安所になつてゐた。酔った兵が夜になってから上ろうとしても満員で上れないほどであつた」（『生きてゐる兵隊』九六―九七頁）と、一般の兵卒と将校用に別の慰安所が用意されていることが書き込まれている。

さらには近藤と平尾が上海から南京へ帰る途中の汽車の中では、次のような話も書き込まれている。「五十近い年齢の男で、その話によると最近日本人の女たちを連れて渡つて来たのであつた。突然の命令で僅に三日の間に大阪神戸附近から八十六人の商売女を駆り集め、前借を肩替りして長崎から上海へわたつた。それを三つに分けて一班は蘇州、一班は鎮江、他の一班は南京まで連れて行つた。契約は三年間であるけれども事情によつては一年で帰国するか二年になるかも分らない。厳重な健康診断をして好い条件が《ママ》連れて来たので、女たちも喜んでゐる、といふ話であつた」(『生きてゐる兵隊』一〇三頁)。これは日本から売春婦を集めて「慰安婦」として中国へ送り出すブローカーであろう。実際に石川がこうしたブローカーに接したのかはわからないが、契約年数や班を分ける話などが細かく書き込まれているので、実際に接していた可能性は十分にある。戦後の回想においても次のように詳しく書いている。

> その次は慰安所。是も嘱託の経営である。嘱託ももうけ仕事だから、占領直後の、まだ死骸があるような所まで出かけて行き、慰安所を開設する。兵隊は安い給料を貰っているが、使い道がないから酒保で甘い物を喰い、慰安所で欲望を発散させる。嘱託は私娼窟のような所から従業婦を集めて、(お国の為)だと言って連れて行くらしい。その何割かは朝鮮の女性であった。特に若くて特に美人の女性は、(将校用)として何か特別扱いをされていたようである。
>
> 戦線がずっと遠くへ行ってしまった上海のような街には、軍の認可の料亭があり、九州あたりからの芸者が駐屯していて、夜な夜な歌舞音曲の音も聞えた。日本の料理もことごとく揃っていて、その頃の東京大阪よりも贅沢をしていた。それでも夜は燈火管制で、燈火は外に洩れないようにしていたが、上海の旧日本租界には酒場が並び、酒場のなかでは本物の陸軍少佐が、本物の国重(?)の日本刀を引き抜いて、乱酔して暴れ廻っていた。[35]

石川はここで嘱託と書いているが、彼らについては、「軍の嘱託という人たちが居る。商業関係、物資の調達などをやる人物も居るが、軍が直接関与するのは体面上困るというような仕事を、引き受けさせる人物も居る。相当もうかる仕事であると見えて、幹部将校に取り入って特別な許可を貰っていたようである」[36]と書いている。

これは今日における戦争のアウトソーシング(民間軍事会社などへの委託)と共通した側面を持っていることがわかる。二十一世紀の先進国の戦争における民間軍事会社においては、財政難や新自由主義的な政府の規制緩和が背景にあるが、経済的自由に基づく合意によって会社が活動することで、国家の命令のもとで活動する軍人・軍隊のリスク（何かあったときに国家が責任を負わなくてはならない）を減らし、会社側の「自己責任」を標榜できる。しかも契約の支払い当事者としての国家の要求は絶対であり、民間側はその命令を逸脱して勝手な行動をとることはできない。これはまさに「軍が直接関与するのは体面上困るというような仕事を、引き受けさせる」という状況に類似している。こうした組織的な責任逃れのカラクリに石川は敏感であり、今日でも重要な指摘である。

こうしたブローカーもそうだが、戦争にまつわる利権に群がる日本人の様子が、戦地の侵略者のありさまを今に伝える点景として差し挟まれている。占領後の南京では兵隊相手の商売を始める（軍の許可を得て、酒保を開く）日本人商人が、特に上海などから流れ込んでくる。財産を破壊され、失った中国人が商売を行なえる状況にないため、軍の割当て以外の食事は酒保でしか手に入れられない。そこに付け込んでひどい品質の食べ物を売りさばくのである。

しかも、「酒保を開いた商人たちの本当の目的は酒保ではなかった。彼等は支那紙幣を覘っていたのである。紙幣をふところに一ぱい持っている支那人たち、日本兵たちも少しずつ記念に持っている。そんなものは国民政府の潰れた今日、紙屑と同じではないかと言われれば支那人も軍人たちもそうだと思う。それを安く買う。十ドルのものを二ドルか三ドルに買う。そして上海へ持って帰る。そこで一ドルは今もなお日本金の一円十銭に通用しているのだ。〔中略〕経済支那は亡びたのではなかったのだ。そうして彼等狡猾な商人たちは忽ちの中に成金になった。武力闘争は早くも経済闘争に変化しつつあったのである。やがて憲兵隊はこういう行為に厳重な取締りを行った」（中公文庫版、一五四頁）。八日ほどの短期間とはいえ、石川はこの混乱のなかの南京に実際に滞在しているので、占領経済のカラクリを利用する商人のことは自分の眼で見ていたのだろう。

南京よりも被害が少なく、日本人商人が大量に流れ込んでいた上海では、日本領事館が中国人のいなくなった商店をそうした日本人に割り当てて使わせていた。そうした占領地域での力関係を露骨に示す話も描かれている。「昨日も一人の支那人が開店したばかりの日本人を訪ねて、こゝは俺の家だし家財もある、入ってくれては困ると言つた。日本人はそれに答へた。何を言ふか、こゝは占領地区だぞ、虹口《ホンキュウ》一帯の建築物一切日本軍の管理下にあるのだ、帰れ。支那人は後をふりかへりふりかへりながら悄然と立ち去つて行つた。／それを聞くと平尾は不意に敗戦国民の憐れさに目頭が熱くなつた」（『生きてゐる兵隊』九九頁）。

このように戦争の負の側面を描き出しつつも、「実際戦争に負けたものはみぢめですわ何とも仕様がありませんからなあ。自分は思つたですな、戦争はむやみにやつちやああかんが、やるからにはもう何ンとしても勝たにやならんです。それはもう孫子の代まで借金を残しても勝たにやならんです」（『生きてゐる兵隊』八九頁、傍点原著者）というある小隊長の言葉に象徴されるように、侵略性を問うたり、フィクションだからできるはずの中国人の視点から描くようなことはなされず、むしろこの作品が当時発表されていたら戦争への熱狂は強まったのではないかとの指摘がたびたびなされるように、独特の熱気をもった作品が『生きてゐる兵隊』であった。一人の兵士の視点によって限定された戦場を追求する形のリアリズムを評価軸とするならば、こうした戦場の小説は駄作と言われるかもしれないが、フィクションの特長を生かし、作品内の時間の流れと空間の動きの幅を大きくすることで、戦場を取り囲むさまざまな側面を映し出すという手法は評価されるべきである。

『武漢作戦』

『生きてゐる兵隊』は発禁処分を受けたわけだが、『中央公論』の編集長をしていた雨宮庸蔵は当時の方針について、「検閲をとおるか通らぬかのギリギリの線まで編集の網をなげることによって、よい雑誌、売れる雑誌がつくれる、という気概と商魂とが一貫していた」[37]と述べており、その思惑が完全に裏目にでたわけである。一審で有罪判決が出たのが一九三八年の九月。時あたかも情報局が武漢攻略戦に作家を従軍させることに決めた直後であった。有罪となった石川が「ペン部隊」と呼ばれたその集団に選ばれることはなかったが、前作の「失敗」を取り戻すべく、中央公論社は敢えて再び石川達三を特派員として中国へ送ったのである。『生きてゐる兵隊』の取材がたかだか約二週間の中国滞在（うち南京に八日）であったのに対して、この二度目の従軍は九月十二日に羽田空港を発ち、十一月一日の帰国まで約一ヵ月半中国に滞在している。

その従軍体験をもとに執筆されたのが、「武漢作戦」(『中央公論』一九三九年一月号)である。その附記には「十二月五日」、つまり書き終えた日程が記されている。約一ヶ月かけて執筆し、十二月二十三日の印刷までに十分な時間をとって検閲にかからぬよう丁寧に校閲したことを推測させる。裁判では兵士の行動の描写が特に問題とされたため、『武漢作戦』では前線以外のこと、作戦や戦闘よりそれを取り囲む諸側面に焦点を当てて描いた。部隊名などを除けば伏字がほとんど見られない。

石川自身、戦後の回想で次のように書いている。「検事控訴中の私はこの第二作において、どうやって検閲を逃れるかということを、終始念頭に置かなくてはならなかった。私は最前線の戦闘部隊の動きを避けて、後方部隊だけの動きを見て行こうという計画を立てた。火線を支えるものは後方の補給路である。その方の動きは新聞報道からもほとんど脱落しており、いわゆる戦争小説からも見落されている。その実態を内地の人たちに報道することも意味があるだろうと思った[38]」。当然、戦場の生々しさはそこから消えるし、侵略性を問わないという姿勢はより強化されることとなる。この作品の戦争描写については、白石喜彦『石川達三の戦争小説』(6、7、8章)が詳しいので、ここでは白石の研究を軸にその要点だけを述べる。

再び検閲で起訴されることがないよう、「模範的な将兵が造型されて」おり、軍部の狙いに極力忠実であるよう務めたと言える。その上でさらに至近距離での戦闘描写も最小限にとどめ、残虐な場面を排除している[39]。これは当時の新聞記者の記述方法に近いが、「前線と後方とを交互に描いて武漢攻略戦の全体像を提示しようとする方法は、他の従軍作家の従軍記にはない、石川達三の独創だった[40]」とも白石は書く。逆にいえば、石川を除けば当時の作家には自分の見聞を中心にするあまり、新聞記者のように取材にもとづいてダイナミックに空間を往き来するような視点からルポや小説を描くことができなかったわけだ。石川は自分が中国入りする前の戦闘記録も積極的に参照しつつ、取材した戦場を鳥瞰的な視点から再構成し、軍の許容する範囲で作戦の全体像を示そうとしたのだ。全体像を示そうとしたという点とつながるが、『生きてゐる兵隊』のなかで少しだけ出てきた、占領地の経済に関する問題なども取り上げられている。

こうした『武漢作戦』の描写の特徴を典型的に示す例として、全体で三箇所出てくる、兵の動きを双眼鏡で追う場面を紹介しておく。「「どれどれ」と部隊長は双眼鏡をとつて参謀とならんだ。はるかの小山のあひだを登つてゆく戦車が三つ四つ前後して見えた。／「あ！　歩兵がのぼつてゐます。日章旗をもつたのが、ほら、松林のなかを、さかんに登つてゐます」／参謀は嬉しさうであつた」（『武漢作戦』『中央公論』一九三九年一月号「創作欄」七一頁。以下引用は同誌から）。

双眼鏡とは白石の指摘しているように、「兵の心の中に入りこまずに済ませるための、便利な小道具だった」[41]。最前線の当事者の活躍を追いつつ、その内面に入り込まぬという観察者。兵の動きを作戦の駒として見る参謀がここに出ているのは象徴的である。最前線の兵士の描写に関しては、作家的想像力を排除して従軍記者としての立場に徹することの宣言ともいえた。当然、『生きてゐる兵隊』の轍を踏まないための方法である。

白石が指摘していない、この作品のなかでも特に戦地取材の生々しさが出ている場面を一つ挙げておきたい。野戦病院のシーンである。この作品においては兵站《へいたん》（武器、食糧を含めた物資全般の輸送）や、この野戦病院など、後方支援部隊の活動と、その人々も十分危険にさらされていることを描くことに力点が置かれている。

一九三八年八月下旬に瑞昌を攻撃した際の、その街に作られた日本軍の野戦病院の悲惨な様子が描かれている。

> しかし衛生兵は手が足らなかつた。一人が三十人を引きうけて治療や世話のできるうちはまだよかつた。戦闘の直後になると一人で七十人から九十人の世話をすることさへあつた。これでは到底手がまはらない。（中略）「看護兵どの、看護兵どの」（中略）あと一時間以上もたゝなくては次の巡回の時間は来ない。
> はるかに遠くで、前線の撃ちあふ音がきこえてくる。たたたたた、たたたた……。しかしこゝは寝しづまつて物音ひとつない滅亡に似たくらやみである。（『武漢作戦』七四―七五頁）

「看護兵どの」と呼ぶこの負傷兵はさらに何度か叫び声を上げたが、時折銃声が鳴る静寂の闇に虚しく響く声は届かず、看護兵は来ない。そして翌朝のこと。「「看護兵どの」／「何だ」／「ここの一等兵がさつき死にました」」（『武漢作戦』七六頁）。

今日であれば、兵士の置かれた劣悪な状況を効果的に描いた戦争批判とも読めてしまう。それが軍への協力を打ち出したこの作品でも描かれ、この場合堂々と掲載されたわけだ。つまり、前線の兵士たちがこうした状況で戦っていることが、「兵隊さんの苦労」を知らしめ戦意を引き締める、と当局に認識されていたということであろう。

こうした例外的とも受け取れる場面はあるが、軍への協力という基本線ははっきりしていたのがこの作品であった。『生きてゐる兵隊』において、石川達三らしさを存分に発揮した結果、それが発禁処分を受け、さらには裁判で有罪となった。その後描かれた『武漢作戦』は、戦争批判と捉えられるような場面を最初から封じて描かれたのである。これはもちろん弾圧によって戦場の「今・ここ」を相対化する作品が描きにくくなっていくという、あまりに分かりやすい話なのではあるが、実のところ石川達三がそれで完璧に当局の方針ベッタリの作品を書く御用作家に成り下がったわけではない。しかも『武漢作戦』も、他の作家には真似できぬものを狙って書いたという意味で、石川らしさが出ているのである。

つまり、この作品は石川達三にしかできない形での戦争協力として本人は自負し、それは戦後にいたっても保たれていたことが次の回想からうかがえる。

火線を支えるものは後方の補給路である。その方の動きは新聞報道からもほとんど脱落しており、いわゆる戦争小説からも見落されている。その実態を内地の人たちに報道することも意味があるだろうと思った。〔中略〕できるだけ人間の姿を描くという方針は忘れなかったが、部署が変るたびに登場人物も変ってくる。したがって全体として見れば散漫であり、戦争に関する挿話の蒐集のような形にしかなりようがなかった。しかしそれを全体として見たとき、一種の律音、一種のハーモニーが読者の感覚に訴えてくるというようなものが欲しかった。それ以外のことは自分でも期待し得なかった。(42)

謙遜気味ではあるが、「それ以外のことは自分でも期待し得なかった」のであり、「それ」についての大きな期待と自信を感じさせる言葉でもある。

一九四九年から石川は、中央公論社や改造社に対しての言論弾圧をモデルに、戦時体制を批判した長編『風にそよぐ葦』を書いた。『風にそよぐ葦』の弾圧の描写とその実態のズレに注目した佐藤卓己は、「戦後に「生きてゐる兵隊」が免罪符、あるいは抵抗の勲章となればなるほど、「武漢作戦」は忘却したい作品である」と書いている。『風にそよぐ葦』と、実際に弾圧を受けた『生きてゐる兵隊』とが、石川の戦争協力に対する「免罪符」であり、また、戦時体制への「抵抗の勲章」とされると同時に、戦争協力の実態を示す『武漢作戦』は戦後の石川にとっての疵である、という指摘である。しかし実際のところ石川は戦後もこの作品を隠そうとせず、新潮社から一九五七年に出た『石川達三作品集』第三巻にも、『武漢作戦』は『石川達三作品集』第二巻にも、一九七二年に同じく新潮社から出た『石川達三作品集』第三巻にも、『武漢作戦』は収録されている。

戦後に作られた戦時下の記憶を崩すことに性急なあまり、かえって佐藤の指摘は、石川達三という作家に、戦時下の協力は隠すべきものとして振る舞うはずであるという「戦後イメージ」を投影してしまい、勇み足となった感がある。戦後社会における記憶の捏造や言い逃れが石川に全くないとは私も思わないが、それでも石川の主観において、戦時体制のうちの非合理な部分に対する抵抗と戦争協力は同義であり、その思いは戦後においても変わらなかった。だから石川にとって「抵抗の勲章」は欲しかったかもしれないが、「免罪符」は基本的には必要でなかった。

石川が御用作家に成り下がったわけではないという点と、こうした協力と抵抗については次章以降で見ることにして、次節では当時の戦争文学、戦場の小説の一つのスタンダードを打ち立てたともいえる火野葦平の作品について見ていくことにしよう。

3　火野葦平『土と兵隊』『麦と兵隊』

前章5節では、芥川賞受賞と『麦と兵隊』によって火野葦平が社会においても文壇においてもたちまちのうちに有名人となったことを述べた。本節ではその火野の作品に描かれた戦場、兵隊を、特に当時評判の高かった『麦と兵隊』（初出『改造』一九三八年八月号）、『土と兵隊』（初出『文藝春秋』一九三八年十一月号）の二作から、兵士が戦場に入りこんでいく様子を中心に見ていきたい。

まずは本節で扱う火野葦平という作家についての基本的な紹介をしておこう。[44] 火野葦平、本名玉井勝則は一九〇六年十二月に福岡県若松市（現北九州市）で、玉井金五郎、マン夫妻の長男として生まれた。当時北九州周辺は、筑豊炭田をはじめ、黒いダイヤとも呼ばれた石炭関連の産業が主要な産業だった。筑豊の石炭は多くが若松線によって港町若松に運ばれてそこから船で出荷されたので、若松は日本一の石炭集積地として栄えていた。そして玉井家はその輸送、主に船への積み込みを担う石炭仲士という家業を営んでいた。若松という当時人口二〇万から三〇万人の街、火野の言うところの中都会に生まれたということと、家業が石炭仲士であったということ、この二つが火野の文学に大きな影響を与えている。[45]

三菱や三井など巨大資本の系列の海運会社は陸運されてきた石炭を港で船に積み込む際に、地元の港湾を知り尽くした荷役に積み込み業務を委託する。その荷役、石炭の積荷を請負うのが石炭仲士、もしくは沖仲士（ごんぞう）である。火野の父、玉井金五郎は若松港の仲士集団のうちの一つ玉井組の社長、むしろ親分であった。仲士というのは坑夫のように、ある種の流れ者がたどり着く底辺労働者のような存在であり、近代的な産業に従事する労働者とはかなり様相を異にする存在であった。日雇い的な仲士もいる一方で、組に所属する仲士は、組の長と親分子分のような関係を結んで親分の家で生活の面倒を見てもらう。彼らは仁義を重んじ、博打や刃傷沙汰も日常茶飯事という任侠的な世界に生きており、そのなかで火野は高校入学までを過ごすこととなる。

彼は中学の頃から文学に興味を持ち、早稲田大学の英文科を志すようになる。家業を継いでもらいたいと期待する父親を説得し、中学四年修了後に早稲田第一高等学院に入学、東京での下宿生活を始める。一九二六年、二十歳で早稲田大学英文学部に入学する。徴兵年齢に達した火野は早稲田在学中の一九二八年二月一日、徴集される。中学卒業以上の者が志願可能な幹部候補生として、博多にある福岡歩兵第二四連隊に入隊している（これについては本章の補論で詳しく触れる）。文学漬けの生活から離れたこともあってか、元来若松の実家で底辺の労働者に日々接してきた火野は労働運動に関心を抱き始め、軍隊内では禁止されていたマルクス、エンゲルス、ブハーリンなどの著書をこっそりと読み始める。一九二八年四月にはレーニンの訳本保持が見つかってしまうが、中隊長の好意で憲兵隊には引き渡されずに済んでいる。伍長の階級で兵役を終え、同年十一月末除隊している。除隊してみると家業の石炭仲士を継がせたいと思っていた父が、兵役に就いている間に息子に無断で大学に退学届けを出していた。そのため火野の最終学歴は早稲田大学中退となっている。退学になっていたことを知り、彼は文学の道を捨てて若松で家業を継ぎながら労働運動に打ち込むことを決意する。

一九三二（昭和七）年の（第一次）上海事変の際には、現地上海の労働者が日本資本に対するストライキをしたため、上海では日本からの貨物船の荷揚げができなくなっていた。当然、筑豊など九州から出る石炭もそのままでは運べないので、若松で石炭の積み込みを行なう玉井組の仲士を引きつれて、火野は上海にスト破りとして派遣される。これが初めての中国大陸への渡航であったという[46]。労働運動をしながらスト破りも変な話であるが、ちょうど共産主義への弾圧がピークとなっていた時期であり、共産主義に疑問を持ち始めていた彼は、上海から長崎経由で帰り、地元若松駅に着いたときに逮捕され、転向して不起訴釈放されている。その後再び文学の道を目指すこととなり、家業を手伝いながら北九州周辺で同人誌を出しているなかで召集、そして出征中の芥川賞受賞に至るわけである。

本節で中心に見ていく二作は、書かれた時期としては、前章で見たとおり『麦と兵隊』が先である。ただし火野自身が召集されてすぐに、一介の下士官として参加した杭州湾上陸作戦を描いたのが『土と兵隊』であり、その半年以上あと、芥川賞を受賞して陸軍報道員として参加した徐州作戦を描いたのが『麦と兵隊』なので、描かれている内容自体は『土と兵隊』の方が早い時期のものとなっている。

『土と兵隊』は一九三七（昭和十二）年十一月に行なわれた杭州湾上陸作戦を描いたドキュメンタリー・タッチの小説で、弟への書簡という形式で書かれている。日清戦争時に国木田独歩が従軍して『国民新聞』に掲載された記事（独歩の没後、『愛弟通信』という名で刊行された）がまさに弟への書簡形式であり、それを踏まえていると見られる。本人が後に語っているように基本的にはフィクションとして書かれているが、同時に本人の体験とメモをもとに書かれていて、一見ノンフィクションとして受けとめられかねない作品である。

高崎隆治は『土と兵隊』を「職業的な文学者の戦争作品」としては唯一評価に値する「戦時下の戦争文学」作品だと言っている。彼は「『土と兵隊』はルポルタージュであって小説ではないとも言える」とまで書いている。ルポかどうかはおいて、報道部という特権的な立場ではなく、「職業軍人ではない一介の応召兵」が書いた「肉親への私的な報告」の持つ力ゆえに『土と兵隊』を評価すると高崎は言う。しかし『土と兵隊』は、肉親への書簡を利用して当時の記録を描いているような形式をとってはいるが、報道班員となった後に再構成した創作である。作戦に参加していたときのメモを頼りにしているとはいえ、従軍時にはあれだけの膨大な文を書く余裕などないわけで、断片的なメモを頼りに、随時フィクションを交えているのだ。これはあくまで作家が題材に合った方法を選んで生まれた小説である。[47] 上陸作戦前からストーリーが始まっているため、戦場へ「行く」移動中の兵士たちの日常や意識が描かれ、その後戦場へ入り込んで適応していく様子を見ることができる。これらを手がかりに、戦場へ「征く」プロセス（の一部）を読み取っていこう。

引用は初出テクスト（「麦と兵隊」『改造』一九三八年八月号、頁数は創作欄のもの。「土と兵隊」『文藝春秋』一九三八年十一月号）を用いる。伏字部分には傍線を施し、戦後の版によりその部分を復元した。復元部分は新潮文庫版『土と兵隊・麦と兵隊』（一九六〇年）を用いた。

戦場へ行く前の不安

『麦と兵隊』『土と兵隊』の二作は、火野本人がモデルである「私」の目線を通して語られるのであるが、基本的にどちらも目立った登場人物がいるわけではない。『麦と兵隊』には報道班の高橋少佐や梅本君、西君などという人物（いずれも実名）が何度も登場するが、特に筋として重要な位置を占めるといったことはない。『土と兵隊』にも、火野が班長を勤める分隊の部下十数名が出てくるが、『麦と兵隊』よりも小説としての構成がしっかりしていると言われるストーリーでありながら、彼らも特別筋を左右するような重要なキャラクターとして描き分けられるという感じではない。これは占領地の杭州での比較的落着いた生活を描いた『花と兵隊』が、生活のなかでキャラクターを描き分けられた兵士たちの動きによって筋が組み立てられているのと比べたときにいっそうハッキリする。一人ひとりの意志を超えた軍の作戦に動かされ、さらにはほんの数センチの差で生死が分かれる戦場を描くにおいては、特定の登場人物によってストーリーを立てることを避けた（それが彼にとって必然的だった）と考えられる。

ではまず兵士たちの様子を「うちがわ」から描いたことによって当時の読者の支持を得たといわれるその側面を検討するため、戦地の日常がどのように書き込まれているかを確認しておこう。まず特徴的なのは、「そとがわ」からの目線の石川達三などが重視しなかった、故郷への思いを馳せる兵たちの思いや行動がいろいろと書き込まれていることである。その最も顕著な例が手紙である。

図4　『麦と兵隊』の単行本（改造社，1938年）に掲載された，火野葦平の写真

実際の兵の手紙を分析した藤井忠俊の研究によると、兵が戦地から送る手紙は、相手に対して近況を知らせる最低限の情報を書いた上で余裕があればプラスアルファとして自分の近頃のエピソードなどを書き込むというのが一般的であるという(48)。『土と兵隊』は書簡形式をとっているとはいえ、実際の手紙に比べればはるかに時間をかけて書かれている。何よりも手紙をつなぎ合わせて全体でストーリーを構成する必要からも、普通の手紙には書かれることの少ない兵士たちの日常生活などが必然的に描かれることとなる。本物の手紙ではしばしば、一大イベントとして出征兵士を送り出してくれた故郷に華々

しい活躍を知らせたいという兵の欲求が入り、銃後の知人たちに宛てられる郵便物のなかでは普通何よりも「兵士である自分」を強調することとなる。日常のこまごまとした様子も滅多に描かれないし、当然、相手は銃後での自分を知っているわけだから、銃後にいたときの自分について書く必要もない。すると戦地に持ち込まれる自分のハビトゥスなどは可視化されないわけである。大戦末期を中心とする学徒兵などの場合は、学生生活から一気に戦争へと引きずり込まれるなかで、特に反戦的な感情を抱いている場合は軍隊や戦地の日常が対象化されて、学生としての自分が意識されることがあったのであるが、普通は上官の検閲の存在が、そうした意識を書き込むことを許さなかった。墨で黒く塗りつぶされたり、度重なると注意を受けたことだろう。

また、ストーリーの展開上、『土と兵隊』にはさまざまな自然の情景が描きこまれているが、実際の手紙では、書き出しの典型であるはずの天候についての記述さえ部隊のいる場所が推測されてしまうといった理由から禁止されていた。自然の描写もできないのが普通だったのだ。だから「武運長久を期す」「滅私奉公軍務に精励しております」といった紋切り型のこと以外は書けなくなっていく。場合によっては、妻子への愛情を示すような言葉さえ「女々しい」と私的制裁の材料になったという。

『土と兵隊』は「弟へ　十月二十日　大平丸にて」という書き出しで、移動用の船内で書かれた手紙から始まる（『土と兵隊』二四七頁）。ちなみにこの弟は、書き手（私）の父母や妻子と同居しているので、これは家族全体に宛てた手紙でもある[49]。そこでは、召集令状を受けてから今までの経過が説明される。つまり召集以来これが初めての手紙だということを示しているのである。一九三七年九月に小倉で召集されて二十日以上そこにとどまった後、門司港で船に乗り込み、そこで見送られて十一日後、ある港に停泊する船に乗せられたまま、今手紙を書いているという。ちなみに地名である「門司」は伏字になっている。

上官の許可がなければ手紙を出せないので、いつになるか「わからないけれども、兵隊は誰も日記をつけ、手紙を書いてゐる。それはまた明日にも解禁になるかも知れないといふ希望とともに、明日にも敵地に上陸して戦死するかも知れない、とも思ふからである。遺言状のつもりで、当もない手紙をつくり、日記を録す」（『土と兵隊』三五〇頁）。藤井忠俊によると、戦地からの手紙の多くは中隊付将校（主に中尉、まれに大尉）の検閲印が押されていることが多いという。しかしなにぶん中隊というのは約二百人の大所帯なので、その将校付で事務を担当する比較的高学歴の兵などが担当することもあったという[50]。

日中戦争初期の当時においては、兵士と銃後を結ぶメディアとしての手紙の役割はきわめて大きいものだった。手紙は出征の際に世話になった出身地のさまざまな人にも送られたのだが、やはり多くの場合自分の居場所や安否などを知らせたい相手は家族であった。家族は兵士からの手紙を待ちわびたし、兵士も家族からの手紙が何よりの楽しみだった。家族や故郷の友人などからの手紙で兵たちは、ムラやマチの様子を知るだけでなく、自分の後に誰が出征し、どこに派遣されたかなどを知りたがった。戦地で同郷の知合いに会うということは、楽しみの少ない兵たちにとっては大きな喜びであったし、知人でなくとも同県出身者に会うだけで家族に再会したような喜びをおぼえたという。

そのような意味を持つ手紙であるはずなのに、この十月二十日付の手紙には今現在どこにいるかが書かれていないのである。実際のこの時期の内地に送られた手紙には、戦地へと向かう兵士が書く場合、防諜上の理由から基本的に居場所を書くことは許されておらず、書いても上官の検閲を受けて黒く塗りつぶされることが普通であった（もっとも、既に攻略が終わった占領地に駐屯しているような場合は書くことができた）。この手紙の場合も、上官の検閲（作品内部の一登場人物である「私」の手紙に対する、「私」の上官の検閲）や文学作品としての『土と兵隊』への検閲で地名の多くが書かれていない。

自分の居場所について説明した文があるので、そこを拾ってみよう。「此処から見ると、あくまでも深い空の青さと、海の青さとに挾まれて、島の上に茶褐色に連るあまり高くない山々と、松林と、白絹の帯をのべたやうな美しい海岸線と白砂の汀と波とが見えるが、それは、我々が意気込んで待つた敵国の風景ではない」（『土と兵隊』三四七頁）。「（門司から）いよいよ乗船して出帆すると、思ひがけなく、日本の湾の中に碇泊して、又も出発する様子がない」（『土と兵隊』三四九頁）。これが、門司出発十一日後のある島の港から見える風景なのである。

この島で彼らは上陸演習を行なっており、その際に「素朴な村人達は我々を大いに歓迎してくれた。我々は鶏のすき焼にありついた。村人達は何よりも我々の髭を笑つた。我々は誰も髭を剃らず、まるで熊襲の一族のやうであつたのである」（『土と兵隊』三六〇頁）と、明るい様子を描いている。しかし上陸演習においては、「我々は、敵前上陸の演習をしながら、この敵前上陸といふものは実に乱暴な戦争の方法であるという感を深くした。〔中略〕殊に、我々の兵営である大平丸は、今度が五度目の輸送であつて、呉淞《ウースン》敵前上陸の際にも行つたのだが、船員が、なかなか大変でしたよ、と云つて実際の状況を我々に話さないのが、何か意味ありげで、なかなか大変であつた、といふことは、無論、直ちに我々の生命に関係したことであることは想像出来るのだ。それはいかなる犠牲を以てしても決行すべきことであるし、それを怖れはしないが、少々薄気味よくはない」（『土と兵隊』三六一頁）。無防備に敵にさらされるであろう敵前上陸にともなうこの程度の不安と恐怖感を描きこむことは可能であったわけだ。そもそもこうした気持が吐露されることがなかったら、この作品の成功はなかったのだろう。

さて、前述の理由からこの島がどこなのか、作品中には記されていないが、火野は戦後「鰯船」（『オール読物』一九四八年五月号）という短編のなかでこの島について書いている。(51)「『土と兵隊』を書いたころは、その場所を明確にすることは許されなかつたが、終戦後、すべての秘密は明るみに出された。そこは長崎県五島列島の南端の島、福江島の福江湾であつた(52)」という。

この作品には、戦時中には書けなかったこの島における兵士たちの様子も記されている。兵士たちは外出証をもらって交代で町に出ることができた。そして酒を飲むのである。

> 酔つぱらつた兵隊たちの声は、いたるところの飲食店、カフヱ、料理屋（まだ昭和十二年で、飲むところはいくらもあつた。）のなかから、けたたましい悲しさを帯びてひびきわたつてゐた。ひとたび出発命令がくだれば死の旅へ、乱暴きはまる戦術《ママ》敵前上陸、——前途への絶望的予感は、たしかに兵隊たちの心をこの一瞬の享楽へ溺れる頽廃の気をさそひ出してゐた。私とてその気分から除外されてはゐなかつた(53)。

死への恐怖をまぎらわすために酒をあおる兵士たち。民家に宿泊させてもらうこともあり、「これらの宿泊者たちが連日連夜飲酒乱暴を重ねて、しまひには〔知人の〕黒田君の厳父を怒らせたことは、ずつと後になつて聞いた」[54]と、民間人とのトラブルも起きていた。作戦への漠然とした不安までは書けても、それにともなって起こらざるを得ないこうした反応は、『土と兵隊』には描けなかったわけだ。

さて、作品に戻るが、実際に一人の下士官としての玉井勝則伍長〔火野の本名〕が船に乗っていたときは行き先を全く知らされていなかったのだろう。防諜上の理由ということで、兵士たちは自分たちの行き先を家族たちに知らせることができない。これは基本的にどのような場合でも同じであることは述べた。だが東北部〔満洲〕か華中か、といった大まかな行き先は伝えられるケースもあった。しかしこの杭州湾上陸作戦のように、戦火のない場所に新たに戦線を切り開くような場合は、そもそも上層以外には全く行き先が教えられなかったのだろう。

兵士たちは目的地を噂しあい、不安を覚える。行き先も告げられぬままにどこかに連れて行かれるならばそれだけで不安を掻き立てられるものであろうが、兵たちの場合不安の底には常に戦場という死と隣り合わせの場に向かっていくことへの恐ろしさが付きまとう。「我々は生れて初めて踏み込む戦場といふものを、今、いかにしても想像することが出来ない。あらゆる知識と記憶とによつて思ひ描いてみようと思ふけれども、いかにしても頭の中に戦場の姿を組み立てることが出来ない」（『土と兵隊』三五〇頁）。ある種オーソドックスな書き方である。つまり、戦場に実際足を踏み入れて見ないことには、戦場のことなど想像できない。「あらゆる知識と記憶」を成立させている日常の言語によって戦場を想像するわけだが、戦地の恐怖感という身体感覚を捉えきれないことが直感的に表現されている。しかし一度戦地に足を踏み入れ前線の恐怖を味わったとしても、それを言語で表現しようとする以上再び日常の言語のボキャブラリーのなかで言葉を組み立てなければならないのだが。

さて、二通目となる十月二十八日の手紙でも、彼らの船は同じ場所に停泊したままとある。[55]作戦決行の八日前のこの時点でも兵士たちは杭州湾上陸作戦について知らないようで、相変わらず行き先についての噂が飛ぶ。「満州駐屯といふ説が確実のやうに流布されて居る」一方で、上海戦線で日本軍が均衡を破り、「内地では大々的に戦勝の提灯行列が行はれた、もうそれで戦争は終わつた、我々はこの儘凱旋、といふのはおかしいが、後返りして帰還するのだ」という話も船内では出ている（『土と兵隊』三五四頁）。

時期が先に進んで、戦場に慣れてきたころでも、こうした帰還、凱旋への望みというものは戦闘の続くなかでもふとした折に湧き出てくるようである。上陸作戦開始後五日が過ぎた十一月十日分の記録を見ると、夜、行軍中に次のようなシーンが出てくる。

> 私達は又暫く桑畑の中に止まつてゐた。時間ばかり経つ。すると、遠いところで銃声が起つた。五六発音がしたと思ふと、奇妙な喇叭の音が聞えた。それは全く聞き覚えのない喇叭の音だつた。又、銃声がし又、喇叭が鳴つた。誰かゞ、暗い中で、あれは休戦喇叭だ、と云ひだした。そうだ、と誰かゞ応じた。さう云へば少しも銃声がしない。停戦協定が成立したのだ、などと云ひだした。すると暫くして、前方で劇しい銃声がし始めた。機関銃の音もしだした。（『土と兵隊』四〇四頁）

冷静に状況を考えると、ラッパは銃声の直後に鳴ったものであり、しかも誰も聞き覚えがないメロディである。中国軍の作戦に関連するラッパであると考えるのが普通であろう。「停戦協定」であれば、日本軍の側にもそれが伝わってくるはずであるから、通達があるか、彼らにも意味がわかる喇叭が鳴るべきであろう。しかし、実際に戦闘のなかにいる人の願望として、些細な変化や合図を戦闘終了の兆しや報せと結びつけて考えたいという強い思いを読み取ることができる。

再び手紙の話に戻る。四通目となる十一月四日付の手紙は、「我々は今日初めて手紙を書くことを許された」という言葉から始まる。そしてここでは「我々の部隊の上陸するのは杭州湾北沙といふところだ」と書いてある。実際の手紙にもこのように書いたかどうかはわからないが、正面上陸のような危険性の高い作戦を行なう場合、最後の報せになる可能性もあるので、決行の直前に兵士たちに手紙を書かせることが実際に多かった。「兵隊達は昨日から、よく草臥《くたび》れないと思ふほども、手紙を書くのに余念がない」（『土と兵隊』三六三―三六四頁）。そして攻撃が行なわれて情報を秘匿する必要がなくなってから家族に届けられるというわけだ。逆にいうとそれ以前の手紙は、いつ届けられるかの当てもないままに書きためられていたことになる。実際、船での移動中などは兵営での生活と異なりかなり暇な時間があるので、手紙の他日記も兵士たちはかなりマメに書いていたようだ。『麦と兵隊』の場合は、この日記という形式で作品が描かれている。

戦場へ入り込む

さて、この翌日、彼らの部隊は上陸作戦を決行することになる。ちなみにこの日付は史実のとおりである。十一月四日の夕食は「最後の晩餐」として酒が配給されたが、酔うと作戦に支障をさたすからと「私」の部隊の誰もがあまり飲まなかったようだ。しかし特に危険な任務を与えられた決死隊は早くから酒宴を始め、「そのけたたましい計《ばか》り騒々しい歌の響きには、何か悲壮なものがある」と言う。そして弟への便りを次のように締めくくる。「これが最後かも知れないが、運がよければ、明日からはいよいよ戦場通信が送れるかも知れない。では、さやうなら」（『土と兵隊』三六五―三六六頁）。その上で、家族を代表して弟にのみ宛てて書いていた今までの手紙と別に、父、妻、母、子（子供たちの名前は実際の火野の子供の名前がそのまま使われている）、友人の青柳喜兵衛（こちらも実在の友人）にも一言ずつ書き記して、最後の報せになるかもしれないという緊迫感を出している。

そのうちの父に宛てた手紙を引こう。「その後御壮健のことと存じます。いよいよ、杭州湾北沙に敵前上陸を致します。元気いつぱいでやるつもりです。では」（『土と兵隊』三六六頁）。実に簡素である。まだ見ぬ戦場に向かう不安を押し殺そうと無駄な言葉を一切省いた手紙となっている。これが、戦地で約半年ほど過ごした後、徐州作戦に参加するために約半年ぶりで最前線へ向かうのに際して父に送った『麦と兵隊』に出てくる手紙ではこうなる。「これから最後的決戦である徐州大奮戦に従軍するために前線に出発します、久しぶりに弾丸の下を潜つて来ます、しかし、支那人の弾丸なんぞ決して僕には当らぬ筈ですから、何卒御心配なきやう」（『麦と兵隊』一一八頁）。前の手紙の簡素さはすっかりなくなっている。『麦と兵隊』を書きつけた時点で、最初の手紙の時との自分の違いを思い出し、見栄というのか、気持に修飾があることを自分でも述べている。(56) これは戦地での生活に慣れてきたことと同時に、前線で戦う名もなき下士官と、報道班員という立場の違いを表わすものでもあるだろう。

もっとも、『土と兵隊』における上陸直前の手紙のうち子供に宛てたものでは、「父チヤンハイヨイヨナマイキナ支那兵ヲヤツツケルコトニナツタ。オヂイチヤンノクレタ日本刀デ、チヤンコロノクビヲチヨン切ツテ、オミヤゲニモツテカヘツテヤルヨ」（『土と兵隊』三六七頁）と、かなり勇ましいことが書いてある。銃後で父の活躍を無邪気に待ち望む子の期待に応えようとする父親像が見える。このうちの「チヤンコロノクビヲチヨン切ツテ」という部分は、戦後に「父チャンハ岩見重太郎ノヨウニアバレ、テキノセイリュウ刀ヤ、テツカブトヲ」（新潮文庫版、三三頁）と書き換えられており、「チヤンコロ」という侮蔑的表現の使用が隠蔽されたことがわかる。

ちなみに『土と兵隊』の父への手紙には、「杭州湾北沙に敵前上陸」と、作戦に関する地名がはっきり書いてある。実際の作戦から一年後の小説で、この上陸作戦を中心に描いているため、火野を通して世論へのアピールを狙う軍報道部がここに伏字を施すことはしていない。ただし本当の父への手紙の文面がこのとおりだったならば、「いよいよ、○○○○○に、○○○○を致します」と、○の部分は黒く塗りつぶされていたはずである。

しばしば指摘されるように、手紙や日記という語りの形式は、『生きてゐる兵隊』のような時間と空間を自在に行き来する語り手と異なり、戦場の「今・ここ」のなかで書いているという臨場感を強める。「（弟へ　十一月九日　楓《ふう》涇鎮《けいちん》にて）／まだ死なながつた。又、便りが書ける」（『土と兵隊』三八四―三八五頁）といった手紙の書き出しで、まさに戦場の「今・ここ」で読者に向かって語りかけているような、しかもこの場合弟に向けて兄が書くという親密な書簡として、読者が自分の肉親と重ね合わせて読むことで、戦場の「今・ここ」を共有しているような効果がある。(57)

『麦と兵隊』の日記のなかでも、砲弾の雨に囲まれて身動きがとれないシーンで、「私は、今、廟の前の穴から出て来て、再び廟の中に入り、この日記を書きつけて居る。私は昨日まで一日終つて、その一日の日記を書きつける習慣であつたけれども、今、私は、既に、一日終わる迄私の生命があるかどうか判らなくなつた。今は午後六時二〇分である」(『麦と兵隊』一七二頁）という文章が挾み込まれて、まさにリアルタイムでの描写のように戦場の「今・ここ」を読者に共有させるような工夫をしているのである(58)。そしてそれによって、戦場の「今・ここ」を前景に浮かび上がらせ、結果的にその背後にある戦争の広がりを隠蔽してしまうわけである。

手紙以外の日常も見ておきたい。部隊が杭州湾岸に上陸した直後、行軍を始めて一里ほど行った所で部落を見つける。日本軍が来たために住民も中国兵も逃げ出した後である。中国兵の死体があり、「附近には脱ぎ棄てられた支那兵の服や、地図や、椅子などが散乱して居る。全く土民の姿を見かけない。家の中かは掠奪の跡歴然として、惨憺たるものである」。これは日本軍が来たばかりの場所なので、中国軍による略奪か逃げた住民の混乱の影響も排除できないが、そうだとしてもその状況を生んだ日本軍の侵攻については言及されない。こうした状況を「惨憺たるもの」と書いた直後にこう続く。「私達はそこの家に台所があつて、竈や鍋などがあるのを見出して狂喜した。〔中略〕うろうろしてゐた鶏を捕へ、野菜を取つて来て、料理番が腕を振ひ始めた」(『土と兵隊』三八三頁)。家の主は逃げ出した後とはいえ、略奪（＝暴力的に奪い取ること）がひどいと書いた直後に、断わりもなくその家の台所を使い、そこで育てられていた鶏と野菜を食べるのである。そしてそこには何の躊躇もない。日本国内であれば、家の主が居ない間にそこに踏み込んで、畑から野菜を引っこ抜いて料理することがありえない行為であるのは明らかであるが、中国ではそれがなんの罪の意識もなくなされているのである。民家の庭先に一本だけ生えている蜜柑の木に兵士たちが群がってきて、あっという間にすべての実をもいでしまうようなシーンも、「最大の収穫」(『土と兵隊』四〇三頁）として悦ばしげに描かれている。

前節の『生きてゐる兵隊』のところで少し触れたが、「徴発」は他にも当時普通に流通していたさまざまな文書に見られる。日本軍の補給・後方支援体制が杜撰だったことはよく知られている。戦争末期に南方の島々で餓死が続出したのは、制空権、制海権を米英に握られたことが第一の理由であり、また国内での物資が不足していたこともある。しかしそれまでの戦いで現地徴発、調達が軍の作戦の基本であり、物資がなくても軍を派遣、移動することが当然となっており、それは国内でも当たり前のものと考えられていたことによることが大きいのだ。藤井忠俊はそのことを、「徴発はたんに戦場での末端現象といえるものではなく、一つの兵の思想であり、それだけでなく、国民の合意ではなかったかと思うのはまちがいだろうか」[59]と書いている。

住民のいる場での暴力による略奪が描かれるということは当時ではありえなかった。検閲で差し止められたからである。それに対してこのような徴発は検閲にもまるで引っかかることがない。銃後の側の検閲官や一般の読者からしてもほとんど誰も疑問に思わなかったということだろう。徴発は戦地における常識として、銃後でもそう受け取られていたわけだ。『土と兵隊』のこの場面は、戦地に入り込んでたかだか二日目の兵士の行動として描かれている。そこに火野も検閲官も違和感を感じないのである。今まで見てきたように、銃後から戦地という未知の空間へ向かうにあたって兵士が不安を抱え、少しずつ戦地に入り込んで戦地での日常を作り上げていくのに対して、徴発に対することの躊躇のなさは特筆すべきものであろう。

こうして描きこまれた兵隊の日常は、兵隊の「うちがわ」にいたことではじめてよく見えてくるわけである。そしてそれによって戦場の「今・ここ」における兵の意識を伝えるわけである。それが徴発に見られるような戦場での「常識」を疑うことなく受け容れることである場合、外部の規範が通じない別の空間として戦地を作り出していくのである。

兵隊の思想① 戦場への適応

以上のような戦地の規範を受け容れる「社会化した私」としての兵士として、語り手あるいは登場する人々の意識は、どのように描かれているのか。既に見たような、手紙などに見られる彼らの故郷への思いはきわめて強い。特に『土と兵隊』で描かれている部隊は、「我々が九月に召集を受けて部隊の編成が終つた時には、なんとことごとく、兵隊が相当の親父ばかりであることに駭《おどろ》いた。つまり、既に一家をかまへ、妻を持ち、子供も何人かあるやうな兵隊ばかりであつた」(『土と兵隊』三四八—三四九頁)。独身が多い現役兵に比べて、赤紙で召集される兵士たちは家族を持ち職を持っているのが普通であるから、故郷から離れて、残してきた家族や生業のことを案じ、何故自分が兵士として「今・ここ」にいるのかを考えたはずである。

しかし作品中では故郷のこと自体は描かれても、故郷への心配や不安は描かれないのである。「私は第二分隊長である。さうして私の下に十三人の部下が居る。〔中略〕ここに集つた兵隊は郷里では悉く相当の生活をし、仕事をし、力を持つて居た人々であるに違ひない者が、今、兵隊となり、第二分隊員となり、一歩兵伍長である私の部下となつた。それは私などよりも遙かに高い人格の上に、私は分隊長となつた」(『土と兵隊』三五一—三五二頁)。火野と思しき「私」は、天皇につながっていく「遙かに高い人格」としての軍の規律を素直に受け容れることで、郷里への心配を断ち切るわけである。他の兵もそうであったのかはわからないが、そこには思いをめぐらせない。

このような形で、兵士たちは故郷を思いつつもそこに葛藤を残さない存在として描かれている点は重要であろう。すべての兵が、兵士であることを受け容れる存在として描かれるわけである。それによって擬似家族的な調和のとれた軍隊像が可能になる。そうしたなかでは部隊内の戦友の絆とは、『生きてゐる兵隊』に見られたような罪悪感の共有といったものとはいくぶん違った形で描かれる。

杭州湾上陸作戦の当日、十一月五日の様子を見よう。上陸用の小型艇に乗って陸へ向かい、海面が浅くなって船が進めなくなったところで兵士たちが海へと飛び込んでいく。明け方まだほの暗く、しかも霧で周りがよく見えないところで敵弾が着弾し始める。そのようななか、浜辺で泥だらけになりながら走って銃弾から隠れられる堤防の陰まで進む。「私達は血走つたやうな眼付をしてお互の顔を見合つたが、やがて私達はげらげらと笑ひ出してしまつた。無茶苦茶な緊張ぶりが、お互が無事だつたと思ふと、顔を見合はせてゐる中に、何かおかしくてたまらなくなつたのだ」(『土と兵隊』三七一頁)。こういった些細なエピソードは、手紙などでは普通書かれないので、戦場での兵士のリアルな表情として読者を魅きつけたであろう。極度の緊張感をもって行動する没我ともいうべき集中が、互いに顔を見合わせることで解けて笑いに変わる。互いに無事であったこと、生存を確認しあう形で絆が強められるのである。続いて同じ日、上陸して敵弾をくぐりながら少しずつ前進したが、再び激しい攻撃を受けて遮蔽物の裏で待機している時にも、次のような場面が出てくる。「腕時計は硝子も破れ、針も飛び、泥のため文字盤も何も見えない。かうしてゐて日が暮れてしまふといふことが、何より不安になつて来た。ところが、をかしいことには、へたばつたままの我々は前進出来ない敵弾の下で退屈し、くだらない、つまり、戦争や戦場と何の関係もない、女の話などを始めて居つたのだ」(『土と兵隊』三七五頁)。

男だけの集団である旧日本軍において、性(女性)の話は常につきまとうはずであり、日々の兵の暮らしのなか、猥談などで盛り上がったであろうことは想像に難くない。戦場の真っ只中でも、膠着状態においてはトーチカやクリークのなかで長時間、臨戦態勢のまま待機することもあり、その場合は眠るか食事をとるか話をするくらいしかない。そこでもいろいろと些細な話題が飛び交ったであろう。しかしながら石川達三が「勿体ない」といった言葉で描いたのに対して、具体的にどのような「女の話」だったかを火野は描かない。厳格な兵士のイメージを崩さないためであり、またその裏には、「戦地の兵たちは我慢しているのだ、だから銃後の女よ、我慢せよ」といったメッセージが込められていたとも言われ、兵士の性を描くことはタブーとされていたわけである。

火野の弟である玉井政雄は、戦後に出した火野の回想記でこう述べている。「『麦と兵隊』は波のような麦畑のなかを行軍する兵隊たちの姿が印象的だが、あのとき兵隊に食っ付いて軍の慰安婦たちが、ギラギラ照りつける太陽の下、白い手拭を頭からかぶり、埃ッぽい道を兵隊とともに歩いていた。あれが書きたかったのだが当時は書けなかった、と、兄が洩らしていたことがあった。私には、そのイメージのほうが鮮烈である」(60)。こうした状況のなかで「検閲でやかましくいわれている兵隊と現地の女との接触、恋愛などがどこまで書けるか、その実験をしてみたい野心」(61)から、『花と兵隊』では占領地杭州の女性と仲良くなる兵が描かれるが、そうしたシーンを書いた途端に圧力がかかってそれ以上はほとんど書けずじまいであった、と火野は戦後に書いている(62)。

兵隊の思想② 行軍

さて、火野葦平がもっとも好んで描き、彼の作品において最も特徴的な「兵隊」像といえるのが、行軍の場面である。陸上においては日本軍の基本的な移動手段は徒歩であった。広大な中国大陸を二〇キログラム以上の重装備で歩き続けるのである。

入組品と弾薬を満載した背嚢《はいのう》は肩の上にのしかかり、肩に負革が食ひこみ、胸を緊めてすぐ息苦しくなる。私たちは咽喉が乾くので水筒の水をがぶがぶと飲んだ。水はすぐに無くなつてしまつた。汗はだらだらと顔中を流れ、身体中に泌みだした。〔中略〕物を云ふのも厭になつて来た。休憩の度に仰向けに所構はず引つくり返る。汚れるなどという事は少しも考えない。小休止から小休止までの時間が、だんだん長くなつたやうな気がしだす。元気な奴が居て、何とか物を云つたり、話しかけたりするのが、煩《うる》さくて仕方がない。しまひには物いふ奴が癪にさはつて来た。(『土と兵隊』一八五頁)

このようにまず、行軍とは「私」にのしかかって来る苦しみとして描かれるのである。隊列を組んで黙々と歩く兵隊というのは火野の描いた特徴的な兵士像である。派手さがなくふだん注目されることのない行軍、兵たちの身体にまとわりつく装備品などのディテールに当時の人々は戦場のリアリティを感じとったのであろう。そのディテールの持つリアリティは、ほとんどを人力に依存して移動する行軍が如何に辛いものかを表わしているわけである。『きけわだつみのこえ』第二集には、次のような言葉が見える。

点呼のとき、S軍曹から手紙に関する注意があった。

「……一言注意しておく。手紙の中に行軍が辛いということを書く者が多々あったが、そうでなくとも心配しておられる内地の人たちはどんなに思うだろうか。お前達が書かなくとも行軍の辛いことぐらいは、『麦と兵隊』（火野葦平作）やなんかで、内地の人も知っている。〔中略〕兵隊は兵隊らしく、自分も元気でやっている、どうか銃後のことを頼むとか、淡白な手紙が一番よい。」(63)

行軍の苦しみを書きたがる兵士たちと、それを書くことに反発を覚える軍曹。このエピソードは、火野の描いた行軍が兵士たちの気持を代弁するものであったことを裏書きしている。

こうした苦しさのなかでは、緊張感をもって臨む戦場とはまた異なる感覚を覚えるのであった。それを象徴するのが次の文である。「私は苦しくて堪らず、歯を噛み、唇を噛み、機械のごとく歩いて行つた。私はただ倒れまいとする努力ばかりに操られて動いてゐたのである。やがて、ありがたいことに、戦争が始まつた。ありがたいことに、そのために我々の部隊は停止したのである」（『土と兵隊』四〇〇頁）。

この時に始まった戦闘は、結局火野たちの部隊のいる場所から少し離れたところで行なわれていたため、彼らの部隊はとりあえず行軍を停止し、疲れた兵たちは安全な場所で寝転がっていた。近くでは怪我人が出たと担架が呼ばれているなか、「私はこの深い青空を眺めてゐる中に、何か前方の森林で始まつてゐる凄惨な戦闘が、我々とは何も関係のないやうな、ぽかんとした気持ちに暫くなつた。私たちの上を流弾がしきりに飛ぶ。暖い日ざしの中に仰向けになつてゐるうちに私はうつとりしたやうな気持ちになつて来て、眠つてしまつた」（『土と兵隊』四〇一頁）という調子である。多少銃声に慣れてきた頃とはいえ、行軍の途中でもしばしば流れ弾が兵士をかすめ、多くの死者や負傷者を見ている兵士たちである。彼らは戦闘への恐怖感を持ち、普通は緊張感をもって戦闘に臨むのである。戦友の負傷や死に大粒の涙をこぼす「私」をして、戦闘が始まることを「ありがたい」と思わせ、自分の部隊が戦闘に巻き込まれなかったならば「何も関係のない」と思わせるような感覚に陥らせてしまうのである。行軍において人々はまともにものを考える気力もなくなり、ただただ歩いている自分の身体感覚と、眼の前の道以外意識されないというありさまであった。

この杭州湾上陸作戦に従軍した末常卓郎という『朝日新聞』の特派員がいた。彼について調べた現在の『朝日』の記者は、末常の「戦後の述懐によれば、実はこの時、小休止ごとに兵隊が弾丸をこっそり捨てるのもみたという(64)」と書いている。少しでも装備を軽くするため、いざという時自分の身を守るかもしれない弾丸すら捨てる。広大な中国大陸を戦場としながら人間の足に依存する日本軍の現実であった。むろん当時は書きようのない事実である。

こうした辛い行軍を描くことは、火野において軍への批判といったものではなかった。「私」が休憩しながら行軍全体を眺めた場面が次のように描かれる。

休憩しながら本道上を見ると、我々より以上に、車輛部隊が苦しんでゐる。〔中略〕本道上をさういふ苦労をしながら進んでいく車輛部隊と、歩いて行く兵隊とが、見渡す限り蜿蜒《えんえん》と続き、進軍して行く。そのどの兵隊も、足を痛め、胸苦しく、歯を食ひしばつて歩いてゐるには違ひないが、ここから見てゐると、寧ろそれはただ颯爽として、美しくさへ見える。いや、私はまさに、次第に、かくのごとくも世に美しき風景があらうかと感じ始めた。かくのごとくも一個一個が譬え難い苦労に満されながら、それが全体として非常に美しく見えるといふことは、見えるのではなく、ほんとうに美しく、強く、勇しいのだと感じた。(『土と兵隊』三九一頁)

自分自身がその隊列の内側にいる時は苦しさのなかにあるが、それを少し離れて眺めたときに見える、苦しさに耐えて黙々と自分の役割を果たしていこうとする兵隊の列が美しいものとして描かれる。個人にとって、しかも実存的な存在としての私自身にとっての苦しみも、兵隊という集団に回収されてしまうのである。

これと関連して、『土と兵隊』では、市井の人々が戦場での生活を通して鍛え上げられ、「兵隊」になっていくことが一つのモチーフとして見られる。この作品のラスト近くでそれが語られる。

我々は出征した当初とは全く違つてしまつた。兵隊は見違へるばかり逞しく立派になつた。我々の間には限りない勇気と信頼とが生れた。嘗て私がその思惟の大いさに駭《おどろ》き、新らしい生活の方法を自覚したことは、何ものよりも簡単なことであることが明確になつた。私は私の部下を死の中に投じ得ると云はれた偉大なる関係に対して、その責任の重大さを思ひ、その資格について危惧してゐたけれども、それは何も考へるほどのことではないことが判つた。それは又思想でもなんでもない。私が兵隊と共に死の中に飛び込んでゆく、兵隊に先んじて死を超える、その一つの行為のみが一切を解決することが判つた。私達は弾丸と泥濘の戦場に於て最も単純なるものに依つて、最も堅確《けんかく》に結ばれた。それはも早考へる価値のないほど簡単なものである。それはつまり、そのやうにして我々兵隊は、次第に強く、逞しく、祖国を守る道を進むことが出来ると知つた。最も簡単にして単純なるものが最も高いものへ、直ちに通じている。そのやうにして我々が前進を始め、戦場に現れ、弾丸に殪《たお》れる時、自ら、口をついて出るものは、大日本帝国万歳の言葉であると知つた。（『土と兵隊』四二三頁）

兵隊という集団を通しておのずから「大日本帝国万歳」が口をついて出る境地に至る。「兵隊」となることで「個」が死を飛び越えて祖国へとつながるのである。そこで出てくる「死を超える」という言葉は観念の弄《もてあそ》びのようなものではなく、戦場で人々が現実に直面しているものに他ならない。安藤宏が述べるように、ここには饒舌な語りで社会の重層性を対象化して見せたような「糞尿譚」の語りはなくなっている。[65] こうした祖国への同一化は、「思想でもなんでもない」ものとされ、戦地における兵隊の日々の生活のなかで常に行なわれている、一つひとつの細々とした行動によって実践されているものなのだ。火野が描いた戦地の日常のディテールに支えられてそれが銃後に伝わるのである。このようにして兵隊をある程度理想化しつつ、それを戦場の「今・ここ」の一つの現実として銃後に提示する火野の手法。その「兵隊」という理想が戦場の「今・ここ」を離れた時にもろくも崩れていく様子が帰還後に描かれるのだが、それは次章で扱う。

戦場での「思考停止」

テクスト全体を眺めたときに、火野が描く兵隊の日常の細部は、ナショナリズムといったものよりもむしろ、ありふれた市井の人々が戦場のなかで鍛えられていくことで逞しい「兵隊」になっていくことそれ自体に価値を置いている。こうした意味で、『土と兵隊』や『麦と兵隊』も石川達三の『生きてゐる兵隊』とは違った意味で兵隊が主役と言えるような作品である。だが石川の描く兵士たちは戦地での行動のなかでしばしば死について考え、暴力について考えるのに対して、火野の作品のなかでは死への葛藤というものは滅多に描かれない。淡々とした日常の行動から、ごくまれに噴出するように突然祖国や死へと思考が展開するのである。

行軍には祖国への展開が描かれていたが、『麦と兵隊』における一つのクライマックスとして有名な孫圩《そんう》での戦闘シーンにおいては死についての思考が出てくる。取材途中にほとんど武器のない状態で迫撃砲の攻撃にさらされて、ある廟内にたてこもった場面である。そこに迫撃砲が落ちてきたらもう死ぬしかないという状況である。

生死の境に完全に投げ出されてしまつた。死ぬ覚悟をして居る。今迄恋に大胆であつたやうに思へたことが根拠のないもののやうに動揺してゐる。〔中略〕ただ、その砲弾が、私の頭上に直下して来ないといふ一つの偶然のみが、私に生命を与へて居る。私は貴重な生命がこんなにも無造作に傷けられるといふことに対して激しい憤怒の感情に捕はれた。〔中略〕兵隊は又郷愁をたのしみ、凱旋の日の夢想を大切なもののやうに皆胸の中にたたんでゐる。然も、一発の偶然がこれを一瞬にして葬り去つてしまふのだ。今更考へることではない。これは戦場に於ける最も凡庸な感想である。（『麦と兵隊』一七二頁）

前線に立ち、銃弾をくぐり、幾多の死者を見てきた兵たちにとって、死ぬ覚悟をするということは「最も凡庸な感想」だという。それは「胸の中にたたんで」「今更考えることではない」。それは口に出さないということだけではなく、実はむしろこの場面のように本当に自分自身が死と対面しなければならない時以外は考えずに意識の下に隠蔽（しようと）していることの表われではないか。戦場にあって死者を見るたびに正面から向き合っていられるだろうか。本当に自分が死の危険に直面した時以外は死を意識に上らせないようにしている、ということをこの言葉は表わしている。この場面といい、行軍における「思想でもなんでもない」という言葉といい、文壇の小説であったような過剰な自意識や不安の観念、『生きてゐる兵隊』の近藤一等兵のような過剰な反省意識を塞いでいく言葉が、時に思い出されたかのように出てくるのである。

それと関連して、『生きてゐる兵隊』で、銃撃戦に巻き込まれて母親を失った若い女性が夜通し泣き続けるというシーンに触れたが、『土と兵隊』にも似たようなシーンが出てくる。こちらの場合は、瀕死の重傷を負った女性の背中に負われて泣きだす赤ん坊の声である。

> 赤ん坊の泣き声はいっそう大きくなつて来てとう〳〵一晩中絶えなかつた。大きくなつたり、小さくなつたり、時にはふつと杜絶えて暫らく聞えない。やがて又泣き出す。その悲しげな赤ん坊の泣き声が耳につき、兵隊はいやな気持ちになつた。しかも、癪なことには草原で啼く虫までがこれに和した。その泣き声は虫の声を加へて一層、いやでも兵隊達に故郷のことを思ひ出させたのだ。全くどうにもいやな気持になり、その気持を紛らすために、或る兵隊は、え丶糞、え丶糞、と云ひながら、見当もつかない敵の方角に向つて何発も弾丸を射つたりした。〔中略〕私は赤ん坊の泣き声を頼りに地面を這つて行つた。近づくと、私は、月光の中に、横に倒れているその瀕死の母親が、道に転がつてゐる赤ん坊の方に手を差し延べて、何か口の中で歌うやうに呟きながら、赤ん坊をあやして居るのを見た。私は電流に弾かれたやうに、異常な感動に衝《う》たれ、胸の中に何かはげしく突き上げて来るものを感じた。(『土と兵隊』四〇九―四一〇頁)

泣き声にいらだつ兵たちの様子は石川が描いたものとかなり似たものがあるが、しかし赤ん坊を殺そうなどという兵はいない。しかも兵士たちがいやな気持になったのは罪悪感ではなく、泣き声が「故郷のことを思い出させた」からだという。石川も罪悪感とはっきり書いたわけではないが、そう読み取れるようになっている。こちらでは明らかに罪悪感という解釈をとれない書き方になっている。ここでは赤ん坊の母親を撃ったのは中国側だということになっているが、その戦闘を引き起こした状況を不問に付す。言ってみればこの場合、戦場の「今・ここ」を相対化するために故郷を参照するのではなく、ここから目をそらすために望郷の念を持ち出しているのだ。そして様子を見に行った「私」は、「何かはげしく突き上げて来るものを感じた」とだけ述べ、その何かはそれ以上考えないようにするのである。

一夜明けて、その赤ん坊の近くを通り過ぎる場面が描かれる。「昨夜の女は赤ん坊を腕の中に抱いて、あやしてゐる恰好の儘死んで居た。赤ん坊は眼をくるくる動かし、我々の通過するのを見て、時々にこにこと笑つたりした。私は顔を反け、大急ぎでその横を抜けた」（『土と兵隊』四一一頁）。顔を反ける。簡単なことである、見ないようにすればよいのである。こうして眼の前の出来事は忘れ去られ、新たな軍務をこなすしかない。「今・ここ」に赤ん坊がいなければそれでよいのだ。自分の撃った相手でもない、その赤ん坊を救える立場にもなし、最初から罪悪感を自分で引き受けてはいけない。そうした姿勢が露骨に出ている。もっとも、それが「正しい兵士」のあり方なのだろうが。

『土と兵隊』で描かれた上陸作戦が終了した後の一九三八年一月十一日付で、実際に（作品中ではなく）火野が子供に宛てた手紙が残っている。これは占領地の杭州で駐屯中に出されたものだが、それを見るとトーンはかなり異なる。「支那人ハ　カワイソウダヨ。センソウノタメ、家ハヤカレテシマイ、食べ物ハナク（略）、四日モ五日モ　タベナイトユフモノガ　タクサンアル。（略）カワイソウナノデ、ヤリタイケレドモ、アンマリ　タクサン、タベモノガナイ」[66]。四人の子供を残して戦地に来ている火野としては、戦争に子供が巻き込まれるのを見るに耐えられなかったであろう。そして自分の無力を感じたことだろう。この手紙では、前の場面では触れられなかったこうした思いが込められている。

とはいえ、作品として触れられないという問題だけではなく、あのように「見ないこと」によって、「自分には責任はないのだ」と、罪悪感を引き受けることを最初から拒否する姿勢は、他の場面にも多く見られる。そのなかでも典型的なのが、『麦と兵隊』の有名なラストシーンである。戦後に加筆（修復）された部分も含めて見てみよう。「縛られた三人の支那兵はその壕を前にして坐らされた。後に廻った一人の曹長が軍刀を抜いた。掛け声とともに打ち降すと、首は毬のように飛び、血が簓《ささら》のように噴き出して、次々に三人の支那兵は死んだ。私は眼を反《そら》した。私は悪魔になってはゐなかつた。私はそれを知り、深く安堵した」（『麦と兵隊』一二二頁）(67)。中国人の捕虜が無残に切り捨てられるシーンである。この他のシーンでも中国の捕虜に対する同情は何度か出てくるが、ここでは首を落とされた中国兵から思わず眼をそらしてしまった自分が、彼らに対する人間的な感情を失っていなかったことに安堵するわけである。捕虜を容赦なく切り捨てるこの曹長は「悪魔」となっていたのだろう。そして悪いのは彼であって、兵隊はそれを止められなくても仕方がないのであろうか。目をそらすことに加え、兵隊の一部を「悪魔」とすることで、自分は罪悪感を回避する論理を作り上げるのだ。兵隊という集団への強い一体感を描きながらも、こうした蛮行を目撃すると、その兵を「悪魔」として、自分とは違う存在として追いやるわけである。

しかしこのように「目をそらす」ことで罪悪感を回避することは、戦地で長らく暮らしているなかで身につけざるを得なかったものであるとも考えられる。『土と兵隊』の十一月十三日の場面で、同じように捕虜が殺害されるシーンを見てみよう。このシーンに関しては、既に高崎隆治が同じように『麦と兵隊』のラストシーンと比較して論じている(68)。こちらも先ほどと同じように、削除され、戦後に書き直された場面である。そこでは、三六人もの捕虜が殺されたせいもあるだろうが、死体を見て「私は、暗然とした思いで、又も、胸の中かに、怒りの感情の渦巻くのを覚えた。嘔吐を感じ、気が滅入って来て」いる。さらに、そのなかに一人、血まみれになりながらも生き残っている人がいた。「彼は靴音に気附いたか、不自由な姿勢で、渾身の勇を揮うように、顔をあげて私を見た。その苦しげな表情に私はぞっとした。彼は懇願するような眼附きで、私と自分の胸とを交互に示した。射ってくれと云っていることに微塵の疑いもない。私は躊躇しなかった。急いで、瀕死の支那兵の胸に照準を附けると、引鉄を引いた。支那兵は動かなくなった。山崎小隊長が走って来て、どうして、敵中で無意味な発砲をするかと云った。どうして、こんな無残なことをするのかと云いたかったが、それは云えなかった。重い気持ちで、私はそこを離れた」(69)。目をそらして意識の外に追いやってしまう前者と、怒りを感じる後者。高崎はこれを「両者に戦場体験のへだたりが半年ほどあるということだけではなく、一方〔前者〕が特権的な軍報道部の火野であるのに対して、他方〔後者〕はただの兵隊としての火野であるからだ」[70]と、その理由を説明する。

そういう側面もあるかもしれないが、しかし第1章2節で見たように、感情を閉ざすことで戦地を潜り抜けてきた人々が多数いたことを考えれば、戦地で幾度も理不尽な死に接する度にその死を引き受けようと「怒りの感情」を抱いていたら、まさに気が狂うのではあるまいか。『土と兵隊』の前記シーンは、戦場へ足を踏み入れてからたった一週間ほどのシーンである。だからこそ強い怒りを覚え、「重い気持ちで、私はそこを離れた」のではないか。そして戦場の暮らしのなかで、自分にはその怒りのやり場がないことに気づいていくに従って、別の対処法を探る。そして人によっては感情自体が消えていき、自ら惨殺に手を染めることになったり、殺される中国人を見ても何とも感じなくなってしまうわけである。『麦と兵隊』のラストシーンでも、「私」は自分が「悪魔」になりかけていることを自覚していたからこそ、あそこで「目をそらす」ことで、自分の感情が死んでいないことに安堵したのではないか。そうした態度は、当時の感覚では中国兵の痛みに無感覚ではないヒューマニストという評価すらされ得たが、結局のところ他者の痛みから眼をそらす内向きの論理である。しかしここで描かれた二つの反応は、戦場の現実に無感覚になっていく自分と、それに抵抗しようとする自分との葛藤のグラデーションとして、どちらも十分にありえた兵士の現実の姿なのであろう。


「戦場」において榊山潤が「私」個人を描くことを眼目として、「私」のニヒリズムを通して周囲を突き放して捉えることができたのに対し、火野の場合同じ「私」という語り手であっても、周囲を突き放す目線は弱い。石川達三と同じく兵隊という集団を描くことに火野の焦点があったわけである。「満州事変」の時期では英雄が大衆社会化にあわせて個人化する傾向にあった。しかもそれはアトム化した個人という性格を持っていたから、取替えのきく存在だったわけである。そのアトム化にもかかわらず、というよりもアトム化が進んだからこそ、個人主義批判[71]が勢いを増し、集団を描くこうした作品の出現につながったという部分もあるかもしれない。

兵隊という集団を描く際に石川達三が見せた手法は『蒼氓』以来得意としたものであった。松本和也はルポルタージュ的手法による長編という点で石川の手法は、火野葦平『麦と兵隊』に影響を与えたと指摘する。[72]脱イデオロギー的な書き方としても共通点がある（といっても、火野の作品には皇軍イデオロギーが端々に入り込んでいる）が、松本もそう見ているように石川の我流、自力で組み上げたこの方法は簡単に真似できるものではない。前章でも見たように、『麦と兵隊』の手法は文壇の私小説的な語りの影響が色濃いように思われる。また、石川の描く兵隊が、罪悪感の共有に見られるようにそれぞれ具体的に顔の見える仲間の間での相互協力・依存的な集団として描かれているのに対して、火野の描く兵隊は、日常の具体的なディテールを通して描かれているにもかかわらず、容易に個を超えた全体性へとつながっていく集団として描かれている。

これは石川と火野との兵隊との関わり方の相違にとどまらず、作家的な資質の違いにもよる。下野孝文が述べるように、石川達三が積極的に社会的な題材を拾い集め、調べていく社会小説家であったのに対して、詩人でもありロマンティシズムの影響の色濃かった火野葦平は、社会的な題材に着目して描くということは稀であった。火野がこだわり描き続けた兵隊や沖仲仕はそれ自体社会的性格を色濃く持っていた。その結果、火野の作品の多くには社会的な視角が書き込まれているが、ほとんどは結果的に身辺的題材のなかに知らず知らずに入り込んできたものである。[73]

小松伸六が「ウル」と呼んだように、[74]これら三人の作家のなかで当時時代の流れをつかんだのは火野葦平だった。彼の描いた戦場は、兵隊の日常を銃後に伝えるものであったが、その半面で当時の他の作品と比べてみても実は戦場の「今・ここ」に埋没し、相対化しえない性格のものだった。それはやはり、「軍人は軍人らしく」書かねばならないという制約のなか、むしろ積極的に火野が「兵隊」というアイデンティティを強く引き受け、兵隊の存在を肯定したところに要因がある。そこに描かれた兵士への愛情とも言えるまなざしが、銃後の人々の共感を得たのだろう。だがそれは兵隊に同一化し、兵隊の流儀を実践することで、戦場の外部の規範を遮断することにもつながっていったのであった。

補論　兵営を描く――火野葦平『陸軍』と『青春の岐路』

本章で見たように、火野葦平が描いた戦場の小説では兵隊の成長（変化）は描かれても、実際のところ、最初から既に彼らは兵隊であることを受け容れた存在として描かれていた。言い換えれば、火野は兵隊を最もよく知っている作家でありながら、『麦と兵隊』『土と兵隊』では人々が「兵隊になる」ところをきちんと描くことがなかったということでもある。火野は戦場、兵隊というものの社会性を描くことで時の人となったわけだが、今まで見てきたように、そこでの社会性というのは結局戦場、兵隊という「素材」に過ぎず、描いた火野にとっても身辺的な題材の延長にあったものを描いたのであった。それは、石川達三ほどには社会的な素材を描くのに長けていなかった火野葦平という作家が、外在的な力によって兵隊作家という形での社会性を背負わされてしまったことでもあった。そして、次章以降で見ていくように、その背負わされたものを、その後自らの意志として背負い続けていくところにこの作家の特徴があった。

川村湊は「火野葦平のときから、日本の戦場小説はむしろ兵隊小説であり、これは兵隊の眼から見るという限定した私（わたくし）小説的なので、そういう良さがあったわけです[75]」と述べている。それは確かであるが、一方で火野は戦場の小説ではない兵隊の小説も書いた。つまり戦場以外の場における兵士たちを描いた小説である。そこにおいては、戦場の小説では描かれなかった兵士たちの様子が描かれている。

第1章で見たように、人々はいきなり戦場に行くわけではなく、まず軍隊に放り込まれることで今までの生活から切り離される。しかし、実際に兵士となることのなかった石川や榊山には、兵士たちのそういった部分を窺い知ることができなかった。よってここで補論として火野葦平の描いた兵営を掘り下げ、戦場の小説で描かれなかった、市井の人々が兵士となっていくプロセスを見ておきたい。本来ならばほとんどの人々が戦場へ征くプロセスとしてここを通るのであり、「兵隊」や「兵士」というアイデンティティとその揺らぎを考えるために不可欠だからである。

兵営について

三人の作家の経歴のところでそれぞれ触れたように、火野、石川、榊山の三人のうち実際に軍人として戦地に赴いたのは火野だけである。そればかりではなく、そもそも軍隊に入った経験があるのが火野だけなのである。「国民皆兵」といえども平時には必要とされる人数がそれほど多くないので、徴兵検査を受け合格しても全員が入営するわけではない。石川と榊山はアジア・太平洋戦争開始後、国民徴用令にもとづく白紙徴用によって強制的に従軍させられ軍の「宣伝部隊」としての仕事をしているとはいえ、(76)軍人としての軍隊生活を全く経験せずに済んだわけである。

アジア・太平洋戦争開始後の命令による場合は別として、従軍記者や従軍作家が戦場へと向かうのはそれがニュースになりネタになる、つまり行く価値があったからだ。しかし兵営での訓練生活など地味な上に経験者も多いので、別段伝える価値がない。式典や祭典の時などは別としても、そもそも兵営内の日常を取材することができたかは定かではないが、石川、榊山は噂話や人づてでしか兵営での兵士の生活のことは知らなかったであろう。私の知る範囲ではこの二人は兵営のことについて特に記述してはいない。

だが前に（第1章2節）で述べたように、戦場とはまた違った意味で、兵営における生活は人を変える側面がある。少なくともそこにいる間は変らざるを得ない、そういう空間であった。火野の「兵隊三部作」は基本的にすべて中国の戦地での話である。内容的には三部作の最初に当たる『土と兵隊』は、兵営を出た直後の中国へ渡る船の中から話が始まっている。日中戦争開始後、予備役である火野が召集され入営したのが一九三七年の九月十日、中国へ向けて出航したのは九月三十日であるから、銃後での生活から二〇日ばかり兵営で再訓練を受けただけで戦地へ向かったわけである。こういった事情から「兵隊三部作」では火野は兵営のことに触れなかった。

戦後の小説を見わたせば、兵営というのは旧日本軍（特に陸軍）の非人間的性格を凝縮したような空間として捉えられ、告発の対象であったといっても過言ではない。野間宏『真空地帯』や大西巨人『神聖喜劇』などの作品がそこでの理不尽な生活を描いている。その一方で、兵役を「人生儀礼」として捉えるような考え方は戦前から広まっていたばかりか、「若者を軍隊で鍛えないとアカン」といったような声は今日でもチラホラ聞こえたりもする。戦前にもヒドイ場所というイメージがなかったわけではないが、肯定的なイメージも流布していたのである。人は軍隊に入り、どう兵士となっていくのか。それを火野はどう捉えていたか。戦場の小説では十分に描かれなかったこの部分をここでは考えてみたい。

以下、兵営生活についてまとまった記述のある火野葦平の作品として、戦争末期の『陸軍』(一九四三年五月―一九四四年四月)と戦後の『青春の岐路』(一九五八年)を取り上げる。書かれた時期としては次節で扱う帰還者関連の作品と前後するが、「還る」ことよりも前に検討する必要があるのでここで扱う。兵営イメージが、戦中と戦後でどう変わったかという基本的なことも意外と取り上げられることが少ないので、この二つの作品を比較して兵営での兵たちの生活について考えてみたい。

1 『陸軍』

『陸軍』は一九四三年五月から約一年間、『朝日新聞』に連載された。既に十五年戦争も末期に差しかかり、国内の疲弊も色濃くなった時期である。紙面も一日二面や四面と少なくなってスペースが限られており、連載といっても毎日掲載されているわけではないのも時代を感じさせる。アジア・太平洋戦争開戦後いっそう強くなった言論統制――特に軍に関しての――のなかで書かれた長編小説である。一九四二年一月から十二月まで、真珠湾攻撃をテーマに同じく『朝日新聞』に連載された岩田豊雄[77]の『海軍』に、陸軍が対抗する恰好で書かれた小説である。以下、引用はすべて初出の『朝日新聞』からである。比較的入手しやすいものとしては中公文庫版(二〇〇〇年、上下巻)がある。

少し話がズレるが、この小説は木下惠介監督、田中絹代出演で有名な映画『陸軍』(一九四四年)の原作である。この映画を有名にしたラストシーン、田中演じる母親が群衆のなかをかき分けて出征する息子を延々と追いかけるというシーンは木下と田中の作り上げたものであるが、そのもととなるシーンは形こそ違うものの原作にもラスト近くで描かれている。原作の場合は出征時ではなく、息子が死んだときのシーンである。

〔母親の〕ワカは、仲太郎や礼三の死を知ると、なげき悲しみ、泣きわめいて、手がつけられなかつた。〔中略〕ワカとて、口癖のやうに、「おあづかりした子を、お返しして、天子様のお役に立てることができた」といつてよろこんでゐたのである。〔中略〕さういふワカが、二人の死を知らされると、気絶せんばかりに悲しんで、泣き、たれの慰めの言葉も、耳に入らなかつた。(「陸軍」『朝日新聞』一九四四年四月二十二日。以下、同作品からの引用は初出『朝日新聞』の掲載年月日を記す)(78)

こうしたシーンの他にも息子の戦死に泣く親の話が出てくる(一九四三年十二月十九日、二十一日)。とはいえ、それが人前で涙をこらえて陰で泣くといった美談めいた語られ方をしているのに対して、ラスト近くに据えられたこの母親の号泣は、悲しみのあまり靖国神社への遺族参拝へも行けないという形で書かれている。子供の死に対して親が泣くことをすら抑圧する風潮に対して、批判を含んでいるようでもある。とはいえ、まだ生きている息子の「秋人の〔合祀される〕ときには、わたしに〔靖国へ〕行かせてな」(『朝日新聞』一九四四年四月二十二日)と、靖国神社を批判しているわけでは全くないが。

さて、本題に戻ってこの『陸軍』という作品は、親子三代にわたって陸軍に関わりを持った市井の一家を主人公として、彼らの目線から陸軍の七〇年の歴史を描いた小説である。主人公が個人ではなく「家族」であるというところが、この時代の陸軍を描く作品として、当時の社会におけるイエ制度の役割を象徴しているのだろう。また、陸軍に関わりを持つといっても、軍の設立に直接関わったり将官として活躍した英雄という形ではなく、市井の暮らしのなかでいろいろと軍人の世話をしたりするという形で関わりを持つという設定になっているのも、「庶民」の存在にこだわり続けた火野らしい特徴である。

兵営

『陸軍』では全三部構成の第二部、「軍服」という章から数章にわたり、兵営での生活が描かれる。この一家、高木家の三代目の長男伸太郎が一九三一年二月、「満州事変」の起こる少し前に現役兵として入隊するという設定である。伸太郎は博多にある実家の質屋の跡継ぎであり、商業学校出で、背は高いが非常に痩せた、いくぶん頼りない青年である。入営の日の様子は丹念に描かれ、市井の生活から兵営での生活に入っていく時の変化、戸惑いがいろいろと書き込まれている。

まずは、親と連れ立って新兵たちが兵営前の広場に群れをなして別れの時間を過ごしている。入隊の受付が始まると、営門の中に入れるのは入隊者だけであるため、「いままで、傍ちかくいつしよにゐた者が、無造作な一言で、たちまち引き離され、兵営のなかにぞろぞろ入つて行くので、入る者と送る者との間に、一瞬、戸まどつたやうな、奇妙な別れの感情がながれた。妙に深刻な顔つきをし、眼と眼とでうなづきあふのである。もう、このまま、しばらくの別れになるかと、おろおろしてゐる者もある」(『朝日新聞』一九四三年九月二十日)。万事このような感じで新兵たちは新鮮さや戸惑いや居心地の悪さを覚えるのである。軍服姿の軍人を見れば新鮮さを感じ、点呼を受ければ返事がゆるいと怒鳴られ、身体検査を受けると農民の体格の良さに気後れする。

入営する新兵たちは、事前に本籍地の各市町村で身体検査などの徴兵検査を受けて合格しているのだが、入営日に再び身体検査がある。その様子が次のように描かれる。「なかに、裸になると青黒く骨ばつたのがゐたので、伸太郎は(あんなのもゐる)と、やや気が大きくなつてゐると、診察をした軍医から、「即日帰郷、来年まはし」と、無造作にいはれた。おどろいた壮丁は、ぜひ、入隊させて下さい、家を出るときに、盛大な見送りを受け、たくさん餞別など貰つて来たので、とても帰ることはできません、と、必死の表情で懇願した。しかし、軍医は相手にならなかつた。打ちしをれた壮丁は、涙をためて、しをしをと、晴れ着の紋付を着た」(『朝日新聞』一九四三年十月二日)。

健康状況が悪くて帰される新兵の様子である。徴兵検査合格後くじ引きなどで正式に入営が決まると、普通その年の入営者をまとめて、在郷軍人会などが中心となり村や町での壮行会が盛大に行なわれる。地元の期待の星というプレッシャーを受け、餞別をもらい晴れ着を着て来ているわけである。それが即日帰郷となるのは「恥ず」べきことであり、そのいたたまれなさが描かれているのである。

なかには「つまらない病気をしてゐて「不心得者が」と、おこられ、来年廻しにされる者もあった」（同前）。この「つまらない病気」とは性病のことである。当時の日本では珍しいことではなかったが、特に徴兵検査合格後の若者が「人生儀礼」として遊郭に行って「筆下ろし」をしてから徴兵期間を迎えるということが広く行なわれていたらしいので、そうした影響もあるのだろう。[79]

こうして身体検査を終えた後、兵舎内での生活の場である「内務班」に入ることとなる。部屋に入ってみると独特のにおいが鼻をつき、「気をつけ」との号令にあわて、軍服の着方がわからずまごつき、着てみるとしっくりせず、万事勝手が違い戸惑う。こうした外の世界との違いを強く表わすのが、新兵たちを世話する二年兵の次のような言葉である。

諸君は、軍服を着たのですからいま、兵隊になりました。さすれば、さつそく、兵営の規律に従うて貰はねばならん。軍服を着るまでは、諸君を地方人として扱ひましたが、今より、正式に初年兵として扱ひます。したがつて、言葉づかひを改めます。〔中略〕君たちは、みんな二等卒である。自分は諸君の上官である。軍隊は地方生活とは、まつたく関係のない厳然たる別世界である。このなかには、地方で相当の地位の人も居るかも知れん。また、学問のある人もあるかも知れん〔。〕しかし、いつたん、軍服を着たら、もう、そんなことは一切消えてしもうて、諸君は、ただ、いちやうに、星一つの二等卒の資格しかないのである。…わかつたな？（『朝日新聞』一九四三年十月六日）

こうした外形上（服装）の変化に合わせて規範が変化したとして、すぐに適応できるはずもない。これは小説の上のみの話ではなく、「軍服にも着かえて、いちおう整理おわるでしょう? そうすると、「ヨーシ! そのままにして、セイレツ!」て言うんですよ。そらぁもう、だんぜん、口調がちがうわけですわ! その瞬間から」[80]という実際の兵営体験者の話もある。軍服を着用することによって正式に軍隊の一員とみなされることとなるのだ。しかし適応できずに「娑婆っ気」の抜けない行動をとる新参兵に対して二年兵たちの「矯正」が行なわれるのだが、それに対する屈辱感、反抗心が大戦末期のこの作品のあちこちに出てくるのはいささか意外である。なかでもいちばんはっきりしている例を出そう。高木伸太郎が同僚の島田を島田二等卒と呼ぶべきところを、まだ慣れずに「島田さん」と、さん付けで呼んでしまう。それに対する叱責を二年兵の後藤上等兵から受けた時である。

「また、島田さんなんて、いひよる。たつた今、いうたことがわからんとか。貴様、そげん、ぼんくらぢや、上等兵にやなれんど」

伸太郎は黙つたが、かつと、顔に血が赤くのぼつて来た。腹の底からつきあげて来る怒りの感情に、身体がぶるぶると顫《ふる》へ、唇を噛んで、その心をおさへた。〔中略〕おさへきれず、涙がにじみ出て来た。

(かういふ狭い心ではいけない)自分でさう思ひつつ、礼儀と親しさといふものについて、あらはれる唐突なものについて、伸太郎は感情の騒ぐのを、おさへることができない。後藤上等兵のやうな無礼な兵隊を、兄貴として尊敬することはできないなどとも、頑固に考へるのである。(『朝日新聞』一九四三年十月十七日)

伸太郎はここで後藤上等兵に対してあふれてくる感情(怒り)を自分のなかで飲み込もうとしている。しかし飲み込み切れずにいるものを抑え込もうとする身体的な反応として震えが出て、そしてその怒りが怒りとは別の涙という形で外側にあふれ出る。自分が育ってきた社会における仲間との親しさを示すコードが軍隊においては通じないということを、後藤の攻撃的な言述によって突きつけられているのである。その軍隊におけるコードに対して適応しようという理性的な反応が「こういう狭い心ではいけない」という反省である。こう思うことによって感情(怒り)を抑圧するという軍隊内の規範を内面化することになっていくのである。軍隊内での生活文化への適応のプロセスが、上官からの怒号や暴力を伴いつつ、怒りや感情を抑圧するというプロセスをも含んでいることは重要である。

さて、今のシーンに立ち戻って、上等兵（上官）に対して怒り（反抗心）を抱く下級兵の表象という角度からも考えてみよう。これは反抗心を抱かせるような「無礼な兵隊」があくまで上等兵という低い階級だから許されるのかもしれない。もっとも、このような記述が可能となるのは、こうした行動はたいていの場合、二年兵への思いやりや心遣いの裏返しとして読者に示されるからである。この後藤上等兵への反発のシーンのすぐ後には、風呂場で後藤が伸太郎の背中を流してくれる場面が出てくる。結局のところ、思いやりの表現の仕方が軍隊と地方では異なるのだという説明になっているわけだ。

火野の作品に表われているこうした先輩兵や上官たちの優しさと、その裏返しとしてのきびしさは、擬似デモクラシー的でいささか形式的（合理的）な平等主義よりも、次のような擬似家族としての内務班イメージと親和的である。「中隊長殿は、自分は親父であるといはれた。班長はお袋ぢやといはれた。お前たちは、故郷の家に帰れば、みんな、ほんとの親父やお袋があらうが〔中略〕こゝではな、中隊が今日からお前たちの家で、内務班は家庭ぢや。俺をお前たちの母親のつもりで、なんでも、俺に相談してくれ、〔中略〕また、二年兵はお前たちの兄貴ぢやからな。よくいふことを聞いて、仲よくしてくれ」（『朝日新聞』一九四三年十月十六日）。

この擬似家族イメージの上では、軍隊の基本的な秩序の基盤としての階級制度は単なる先輩―後輩関係という（入隊の時期の）時間的な問題ではなく、その階級差は初年兵が納得するような根本的な違いとして次のように表現される。

伸太郎はさつきから、新兵たちの間にゐる二年兵たちを、眼を瞠る思ひで眺めずには居られない。〔中略〕それは、二年兵と初年兵との差で、あまりにも両者の間に懸隔がありすぎるのが、をかしいほどだからである。肩章などを見るまでもなく、顔を見ただけですぐに区別がつくし、後姿を見ても一目瞭然である。（たよりない初年兵たちも、一年経てばあんなになるのであらうか？）なかなか納得がゆかないのである。それは自分の自信のなさでもあつた。仲太郎は自分の肩章に眼をやってみる。星一つである。二年兵の肩をみる。二つであり、或る者は三つである。その僅か星一つのちがひが、こんなにも、人間をも違へる。仲太郎は、その星一つのなかに含まれてゐる内容の豊富さと、深さと、したがつてその尊さを、つくづくと考へてみずには居られない。（『朝日新聞』一九四三年十月二十六日）

入隊したての初年兵と、一年間軍隊における規律と訓練のなかで生活してきた二年兵との差は、実際にあっただろう。しかしその差は「尊いもの」なのか。軍隊の流儀への適応であり、そのなかには「要領のよさ」でその場を切り抜ける意味での適応もあったはずである。だがここではあこがれの存在として二年兵が位置づけられ、星＝階級というものの奥に人間そのものの違いが見出されている。それは自らを鍛えるための規範として、実際の軍での生活の規律を受け容れることにつながり、「人生儀礼」としての兵役を肯定するという態度である。この『陸軍』においては、こうした規範に支えられて、単なる形式的なものではなく実質のある違いとして階級秩序が位置づけられているのである。

また、ここでは『麦と兵隊』や『土と兵隊』では正面から取り上げられることのなかったインテリ兵が顔をのぞかせる。仲太郎の古くからの友人である桜井常吉は、仲太郎と同期で入隊した大学生である。休学して入隊している。作品内におけるこの場面、一九三一年当時は、大学生の徴兵猶予制度もあれば中卒以上の者に対しての幹部候補生制度もあったので、普通の徴兵年齢（二十一歳）の大学生が現役兵として普通に入隊するのはあまり多くはなかったはずである。しかし休学して二年間軍隊でしっかり鍛えてもらえ、という〝立派な〟親の勧めで現役兵として入隊したという設定になっている。

入営初日に仲太郎と話をするなかで常吉はこう述べている。「僕は大学でも、軍事教練を受けたんだが、〔中略〕しかし、僕らの考へてゐた軍隊の性格への認識が、いかに甘いものであつたかが、今日、やつとわかつたよ。これから、肉体と精神との格闘をせねばならん。たたきなほしだ。……高木君、頑張らう」。伸太郎は「大学に行つたものはむづかしいことをいふもんぢや」(『朝日新聞』一九四三年十月十九日)と思ったようだが、確かに現役の初年兵としての訓練、軍隊への適応にはあまり思弁的・反省的であるよりも、上官の言ったことを鵜呑みにして身体を動かす必要の方が圧倒的に高いだろう。若干の学科を除けば、いや、その学科でさえ、兵卒は自分の意思をもって学ぶのではなく、ただただ上官の指示をこなすことが求められているのであったのだから。

昭和初期のインテリといえば、左翼思想にどっぷりとつかるか、さもなければ頽廃的な都市文化に触れ、いずれにせよジャルゴンにまみれた自意識過剰の若者たちというイメージが強かった。いざ戦争の時代が始まると、インテリに代表される都市市民層(地方で生まれて、高校、大学で都市に移った層も含めて)の兵は農民兵より弱いというイメージが流布していた。そういった人々は「役に立たない存在」と見られ、インテリは戦時の日本のためにどう貢献できるのか、といった議論が真剣になされていたほどである。もちろん、そのような議論でインテリを揶揄し、心配していたのは誰よりも当のインテリ自身であった。

火野は一九三九年十二月、『中央公論』の企画で石川達三と対談している。そこでインテリ兵は勇敢で精神的に強いと肯定的な発言をしているのだが[81]、そうした見方を反映しているのか、前記のように描かれていた常吉も半年以上経過した時点では変化がうかがえる。「深刻がる癖のある常吉も、もう、以前のやうに、あまり軍隊論もやらない。彼も、兵隊を外から眺めるのではなく、いつ知らず、兵隊のなかに溶け込んできたからであらう」(『朝日新聞』一九四三年十一月三十日)。距離感をもって対象を眺め、思考するという知識人のハビトゥスを捨てて、考える前に行動するという行動様式を身につけることで溶け込んだ、インテリから「兵隊」へ変わっていくという様子が描かれている。

演習

兵営での暮らしといっても、訓練をずっと兵営内で行なっているわけではない。年に何回かは実戦形式での野外演習が行なわれる。『麦と兵隊』の行軍のところで述べた完全装備を背負って、主に山地で行軍をしたり、もしくは実戦形式の模擬戦を行なうのだ。入隊から半年以上過ぎ、初年兵である伸太郎たちにとって上等兵への昇進に大きなポイントとなる演習が行なわれる。連隊のある博多から汽車で一時間半あまりのところにある彦山での野外演習である。列車を降りてから山奥の演習場に至るまでに、しばしば地元の住民と接触する。その途中で山中にある「一軒の茶屋らしい家」が出てくる。あまり立派そうな家ではなく、細々と商売をやっているイメージで描かれている。そこでは饅頭が振る舞われ、「兵隊さんぢやけ、銭はいりまつせん。たくさんあるけ、なんぼでも食べてつかあさい」と親切な対応を受け、店の主人や娘たちと愉快に打ち解けて日露戦争の話などをしている（『朝日新聞』一九四三年十二月四日）。

さらに山奥に進んでの、実戦演習での重要なエピソードを見てみよう。小隊長の命令を受けた高木伸太郎は伝令に向かうのだが、途中で道に迷って次の作戦開始に遅れてしまう。すっかり遅れてようやく帰ってきた伸太郎に対し、分隊長である後藤上等兵が無言で平手打ちを食らわす。その後に、同輩から伸太郎は次のような話を聞くのである。「小隊長殿がみえてな高木は帰つたかちゆうて聞きなさつた。そしたら、分隊長殿が、お前、どげえいうたと思ふかい？……分隊長殿がな、はい、帰りました〔、〕高木は小隊長殿の命令を、各部隊へ相違なく伝えたさうであります、高木は帰るとすぐ斥候に出しましたから、後藤から代つて復命いたしますちゆうてな」。後藤は小隊長に心配をかけさせず、また上等兵に上がれるかどうかの瀬戸際にある伸太郎をかばう心遣いを見せたのである。そうして「伸太郎は、森林のなかの無言の鉄拳が、分隊長のたとへやうもない愛情のあらはれであることを覚つた。胸の底から、くつ、くつとこみ上げて来るものがあつた」（『朝日新聞』一九四三年十一月二十七日）と。

これだけだとわかりにくいので説明しよう。要は上等兵への昇進のかかっている、見込みのある初年兵の失敗に対して、優しい先輩が愛情、人情をもってかばうシーンが肯定的に描かれているのである。しかしここで行なわれている演習は、総勢約九〇〇人の大隊単位での実戦形式の訓練であり、そのなかでの失敗である。伸太郎の行方がわからぬまま、伝令の役割を果たしたか確証のないままに後藤は前記のような行為を行なっている。訓練だから、という言い訳が通るとは思われにくい。実戦の緊張感なしに訓練をやっているのか、と訓練の杜撰さを表に出すだけである。命令というものを基礎とする作戦行動において、大隊全体に関わる情報伝達の失敗が、分隊内の人情の前に隠蔽されているのである。しかもそれが大々的に美談としてこのように『陸軍』と題した小説のなかで描かれ、『朝日新聞』に連載されたというのは滑稽である。今日のわれわれからみれば、嘘の作戦結果に塗り固められた帝国陸軍をまさに象徴しているシーンである。おそらく火野自身、肯定的なシーンとして読まれるだろうと考えて書いているし、軍報道部の検閲官もそう読み取っているはずである。神は細部に宿りたまうというが、情やメンツで失敗を隠蔽することに慣れきった体質が端なくも露呈しているシーンとして興味深い。

以上『陸軍』に続き、比較のために戦後に書かれた作品での兵営生活を見ることにしよう。

2　『青春の岐路』

この作品は、火野の自伝的小説の一つである。火野自身をモデルとした、辻昌介という男性を主人公として描かれた自伝的な長編小説で、晩年近くに三作書かれている。『魔の河』（一九五七年）、『青春の岐路』（一九五八年）、『革命前後』（一九六〇年）であるが、そのなかでも最も若い時期を扱ったのがこの作品である。初出は『世界』一九五八年一月―十月。作品内の時期としては、一九二八年二月、戸籍上二十一歳(82)で幹部候補生への志願入隊で陸軍に入るところから、地元若松港での石炭沖仲士の労働運動を志し、一九三二年に転向するまでのことが書かれている。細部にさまざまなフィクションも混ざり、登場人物もすべてにモデルがいるわけではないが、概ね火野自身の歩みを辿っている作品である。戦後に書かれていることと、自伝的な性格を持つことから、火野自身の兵営の見方が（少なくとも前記の『陸軍』に比べれば）より率直に出ていると見ていいだろう。

火野、および主人公の辻昌介は一九二八年二月一日に、陸軍の福岡歩兵二四連隊に幹部候補生として志願入隊している（『陸軍』に出てくるのも、二四連隊とは書かれていないが同じく福岡博多の連隊であるので、モデルは同じだろう）。早稲田大学英文科の二年生であったが、一年休学して入営して除隊後に復学する制度があったので、それを利用した。大学生に与えられていた二十六歳までの徴兵猶予を用いなかったわけである。ちなみにその際、休学届けを出すように父親に頼んでおいたのだが、長男の火野に家業をついでもらいたがっていた父、玉井金五郎は、内緒で退学届けを出していた。中学以来の志であった文学の道ではなく、兵営内で労働運動の道に進もうと決心した火野は、十一月に除隊して退学を知らされたのを期に文学廃業を宣言し、地元に残って家業を手伝っている。

兵営

本題の兵営に移ろう。既に話が出たように火野自身は幹部候補生として入隊し、兵営での暮らしを経験する。現役兵として徴集された兵士たちが二年間の徴兵期間を兵営で送るのに対して、幹部候補生はわずか十ヶ月のみの訓練期間で終わることができた。おまけに、階級組織たる軍隊において、普通の兵士たちが二等兵（二等卒）から始めて二年間で上等兵まで上がれるかどうかがやっとで、上がれない兵も多いほどであるのに対し、幹部候補生は一等兵から始まり、大学既卒者は二ヶ月に一度、大学未卒者は三ヶ月に一度階級が上がっていく。最終的には任官試験に通る必要があるとはいえ、十ヶ月で下士官（曹長、軍曹、伍長のいずれか）にまで上がれることはほとんど決まっていた。大学既卒者のなかには、さらに上の士官（少尉）まで昇進して除隊になる場合もあった。

『青春の岐路』には、通常の現役兵と幹部候補生との間の見えざる対立がさまざまに描かれている。幹部候補生も入営後数ヶ月間は現役兵たちと同じ班内で同じ訓練を受ける。主人公の辻昌介の所属した第二内務班には辻を含めて七名の幹部候補生がいるが、当然ながらすべてインテリであり、通常の兵たちと見比べて体格の見劣りは明らかであった。入隊時点では幹部候補生の先輩であり場合によっては上官でもある二年兵たちは、幹部候補生がすぐに彼らの上官になることを知っているので、そうした特権への怒りを腹に据えながらも、後の復讐を恐れて慇懃に接してくる。そうした雰囲気のなかで「善悪両面に、軍隊が人間を変革する機能と力とを持っていることを、昌介は入隊した当日、すぐに感じた」という（「青春の岐路」『世界』一九五八年一月号、三四九頁、傍点引用者。以下、引用に際しては

『世界』一九五八年の号数と頁数のみ示す）。

先述のように辻―火野は大学生の徴兵猶予を用いずに入隊している。これは滅多にいないというほど少ないわけではなかったが、大学生は猶予を用いて、卒業して就職してから入隊することが多かった。そのため、辻は班の幹部候補生のなかでは最年少であり、社会人になって組織を狡猾に生き抜く術を身につけた周囲に比べて浮いた存在として描かれている。

幹部候補生は体力のなさでふだんの訓練は十分についていけないが、旧制高校や大学在学中の間に覚えた酒や女遊びには熱心で、休日になると元気になる様子なども冷ややかな眼で描かれる。「辻昌介は〔幹部候補生の〕七人のうち、誰ともあまり調子が合わなかった。人と争うことはきらいなので、誰とでも親しくはしたが、心の底のつながりがまるでないので、異民族のなかにいるような孤独と寂寥とがいつも消えなかった」（『世界』一月号、三五〇頁）と書かれている。

こうした事情が、辻と現役兵との距離を近づける。『麦と兵隊』で見られたような兵隊――現役兵たち――への強い愛着が内務班においても見出されるのである。「昌介は、けっして策略的な意味からではなく、生来の気質から、庶民出の兵隊たちと仲よくするのが好きだった。彼自身、辻組の後継者とはいえ、元来が父も母も沖仲士であり、昌介もその間で育ったのである。金持ちぶったり、学位や教育を鼻にかけて、一般の兵隊たちを馬鹿にしているノラクラの候補生たちよりも、キビキビした現役兵たちと話をし、つきあっているほうがずっと気持ちがよかった」（『世界』一月号、三五二頁）。

これは戦後に書かれたものであり、『土と兵隊』などで描いた部下たちへの愛着なども強まって兵隊への思い入れが過去に投影されているのかもしれない。辻を火野本人と重ね合わせ、自身知識階級でありながら、意図的に庶民の目線に立とうとする火野のスタンスを強化する語りになっているとも言える。そして沖仲士と兵隊を重ねるのも火野のテクストによく見られる[83]。

他の幹部候補生への距離感は、辻がこっそり読み、仲の良かった二年兵に教えてもらった隠し場所に入れて、上官には見つかるはずのなかったレーニンの『第三インターナショナルの歴史的地位』『階級闘争論』が発見されてしまったことで決定的なものになる。幹部候補生内での勢力争いに巻き込まれ、上官の見回りの際に発見されやすい場所に移されていたのである。幸い、寛大な大尉の配慮で憲兵に引き渡されずに済むが、これが原因となって除隊時の階級は伍長という低めの階級にとどまることとなる。こうした経緯は火野自身のものとほぼ同じである。

軍部内での下士官育成のために設けられたこの幹部候補生制度は、完全に高学歴者のために設計されていた。これは公式な制度であるから戦時中から公然と知られていたわけであるが、『陸軍』では幹部候補生という特権階級が描かれることはなかった。彼らの存在が「擬似家族」と矛盾し、その矛盾を露呈せずに彼らを描くことは火野から見て不可能だったと考えられる。火野が幹部候補生自体に取り立てて言及した文を他に見たことがないので、こうした制度自体を火野がどう考えていたかはわからないが、不真面目な態度で訓練に臨んだり、そもそもやる気が最初からないといった人が多い幹部候補生を、単に作品の構成上現役兵たちと対立的に描くといった問題ではなく、火野自身が苦々しく見ていたことは想像に難くない。

さて、この『青春の岐路』では、『陸軍』では描かれることのなかった（愛情ではなく、単なる見せしめや私的感情からくる）初年兵いびりや「員数あわせ」などについても、あまり細々と描かれるわけではないがいくらか言及されている。内務班では一定期間ごとに備品がそろっているかどうかの点検を受ける。軍体内での必需品は基本的にすべて支給されるものであり、それは「天皇陛下より賜わったもの」とされるから、それを失くすと罰則を受ける。失くしてしまった場合、兵士たちは他人の、基本的には身内意識のない他の中隊の備品を盗むことによって備品の数（員数）をあわせるのである。これが「員数あわせ」である。よって点検の時期が近づくと内務班は盗人だらけになる。(84)

こうした軍隊生活の理不尽さが表明されるものの、「それはそのまま自分の青春形成への圧力となって、昌介は自由への不安を感じ、自分もこの軍隊のなかで、これから先、どれだけ歪められるだろうかと空恐ろしい思いを味わった。それにもかかわらず、昌介はこの不気味な軍隊生活を、全面的に否定するよりも、人間の可能性の煉獄として、一つの発見をしようと努力したのである」（『世界』二月号、二二七頁）、と戦後にいたっても「人生儀礼」としての軍隊生活を積極的に位置づけようという意志が見られる。こうした軍隊の捉え方は、『陸軍』のところでも見た二年兵の存在感の大きさから来るものと考えられる。二年兵の存在とは、火野から見て決して新兵いびりなどのマイナスの価値だけではなく、一年間鍛え上げられてきたことによって生まれる逞しさにあり、それが最もよく表われているのが野外演習の場面である。

野外演習

『青春の岐路』においても、『陸軍』と同じく野外演習が描かれている。『陸軍』で出てくるのが、秋に行なわれる彦山への演習であるのに対して、『青春の岐路』で描かれるのは真夏に行なわれる行軍というものである。両方とも第二四連隊における大事な行事であった。この日出生台《ひじゅうだい》とは大分県北部の由布院にほど近い山林で、一八九九年に陸軍に接収されて演習場となった。戦後は米軍に接収され、現在は自衛隊の演習場となっている。一九九七年からは米海兵隊の実弾訓練が行なわれている場所である。

一九二八年七月には、辻たち幹部候補生は下士官扱いとなっていて、兵営内では現役兵たちとは別の訓練を行なうようになっている。演習に行く最中の列車も、幹部候補生と現役兵たちは別の席に坐っている。列車の中では候補生は、将校たちのご機嫌をとりながら酒盛りに興じ、その様子を見ている現役兵たちの反感を買っている。翌朝からの真夏の行軍（完全軍装での山登り）はひたすら体力勝負であって、普通は前日に酒を飲んでいる余裕などなく列車の中で休んでいるのだが、多くの候補生たちは最初から歩き切るつもりがなく、すぐに落伍してバスで行くという腹づもりなのである。

行軍が始まると、ここでも『麦と兵隊』や『陸軍』と変わることなく、辻が行軍の美しさに感嘆する様子が描かれているが、同時に行軍における二年兵の圧倒的な逞しさ、そして初年兵のなかでも候補生のだらしなさが強調されている。「鍛錬の差が、時間とともに、次第に明瞭にあらわれて来た。現役兵のうちでも、二年兵と初年兵とは段ちがいだったが、現役兵と幹候生とはそれ以上にちがっていた」（『世界』三月号、二三〇―二三一頁）。

行軍も終盤に近づくと「落伍した幹候生たちは、背嚢も鉄砲も初年兵に持ってもらい、シャツ一枚になって杖をついたり、草鞋をはいたりして、現役兵から後押しされながら、エッチラオッチラと登っていた。しかし、それらは落伍はしてもともかく自分で歩いている連中だったが、〔最初から落伍するつもりだった〕新地や河野の一党は、トラックに乗り込んで、とっくの昔に目的地についているのだった」(『世界』三月号、二三七頁)。また職業軍人である将校も、鍛錬の賜物として楽々と道を歩いて行く様子が描かれている。

そうした候補生たちのなかで、軍隊における生活を自らに与えられた乗り越えるべき試練として捉える辻は、この行軍をその重要な一つの試練として捉える。「昌介は、この山の奥にある一つの証明、人間の勇気というものへの啓示を感じて、さらに、歯を食いしばった。〔中略〕かしこに聳えたつ断崖は、アーキペンコの造形した第三インターナショナル塔によく似ているではないか。あの山を征服すれば、自分の青春の道も開ける。方角も決定するのだ。この行軍が岐路だ」(『世界』三月号、二三一―二三二頁)。

辻昌介の意識のなかでは、軍隊において自分に課せられた試練を乗り越えることが、労働運動に進もうという自らの決心を確実なものとすることにつながっているのである。「アカ」であることをこれ以上追及されないために訓練に励むといったことではなく、いかなるものであれ自分に課せられたものに対して全力で向かって乗り越えることが自分を成長させる、という姿勢がうかがえる。こうした真剣さが、左翼思想を見逃してくれた上官などが辻に期待を寄せる所以であったのだ。ふだんの兵営での行動や行軍への真剣な態度が、現役兵や将校たちに幹部候補生のなかで特別な存在として、辻の人気を高める。そして他の候補生たちとの溝はいっそう深まっていくのである。しかしこのいささか短絡的なポジティヴ思考に作者が距離感をとっていないということは、戦争の大義を問わずに兵隊としての与えられた責務を果たす点をひたすら重視する火野自身の姿勢につながっている。

さて、野外演習に関する描写では今までとは違った角度から重要な論点が出てくる。演習地付近の農民の絶望的な貧しさである。『陸軍』の時と同じように、行軍中の兵士たちは地元の人々の歓迎を受ける。前日に炊いておいた昼食用の麦飯が夏の暑さで腐ってしまい、地主が兵士たちのために白米を炊きだしてくれるのである。しかし、裕福な地主と対照的に、周囲の農民たちは廃屋としか思えないような屋根や壁の崩れた掘立小屋に住み、ミイラや骸骨のようにやせ細っている。貧窮の最中にあった沖縄出身の兵士も驚くほどの貧困で、水呑み百姓という言葉を辻は実感している。「今日の地主の法外な接待、おいしい白米の握り飯も、カシワ汁も、農民の膏血を搾ったあげくのオコボレということになる。兵隊たちは単純によろこんでいるけれども、現役兵の大部分は元来が農民であり、労働者だ。自分の足を自分で食いちぎって、よろこんでいることにはならないか」（『世界』三月号、一三四頁）。

こうした経緯を受けて、以前上官にレーニンの著作が見つかったときは誤魔化したものの、いっそう社会の矛盾を実感して、辻は「運命的な岐路が開けていた」と、兵役が終わったあとに労働運動へ没頭することを決意するに至るのである。

休暇

兵営内は外部と隔離されて二十四時間規律漬けの生活であるから、外部を「娑婆」という隠語で呼んでいた。そのことからもわかるように、自由も娯楽もない日常がそこにはあった。しかし時には友人や親類などの面会人が来て話をすることもあったし、休日に外出許可が出れば「娑婆」の空気を吸うこともできた。それは彼らにとって貴重な息抜き、ストレス解消、士気の再生産の時間であった。日本の軍隊のなかで生きる兵隊や将校たちにとって、その息抜きの中心は戦地におけるものと変わらず、「酒」と「女」であった。

辻昌介が兵営内で暮らしている時に、幼馴染みの松岡高枝（時奴《ときやっこ》）という芸者が訪ねてくる。高枝は辻を慕っているが、辻は東京に恋人がおり、相手にしない。しかし高枝は連隊内で評判の芸者であり、すぐに辻との仲が噂になる。辻は何度も迫ってくる高枝を断わりきれず、一度肉体関係を持ってしまう。若い辻はそれ以来、性欲が抑えがたくなって悩むようになる。「昌介は、自分の心がわからぬまま、時奴とときどき逢っていたが、次第に苦痛になって来た。いく度逢っても、時奴が好きになるということはなく、ただ開眼された肉体の疼きだけからかと考えると、自分が軽蔑したかった。夜、状袋〔内務班のベッド〕の中で身体が燃え、時奴に逢いたくてたまらなくなるときがある。しかし、それは愛情とも精神とも無関係な下等な欲情だった。そして、逢えば、もうこれきりにしようと考える」(『世界』四月号、二三四頁)。こうした様相は、当然ながら『陸軍』では決して描かれるものではなかった。

3　補論のまとめ

以上で見てきた、『陸軍』と『青春の岐路』で描かれたことを比較し、まとめよう。必要に応じて前節で見たことも比較する。

まず、戦時中と戦後でともに扱われているものから見ていこう。「兵隊」という集団の肯定的な捉え方はいずれにおいてもうかがえる。また、インテリ兵に関しては、『麦と兵隊』『土と兵隊』では取り立てて描かれていないが、兵営生活においては描かれている。とはいえ『陸軍』においてはインテリ兵も周囲に溶け込んで兵隊の一員と化していく様子が描かれているのに対して、『青春の岐路』では明らかに他の兵たちと異質な存在として描かれている。ただし主人公の辻昌介は大学在学中の幹部候補生でありながら、現役兵たちに非常に近い存在として描かれている。これは「私は兵隊が好きである」と言って憚らなかった火野の理想が投影されていると考えられなくもないので、火野本人がこのとおりだったかどうかはわからないものの、火野が戦後のこの時期にいたっても「兵隊」というアイデンティティに強い愛着を持っていたことははっきりとしている。

火野は軍隊生活に、新兵いびりや員数あわせの横行や昇進のための足の引っ張り合いといった悪い側面を見出しつつも、戦後にいたるまで「人生儀礼」として自分を磨く場という意義を見出していたことがよくわかる。しかし、その軍隊組織の基礎となっている階級制度が、理想的な兵隊像としての擬似家族的な性格と矛盾せざるを得ないことには目をつぶっているのである。だからこそ戦時中は「幹部候補生」という名前は立派な集団が最初から描かれなかった。一般の兵隊に比べて、特に将校や下士官の人間描写に軍の検閲がうるさかったことも、戦時中に描かなかった理由にはあろうが、『青春の岐路』を見ても幹部候補生の存在を、陸軍の組織の問題として突っ込んで考えたりはしていないし、その制度を利用している自分の特権的立場も深く考えてはいない。

火野は常々、組織によって構造的に生み出される矛盾や弊害、たとえば軍隊の階級制度が必然的に生むと考えられるいびりやいじめを、そういう行動をとらない立派な上官もいるという反証を理由に、心がまえ、精神の問題として処理することが多い。こうした社会認識であるからこそ、一度は労働運動の道を選び、後に挫折して転向する際には、労働運動を選んだ自分の選択を「青春の全情熱」がもたらしたものであって「国家や法律とは無関係な魂の場所で処理したかった」(『世界』五月号、三二九—三三〇頁)と書いている。「国家や法律とは無関係な魂の場所で処理できるような労働運動(への選択)とは何なのだろうか。こうした気質と、『陸軍』のところで述べた虚偽報告という「美談」はよくかみ合っている。「庶民」の立場を意識的に擁護する火野の思想において、社会における人間の行為も、人情や情熱の問題として捉えられてしまう。こうした思考回路のなかでは、自らの行為に対する社会的な責任という論理はほとんど成立しようがなく、自らの選択の誠心さや、その後の行為の真剣さの問題として自己のなかで完結するような性格を示している。[85]

次に、戦時中に描かれず戦後にのみ描かれたものについて考えてみよう。若い男性だけの世界である兵営におけるストレスの問題は、戦時中に描かれることがなかった。特に飲酒と性欲の問題である。既に見たように、この二点は戦地においても兵士たちの粗暴な行動の主要な原因となったと考えられるが、兵の士気の再生産においてこの二つが短時間での再生産を可能にすると考えられていたのであろう。兵営での士気再生産にあたっても、これら二つが恒常的な手段として用いられていたわけである。

兵士たちの性欲の問題は、当然のように『陸軍』では全く触れられることのないものだった。『花と兵隊』に関して少し触れたように、軍人は恋愛、しかもプラトニックなものすらも(相手が中国人女性だったという点を差し引いて考える必要があるとはいえ)描けなかったのであり、ましてや性の問題はタブーであった。[86] 参考までに、『陸軍』で休暇の場面が出てくるのは一度だけで、高木伸太郎は兵営からそう遠くない実家を訪れる親孝行息子として描かれている（『朝日新聞』一九四三年十一月六日）。

もっとも当時、兵士たちは外出の際も普通は軍服を着用して、休日にはおおっぴらに遊郭へ通っていた。銃後からは全く見えない戦地における性とは異なって、内務班における軍人の性の問題というのはわざわざ取り上げる問題ではなかったとも考えられるが、やはりそれ以上に軍人のイメージを保つために戦時中の新聞小説では描けなかったと考えた方がいいだろう。

こうした士気の再生産のアルコールと女性への依存は、戦時・戦地に限らず、日本の軍隊における構造的なものだったわけである。外界から隔絶された空間としての兵営生活において、兵士たちは感情を表出することを禁じられ、次第に感情の抑圧を恒常化して感情を奪われていったのであるが、その抑圧を解放するシステムは軍隊生活の内部には組み込まれておらず、街に繰り出して酒を飲み、女を買うという行動に依存していたわけである。

その一方で、幹部候補生のところで見たように、軍隊内の規律というタテマエから逃れる術を一部の特権的な層は持っていた。これは候補生に限らず、列車内で一緒に酒盛りをしていた将校たちも当然そのなかに入る。このように矛盾した組織構造を組織の内部で解決することなしに放置することは、むしろ下層に位置する兵士たちの潜在的な怒り、憎しみを強化し、いわゆる丸山眞男のいう「抑圧の移譲」[87]を生むわけである。怒りの原因となっている当の本人である上官たちに向けることは許されないために、怒りの対象を転移することによって、戦地での暴力性を強めるという構造が機能しているのである。こうした兵士たちの内面を歪める残虐な構造は、兵士たちを「一銭五厘」でいくらでも集めることのできる消耗品と見なす組織文化に支えられて成立するものであった。

最後に、当時の言論空間では当然のことであったが、一九三〇年ごろまでは火野がその一人であったように、軍隊内においてもマルクス主義が根強い支持を得ていたという事実がある。農村の疲弊という現実に対して高い理想主義をもって立ち向かおうという姿勢は、二・二六事件の青年将校などのイメージとも重なるものであるが、藤原彰が論ずるところによれば、軍部の超エリートとしての青年将校たちは、東京に基盤を置き、農村よりも都市無産階級の問題、つまり革命運動（を食い止めること）に強い関心を示していたという[88]。彼らはあまり地方の民衆の生活に触れる機会を持たなかったのである。対して、もともと火野も（作中の辻も）港湾労働者たる沖仲士の生活をよく知っていたとはいえ、都市近郊の住人であった。演習の際の農村で見たように軍隊生活を通して貧農の生活に触れ、貧困について考える大きなきっかけを与えられているというのは興味深い。また、ここで軍隊にいて訓練を受けることと、労働運動の道を志すことが矛盾としては捉えられていないことは注目に値する。前節でみた火野の描いた戦場の小説では、兵士は故郷での自分との葛藤を棄てて兵士としてのアイデンティティを最初から受け容れた存在として描かれていた。ここでは兵士としてのアイデンティティと兵営外での社会改革のため労働運動を志す自分とが共存している。これは一見大きな違いであるようにも見えるが、必ずしもそうではない。

寛大な上官に見逃されて検挙されずに済んだということもあるが、辻昌介のなかでは兵士としての今の自分の環境を受け容れ、人生における鍛錬と見なすことで、葛藤なしに現在兵士である自分を受け容れているのだ。当時、軍隊という暴力装置の内側にいる状況のなかで、彼に軍隊内で何か左翼的な行動を起こしたりすることは困難だったろうが、むしろ初めからほとんど自明のこととして兵士としての自分を受け容れている。こうした部分は『麦と兵隊』での兵士像から一貫しているのである。

以上、補論での兵営のことも含め、市井の生活から人々が兵士となって、「戦場へ征く」ことについて見てきた。戦場の小説と呼びうる小説群が立ち上がり、小説以外のジャンルとの競合とのなかで、それが文壇にとっての一つの期待として過剰な社会性を持たされたことを確認した。検閲の強化や加熱する戦争報道のなかで、作品やルポが戦場の「今・ここ」を相対化する力を失っていく結果、どのような兵士像や戦場イメージが形成されたのかを、この第Ⅱ部では見たのである。

続いて第Ⅲ部では、これまで十分にその意義を検討されてきたとは言い難い、兵士たちが「戦場から還る」ことの意味を、引き続きこの三人の作家を軸にして、彼らを取り巻く社会情勢やメディア状況を確認しながら考えていくことにしよう。

第Ⅲ部　戦場から還る

第4章　「帰還兵」の時代――戦場から銃後へ

「火野葦平さんの凱旋くらゐ華やかなものはなかつた。こんな素晴らしい人気は、人気を得ようとして得られるものではない。日本の第一流をもつて目されるやうな人物でも、かうまで民衆の血を湧き立たせることは出来はしないのである」[1]。これは『文藝』一九四〇年一月号に掲載された日比野士朗「火野葦平と上田廣《ひろし》」の冒頭である。「兵隊三部作」で一躍時の人となった火野葦平は日中戦争中の一九三九（昭和十四）年十一月、現地除隊となり、故郷の福岡県若松市に帰った。彼の帰還とその後の活動に対する新聞、雑誌の報道ぶりは、膠着する日中戦争とは裏腹に「凱旋」と呼ばざるを得ないほど派手なものであった。帰国間もない十一月十日、若松で石川達三と対談したのを皮切りに（『中央公論』一九三九年十二月号に掲載）、その後は朝日新聞社などの後援により全国を講演して回っている。

第Ⅱ部では日中戦争開始後早い時期に、戦場の「今・ここ」を相対化しない作品、言い換えれば戦場を特殊な空間として捉えその負の側面を隠蔽するだけでなく、軍隊の組織原理や戦場での兵士の行動を当然のこととして描き出すことで正当化しかねない戦場の小説を見てきた。権力による検閲が不可避であっても、そうしたなかで生み出された作品が作り上げる軍隊、兵士、戦争のイメージそのものに作家の個性が反映されないわけではない。そしてそうした諸作のなかで火野葦平の作品が時代を捉えたということも、（権力側の思惑はどうであれ）権力のコントロールとは別の問題であった。そして状況は刻一刻と変わり、一九三八年から四〇年にかけて火野を含めて計三〇万人に及ぶ将兵が中国大陸から帰還し、「銃後」という空間への注目が増す。本章はその時期を中心に論じる。

前に引用した文章を書いた日比野士朗は、既に負傷して帰還していた元下士官であり、帰還後に書いた戦記「呉淞《ウースン》クリーク」で有名になっていた。「火野葦平と上田廣」とタイトルに並んだ上田廣も、火野とほぼ同時期に帰還した作家である。この文章の掲載された同じ『文藝』一九四〇年一月号には「上田廣帰還座談会」も載っている。火野を含めたこの三人は、しばしば「兵隊作家」と呼ばれて引き合いに出された。兵隊作家には後述の棟田博など、戦場で兵士や下士官を務め、その経験をもとに小説を書いた他の作家を含めることも多い。戦時中の文学に関する研究では言及されるこれらの名前も、最近はほとんど一般には知られていない。そのような名前が当時は大きく取り上げられていたのは、文壇のみならず当時の社会において兵士と帰還者が重要な存在だったからに他ならない。

火野葦平の『花と兵隊』が連載中だった一九三九年二月には既に、保田與重郎「戦争文学の後に来るもの」のように、戦場の小説の「次」を求める声も出てきた。こうした状況の変化は文壇の内側からの動きにとどまらない。むしろ類似の作品の増加で読者が飽きてきたことが大きい。とはいえ、戦場の小説が消え去ったわけではない。

ここで注目すべきは帰還者の増加である。戦場の現実を知る人々が大量に銃後社会へ帰ってきたわけである。直接彼らの話を聞く機会が生まれ、マスメディアが戦場を伝えるのとは別の形で戦地と銃後をつなげる回路が出てきたわけである。同時に、帰還将兵そのものがマスメディアを賑わす存在になり、文壇も帰還作家に注目する。これは戦場から兵士の様子を伝えるものとは明らかに別の意味合いを受け手にもたらす。つまり、帰還後の銃後における役割という視点が入り込むため、前線の兵士とはまた異なった兵士像が作られる。ちなみに本書では帰還者が除隊して兵士でなくなっている場合でも、軍人という立場を意図的に使って振る舞っている時は、鍵括弧をつけて「帰還兵」と表記している。

従来の戦争文学研究では、帰還作家たちとその作品が社会現象となったことは示されていても、銃後において彼らのメディアでのプレゼンスが持った意味を十分には捉えていない。従来の戦争文学研究から距離をとっている池田浩士『「海外進出文学」論・序説』(インパクト出版会、一九九七年)を見ても、日比野や上田、棟田を帰還作家と名指してはいるが帰還そのものが含む意味合いには注目していない。池田は『火野葦平論』で、火野の『戦友に愬《うった》ふ』に言及した際、帰還の意味についてやや詳しく論じているものの、焦点は帰還よりむしろ占領地における問題にある（むろんそれも重要な論点であるが）。帰還作家である以上、前線から帰った彼らが語り、書くことの意味は戦地から兵士が語ることとのズレを孕む。今までほとんど注目されてこなかった、戦時中に「戦場から還る」ことの重要性を捉えるためには、帰還者の銃後における具体的な位置づけと、彼らの内面とを同時に提示しうる小説を分析することが効果的なのである。

本章では、銃後に戦時ムードを持ち込む戦地からの帰還者という存在について、引き続き火野、石川、榊山の三人の作家の作品を軸に見ていくことにする。既に述べたとおり、戦時中の帰還兵という存在自体、これまでほとんど研究されていない領域であり、兵士にとって戦場から還ることの持つ意味だけではなく、受け容れる側の社会についてもかなりの程度論じる必要がある。まず1節で、前章までとは重ならない範囲で銃後や帰還者について論じるための前提を見ておく。2節では従来ほとんど研究のない戦時中の帰還者の実態を概観する。当時彼らが強い発言力を持ったこと、その上で彼らでも表立って語れなかったことを見ていく。3節ではそうした帰還者を迎えた文壇の状況を見た上で、4節以下で三人の作家の描いた帰還者について検討していく。

1　前提として

銃後の言論

国内の人々は兵隊の苦労に対して心から感謝してゐる。だから少し位のことは何にもいはないであらう。心の中ではその反対の気持ちを抱きながらも、口に出しては、また、おもてに現はしては、何も示さないであらう。だからといつて、それは少々のことはしてよいといふことではない。（火野葦平『戦友に愬《うった》ふ』軍事思想普及会、一九三九年、二七頁）

国家のために命を賭けて戦っているという軍人。ただでさえ力に対して価値を認める組織にいるため、軍がもてはやされる戦時ともなれば、将兵のなかには他の「国民」に対して強圧的に振る舞う者も少なからずいる。ましてや言論の自由が保障されておらず戦争そのものを批判することが許されていなかった日中戦争期の日本社会において、軍人たちの粗暴な振舞いに対して人々は、「心の中ではその反対の気持ちを抱」いていたとしても、それを表現することはほとんど叶わぬことであった。

戦時下ゆえ「言いたいことが言えない」この時期の日本社会。その息苦しさはさまざまな場面で見られた。とはいえ、戦争に肯定的な人であれば必ずしも息苦しさなど感じていなかったかもしれない。我が世が来たとばかりに戦争推進派が語りだすとともに、命を賭けた当事者としての帰還兵たちが声高に語りだすのである。そうなるとそれ以外の人々はますます萎縮する。本章が対象とする一九三九（昭和十四）年、四〇年ころの日本社会を、特に本書のように当時公表されたテクストを中心に考察する上で、一部の声のみが社会の公的な位置を占め、それ以外の人は言いたいことが公言できない状況は前提として外せない。検閲の存在によって公表できることが限られていたばかりか、テクストの文面から論者の主張を読み取るのが困難となる。さらに統制がある程度確立し、人々が統制の存在を内面化することによって、社会の内部にいる人と人との関係性自体が変化してしまうからである。それは「国内の人々」と「兵隊」との関係に止まるものではない。

しかし戦争が終るまで、あらゆる行為が無効であった。だれが何をしたかは知らない。しかし、全部が無効であった。惨たんたる敗戦と裏切られの記憶である。そして、いくらかの警戒を加えながらの友情の記憶である。友情を保つのがこれほどむずかしいものとは思わなかった。(2)

これは文芸評論家の中島健蔵が戦後に日中戦争の頃を回想した文である。当時を考えるために戦後のテクストを使うのは一長一短あるが、ここで見るような人間関係にまつわるデリケートな部分は、戦後の回想（あるいは日記など非公表を前提としたもの）でないとほとんど窺い知ることのできない類のものである。中島の述べる「あらゆる行為」には、さまざまな形での戦争への抵抗が含まれており、それが戦争終結を直接もたらすことがなかった結果を「無効」と述べている。そして「だれが何をしたかは知らない」とは、そのような抵抗が行なわれていたとしても当事者以外には知りようのないところまで人々が分断されていたことを示している。それがまさに戦時抵抗を不可能にするための基盤だったのである。人々が表立って接触できる場とは何より公的に認められた組織、統制下のさまざまな官製団体だったが、極端にいえばそれは相互監視的な機能を持ち、戦時社会のタテマエしか語ることのできぬ場であって、多くの人々に不満を抱かせながらも無力感と分断を強化する役割を持った。

その分断の重みを表現しているのが「友情」についてのくだりである。これは直接には一九三八年九月末にあった出来事を指している。戦地に行く知人の送別会の席、大勢の人が集まっているなかで中島がマルクス主義的な立場で知られた哲学者の戸坂潤と話をしていたところ、こちらも元来左翼系の作家で当局ににらまれていた武田麟太郎が「用事ありげにわたくしを別の離れた席へ連れ出して、「戸坂と親しそうに話をするとあぶないぞ、気をつけろ！」といった。一体これは、武田の友情だったのであろうか。友情破壊だったのであろうか[3]」。

仮に中島への親切心から出た行動であっても、戸坂と親しいと見られることがなぜ、どう危険かを武田は具体的につかんでいたのだろうか。元左翼たる武田がそうした話に神経を尖らせるのは当然としても、そのような彼が当局の動きを握っているとも考え難い。武田といえばこの一九三八年、主催していた雑誌『人民文庫』が毎号のように発禁を受け、廃刊に追い込まれていた。根拠のないイメージのレベルで戸坂がまずいと言うのであれば、同様に武田本人とふたりでこっそり話をするのも中島にとってはまずいと見られかねないのである。幾度にもわたる言論弾圧は、反権力のスタンスであると睨まれることが即逮捕につながりかねない恐怖感を文化人、ことに非右派系の知識人に植えつけていた。

誰が信頼できるかわからない。だから何を話していいのかわからない。あるいはある人とのつきあい自体が世間的に見て危ない、例えば「あいつはアカだ」とされれば、その人をどれだけよき友人と思っていてもつきあいを保つのが困難である。「アカ」とされているがゆえにつきあいを避ければ、避ける側も避けられる側も心にわだかまりが残る。そうしたところから信頼が崩れていくのである。

この時期、特に戦争に批判的な人々の間では、特定の人への信頼が崩れることにとどまらず、他者への信頼そのものが危機にさらされたのである。信頼そのものが消滅したというわけではなく、そんな状況であればこそ、危険を乗り越えて互いの信頼を確認できたケースでは強い絆が存在したが（例えば中島にとって三木清はそのような存在だった）、それはごく稀なことでしかなかった。ほとんどは危ないと見做されるかつての友人とのつきあいを避けつつ、世間的に危険とは見られぬ人々と、内心はどうであれ、戦時社会のタテマエのなかで当り障りのない会話をするようなつきあいばかりになっていく。それは常に自分自身の内面をさらけ出さぬような意識を保つ必要を意味する。

対面で人々と接する日常生活においてすら、このような不安定な基盤の上で人とつきあい、コミュニケーションをとらねばならないのであるから、不特定多数に向けて言論を発表するという行為は、相手の都合のよい解釈を呼んで非難の対象として祀り上げられる危険をつねに孕んでいた。これは中島のような言論を発表する立場にある文化人だから顕著な感覚だという側面はある。とはいえ作家を論じる本書にとっては無視できない問題である。しかも結局のところ、国防婦人会や隣組などによって、庶民の間にまでそうした相互監視の役割を果たす組織が十五年戦争をとおして徐々に作り上げられていったのだ。

これは戦地において互いの行動に命を預け合い強制的に互いを信頼（それを信頼と呼ぶならば）するしかない、さもなくば生きていけない軍隊内の強固な部隊組織と表裏の関係にあるとも言えよう。戦地から兵士が還ることは、個人によって受けとめ方の差はあれど、そのような他者関係の劇的な転換を伴いうるものである。しかし還る前の兵士にとっては、そうした変化など予想がつかない、おそらくほとんど考えもしない部分が多いのである。ここで帰還を論じるもう一つの前提として、前線から兵士たちが想像する銃後について見ておこう。

前線から見た理想の銃後──『戦友に愬《うった》ふ』

戦地にいる兵士たちからみて銃後とは、故郷、家族や友人のいる懐かしい空間でありながら、戦争推進の役割を与えられている空間でもある。戦地にいる兵士たちはどのようなイメージで銃後を見ていたのか、火野葦平『戦友に愬ふ』を手がかりに考えてみることにしよう。

『麦と兵隊』『土と兵隊』のブームが最高潮に達した一九三九年の初め頃、戦況としては中国大陸での日本軍の点と線の支配領域が最大化していた。日本軍の支配領域を最大化させたのは、一九三八年の夏から秋にかけての、武漢作戦と広東作戦であった。この作戦にともなう武漢（武昌・漢口・漢陽）および広東の占領は、「日本軍の戦線が伸びきってその限界に達したことを示すもの[4]」であり、実のところ持久戦を狙う蔣介石の術中にはまったといえる。持久戦といえばもちろん毛沢東の「持久戦論」が有名であるが、当時の中国の最高指導者たる蔣介石も、持久戦を戦略的に展開していたことが近年の研究では明らかになっている[5]。火野葦平は一九三八年十月から帰還までの一年余りを、まさにその占領地広東で駐屯軍の一員として過ごしている（軍務で海南島などあちこちに行ってはいるが、ベースはあくまで広東であった）。

『戦友に愬ふ』とは、ちょうど火野が『花と兵隊』を大阪、東京の両『朝日新聞』夕刊に連載している最中、一九三九年二月二十一、二十二、二十四日に両『朝日新聞』朝刊に掲載されたエッセイであり、まさに帰還兵の増加という事態に備えて陸軍報道班員火野葦平が書いた文章なのである。戦争の長期化にともなって表面化してきた軍人と民間人の間に起こるいざこざ、特に戦地での生活で暴力的となった兵士に触れている。当時のメディアにあふれていた善良なる「兵隊さん」イメージには当てはまらない兵士の様子が書き込まれている。一般人が書いたのであれば検閲で削除されるか、それ以前に自主規制して書かないであろう内容が多く、軍の報道班員でなければ書けないような兵たちに対する厳しい物言いとなっている。逆にいえば、それだけのことを書かざるを得ないほど問題が大きくなっていたのだろう。同年八月には南支派遣軍報道部がこの文をパンフレットにして戦地の兵士たちに配布し、十二月には他のテクストと併せて『戦友に愬ふ』として軍事思想普及会から一般向けに出版されている[6]。このパンフレットは漢字すべてにルビが振ってあり、学歴の低い層にも読ませたいという姿勢がうかがえる。

初出の新聞掲載分のテクストは、パンフレットのテクストに比べて三割ほど短い。ここではパンフレット（火野葦平『戦友に愬《うつた》ふ』軍事思想普及会、一九三九年）から引用する。新聞との句読点や語句の違いは省くが、文単位もしくは段落ごと新聞掲載分にそもそもない部分からの引用については傍線を引いておく。以下、内容を検討していこう。

中国の戦地、占領地においては早い時期から、南京をはじめ日本軍の軍紀の乱れが問題となっていた。そのなかには、各地の日本軍占領地に訪れる商人など日本の民間人に対しての乱暴やいざこざもあった。中国の民間人に対するものよりも、情報を統制したところで人づてで伝わりやすいために国内で広まる可能性が高いこともあり、軍の懸念も大きかっただろう。

日中戦争開始から一年半が経過し、帰還する部隊や兵の入れ替えが目立つようになった「この時に、私が最も心にかかるといふことは、我々兵隊が戦場を去つて、再び故国の土を踏み、軍服を脱ぎ、銃をおいて、社会人にかへることについてである」（『戦友に愬ふ』四頁）として火野は、そして陸軍は、この文書を新聞に掲載して銃後に兵の受け容れ態勢の充実を訴え、兵に帰還の際の心がまえを説いた。ちなみに火野は「帰還者」という言葉は用いず、兵隊のアイデンティティを引き受けるものとしての「帰還兵」を常に用いている。

「我々は召集を受けた当時には戦場といふものを全く知らなかつた。〔中略〕我々はいきなり凄絶な戦場の中に投げこまれた。そこには我々が全く想像もしなかつた言語に絶する苦難の道があつた。〔中略〕それらの譬へやうなき苦難の中に、兵隊は日とともに鍛錬され、〔中略〕如何なる苦難にも堪え得る人間に成長したのである」（『戦友に愬ふ』五―七頁）。兵隊としての鍛錬、成長の強調は、「兵隊三部作」以来一貫している。だが、ここからは『土と兵隊』や『麦と兵隊』では描けなかった、兵士たちの負の側面に触れる。「生死を賭けるといふ土壇場などは、殆んど迎へることのない平和な内地の生活から、いきなり、毎日が生死の巷である凄惨な戦場の中に投げこまれて、弱い人間がどうして平時の神経と気持ちを持してゐることが出来よう。極端にいへば、我々兵隊は言語に絶する衝動を受けて、神経に異常を来たし、頭の調子が狂つてしまつてゐると称しても差し支へないのである」（『戦友に愬ふ』一一頁）。そして

「いかなる苦難をも乗り越え得る確信を得た」と火野は書くが、この後の部分では兵隊が「或る粗暴の半面」を持ってしまい、「戦場にあつては、兵隊の名を辱かしむる兵隊が若干はあるのである」と述べる。そんな兵隊たちが一斉に内地に帰還したとき国内社会はどう変化するのか。よい面を持ち帰ることに希望を託しながら、深憂も抱くのである（『戦友に愬ふ』一二―一三頁）。

彼は具体的に何を憂いているのだろうか。「粗野で、乱暴であり、倣岸である」兵が存在するという現実である。「生命を賭けてゐるのだから、少々のことはしてもよいといふ気持ちがいけない」のであり、「私自身もその気持ちの起る度に驚き、これを抑へた」（『戦友に愬ふ』一七―一八頁）と言う。そして「たとへ、一時間先に死なうとも、その一時間の間を、兵隊として、人間として、立派に生きる、といふことが必要である。その兵隊の精神によつてのみ、我々の軍隊がたぐひもなく美しい軍隊となり、輝ける軍隊となることが出来るのだ」（『戦友に愬ふ』二〇頁）と。兵たちの粗暴さの原因をおぼろげに感じていながら、その原因を探って取り除いたり緩和したりする処方を考えるという方向には行かない。暴力的な死を念頭に生活を営まざるを得ない兵たちの苦しみに対して、精神論で乗り越えようという論調が展開される。

しかし兵士を美化する報道にあふれた当時の状況では、そういった兵の現実を銃後の側は具体的に窺い知ることができない。火野自身も兵士たちの苦しみを積極的に描いたが、既に見たように、彼らのなかに生まれる心の闇を描くことはできなかった。「少しく戦火のおさまつた占領地域内に於て、残留してゐる支那民衆に対して、幾分不遜と思へる態度を以て臨む兵隊を時々見る」（『戦友に愬ふ』二一頁）ということが現実であったことは、火野自身よく知っていたのだが。

日本軍が占領した地域（特に市街地）においては、住民（難民、避難民も含む）の中国人がかなりの数存在し、占領後に滞在する軍は彼らと共存し、軍が破壊したライフラインやインフラの下で彼らの生活を支えていく必要があった。しかし自軍の物資（特に食糧）すら現地での徴発・略奪に頼るところの多かった日本軍には、彼らの生活を物質的な側面から十分に支えることは無理だった。火野自身、占領地は中国人に十分な食糧がない光景を見ていたことは、『麦と兵隊』のところで紹介した息子に送った手紙にあったとおりである[7]。そうした状況で「我々が銃をとつて敵国の軍隊を徹底的に撃砕することは当然であつても、支那の民衆は全く我々の敵ではない、といふことが、直ちにわかる筈である」（『戦友に愬ふ』二〇―二一頁）と書くのは、中国の民衆から見れば、日本軍の侵攻・破壊に起因する苦しみを、銃＝暴力の下で耐え忍ぶことを押しつける欺瞞的な言葉でしかなかった。

もっとも、南京や上海などの大きな都市においては、中国人市民による経済活動は存続していたし、彼ら抜きには生活が回らないことは多くの日本の兵たちにもわかっていた。そうした中国人との「共存」において、「外出日に少し酒をのんで一寸支那人に乱暴をしたとする。すると、それは誰それがいけないといふことにはならないだ、ではすまされない。日本の兵隊がこんなことをした、日本の兵隊は乱暴だ、といふことになる。たつた一人の兵隊のやつたことで、日本の軍隊がとやかくいはれる。〔中略〕我々兵隊の一人一人が、もはや単なる個人でなく、日本である、といふことを常に忘れてはならない」（『戦友に愬ふ』二三―二四頁）。実のところ、こう説くことで火野は、「たつた一人の兵隊」が偶然やったかのような印象を銃後の読者に与えるのである。

ここでまたしても酒が登場している。人都市の占領地では比較的物資が手に入りやすく（そのなかでも軍人への物資が優先された）、そして中国の住民も多いことから、賑やかであるとともにしばしば抗日のテロもあったし、兵たちは前線とはまた違った精神状態に置かれたと考えられる。石川達三『生きてゐる兵隊』の近藤がそうだったように、日本人の民間人の存在も郷愁を誘ったことだろう。兵営で生活の隅々まで常に抑圧されている状況とは異なり、占領地で兵士たちは日本人の民間人にも、中国人にも接する機会が多かった。そうなるとふとした弾みで感情・欲望の爆発が起きやすくなる。

占領地では、ある国の軍隊が直接的な暴力や威嚇によって別の国の都市の治安を維持し、それが当然両国の人間の接触を増やす。ちなみに大きな都市では中国人に限らず欧米の人々もいた。その空間でこそこうしたことが起きやすいわけだ。

ここでまず考えるべきなのは、その暴力が顕在化した時に真っ先に被害を受ける被占領者の中国の人々のことである。そこで被害者は、占領者の側から眺めたときに、一人ひとりの顔を持った個人である前に集合的な意味での中国人であるとされてしまいかねない。侵略し、奪い、殺した相手が顔を持たない存在である限り罪悪感は生まれないし、日本／中国という一般化が行なわれる限りは、兵士自らの行為も「命令だから」、もしくは「戦争だから」という一般論で片づけられてしまう。

その上で、占領地の現場にいる火野の言葉にも一理ある。軍隊組織の暴力の発動可能性が高い戦地や占領地においては、加害の側も被害の側も、その暴力装置によって区切られた境界としてのナショナリズムから逃れることが困難なのである。つまり、国家の軍隊が暴力を発動する場合、敵／味方という線引きはナショナルなものを意味し、暴力行使によってその境界が観念のレベルではなく現実にはたらきかけるからである。そしてその境界がナショナルな観念を強化し、個々人の行為が必然的にナショナルな枠組みで認識される。そういった場が占領地であり戦地という空間である。客観的には暴力の方向性が一方通行になりがちな占領地は、双方向の戦地と異なる。とはいえ、占領地や植民地で支配側の軍の末端として警備にあたる兵士たちは、しばしば被支配者の側の抵抗に怯え、その心理が攻撃性を生むことも多かった。民間人への暴力を含めた戦争犯罪は、戦地や占領地という空間や軍隊組織などの持つ構造的要素と、実行した当人の個人的要素を多面的に捉える必要があるため、論じることに困難がつきまとう。火野の言い分は、兵士の行動が国家とつながって認識される点は捉えているが、兵士の粗暴な行動のもつ構造的な要素という側面への指摘を避けているため、結局のところ占領下で起こる衝突や兵の狼藉を「たつた一人の兵隊」が偶然やったような形で語っており、暴力による占領の正当化に寄与しているのである。

また、占領地でのいざこざには、日本の民間人を巻き込んだものもあった。日本軍が占領した都市では、ある程度情勢が安定すると日本国内や他の地域から日本人がやって来て商売を始めた。東北部（「満州」）に限らず、中国大陸に経済活動の場を求めて進出することが、民間人にとって決して難しくなかったのがこの時代なのだ。金子文夫の研究によれば、一九三五年の時点では五万人余りしかいなかった中国本土（東北部と台湾を除いた地域）在住の日本人は、日中戦争が始まると、三八年には約一一万人、三九年には二二万人弱、四三年には五三万人に膨れ上がった(8)。ここで火野は商人について言及しているが、中国本土在住の日本人の職業はまさに四九・七パーセントが商業（一九四〇年）で、他の外地に比べて商業の多さが突出している[9]。おそらくこれは治安の不安定さによって、占領地域の長期的な展望が描けず、工業が発展しなかったことに起因するのだろう。工業を展開するには資本投下と長期的な人材の確保が必要であり、治安の回復が前提となる。対して小規模な商業ならば進出・撤退が容易だからである。

しかし火野はそうした要因の分析には進まず、日本人商人に対して、「その中には戦争のどさくさに紛れこんで一儲けしようといふ不愉快なのも随分あるが、中には、戦地の兵隊を慰めるためにわざわざやつて来る真面目な人も沢山ある」（『戦友に愬ふ』二四―二五頁）と話を進める。どさくさで一儲けという安易な商法は、長期的な展望をもって商売ができる情勢であれば駆逐されるが、そうなっていないのが現実なのだ。さらには兵士がトラブルを起こすこともある。日本人の店には懐かしい品を求めて日本の兵士たちが殺到するのだが、そこで問題が起こる。

内地から来た人々は何もいはない。私が訊ねると、はじめて、遠慮深げに、云つてはならぬことをいふやうに、兵隊さんには時々困ります、といふ。そのやうな我々兵隊の名をけがすやうな兵隊は、傲然たる態度で、俺たちはお前たちのために命をすてて戦つてやつたのではないか、ぐずぐずいふな、といふ。国から来た人はそれに対して何もいふことが出来ない。兵隊がおさめて兵隊を連れ去らなければ、その場はおさまらない（『戦友に愬ふ』二五―二六頁）。

国のため「命をすてて」いることを理由に相手の反論をあらかじめ封じてしまう。占領地という空間において、兵士は露骨にそれができるわけである。そうした場合、同じ立場の兵士の説得がないとおさめられない。こういった状況が「若干」あると火野は書いているが、実際は若干では済まなかったのではないか。そうでなければ当時『朝日新聞』にまで「兵隊さんには時々困ります」といった言葉が載るはずがない。

火野の心配は、こうした兵士たちの行動と、日本からの便りによって伝え聞いた銃後での帰還者の振舞いが重なって見えたことでますます大きくなる。具体的にどんなことがあったか（聞いたか）についてはお茶を濁しているが、帰還者の粗暴な行動は、戦地での異常な体験に適応してしまったことによる銃後での孤立感や孤独からくる行動であると考えられる。ここで注意してほしいのは、この時点で、火野は銃後や帰還者の抱える問題を、戦地から想像して観念的なレベルで考えて書いていることである。その想像のレベルでの処方箋、理想の銃後像が最後に述べられる。この理想像と現実とのギャップの苦悩が、火野の帰還後、戦中はおろか戦後にいたっても続いていくのである。さらにいえばそのギャップが、戦時中の帰還者という独特な存在を浮き彫りにする。

　ここで火野が出した理想的な帰還兵の銃後との関係のあり方を一言で表わせば、戦地で得たよい面を銃後に持ち帰ること、と言える。「ああ、兵隊が帰つて来たばかりに、こんなにも国内が活気づき、日本がさらに進展するの機運がひらけた、ありがたいことだ、と、いはれなければいけないのである」（『戦友に愬ふ』一五—一六頁）。「現在の国民の気持ちは、いふならば、一種の興奮であるかもしれない。〔中略〕帰還の当時は非常に歓待を受け、ちやほやされるであらうが、決してよい気になつてはいけない。すべてに兵隊は謙虚でありたい。人間は得意の時に最も注意すべきである」（『戦友に愬ふ』一八—一九頁）。つまりは謙虚な心がまえという精神論によって、よいものを銃後に持ち帰ることができるとされているのだ。ここにはシュッツの言う「異邦性という不思議な果実」[10]が見て取れる。規律と破壊の共存という戦地の兵士の置かれた環境において「良い」兵士たちの見せる部分が、全く異なった環境においても有効である保証はない（というよりは有効ではない可能性が高い）。

　さらにここで火野は、兵たちが戦場で悪い意味でも変わってしまったという現実にも目をつぶっている。火野自身が既に述べているように、兵士たちは戦地に適応するために「頭の調子が狂つてしまつてゐる」のである。戦争神経症のところで指摘したように[11]、実際、軽度の神経症の症状が出ている兵士たちも、戦地での生活には差し支えがなく、むしろそうやって生理レベルでの（普通なら「異常」と呼ばれる）変化によって適応しているとも考えられる。そうした兵士たちが銃後に帰った場合、そのまま普通の生活に戻れるはずがない。正常な心理を保っている場合であっても、部隊内の身近な戦友たちと支えあいながらその内側で強固な絆を作り、外界で起きていることを正当化するための緩衝壁とすることで正気を保ち、戦地での生活を過ごしていた兵も多かったであろうことも見てきたとおりである。

このように悪い面を隠蔽して描かれたのは兵士にとどまらない。「長い間の戦場生活の後に、久しぶりに故国へかへる。多くの戦友が殪《たお》れ、支那の土と化したにもかかはらず、われわれは不思議にも命ながらへて、再び見ることもあるまいと思つた故国の山河を眺め、再び踏むこともあるまいとあきらめてゐた故国の土を踏むことが出来る。一度と会うことは出来まいと思つてゐた懐かしい両親や、妻子にも会ふことが出来る。そのことは思つただけでも、胸のどきどきするような嬉しさである。然しながら、そのやうな嬉しさに有頂天になつてはいけないのである」（『戦友に愬ふ』三六―三七頁）と、まさに去り残してきた場所としての故郷が理想化された上で、死んでいった戦友のことを思って気持を引き締めよと説く。

以上から考えてみると、帰還兵をターゲットに配布されるパンフレットにあり、『朝日新聞』では掲載されていない中心的な点が、日本兵と中国の民衆とのトラブルに関わる部分であることが浮かび上がる。帰還者が帰ってくる以上、彼らが日本でトラブルを起こすことは避けなければいけないので、そこに対する日本社会への心がまえについては新聞に掲載する。そして戦争の大義自体を危うくしかねない、現地でのトラブルは帰還者のなかで封じ込めたいという狙いが見えるのである。結局「戦友に愬ふ」という同じタイトルのテクストも、『朝日新聞』掲載分はタイトルと異なり、どこまでも銃後に向けた治安対策、あるいは受け容れ準備の要求となっているわけだ。

同時に、パンフレットでの帰還者像を見ると、帰還者を牽引者として銃後の中心に据えるという動員体制の狙いを強化するだけでなく、帰還後、銃後に馴染んでいけない人々を「心構え」が足らぬとして非難するテクストとなっている。頻繁に勇ましい戦場の報道がなされる戦時社会は、兵士たちのトラウマを呼び起こす可能性のある場であるし、神経症のような症状が出なくとも、戦地での非人間的な経験を銃後に持ち帰ることでさまざまな葛藤を生まざるを得ない。銃後は戦争のために一丸となっているという像がメディアによって戦地に伝えられていても、現実の銃後にはそうした像とのギャップがあり、帰還者との摩擦は起こる。それを個々の「心構え」の問題として描いてしまっているのだ。

この『戦友に愬ふ』についての数少ない言及として池田浩士は、「兵隊を美化し、それによってまた戦争を美化しながら「或る粗暴の半面」だけを批判しようとした火野葦平は、まさに自己撞着におちいっていた。しかし、かれの自己撞着があらわになったのが、かれ自身も意識していたように「戦地と内地」が歴然と相互浸透しはじめたときだったことは、注目に値する」[12]と述べている。自己撞着についてはまさにそのとおりだろう。しかし『生きてゐる兵隊』の上海や南京の場面からうかがえるように、戦地と内地の浸透は戦争開始後早い時期から起こっていたことである。「相互浸透」は、中国の大都市における租界など、治外法権を盾にした日本や列強の民間人が中国にいるなかで日本軍が戦争を行なった日中戦争にとって必然的なものだった。しかしそれが偶発的な問題として隠蔽して誤魔化せるものではないばかりか、内地にまで持ち越されてしまう問題だと意識されたのが、帰還者の多くなったこの時期なのだ。

ではここで火野葦平が戦地で抱いていた銃後に対するイメージは、実際に帰還者たちが直面した銃後とどのようにずれていたのだろうか。日中戦争期の帰還者たちの実態について、次節で見ていくことにする。

2　日中戦争期の帰還兵

命を賭けて戦ってきた帰還兵が声高に語り、それを好ましく思わぬ人々は彼らに対して沈黙を守る。戦争を批判できぬ戦時下であることに加えて、大日本帝国においては憲法の外部で軍隊が大元帥たる天皇と直接つながっているため、軍人であること自体が独自の意味を付与される。丸山眞男は「超国家主義の論理と心理」において、日本軍(ここでは軍隊の内部)における権力的支配が、国家権力との合一化、「つまり究極的価値たる天皇への相対的な近接の意識」に基づくことを指摘している。[13]「軍はその一切の教育方針を挙げてこうした意味でのプライドの養成に集中したといつていい。〔中略〕軍人の「地方」人(!)に対する優越意識はまがいもなく、その皇軍観念に基づいている。しかも天皇への直属性ということから、単に地位的優越だけでなく、一切の価値的優越が結論されるのである[14]」。こうして天皇の命令によって行動してきた「帰還兵」は、銃後において支配的立場に立つべきものとなる。

戦時であればこの論理が通りやすくなるので、彼らを迎え入れる銃後の人々もさまざまなレベルでそれを内面化するか、少なくとも逆らえぬことを知り、表面上そのように行動していくことになる。もちろんこのことは、常にすべての帰還者が強圧的であったというようなことではない。しかし強圧的に振る舞う人々もいたのだ。一方で帰還者があまりに声高になりすぎると、権力の側で彼らへのコントロールが効かなくなる可能性がある。だから帰還者の戦地体験や政治的見解についての発言には、憲兵や警察が目を光らせており、帰還者とてなんでも発言できたわけではない。以下、本節では日中戦争期の銃後において帰還者の持った意味と、彼らがどのような社会的発言をしていたか、そして帰還者の発言のなかで当時隠蔽されていたものについて見ることで、今までほとんど論じられていない戦時中の帰還者の実態を概観していく。

帰還兵の存在

戦時中の帰還者に関するほぼ唯一の先行研究といえる吉良芳恵の研究でも強調されているように、日中戦争の進行中において、「帰還」とは本来「凱旋」ではなかった。しかし一九四〇年ごろまでであれば物資もそれなりにあり、数年ぶりに帰った家族や友人を迎え入れる側は、凱旋のように歓迎した[15]。

一九三八年、陸軍省新聞班が『輝く帰還兵の為に』というパンフレットを作成し、三月一日に発行した。一九三八年二月十六日には、対ソ戦準備のために戦面不拡大方針、つまり戦略上、中国での戦線を広げないことが大本営御前会議で決められていた。それにより中国での兵力漸減を進め、「二月末には、上海からの帰還第一陣が内地に上陸し、盛大な歓迎をうけ[16]」た。これはそれに合わせて出されたパンフレットで、一言でいえば帰還者に対する心得を記したものである。軍が帰還者に対して配布したメディアでもあり、同時に帰還後の彼らの社会的影響を考慮した、今でいう「メディア対策」的なものを含んでいる。このパンフレットでは、まさに帰還が凱旋ではないことが強調されると同時に、除隊者に「国家総力戦の一員として新たなる任務に就くこと」（『輝く帰還兵の為に』陸軍新聞班、一九三八年、四頁）への自覚を促そうとしている。そして同時に、帰還者が戦地と銃後との間で生きるメディアの役割を果たしてしまうことを、既にこの時点で軍がしっかり認識していたことを示している。ちなみに海軍がこうしたパンフレットを出したのは、私が確認できた限りでは、一九四〇年四月の『戦線より銃後へ――帰郷者のために』（海軍省海軍軍事普及部発行）が最初のようだ。陸軍より大幅に遅いのは動員・帰還者数の少なさが原因と推測される。

戦争報道の過熱する当時の状況では、帰還者に銃後の目が注がれる。そのため、知人との会話にとどまらず「諸士の経験談を新聞雑誌其他によつて更に広く発表紹介しやうとするものもあるであらう」（『輝く帰還兵の為に』六頁）という。メディアの取材が帰還者に集まることを見越しているのだ。

いち早く国内へ戻らざるを得なかった傷病兵などのもたらした情報のなかには、軍にとって好ましくないものがあったようで（『輝く帰還兵の為に』八頁）、四月十一日には、憲兵司令部が「戦地帰還者若《もしく》は在郷軍人を中心とする座談会に対する取締の件通牒」を出している。帰還者たちの出席する座談会について「其内容政治問題ニ亘リ或ハ政争ノ具ニ供セラル、虞《おそれ》アル場合ハ事前主催者ニ対シ論示中止セシムル如ク指導シ已ムヲ得サレハ禁止ス」という。これに際し憲兵隊は「警察当局ト密接ナル連繋ヲ保持」するとある。(17)つまり除隊者や在郷軍人は、兵籍があっても民間人としての生活をしており、軍の機密などに対する取締りは憲兵で行なうが、一般の事件では警察の管轄となるからである。内務省警保局から帰還者に対する取扱いとして「其ノ栄誉ヲ十分ニ尊重シ且ツ国民的感謝ノ念ヲ以テ之ニ接(18)」するよう、警察関係への要請が出ている。民間人であるが、兵士とも見られる立場の曖昧さが帰還者につきまとい、英雄イメージを崩さないよう気を配っているのだ。そしてその立場と戦地での経験ゆえ、彼らの発言は戦時下の社会で強い影響力を持つ。

先のパンフレットに戻れば、こうした若干の懸念はあったが、彼らは基本的には、帰還したら「速かに各自の本業に就き、以て良兵は即ち良民たるの実を挙げることが必要である」と、手本となって銃後を引っ張るべく要求されたのである。軍隊、特に戦地で要求されるものと市井の生活で要求されるものが同じであるわけがない。だが戦時中であることから、除隊者＝市井の生活に戻った人々であっても、戦時の雰囲気を銃後に積極的に持ち込むことが期待されているのである。例示されているのは、祖先の墓参り、出征中留守家族の世話を受けた人や戦友の遺家族に対する挨拶や慰問、在郷軍人会での活動などである。彼らはいつ再召集を受けるかわからぬ身という意味も含めて、帰還後も軍人であることを要求されていたのだ（『輝く帰還兵の為に』一二頁）。そしてここで要求されている「軍人」とは、戦場の現実を銃後に持ち込む軍人ではなく、人間の負の面を表に出さぬ、あるべき軍人像となる。

　このパンフレットが出てから二ヵ月後、同じく陸軍省新聞班が『事変と銃後』というパンフレットを出している。こちらは銃後の人々に向けて戦争協力の必要を具体的に説いたものであるが、特に帰還者との関係で注目すべきは、傷痍軍人に関する記述であろう。

　このパンフレットではまず、日露戦争における「銃後」[19]の戦争協力に触れ、敗戦国ロシアにはその協力がなかったことが強調される。そうした流れから日露戦下の日本では傷痍軍人への同情があったことに触れつつも、戦争後には「著しく後援の熱も冷め、遺家族、傷痍軍人等の保護待遇等に於ても遺憾の点が少くなかつたのである」（陸軍省新聞班編『事変と銃後』軍人会館出版部、一九三八年、一三―一四頁）とされる。日露戦争時に傷痍軍人という言葉はなく、「廃兵」という非常にマイナスのイメージを与える言葉が、公式にも一般的にも彼らに向けられていた。読者の多くがその事実を知る状況において、こうした冷遇を続けることは士気の低下につながりかねない[20]。

　しかし同時に、日露戦争時には出征者の遺家族などに対して、公的および民間双方の扶助が存在したものの、「出征軍人の家族は又其の名誉を思ひ、公私の扶助を受くることを好まず、極力家業を励み進んで国防の完璧、国力の充実に奉仕した」（『事変と銃後』一二頁）と、自助努力が当然とされていたことも強調される。これは大日本帝国にとって「誇るべき」経験としての日露戦争を引き合いに出しつつ、援助を当然のもの（＝「権利」という近代個人主義的なタームで理解されるもの）として受けることが出征者の名誉を損ないかねないことをほのめかしている。公的援助を減らしたいため民間の援助が必要であるし、戦争遂行上、「地域にくらす多くの障害者は「国家の没落」につながりかねない存在であり、傷痍軍人がこれと同じに見られることがあってはならない」ため、「軍人の遺家族も一般の貧困者と同じであってはならない[21]」という考えから、援助がダメだとは決して書かないが、公的扶助の肥大化を防ぐために引締めを図っているのである。

この二つのパンフレットが出た一九三八年といえば、厚生省が設立された年である。軍としても長期戦を覚悟するなかで、現時点においては軍事援護が必要なことを理解している。だが、「事変が長期に亙るに伴ひ国内に於ては左翼思想者等が巧みに事変関係の軍事社会問題、就中傷痍軍人及遺家族問題を捉へて自己の主義勢力扶殖に悪用するの虞《おそれ》も亦大である」（『事変と銃後』三一―三二頁）と、いうなれば福祉的な制度の利用に一定程度ネガティヴなイメージを与えている。

こうした見解は、軍の側の次のような観点と関係してくる。「又之が保護上忘るべからざるは遺族、傷痍軍人の善導である。其の第一の要諦は遺族たり、傷痍軍人たるの名誉を永く保有せしむることである」（『事変と銃後』三七―三八頁）。銃後の人々に訴えかけているパンフレットにおいて、人々から見て名誉と感謝の対象であるはずの遺族や傷痍軍人は、国内では戦争被害を先に受けた層として不満を胚胎しうるがゆえに、国家権力から見れば保護と善導の対象でしかないことを明るみにしている。

そして傷痍軍人に関して興味深い、次のような記述もある。「特に傷痍軍人中不具廃疾となれる者等に対しては、婚姻の世話乃至は媒酌等暖かき同情の手を差し伸べて精神的慰藉の道を講ずることが望ましい」（『事変と銃後』四〇頁）。自立の困難な障害を負った元兵士の婚姻が社会問題となっていたが、その婚姻の世話をすることが「精神的慰藉」として位置づけられているのである。彼と結婚する女性の直面する物質的および肉体的負担は当然のように無視されている。植野真澄が指摘しているように、当時傷痍軍人へ嫁ぐ花嫁は「美談」として語られる対象であった[22]。苦労なく暮らしが送れるようなバックアップ体制が整っていないからこそ「美談」となったことは言うまでもない。

声高に語る帰還兵

帰還者が増加するにつれて彼らのメディアへの露出が増えていく。そして彼らが戦地と銃後をつなぐ独特の役割を果たしていくのであるが、それはつまり帰還兵という立場で銃後の人々に向かって発言するということである。そうした例をいくつか紹介しておこう。

『オール讀物』一九四〇年九月号の記事「帰還二勇士　戦争とスポーツを語る」は、同年二月に帰還した、ボクサーの笹崎儣《たけし》と、プロ野球選手の沢村栄治に記者がインタビューする形の座談である。普通の人が手榴弾を三〇メートル投げられればいいところ、「六十米《メートル》か七十米《メートル》行きますね[23]」といった沢村の有名なエピソードが出たり、帰還からスポーツ界へのカムバックまで半年くらい静養した方がいいのだが焦ってしまうといった、題名どおりのスポーツと戦争の話が出る。そうした話のなかに、「帰還した人が、銀座あたりを歩いてゐる着飾つた人を見るとこづら憎くなるといふが、やはり僕等もさう感じますね。向ふに居る時は、銀座を歩いてゐる人がいないとか、随分さういふ事を聞いたのですが、帰つて来て見ると少しも変りがない。さういふ方面を見ると何だかだまされたやうな気持も多少ありました[24]」といった話が織り交ぜられる。しかもこの後、「時日が経つに従つて、次第にそれが消えて行きますが、現在では、自分が憤慨を買ふやうな態度をやるのではないかと思つてびく〳〵することもあります[25]」と、自分自身も銃後に慣れて気が緩むことをある意味謙虚に述べ、帰還者であってもその行動を絶えず律する必要があるという自戒を述べつつ、間接的に銃後の人々に戦時の自覚を促すのである。

日常のなかに戦争への意識が入り込んでくるという当たり前のことを書いているのだが、戦地にいる兵士へのインタビューと決定的に異なることがある。帰還した彼らであるから、銃後の読者と同じ空間で日常の生活を営んでいる。だから生活上の行動一つひとつを具体的に、戦場との対比や戦場との関係のなかで捉えうるのである。しかもこの場合、必ずしも声高な主張ではなく、人気スポーツ選手のくつろいだ語りのなかに入り込んでくる形で、銃後の読者は自分が知らぬはずの戦場を基準に、「今・ここ」の生活を相対化するという操作を、具体的な指摘のなかで要求されるのである。こうした発言によって銃後の雰囲気の引締めを図るとともに、帰還者であろうとも前線にあった時よりも精神が緩むと自己反省を語るこの発言は、当時にあって模範的なものであると言える。

もっともこのような帰還者像は、複雑な問題を含んでいる。そもそも戦地と銃後を結ぶ生きたメディアとしての帰還者は、軍から見て銃後でのリーダーシップに対する期待と、戦場の負の実情を知らせかねない不安という二面性を孕んでいた。帰還者本人がリーダーシップを持てることを知っている場合、あるいは現状への大きな不満を持つ場合、彼らは権力のイメージを超えて自ら語ることもできるのである。

「究極的価値たる天皇への相対的な近接の意識」が露骨に表われている例を見よう。「自分は普通の人間とは違ふ。懼《おそ》れ多くて口には出せない事であるが、自分一個の考へとしては、自分は靖国の神に最も近い人間の一人だ、と思つてゐる。だから自分は護国の神になつた気持ちで君国の為に尽さねばならない[26]」。

これは『雄弁』一九四〇年十一月号、「産業戦線に甦つた傷痍軍人は語る」という記事である。戦傷で視力を失った衛藤義仲という男性。彼は手探りしながら小銃弾をケースに挿入する仕事に就き、指先にまめが出来て血がにじむが、戦線の苦しさと比べ、「それ位のことでは自分は屁とも思はなかつた[27]」という。

彼は視力が回復しないとわかった時、一度は絶望して自決も考えたが、「一旦大君に捧げた命だ、どんな事があつても軽率に扱つてはならぬ[28]」と思い直す。視力を失った自分の「今・ここ」が念頭にある時点では絶望から自殺を考えるが、前線を思うなかで、そこで活動している戦友たちを基準にして、自分の「今・ここ」は大したことではないと意味づける。最初から最後まで完璧な人間ではなく、弱さを見せることで読者にシンパシーを持たせつつ、最終的には「立派な」存在となるという、「更生」のお手本とも言うべきストーリーが語られる。

しかも更生した以上、国家は「自分達、戦盲者に対して、充分なる扶助料を与へて下さる。だが自分はそんなものを当にして、安々と生きる為に再起したのではない[29]」と、やはり扶助・援助を受けることにネガティヴな含意を与えている。当時の傷痍軍人として非常に模範的な回答であろう。だから記事に取り上げられたのだが。

とはいえ、「自分は靖国の神に最も近い」と言い放つことは当時にあって「模範的な回答」のなかに入るのか、否か。おそらく否であっただろう。戦地で靖国の神に「なり損なった」傷痍軍人たちは少なからず存在し、そのすべてが「靖国の神に最も近い」と主張し始め、さらに政府や軍を批判し始めようものならば抑えきれぬ可能性がある。それでもこのような記事が載ったのは、彼が東京第一陸軍造兵廠に就職した視力喪失の傷痍軍人として第一号であり、実のところ傷痍軍人の勇士としてのイメージ作りもまだ形成途中であったからだろう。自分が靖国の神に最も近いという発言には傲慢だと反感を抱く読者もいたのではないだろうか。結局のところ、口に出すのが憚れ多いと言いながらはっきりと言明しているのは、表立って傷痍軍人を批判することができないことを見越しているからだろう。

次に、政府の戦争方針を具体的に批判した例を見よう。皇紀二六〇〇年、つまり一九四〇年の三月。興亜歴戦者有志会設立準備会なる会が、『帰還兵の声』というパンフレットを出版した。一冊一五銭。三十頁余の小冊子とはいえ、大資本が薄利多売で出した同じ三十貞ほどの『週刊朝日』も一五銭。『週刊朝日』は写真を多用していたとはいえ、このパンフレットも値段を抑えて幅広い普及を狙っていたと見える。内容もさることながら、このタイトルをまず見ておきたい。「声」という言葉には、まさに自分自身の意思をもって社会に意見を発するというスタンスが込められている。同時に「帰還兵」という立場を引き受ける姿勢も示している。

執筆者の一人、安藤為造という人は、帰還兵という肩書きでものを言うことに対する戸惑いを覚えるようになったがその理由の一つは、自分が意見を述べると「今迄お国の為に苦労をして来た人たちだ、ほとぼりの醒めるまであ一歩位譲つて置け――かういった気配を識者の中に感じたからである」(『帰還兵の声』興亜歴戦者有志会設立準備会、一九四〇年、六頁)と言う。戦争協力が足りないような事態に対する批判を彼が述べる時、彼の言葉が説得的だから周囲や識者が「譲る」のではなく、帰還兵が言っているから「譲る」という状況を指摘しているわけだ。しかしそう述べている彼は結局『帰還兵の声』なるパンフレットで声を大にして主張しているのである。帰還兵という立場を戦略的に利用し、結局のところ識者を黙らせる方向を選択しているわけである。

別の執筆者、山下農夫也は、ラジオの野球中継や音楽番組の途中にヨーロッパの戦況のニュースが入ると抗議の声が出るといった、街での光景に不満を述べる。三九年九月一日、ドイツのポーランド侵攻でヨーロッパには戦火が広がっていた。その戦況よりも娯楽を優先する人が多いことに対して、アメリカの「放縦主義、個人主義」が「なんだか他国事ではないやうに思はれる」(『帰還兵の声』一五―一六頁)と言う。戦時にあってヨーロッパの戦局が日本の行く末と関連していることを国民として自覚してほしいと言うのである。このパンフレット全体が、帰還者の実感的なレベルからの近代個人主義批判とも言える。ある主張を、その内容の是非を論じて正当化する理性的な議論ではなく、その発言を帰還兵という肩書きによって正当化するという前記の立場としっかりと噛み合っている。以上の二人は銃後を引き締め戦争を推進させるという、軍当局の望む帰還者像に当てはまる。そして彼らも真剣にその立場を引き受けているのだが、真剣であるがゆえに当局を弱腰と見做せば、時に当局を批判する声を発することもある。

パンフレットのラストを飾るのは、朝原吾郎という人の「政治家よ死ぬ身になれ」という文である。これは雑誌メディアのなかで戦争協力のトップクラスに位置していた『文藝春秋』の一九四〇年「新年号掲載懸賞当選文」で、一九三九年十一月二十四日の稿とある。この筆者はかなり政治的に踏み込んだ発言をしている。それは長期戦となり膠着した「事変」の処理、つまり日中戦争をどう終わらせるかについてである。自らが中国で戦ってきた帰還者は、除隊してしまえば「市井の百姓や職工ふぜい」であり、そんなことに口を出すなという向きもあるが、「然し、事変処理のこと、其成行如何に就ては、寧ろ黙つてゐたくても黙つてはゐられない。場合によつては黙つてゐないほうが忠実ですらあるであらう」(『帰還兵の声』二〇頁)と書く。

具体的な問題として、「或る者等は、近衛声明なるものを、文字通りに解釈すべきものなりと称している」(『帰還兵の声』二一頁)と、近衛声明に言及していく。彼がこれを書いた一九三九年十一月といえば、その声明を出した第一次近衛内閣はとっくに退陣しており(一九三九年一月四日)、平沼内閣のあと、阿部信行が首相となっていた。日本近代史家で外交史に詳しい臼井勝美は、短命だった平沼、阿部、その次の米内内閣を第一次近衛内閣と第二次近衛内閣の「中間内閣」として、「中間内閣十九ヵ月間の最大の課題は泥沼化した日中戦争をいかに収拾するか」[30]だったと述べている。筆者の朝原はここで、その収拾＝事変処理にあたって、近衛声明、つまり政府の正式な方針を文字通り受け取る人々は、「事変を速かに解決せねばならぬと考へる人と」同一であるとし、その人々は「概して戦争に縁の薄い連中」であり、「汪兆銘を全幅に支持せよと叫ぶ人達」でもあると言う(『帰還兵の声』二一―二二頁)。こうした別々の論点の支持者をひと括りにする彼の見方自体に大きな問題があるのだが、ここではそうした人々を同一と見做して批判することで、彼が何を言いたいのかを考えてみよう。

彼の主張によれば、帰還兵の多くは近衛声明を情勢に応じて解釈すべきという立場だという。長期戦のなかで次第に生活に影響が出て、早期解決を求める者がいるが、「此際安易に就きなまじっか不徹底な解決を急ぐことは、更に五十年、百年の将来に禍根を残すものである。〔米の〕七分搗き結構、玄米また可なりだ」(『帰還兵の声』二一―二二頁)。つまるところ、帰還者は生活の不便と長期戦を覚悟してでも妥協はしないという宣言である。汪兆銘に触れていることからもわかるとおり、一九三八年十二月二十二日に出された第三次近衛声明、つまり中国国民党の重鎮、汪が重慶を脱出し、日本との交渉の姿勢を見せたことに呼応する声明を、彼は標的にしているのだ。

一九三八年一月の時点で、有名な「国民政府を対手とせず」(第一次近衛声明)と、戦闘の相手たる国民政府との交渉を閉ざしてしまった近衛内閣。それが同年十一月三日の東亜新秩序を打ち出したいわゆる第二次近衛声明では、戦争の出口が見えないなかで「固ヨリ国民政府ト雖モ従来ノ指導政策ヲ一擲シソノ人的構成ヲ改替シテ更生ノ実ヲ挙ゲ新秩序ノ建設ニ来リ参ズルニ於テハ敢テ之ヲ拒否スルモノニアラズ」[31]、要するに日本の言うことを聞き入れるならば国民政府の新秩序参加を拒まないという転換を示した。しかしそれは国民政府による統一的な中国統治を認めるものではなく、各地方に日本軍が樹立した傀儡政権と並立した一政権として国民政府を認めてもよいという、蔣介石政権からすれば到底認められぬものであった。そうしたなかで重慶を抜け出した国民政府の重鎮汪兆銘が、日本側との交渉を図ったなかで出されたのが第三次近衛声明であった。

この朝原のパンフレット掲載文が書かれたのは阿部内閣の時期である。藤原彰いわく、阿部内閣は「日中戦争解決にたいしても、決め手をもたぬため、重慶を脱した汪兆銘のもとで、中国に新中央政府をつくることに期待をかけるよりほかかない[32]」状況であった。そのなかで、汪に対しての和平条件の打診として一般には受けとめられていた第三次近衛声明を帰還者朝原が批判するというのはどういう意味なのか[33]。

陸軍が事前に見たがるなか、内容を秘したまま執筆、発表に至ったというこの第三次近衛声明。中国側にとっては最重要点である日本軍の撤兵について触れていないので「汪は甚だ失望し」、日本国内では「事実これを軟弱として非難する声もあったが、大勢はこれを是認した[34]」というものであった。この『帰還兵の声』は、声明から一年弱、進展を見せぬ状況を帰還兵の立場から「軟弱として非難する」ものであったと言える。

もっとも、第三次近衛声明は、中国側に「満州国」承認を求めるのは勿論のこと、中国全土において日本の特殊な権益（＝他の列強にはないもの）を認めさせる、中国側にとって屈辱的な内容である。日本側から見て妥協的といえるような文言といえば、「日支経済関係ニツイテハ、日本ハ何等支那ニ於テ経済的独占ヲ行ハントスルモノニ非ズ[35]」と、経済的な排他関係を取り結ぶものではない（他国を排除はしないが、日本が優先的立場にある）と述べた部分と、「日本ノ支那ニ求ムルモノガ区々タル領土ニ非ズ、又戦費ノ賠償ニ非ザルコトハ自ラ明カデアル[36]」という部分であろう（他には和平実現のために日本が譲歩するというような部分が見当たらない）。中国本土（東北部は除く）には領土的野心を持たないというのは、元来この「聖戦」においての日本側のタテマエであるのだが、帰還者として彼は賠償も含めてそのタテマエを超える過大な要求を掲げて政府批判を展開しているのである。だからさすがに聖戦批判に当たるこの前後には、若干の伏字の箇所が見られる（『帰還兵の声』二二頁）。

これは「聖戦」の大義たる東亜新秩序声明に反してでも、兵士が血であがなった占領地を易々と失うわけにはいかず、そのためには更なる長期戦をも覚悟するという、声高な帰還兵の政治的要求なのである。懸賞当選文である彼の意見が帰還者の典型ではないだろうが、この場合、軍のおぼえめでたい『文藝春秋』というメディアのお墨付きを帰還者が利用しつつ、メディアも帰還者の声を借りることで強硬路線からの政府批判を煽っているのである。

以上見てきたこの要求には、奇妙なようだが一九四〇年二月に民政党の衆院議員、斎藤隆夫の行なった有名な「反軍演説」と重なるものがある。日中戦争を聖戦とする近衛声明を、いわば「きれいごと」として批判した斎藤は、軍、政府、議会、メディアからの大バッシングを受けて議員を除名される[37]。つまり公式にはこうしたスタンスは排除されることとなるのであるが、除名された彼に対して「七〇〇通余りのほとんどは斎藤を支持する[38]」書簡が届いたという事実は、草の根においては公式見解に対する不満が鬱積していた当時の状況を示している。ただし斎藤の支持者には、日中戦争を日本が犠牲を払ってでも早く終結させるといった反戦的立場の者も含め、軍や官僚に不満を持つという点以外共通点のない、本来なら相容れぬ幅広い層がいたことは指摘しておきたい（中国に見返りを要求し、長期戦を覚悟するという朝原の立場は、やはり当時の最強硬派と言えよう）。要はそうした幅広い層が公式見解に合わないという一点だけで意見を表明し難かった（全くできなかったわけではないが、公式見解の前にかき消されていた）のがこの時期なのである。そのなかで先のパンフレットの朝原は、自らの立場を利用して堂々と聖戦批判につながる見解を表明したわけだ。

隠蔽された声

ここに見たような露骨な政府批判が「聖戦」の現場を知る帰還者から出されてしまうことは、政府や軍の正当性を掘り崩しかねない。実際の中国との終戦工作にあたってこうした声がどれだけの影響を与えたのかは定かでないが、政府や軍は兵士たちの近衛声明批判を認識してはいた。特高警察や司法省の資料を見ると、こうした帰還兵の政治的な動きにはかなり注意を払っていたことがうかがえる。さまざまな統制や政治団体への弾圧によって、個々人のつながりが断ち切られていった時期であるが、政府は戦争遂行のために在郷軍人同士の連携を断ち切るわけにはいかない。

以下、ここでは当時の銃後では表に出ることのなかった帰還者の声をいくつか取り上げてみたい。それは次節以降で三人の作家の作品を見ていく時に、彼らがそもそも描くことのできなかった範囲を指し示すことにもなる。まず最初に、結果的には大ごとにならず、特に弾圧されたわけではなかったが、メディアには載せようがなかった例を見よう。帰還者とは「秘密」を抱えた存在でもあるのだが、秘密の最たるものとも言える南京事件（南京大虐殺）にかかわる暴露のケースである。

一九三七年十一月から十二月にかけて日本軍が南京へ向かう途中、日本の新聞紙上に度々登場したのが「百人斬り競争」であった。これは二人の少尉が日本刀で斬った中国兵の数を競い合うおぞましい競争であり、当時の有力紙『東京日日新聞』『大阪毎日新聞』（ともに現在の『毎日新聞』の前身）が大きく取り上げたため広く知られていた。

その競争の当事者の一人、野田毅は一九三八年三月に帰還し、故郷鹿児島に帰郷した。ちなみに除隊ではなく、内地の部隊に転属する途中での帰郷であった。地元新聞の記者の取材に応じ、「例の向井少尉との競争談に水を向けるとニッコと笑いながら「三百七十四人の敵を斬りました[39]」とコメントしたという。

中尉となった彼はこの短期間の帰郷の間に何度も講演（当時の銃後においては重要な情報源であった）を行なったのだが、そこでメディアには載せようがなかった話をしている。その講演を聴いた当時の小学生が、野田は次のように語ったと回想している。「実際に突撃していって白兵戦のなかで斬ったのは四、五人しかいない……／占領した敵の塹壕にむかって『ニーライライ』と呼びかけるとシナ兵はバカだから、ぞろぞろと出てこちらへやってくる。それを並ばせておいて片っぱしから斬る……[40]」。白兵戦で勇敢にも敵中へ飛び込んで何十名もの中国兵を斬り倒すイメージが新聞報道では作られていたわけだが、その実態は無抵抗の捕虜虐殺だったのだ。

勇士の暴露話は小学生にはショックだったようだが、英雄イメージを崩壊させるこうしたストレートな話は基本的には表に出ることはなかった。帰還者という存在がメディアでクローズアップされ戦意を煽ると同時に、彼ら自身も戦意高揚に手を貸した結果、時に勢い余って戦場の現実を明らかにしてしまうことがあったのである。

ただしこれに関して重要なことは、こうした事実は当時、ある意味では一般の人も知り得たということである。戦時中の日本で南京事件は一般には知られていなかったが、日本軍が南京攻略戦の過程で、戦時国際法違反である捕虜の虐殺を多数行なっていたことが当時の新聞記事から多数読み取れるのである。

野田たちのケースに限らず、「地方紙は各地方の郷土部隊の将兵の軍功を競って掲載し、また戦場からも、銃後の家族からもそうした戦場の手柄話が郷土の新聞に掲載されることは名誉として歓迎された[41]」ため、類似の話は多かった。記事のベースは、彼らが戦闘のなかで中国兵を殺したことになっている。だが、戦地からの手紙が新聞に掲載された例では、「生捕り兵五人を連れ来り打首に無《ママ》し日本刀の切れ味たるや実に驚き入り最初打首する時一人目は思ふやうに首が切取れず二回目よりは見事打切り自分ながら驚き入りたり[42]」と、通常の戦闘中ではなく、捕虜を虐殺する話も新聞紙面に検閲を通って少なからず掲載されていた。

小野賢二や笠原十九司の研究を見ればわかるとおり、これは「偶然」検閲をすり抜けた類のものではない。新聞や戦地からの手紙（これも当時は部隊で検閲を受けた）などに類似の話が多数書かれていたからである。当時の日本社会全体が、捕虜殺害を問題として認識していなかったことをよく示している。これは厳密には「秘密」の話ではないが、当時の捕虜に対する感覚を知るにはよい例であろう。また、中国兵や、アジア・太平洋戦争開始後の連合軍の兵士は、死か捕虜かしか選択肢のない場合、捕虜となることをためらわなかったが、それが日本の銃後では、〝死を賭して戦う（はずの）日本兵にはありえない〟と、侮蔑的に受けとめられていた。

とはいえ現実には捕虜となった日本兵も当然いたのである。当時の日本軍においては、捕虜は存在しない（してはならない）ものとされていたため、ある兵が捕虜となったことが確認された場合でも、銃後においてはその存在が隠蔽された。その隠蔽された当事者による戦後の回想をいくつか見よう。

一九三八年八月、戦闘中に新四軍（華中地域で活動していた中国共産党軍）の捕虜となった富山安寿郎は、「あとで聞いた話では、日本では私が捕まった八月二三日に私が「戦死」したことになっていました[43]」と回想している。しかも家族、町、区で計三回も葬儀が行なわれたという。

四一年二月に同じく新四軍の捕虜となった藤田豊は、「あとでわかったことですが、私の原隊では私は「捕虜」ではなく「逃亡」の扱いとなり、故郷では「国賊」と言われました。自宅に憲兵が毎日のように来たそうです[44]」と語る。彼は馬の水を汲みに外出中に銃も持たない時に捕まったために、部隊では「戦死」と誤魔化すことができず、本人の意思による（部隊の責任とは関係ない）「逃亡」扱いにされたのではないかと推測される。

一九四〇年八月、華北を中心に活動する共産党系の軍である八路軍の捕虜になった大和田廉は、「あとでわかったことですが、私の部隊では私が捕まったことを知っていましたが、公式には「行方不明」の扱いとなりました。神戸の実家には二回ほど憲兵が様子を見に来たそうです。しかし一九四三年（昭和十八年）には、「敵陣に突入して名誉の戦死」という扱いになり、同年六月十三日の『朝日新聞』や『毎日新聞』に戦死記事が掲載されました。同年十二月、三宮駅に「遺骨」が帰り、公葬になったそうです[45]」。彼も戦闘中に捕まっている。こうした例からわかるように、捕虜となった日本兵の扱いは状況や部隊によって差異はあるが、部隊の「名誉」を傷つけることを避けるため、

「捕虜」となった事実は隠そうという意図が共通してうかがえる。

実のところ、この三名は捕虜となった後、日本軍に対する反戦活動を展開している。ここで紹介した例はすべて共産党軍の捕虜であるが、少なくとも一九四一年ごろまでは国民党軍にあっても日本人捕虜の反戦の動きはみられ、その中心人物は一九三六年一月に上海に渡っていたプロレタリア作家の鹿地亘《かじわたる》であった。日本軍による南京占領後、首都が移った重慶において、四〇年七月には鹿地を中心に捕虜を組織するため日本人反戦同盟総本部が結成された。

日本では捕虜となった人々の存在自体隠蔽されていたのであるから、こうした反戦活動など公表されるわけはなかった。同盟結成より前、当時の秘密資料、司法省刑事局思想部が編集していた雑誌『思想月報』の第五五号（一九三九年一月）には、中国に長期在住していた日本人女性、池田幸子の「日本兵に与へる書」という反戦の呼びかけが収録され、日本政府も在中日本人の反戦の動きを認識していたことがわかる。(46)ちなみに池田は反戦同盟結成時には同盟の総本部責任者の一人となっている。(47)

本章の中心課題からは少し時期がずれるが、一九四一年ごろからは中国内で国民党と共産党の関係が悪化し、鹿地は共産党寄りと見做されて重慶の反戦同盟は解散させられる。ただし共産党側においては、同年三月に、ソ連から中国共産党に協力するため延安入りした野坂参三（延安では林哲の名で活動した）の協力などで、終戦まで日本人捕虜が活発な反戦活動を展開した。

ちなみに二番目に紹介した藤田豊は、その活動を経て戦後も長期にわたり中国に滞在し、ようやく帰国した時に出迎えた実父（彼は養父に育てられた）に「おまえは〝国賊〟だからもう故郷《くに》に帰ってくるな、この足で東京へ行け」(48)と言われたという。彼が帰国したのは一九五八年、なんと敗戦から一三年を経ても「国賊」扱いのまま故郷（彼の場合は兵庫県加古川市）に帰れない雰囲気があったわけだ。現在でも「あの戦争」を無謀な戦争だったと位置づけることが多い一方で、その戦争に抵抗した人を「国賊」扱いした過去はなし崩し的に忘却されただけで、おそらくこうした状況が今日克服されたとは言えまい。以上、こうした兵士のことを隠蔽されたいわば「還って」来なかった兵の例として挙げておいた。

銃後の帰還者の話に戻ると、先ほど見た『帰還兵の声』にあるような、強硬路線からの政府批判に帰還者が流れていくことを当局は警戒していたようで、一九三九年四月の特高警察の資料にもそうした記述が見受けられるが[49]、こうした直接的な政治行動以上に重要なのは、銃後のなかで日常的に人々が接しうる帰還者なればこそ、日常生活のなかで彼らが「帰還兵」ゆえに抱く不満や、逆に彼らの無意識の振舞いが周囲に対して「帰還兵」への批判を抱かせることなのである。

そこで以下、当時一般のメディアに出ることのなかった帰還者たちの不満について見ていく。先ほども出てきた『思想月報』は、当時の思想弾圧に関連する事件の調査を集めた秘密資料である（秘密といっても現在では複製版も出ておりよく知られている）。「司法段階での調書および判決等であり、司法官の手で一つ一つ確認された方向の下で、資料が編集されているため、第一次的資料としての価値は、〔政略的意図を含んだ特高警察の資料に比べ〕より大きいと云える[50]」ものであり、その性格を踏まえた上で読めば非常に参考になる。

『思想月報』第五八号（一九三九年四月号）には「出征帰還者の言動及び犯罪に関する調査」が掲載されている[51]。ちなみに先の陸軍のパンフレット（戦意高揚目的を持つ）では「帰還兵」と名指されていたのと異なり、こちらでは「帰還者」と書かれている。そこでの主な調査項目は、「出征帰還者の言動」と「出征帰還者の犯罪」である。前者には現地（戦地）の言動、帰還後の支援や就職に関する言動、銃後の国民についての言動といった項目があり、後者には犯罪の一覧表とその代表的なケースの事例報告がある。

また『思想月報』第五六号（一九三九年二月号）には「支那事変に於ける出征（戦病死）者遺家族の動向に関する調査」という、出征や戦死で働き手を失った遺家族に対する軍事援護の調査もあり、それも合わせて見ていく。当時の軍事援護では「自助努力」が最優先され、ついで「精神的援助」、それでもダメな場合最後に「物質的援助」の登場となった（『思想月報』第五六号、一〇頁。以下、複製版『思想月報』からの引用は本文中に記す）。以下、『思想月報』のこの二つの調査を中心に見ていく。

出征中の兵士の心配事の典型は、家族の生活のことであった。また、帰還に現実味が出てくると、自らが就いていた職業に復帰できるかという心配が切実となった。この二点は当時の新聞や雑誌などでも頻繁に取り上げられ、「銃後の護り」が整っていることがアピールされている。兵士がそれを現地で見ることが織り込まれているのだ。戦争の進行という既成事実をテコにしてこそ総動員化が進むわけで、その大義名分の鍵を握ると言ってもいい前線の兵士、およびその代弁者となり得る帰還者の言動は、軍隊・兵士に関わることのみならず、銃後全体へも影響する状況をよく表わしている。

言動調査のなかで、ある帰還者の発言として次のことが記されている。

営利主義より他に何物もない実業家や資本家の走狗たる既成政党の自由主義の本尊達は、何等改むるところなく国家総動員法の発動に対してすら異論を唱へて居る実情を見て憤慨に堪へたい《ママ》ものがある。又帰還兵に対する待遇も全く冷淡で、職業等も全部出征中に奪はれ、已むなく職業紹介所へ行つても八方塞りと称して相手にせず、是では戦地へ行つて払つた犠牲は何の為めだか判らない。こんな事が第一線に伝つたら怎《ママ》んな影響を及ぼすか恐るべき事だと思ふ。今後此の誤れる国内情勢を改革するこそ我々帰還兵の大使命と思つて居る。(『思想月報』第五八号、一四頁)

ここではいろいろなことが言われているわけだが、次の点に注目したい。日中戦争の本格化と経済統制の進行にともない、軍需産業を中心に、応召、入営した自社の労働者への手当・賃金が会社から支給され続けることが一般化した(逆にいえば以前はそうした補償はほとんどなく、軍に入ることで収入は一般的に大きく下がった)。そうした企業や公務員であれば、復員しても復職できる可能性は高い。とはいえ、加瀬和俊が指摘しているように、法的に裏づけられた補償ではないため、一定の収入を確保することが難しい民需関係企業や下請け企業、あるいは自営業者、第一次産業からの出征者はそうした恩恵に与れない。そこで不公平感が高まったわけだ(52)。

この出征者同士での待遇の格差への不満については、第五六号の遺家族の調査からもうかがえる。例えば帰還者がある程度増えてきているこの時期においては、帰還できた人の家族に対する、帰ってこない家族からの嫉視がある(『思想月報』第五六号、四〇頁)。さらには年齢が比較的高い応召者の家族に対する地域コミュニティのケアが、若い現役兵(多くが未婚)に比べて厚いため、現役兵の家族から不満が出ている。また、戦傷病を負い内地で治療を受けたり入院した兵士が、ある程度回復した上で(しかし兵役に耐え得るような健康状態には戻れないため)、除隊や兵役免除となると、軍事援助が支給されず医療費を自弁しなければならないといった問題も指摘されている(『思想月報』第五六号、四四頁)。医療費を出し、ケアもする家族の負担は大きい。出征者の家族だけでなく、帰還者(特に傷痍軍人)の家族への支援も必要とされていたわけである。

家族の生活に関わる問題としては、既に一九三九年初めの時点で、農山漁村の一部の家では、生産の中心たる若い男性を奪われた上に「各種物資殊に生産手段の徴発」、例えば農耕用の馬を軍に取られることによる追い討ちで、生産の現状維持さえ困難なケースが出ていると指摘されている(『思想月報』第五六号、七頁)。第一次産業の縮小再生産が局地的には既に始まっていたと考えられる。

これは軍事優先の総動員体制に起因する。大日本帝国が「内地」において、軍需品を中心とする工業化を優先し、農業生産の比重を減らして「外地」たる植民地からの輸入食料への依存度を高めていったのがこの時期なのだ。それ以前の問題として、日中戦争開始後、大日本帝国の外部、具体的には北米やオーストラリアからの食料輸入が激減したことによる食糧不足があった[53]。いずれにせよ、「内地」における農業生産の相対的低下は、多くの帰還者が憂慮したようだ。もちろん日本の陸軍が農民を重要な基盤としていたからである。銃後社会における都市と農村の対立は、当時を考える上で極めて重要な問題である。

そしてその裏返しとして、羽振りのいい軍需工業関係者が遊興して、実際のところ歓楽街が栄えている状況があった。例えば中島飛行機の工場を近くに抱える群馬県前橋市では、一九三九年が「花柳界の黄金時代」であったという[54]。そうした様子が多くの帰還者や、出征、戦死者の遺家族の憤激の種となった。帰還した彼らをもてなそうと善意から宴会を催した相手に対しても、非常時の認識が薄いと批判的な言葉がしばしば投げかけられている。

「今後此の誤れる国内情勢を改革するこそ我々帰還兵の大使命と思って居る」という先に紹介した言葉のように、戦時下において政治的な意識を強める帰還者も少なくなかったし、除隊者は在郷軍人会に入るので、組織的な力もあった。もちろんこうした帰還兵の憤りは、裏を返せば現状の施策に対する不満や批判であるから、当局から見て全肯定されるようなものではなかった。軍部がどう見ていたのかはわからない部分が多いが、少なくとも『思想月報』での司法省当局の見解は「斯の如き不平、不満が具体化強化さるるに於ては、治安上相当憂慮すべきものにあらずやと思料せらる」(『思想月報』第五八号、三頁)というものであった。

もっともこうした公憤の一方で、帰還者として優遇されることを喜び、かつての友人たちや帰還勇士に寄ってくる人々と遊蕩する者も少なからずいたのである。さらにはその果てにか、あるいは何らかのストレスでか、飲酒による傷害、殺人未遂事件が報告されている。社会への不適応が起きていると考えられなくもない。一九三八年十二月の時点で、出征帰還者の犯罪が二三四件とある。「聖戦の勇士」たるはずの帰還兵が犯罪を多発しているとあっては皇軍イメージを大きく損なうので、かなりのページを割いて報告と分析がなされている(『思想月報』第五八号、一八頁以下)。

帰還者の言動において家族のことが重要であることは既に述べたが、犯罪においても家族に関わることが多く見られる。特に彼らの配偶者に関する問題の比重が大きい。第五六号の遺家族に関する調査を見ると、出征者の家への住居侵入罪という形で男性が有罪になっているケースが多く報告されている。これは事例をよく読むと、要するに出征者の妻の浮気が多く存在したことを物語っている。帰還して、出征中に妻が他の男性と「密通」し駆落ちしたことを知った帰還者の、「自分が戦死したものと思つて〔密通した〕姦夫姦婦を見付け次第殺してやるつもりだ」(『思想月報』第五八号、一七頁)という発言もある(ただし所轄警察署の諭旨で協議離婚となったとのこと)。逆に帰還者が出征者の妻と関係を持ったという報告もある。軍事援護や国防婦人会などによる出征遺家族へのケアは、妻たちの行動に対する「不倫」監視という機能を担っていたという指摘もある[55]。

戦時中なので、こうした話は極秘にされ、公けの場に出るものではなかった。兵士の士気を確実に落とすからである。その裏返しとして、従軍慰安婦が基本的に秘密事項となっていたのは、「出征中の兵士（＝男）が戦地で性欲を我慢している」というアピールをして、留守を守る妻に浮気をさせないためだったのでは、という話もある。経済的、社会的に弱い立場の女性につけ込んだこうした男女関係は、戦後すぐであればカストリ雑誌のエロ小説の恰好のネタとして描かれた。もっとも表に出たといってもそうした猟奇的な扱いが中心であり、『あの人は帰ってこなかった』（岩波新書、一九六四年）に見られるような、戦後の戦争未亡人の社会的・経済的な弱さという、出征者の妻から続いていた負の課題が正面から取り上げられるまでには長い時間がかかった。

出征者の妻に関する別のケースとしては、その夫が戦死した際、遺族年金をめぐって親兄弟と妻との争いが起こることもあった。親などが年金を独占するために、離籍などで妻を家から追い出すのである。ただし当時でも、そうした離籍を無効とする判例があるとのこと（『思想月報』第五六号、五三―五四頁）[56]。また、元もと立場の弱い内縁の妻とその子というイエ制度における弱者が、夫がいない分余計にしわ寄せを受けやすい状況に対して、保護する必要も認識されている。総力戦体制およびその一制度としての軍事援護がイエ制度とぶつかる部分があったことがうかがえる[57]。

家族から離れた問題として、戦没者の遺骨の出迎えがある。町村の担当者の態度が冷淡だという指摘のほか、興味深いのは次のような不満である。「遺骨を迎へに朝鮮迄行つたが、朝鮮方面は沿道の小さな駅々迄も沢山の見送人が敬意を表して呉れたが、内地は冷淡なものだ」（『思想月報』第五六号、四七頁）。「皇民化」へのさまざまな強制や圧力によるものなのか、あるいはその内面化による「自発」なのか、それともイデオロギー抜きに死者の家族への同情を示す人が多いのか。もしくは郷土を離れた在朝日本人が熱狂的な同胞の出迎えをしたのかもしれない。朝鮮において見送りが手厚い理由は不明であるが、同様の指摘は他にも見られる。

翻って内地での冷淡さからうかがえるのは、戦死者の増加で出迎えが日常化し（それは無感動につながる）、自らの家族や親類が出征していない人々にとって、戦場での出来事や戦死者のことが他人事と化しつつあったことを意味している。銃後の一員として戦争を支える構造の内側にある以上、日本国臣民たるもの、戦争に肯定的であれ否定的であれ、戦場や軍隊にいなくても戦争の当事者であるのだが、実際のところ当事者意識が欠けている現実が浮かび上がってくる。そしてそれは、戦争の当事者としての誇りを持つ帰還者たちの憤りとのギャップのなかでこそはっきりと見えてくる。出征中の兵士と異なり、帰還者は銃後の当事者として具体的な問題に対して発言することができ、しかも銃後の一般人に比して強い発言力を持ちうるのである。そしてそれゆえにいっそう、彼らの持つ秘密や不満が表に出ることは「聖戦」イメージを損なうし、彼らやその家族の不満が戦地に伝われば、兵士たちの士気へも悪影響を及ぼしかねなかった。だからこそ不満は公表されなかったし、それを小説に書きこむことも基本的には不可能だったわけだ。

以上、日中戦争期の銃後における帰還者についての状況を概観してきたが、次節以降、当時の小説における帰還者の意味を見ていこう。まず3節では、文壇ジャーナリズムにおける帰還作家の取り上げられ方を見てみる。

3　帰還作家と書くことへの不安

日比野士朗

前節からもわかるとおり、声高に語る帰還兵と萎縮する人々という対比は、一般的な傾向としては言えても、厳密にはその単純な二分法が成立するわけではない。以下で見るように、文壇においてはなおさら、帰還作家が声高に語るという話にはならなかった。

火野葦平『麦と兵隊』の舞台となった徐州作戦によっても中国に大きなダメージを与えられなかった日本軍は、さらなる積極策として武漢作戦を行なうことにした。この作戦は「この際一気に、中原の要衝である武漢を占領して、蔣介石政権を「局地政権」に転落させ」たいという大きな狙いを持っていた(58)。メディアの動員を進める一環としてその作戦の際に、通称「ペン部隊」なるものが結成されることになった。これは内閣情報部（当時。後の情報局）がこの作戦に作家を派遣するというもので、一九三八年八月二十四日の各紙に大きく報道された。

計二二名で、菊池寛や久米正雄のほか、吉川英治など通俗大衆作家と目されたメンバーが多かった。このペン部隊については、高崎隆治、都築久義などの研究があるので詳しくは扱わないが、作家の動向が新聞紙面を賑わしたものの、その成果として出されたルポルタージュや小説はたいした評判を呼ばなかった(59)。文壇の側としてもにわか仕込みで戦場のことを書くことの困難が見えたことだろう。しかも「戦場の小説」のブームは、一九三九年初め頃には一段落してしまう。とはいえ、戦時における戦争協力というプレッシャーはつきまとう。そうしたなかで、帰還兵がもてはやされる状況は、文壇にとっても放ってはおけない。ここでは、火野葦平と並んで「兵隊作家」として当時知られ、研究上も知られている数人の作家を、「帰還作家」という側面から見てみたい。「兵隊作家」が帰還して「帰還作家」と呼ばれることもあれば、帰還してから有名になった作家を「帰還作家」と呼ぶこともあった。特にルールがあるわけではなく、「帰還兵の作家」に対しては、どちらもふつうに使われた。

本章の冒頭で触れた日比野士朗。彼は帰還後に書いた小説によって知られるようになった代表例だろう。『河北新報』の記者という経歴の持ち主であった日比野は、召集され、自らが伍長として参加した一九三七年夏から秋の上海戦を描いた「呉淞《ウースン》クリーク」を『中央公論』一九三九年二月号に発表した。戦傷によって三八年三月に召集解除となっており、再び新聞関係の職に就いて活動しているところだった。

火野葦平ほどのブームを起こしたわけではないが、かなりの注目を浴びた。職業作家ではないにせよ、プロのジャーナリストであり、文壇も注目した。しかも彼は既に帰還しているわけである。そこで例えば、改造社の文学雑誌である『文藝』が、三九年七月号で、尾崎士郎や今日出海とともに日比野を迎え、「戦争の体験と文学」という座談会を掲載した。

この座談会には、芹沢光治良《せりざわこうじろう》という作家も参加している。彼は出征者の手記をもとにした、つまり自らの体験によらないで兵士を描いた「眠られぬ夜」という小説を書いており、体験者たる日比野の見方、書き方との比較が行なわれている。つまり帰還者がいるからこそ、こうした座談会で非体験者の書いた戦争に対する体験者の感覚を聞くなど、体験と描写の関係を論じることができるのである。とはいえここでは、あくまで書かれたテクストのレベルに限定して、戦争を書くことについてかなり冷静に論じられている。それは非体験者である芹沢の作品を論じる部分によく表われている。

尾崎　自分が感動しないのに書くのは、文学者の恥ですよ。

芹沢　それが題材が戦争になると、戦争文学なンて人さまが勝手に言つてゐるんで、こちらの知つたことではない。(60)

つまり非体験者として兵士の小説を書いた芹沢は、モデルにした出征者の手記に感動したからそれを頼りに自分が書ける範囲で膨らませて小説世界を創った。それは戦場そのものではない。「作家として調べられる範囲に於て、調べられる可能な範囲を書いた(61)」ことはフィクションを書くにあたって何ら非難されることではないと言い切っているし、他の参加者もそれに共感している。そして「僕等は戦闘を考へることはできないが、戦争を考へることは出来る。出来るといふより、その中に生活してゐるよ(62)」とも言う。具体的なエピソードなどでこれは体験していないと書けない、という指摘はあるが、体験者の日比野が非体験者に特権的な立場から語り、それに対する批判を封じてしまうといった構図は見られない。その上で、自分が書きたいと思える題材を、書ける範囲で小説にすることが作家のなすべきことで、戦争という注目される題材だから書くというのはおかしいというわけである。

この座談会では、尾崎士郎が酔っ払って登場し、遂には眠り込んでいびきをかく場面も書き込まれている。場面場面でユーモラスな雰囲気が挾み込まれているとともに、まさに戦争は作家にとって題材の一つであってそれ以上のものではないと、過度な締付けや、戦争を描くことを特別視する傾向に対抗しようという意気を感じさせる座談記事になっている。

日比野士朗とほぼ同時期にデビューした帰還作家に、棟田博がいる。渥美清王演、津川雅彦ほか出演の映画『拝啓天皇陛下様』（一九六三年）の原作など、戦後にも多くの作品を残している。彼も日比野と同じく負傷して帰還した経歴の持主である。『瞼の母』などで知られる長谷川伸と、出征前に一度だけ手紙をやり取りしていたが、長谷川に直接会ったのは帰還後が初めてであったという。長谷川の弟子を育てるための機関誌『大衆文芸』（第三期）に、一九三九年三月の創刊号から、棟田は自らの体験記『分隊長の手記』を連載し、連載の続くなか、同年十一月には単行本が出ている。

彼は火野葦平の『麦と兵隊』で描かれた徐州会戦の前哨戦ともいえる台児荘《たいじそう》戦線で負傷し、そのケガによって帰還、除隊している。一九八二年に棟田と歴史家の藤原彰が対談し、この戦闘を「台児荘は日本軍が初めて味わった、いってみれば敗戦でしょう(63)」と藤原は語っている。この対談で棟田は、『分隊長の手記』執筆の動機について次のように述べている。負傷して「除隊になってから、郷里の津山でボヤッとしてたら、長谷川伸先生から、玉木屋の佃煮を添えて手紙が来まして、火野葦平が『麦と兵隊』を書いた。立派な作品だから、きみも読んできみの『麦と兵隊』を書けと(64)」。最初は書く気にならなかったが、もう一度催促が来て書いてみる気になったという。そして二人が初めて対面するのが三八年九月十一日、まさに『麦と兵隊』の成功が評判を呼んでいる最中であった(65)。棟田本人よりも、大衆文学を引っ張る一人であった長谷川が、文壇で注目されていた『麦と兵隊』を意識して、棟田に執筆を促していたわけである。

『分隊長の手記』は、出版から「二ヶ月の間に三十版を重ねている(66)」ほどの成功を収めた。「文学臭」がなく素朴さがあるとされたこの手記は、翌年の二月十一日、つまりは「皇紀二六〇〇年の紀元節」に文部省推薦図書となった。こうして帰還後に書いた作品によって知られることとなった棟田は、帰還者という立場の持つ意味合いにかなり敏感であった。都築久義が指摘するように、日比野や上田廣などは出征前から文学に関する活動をしていたのに対し、棟田は文学への憧れをもっていたものの実際の活動はなかった。その意味では、棟田は戦場の体験を描くことで注目され、全くの素人が戦後にまで残る作家となるという特別な例だったと言えよう(67)。

上田廣と帰還による不安

日比野、棟田とは異なり、帰還前から、つまり出征中に戦場を描いて注目を浴びるようになった作家に、上田廣がいた。国鉄の事務職員をしながら『文藝首都』などの同人誌で活動していた上田は、応召した後、『麦と兵隊』（『改造』一九三八年八月号）の発表と同月、『中央公論』八月号に、山西省における鉄道部隊の経験をもとにして「鮑慶郷《ほうけいきょう》」という作品を書いた。この作品は中国人を主人公としたフィクションで、その生活のなかに入り込んでくる日本軍との関係が描かれたものだった。日本軍が活躍する戦場の小説が求められていた時期にあっては銃後の人々が求めるようなものではなく、『麦と兵隊』のブームの前で大きな反響はなかった(68)。

上田は火野葦平とほぼ同時期の一九三九年十一月下旬に帰還しているが、火野に比べればメディアの取り上げ方はごく地味なものだった。それでも帰還直後に座談会が催され、注目すべき発言が見られる。戦地での検閲について記者の質問を受け、「黄塵」（『改造』一九三八年十月号）に関して、こう答えている。一般的な話として、どの作家の作品も兵士のよい面ばかりを書いていて「さうでない、消極的な面といふものは、余り現在は出てゐないんですが」と述べたあと、

〔上田〕しかし、「黄塵」の中で注意をうけられたさうです。何か太原〔山西省の省都〕の……。
記者　慰安所ですか。
上田　彼処はいかぬとか……。
記者　あなたの作品は、割合女が出て来ますね(69)。

というものである。慰安所の様子を作品内で具体的に書くことはできなくとも、占領地には慰安所なるものが存在し、文脈上、それが兵士にまつわる「消極的」で女に関連する話と捉えることも可能で、しかもそれが検閲によって

書けないことが当時の雑誌に出ていたわけである。

ここで上田の言葉が「注意をうけられたさうです」と伝聞になっているのは、本人ではなく発表の際に掲載誌の編集者が検閲を受けて注意されたことを意味している。これは軍の報道班員として掲載を前提として軍の検閲を直接受けた火野葦平との違いを物語っている。「黄塵」の時点の上田は、発表を前提としていないため、一通二〇グラムまでと制約のある軍事郵便（一般の兵士が使う郵便）で、書いた原稿を日本にいる妻に送っていた。そのため、拾った薄い紙などに自分で罫線を引き、細かい字でビッシリ書きつけたという。出版物の検閲とは別に軍事郵便にも上官の検閲があったのだが、部隊長が執筆に協力的だったことから比較的自由に書けたのであろう。

戦地においては誰に言われるでもなく、暇さえあれば何か書いていたという上田。華北の戦線にいたため、「非常に寒くて夜眠れない日などが沢山あつた。眠れないのですね、眠ると凍えてしまふやうな気がして、さうして眠れないために書いてゐたといふ時があります。あゝいふ時、やはりさういふ何かなかつたら却つて辛かつたんぢやないかと思ひます」[70]と語っている。戦地において小説を書くことが自身の支えになっていたというのだ。

帰還直後、『東京朝日新聞』に掲載されたエッセイ、「戦地より還りて」（一九三九年十一月二十六日、二十七日）のなかで上田はこうも書いている。「文学生活に於ける戦地の好さは私の場合は容易にその対象に命をかけ得られた点にあると思ふのだが今後の私の不安は、果してなんでもないやうな私の生活を描くのに、いや例えば、平凡な一鉄道従業員としての生活の文学的対象に命をかけることが出来るであらうか、といふことである」[71]。

上田にとって戦地において戦場を描くことの意義は自明であった。そして戦地を離れた現在において何を書くべきかに迷いが見られ、その不安が表明されている。棟田は負傷して銃後に帰ることによって戦場での経験を本格的に書き始めるという選択をとった。日比野は戦地にいたときから書いていたが、有名になったのは帰還後に戦場を描いた作品によってである。しかしこの時点では上田にとって、帰還してから戦地のことを書き続けるという選択肢は自明のこととはされていない。彼のなかにそうした選択肢があるのかさえ不明である（実際はこの後も、既に発表していた自分の所属した部隊の記録「建設戦記」の続編という形で戦地のことを書き続ける）。戦地で戦場を描くことと、銃後で戦場を描くことのズレを彼は意識しており、それは対象と自分との距離への自覚でもある。

戦地で内的な動機から戦場について書き続けてきた上田廣。彼にとって、兵士としての自己の役割が強制的な形で規定される戦地で、その戦地を描くことに充実感と自明性が伴っていたならば、帰還と除隊によって、兵士であった自己から解放されることは、その自明性から解放されてしまうことでもあった。帰還後に戦場を描くことで有名になった作家である棟田博や日比野士朗は、彼らの内的なモチベーションによって戦場について書きたいかどうかは別として、戦場のことを書くことが評価される雰囲気が銃後にはあり、かつ自らがそれを書きうる立場にあることを意識して書いていた。つまり「帰還兵」というイメージを意識的に引き受けて作品を執筆したのだ。特に棟田の場合はそれが顕著である。対して戦地から送った作品でいくらか有名になっていた上田は、少なくとも帰還直後には、戦場について書き続けることに不安があり、何を書けばよいか迷いを覚えていたといえる。

帰還したばかりの上田はおそらく知らなかったであろうが、彼が帰還した頃は文壇において「素材派・芸術派論争」が行なわれた直後だった。この論争は主に農村や農民を描いた小説としての「農民文学」をめぐる論争であるが、それにとどまらず、海洋文学、大陸文学や戦争文学など、当時国策的に重要とされる題材を取り上げた文学作品を総称して呼ばれた「肩書文学」または「国策文学」が続出した状況と密接に絡む。

単純にいってしまえば戦時下における国策、つまり国家的に意義ありとされる題材を積極的に取り上げる作家が素材派とされ、対してそれまでの小説の主流をなす私小説、身辺小説、心境小説にこだわる作家が芸術派とされた。ただ、実際のところ、素材派・芸術派という呼び方は、小説観の異なる相手を非難するためのレッテルのようなもので、素材派は素材を消化しきれず駄作が多いとされ、芸術派は旧態依然で、社会性がない、と互いに非難しあった。

戦争文学（戦場の小説）も素材派の一ジャンルとして論じることは可能である。だが戦争（戦場）という題材を取り上げることを正面から批判するのは難しいため、議論の対象に戦争文学は取り上げられなかったとも考えられる。もっともそれ以上に、当時農村を取材したり、農村に飛び込む（あるいは帰農する）ことには作家の自主的な選択の余地があったのに対して、兵士になったり従軍したりすることは当人の意思を超えた問題であったから、戦争文学については一般的な議論がしにくかったとも言える。雑誌の特派員やペン部隊などの形で従軍することに対しては断わることもできたが、そもそもそうした候補になること自体、有名な一握りの作家のみの問題であった[72]。

論争の内容を考えると、第2章の一九三五年前後の純粋小説論で触れた、作品の社会性と私小説とをめぐる問題が引き続き存在していることがわかる。実際、ここで言われている社会性とは国家が意義あるものと認めたものに他ならないという点で、戦場の小説をめぐる議論を反復している。

結局のところ当時の論争のなかでも指摘されていたとおり、「芸術派とか素材派とか、名称にもならぬ名称をくつつけて、別けへだてしようとするのが、間違ひのもとである[73]」。それは、戦場の体験という、当時他の作家からすればうらやましい「素材」を持ち、実際にそれを書いて有名となりながら、そうした文壇の議論から離れ、帰還後の新しい状況のなかで自分にとって書くべきものが何なのかを真剣に悩んだ上田にとって、素材か芸術かという二者択一が意味をなさないことからも明らかであった。戦場を描くことが国家から見て重要とされ、評価されやすいからその流行りに乗って描くことと、対して社会性の拒否を芸術的としてそこに止まることの二者択一。この二項対立の不毛さは今日から見ればわかりやすい[74]。だが、こうしたことが真剣に議論された背景こそ重要である。

この議論の口火を切った、私小説家として知られた上林《かんばやし》暁は次のような問題意識を持っていた。「イズムは一作者によつて容易に転換し得られる時、単なる流行であるにすぎない。しかもイズムからイズムへの飛躍が、ある作家にとつては必然的である場合、その各〔々〕のイズムは、その作家にとつては非常に重大な意義を持ち来たす[75]」。ここで上林は、「単なる流行」でイズム、思想上の立場や作品執筆上の方法を「容易に転換」する作家が多いことを批判している。これは後に丸山眞男が『日本の思想』で論じた、「新たなもの、本来異質的なものまでが過去との十全な対決なしにつぎつぎと摂取され〔中略〕過去は過去として自覚的に現在と向きあわずに傍におしやられ、あるいは下に沈降して意識から消え「忘却」される[76]」という、日本人の思想的傾向への批判に近い。上林の問題意識は、内的な必然性のない容易な転換に足をすくわれて多くの作家が「何をかいていいか、何をかくべきか[77]」という懐疑から足を拭えなかった状況につながっていく。

もっともこれは、ものを書くにあたっての制約が日に日に大きくなるなかで、特に（元）左派的な作家ほど、本当に自分の書きたいことを表現することを予め断念せざるを得ない状況だったことに規定されている。自分が「これを書きたい」と思える題材や、これを世に問いたいというイズム（価値観）を見つけ、それを表現することのできた作家の方が少なかっただろう。書きたいものが見つからないのに（もしくは書けないのに）書き続けるのであれば、外的な流行（「素材」）を追うか、迷い続ける内面を描くか（当時の私小説的「芸術」観と親和的）という二つの方向が主流とならざるを得なかったわけだ。ただし、書かないという選択肢もあり得たし、書いても、（作家でなく評論家だが）文筆業以外の生活基盤を作ることで政府に批判的な物言いを発表できた山川菊栄のような例があったことを忘れてはならないだろう(78)。

帰還したことによって、上田廣も懐疑に突き落とされたことを先のエッセイ「戦地より還りて」は示している。戦場の小説だけを見ていては摑み難いが、こうした不安は結局のところ盧溝橋事件（一九三七年七月）前には文壇にあふれていたデカダンスが、実のところ開戦後二年以上を経た一九三九年の秋ごろでも消えたわけではないことを意味している。弾圧という外在的要因によってもたらされたマルクス主義の退潮によって強められ、そして作品に書き付けられたデカダンスは、戦時体制による情勢の引締めによって影をひそめた。しかしそれは表現しにくくなっただけのことで、根底ではその状況が続いていたとも言える。

そうした懐疑や不安と結びつけて先のイズムに関する指摘をしつつ、上林は流行に流されずに進んでゆく可能性への芽を、一部の転向作家に見出そうとしている。「過去の思想からは完全に別れてゐるに拘らず、思想から受けた業を身に受けたまま、苦難な、しかし真摯な生涯を進む人たちであらう(79)」と、彼らを過去を完全に捨てるのではなく、そこととのつながり（対決）のなかで現在を捉えていく作家と評価しているのである。当時の代表的な私小説作家であった上林がこのようなことを指摘しているのは、転向作家が自らの過去と向き合うという私的にも思える行為が高度な社会的意味を刻印されているからである。ただしマルクス主義へのコミットという過去は否定されるべきものであるという結論が権力から強制的に与えられている以上、その対決の構図そのものに欠陥があったわけであるが。

これは転向論という文脈で考えるべきことであるのだが、私小説とデカダンス、そして戦場という題材について考える本書にとっても重要な問題である。先にも述べたように、こうした懐疑からさしあたり抜け出すためには、書きたいことを追求するのではなく、思考停止して国策的に意義があるとされる題材を描くことに没頭するのが近道だったからである。戦時中にあって、戦場や兵士という素材を描くことが自明となり、なぜ書くのかに対する問いが消去された時、そこに戦場の「今・ここ」を相対化する力ははたらかない。

戦地から帰還したことによる変化、それにともなう上田の不安と、転向の時代以来何を書くべきか迷っている作家の不安を同じものと見なすことは誤りかもしれない。しかし帰還してそこに不安を見出してしまった以上、上田も「何を書くべきか」という同じ問いを共有せざるを得なくなったことは確かである。昭和戦前期の文学を自我の解体とニヒリズムという観点からまとめた高田瑞穂は、戦時期の文学を「不安の文学」から「文学の不安」へという形で整理したが、[80]国策的であると考えられ一見不安に無縁だった戦場の小説すら、そうした不安から逃れられるものではなかったわけである。となれば火野葦平や、榊山潤、石川達三にもこれは共有された問題なのである。

こうした不安と、戦争を描くこととの関係性は、不安を風俗的に描いたニヒリスティックな身辺小説で文壇にのし上がった榊山潤の場合に端的に表われている。そこで次節では、前章で見た『上海戦線』執筆以後の榊山潤の動きを見ていくことにしよう。ここで榊山が、帰還作家が大きな注目を浴びるよりも前、取材にもとづいて兵士が「還る」ことを描いていたことは特筆に値する。

4　榊山潤の活躍と傷痍軍人の小説

「何を書くべきか」

一九三八（昭和十三）年、三九年ごろの文壇では、第2章で見たとおり、私小説に対するネガティヴな評価が多く出ていた。私小説を書き、擁護する場合でも、先の上林暁のように私小説という形式に安住できない不安を感じていた作家が多かった。転向の時代の後、デカダンスを私小説的に書きつけ、まさに一九三〇年代半ばのありふれた若い作家の一人として文壇に登場した榊山潤は、その時代の波の直撃を強く受けた一人であった。とはいえ、今日ほとんど忘れられたこの作家は、その波を受けて沈没したが故に忘れられたのではない。むしろ彼はその波を好機として、私小説とは異なる作品を描いて流行作家と呼びうるほどの活躍を見せた。彼は戦時体制の進行と重なるようにそのキャリアを積み重ねていったのである。彼の文壇的な評価の絶頂は一九四〇年前後である。つまり知られなくなるのはそれ以後、主に戦後のこととなるが、それについては次章で扱う。

前節の最後で見た、このころ作家の多くが共有した、取り上げるべきとされる素材と、自ら追求したいテーマとの間で足場が定まらぬ不安。それは戦時社会における時局の圧力をともなって、「何を書くべきか」という問いを作家に突きつけた。この「何を書くべきか」という言葉は実のところ、文芸評論家の中島健蔵がまだ若手であった頃、『新潮』一九三九年一月号に執筆した評論の題名である。この評論は先の「素材派・芸術派論争」と同じく、小説の題材＝「何を書くべきか」と、芸術的な掘り下げ＝「如何に書くべきか」との関係を論じたものである。だが中島の議論は文壇内での対立ではなく、日中戦争下の社会変動がこうした問いを生んでいるという視点からのものとして注目に値する。

中島は、どのような社会組織にも不平等が存在することを前提とした上で、社会全体が上昇期にあるときは、「文学活動としては、社会のどこに題材を取らうと、どのやうな事件に取材しようと、必ず現実の認識を深め、感動を与へる可能性がある。不平等の組織そのものの安定度が高ければ、上層部に不利益なやうな指摘も大して苦にならず、その組織を一層安定させる目的で、進んでそれが採用されることさへある」という。こうした時代にあっては、「題材の特異性は、それが表現の問題と密接に関係してゐない限り、むしろ作品の芸術的価値を低める程である」[81]ため、「如何に書くべきか」が重要となる。どんな題材でも掘り下げればいい作品にしうる条件下にあるが故に、わざわざ珍しい題材を選んでもその必然性が感じられないと鼻につくというわけだ。では中島がこれを書いた一九三八年末はどうだったのか。

日中戦争開始後間もなく、総動員体制が形成されて社会そのものが戦争遂行のために再編成され、戦争にとって不急不要のものから切り捨てられていく。このように社会の体系そのものが変動している時、「変動の影響が少い部分を文学的に心理的に――掘り下げるのと、変動の多い部分に起こりつつある新しい現象を切り下げる（取材などで切り込んでいく）のとでは、困難の質もちがひ、成功の可能性も異なる(82)」という。つまりどんな題材を選ぶか、「何を書くべきか」が問題となる。変動が激しいからこそ、その流れに乗らずにより安定した、ある意味で普遍性のある題材としての恋愛や家族のテーマを掘り下げていくことに意味を見出してもいいのだが、ここでの中島はそうした立場をとらない。なぜなら変動する社会のなかで出現する新しい現象を描くことは表現方法上の困難をともない容易ではないが、その一つの現象の背後にある時代の変動そのものに肉薄する可能性があるため、成功したときの意義が大きいというわけだ。火野葦平はこのときまだ帰還前で、『土と兵隊』（『文藝春秋』一九三八年十一月号）が発表されてすぐの頃であるが、中島は火野の成功に触れて、「氏に取《ママ》つては題材選択の余裕に少《ママ》いが、現に身を置いてゐる条件が、「何を書くべきか」を解決してゐる(83)」ことが成功の理由だとしている。ただしそれは、他の従軍記者の失敗との対比で考えなければならない問題であり、軍隊組織の外側にいる記者らは、「従って同じ題材によりながら、記事が私事に陥る危険が多い(84)」という。戦争という現時点で最重要の社会的課題において文字通り最前線にいる兵士たちの日常を、従軍記者の私的感慨まじりの文章からは窺い知れぬ角度で『土と兵隊』は描いた、ということであろう。

　ここでの題材における私事と公事の区別については、説明がないわけではないものの今ひとつはっきりしない。しかしこのテクストの締めくくりの部分で、中島は榊山潤を取り上げて、前章で論じた短編「戦場」に触れながら次のように書く。「『戦場』は全く公事とは受取りかねた。しかし、『煤煙』では、私事が公事となって来た感じが強く、明かな成功である(85)」。軍隊に入ったこと、戦場で起きていることを常々自らの立場にひきつけて考える主人公。榊山が東京で培ったニヒリズムを托した主人公の視点で戦場を表現したことを、中島は私事として批判している。つまり、戦場という題材を取り上げたからといってそれが公事として捉えられていないのが「戦場」の問題であった。対して「煤煙」という作品は評価に値するという。この「煤煙」は、戦場や兵士という本書の主題と直接は関係しないが、一九三〇年代末から四〇年ごろの文壇の動きを考えるためにも、そして銃後で帰還兵を迎える側としての榊山について考える上でも、ここで少し触れておく必要があるだろう。

『日本評論』一九三八年六月号に、榊山は「生産地帯」という小説を発表した。京浜工業地帯の中小工場がひしめく江東区にある、ペンなどのメッキを行なう小さな工場の経営者、伏木という男を主人公とした作品である。「伏木は勤人生活にあきあきしてゐた。父親のわづかな遺産である田舎の土地を売払つて、株に手を出したのも何か乾燥した生活を突き破りたかつたからである。〔中略〕退職金目あてで勤めを辞め、こんな工場をやり出したのも自分の意欲でぢかに人生と相撲を取つて見たかつたのだ[86]」という経緯で始めた工場経営がストーリーの中心である。「煤煙」はその続編になる。作品内の工場はむろんフィクションであるが、この頃榊山は知人と共同出資して実際にメッキ工場の経営者となっていたらしい[87]。多くを語っていないのでどの程度経営にタッチしていたのか、あるいは出資の目的などもわからないが、こうした生活の変化が小説の題材に変化をもたらしたことは確かである。小市民的傍観から抜け出て、彼の代名詞でもあった私小説らしい私小説とは違うものが出てきたともいえる。ちなみに作品内の経営者（主人公）の伏木は、物書きとの兼業ではないし、単独の経営者なので、内容的にも作品の構造上も、作者と登場人物を重ねて読むような私小説とは明らかに異なる作品である（ただし私小説的な作品は他のところで書き続けているが）。

『新潮』一九三八年七月号の「小説月評」を見ると、「生産地帯」は「今月の小説では佳作の一つ」と好意的に受けとめられている。「「生産地帯」は拱手傍観のインテリ的な立場を脱し、小工場の経営ながら、身を以て実践にはひりこみ、そこで経験する工場労働者や資本家達の不正な生活手段に、かれもまた力で対抗しないではゐられなくなる。さういふ心理的経過は、すべて現実の生活に直面しないでは、到底得られないものである[88]」。伏木に振り回される家族などの「私事」が前面に出ているものの、インテリの共有する不安から脱け出そうと必死にもがくなかで実践に移ろうとする主人公が評価されている。インテリがインテリを批判するという、この頃のインテリの自己評価の曖昧さが表われている評でもある。

続編としての「煤煙」（一九三八年十月）には、経営者伏木の生活のなかに自然な形で戦争の影響が入り込んできていることが描き出される。例えば、「事変が深刻に英米にひびき出すと共に、次第に仕事がなくなつた。英米の植民地、支那を取引先として、小学生あたりの使ふ安いシヤープを売り込んで、〔伏木にとって親会社の社長にあたる〕坂上は相当の地盤を持つてゐた。〔伏木の工場は他の子工場と共に鍍金だけを引き受けた〕それが、支那は勿論、英米の植民地にも安つぽい人道主義的排日気勢が濃厚になり、輸出が自然に止った」[89]。これが中島の言うところの「私事が公事となって来た」というところであろうか。東京の「今・ここ」の生活が、生産活動を通じて、この場合戦場ではなく、戦争という大きな状況と結びついていることを表現している。少なくとも小説家の書斎や家のことを書き連ねた小説とは異なる。とはいえ、資本家が帝国主義下で国家と利害を一にしたと言ってしまえばそれまでであるが。

この工場経営の話は、計四編の短編をあわせて、『生産地帯』としてまとめられている。伏木は元左翼シンパでありながら、労働者をこき使う立場に回った結果、場末の労働者に嫌悪感を覚えるに至る。作品のなかにとどまらず、榊山本人もエッセイで、「工場に関係して見て、曾てのプロレタリア小説が、みんな嘘つぱちであるのを知つた。嘘つぱちと云つて悪ければ、あれは知識人の感傷なのだ」[90]と述べている。労働者を美化していると言うのだ。プロレタリア文学にそうした側面があるという指摘が正当だとしても、自らが経営者という立場から労働者をこき使っていることに対する批判がなくなり、そこに埋没している状況は正当化できるものではないのだが。

こうした小説が『生産地帯』という題名で出されたことは、宮本百合子が当時指摘した次のような事態と深く関わる。「生産面に働き、その働きに於て生活的社会的な人間の評価をもつ人間が小説に描かれてゆくのならば、労働文学と何故呼ぶことが出来なかつたのだらう。〔中略〕その〔生産という〕行為が人間生活の中にかかはりあひ、様々の生きた意味をもつてくる経路は、誰の目にもいつもはつきりと見えてゐるとは言へない。その経路を生産の場面に働く人間の存在の条件或はその状態から語る労働として見る立場からその文学が立ち現れず、物を生産する過程や場所に重点を置く生産といふ言葉を戴いて出現したことは、やはり時代の対人間の傾向を示すものとして見逃せない」[91]。宮本の論は榊山に直接言及したものではないが、この『生産地帯』が生産文学とか産業小説と呼ばれたジャンルが数多く出て来た時期に描かれたことは事実である。そこではもはや力点はモノを作る側の人間やその労働行為にあるのではなく、生産物や工場に置かれているのではないかというのが宮本の批判である。

生産文学は一九二〇年代のソ連の「生産芸術運動」に端を発し、徳永直や中本たか子、葉山嘉樹など、人脈からいってもプロレタリア文学との連続性があったことを、池田浩士が指摘している。[92] 確かにそうした連続性は無視し得ないが、さまざまな国策を題材とした肩書文学の一つとして、生産文学は権力との距離感がプロレタリア文学とは全く異なると同時に、高々数年前まで隆盛していたプロレタリア文学を批判しあるいは葬り去るものとして位置づけられる政治的意味合いを含んだものであった。その意味でも、この榊山の動きは客観的にみて時局の流れに寄り添うものであった。そしてこうした作品に高い評価を与えたのが当時の文壇であった。

新潮賞授賞作『歴史』

この『生産地帯』と並び、一九三八年以降榊山が力を入れていたのが『歴史』という長編であった。第一部が一九三八年、第二部が一九四〇年（第三部は戦後の一九四九年）に書かれたこの歴史小説は、明治維新にともなう時代の変動を、幕府側に立った東北の一小藩、福島の二本松藩の藩士という、無名の維新の敗者の視点を通して描いた作品であった。この作品は一九四〇年ごろの歴史小説の流行（それは私小説からの脱却という問題意識につながっていた）と、榊山潤という作家が純文学作家としての評価を高めたという点から、注目に値する。

文芸評論家の板垣直子は一九四一年に出した『事変下の文学』で、歴史文学を取り上げている。歴史小説は歴史読物あるいは髷物《まげもの》とも呼ばれ、中里介山や大佛次郎などの大衆通俗作家とされる書き手が本流と位置づけられ、「純文学に非ず」と見られていたし、今もいくらかそう見られているだろう。また、純文学の大家が自己逃避や現実逃避として描くことも多い、と板垣は指摘している。そうしたものに対抗する「新興歴史文学」が一九三八、三九年ごろから出始め、その代表作の一つが榊山潤の『歴史』だという。

板垣は『歴史』に対して、「幕末のごたごたした時代と事件を背景にしてゐるところは、いはゆる時代物の流儀に似てゐるが、主人公がただの平凡人であつて、英雄でも俠客でも或ひは町の人気者でもないことは、いかにも純文学作家の選択らしい」という。さらには、「純文学の作家らしく主人公を選びはしたが、彼を個性づける技巧を採つてはゐない。それに代つて興味を刺戟すべき事件的な切迫や盛上がりも工夫されてゐない。この点も髷物の行き方と異なつてゐる[93]」という。同時代的には歴史小説といえば一般的にはヒーローが活躍するようなわかりやすい筋立ての大衆読物とされるのだが、『歴史』は純文学としての歴史文学と評価されたのだ。純文学、大衆文学といった区分を立てること自体近年ではだいぶ相対化されているが、その区分はともかくも、板垣の述べることからうかがえるのは、他の歴史小説と異なる地味なストーリー展開、主人公の造形が企図されて、しかもそれが成功して高い評価を受けたことである。

ちなみにこうした評価もあって、『歴史』は日活によって映画化された。内田吐夢監督、小杉勇主演で、日活としては相当の力を入れた作品だったが、原作の地味さも災いして、興行的には散々だったようである。

話を小説に戻すと、一九四〇年三月五日、『歴史』（第一部・第二部）は第三回新潮社文藝賞を受賞した。受賞にあたり、榊山は『新潮』一九四〇年四月号にコメントを寄せている。「私が文学に対して、生死を誓ふ積極的な意欲を持つたのは、上海における戦禍を見て来てからであつた。帰りの船の中で、揚子江の濁流を眺めながら『歴史』の構想が自然に浮んだ。私は痛いほどの情熱と野望を感じた[94]」。

この作品の題材自体は、主人公のモデル、自らの妻の父親である佐倉強哉から上海へ行く前に既に聞いていたが、実際に書くには至っていなかった。それが特派員としての上海の戦地体験を経て、作品執筆に至ったのである。こうした時代性の刻印は、当時の読者の目にもかなりの程度意識されていた。『歴史』第一部を読んで激賞した伊藤整は次のように書いている。

榊山氏はこの作品で、戦乱のなかにある人間の姿を描こうとした。それは実に美事《ママ》な成果となって、各頁にまざまざと現われている。現在の私たちには、これは決して遠い時代の物語ではない。印象はなまなましく、今日の

図5　榊山潤，自宅にて。『新潮』1940年３月に，榊山『歴史』の第三回新潮社文藝賞受賞が発表された。その『新潮』に掲載された写真。

日本、今日の支那を語っているようだ。多分現在でなければ、作者はこの作品を書けなかったであろう。書いたにしても、これほどのなまなましい効果を産むことはできず、読む側でも、この作品を理解する程度ははるかに低かったであろう。〔中略〕戦争の実相を知るためにも、平和の価値を知るためにも、そして人間はどういう面に弱さと強さと美しさとを持っているかを知るためにも、多くの人々に私はこの本を推したい。[95]

この評が掲載された『文学者』は、伊藤と榊山がともに同人であった雑誌であり、それゆえ仲間誉めなのかもしれない。だがここでは、伊藤がこの作品に中国での戦場を読み込んでいること、そしてその作品のなかに、人間の弱さや戦争の実相も読み込んでいることが重要である。そしてそれはリアルタイムで起きている戦争の描写から排除されているもの、そして過去の戦争ゆえ描けるものなのだ。少なくとも雑誌・文壇関係者にとっては、「何か」を描けないという事実を共有した上でこう書かれているのだ。

作品中からそうした例を挙げておく。二本松城が官軍の手に落ちた後敗走する主人公の片倉新一郎。彼は負傷しているなかで泊まった宿で数人の遊女を目にする。「そんな女が未だ此処にゐると咄嗟に来たいぶかしさも、考へ直して見れば当然のことである。〔中略〕国亡びてひとり商女の栄ゆる慨嘆よりも、新一郎の頭を掠めたのは女たちの客であつた。この騒ぎにそのやうな余裕ある遊びが誰にもできるとは思へず、逃れてきた同藩のものが此処で最後の自棄ぎみな一夜を送つた姿がまざまざと映つたのだ」（『歴史』第一部、砂子屋書房、一九三九年、八六―八七頁）[96]。敗者として官軍に追われ、戦場のなかでいつ死ぬかも知れぬ兵たちが「最後の自棄」で女を抱く。これは同時代のこととしては描けなかった兵士の弱さ、その裏返しの凶暴さ、戦争の実相であった。

もう一例。先ほどの場面の少し後のシーン。城が落ちたため、二本松藩の藩士とその家族は、まだ官軍の手に落ちていない友藩、米沢へ向かっている。一人で行動をとっていた新一郎がそうした知人と再会し、一行の逃亡時の苦難や死者のことを聞く。「しかしこの悲惨を、罪もない女子供にまで生きながら地獄の苦酸をなめさせたものは、いったい誰であらう。誰でもない、時の勢ひだといへばそれまでである。唯一つはつきりしてゐることは、降順を屑《いさぎよ》しとしない武士の面目である。この面目ゆゑに大義を失ひ、従つてすべてのものを失つたのだ」（『歴史』第一部、一二四頁）。中国の戦地において女性や子供まで巻き込んで泥沼化する日中戦争を批判していると読むことも可能である。もっとも榊山にその意図があったかどうかは不明である。おそらく否であろう。敗者の立場から描いた作品であり、当時の感覚から日中戦争を読み込むならば、むしろ降伏、帰順しない中国政府への批判となっただろう。

上海という戦場の「今・ここ」を基点に、そこから想像力をはたらかせて過去の戦場を描いた形になったこの小説。そして読者はそこで描かれた戦場を通してまさに現在の戦場を読み込む。戦時体制下で封じられた言論の網をかいくぐるために過去の対象に思いを託すことは、むろんよく知られた方法である。当時の歴史小説の場合、戦争や戦時体制への批判があろうがなかろうが、現代を舞台にするよりも作家が題材を扱う上での政治的な制約が少なく、その意味で書きやすい過去を取り上げたという側面もある。むろん史実をもとに描くことに固有の制約は別に存在する。だがその結果、歴史的な題材を調べて書くことで、「私」の視点から出発して結局そこからは離れられぬ（と見做されてしまう）私小説的手法からの脱却が可能になったともいえる。

主人公の片倉新一郎に寄り添う形でストーリーは進むが、他の登場人物を中心に進む場面が挟まったり、維新期の大きな社会変動と新一郎の転機がうまくかみ合わされて描かれ、過去の題材を非体験者が距離をとって描くことの強みが出ているのである。榊山なりの私小説からの距離のとり方といえる。歴史小説という選択が常にうまくいく保証はない。歴史を調べてそこからストーリーをつむぐ際に、最終的にどこに焦点を当てるか、どの程度フィクションと史実との折合いをつけていくかの選択は困難なものである。それゆえ失敗作も多く生まれる。だがこの『歴史』についていえば、当時かなりの成功を収め、そればかりでなく、留保つきであるが今日でも読むに堪える作品となっていると言える。

今日読むに堪えるという理由を見るため、第二部からもう一例挙げておく。戊辰戦争が終わり、二本松藩が取り潰しを免れ、新一郎は領主の従者として東京に滞在する。在京中に開港地横浜を訪れた時の描写。

いづれにしても横浜市民の大部分は、それ以上に紅毛人と密接な関係を持つてしまつたやうに見えた。経済の上にである。かういふ喰い込み方は怖ろしい。彼らは現実の上に、市民の生活の鍵を握つてゐた。若し彼らが横浜を去つたとしたら、市民は取引から、或いは傭はれて得てゐる賃金から、即座に見はなされてしまふ。（『歴史』第二部、砂子屋書房、一九四〇年、九三―九四頁）

これなども、戦後にGHQを直接批判しにくいから、その占領政策への批判を維新期の開港地に重ねたと説明されれば、素直にそう読めてしまうような文であるが、あくまで一九四〇年に書かれたものである。もっともアジア・太平洋戦争開戦前とはいえ、戦時下の欧米憎しの言説として読んだ方が正確だろうが、このように多面的に読みうる世界が描かれている。つまり、出発点としては上海での戦地体験があったとしても、それだけで描き散らしたものではなく、かなりの史料や証言を用いて、敗者を軸にした明治維新前後を周到に描き出すことに成功しているのだ。歴史の再現に努めたとはいえ、いくつか出した例で見ただけでもすぐにわかるように、地の文自体に男性中心主義的な観念（商女云々）や西欧人への蔑視（紅毛人）が批判なく描きこまれているなどの問題はあるが、そうした点に留意した上で読めば、今日でも読むに堪えうる作品であると思う。

『歴史』についての最後に、今まで見てきた榊山のあゆみのなかからこうした作品が出てきたことの意味を考えてみよう。先ほど「何を書くべきか」で引き合いに出した中島健蔵は、別のところでこの『歴史』に触れ、「その文体は、乾燥を感ぜしめるほどであるが、この作品によつてはじめて彼を知る者は、別に驚きもせず、意外にも思はぬであらう。しかし我々は、榊山潤個人の変化を見て、又多少の感慨を禁じえない[97]」と書く。敗者の目線を通した殺伐とした政治的転換のなかにニヒリズムなどが全く入り込まないわけではないが、デカダンスやニヒリズムを軸に作品を描いてきたそれまでのスタンスから淡々としたドライな文体によって榊山が大きな変化を遂げたのがこの『歴史』といえる。

「彼の転身の表現は、余りにも率直であつた。しかし、極めて大摑みに云つて彼のあり方と共通点を有する人々に取つては、殆ど公共の問題として解すべき多くの暗示がそこに含まれてゐた」(98)。中島はこの批評のなかで榊山の「転身」を、いわゆる時局便乗とは別の角度から捉えている。ここには、両人は知合いなので知人を悪し様に便乗と呼べないといった配慮とは別の問題が含まれている。『生産地帯』などが今日から見て便乗的側面を持つ一方で、『歴史』はそれとは一線を画している。不安をともなった「私事」からいかに脱却するのか、一九〇三年生まれの中島が、同世代のインテリたちの身の施し方という「公共の問題」を考えるための一つの代表例として、一九〇〇年生まれの榊山を位置づけているのである。『歴史』という作品を書き好評を得たことで、榊山潤なる今日忘れられた作家が、上海での戦地ルポ以降積み上げてきたキャリアを、完全に確立したのであった。

一九四〇年ごろ、榊山は転身を遂げ、かつキャリアを確立した。このことは、榊山潤という作家について考える上ではもちろん、この時期の兵士や戦場の小説を考える上でも重要である。戦時色が強まり、小説が不要不急のものであるからこそ、名の通った作家でなければ、活躍の場が文字通り与えられない。このことは、敗戦後にそれまで知られていなかった作家たちが戦後派として鮮烈なデビューを遂げることと表裏の関係にある。戦後派の代表的な人々が必ずしもそれほど若くはなかったこと、野間宏（一九一五年生まれ）はともかくも、大岡昇平（一九〇九年生まれ）、武田泰淳（一九一二年生まれ）と、終戦時に三十代半ばである。そして彼らのなかには、大岡のように戦前からスタンダールの評論で知られたり、『司馬遷』が評価された武田泰淳のように、戦中からそれなりの活動をしていた者もいた。しかし戦時下で発表の場が縮小する上、書けるテーマ、内容に限定が課されるなかで、彼らは第一線の存在にはなれなかったのである。むろんそれは世代的に彼らの多くが軍隊に取られたこととも関係している。

「第二の戦場」と軍事保護院の文芸活動

以上を見たところで、本節のメインテーマである榊山が描いた傷痍軍人の小説について見ていくことにしよう。私が確認した限り、榊山は傷痍軍人を主題とした小説（いずれも短編）を三本執筆している。その三本の初出誌、確認できた範囲での収録本、そして傷痍軍人に関して特に何を取り上げたかを書いておく。

①「第二の戦場」――初出『週刊朝日』三五巻二一号（一九三九年五月一日号）。後に榊山『背景』（高山書院、一九四〇年七月）、『軍人援護文藝作品集』第二輯（軍事保護院、一九四二年八月）、軍事保護院編『第二の戦場』（時代社、一九四二年十二月）に収録。片脚を失った傷痍軍人の就職と恋愛を描いている。

②「市井譜」――初出『サンデー毎日』一九四一年九月十五日号。後に『軍人援護文藝作品集』第一輯（軍事保護院、一九四二年三月）、榊山『街の物語』（短編集、実業之日本社、一九四二年）に収録。結核により除隊となった傷痍軍人の、退院後の結核再発を描いている。

③「傷痍の人」――初出『モダン日本』一九四一年十一月号。後に前掲『街の物語』に収録。失明傷痍軍人の職業訓練と恋愛を描いている。

三つの作品の主人公は、三人とも傷痍軍人であるが、そのなかで細かいカテゴリーに分けるならば、それぞれ異なる位置づけができる。戦地を銃後に持ち込む存在としての帰還者のなかでも、とりわけ外傷を受けた傷痍軍人は、暴力の生々しい傷跡を外見上はっきりとした形で銃後に持ち込んでしまう存在であった。また、失明者の多くは黒眼鏡をかけ、その多くはほかの外傷を伴っていた。戦病による帰還であっても、全快までは軍人援護用の特別な病院に入り、そこでは普通「白衣」を着せられることで、傷病軍人と一目でわかるようになっていた。結核による入院患者は数が多く軍を悩ませた問題であったが、彼らを白衣の人として優遇することは重要なことだった。傷病兵の白衣、および退院した者がつける傷痍軍人の徽章は、まさに他の障害者や病人と彼らを区別し賞賛するための道具であった。

戦傷病を誇示するような形での銃後の扱いはむろん、聖戦の「犠牲者」を英雄に祭り上げることで戦意を高揚させるためであった。そのことは今日から見ても容易に察しがつく。しかし外傷はマスメディアでは伝えられることのない戦場の暴力性を、特に日本兵もその被害者となるという単純にして重要な事実を思い知らせるものであり、彼らはその現実を銃後という「今・ここ」に持ち込む存在であった。そのマイナスのもたらす危険を冒してでも傷痍軍人を称揚するということは、実のところ彼らを表舞台へ立たせることによって、不満を先取りして抑えるための囲い込みでもあった。

ほとんど研究のない戦時中の帰還者一般に比べれば、傷痍軍人の研究はいくぶんかある。とはいえ、それは医療面での対応（莇昭三『戦争と医療――医師たちの十五年戦争』かもがわ出版、二〇〇〇年）や、軍人援護など福祉制度との関わりといった側面（郡司淳『軍事援護の世界』同成社、二〇〇三年、一ノ瀬俊也『近代日本の徴兵制と社会』吉川弘文館、二〇〇四年）が中心となっており、彼らの生活の実態や、その戦時体制下における利用のされ方などはよくわかっていない。むろん小説の分析である本書にできることは限られているが、まだまだ実態のわかっていない戦時中の傷痍軍人の生活の一断面や、その表象の特徴を捉えることはできる。軍のプロパガンダ的側面などを考慮に入れた上でのことではあるが、その分析を通して銃後の作家としての榊山が、戦地を銃後に持ち込む（はずの）存在としての傷痍軍人をどう描いたのかを見ていこう。

先にあげた三作のうち、②③の二作はともに一九四一年の秋に発表されている。これは、傷痍軍人の治療や遺家族の就業支援などの軍人援護に携わる厚生省の外局、軍事保護院が、四一年十月三日から七日までの銃後奉公運動の一環として、計一四名の作家に協力を要請し、諸雑誌に軍人援護をテーマとした文芸作品を掲載させる一大キャンペーンを行なったためである。軍事保護院の活動報告である『昭和十六年度軍人援護事業概要』（一九四三年三月発行）を見ると、「文藝作家榊山潤氏他十三名は本運動に協力し(99)」と、協力作家の筆頭に榊山が挙げられている。榊山の当時の日記には、この準備として一九四一年六月二十五日に、「九時池袋駅に集合。軍人《ママ》保護院の案内で清瀬の療養所、大泉の軍人教育を参観(100)」とある。「集合」とあるので、このキャンペーンに参加を要請された作家がそろって行ったものと思われる。
軍事保護院は活動の一環として、傷痍軍人への感謝・理解を進めるために「国民の教化」を挙げていた。前年の一九四〇年度の活動では映画に力を入れており、この年、作家の動員は少なかった。この年の職業作家の軍事保護院への協力として唯一挙げられているのは、火野葦平「明るき家」（『写真週報』一三七―一三九号）である。[101]この『写真週報』は、情報局が戦時下の重要なトピックを、写真を多用しつつ取り上げて啓発するための、大衆向け国策広報誌であった。それに対して四一年度のキャンペーンは、純文学作家も多数動員し、綜合雑誌にも掲載することで大衆のみならず知識層も狙ったものと考えられる。

「流行作家」となっていた榊山もそのキャンペーンに狩り出された恰好になるが、彼の場合は既にそうした動きの出る二年以上前、一九三九年五月の時点で、ということはおそらく自発的に、傷痍軍人を主人公とした小説「第二の戦場」を書いていたことが重要である。掲載誌『週刊朝日』一九三九年五月一日号は、四月中旬に発売されており、執筆はそれより前になる。ということは、まだ戦場の小説のブームが絶頂にあり、傷痍軍人をテーマに描くことがほとんどなされていない時期に、（少なくとも結果的には）次の動きを敏感につかんで執筆したとも言えよう。

このことを裏書きするように、この作品発表より少しあと、「心のノート」というエッセイで、「たとへば傷痍軍人の今後の生活、結婚の問題、などは、年月と共にいよいよ重大な関心を含まざるを得なくなつて来るだらう[102]」と書いている。しかもそのすぐ後の段落では、「戦争小説は、必ずしも前線に於ける戦闘状態を描いた、といふだけで万全なものではない。銃後の社会状態も、立派な戦時小説になるのである[103]」と、戦時下における作家の役割をかなり意識していることがわかる。その後しばらくこうした題材を扱う人が少なかったためであろう、発表から二年後の四一年六月には浪曲に吹き込まれて「第二の戦場」はレコードにまでなった、と日記に書いている（現物は確認できていない[104]）。

上海で戦地ルポも行ない、「第二の戦場」も書き、『歴史』で実力派と位置づけられた榊山だが、日記の四一年四月十一日には「新国民の記者来り、同誌で募集の軍人《ママ》保護院後援の小説選者になれという、承諾[105]」と、キャンペーン実施に先立ち軍事保護院とのつながりが既にでき、一般人の投稿作品の選者まで頼まれていたことがわかる。もう一人の選者は尾崎士郎で、榊山とはデビュー前の苦しい時期に馬込文士村で苦楽をともにして以来の盟友である。残念ながらその『新国民』一九四一年十月号の現物は確認できていないものの、当選した四作品は『軍人援護文藝作品集』第二輯に収載されている。

選者になるような立場であるから、榊山が前記のキャンペーンに名を連ねたのも当然と言える。とはいえ、まさに国策への協力として描かれたこの二作よりも、自発的に書いた「第二の戦場」の方が作品としては「マシ」である。その理由は作品の分析とともに述べるが、時期が早かったから検閲が緩かったといった問題ではないことは、「第二の戦場」が一九四二年、ということはキャンペーンより後に、軍事保護院関連の単行本二冊に収録されたことからもわかる。よって以下、傷痍軍人を描いた小説としてはかなり早いものである「第二の戦場」を中心に、傷痍軍人と銃後の受け容れ方を榊山がどう描いたかについて見ていくことにする。他の二作にも補足的に触れる。

ちなみに板垣直子は「戦傷文学」、つまり戦傷者（傷痍軍人）を主題的に取り上げた文学という括りで「第二の戦場」に言及している。そこでは榊山と尾崎士郎、芹沢光治良の三人が、このジャンルで先行的に小説を書いたことに触れ、「三名ともその方面から便利を与へられてかいたのだが、安直な態度でかかれた作品ばかりであつて、価値からいつたら、私が本項の中に敢へて名をあげなかつた多くの実戦者のかいた戦争小説よりも劣つてゐる。しかし、それらは戦傷文学に分類される故をもつて、ここに一言しておくのである[106]」と書いている。この指摘が物語っているように、ここで取り上げる作品は今日から見て小説として優れているというよりは、当時の傷痍軍人の意味づけを考えるための史料的観点から取り上げる価値があるというべきものである。榊山の作品は取材によって「還る」ことを描いている点において、石川、火野と異なる位置にあることも重要である。以下、作品の分析に入る。

「馬鹿野郎」

と秋太郎をかばつてゐた職人風の男が怒鳴つた。「この人は戦争で怪我をして来た人だぞ。足が不自由なんだ。それを、何だい手めえは――どんなに急ぎの用があるか知れねえが、電車は手めえひとりが乗つたつて出やしね

えぞ」(「第二の戦場」軍事保護院編『第二の戦場』時代社、一九四二年、九一頁)

すべての帰還者が声高に語るわけではないのと同様、それ以外の人々のすべてが萎縮しているわけでもない。なかには声高に語る人もいる。この「職人風の男」のように、帰還者や傷痍軍人を笠に着る形で声高に語る者もいたのである。

「第二の戦場」の主人公、保科秋太郎は、戦場で片脚を失った元陸軍上等兵の傷痍軍人である。その保科の就職と結婚を軸に作品は進む。この二つこそ実際、傷痍軍人が抱えた重要な悩みだったからである。そしてこの二つのテーマの背景として、都市と農村の対立という問題を位置づける形で描かれた作品である。ストーリーを見ながら、本書の関心である傷痍軍人がどう「戦場から還り」、彼がどう「戦場の今・ここ」を銃後にもちこむかという点に随時触れていく。

作品の冒頭、体調が回復してきた保科は内定をもらった丸の内にある会社に面接に行き、そこで医師の診断によって就職を取り消される。そこから回想場面となり、退院するまでのプロセスが簡単に描かれる。負傷して収容された「野戦病院では、未だ生活は遠いものであつた。傷がどうなるか分らない。といふ状態からばかりではなかつた。内地も肉親も生活も、再び見ようとは思はず、それらははるかな過去のうちにあつた。〔中略〕そうして唯あるのは、前線であつた。〔中略〕腕一本、脚一本は失つても、銃がとれる限りは再び原隊を追つて、前線に戻りたかつた」(「第二の戦場」八四—八五頁)。片脚を失い、客観的には前線に戻れないのだが、故郷は遠く、意識は前線にある。内地の病院に送還され、退院と除隊が近づくにつれて、障害を負った身での民間人としての生活が近づいてくるのである。戦地にあったまま止っていた時間が動き出すのである。

回想から場面が戻り、就職を取り消され東京の街を歩く場面に移る。「秋太郎は郷里へ帰る気持を、内地送還と決まつた日から捨ててゐた。この不自由な身体を、農村で容れる余地はなかつた。雑多な職業のある東京なら、何か得られないことはあるまい。そればかり考へていた。東京は暖かな手を拡げて、自分を待つてゐてくれるやうに想へた」（「第二の戦場」八六頁）。農村出身者を重要な基盤とした陸軍組織、そこから傷痍軍人が多数出るが農村には生活する余地がないという現実のなかで、彼は巨大都市東京に期待を抱く。そしてその東京にはねつけられる。先に挙げた「心のノート」でも、「僕は或る農村で、出征の時は全村こぞつて華々しい見送りはしたが、傷痍を受けて帰つて来てからは、その人を遇すること、次第に冷淡になつて来た、といふやうな話をきいたことがある[107]」と書いており、戦時下における農村と都市とがこの作品のキーワードとも言える。

保科は当てもなく慣れぬ義足で東京を歩き回り、「ふと、あの時何故死んでしまはなかつたかと考へた。天地がくつがへるひびきがして、突然吹き飛ばされる衝突を全身に感じた。駈けてゐた足から力が失せて、がくりと豆畑の中にのめつた。そのまま、暫く意識を失つてゐたがあの時、あのままになつてしまへば、こんな、除け者にされたやうな思ひを味はずにすんだのだ」（「第二の戦場」八六―八七頁）との回想が入る。実際のところ、彼を傷痍軍人たらしめたその負傷の場面は、作品のなかでただこれだけの描写しかない。作品内において、日本兵を傷つける戦場の場面は必要最低限にとどめられ、傷痍軍人としての東京の「今・ここ」に重点が置かれる。戦場の「今・ここ」は所与とされ、そこへの批判を持ち込まないのである。

まだ退院間もない上に農村出身の保科にとって、東京の人ごみのなかにいることはストレスとなる。そして彼の見る東京の風景は、「戦場にあつて高い情感にゆすられ、生死を貫いて生きて来た目から見れば、それらの生活は思ひもかけぬ下俗であつた。自分の意気込んだ新生がみごとな、肩すかしをくはされた。その苛立たしさが根となつて、すべてが不快な、許されがたき反発となつた。急な坂道を、杖の滑らぬやうに要心《ママ》深く歩きながら、この松葉杖が未だ自分の肉体となりきらぬことにも腹が立つた」（「第二の戦場」九二―九三頁）。兵士として前線にあったことの充実感と聖戦の意義の内面化。それを負傷が無惨に打ち砕いたわけであるが、兵士であった自己意識をまだ捨てきれない。さらに足を失った現状に身体が適応できていないことで苛立ちに拍車がかかる。それによって、障害を負ったことも含めた「傷痍軍人」としての自己に直面するのである。

街を歩き、交差点で突き飛ばされ、倒れそうになったところを職人風の男に助けてもらい、親切にされる。その親切さはまさに「兵隊さんへの感謝」に裏打ちされているものであるが、「自分を特別に見て貰ふのが厭だつた。戦争のためでなくとも、不幸にして片足を失つた人はこの世に沢山ゐる。自分たちだけが戦争のために、特別の恩恵をほどこされるのは、さういふ人たちの手前も恥かしかつた。自分は普通の不具者《ママ》として見て貰へばいいのだ。（中略）へんに劬《いた》はつて呉れるよりも、さういふ自分の覚悟と努力に協力してくれればいいのだ」（「第二の戦場」九一頁）と、保科は思う。この文は、傷痍軍人ではない障害者には支えがなく、差別すらされる状況をほのめかしている。職人風の男による特別扱いはさらに進み、彼は路面電車の中で他の乗客に、ケガをした兵隊さんに席を譲るよう大声で呼びかける。「秋太郎は自分が、見世物のやうに皆の注視を浴びることが、堪らなかつた。それは親切を通り越して、自分の神経を、ずたずたに引裂く心なさと感じられ、目前にゐるすべての人間が不快になつた」（「第二の戦場」九二頁）。職人風の男は自分の善意が秋太郎にも周囲にも届いていると思い込んでいるからこそ、なんら憚ることなく行動するのである。

傷痍軍人が特別視されること。それが時に彼らにとってスティグマとなりかねないことは当時広く認識されていたようで、例えば火野葦平も前述の「明るき家」のなかで「私たちはもはや傷痍の人達にいたづらに無益な同情を寄せるべきではない[108]」と書いている。とはいえ広報によって傷痍軍人への感謝を呼びかけ、そのことにある程度の合意が形成されているからこそ彼らが特別な存在として処遇されているのである。一般の障害者には「覚悟と努力に協力してくれ」る人々がほとんどおらず、傷痍軍人は他の障害者に比して制度面からいっても特別扱いされているのだが、障害者となったばかりのこの段階では、そのことの意味が彼らの多くにはわからなかっただろう[109]。戦後にそれを失って特別扱いの恩恵を痛感することになるのだが、それについては次章で扱う。ちなみにここでは一般の障害者との落差こそが問題なのであって、彼らに手厚いサポートがあること自体を批判したいのではない。

戦時中においては、彼らへのポジティヴな処遇に対する社会的な合意が形成されていたと述べたが、「市井譜」には次のような興味深い場面が登場する。戦場で結核となり除隊した主人公の新吉は、小学生の息子が友達と遊んでいるなかで、彼らが片腕だけで万歳《ばんざい》をするのを見る。何故片腕で万歳をするのかと問うと、脇にいた彼の店の店員が答える。「治ちゃん（息子の友達）の方の先生は、片つぽ腕がないんですよ。今度の戦争で、左の腕をとつてしまつたんです[110]」。新吉はこれに怒りつつ、「悪戯つ子の、いくらか目にあまる物真似と考へれば、それ以上の悪意が、子供たちにある筈もない[111]」と思う。しかし逆にいえばある程度悪意を持っていたとも読みとれる。啓発によって作られた社会的合意は、その啓発の枠に入りきらぬ人々には通じない。子供たちが持ちうる暴力性や残酷さという側面に榊山は敏感であったのだ。

「第二の戦場」に戻ろう。特別扱いされることに対する保科の憤慨には、傷痍軍人と他の障害者に楔を打ち込む状況に対して、障害者の誰もが当たり前に生活できる社会へ進もうという可能性が感じられるが、やはり話はそうした方向には進まない。かつては健康であった者が、障害をもった身として社会に向かうことで、彼は強い孤立感を覚えるのである。当時の日本社会では、一般の障害者の場合、学齢期を例にとれば、視覚や聴覚の障害であれば盲聾学校という場があったにしても、他の障害の場合は差別にさらされながら一般の学校へ通うか、家に籠もるくらいしかなかっただろう。それも親兄弟の庇護があれば、である。しかし傷痍軍人は国家によって特別な位置を与えられているが故に、病院（リハビリ施設も含む）で同様の境遇の仲間に多く出会うことができ、実のところ孤立してはいない。そして保科は、軍隊で自分の班長だった光島を大塚の失明傷痍軍人寮に訪ねる。この何気ない行動も、「〈自分が入院していた〉病院で、この寮の収容名簿を見ましたら、班長殿の名があるではありませんか」（「第二の戦場」九四頁）と、傷痍軍人のネットワークがあってこそ可能になったことである。こうしたことの意味に保科はおろか、おそらく作者も気づいていない。

保科は光島に対して「班長殿」と、愛着をもって軍隊での階級を東京の「今・ここ」に持ち込もうとする。それに対して「今は班長でもなければ、上等兵でもない。みんな同じ友達だ」（「第二の戦場」一〇五頁）と光島からたしなめられる。それでも、傷痍軍人という言葉が示すとおりに、彼らは民間人の立場に戻っても軍人として見られ、それゆえ特別な存在とされる。

光島が失明者であることは既に述べたが、ある生まれつきの弱視者が、戦争中に失明傷痍軍人とともに工場で働いていたときの実体験を戦後にこう回想している。「早川電機本社までの道を私たちが列を組んで行進する時など、家の戸口に立った老婆の口からは「ああ戦争で目をやられはった人たちや。もったいない。見てはバチが当る」と伏し拝む姿に一度ならず出会ったものです。「ああ、同じ目が悪くてもお国のために悪くした人と、もとから悪かった者とはどうしてこうまで扱いが違うのだろうか」と悲しくなるのでした」[112]。ここで老婆が「見てはバチが当たる」と書いていることに注目したい。直接見ては目がつぶれかねないありがたい存在。これはまさに現人神たる天皇に対してしばしば向けられた言葉であり、それと同じ位置づけが与えられているのである。そして一般の障害者の処遇の低さは、「兵士になれない存在」＝国民としての役割を満足に果たせない人々とされていたことと大いに関係していることも忘れてはならない。

話を作品にもどそう。彼らの部隊は南京攻略戦に参加したが、その激戦は南京入りする前に負傷した彼ら二人を除いて、光島の班の全員を亡き者にしてしまったという。保科がケガをした時、光島は失明した。彼ら二人はケガの種類が異なるため、野戦病院のあと搬送された病院が異なり、帰国してから会うのは初めてである。視力を失った光島は、野戦病院では自殺するための刃物をよこせと保科に叫んでいたのであるが、今では「生きられるだけは立派に生きて行かうと思つてゐる」（「第二の戦場」九七頁）と、回心を成し遂げた存在として描かれる。「この尊い犠牲者のひとりは、更に新しい苦難の方向に、恐れげもなくおのれを築き上げようとしてゐる。秋太郎は深く打たれた」（「第二の戦場」一〇四頁）、と光島に対面したことによって保科も周囲への反発を反省し、お国のために頑張ろうと回心するのである。

さて、ここで「尊い犠牲」というフレーズが登場している。これはまさに靖国神社に合祀されている戦没者を分析する際に高橋哲哉が注目した言葉である。「戦没兵士の「尊い犠牲」を讃え、それを「敬意と感謝」の対象として美化することは、ある重要な効果を生みだします。アジア太平洋戦争の戦場の悲惨さ、そこで死んでいった将兵の戦死の無惨さ、おぞましさを隠蔽し、抹消するという効果です」[113]。先ほどの「見てはバチが当たる」や、本章2節で取り上げた失明傷痍軍人の「自分は靖国の神に最も近い人間の一人だ」[114]と呼応し、「生き神様」という位置づけが傷痍軍人に対してなされているのである。

ただし、戦死者は何も語らないために、戦死者であることで自動的に神となるのに対して、口を持つ傷痍軍人が「神様」になるためには、あるべき傷痍軍人イメージに適合しなければならない。彼らは自棄を起こした場合お国のためにもう一度尽くすという「回心」をしなければならないのだ。光島の回心に色を添えるエピソードとして、傷痍軍人の悩みの種である結婚問題がでてくる。退院してから（ちなみに彼が今いる寮は、怪我が治り、東京で職業訓練を受ける失明傷痍軍人のためのものである）一度故郷へ帰った光島は、都会の冷たさに愚痴をこぼす保科に対して、田舎ではもっと厭なことがあったと述べる。彼は失明ゆえに婚約を破棄されたのである。婚約者の女性は、「名誉ある戦傷者」だから結婚したいのだが両親が反対であると、理由を述べる。しかしあるところで彼女の本音を立ち聞きしてしまう。「今は戦争の最中で、みんな興奮してゐるから未だいいが、十年二十年経つて、この興奮が国民から覚めた時、惨めだといふんだね。子供でも出来れば、子供まで盲目の子とそしられるだらう」（『第二の戦場』一〇二頁）というのだ。

　差別の現状や日露戦争終了後の「廃兵」に対する冷たい扱いから、光島は彼女がそう考えるのも無理はないとしつつ、時代が変化しているにもかかわらずこうした考えを捨てられない地方の現状を批判的に分析する。「われわれは国家の劬《いたわ》りの手を、直接肉体に感じてゐるからね。国家と個人、云いふるされた日本の家族主義という言葉が、今日ほどぴつたりした時代も少いと僕は思ふね。新しい日本の躍動を、僕がいちはん《ママ》痛切に感じるのも、その点だ。田舎の人は、かういふ新しい時代を未だ意識してゐない」（『第二の戦場』一〇三頁）。まず国家の施策に対する感謝の念を示しつつ、その政策を支えるのが国家と個人を結びつけるものとしての「家族主義」であるという。そしてそうした意識を持たぬと農村を批判する。これは、強固なコミュニティを持つために農村社会で役に立たぬものに対して排除の力を持つ地方が、変化できずにいる状況を批判しているのだ。だからといって都会の状況を全肯定しているかはわからないが、彼は今自分が置かれている寮の状況には満足している。戦時体制が農村コミュニティを変容・解体することを期待しているともいえる。しかもそこでの都会の側は、近代的（ヨーロッパ的）とされる利己主義を超えるものとして位置づけられている。ちなみにこの位置づけにおいて、利己主義に陥らないためには国家の政策を積極的に受け容れる以外の選択肢がないことも指摘しておきたい。

この点についてもう少し詳しく分析してみよう。当時の日本陸軍といえば農村を重要な支持基盤としていた。その上で、この時期になると兵員の徴集率の上昇から、農村以外の出身者が増加した。そのためタテマエだけでなく実質化してきた（男性）国民皆兵によって、以前は頑強な者の多い農村出身者を中心に軍の組織を運用すればよかったのだが、多様な層を含んだ全国民を想定した運用が必要となった。光島は農村出身でかつ「学問」もあるという元下士官という設定になっている。ということはおそらく大学出で幹部候補生となり、伍長として召集されたのだろう。この一青年が地方（田舎と彼は呼んでいる）を、傷痍軍人の受け容れ体制という観点から厳しく批判している。作者がそういう存在としての光島をここに意図的に配置しているのだ。農村を熟知しつつ、今はそこに生活基盤を持たぬ（持てぬ）身である彼は、傷痍軍人という立場から農村に変化を要求しているのである。そして国家と個人との関係を「家族主義」という観念によって媒介する。軍隊のイデオロギーと齟齬をきたさぬ、また、農村にも受け容れやすい家族主義という媒介項によって農村を批判しているのである。しかもそうした現状を地方出身でおそらく学問のない保科というかつての部下に語りつつ、自ら率先垂範することによって、かつての部下をまっとうな傷痍軍人として導いているのである。榊山から見た傷痍軍人の一つの理想像がここに提出されているといえる(115)。

農村のコミユニティではなく、共同体を超えたレベルにある国家によっていたわられる傷痍軍人。先に見たとおり彼らは靖国の神に近い存在である。しかし神そのものではない。しかも彼らは口を持っているために、その思いや意見を述べることができるのである。それが戦争を推進するものならば、その意見を公けに表明する機会もありえた。彼らが戦時体制における軍隊を中心とした動員体制のモーターとして銃後に位置づけられていることがうかがえる。榊山だけでなく、例えば農村を描くことで流行作家となった島木健作も、こうした位置づけを軍事保護院のキャンペーン小説でしている。物資不足のなかでも「しきたりのある田舎の家だから、客人にはみなそれぞれの礼は尽さねばならない。ちよつと来ても飯をよばれ、一本つけてもらふといふ古い習慣は、戦時下にあつてもなかなか改まらない」[116]と、傷痍軍人の発言という形で、いうなれば農村の封建制の残滓を批判しているのだ。

もっともこのことは、国家の施策に社会がついてこれない現実を示しているのでもあり、だからこそ就職問題や結婚問題が起きているのである。ここには若い労働力を軍隊と軍需工場に吸収され、労働力が不足して疲弊が見られ始めている農村に、傷痍軍人を抱えるだけの余裕がないことが背景にある。戦時体制の「近代化」のかけ声と裏腹に、機械化などが進まぬ当時の農業政策のしわ寄せが農村に現われているのだ。

また、いくら傷痍軍人が特別な存在だからといって、彼らが社会に向けて、ここで取り上げた諸作家のようにメディア上で発言できるわけではない。ニュース価値のある人として取材を受けるとしても、そこには記者の選択と（帰還者の発言として）軍の検閲および新聞・雑誌などへの内務省の検閲を受けた上で初めて表に出される。また、負傷の結果転職を余儀なくされ、自ら発言するために文筆の道に進みたいと思った傷痍軍人もいたようだが、彼らに対して特別な門があるわけでもなかった。少なくとも一般の志望者と同じ条件で高い参入の壁（新人修業）をクリアしなければ無理であることを当時、中島健蔵は指摘している。[117]さらには、誰が語るにしても受け皿のないまま大量の障害者を生み続ける戦争自体への批判が表に出されないのは言うまでもない。

光島と会うことで再び就職への意欲をとり戻した保科は、故郷の小学校の友人で、旋盤工として目黒に住む朝門友吉の家に世話になりながら、職探しをする。職業紹介所で、多くの労働者のなかに傷痍軍人が一六名働いているという目黒の工場を紹介され、即日働くこととなる。ちなみに、この工場で働く労働者としての傷痍軍人たちは、懸命に、かつ活き活きと働く様子が描かれているのだが、同じ一九三九年の五月に単行本の出た『生産地帯』に描かれた労働者への嫌悪感とはあまりに対照的である。

軍需方面の計器を作るこの工場で「十六人の仲間」と出会った保科は、傷痍軍人同士の話で盛り上がる。その話には「何処で怪我をしたか、その時戦況がどうであつたか、そんな話が弾んだ。俺は何人敵を斬つた、というやうな明るい自慢話も出た」（「第二の戦場」一一四頁）と、残虐な武勇伝を誇る安っぽい話も出るが、基本的に具体性に欠け、戦場の生々しさは表現されていない。当時の戦場の小説で描かれたような戦場の具体性にすら遠く及ばないのだ。

さて、うまく就職できた保科であるが、「此処にゐる十六人の同僚中、出征前から細君があり、それを田舎に残して来た三人を除いては、みな独身である」(「第二の戦場」一二二頁)と、やはり結婚問題がでてくる。彼が世話になっている友人、朝門友吉の家には、印刷工場で働くその妹、咲子も同居している。咲子は保科にとって幼なじみになるのだが、友吉に結婚話がもちあがり、家から出ないといけないかもしれないという話になり、咲子はこう保科に言う。「「秋ちゃん、さうしたら、私と二人で共稼ぎをしない?」笑談のやうであつたが、かすれた咲子の声に、ふと息をひそめたものがあつた」(「第二の戦場」一二四頁)。女性の側からそれとなくプロポーズをする形になっている。一九三〇年代以降、都会でははたらく若い女性が結婚についてそれなりに主体性を持つようになっていたとはいえ、女性の側からプロポーズするという話はまだ珍しいように思える。

この頃は戦争の進行で若い男性が一気に減り、数的な非対称性から女性は「選ばれる」側となって、恋愛に積極的になりつつあった意識の変化と現実とのギャップが出ていた頃でもあった。一方で国家は多産を奨励しており、婦人雑誌などでは結婚の特集のなかに軍人や傷痍軍人との結婚についての話が入り込んでくる。『現代』一九三九年十二月号の座談会では、一般の女性参加者が「傷痍軍人の方だからと云つて軽軽に結婚せず、交際して果して自分はこの方と一生幸福に暮せる自信があるかどうかを考へて見る必要があるやうに思ひます」[118]と述べている。こうした発言のように、一般の女性も、①一般論として傷痍軍人と結婚することを名誉として認めつつも、②傷痍軍人だから結婚するということになるわけではなく、③さらに結婚後の経済的な事情まで考えておくべきだという慎重な立場が、ほぼ共通した見解として見受けられる。

こうした事情のなかで、榊山はストーリーの最後を女性からの(実質的な)プロポーズという、当時の一般的な感覚からすれば逸脱したような形で締めくくっているわけだ。それは一つには、傷痍軍人との結婚はそのくらい積極的でよいのだと女性たちに呼びかけると同時に、保科の工場での一三人の「仲間」の未婚という現実を提示しておきつつ、ストーリーの最後で読者が感情移入して読んでいる(であろう)主人公の保科がハッピーエンドを迎える形で明るい終わり方にしたいという作者の意図でもあろう。

以上、「第二の戦場」を軸に榊山の描いた戦時中の傷痍軍人の表象を見てきた。本節の主題のまとめに入る前に、小説の語りという観点から、彼の傷痍軍人の描き方について考えておきたい。「第二の戦場」以外の二作品にも共通しているのだが、榊山は作品内に直接登場する人物ではない第三者が超越的視点から語るという形で作品を描いている。その上でその語り手は、主人公に極力寄り添う視点をとっており、主人公の心境・心理の説明はするが、それ以外の人物の心理を語ることはない。だから例えば「第二の戦場」で咲子が保科に結婚をほのめかす場面では、「笑談のやうであつたが、かすれた咲子の声に、ふと息をひそめたものがあつた。秋太郎はどきりとして、咄嗟の応へもなく咲子を見た」(「第二の戦場」一二四頁)と、「どきり」とした保科の心理は描かれても、咲子については行動や声の様子という外部に現われる部分しか描かれない。こうした形での第三者の視点からの語りは、小説においてオーソドックスなものの一つであり、榊山自身、他の作品でもしばしば用いている(『生産地帯』も同様である)。

しかし傷痍軍人を描いた三作において特徴的なのは、主人公の気持に寄り添うという立場から逸脱した語りがほとんどなく、作中人物ではないその語り手の意見・解釈と明らかにとれるような語りが極めて少ないのである。厳密にいえば語り手の解釈はさまざまな形で入り込まざるを得ないのだが、意図的な語り手の介入が少ないのである。

三作のなかでほぼ唯一の例外として意図的な介入が行なわれている場面を引いておこう。「第二の戦場」で保科が就職を断わられ、孤立感を深めている場面である。「たつた半日の間ではあるが、殆んど始《ママ》めて世間の風に吹かれたやうな、さまざまな心の衝撃に疲れてゐた。そこには前線よりも、複雑で面倒ないろいろな感情があつた。瑣末な人情のうづまきがあつた。生活とは、一つの職業を確固と攫むより以上に、そんな人情の間をくぐり抜け、乗り越すことだとは、年若い秋太郎には未だ考へ及ばぬことであつた」(「第二の戦場」九二頁)。前半二つの文は、強いていえば保科の心情と解釈することもできるが(同じ程度にこれを介入ととることも可能である)、最後の文は明らかに秋太郎の感情ではなく、語り手の介入である。そして、ここで書かれているような形で過剰に介入し、登場人物の行為や心境を突き放してみせることこそ、榊山潤という作家がデビュー以来作り上げてきた文体の特徴であった。そしてその介入がニヒリズムやデカダンスの雰囲気を作品に与えていたのだ。

そうした特長的な文体が影をひそめている、ということはつまり、主人公たる傷痍軍人の立場に寄りそい、彼らの行動や心理から距離をとらない形で作品を書いているのである。そして読者も主人公に感情移入しやすい形で、作品を組み立てているのだ。と同時に、傷痍軍人の視点で一人称小説を書くのも避けている。傷痍軍人ではない榊山として、当事者の視点から書くのは僭越である、というわけだ。主人公の気持を存分に代弁している三人称の語り手というのは、実質的には体験者の視点をとることとそれほど違うわけではないのだが、形式的には傷痍軍人の視点からは語っていないと言い張れる。つまり非当事者である榊山にとって、取材によって傷痍軍人を描く際に非常に「都合のいい」視点なのである。

これは例えば伊藤整が、傷痍軍人を取材した小説家を主人公に私小説的な作品を書いているのと比べると、違いが明らかである。ちなみに伊藤の作品も語り手は第三者であるのだが、傷痍軍人の視点には寄りそわず、主人公の小説家に寄りそう形をとっている。そのため、伊藤の場合、例えば「一月ほど前に、得能〔主人公の作家〕と浮田〔その友人の作家〕を含めて二十人ほどの小説家たちは、軍事保護院から、軍人援護事業を扱つた小説を書くことを依頼された[119]」であるとか、療養所での取材の際に「「小説に書くと言つても何です、決して国策に反するやうなことは書きませんから」と相手に安心させるために断つたりしてゐた[120]」と、作品中に作品を書くに至った事情を書き込み、これが国策文学であることを明言した作品となっている。そしていざ療養所にいる傷痍軍人たち数十名と座談会をする事態に直面すると、主人公の心情として「そうら見ろ、いい加減に生きてゐて、ここへだつていい加減な気持ちでやつて来たから、今、火の中に指を突つ込んだやうに急にあわてだしたぢやないか、と彼の中で何かが囁いた[121]」と、傷痍軍人と作家との大きな距離感を自覚的に描きこんでいるのである。

この伊藤整の記述方法はおそらく、書ける範囲に対して権力による制約が課せられていることを作品内に書き込むことで、言論統制に対して敏感な一部の読者に対するメッセージとなっている。しかし今日から見てわかりにくいのは次の点だろう。「国策に反するやうなことは書」かない、つまり国策に沿っているという言葉は、一般の読者にとってたとえば官制の「やらせ」を暴露してしまうようなマイナスなメッセージになるのではない。当時は堂々と国策に従うことが美徳とされる時代であるから、〝私は国策に沿っているのだ〟という宣言としても機能しているのだ。これは第2章の「抵抗と加担の言説」で見た、当時の言説の複雑さをよく表わしている。

とはいえ、伊藤のこうした屈折した記述は「特別な」人々を称揚するという効果がある一方で、傷痍軍人を称揚するような状況を「異化」する可能性も十分含んでいるわけである。対して榊山のとった視点は、そうした異化の可能性を極力排除したものであると言える。

こうした榊山の文体の特徴と、先に見た内容を併せてまとめてみよう。「第二の戦場」における傷痍軍人の描き方は、怪我をして前線のままで止まってしまった彼の時間が、銃後での奉公に向けて動き出す点に力点がある。このことは彼から充実した戦地での兵士の生活と健康を奪い、彼の時間を止めていた原因の負傷のシーンすら、わずかの描写しかなかったことに対応する。ここでは傷痍軍人が、日本兵を傷つけた戦場の暴力的な過去を銃後に持ち込むことは期待されていない。記述の視点としては当事者に寄りそいながらも、「還る」ことの当事者にとっての意味に榊山はほとんど関心を払っていない。戦場での出来事を所与として、そこへの解釈を差し挟まないのだ。感謝の対象たる傷痍軍人についての情報に接するたびにその背後にあった暴力を生々しく想起されては、戦争の推進に不都合であることを作家としてわかっているからである。榊山が描いたのは、産業戦線という「第二の戦場」での役割を立派に果たす「あるべき傷痍軍人像」を受け容れた人々なのである。しかもこれは靖国の合祀者の顕彰が生み出すという効果、「アジア太平洋戦争の戦場の悲惨さ、そこで死んでいった将兵の戦死の無惨さ、おぞましさを隠蔽し、抹消するという効果」[122]に重なる。いや、傷痍軍人は暴力による傷を直接に身につけた者たちであり、しかも発言することができる存在だからこそ、なおのこと彼らに銃後における戦争遂行の役割を与え、彼らの受けた傷や病気を正当化しなければならなかったのだ。

しかもその上で、地方における受け容れ状況の悪さへの批判という、銃後の内部における政治性を込めた構成をとっている（都市を理想化しているわけでもないのだが）。傷痍軍人に語らせる形によって榊山がかなり踏み込んだ発言をしているともいえる。むろんそれが国策に沿う形であるから可能であるにせよ、傷痍軍人（登場人物）の主張という形で語り手の主張を作品に入れ込んでいる。模範的な造形としての光島が典型だが、作中の傷痍軍人たちは鼻につくような主張はしない。しかしそういう彼らの造形を通して、作者榊山が声高に語っているとも言える。作中の職人風の男が素朴さや無邪気さのなかで行動していたのに対し、傷痍軍人の「声」を小説の語りに埋め込んで声高に主張する榊山の振舞いは計算ずくのものである。

非当事者たる語り手が、巧妙な形で当事者になり代わって主張する構造の作品になっているのだ。これは傷痍軍人の存在を相対化するような視点を放棄し、さらにいえばそういった作品を書くことで戦争協力をしているというパフォーマンスをし、その自身の選択を相対化することも放棄した恰好となっているのだ。不安の時代を内面化し、そうした時代を内側から描くことで文壇に出てきた榊山潤という作家が、あるべき傷痍軍人像に寄りそうことで内面のゆらぎをおさえこんだともいえる。それにともない作中の傷痍軍人たち（特に友吉と光島）の内面描写からも、最終的には不安が取り除かれる。

こうして榊山は世に知られ、かつ軍からも悪からず覚えられるようになったのであろう。一九四一年十二月には、著名な文化人の一人として陸軍から白紙徴用（軍属の徴用）を受け、報道・宣伝に携わるべくビルマ戦線へと向かうことになる。ちなみに火野葦平は陸軍の徴用でフィリピンへ、石川達三は海軍の徴用でシンガポール方面へと赴いた。ここにもそれぞれ興味深い話はあるのだが、ある程度先行研究もでているのでそちらに譲ることにして[123]、次節では、帰還当事者である火野葦平が「還る」ことをどのように描いたのか、彼の帰還にともなうメディアの熱狂とともに見ていくことにしよう。

5　火野葦平――「英雄」の帰還と銃後の現実

「凱旋」した帰還兵

本節では、火野葦平の帰還について見ていく。まず最初に、彼の帰還がメディア上でどのように受け止められたかを見ていきたい。本章冒頭で書いたとおり、日比野士朗は火野の帰還を「凱旋」と評した。第2章で、火野は日中戦争期の例外的な英雄だったと書いたが、そのことはこの「凱旋」からもうかがえる。その熱狂ぶりは、帰還した一九三九(昭和十四)年十一月の新聞をたどれば、彼の一ヶ月の行動の大部分がわかってしまうことからもよく見える。英雄としての帰還兵、帰還作家のメディアへのプレゼンスの一つのピークを火野が作ったとも言える。陸軍の報道班員であった火野の帰還について考える以上、メディアが彼をどう扱ったか、彼が帰還をどう受けとめたか、という二つは密接に絡まりあっているのだが、まず前者から見てみよう。

火野の帰還が大きく取り上げられたこと自体は、火野の先行研究においても断片的な言及はなされている。しかし、兵隊作家火野葦平のブームを示す一つのエピソードという位置づけを出ず、帰還そのものの意義が捉えられていない。例外的に田中艸太郎は、人気の絶頂で帰還した火野のなかに「虚無の風」が吹いていたこと、兵士としての自己が日常に戻ることのギャップへの苦しみを持っていたことを指摘している。田中がここで「雨後」という小説を取り上げ、特に安田武『定本戦争文学論』での議論に注目していることは重要である。[124] この「虚無の風」と、火野の帰還をつなげて考える上で不可欠な作品こそが、この「雨後」だからである。本節では田中が十分に展開していない作品分析を通して、火野の帰還の意味を掘り下げるため、ひとまずその前提として彼の帰還に沸いた当時の銃後の様子を見ていく。

以下、火野の帰還に沸くメディアの熱狂に関しては、『東京朝日新聞』縮刷版(以下『東朝』と略記)、『大阪朝日新聞』(『大朝』と略記)の地方版(北九州版ほか)、および彼の地元福岡の『福岡日日新聞』(『福日』と略記)、そして鶴島正男「新編=火野葦平年譜」(『敍説』XIII、花書院、一九九六年)で言及されている帰還直後の雑誌記事を参照した。

『東朝』一九三九年十一月二日(朝刊、以下引用はすべて朝刊から)の「火野葦平軍曹帰還」という記事には、「広東特電一日発」とある。長期にわたり広東で陸軍報道部の仕事に従事していた火野は、十一月一日に広東での作業を終え、十三時空路で台湾に向かった。「特電」とあるように、一作家（軍曹）の移動が重要な、つまりニュース価値が高い記事として位置づけられていることがわかる。

ちなみに空路での台湾行き自体、火野が一般の帰還者と異なることを意味している。帰還後の発言によれば、本来ならば彼は『土と兵隊』で描いた杭州湾上陸作戦の時の部隊と一緒に船で帰国するはずだったが、報道班の仕事で一ヶ月帰国が遅れたのだという[125]。その結果、航空機での台湾経由となった。

十一月二日の午後、台北にて「軍報道部の使節として折柄開催中の南支時局展覧会を参観にでかけ」たことが四日の『大朝』の台湾版（地方面）に掲載されている。しかもその記事には、その日の夕方、台北ではまさにその日から上映となった映画『土と兵隊』を見たことまで書いてある。ちなみにこの映画については、『東朝』十一月十四日に原作者として感想を書いた他、『アサヒグラフ』一九三九年十一月二十九日号で主演の小杉勇と対談するなど、何度も言及されている[126]。

『東朝』十一月六日の「火野葦平軍曹帰還」の記事では、五日十三時五二分福岡飛行場着とある。家族や九州文学の友人たちが出迎えた。そして十五時一九分博多発の列車で地元若松へ向かったという。このように正確な時刻まで記してあるのだ。記事中の本人のコメントでは、「南支派遣軍嘱託となつて帰還を許されたが二度と現地に帰ることはないでせう」とある。「二度と」という部分は意味ありげだが、それが何を意味するのかは不明。いずれにせよ五日台北にて除隊と同時に嘱託という立場で軍との関わりを持ち続けることになったことがわかる。

翌十一月七日から『大朝』『東朝』に、「帰還兵士の言葉」と題した帰還の感想を記した大きな記事が、三日続けて掲載されている。帰還直後の五日に執筆したようである。ここではさまざまなことに触れているが、新聞において報道価値があるとされる派手な戦果の記事からは占領地などの警備の厳しい実情が見えないことを強調している。そうした状況についてはベタ記事か記事になりもせぬのが普通だが、実際のところそこでの苦労の方が前線よりも大きいという。これはある意味、イラク戦争で米軍が陥った、「勝利宣言」後の泥沼に近いことが中国の日本軍占領地で起きていたことを示しているのだが、別に火野は軍を批判してそう書いたのではない。戦況を甘く見るなと読者に向かって引締める発言をしつつ、新聞の読み方に注意せよと呼びかけているのである。しかし元報道員として、戦争報道のあり方を述べたこの文は、新聞の記事の書き方に対する批判としても受けとめられて物議をかもし、当時の首相、阿部信行までがこの記事に言及したという(127)。

『大朝』北九州版、十一月十一日には、「芥川賞の結ぶ縁 〝胸開く〟両作家」と、十日の午後、地元において火野が石川達三と会談した記事が出ている。内容は後で触れるが、これは『中央公論』一九三九年十二月号に掲載される対談であり、雑誌の企画した対談が地方版とはいえ新聞記事として取り上げられているのである。ちなみにこの記事には二人が初対面のように書いてあるが、実際は面識があった。

この記事には対談の日の夕方十八時から、小倉の「とらんしつと詩社主催」で、帰還歓迎会があったことも触れられている。「とらんしつと」は火野が出征前に参加していた詩の同人誌である。この会のことは『福日』十一月十一日にも出ており、改造社の社員と、早稲田以来の親友中山省三郎が東京から出席し、火野はこの二人とともに翌十一日の夜行列車で上京した。ちなみに火野は『麦と兵隊』を『改造』に掲載し、同作と、他紙(誌)に掲載された『土と兵隊』『花と兵隊』の「兵隊三部作」の単行本を改造社から出版していた。戦地にあった火野のために両者の間を取り持ったのがこの中山であった。火野はこの東京滞在中、阿佐ヶ谷の中山邸に泊まっている。

図6 帰還途中の台湾で映画『土と兵隊』を初めて見た感想を，帰国後に語る火野葦平（『東京朝日新聞』1939年11月14日）

上京中の十一月十三日の『東朝』には、朝日新聞社主催の「火野葦平帰還講演会 けふ午後六時」との告知がある。翌日の記事にはその会の報告があり、会場は定刻前に三七〇〇人の満員となったという(128)。

十四日夕方には改造社主催で、「兵隊三部作の会」があり、文壇関係者、映画人、陸海軍人、知人など約一七〇名が集ったという（「〝兵隊三部作〟の会」『東朝』十一月十五日、「戦友の英霊も光栄に泣かん」『福日』十一月十五日）。ちなみに、ちょうどこの頃、『東朝』十一月十八日には「上田廣軍曹帰還」の記事が小さく出ており、その扱いの差は歴然である。(129)

残念ながら何日まで火野が東京にいたのかまではわからなかったが、十一月二十五日の夕方には『福日』主催、博多の同社本社での講演会が設定されているので、遅くとも二十四日までには東京を離れたのだろう。二週間足らずの滞在であったが、『週刊朝日』十二月二日号掲載の座談会では「実は私上京以来既に十回に垂《なん》なんとする座談会をやつてをります」と発言している。これでは本人も言うとおり、「大体聞かれる方も聞きたいことは同じやうなことで話すことが皆同じになつてしまふ(130)」のが当然だっただろう。福岡に帰ってからも、二十五日の博多に続き、二十六日には小倉で朝日新聞社主催の講演、二十九日には再び福日の主催で、郷里若松での講演をこなしている。この回には家族も聞きに来た。

以上見たように、火野葦平が帰還した十一月の新聞をいくつか見るだけで、これだけの記事が出ており、その注目度の高さがわかる。そして雑誌ジャーナリズムに記事が出るのはそれよりも少し遅れるので、十二月号、一月号に大きく取り上げられることとなる。十二月以降も度たび講演などで各地を回っているが、詳しいことは省略する。

重要なものにだけ触れておくと、『改造』一九三九年十二月号「火野葦平帰還座談会」では、林芙美子がこう述べている。「だけど、あの、火野さんがお帰りになつて、最初どういふものをお書きになるだらうか、それは期待してゐるのです、第一作を……」。そしてそうした期待があろうと、「何か火野さんも、お書きになりたいものをと仰しやつた。それをお書きになりたいと思ふときに書けばいい(131)」と述べている。ここでの林の言葉は、林自身の期待というより、周囲の期待の代弁である一方、流行作家であった林が身をもって知るプレッシャーへの同情が含まれているのだろう。「兵隊作家」として世間に認知された流行作家、火野葦平も「何を書くべきか」の不安にさらされるのである。

「雨後」、理想の崩壊と銃後の厳しさ

火野は前述したように、帰還後間もない一九三九年十一月十日に、『中央公論』十二月号の企画で、火野の家を訪れた石川達三と対談をしている。この対談での火野の言動は、軍の報道に直接携わって、今も嘱託として関わりのある立場として、軍の作戦や戦争の政治的側面に関する発言に極めて慎重である。2節で触れた第三次近衛声明に関連して、聞き手である石川が「前僕は南京攻略戦についていつたがそこで兵隊たちは、せめて南京までは日本の領土にしたいといつて居つた。そういふ気持ちをどう慰めるのかといふ事も〔軍報道部は〕考へられて居るかね」と、政府や軍の公式的見解を踏み越える声の存在を前提とした、突っ込んだ質問をしている。こうした質問に対して火野は、「それは大きな問題で一兵卒には分からないが」とか、「そういふことはちよつと」と言明を避けている(132)。つまり大きな政治課題や外交的な問題については最初から口を閉ざしているのだ。

このような具合なので対談の中心は、火野の文学活動についてや、戦地や帰還についての個人的感想にならざるを得なかった。帰国後すぐの感想として「一寸見た目は街がユツクリして居る。新聞を見ると行詰つて居るやうな窮屈さが感じられるが帰つて見るとさうでもない。戦前よりは色彩的に絢爛さが目立つ位で、大丈夫といふたのもしさがある(133)」と述べている。戦地からメディアを通して思い浮かべていた銃後。それは引締め目的のニュースが中心で、日常の不動の部分はメディアから見えがたいことに起因しているのだろう。これは火野が指摘した、占領地の厳しい実情が銃後には見えがたい問題と表裏一体である。

1節で見た『戦友に愬《うった》ふ』において、火野は銃後に還ることにともなう問題に対して、兵たちのよい面という『麦と兵隊』以来描いてきた兵士像の延長線上にある理想としての兵士を説き、その兵隊の精神を、戦地を飛びこして一般社会における規範として捉え、社会を作り出していく原動力として位置づけた。兵隊と銃後（あるいは一般社会）との関係は、この先火野自身が帰還して戦後に至るまで向き合うこととなる問題である。『戦友に愬ふ』は戦地からの想像のレベルではあるが、それを表明した出発点として重要な位置に置かれるべきものであると私は見ている。このテクストは昭和戦争文学全集2『中国への進撃』（集英社、一九六四年）に収録されており比較的有名な文章ではあ

るが、とりたててこれに言及したものとしては池田浩士のものしか見ていない。『戦友に愬ふ』と、その後に書かれた「雨後」「春日《かすが》」などの作品とを結び付けて論じたものは見当たらない。しかしこの『戦友に愬ふ』を補助線として、帰還して直面した銃後の現実を描いた作品を考えることによって、戦地と銃後との媒介という帰還兵の使命と、その限界という問題点がはっきりと見えてくるのである。

故郷に帰って落着く暇もなく、時の人となった火野は、東京を皮切りに全国各地を講演して回った。戦地から銃後へ帰っての暮らしのなかで彼は、『戦友に愬ふ』で描いた理想が破れていく現実にさまざまな場で直面することとなる。そのなかで描いた小説が、「雨後」(『中央公論』一九四〇年七月号)と続編「春日」(『文藝春秋』一九四一年四月号)の二作である。火野の既存の研究では「雨後」や「春日」といった銃後を舞台に描かれた作品は、戦地を舞台にした作品とは別の系統として捉えられている。例えば池田浩士が指摘しているように、デビュー作「糞尿譚」の系統に属する「雨後」などの虚構の世界では、むしろ身近な人同士が自分でも嫌になるほどにぶつかり、傷つけ合うさまが描かれる。[134]『麦と兵隊』のところで述べたように、火野は戦場における兵隊の悪い面を、戦後になっても頑固なまでに、若干の例外はあるがほとんど描かなかった。[135]しかし庶民、つまり兵隊と同じであるはずの人々の悪い側面、エゴや無意識の振舞いで身近な人と傷つけ合って生きるありさまは、身近な世界としての故郷若松を舞台に多くの作品を書いた火野にとっては重要なモチーフであり続けた。そういった流れにある作品としてこの「雨後」「春日」は捉えられている。

火野は後にこの時期について回想するなかで、「私としては、「兵隊三部作」であふりたてられた後は、静かに、謙虚に、自分のもつとも落着ける郷愁の場所に、一応、腰をおろしたかつたのである」[136]と述べている。火野の弟も、「兄は戦時中から兵隊作家とみられることが不満で[137]」あったと証言している。兵隊作家や戦争文学の作家として大いに注目されながらも、そのレッテルをはがすべく、帰還後は普通の作品を書こうとしたというわけである。戦場を描くことからは確かに距離がおかれているが、帰還後の第一作「山芋日記」(『文藝』一九四〇年五月号、『火野葦平選集』第一巻所収)などを見ても帰還者が多く登場するなど、実際は兵隊を意識的に書き続けている。戦場の小説ではない兵隊の小説が描かれているわけだ。「社会化した私」をもじって「兵隊化した私」とでも言うべきであろうか。兵士であることによって向かう場所としての戦場にとどまらず、それ以外の場所においても兵士であろうとする。火野は兵隊というアイデンティティを背負って生きる人の姿を書き続けたのだ。[138]「雨後」「春日」もそうした作品である。

作品を見ていく前に「雨後」が掲載された翌月、『改造』一九四〇年九月号に掲載された「石炭の黒さについて」という火野のエッセイに触れておこう。ここで取り上げられているのは、火野の家の家業である沖仲士（港湾労働者）の窮状についてであるが、[139]本書にとってのポイントは、その窮状にある沖仲士たちの描写である。真っ黒になって働く石炭仲士は「私にはただちに兵隊を連想させる。（中略）祖国を兵隊が負うてゆくやうに、銃後の産業は汗をたらして働く人々によつて支へられてゐる。自分たちは戦地に行けぬので、兵隊になつたつもりで働くのですと、私の愛する子分は常に云ふのである。このやうに彼らは真に考へ、まつ黒い石炭の中で闘つてゐるのである」[140]と、この文章を締めくくっている。沖仲士もしくは労働者たちと兵隊を重ねあわせ、「庶民の立場」を代弁してものを書き、言おうとする火野の気質をよく表わしている。『土と兵隊』のところで見たような、泥まみれになりながら真剣に仕事に打ち込む人々への厚い信頼があるのは確かである。逆にいえば火野が「兵隊」と書くとき、そこには『麦と兵隊』に出て来るような彼の理想像としての兵隊が描かれるのみならず、勤勉で正直という（兵士という立場に限らない）理想的精神を受け継ぐ人間が念頭にある。そして、職業軍人を連想させる硬い表現「軍人」ではなく、「兵隊」という言葉に火野がこだわるのもこのあたりにあるだろう。[141]

さて、では作品について見ていくことにしよう。「雨後」掲載時の『中央公論』の編集後記には、「戦争文学にそれ〳〵の場を占め炳乎《かっこ》たる地歩を固めた火野、上田、日比野の三氏を煩はして視野を前線から銃後へ、純文芸作品に研を競つて戴いた[142]」と書かれており、戦争の内側において、前線に対するものとしての銃後を帰還作家の目を通して描いてもらいたいという期待が見て取れる。

この小説の主人公首藤研吉は帰還者という設定である。父親の啓作は日露戦争の傷痍軍人で、町の傷痍軍人会の会長をしている。父の隠し子が発覚して以来、両親のいざこざが絶えないなかで三年前に出征し、中国から帰還しての話である。夫の浮気に腹を立てた母は、花札賭博にはけ口を見出し、勝った金で闇物資を買ってきたりと、「妾、闇、賭博行為、どれ一つをとっても、当時の世相の中で、非国民とか国賊とかいう言葉を以って、面罵されるであろう悪徳ばかりの銃後の「家庭」を仮借なく描いて、それにたいして、戦場での「逞しい精神」も「果敢」も「決断」も無力である、と素直に書く[143]」、そんな作品である。

火野はしばしば、バルザックの『人間喜劇』の方法を真似て、自分の小説の登場人物を、作品を飛びこしていろいろな場面に登場させている。「若松という、あまり広くない私の故郷の街を舞台にして書く場合、いろいろな作中人物がたがいに関係し、交流しあうのは、自然といえるのである[144]」と火野が言うように、他の作品に出てくる人物がこの「雨後」「春日」にもしばしば顔を出す。つまり舞台は火野が当時暮らしていた若松である。

主人公の研吉は、出征前に勤務していた新聞社に帰還後戻ったという設定である。火野自身は新聞社に勤務したことはないので明らかにフィクションではあるが、出征中に戦線の様子を知らせる記事をいろいろと書いたために「この地方では彼の名は相当に知られてゐた」ので、「帰還直後から彼は近傍の町村を引き廻され、〔中略〕講演や座談会に」出かけているといった事情から、火野本人を思わせる設定になっている（「雨後」『中央公論』一九四〇年七月号創作欄、五五頁）。実際、私小説の伝統が分厚い当時の状況では、火野本人の家族を読み込んでしまう評論家もいた[145]。

研吉の父啓作が日露戦争の傷痍軍人であるのとは異なり、火野の父、石炭の荷役請負業「玉井組」の親分、玉井金五郎は日露戦争には行っていない。また、この傷痍軍人には実在のモデルがいるので、火野の家族そのものを描いたわけではない。しかしながら、この作品で重要な位置を占める父の隠し子に端を発する両親の不和は、実際に火野の両親の間であったことである。それが戦中から戦後の父の死に至るまで、火野の私生活に大きなトゲとして突き刺さっていた。帰還兵に象徴される社会と軍隊の接点の増加といった公的な領域の変化と、それに対する私生活の根強さの狭間において苦悩する人々の様子が描かれる。

ストーリーに眼を移そう。研吉の帰還直後の様子である。銃後の人々が戦場を想像のなかで考えるように、戦地において兵士たちも断片的な知識から銃後を想像していたのであり、戦地から帰ってくることによる銃後の違和感、くすぐったいような居心地の悪さが述べられる。

軍服を着馴れた身体に和服は何かふはふはとたよりなく感じられた。下駄の音なども爽やかに聞かれた。研吉はなん度も下駄をはいてゐる自分の足を見た。重い軍靴をはきなれた足に、まるで何もはいてないやうに軽すぎるのである。町の様子も戦地で想像して居つたやうにはなく、いかにものんびりとゆとりがあるやうに見えた。戦地で考へて居つた時には、何かひどく国内は窮屈で、町などももつと寂れているやうな気がしてゐたのである。

（「雨後」四八頁）

和服や下駄のくだりなどは『麦と兵隊』での行軍に込められたリアリティと同様、実際の体験を持つ身ならではの身体感覚も含んだディテールをともなう記述である。

研吉は『戦友に愬ふ』での火野と同じように、戦場で鍛えられた精神をもってすれば国内での生活などなんともないと思って帰ってきた。戦争という「公」の前に人々が「私」を捨てて団結することへの期待を持っていたのだ。だが現実の生活の壁は厚い。父の隠し子と、それによる両親の別居。母は怒りのはけ口として花札賭博にのめり込む。こうして家族が振り回される。

研吉が出征中、心にかかつてゐたのはこのことばかりである。しかし、彼の心の期待のなかに、息子を戦地に出してゐるといふ状態を契機として、そのことも何か具体的な解決がつまり、息子が命を的にして苦労をしてゐる時に、故郷の家庭がこんなつまらぬことで波風を起してゐるのは戦地の研吉にすまぬ、〔中略〕といふ風に、いつて来ることもないとはいえぬと考へることもあつた。しかし、今、三年ぶりで帰還して来たときにも、〔妻の〕美繪は、やつぱりあのままよ、といふのである。（「雨後」五一頁）

こうした状況に対して研吉は「戦場では相当に果敢で決断を持つた行為をした。軍服をぬいだ途端にそのやうな力を失つてしまつたのであらうか。〔中略〕解決しなければならぬ問題のある時に、父の気持ちも母の気持ちもよくわかるといふのではどうにもならないのである」（『雨後』五四頁）という始末である。

そうした生活の裏で、火野も実際に行なったように研吉は戦場での経験を方々の講演で述べるのである。「銃後には前線の様子がほんたうに伝はつてゐない、君が帰へつたらよく話してくれ、と、戦地で別れるときに研吉の肩を叩いた戦友たちの顔が彼の胸の中にある。彼は戦線の実情を述べると同時に、銃後の人達にもう少し緊張して貰ひたいと説く。自分が三年間を現実に弾丸の下にあつたといふ兵隊としての動かし難い自信が、彼に思ふことを何でも語らせた」。前線の兵士たちの期待という後押しと、帰還兵という立場が彼に自信を与え、声高に語ることができる。しかし「彼が自分の偽はらぬ真実と確信して口をついて出る言葉が、実は演壇から述べられる単なる弁舌として自分の背後にある生活から遊離してしまつてゐるやうな索然たる感情に陥つたのである」（『雨後』五五頁）。これは講演を行なうなかで火野自身も実際に感じたことなのだろう。

戦地の実情を語っている間は戦地にいたときの自分を追体験し、戦地での緊張感に浸る。それは、聖戦イデオロギーを疑わず、怪我もせず精神も病まずに帰ってきた人間にとっては充実した時間として感じられることもあるだろう。それによって国のために命を投げ出した者として、ある種の特権的な位置から国民に対して「思ふことを何でも語らせた」のだ。それに聞き入る国民も、聞いている間は、その言葉に納得していることだろう。しかし、語りが終わり、語り手も受け手も自分の生活に帰って私人に戻ってしまえば、別の世界の出来事のごときものになってしまう。常に国民として（その特殊なメンバーとしての軍人として）いることを物理的に強制される軍隊とは異なり、人々の私生活を破壊し尽くしたとして悪名高い銃後の生活といえどもこの時期にあっては（締付けはあちこちであったにせよ）、私人として生きうる時間は相当な範囲で残っていた。もちろん、強制されればされるほど、その間隙を縫って私人に還った時の反動は大きい。

さまざまなメディアを通してなされる戦地と銃後の媒介は、媒介し得るメディアが存在すれば形式的にはいくらでも可能であろう。しかしその両方を知り、両方を意識する（比較する）人間にとっては、少なくとも銃後が銃弾の飛んでこない場としてそれなりの平和を保っていられる間は、メディアによって伝えられる像と実情のギャップに戸惑うことであろう。ここで、自分がメディア（語り手）となっている研吉はそのギャップに直面しているのである。

そうした悩みのなかで、戦地での決意、銃後の理想が私生活の前に破れていき、「帰還後はほとんど酒を口にしなかつた。それはいろいろな意味からではあつたが、この頃では、彼は自分ひとりがそんな義理立てをしてみても始まらぬといふやうな低俗な考へに落ちた」（「雨後」六〇頁）と、研吉は酒を逃げ道とし始める。しかし、講演は逃げてくれない。「研吉の講演は講演といふよりも一種の座談で、演説口調の見得をさらず、実情に即した話をするので柔らかくよく聴衆の耳に入るといはれてゐるのであるが、そのやうな話をつづけながら、話を結ぶ時には、言葉の調子として、或ひは形として、どうもやはり、最後には、祖国日本が大いなる犠牲をはらつて遂行しつつある聖戦の目的貫徹のためには、といふやうになつてしまふのである」（「雨後」六五頁）。

ここで研吉は、私に対する公の優位を説くために戦争を語るという立場に立っている。私生活の根強さによって戦争への協力が成り立たない現実の前に、聖戦的な演説口調の紋切り型が力を持たないことを直感して、自分の私的な言葉で語りかける。しかし、「実情に即した話」として自分の言葉で聴衆に語れることは、私的な生活と公的な生活の接点、つまり自分の戦場での体験であったり、銃後において自分が行なったり直接見聞きした、限定された領域にとどまってしまうのである。それを単に語るだけならばともかく、公的な領域に向けて聴衆を動かそうとするならば、公的なスローガンとしての紋切り型の言葉にも頼らざるを得ないというジレンマを感じ、研吉は講演に嫌気を感じるようになる。

「ところが、彼は講演が度重なるにつれて、話術の方はしだいにうまくなつて、笑はせるこつやきめつけるかんどころなどを知るやうになつた。拍手させようと思へば自由にそれが出来るやうになつた。彼の講演をいとふ気持ちが深くなるのと反対に、話術が巧みになつてゆくことが、いつそう彼を悲しませた」（「雨後」六六頁、傍点原著者）。嫌気を感じている気持とは裏腹に、聴衆の側はいい反応を示す。著名な帰還兵研吉の話を聴きに来ている以上、その大半は英雄としての帰還兵イメージをメディアに植え付けられ、その期待を胸に来ている。だから彼の話を聴けたこと自体に満足感を覚える。しかもその帰還兵の言葉が、細部においてはマスメディアに載らない情報を与えてくれるものであるのに加え、何よりも銃後の人々があらかじめ持っていた戦地イメージの枠を全体としては損なわないものであり、聴衆の期待を裏切らない。内容がチェックされるため、戦時下にあって真正面からイメージを崩すような講演を一度してしまえば、次回以降の講演は不可能になりかねない。火野のように注目される大規模な講演であれば特にそうである。しかも頻繁に呼ばれて何度も同じテーマで話をするため、語り手はある講演での観客の笑いや拍手といった反応を参考にして、次の講演でそれを調整し、それによっていっそう大きな反応を受け取る。そのように、講演という、実際に空間を共有する場自体の特性を使いつつ、メディアによって作られた類型的なイメージを増幅していくのである。

こうして作られる類型性は、「笑い」というファクターが入り込んでいることから考えても、公的なスローガンの型とはズレがあって、柔かい言葉に親和的である。しかし「かん所」をつかんで拍手させるということは、語る側も結局、聴衆の反応を予測して、柔かいがパターン化された言葉で語りかけるわけである。そうなればそれはもはや自分の言葉ではない。

これは作品のなかの話ではあるが、自らも何度となく講演していた火野自身にこうした苦悩がなければ、戦地の実情を銃後に伝えるという、当時は「よいこと」とされた講演会と、そこで語る帰還兵への痛烈な批判を書き付けることはなかっただろう。こうした苦渋に満ちた内面は、当時戦場での兵士の心情としては描くことが許されず、帰還兵の苦悩であればある程度描けたという外在的な理由もある。だが銃後において戦地を語ることの苦しさを彼が作品に書き付けた内在的な事情も重要である。戦地で戦場を描くことによって有名となった火野が、銃後において戦地を語る（講演する）ことによって、戦地にあっては知ることのできなかった作品を受容する空間である銃後社会の実情を知り、何を書くべきかに対する懐疑を同時代の作家たちと共有するに至ったと考えることもできる。あるいはそれを飛び越えて、書くこと自体への懐疑すら抱いたかもしれない。

作家として火野は言葉と向き合って生きていたはずである。もともとロマンティシズムの影響を受けて童話創作や詩作から文学活動を始めた火野は、素材や概念といった問題よりも表現やイメージとしての言葉に関心があった。だが「兵隊三部作」では、ペンに加えられた制限が逆に表現（への意識）の過剰を防いで、兵隊という対象（素材）への意識が強まった結果として、抑制された文体が作られて成功したと考えられる。そして戦地から帰り、一作家として本格的に活動を始めようという時期に、こうした講演のなかで表現の難しさよりもむしろ、言葉自体の限界、もしくは言葉への不信感を抱いたのではあるまいか。

それに追い討ちをかけるのが次のような事態である。「彼が講演を終ると、主催者は彼を酒席に招じるのが常であつた。なんとかいふ時局的な会の名の下で、彼を講演によび、たいへん感動しました、といつた主催者の人が、深夜女をつれて泥酔してゐる場面に行きあたつたことが数回ある」（「雨後」六六頁）。「大変感動しました」という言葉と、「深夜女をつれて泥酔して」いるという行動、いわばタテマエとホンネの使い分けなど、世間に生きている人間であれば恐らく意識すらしていないだろう。そうしたある種の「常識人」の行動の前には、タテマエとホンネの分裂に悩んでいる研吉は滑稽でもある。

研吉は講演を頼まれても断われる限りは断わろうと決心する。研吉がそういった葛藤を抱えているのと対照的に、母と喧嘩するか、愛人の家にこそこそと出かけるか、と普段は自分のことで精一杯の日々を送る父は、傷痍軍人の集まりなどでは平気で銃後に緊張を説き、そのことに何の矛盾も感じない。そうした状況にいっそう研吉は困惑して、戦場での体験を持つ人々の集まりである傷痍軍人会での講演すら断わる。ここでは言葉への不信が人間への不信とも重なっている。そうしたなかで研吉は孤立感に襲われる。

戦地において戦場を書くことで著名な存在となり、帰還後もその自らの使命感によって自信をもって戦争について銃後の人々に語っていた火野。しかし銃後の現実は、自らの生活の不甲斐なさや聴衆のホンネとタテマエなど、戦地について語ることへの懐疑を火野に抱かせた。その一つの表現がこの「雨後」である。戦地から銃後へと帰ってきて、火野が戦争について語ることに不安や懐疑を抱いたことがわかる。上田廣と似た状況にある。ただしその懐疑を火野が戦争そのものへの疑問にまで進めていったかどうかは、当時としては表現しえなかったのであろうから知りようがない。戦後の発言などから推測するに、おそらくそこまでは進まなかったのではないか。

「雨後」のラストでは、義理の弟と酒を飲みながら、戦時社会における公的立場と私的生活の相克について議論をして喧嘩になり、研吉は酔っ払って道端で寝てしまう。雨が降り眼が覚めたところで道端の泥に埋もれて戦場を思い出す。「彼はもう一度顔をいつそう深く泥濘の中につき刺した。彼は動かうとはしなかつた。彼はそこが戦場であるやうな気持ちになつて来たのである。〔中略〕畳の上で戦場を回想するのではなく、今、彼の兵隊であつたことの気魄が身体にしみとほる感覚として呼びさまされた」(「雨後」八二頁)。その結果、ふだんは苦々しく思うことの多い父が、日露戦争で自分と同じように兵隊であったことに共感を抱いて、家に帰って父に会おうとするところで終わるのである。

続編の「春日」においては、この時のことが触れられている。「いつか、父と二人で、この仕事部屋で手をとつて泣いたことがあつた。泥酔してかへつた晩だ。その晩の感動を自分は忘れることができない。ではその晩の感動が、なにをいつたい解決したか。なにも解決してゐないやうにみえる。さういふ理屈のない感動が人生を混乱させてゐるにちがひない。しかしながら、さういふ感動なくして人間が生きてゆくことができるであらうか」(「春日」『文藝春秋』一九四〇年四月号、三三九頁)。こうして自分が混乱のなかにあることを認めた上で、研吉は自分の拠り所を「帰還兵であることの矜持」(「春日」三四〇頁)に託している。このようにして彼は、社会との摩擦のなかで兵隊(帰還兵)というアイデンティティを強めていくことになる。このことは孤立感を覚えた原因を不問に付して「兵隊」というアイデンティティを拠り所に、兵隊同士での融和を進めるものである。その意味では『麦と兵隊』以来の自論を再確認した恰好になっている。

こうした「雨後」の結末をさして文芸評論家の岩上順一は、「彼はただ泥酔のなかにこの混濁した現実からの仮の逃亡を求めるより他を知らないのである[146]」と述べた。情の前に理が敗れてしまい、結局現実に対して有効な手段がとれぬまま終わりながら、その状況をどうにかして受け容れようという状況は、「糞尿譚」以来ほとんどの作品に共通するというのだ。「火野葦平の文学は、根本的に言つて、生活秩序を維持し防衛せんがために衝突を和解するものの自己表現であつた。彼は自他を宥恕《ユウジョ》せんがために小説を書いたのであつて、自他の関係を徹底的に追及し革新するために書いたのでは決してないのである」[147]という。確かに火野の作品からこうした性格をうかがうことはできる。しかし別の側面を捉えることもできる。

この作品で、主人公の研吉の目指すところは、「銃後に戦場を持ち込む」ことで銃後への緊張を説き、動員を進めるところにある。それは講演で精神論によって銃後と戦場のつながりを説き、戦場を銃後に対して特権的なものとして語ろうという（銃後は戦場の苦労を知るべきだという、銃後と戦場の隔たりを前提とした）試みである。そして岩上の指摘どおりに、その試みは空疎な結論を導き出して完全な研吉の敗北に終わる。だが、岩上の読みは、主人公の意図を作者の意図として読み、さらにはそれを作品全体の意図と見ているきらいがある。作者と登場人物を同一視したくなってしまう主人公の設定になっているのは確かだが、そこを同一視してしまうのが問題なのは言うまでもない。また、仮に作者が主人公に自らの意図を託して書いていたとしても、作者の意図とテクストの表現しているものがずれることは当然ありうる[148]。

また岩上の読みは、作品テクストの内在的な問題のみならず、火野葦平という作家が馬鹿正直で真っすぐだ、というイメージに引っ張られている感じもある。しかし、前述の帰還後すぐ（「雨後」執筆よりも前）の『中央公論』での石川達三との対談においては次のようなことを述べている。戦地に行ってすぐの頃は精神的に影響を受けて性格が変わってしまうのではないかと心配したが、「この頃では戦争位は何だといふやうな気がする。〔中略〕或ひは内地に居つて五十円位の借金を返そうといふので、いろいろ苦労する。或ひは商売のことや、女の問題などで苦労する方が人間に対する影響が深刻であり、却つて人間を変へてしまふことが多いのではないかといふ気がする。〔中略〕兵隊が戦地で立派な行動をするのは事実だが、それなれば帰つて来れば非常によくならねばならぬが、却つて悪るく《ママ》なるのもある。まあよくなるものが多いがね[149]」と述べている。この言葉は『戦友に愬ふ』や「雨後」の文面からうかがえる理想主義者の熱っぽい姿に比べて、遙かに冷静である。戦争では変わらぬ人でも私生活のちょっとしたきっかけで変わっていくことがある、と。帰還してすぐの注目される存在として、時局批判こそ述べていないが、作品のなかでは「兵隊のいい面」を強調し続けてそれを銃後にもたらすという理想像を表に出してきたのに、対談のなかではこういった冷静な捉え方をしている。こうした方向から作品を読んでいくこともできるのである。

作品全体として見た時に、戦地で思い描いた銃後への理想をもって研吉が銃後の現実にぶつかることで、銃後の日常におけるほとんど無意識的な論理の使い分け（父や講演会の主催者たちの言葉と行動の乖離）をあぶり出し、日常の異化を果たしている。結果的にそこで描かれたのは、安田武が述べるように「「政府と軍」すらも、窮極的には統制し命令し得なかった民衆のなかの抜きがたく「頑迷」な部分であって、むしろ「政府と軍」の国策自体が、その部分への追従と迎合を抜きにしては成立しにくいような、民衆の存在のあり方そのものを規定し支えている「ある」ものであった」[150]のではないか。つまり精神論による動員の限界と、ある種の民衆迎合によって初めて進められる動員を示しているのではないか。

帰還者の講演会。これは有名な火野葦平だったからこそ何度も行なわれたのではあるが、他の帰還者もさまざまな形で当時行なっていたはずである（地元の学校で講演をした「百人斬り競争」の少尉を想起されよ）。聞き手の側は時局の認識を深めるためという、社会通念上「有意義」とされる会に赴き、有名人の顔を見て、時には笑いまでも含んだ「いい話」を聴いたと満足して帰っていくことができる。これは総体としてみれば戦時体制を前進させるものであり、少なくとも後退させるものではないだろう。

また、帰還者たちは傷痍軍人会や在郷軍人会に集まり、仲間内で盛り上がり、戦地での絆を銃後において確認しあう。男性の通過儀礼として、通過していない者たちへの若干の侮蔑や自分たちの特権意識をともなった、軍隊生活の回顧を多くの者たちが共有しあう場。一方で、それ以外の場においては理解されがたい話。これは戦後においても多く見られた戦友会とほとんど同じものといえる。もっとも在郷軍人会や傷痍軍人会の場合は、徴集、召集兵の動員をバックアップする。出征見送りや遺骨、帰還出迎えなど町ぐるみでの軍の関連行事を主催したりするという点で、戦友会という同窓会的な組織とは異なる。しかし会合での光景は大差ないということだろう。

こうした在郷軍人会や傷痍軍人会は当時、日露戦争やシベリア出兵などに参加した軍人など、さまざまな世代の集まりであったから、もっている戦争イメージや戦場イメージが異なるということもあっただろう。だがそれにしても、研吉が軍人仲間たちに対してすら講演することを断わったことが示しているのは、在郷軍人ですら、安全な銃後で戦争を考える時は戦場の現実への想像力を失っており、帰還したての研吉から見てあまりに違和感があったということだ。「異郷で獲得した技能などを、故郷のかつての文化の方に移入しようとする願望[151]」によって銃後に語りかけてきた研吉は、戦場を語り、兵隊を語ることで、兵隊の精神を銃後に導入して国民精神の平準化を図ろうとする。しかし、この作品で描かれているのは、そうした研吉の気持よりもむしろ、そうした試みによって浮き彫りにされる研吉の、帰還兵としての孤独感である。それは同時に、研吉の心情からあまりに遠いところにある世間を映してもいる。理想の銃後像を胸に抱いて還った結果、銃後の現実に打ちのめされる。しかもそこで国民に緊張を説き、泥に顔を埋めて戦場を思い出すことで自分の無力感、孤独感を打ち消そうとする研吉の姿は、火野自身の意図がそうであったかは別として、滑稽ですらある。

この作品は結果的にスローガンによる動員の限界、不可能性を示しているともいえる。もっとも、同時にそのような事態を批判することで、動員をさらなる段階へと進めかねないという戦時期における言説の難しさも忘れてはならないのだが。

この作品では戦地での体験が常に肯定的なものとして捉えられているが故に、中国の民衆に対する罪悪感などはかけらも出てこない。社会が兵士たちを積極的に受容しているのでなおのこと、ＰＴＳＤで見たような問題は捨象される。しかしながら、帰還者が戦争を語ることで覚える強烈な孤独感は、戦争が肯定的に捉えられる社会においてすら起こりうることを示している。ケガもせず、トラウマもほとんど抱えずに帰ってきた火野ですら、こうした苦渋の帰還兵を描いていたのだから、ひどいケガやトラウマを負って帰ってきた兵たちはなおのこと苦しんだのかもしれない。

こうして孤立感が強まるほど帰還者たちは異質な存在という自覚を強める。それが被害であれ加害であれ、一人では抱え切れないものである限り、戦場の陰惨な記憶を自分の内面に押しとどめ、さらには感情を塞いで奥へ奥へと追いやっていく。そして、その帰還者の孤立感は、火野が戦後においても兵隊にこだわり続ける一つの原動力となったとも言える。こうした帰還者のつらい内面を描くことは、動員を進める形での銃後批判という意味を持ちうる一方で、帰還者＝英雄というイメージからは明らかに外れるものである。これは帰還者火野葦平であるがゆえに迫ることができ、かつ忌憚なく描けた帰還者の一側面であったと言えよう。

もっとも帰還兵の孤独は戦時を通して常に続いていたわけではない、少なくとも表現の上では（おそらく、実際にも）。この首藤研吉を主人公とする続編「朝」において、研吉は次のような感覚を覚える。「自分の勇気の所在をうしなふまいと反省しつつ、国の運命のなかへ溶けこまうとするような快感であつた。祖国といふ言葉を、いまこそ、どんな大きな声ででも叫ぶことができるといふ安心である。研吉は自分の落ちつきを、これは自分ひとりではなく、国民全部の落ちつきであらうと、はつきりと信じることができた[152]」。帰還兵たる自分と国民が同じ感情を共有し、不安を一掃するような状況。もはや孤立感を感じていないことは明らかである。

この「朝」と題された作品（初出『新潮』一九四二年一月号）は、一九四一年十二月八日、アジア・太平洋戦争開戦の報せを聞いた朝を描いたものであり、前の引用はまさにその報せを聞いた研吉の感慨の描写であった。帰還兵の孤独を解消するこうした感慨は、帰還作家火野葦平のみならず、十二月八日を転機として世界が変わったというポジティヴな断絶として当時の多くの作家が共有・表明したものであった。松本和也はこれを「十二月八日＝転機《パラダイム》」と呼んでいる[153]。

アジアの解放のためにアジアの一員である中国と戦うという、大義名分と実態の断絶に多くの人々が不安を抱いていたとも言われる日中戦争から、「大東亜戦争」の開戦が国民を一つにしたという感覚。むろんそこでは、英米との戦争に突入して日本が負けるだろうと喜んだ朝鮮人や台湾人＝大日本帝国臣民もいたことなどは想像の外にある。そうした人々の存在や、「一二・八」以前に中国と戦うことに少なからぬ人々が抱いていた重苦しさや懐疑の意味を、当時を生きた人々はせめて戦後に振り返り、突き詰めて考えるべきだった。だが、「真珠湾」がもたらした高揚感は、日中戦争という侵略が日本の思う方向に決着をつけられなかった結果として英米と開戦に至った、という歴史の重要な一側面を捨象する結果となった。

こうしたナショナリズムの高揚感が崩れ、再び帰還兵(復員兵)の孤独が現われるには、敗戦前後の絶望的な状況を待たねばならなかった。その時期になると戦時体制内の矛盾が覆いきれるものではなくなったわけで、アジア・太平洋戦争開戦以降は国力の再生産を無視した戦争動員が進み、兵の帰還自体がほとんどなくなった。敗戦後については次章で見るとして、次節では、従軍記者という曖昧な立場で戦場から還った経験を書きつけた石川達三のこの時期の活動について考え、「還ること」を描くことで戦争を批判する可能性が、実はこの時期にもわずかながら残されていたことを見ていくことにしよう。

6　帰還兵の時代と常識の揺らぎ――石川達三「俳優」と「感情架橋」

石川達三は常識人か?

「こいつ曲者だ」。正宗白鳥が石川達三を評した言葉である。白鳥は敗戦間際の一九四五年七月十四日から『毎日新聞』に連載された石川の小説「成瀬南平の行状」を読んでそう思ったという(この作品については後でまた触れる)。白鳥はその「曲者」たるゆえんをこう述べる。「時代を知り、読者心理を知り、壺にはめて行く書振りを、「この人は心得たものだ」と、少し誇張して云ふと、舌を捲いたのであつた」[154]。この評価は、石川が時代状況を見た上で広い読者層の関心を惹くテーマ設定ができる社会性を持つ作家であるという、前章まで見てきたことと重なる。そしてそれに「壺にはめて行く書振り」が加わって多くの読者を獲得する。

この正宗白鳥の評論は、石川にとって戦後最初の大ヒットといえる『望みなきに非ず』(一九四八年)を受けて書かれたものである。多くの読者を獲得する作品を何度も書き上げるには、さまざまな要因があるにせよ、広く受けるテーマ設定と、その上で読者を完全には落胆させない筋運びの能力が必要になる。石川はそうした力を持っていた。その上でしかし、石川達三の小説の多くは、読者に壮快感を与えるような痛快無比の作品ではないことにも注意したい。むしろ作者のお説教じみた警句を散りばめたものが多いのである。このことは、石川達三を論じる少なからぬ人々が彼を常識人として評することとつながってくる。

石川達三は一九〇五年生まれであり、年齢的に学生生活でマルクス主義に触れていたであろうし、早稲田大学第二高等学院時代には、文学青年の例に漏れず同人誌に参加していた。不安が重要な争点であったシェストフ論争の頃などは二十代後半であるから、「不安」の時代の知的土壌を十分にもっている。だが、作品のなかでそうした不安を世相として描くことはあっても、それを眺める作者自身のまなざしに不安や揺らぎはないように見える。むしろそうした若者の不安を相対化して冷ややかに眺めるのである。その健全さが「常識人」という評を与えたのである。

そこで本節では、そんな石川達三が「帰還兵の時代」においてどう「戦場から還る」ことを描いたのかを見ていきたい。それによって一九四〇年ごろの「常識」について何がしかの知見が得られると考えられるからである。結論を先取りすると、「常識人」石川達三の安定が揺らがざるを得ない局面があり、それを帰還者、および帰還する従軍記者の描写から読み取ることができる。つまり、彼自身の価値基準では理解できなくなっている時代が見え、それゆえに当時の「常識」からはみ出した兵士像が描かれ、戦場の「今・ここ」を相対化しうる作品がこの時期にあっても描き得たのである。

この見解は実のところ、伊藤整の戦後の評論からヒントを得た。伊藤は石川を「言はば健全な道徳単位の上に思考が築かれてゐる」[155]作家と位置づける。戦争の進行と非論理の秩序の拡大する日中戦争開始後、「石川の考へる秩序感は通らなくなつた」のであり、『生きてゐる兵隊』の裁判の時など、「非常な心理的危機に直面したらしい」[156]というところに着想を得た。伊藤の場合は一九五〇年に完結した戦時中を舞台にした長編『風にそよぐ葦』の登場人物を例に挙げて遡行的にこう論じているのだが、ここでは戦時中の作品を通してそのことを検証してみたい。そして石川の「常識」について検討しながら、社会が大きく変動したこの時代について考えてみたいのだ。彼の文学において重要なテーマである家族やイエ制度については、社会通念を大きく逸脱することがなく、常識人という見解は的外れではない。しかし軍人や兵士の描写については、発禁となった『生きてゐる兵隊』だけが必ずしも特別ではなく、他の作品でも当時一般的に流布していたイメージからはみ出したものが見られるのだ。

裁判の頃、ベストセラー『結婚の生態』

石川達三の最初のベストセラーといえるのが、『結婚の生態』（書き下ろし、新潮社、一九三八年十一月）である。筆者が確認した国立国会図書館の所蔵本では、一九三八年十一月三十日の初版発行からわずか三ヶ月あまりの三九年三月八日で五四版を重ねている。石川の妻、代志子は、達三の死後「累計でこれまで何百万部売れてますでしょうか。とにかく石川の作品でいちばんよく売れたもので、今になりましてても印税が入っております。五十年、あれが生活の基本にあるおかげで、ずうっと安定して生きてこられました[157]」と回想している。五〇年間生活の基本となったというから恐るべきロングセラーである。

この作品については、まず、一九三八年十一月末という出版時期に注目したい。三八年二月に『生きてゐる兵隊』発売禁止、そして同年八月四日に起訴され、九月四日には一審判決が出た。禁錮四ヶ月、執行猶予三年。しかもその直後の九月十二日には再び従軍するために日本を離れ、十一月初めまで中国にいた上その帰国後すぐ『武漢作戦』を執筆しているので、原稿のほとんどは従軍前に書き上げていたはずである。この書き下ろし長編はまさに裁判の進行中に書かれたことがうかがえるのである。いや、うかがえるどころか、作品を読めばすぐにわかるとおり、筆禍事件やその取調べ、裁判のことまでが書き込まれている。

『結婚の生態』というタイトルに見られるように、一九三六年十一月に結婚する少し前から三八年九月までの、自身の結婚生活をモデルに描いた私小説風の作品である。作者の焦点は結婚生活の再現とか報告よりもむしろ、「凡そいかなる教育にも増して困難であるのは良人が妻を教育することである」（『結婚の生態』新潮社、一九三八年、五一頁）という、その困難さを主人公がいかに自分の妻に対して実践してきたかという記述である。「生態」よりもむしろ実践に対する「感想」を連ねた作品といえよう。非「私小説」的な作家と見られがちな石川の私小説的作品を評価する久保田正文はこの作品を、「書かれている内容よりももっと広い波紋を、読者の心のなかに呼びおこす力が」ある「いい意味での観念小説」[158]だと評している。

主人公の「私」、明らかに石川をモデルとしている作家は、発売禁止になった作品（つまり『生きてゐる兵隊』が念頭にある）についても言及し、「あれが無事に発表されてゐたら、今日までの私のどの作品にもまさる傑作であつたかもしれない」（『結婚の生態』二六二頁）。さらには「私は証拠品として押収されてゐる原稿がほしかつた。たとひ現在の社会情勢では処罰を免れない小説であらうとも、十年二十年経つたならば……いくら永くとも五十年の後には発表が許される時が来るかもしれない。それまで待たう」（『結婚の生態』二八二頁）とまで書きつけており、裁判で当局から目をつけられている存在であるとも思いがたい大胆さである。

この作品についてはいろいろと論じられているので内容には深く立ち入らないが、当時の論じられ方に注目したい。一九四〇年後半にいたるまで頻繁に論じられるほど多くの読者をつかみ、物議を醸したという意味で、時代を反映しているからだ。同時代的にこの作品を痛烈に批判した論者として、宮本百合子と古谷綱武が挙げられる。さしあたり宮本を取り上げると、彼女はベストセラーとなったこの作品について繰り返し批判の矢を放っている。例えば「昭和の十四年間」において「「結婚の生態」では、この社会の世俗の通念でいい生活と思はれてゐる小市民風な生活設計を守るために、本能も馴致されなければならないものとされ、そのために文学がつかはれることとなつた」[159]と書く。これは作中で主人公が妻を「よき妻」として教育するために文学史上の名作を読ませるという場面を直接的にはさしているが、同時に作品内にむき出しにされた小市民的価値にこの作品、つまり作者の文学が従属していることを批判したとも言える。宮本は「結婚の生態」と題した批評（初出不明、一九四〇年）で、文学が生活に従属した点をさして、「この小説は書かれても書かれなくても全く同じであつたと云えるたちのものである」[160]とまで書いている。

昭和十年代における重要な文芸評論家であった窪川鶴次郎は、「現代小説の新性格」（『改造』一九四〇年四月号）という評論で次のように述べる。『結婚の生態』の「文学的意図がどんな理想に基づいてゐようと、その理想が語らしめてゐる作者の感想や思考や主張は、本書に報告された実生活を運行させるための目的にだけ従属したものになってゐる」[161]と、宮本と同様の生活に対する作品の従属という論理で批判を投げかける。しかし一方で『結婚の生態』に典型的に表われている現象として、「今日の文学が、実生活的な考へ方より他には依存するものを持ち得ないやうになつてゐる」[162]実情を「現代小説の新性格」と呼んで、小説の一つの転換点として位置づけているのである。このことの意味をもう少し掘り下げてみよう。

宮本百合子の別の批判、「読者の時代的性格」(『都新聞』一九四〇年五月)では、題名からうかがえるとおり読者論に踏み込んで論じている。このころ出版業界は紙不足がある程度あったものの、まだ活況を呈しており、読者層の広がり、つまり大衆化が進行していた。その大衆化は、昭和初期の円本ブームの時代とは違いがあると宮本は見る。円本時代はまだ「自分にはよく解らない、といふことに或自然な文化の価値への敬意もふくまれての謙遜があつた」。その自覚は、文学者による本の紹介や批評などへの信頼につながり、次にはわかる範囲を広げていこうという意欲が含まれてもいるのだが、一九四〇年の読者には「判らないことの上に居直つてゐるやうなところがある」[163]という。そうした時代を反映する作品の代表として『結婚の生態』が挙げられ、「読者の水準にかこつけて、作家評論家たちが自己放棄を告白した時から、その人々にとつて文学の作品は制作から次第に実務(ビジネス)に変質して来たのだと思ふ」[164]。出版資本への従属ゆえ「読者の水準に」おもねるといった批判は、通俗・大衆小説への批判として常套的なものである。

文芸評論家の古谷綱武も、石川を「模範青年」「世俗人」と揶揄し、その常識的な「薄手の理屈」ゆえ「比較的程度の低い」読者を大勢獲得していると批判した[165]。しかし彼は一方で、「親しみを感じないのにもかかはらず、妙に関心を呼ぶ作家である。〔中略〕肌が合はないにもかかはらず、妙に魅く力をもつた作家である」[166]と、自分の図式で割り切れないものを石川に見出している。

古谷が留保をつけたように、『結婚の生態』を読者への迎合としての通俗小説という見解で割り切るには、二つの大きな問題が残る。一つは先にも触れたが、『結婚の生態』は内容的に痛快なストーリーであるわけでも、ヒーローが活躍するわけでも、すれ違いの恋愛が成就するわけでもない。夫が妻を教育しようとし、時に失敗し、時に妻の側の自主性を認めようとし、そこから得られた「教訓」や「説教」に満ちたものである。こうした内容は当時の一般的な通俗小説理解には当てはまりがたいように思われる[167]。二つ目はそれ以上に大きい問題であるが、読書の大衆化を押し進めた作品である以上、それまで活字に親しみがなかった層を引き込んだから成功したわけである。なぜそうした層に広く読まれたかを考えなければ、殊に映画のような大衆娯楽が対抗馬として存在している時期、このベストセラーの意味をつかんだことにはならない。

同時代からはクリアーに見えなかった『結婚の生態』に関するこうした問題をうまく説明してくれるのが、久保田正文の整理である[168]。久保田はこの作品がベストセラーになった理由を論じた好例として、先ほども言及した伊藤整の論を挙げる。石川と同時期に出てきた作家に太宰治、高見順、丹羽文雄、島木健作らがいることに伊藤は注目する。太宰、高見、丹羽の三者がデカダンス的な傾向が強かったのに対して、石川と島木はそうではなかった。

一九三〇年代を通じて、新感覚派、シュールレアリズム、マルクス主義、転向への絶望などのなかで、多くの代表的知識人・文学者は既存の秩序自体を根本からくつがえすような発言をすることが多かった。丹羽、高見、太宰らのデカダンスが先鋭的な知識人の強い支持を得たわけだ。しかしそうした強烈な不安を描きこんだ小説はそれ以外の広い読者層を獲得しがたい。そのため、「その〔既存の秩序の〕崩壊から逃れたい時に、彼等〔石川、島木〕の作品が読書人の力とされたのであつた[169]」。

島木は階級的思考、石川は家族関係という足場がしっかりしているため、「善とは何か、という問題を疑ふことはあつても、その善の意識を土台にして、思考を組み立てることが、この二人には出来たのである」という。「家族、部落生活、夫婦関係、雇用関係等」といった既存秩序を作る単位を前提にした上でしかし、既存秩序を全肯定するわけではない。「その単位が通念的健康さを持ち、現存の秩序よりももつと合理的な秩序を教へる場合、社会大衆のうちの一応ものを考へる力のあるものは、これに従ふのである[170]」。つまり穏健な社会改良的な主張が、現状に一定の不満を持つ比較的広い読者層をつかむ。

『結婚の生態』に「男性専制のうへに立つ愛情はそれ自身不純な色彩をもち、それ故に感情の孤独を避けることはできない」（『結婚の生態』一三二頁）とあるように、石川は封建的な夫婦関係にはいろいろなところで異を唱えてきた。封建的なイエ制度の持つ不合理さをしばしば批判し、近代的家族を打ち立てる必要を説く。石川が小市民層の一員であるという点からそれを当然だと見ることもできるが、当時の強いイエ制度に対する彼なりの批判ははっきりしていると言える。

久保田はこうした伊藤の論を紹介した上で、それを高見順「石川達三論」（初出『都新聞』一九三九年三月）につなげる。「氏の純文学は通俗的といふより所謂純文学と違つたものなのだ[171]」と高見は書く。石川の作品が通俗的だとよく言われるが、通俗小説に当てはまらない上に既存の純文学の概念でも捉えがたいところがポイントなのだという。「石川達三の文学を通俗小説とはちがったものでありつつ、しかも純文学でもない作品と規定することは、ちょうど横光利一の純文学にして大衆小説というテーゼを裏がえしたものとして、新しいタイプの小説の発生とみることと同じであった[172]」。

こうした『結婚の生態』をめぐる議論からうかがえるのは、この作品が一九三八、三九、四〇年ごろの日本の小説観に大きな波紋を呼んだということである。文壇の評価では捉えきれない多くの読者をつかみ、それが常識を大きくはみ出ることのない石川のスタンスとつながっているということである。このように当時の読者をつかむ力を石川達三が持っていたとすれば、通常の社会通念に反する行動が日常化する戦場という空間を彼がどう表現し、それを読者がどう捉えるのか、というのは極めて興味深い問題である。しかしながらまさに通常の社会通念が兵士の内面・行為において崩壊していく様を描いた『生きてゐる兵隊』は、既に見たとおり当時の一般読者の目に触れることは叶わなかったわけである。

「俳優」、帰還者の揺らぎとイエ

沈黙とタテマエによって妥協して、表面的には社会に合わせていくことが要求される戦時社会。そのタテマエのコードは時々刻々と変化し、庶民はその変化を敏感に肌で感じ取って適応していく。『生きてゐる兵隊』の発禁後、『武漢作戦』で当局に全力で協力した、という話だけならば、石川も弾圧を受けて権力追随者となったと片づければよい。しかしそうとも言いきれない。「彼がほんとうの意味の常識家だつたり、彼の常識の基礎が、一定の時代意識のなかに固定してゐず、時代常識の敏感な繁殖に身をまかせたりしてゐたならば、現在の彼の文学は成立しなかつたはずである」[173]。戦時中の最も卓抜な石川達三論といえる矢崎弾の論からの引用である。矢崎の言わんとするところは、時代に流されぬかたくななブレのなさを石川は持っており、それは実のところ社会において「非常識」の範疇に入るものである。それを本書に当てはめてみれば、戦時下のような社会変動の激しい時代にあって、軍人の描写という点においてそれが浮き彫りになる。

自らの価値基準が通用しなくなっても、妥協することができない点が残り、自らの価値判断を基準にして戦時社会のタテマエを批判するという無骨な振舞いを、彼は敗戦まで何度か発揮することとなる。しかし石川とて人の子であるから、完全にブレないというわけではなかった。自らの「常識」の範囲内で適応できる限界を超えて混乱に陥ると、言論上の摩擦を起こしてでもタテマエから逸脱することになる。それが表われている一例が、「俳優」(『日本評論』一九四〇年一月号)という帰還者を描いた作品である。ちなみにこの作品は戦後出版された『石川達三選集7』(八雲書店、一九四九年)に収録されている。

作品の検討に入る前に、「常識人」とされる石川と、彼が当時陥った混乱、不安を考えるための参照軸として、既に言及したシェストフ論争における三木清の議論「シェストフ的不安について」(初出『改造』一九三四年九月)に触れておきたい。三木はヘルムート・プレスナーの議論を参照しつつ、「存在的中心」という概念を説明する。「それはつねに自己自身を限定し、みづから自己の空間的時間的統一を形成し、その周囲に対して抵抗の中心、反応の中心をなしてゐる。この存在的中心の周囲が環境と呼ばれ、環境は逆にかやうな生命統一に作用し、影響を与へる」[174]。人間が「周囲の社会と調和して生活してゐる間」、つまり日常的なものに対する自明性を持っている場合には、その存在的中心は安定している。世界が自らの価値基準で理解できる間は安定しているわけである。

しかし概念を扱うことのできる人間は、概念によって周囲を対象化することで「世界に対して距離をもつことができる」と同時に、「自己に対しても距離の関係に立つことができる」、つまり、概念を用いて自分の行動や思考を突き放して（距離をとって）捉えることができるエクセントリック（離心的）な存在でもある。「彼自身と周囲の社会の間に矛盾が感ぜられるとき、彼の右の如き自然な中心は失はれ、不安は彼のものとなる」[175]。自明として疑われることのなかった周囲（＝環境）が自明ならざるものとしてゆらぎ出すのだ。裁判と二度目の従軍、石川はこの時期に恐らく初めて根底的な不安に直面することになる。三木清によればそうした不安を持つ者は、客観的な「存在的中心」から離れ、主体的に「存在論的中心」を定立する必要があり、また同時に人間はそのような自由を持つ存在でもあるという。三木のこの議論は、シェストフそのものについて論じたというよりも、その流行の背景にある不安を論じ、ヤスパースやハイデガーなどの実存哲学に引きつけて議論したものである。周囲と自己との不調和による混乱を何らかの思想や信仰に基づいて秩序づけて理解し、さらにその上でその秩序に適合するように周囲に働きかけることで存在論的中心を積極的に定立する「行為する人間」の新しいタイプが出現することの必要を説いている。以上を理解したうえで石川が当時「帰還」をどう描いたかを見ていこう。

前章で触れた『武漢作戦』が発表された翌月、『新潮』一九三九年二月号に石川達三は「戦争をした人」という短いエッセイを書いた。三八年の年末に、出征していた友人が中国から帰還し、その再会の印象を書いたものである。その友人は戦場で負傷し、腰にまだ二つの弾丸が入ったままであるが、日常生活には差し支えないほど回復している。彼はかつて同人雑誌でともに小説を書いた仲間であり、よく空想の話をして人をかついでいたという。ほとんど出征前と変わっておらず、強いていえばだいぶ落ち着きが出たのだが、「むしろ私の期待にそむいて、彼は元のままであつた」。だから戦争に行ってきた話さえ、得意の空想話ではないかと思ってしまうほどで、「私の期待してゐたものはもつとはつきりした変化であつた」（「戦争をした人」『新潮』一九三九年二月号、一六二頁）という。戦後の回想から考えて、この友人とは文学青年の仲間だった八木久雄であろう。戦地の彼から来た「生々しい葉書」が、従軍してみたいと思うきっかけだったとも書いている[176]。

二度の従軍で自らが抱いた戦地や兵士のイメージからすると、人が変わっていて当たり前と思っていたのだろう。『生きてゐる兵隊』において「戦地で人間性は変わるのか?」という問いが重要なものであり、「変わる」という答えを石川は作品で提示した。戦地での人間性の崩壊と言う混乱に、ここではその痕跡をとどめず帰ってきた帰還者というさらなる混乱が加わる。「戦つてきた彼と、郷里にある彼とは全く違つた人間になつてゐるのではなからうか。ある二重人格を示してゐるのではなからうか。公人としての彼は私人としての生活を全く離れきつてゐて、それ故に元の私人にかへつた今となっては、〔一三字ほど伏字〕全くかけはなれた他人の生活であるのではなからうか」(「戦争をした人」一六三頁)。引用部分にも伏字があるが、この短いエッセイの終盤部分は伏字が連続しており、正確な内容はわからない。しかし文脈から推測するに、戦地から離れて戻ってきた帰還者はほとんど自身のなかに戦争の痕跡をとどめておらず、それゆえ周囲も帰還者に対する特別な役割を銃後において期待しないほうがよい、という内容であろう。

これは帰還者や傷痍軍人をして銃後における戦争動員のモーターにしようという、今まで見てきた軍や政府の見解とはかなり対立的なものである(だから伏字が連続しているのだろう)。「彼等に静かな穏やかな日々を与へるやうに気をつけなくてはならない。さういふ結論に達すると私は一層兵士たちを人間として愛し信ずる気持になつた」(「戦争をした人」一六三頁)と締めくくり、彼らへの感謝といたわりを表に出すことで掲載禁止は避けられているのだろう。とはいえ、このエッセイの伏字によって、帰還者を一般市民と全く同じ存在として描くことを当局が快く思っていなさそうなことは、石川も気づいたであろう(ちなみにこうしたエッセイでの伏字自体は当局ではなく編集サイドの自主規制である。編集者は検閲の最前線にいるので当局の意向を先取的に詳しく知っている)。しかし石川はその方向を変えるどころかより進める形で「俳優」という作品を書いた。

主人公の山村利雄は、一九三七年夏から秋にかけての上海近辺での戦闘で負傷し、一応治療を受けて南京まで進んだものの、手榴弾の破片が体内に入ったままだったこともあり、三八年五月頃に後方へ下がり入院したという設定になっている。摘出手術を受けて故郷の近くの伊豆の温泉療養所で全快を待っているところから小説は始まる。

まずこの主人公は全快して退院したら除隊、つまり軍には戻らないという立場にある。彼の未来において戦友や戦場はもはや現実的な意味を持たない。そうしたなかでの伊豆の山中での長閑な生活は「永い戦場生活の記憶が幻のやうに消えて行くのではないかと思はれた」。それは次のような想念につながっていく。「上海包囲戦の夜毎に、浦東〔上海市の一地域〕の空がまつかに燃えるのを眺めながら壕に据《すわ》つてゐた、あれが自分であったとは思へない」（「俳優」『日本評論』一九四〇年一月号、三五五頁）。これにとどまらず、怪我をしてトラックで運ばれた自分、占領した南京で警備についていた自分、そうしたものが自分だとは思えないというのである。そして「やはり東京の喫茶店やダンスホールに入りびたつてゐた文学青年の方が本当の彼であって、〔約二〇字伏字〕は、たゞ山村利雄が俳優となつて演じてゐたにすぎないやうに思はれてならなかつた」（「俳優」三五五頁）というのだ。

伏字になってはいるが、内容は先の「戦争をした人」以上に文脈上はっきりしている。つまり兵士として中国の地で戦争をしていたことは、山村にとって「俳優」の演じる役のごときものに過ぎないというのである。ここに「俳優」というタイトルの意図がはっきり出ている。大日本帝国の男子臣民として生まれたからには兵士として陛下のために尽くすことは義務であり名誉でもあるというタテマエにおいては、地方つまり民間での職業にあろうと、一旦緩急あれば兵士としての任務に就くのが本来の姿であるとされる。しかしここで兵士とは自己のペルソナの一部分、しかもその役割を離れてしまえば遠い世界でしかない一部分だ、と書いているのである。

ちなみにここで主人公の山村が文学青年であり、腰に弾丸（手榴弾の破片）が入っているという設定からも、「戦争をした人」で言及した友人をモデルにしていると思われる。いくらモデルがあるとはいえ、兵士が役に過ぎず、本来の自己は「東京の喫茶店やダンスホールに入りびたつてゐた文学青年」である、というのはかなり思い切った書き方である。ダンスホールといえば、戦時下にそぐわぬ軽薄なものとされ、白い眼で見られる空間だった。軍国調の曲を何曲か流すことでなんとか営業を続けていたが、一九四〇年十月末でダンスホールの営業は禁止となった(177)。

石川はこの友人に会って、戦争に行っても人間がそう変わるものではないという方向で作品を書こうと考えたのであろうが、その方向づけをより確かなものにしたと考えられるのが、一九三九年十一月十日に若松市で行なわれた火野葦平との対談（前節参照）である。ここで石川は「戦場で個人生活といふか個人の自由生活の範囲が非常に狭められてゐて、急に日本に帰つて除隊になると、どういふ感がするかね」と質問している。人が帰還によって受ける変化に関心を示しているのだ。これに対して火野は「かえつて来て、非常に嫌な所から急によい所に出て来たといふ気持は全くない。〔中略〕戦場でよい兵隊であるといふことは兵隊になり切つて、兵隊の任務に没入するといふことだよ」[178]と、あるべき兵士像を説きつつ、必ずしも大きな変化がなかったと答える。さらに火野は別のところで次のようにも言う。「戦地固有の生活によって、「日常生活で経験の出来なかつたものの中で、性格が変つてしまうのではないかと思つた。〔中略〕しかしそれによつて全面的に人間が変つてしまふといふことは考へられない。或ひは内地に居つて五十円位の借金を返さうといふので、いろいろ苦労する。或いは商売のことや、女の問題などで苦労する方が人間に対する影響が深刻であり、却つて人間を変へてしまふことが多いのではないかといふ気がする」[179]。戦地の生活を相対化し、市民生活と比肩しうるものであるというわけだ。「俳優」の末尾を見ると、脱稿が十二月十日とあり、火野との対談から一ヶ月しかたっていない。対談のこうした内容も、石川の帰還兵イメージに影響を与えたと考えられるのである。

もっとも、ただ戦争に行く前とほとんど変わらぬ帰還者というモチーフを石川が頭に浮かべたとしても、「戦争をした人」での伏字が示すようにそうした方向を進めるには、当時の出版状況ではリスクが伴うわけである。ただでさえ石川は『生きてゐる兵隊』による実刑の執行猶予中である。一九三九年四月の二審判決でも同じ量刑が課せられていた（ちなみにこれよりあとの四〇年十一月には、紀元二六〇〇年の恩赦で禁錮が四ヶ月から三ヶ月に減刑されたが、執行猶予は三年のままだったという[180]）。そうしたなかで敢えて検閲のうるさい兵士について書くだけの内的な必然性が石川にあったのか、はっきりとはわからない。しかし作品内に描かれた不安定な兵士像から考えるに、二度の従軍、特に長期にわたり前線近くを取材した二度目の従軍を通して感じた戦争や兵士についての理解しがたさが彼の内面を不安定にして、それについて何か書かずにはおられない状況にあったのではないか。とはいえ、そうした切迫感が作品でうまく表現できたかどうかは別の問題であるが。

作品の内容についてさらに詳しく見ていこう。主人公の山村利雄は、病室から伊豆の風景を眺めて「やうやく永い戦場の生活から元の自分に戻つた気がして、涙が流れた」（「俳優」三五五頁）のであるが、実際のところ本当に戻ったわけではない。最大の理由は家と故郷、つまり彼を受け容れる側の変化である。帰ってくる場所である家の事情がかなり込み入っているのだが、その複雑な事情は結局のところ、利雄が帰ってきて、彼の出征直前に病死した兄の代りにその役割につくよう周囲から要請されるということにポイントがある。彼は独身で、実家には嫂《あによめ》の節子が女中と二人で暮らしている。父はしばらく前に、母は彼の出征中に亡くなった。節子の娘、利雄からすると姪の春子は女学校の寄宿舎で生活をしており、ふだんは家にいない。節子は不和によって兄に離縁されていたのだが、母の死で誰もいなくなった山村家の家屋と、小地主でありそれなりの広さをもつ田畑を管理しに家に戻ってきていたのだ。

長男である兄の一人娘、春子が家督を継ぐ立場にあるのだが、近所の親類たちはイエの安定のためには独身の利雄が節子と再婚するのがいちばんいいと期待を抱いている。娘が継ぐはずの山村家の一員ではなくなっている節子としても、正式に戻りたいという気がある。これがもし兄に離縁されているというまわりくどい設定になっていなければ、節子は利雄と再婚する必要などなく、彼が兄の代役を求められるということにもならない。要するにこの複雑なイエの事情は、亡き兄の位置（代役）という役を「演じる」ことを要求させるための装置になっているのである。

村の名家であるため、彼の帰還を祝いに客が度たび訪ねてくる。「上坐について客の挨拶に答へ、留守中の礼を述べるあひだにも、彼はこの家を主宰してゐた兄の立場を感じてゐた。兄に代つて一家を代表してゐる気持ちであつた。すると、こゝに居る自分もまた本当の自分ではないといふ気がしてくるのであつた」（「俳優」三五八頁）と、故郷にあっても兄の果たしていた役割を演じなければならないために、本当の自分をとり戻した気がしないのである。

「自由な空想と読書をたのし」むことのできる、出征前から慣れ親しんだ自分の部屋。「こゝだけが本当の彼の場所であつた」（「俳優」三五八頁）。そうした生活のなかで、文学青年として、学生時代の東京の友人に会いたくなったり、小説を書いてみたいという欲求が強くなってくる。そうしたところに、文学仲間で今は新聞社に勤めている友人の岡部から手紙が来る。そこには「君の生涯に二度とないやうな重大な体験を書いて見る気はないか。記録的なものは沢山あるから感想風なものがいゝと思ふ。よければ僕の新聞社に推薦するが……」とあった。帰還作家の時代を反映した呼びかけであるが、それによって山村は文学への思いをより強くする。「書きたいことは沢山にある、無数にある、是非とも書きたかつた。さらに、それを書き終へたときには、戦争によつてどこかに見失つてしまつた自分自身の心が、再び自分の胸に帰つて来るのではなかう《ママ》かといふ気がした、矢も楯もたまらない気持であつた」（「俳優」三六一頁）。ここにも、戦争によって心が不安定になり、本当の自分を見失ってしまったという主人公の設定が見られる。

しかし伊豆の故郷の生活のなかで、しきたりやつきあいにしばられ、ブラックホールのようにかつての兄の立場に自分が吸い寄せられ、思うように執筆は進まない。「空疎な文字、空疎な文章、書かうとする自分がまだ本当の自分ではなく、従つて本当の感想が出て来ないやうな気がするのであつた。どんな文章を書いて見ても、これは前に他人が書いたことのある文句であつたやうな気がしてならなかつた」。思うような文章が書けないなかで、自分にとっての心の拠り所といえた、出征前に東京などで書き溜めていた作品をトランクから出して読み返してみる。「意外にもこれらの古い作品もまた今から見ると怪しげな他人の模倣と軽率な文字とに充ちてゐるやうに思はれて、当時の自分の本当の感情を伝へる文章は一行も発見されなかつた」。自分にとっての心の支えであった文学への思いすら、外形だけのものを超えないのではないか。兵士であった自分が帰還した銃後に持ち込まれているわけではないとされながらも、戦場から還って完全に元に戻れるわけでもなく、それに対してどうしていいかわからないという焦燥が見られる。「かういふ疑ひを抱いたことは最初の経験であつた」（「俳優」三六三頁）。

おそらくこの世代の文学青年たちのほとんどは、日中戦争開始よりも前の時期に、自分というものの足場がゆらぐこのような懐疑に行きついていたはずである。しかし主人公の山村は、一九三九年ごろ、帰還によって初めてその状態に陥った。石川自身がどうだったのかはっきりとはしないが、彼も同じだった可能性は十分にある。シェストフ論争の頃の不安の時代から約五年を経過したこの一九三九、四〇年ごろに初めて不安に行きついたとの位置づけ自体が珍しいことは間違いない。その不安に対してどのような方向で解決を見出そうというのか。

山村はここで三木清のいう「存在的中心」を失っており、さらにいえば存在論的中心になりうると頼みにしていた文学者としての自己に対しても揺らぎを覚えている。「真なる自己」という措定が崩れた形になっている。節子は自分をまるで夫（兄）と同じように扱い、利雄の側はどう接していいのかわからない。村の人々との距離についても同じである。冬休みに姪の春子が帰ってくる。「彼女の休暇のあひだ、彼は亡兄の姿に悩まされることなしに済んだ。厳然として父は父であり叔父は叔父であることを二人とも承認してゐたからであつた」と、役割と自己のイメージの双方が合致することで安定する。「しかし休暇を終つて春子がまた寄宿舎へ行つてしまふと、たちまちにして亡兄と自分とのあひだに輪郭の混濁が感じられはじめ」（「俳優」三六六頁）、安定を失ってしまう。

そうしたなかで「「戦争で死んだと思へば、どんな生活をしたつて生きてゐるだけが儲けだ」といふ安易な弁解をさへも発見し」、開き直って服装や日常の趣味など、積極的に兄の真似をしてみる。「こゝまで徹底して行けばかへつて名優が舞台に登場した時のやうな一種の芸の喜びといふ風なものがあつた」（「俳優」三六六―三六七頁）と、不安定のなかで本当の自己というものがなくなった感覚を逆手に取り、周囲の期待に積極的に合わせてみる。しかしふとした際に、こうした周囲の期待も山村家に戻りたい節子が仕組んだのではと思い当たり、利雄は彼女に対して激昂する。そして怒りをぶつけられた節子が泣くのだが、「その泣き顔を見た瞬間、彼ははツとなつた。足どりだけはやはり怒りを見せて荒々しく外へ出たが、気持は崩れてゐた。のみならず、このやうにして節子を怒鳴りつけ泣かせることが兄の生前に幾度かあつたことを思ひ出し、彼はまたしても兄の役を演ずる俳優となつてしまつたことを感じた」。相手の思惑に乗るまいと自分らしさを取り戻すために怒ったと思っていたが、結局のところ反抗の形式や結果まで兄の反復をしていることに気づく。「かうして我武者羅に反抗してみたところで、現在の事態はどうにもなるものではあるまいといふことを彼は知つてゐた」（「俳優」三六九頁）。ここで作品は終わる。

地方の旧家の次男である彼にとって、そこを離れて生きるという選択肢を決心しない限り、イエの束縛によってその生き方が細部に至るまで決定づけられている。作品の最後で利雄はそのことに気づく。イエに戻ったところで本当の自分などないことが描かれているのだが、生活の前に利雄はイエの秩序に妥協するのである。まだ若い彼にとって、故郷を離れるという道がないわけではないはずだが、それについては触れられていない。利雄にとっての存在論的中心がイエの秩序と位置づけられ、そこに戻らざるを得ないのだという凡庸なラストとなっている。

結末が凡庸であるように、作品としても凡庸である。イエをテーマに多くの作品を描いている石川は、イエ制度の封建的で非合理な秩序に対してしばしば批判を投げかけているが、この作品では「現状維持」を強く打ち出し、イエの秩序の肯定という社会通念を再確認しただけ、という恰好になっている。このことは、生活や人間性を理論（理屈）で割り切ることを拒否する石川の「常識人」的な（あるいは保守的な）立場と重なる。

にもかかわらず、帰還者の描写という点から考えると、既に見たとおり、当時の一般的なイメージから逸脱したものが強く含まれている。もしかしたら、検閲などによって捻じ曲げられてあまり表現されなかった一般的な感覚（帰還兵なんて特別な存在ではないという暗黙の了解があったのか？）が描き出されているということなのかもしれない。しかし、これに関しては現時点でははっきりしたことは言えない。むしろ石川が戦時下において、自らの価値基準が揺らいでいる時に、その揺らぎの根底にあるであろう戦争を象徴する兵士（帰還者）をイエの秩序に従属させることで不安を解消させたいという願望が表われており、それ故にふだん以上に家の保守的側面がポジティヴなものとして強調されていると言えるのではないか。そのため、自らの秩序を守るために一般的なイメージから逸脱してでも、兵士というアイデンティティは非本質的で、帰還によって消え去ってしまうものでしかないという形で帰還者を描くことが必要となったのであろう。

とはいえやはりこの作品は失敗作と言わざるを得ない。安定した足場の上で作品を描き続けてきた石川達三が不安にさいなまれる主人公の危機を突然描こうとしても、十分な表現になっていないのである。そこからの秩序の回復の話としても、そう面白いものになっているとは言えない。そもそも利雄の不安の根底が何処にあるのかという点が突き詰められていないのだ。戦場での経験や、そこからの帰還が不安を生んでいるような形にはなっているが、きわめて漠然とした位置づけでしかない。それゆえ、イエから与えられた役割に入り込むという形での結論は、単なる妥協であり何ら積極的な理由が示されているわけではなく、利雄にとっての秩序は本当には回復されていない。よって作品の最後で、作者が強引に自らの価値基準に引き寄せる形で不安を押し止めようとしたところで、石川の秩序感覚が本当に時代と調和して安定を取り戻すわけもなかった。不安に対抗しようとする石川のさらなる試みを見てみることにしよう。

従軍記者の不安と不気味な兵士「感情架橋」

『結婚の生態』は、一九三八年九月十二日、主人公が羽田空港を飛び立ち福岡に向かうシーンで終わっている。時あたかもペン部隊が結成され多くの作家が武漢攻略戦に向かっている時であった。前述のとおり戦場を描き発禁処分を受け、執行猶予付きで有罪判決まで受けた石川達三がペン部隊に選ばれることはなかった。しかし『生きてゐる兵隊』を掲載するはずだった中央公論社が、「名誉挽回」のためにと石川を武漢作戦への特派員として再び指名、石川もそれに応えたのである。この二度目の従軍での取材で、前章で触れた『武漢作戦』を執筆したわけである。

超越的な視点から進行中の作戦を空間的にも時間的にも自由に往き来する形で書かれた長編『武漢作戦』。語り手としての解釈が入り込むことはあっても、そこに作者自身の私的事情や個人的感慨が書き込まれることは全くなかった。『生きてゐる兵隊』もこの点では同じである。そこでは戦争を描いているにもかかわらず、語り手にとっての現実は全く揺らいでいない。『武漢作戦』では描かれる兵士もほとんどが模範的な造形で、彼らも死の間際までその気持が揺らがぬような存在として描写されていたわけである。一審判決が出て、検事控訴中、かつ執行猶予中の身として、戦場を描くことにおけるリスクを避けたのである。

ところが「感情架橋」（初出『新風』創刊号、一九四〇年）というほとんど知られていない作品には、その武漢作戦での従軍のなかで、石川が感じた個人的な感慨、感情の揺らぎが書き込まれている。この作品は「『結婚の生態』につづけてよまれるべき作品である」[181]と久保田正文が言うように、『結婚の生態』ではラストシーンに位置づけられた福岡行きの飛行機内から話が始まる。そして主人公が明らかに石川を思わせる作家、「私」であり、その妻が其志子という名前である点も『結婚の生態』と共通している。「私」が感じたこと、という語りの形式をとることは、従軍記者の私的体験を中心に描くという意味で検閲に対する配慮でもある。つまり戦場の残虐なシーンや具体的な部隊名、作戦のことなどを自然に避けることができるわけである。むろんそれは、中国に対する侵略という側面を曖昧にしたまま戦争を描くことでもある。

この短編「感情架橋」は、従軍先で見た戦地を描くこと自体に焦点があるのではなく、そこで感じたこと、より正確にいえば従軍記者としての「私」が感じたことに焦点がある。『武漢作戦』では戦争の現実を前に、日本軍の側から戦場を観察する揺るがぬ語り手が設定されていた。その作品に書きつけなかった私的側面を書きつけたといえるのがこの「感情架橋」である。4節で引用した中島健蔵の言葉を援用すれば、私小説をあまり書かない石川が戦場という「公事」を「私事」として描いたといえようか。「俳優」で帰還兵士の視点を通して、不安をイエの秩序によって安定させようとした石川は、「俳優」から約半年後、その安定を強化しようと従軍記者が戦場から家庭へ還ることを描いたのだ。

「感情架橋」の内容を見ていこう。冒頭、飛行機のなかで、「なぜ私は従軍するのだらうか」(「感情架橋」『新風』一九四〇年七月号、二二四頁)[182]と何度も問うが、結局結論は最後まで出ない。兵士の場合、必然というよりも強制である。だが選択の余地がないからこそ少なからぬ人が理屈をつけて「何故行くのか」を自分に納得させるのであり、そのいちばん単純なものは「命令だから」、次に「お国のため」というあたりか。従軍記者も死の危険を冒して行くのであるが、実のところ必然性がないのである。

飛行機のなかで「私」は戦闘帽を被ったまま眠ろうとする。「この帽子には星の徽章はついてゐない。徽章のない帽子といふものはひどく間が抜けた感じのもので、被つてゐる人間は所属のない人間、何かものほしげな失業者のやうに見える。しかし私は星の徽章をつけることは遠慮した。私は軍人ではない。軍人の徽章を濫用しては悪いと思つた」(「感情架橋」二二三頁)。従軍記者として戦場に赴くという宙ぶらりんの立場を戦闘帽によって表現しているのである。つまりその立場を十分に自覚して出発したのであり、もちろんこれも先ほどの結論が出ないことと関連する。こうした立場を自覚し、作品をその視点から描くことで、兵士の目線や超越的な語り手からは語りえぬ、本来戦場にいる必要のない立場から見た、戦場と日本兵に対する違和感を描きこむことができたのである。

飛行機の窓の下には陸地が見える。「浜名湖をわたり、濃尾の平野を一眸《いちぼう》に見おろしながら、これが日本だ、と思つた」（「感情架橋」二二四頁）と、この頃まだ珍しい体験である航空機から眺める「国土」に感慨を覚え、「すると、今日まで、いや恐らくは生涯私とは関係がない筈であつたこの土地の青年たちが、兵隊となつたことによつて忽ち私との間に関係を生じたやうに思はれるのであつた」（「感情架橋」二二四―二二五頁）という。こうした関係を投げかけること（認識という受身ではなく投げかけるという能動）を「感情架橋」と「私」は位置づける。ベネディクト・アンダーソンが『想像の共同体』で、無名兵士の墓をナショナリズムの重要な要素として位置づけたことはよく知られているが、ここでは鳥瞰的に捉えられた地図のような国土を出発点にして、具体性をともなわぬ見ず知らずの青年たちに観念上のつながりを見出すことでナショナリズムがかき立てられているわけである。そこから、従軍という「自分でもはつきりは気がつかなかつた行動の理由が、どうもこの辺にありさうに思はれるのであつた」（「感情架橋」二二五頁）という言葉が導き出される。しかしこの感情の橋は、従軍記者という曖昧な立場が作り出した不安という揺らぎをつなぎとめるために事後的に架けられるものであり、この理由も後づけのものと言える。そしてこの揺らぎは従軍中とどまることを知らず、「私」は何度も橋を架けようとする。

その橋の最も重要な一本は家に残した妻へと架けられる。乗務員の女性がしている翡翠の指輪を見て、翡翠の指輪をしている妻を思い出し、そして生まれて間もない娘のことを思い出す。一方、家族から長期間離れることで、「私」はちょっとした独身気分を味わえる気がする。家族とのつながりはある種の束縛感でもあり、「離陸と同時に紐が切れた。たしかに切れた感じであつた。だからこそ離陸するまでの

図7　戦後の石川達三（1954年）（『現代日本文学全集77』筑摩書房，1967年）

間にはちよつとした「覚悟」が必要であつた。しかし、だからこそ、離陸が、何とも言へない爽やかな感激でもあつた」。しかし同時に「妻子とともに居れば何でもない、むしろわずらはしい、面倒臭いことばかり多くて、感激を失ひ勝ちな生活と思つてゐたものが、離れるにつれてすつきりと鮮やかに思ひ出されて来る、その方の感情」（「感情架橋」二二六頁）も並存していることに気づく。この二つとも多くの人が理解しうる感覚ではないかと思う。石川はしばしばこのように感情を対立的に並べておいて、結局どちらをも選べないという状況を正当化する。極端な結論を避けるこうした身ぶりは、確かに彼を「常識家」とする見解と一致する[183]。

それから十日のち、おおよそ九月二十日過ぎ、作戦の拠点である長江沿岸の九江に到着して、以後前線などを取材してまわる。そして感情の橋を架ける相手が、上空から思ったイメージ上の集合としての兵隊、「生涯私とは関係が無い筈であつた」青年たちから、顔の見える一人ひとりの兵士へと変わる。

大垴舗《だいろうほ》という場所で兵士とともに寝泊りする場面。「私たち――私と、M新聞社の井本君――とは、半ば崩れた陋屋の土間に、藁を敷き蓆《むしろ》をかぶつて眠つた。死体がいくつもこの家の裏藪にあつて、夜になつて北風が吹くと悪臭が流れて来た。夜更けには飢ゑた野犬が、眠つてゐる私の足を嗅ぎまはり、井本君の腹の上まであがつて来た」。この飢えた野犬は、前章の『武漢作戦』のところで見た野戦病院のシーンにも出てきており、その陰惨な描写に活かされることとなったのではないか。というのは、『武漢作戦』の野戦病院のシーンは八月二十四日の夜となっており、それは石川が現地入りする前のこと、つまり後からの取材で描いたシーンなので、そのディテールは他の場所での体験に拠りつつ描かざるを得ないからである。この夜は彼にとって相当辛かったのであろう、「そのとき、私は帰りたくなつた」（「感情架橋」二二八頁）と書いている。

しかし帰りたいと思うその「私」は、兵士たちと行動をともにしている。だからこそ次のようなことを考えざるを得ない。「贅沢な気持であることは知つてゐた。帰りたくなればいつでも帰れるといふ私の立場を私は少し恥ぢた。隣りのあばら家にゐる砲兵たちが私をどう見てゐるだらうかと思つて、たじろいだ。彼等は自由なからだである私を嫉視し、軽蔑してはゐないだらうか」（「感情架橋」二二八頁）。これは言ってみれば自分の自由な立場と兵士の立場を引き比べ、その隔たりを読者に示し、自分の贅沢さと対比して兵士の苦労を賞賛する恰好になっている。

その日の夕方、兵士と同じ焚火で飯を炊きながら、その隔たりに「私は苦しくなり、何とかしてもつと近づきたい心弱さを感じ、ポケットから煙草を出してこの二人の八年兵に一本づつ喫つてもらつた。煙草に私の感情を託して、煙草を受取つてもらふと同時にこつそりと私の感情の糸をも受けとつて貰ひたかつた。一種の詐欺だつた」。ちなみにこの八年兵というのは、八年目という意味ではなく、昭和八年入隊という意味である。ここでの感情の糸を「私」は「詐欺」と位置づけている。埋まるはずのない溝を埋めようとするという意味であろう。「彼らは一向に無表情で、私の投げかける感情のせつない糸をうけとつてくれたとも思はれなかつた」(「感情架橋」二二九頁)。

しかしこの感情の糸に返答が来る。翌日の明け方、「私」が眠っている間にその兵士の一人がこっそり自分の米を「私」に分けてくれたのである。自分の感情を受け取ってくれているとは思わなかった「私」は、薄目でこの光景を見てこう考える。「実は彼等こそ、もはや出征以来何百発の砲弾をうちまくつて来たであらうこの砲兵たちこそ、内地から最近にやつて来た私たちから内地の匂ひを嗅ぎ知らうとし、郷里がなつかしい故に私たちをなつかしみ、永い戦闘の月日のあひだに鬱積してゐたであらう感情の温かさをそつくり私にくれようといふのであつた」(「感情架橋」二二九―二三〇頁)。

兵士は戦場の「今・ここ」において、さまざまなものに内地の痕跡を嗅ぎ取り、それを通じて故郷や友人たちに思いを馳せる。その対象が現に生きている人、さまざまに反応し、日本の話ができる相手であれば、そこに感情の糸をかけずにおられようか。しかし双方から互いに向けて架けられた感情を私はこう書く。「私が煙草に感情を託して詐欺を働いたやうに、彼は米に託して詐欺を働いた」(「感情架橋」二三〇頁)。この橋はどこまで行っても詐欺であり、裏切られるものでしかなかったからである。

夫婦の橋は、双方が相手に対して橋を架けることで、そこにディスコミュニケーションがあろうとも一応成立する。集合的に青年に架けられる橋は、相手が集合的であるために観念のなかで存在し続けることができる。しかし兵士と従軍記者の橋は、「今・ここ」を共有するものであるために、場を共有しなくなった時点で途切れてしまう。部隊に下される命令とは独立して動く従軍記者は、どこまでも兵と行動を共にするわけではない。この両者の立場の決定的な違いを、詐欺という言葉で表わしたわけだ。大𡋾舗より作戦拠点である九江に近い、つまり前線から離れた武穴に戻る際、「私」はその兵に挨拶に行く。兵は「その眼つきが昨日とは違ってゐた。そして大変にぶつきらぼうな口調で／「帰るんですか」とひとことだけ言つた。まばらな髭が伸びて、何とも言へない淋しい顔つきであつた」(「感情架橋」二三六頁)。

「私」はM新聞の井本君に九江へ帰ろうと促し、二人で帰ることにしたのだが、「実は、私は疲れてゐた。九江へ帰らうと言つたのも、正直に言へば日本へ帰らうといふ気持ちであつた」。自分の判断によって前線から離れたわけである。そして「私」は「戦場の不自由な生活とか肉体的な苦労とか、さういふものではなしに、戦つてゐる兵隊たちとのつきあひに一番疲れさせられてゐたのであつた」(「感情架橋」二三〇頁、傍点原著者)。ここには戦場での生活に怖気づいて帰ったのではない、と読者にアピールする虚栄心があるのかもしれない。しかしいずれにせよ、兵士に渡した橋が渡れるものではなく、そこの溝が埋められるものではないという「私」の結論が揺らぐことはないだろう。そしてこの言葉には、理解しがたい兵士たちと行動を共にすることからくる秩序の混乱が表われている。

それを強く感じた大𡋾舗での場面。ある一等兵が一株の若い棕櫚竹《しゅろちく》を見つけ、それを植えるための植木鉢を探すのだが見つからない。そこで彼は赤土をこねて植木鉢を造ろうとする。周囲の兵もそれに注目している。『武漢作戦』にも植木鉢を造ることにこだわる徳さんという兵が、まさに大𡋾舗の場面に出てきている。『武漢作戦』では、「酔狂なものだなあ徳さん。戦争がひまになると兵隊が植木屋にならあ」[184]と、戦地における戦闘の合間の長閑なエピソードとして描かれている。だからこのシーンを白石喜彦が取り上げて「《徳さん》と呼ばれる兵が、いつ出動命令が出るかも知れぬのに棕櫚竹を植える鉢をつくろうとして夜になっても赤土をこねている(第二十七章「平和を盗む」)姿に、戦場に同化しきっていない心が窺えるだけである」[185]と書く。これは「戦場に投ぜられる以前の日常生活を感じさせる人物は少ない」[186]『武漢作戦』のなかで、例外的に戦場の「今・ここ」を相対化する貴重なシーンとして捉えられているのである。

『武漢作戦』のテクスト解釈として白石の読みは正確なものであり、それ自体に何ら問題はない。ところが同じ植木鉢造りにこだわる兵士が、この「感情架橋」においては全く異なる意味を担っているのである。それをもう少し説明しよう。

「私」が大垳舗に着いて兵たちと合流し、リュックサックも降ろさない間に、少し離れた部隊から自動車が走ってきて「安岡准尉が負傷した！」と急に緊迫した場面になる。五分後には詳細がわかり、准尉は迫撃砲によって両足をやられ、助かる見込みがなさそうだという。「茜色に夕焼けた丘の埃っぽい道を、准尉を乗せた自動車は静かに遠ざかつて行つた。五六人の砲兵たちは飯盒《はんごう》をかけた焚火のまはりに車座になつて黙々と煙草を喫つてゐた」（「感情架橋」二三一頁）。兵士たちは准尉のことを悲しんでいるのかと思いきや、そうではない。一人の兵が植木鉢用の赤土をこね、それに兵士たちは注目しているのである。

その一人の若い一等兵は、今しがた裏の丘の、死体のころがつてゐるあたりから一株の稚い棕櫚竹を見つけて掘つて来たのであつた。〔中略〕

「すぐ焼いたら割れるぞ。二三日陰乾しにしてからでないとな」

たとひ見事な植木鉢が出来たとしても、千里の異郷に戦つてゐるこの兵隊が、一株の棕櫚竹をどうするといふのだらうか。またたとい、彼がずつと武運に恵まれて生きてゐたにしても、砲車に棕櫚竹を積んで武漢三鎮に攻め込まうといふのであらうか。いましがた安岡准尉は息を引きとり、救護自動車は霊柩車となつて、後方へ行つたばかりではないか。（「感情架橋」二三一―二三二頁）

一人の人間が、しかも「味方」がすぐそこで亡くなり、そのなかで淡々と棕櫚竹と植木鉢に関心を集める兵たち。こうした光景を理解しかねて、いや、感情的なレベルで受け容れられず、「私自身が自然に彼等と同じ感情になつてしまへない限りは、かうした気持の喰ひ違ひが私をじりじりと責めて来る」（「感情架橋」二三二頁）。つまり日常のレベルで考えれば、誰もが悲しまざるを得ない、胸を締めつけられる場面にあって、この兵たちは全く異なる行動原理を持った、理解しえぬ存在となっているのである。ここで「私」の日常性は崩れ、存在的中心が不安にさらされる。

ここでの兵士たちには死に対する感情の鈍麻が見られる。死に直面することによってもたらされる心の痛みを避ける術を既に心得ていて、棕櫚竹と植木鉢という、軍の行動と直接なんの関係もない些細なことに意識を集中する。それによって仲間の死の悲しみや自らにいつ来るとも知れぬ死の恐怖に向き合うことを避け、それを集団で共有することで正当化しているのである。兵士たちとて感情がすべてなくなったわけではない。だからこそ兵は「私」に米をくれたし、「私」が去る時に淋しい顔をしたのである。そしてそれは相手が生きているからこそ、耐えられる程度の悲しみである。とはいえその兵は従軍記者が帰ることを知って、自分が帰ることのできない立場にあることを痛感し、その立場の辛さも感じざるをえなかっただろう。従軍記者が内地の雰囲気を戦地にもたらす存在であるとするならば、彼は兵士にとって望郷の念をイヤでも起こさせる存在であり、彼が帰ることは兵士であることの辛さを思い知らせてしまうことになる。

ここでの石川の筆は兵士や戦争を批判するものではない。帰りたがっているであろう兵士の内面に深く踏み込むことも避ける。自らと兵士の隔絶を描き、地方人（民間人）には軍人のことはわからないという通念を強化しているとも言える。とはいえ「私」の視点から描かれたこの作品において、植木鉢をこねる兵士の心情を易々と代弁せず、そこに踏み込まずに隔絶感を出すことで、兵士の置かれている耐え難い状況が浮き彫りになっている。兵士とのやりとり、そして兵士の何気ない行動が「私」には理解不可能であり、ある種の絶対的な「他者」として、自らの常識では全く捉えられぬものであることが描かれているのである。

そうした兵士たちとは全く異なった扱いがなされている登場人物がいる。作品内で幾度も登場するM新聞の井本君である。何度も名前が出てくるにもかかわらず、作品内で彼に感情の糸が投げかけられることは全くない。恐らく意図的にそういう記述を選んだのであろう。それはなぜか。

M新聞の井本君にはモデルがいる。当時、都新聞社（現在の東京新聞の前身の一つ）の文化部に所属し、後に作家として活躍した井上友一郎である。井上は戦後、『文藝』一九五三年九月号に「石川達三」と題した、この時の従軍を中心とした回想を書いている。石川の方が四歳ほど上だが、早稲田の文学仲間として互いにデビュー以前から知っていた。井上によればこの従軍において、九江で石川と出会い、その後帰国直前の南京まで行動を共にしたという。ちなみに石川は南京に一日滞在、その後上海で五日過ごして帰国している。この井上の「石川達三」をたよりに、石川が「感情架橋」で書かなかったものについて検討してみたい。

九江から軍の船で長江を上流、前線方面へ向かう。船着場などでは日本兵の遺骨を運ぶ場面や、重症兵が担架代わりの戸板に乗せられて運ばれるところに遭遇することもある。血のついた包帯に蝿が大量にたかっているのに出くわす。


だが、石川達三は少くとも表面は、平然として、これを見送つてゐた。

「いやだなあ。あんなのを、つくづく見ると…」

大発〔大型発動機船〕に揺られながら、私は近くにゐる兵隊の耳には聞えぬように、かう囁くと、石川は別に、何の表情もなく呟くのである。

「うむ。しかし、仕方ないよ」〔中略〕

と、石川はつづけて、

「あれが戦争なんだもの。仕方ないよ。さうじやないかね」(187)


ここには二つ重要なポイントがある。まず一つ。井上はここで兵隊の耳には聞えぬように囁いている。つまり戦地において、他人には聞かせてはならぬ内面を二人は話し合うことのできる間柄なのである。単に従軍記者同士というだけでなく、旧知の仲だからこそだろう。もっとも井上の意にそぐわず、石川はさして共感を示さない。しかしそれは井上が見るとおり「表面」のことであるのかもしれない。石川も兵たちと同様、あまり考えないようにしつつ、戦争だから仕方がないと必死に自分に言い聞かせていたのであろう。こちらが二つ目のポイントである。石川も意図的に死を直視しないようにし、戦争だからと自らを納得させようとしていた。しかし目を背けようとしても死が目に入らざるを得ないのが戦場である。

「感情架橋」の「私」が初めて帰りたいと思った大𡋽舗のことについて、井上はさらに詳しく書いている。屋上も天井もなく、壁だけが残されている民家の跡で並んで寝る二人。


「寒いなあ…」

と、その時、私の傍らで、莚《むしろ》をかぶつてゐる石川が呟いた。

「うん。寒いよ」私が応へると、

「寒い、寒い。もう、内地へ帰りたいなあ」

と、石川が独り言のやうに云う。〔中略〕

その辺から、もはやまともな会話ではない。石川は勝手に喋つてゐる。

「帰りたいよう、帰りたいよう。ほんとに、帰りたいよう…」(188)


井上の前でもはや感情をコントロールできなくなっている石川の姿がここに見える。これはあくまで井上の目から見た石川であり、このとおりだったのかはわからない。ただし念のため、井上のこの「石川達三」は、生真面目で神経質な石川と井上との今日（執筆時点）までにいたるやや不恰好な友情を描いたほのぼのとしたもので、ふだん冷静と思われる石川の別の側面を「暴露」する狙いで書かれたものではない。

この井上の筆によほどの誇張がない限り、この大𡋽舗で石川は、彼にとっての常識が通用しない場にあって、不安に打ち震えていたのだろう。まるで『生きてゐる兵隊』のラストシーンで取り乱す近藤一等兵のようにも思える。もっとも近藤の戻るべき場所は、先に進んでいた原隊の仲間たちの所であるが、石川の帰るべき場所は日本であり家庭であった。

「常識人」とされる石川にとっての常識が戦時期にあって崩壊したという本書の観点からすれば、「感情架橋」にその取り乱した「私」が直接描き込まれていれば、それはそれでありがたいことである。しかし実際にはかなり抑制した書き方を石川は選んだわけである。九江から南京へ戻る途中、二人は船の関係で安慶という町に四日間滞在した。そこの日本人が経営している旅館に泊まり、鯉の味噌汁を食べ、「感情架橋」の「私」はその美味さに感動している。「望郷の心がしきりに焦立つて、押へ切れなかつた。そのあくる日の街角で私は報道部発表ニュースの貼紙を見つけ、漢口が明日にでも陥落しさうだと知らされたが、再び駆けつけて行く気にはなれなかつた」（「感情架橋」二三三頁）。武漢攻略戦の目的地の一つである漢口が陥落しそう、つまり取材の最終目的地に入れそうだという状況にあって、望郷の念が先に立ち、主目的を捨てて退散したと、「私」は正直に、しかし抑制された形で書いているのである。このことも、なぜ井本君への感情の糸は架けられることがないのか、つまり作者石川が従軍記者同士のやり取りを極力排除して作品を描いたのかと関係してくる。

主要な行程のほとんどを共にした二人。ともに従軍記者という、兵士に対する他者である。また、軍の船や車などに便乗させてもらうという行動の制約を前提とした上で、どのタイミングでどの戦地を見るか、その判断を自らが行なうという自由も持っていた。それは命をどれだけ危険にさらすかが自分の判断にかかっているということでもある。その選択を共にした二人はいわば運命共同体であった。しかも旧知の仲である。それゆえに井本君（あるいはそのモデルの井上）に対しては、感情の「糸」や「橋」のような、観念に媒介されたものではなく、より直接的な感情を表に出していたわけである。

井本君との感情の交換を書き込んでしまうことは、戦場にあって自らの足場が崩壊していくさまを書き込むことであり、それは石川達三という作家の方法にはないものだった。前に見た「俳優」での失敗にそれは表われている。戦場における人間性の崩壊を描くことは、彼自身が目をそらそうとしてきたものに眼を向ける恐怖も伴っただろう。その主題を扱い、発売禁止となった『生きてゐる兵隊』のことも念頭にあっただろう。戦場で「私」の日常性は崩れており、ここで周囲の環境との調和を作り出すには、軍人という立場での存在論的中心を設定する、つまり、人の命が失われることへの感情を閉ざすしかない。だが兵士の経験があるわけでもない従軍記者である「私」には、それは不可能なのだ。おまけに軍人としての調和は感情の鈍麻を伴う上、いつ死ぬとも知れない立場に身をさらすという前提があり、望ましいものではない。現実的な環境が調和を阻んでいる以上、周囲とのズレが常に意識され、その環境を中心的に作り上げている人々（軍人）が他者として立ち上がることには、ある種の必然性が伴っているのだ。

　環境と自分との関係が崩れている戦場において、直接的な感情のやり取りができる井本君と「私」の距離はあまりにも近い。自他の未分化を感じさせる場合すらあったかもしれない。それを描きこんでしまうことは、「私」の足場を遠くにあって支えてくれる家族、特に妻に対する感情の橋によって自らの秩序を取り戻すという、この作品の目的自体をも掘り崩してしまうことになる。だからこそ井本君との感情のやり取りは作品内から排除されなければならなかったのである。

　こうした特別な意味を「家族」が担っている以上、作品は実際にそこへ帰ることによって閉じられる。従軍の間剃ることのなかった髭を携えて、「私」は帰宅する。妻の其志子は「なんて髭を生やしてるの！　山賊みたい」と言う。「実を言へば、私はこの言葉を待つてゐたのであつた。（中略）このむさ苦しい髭面の汚さが彼女をはつとさせることを望んでゐた。一種の虚栄心でもあつた。虚栄心といふよりは、心身の疲れをこの髭に象徴して、優しく慰めて貰ひたい、甘えた気持であつた」（「感情架橋」二三七頁、傍点原著者）。語り手が述べているとおり、ここには虚栄心があり、妻への甘えもある。こうした表現は当時、帰還兵の描写としては憚られるものであり（不可能かどうかまでは判断しがたいが）、従軍記者の帰還だったからこそ描けたという点は、兵士が還ることの描きにくさを今日考える上で重要である。

　そして期待どおりの反応を投げかけてくれる、甘えさせてもらえる人のいる場所へ還り、自らの落着いた足場を確認して「私」は喜ぶ。戦地から還っても変わらぬ兵士（友人）たちに訝《いぶか》しさを感じていた「私」は、戦地に行って「変わってきた」ことを妻に見せたいのである。しかしそれは戦地での内面の崩壊を銃後（家庭）に持ち込んでしまうことではなかった。ここでむさ苦しい髭は、従軍生活の証しであり、軍人のような戦地での苦労を妻に見せるための「私」の計算ずくの小道具である。それによって妻に甘えることで近代的（小市民的）な家庭の夫婦関係を確認するのである。家庭こそ自らの足場であるという価値判断を強化することで、戦地で揺らいだ自らの判断を再び安定させようという試みを、「俳優」以上に徹底させたものが「感情架橋」である。しかもその徹底は軍人や戦地の描写の当時の常識からの逸脱を進めるものでもあった。

中国滞在が二週間にも満たず、しかも占領地中心の滞在だった一回目の従軍に比べ、一月以上中国にいて、前線近くを含む各地を転々とした二度目の従軍。自らの揺らぎをもたらした体験を、帰還者の目線を借りて秩序づけようとした「俳優」は、その不安の理由を突き詰めえなかったことと、主人公の内面の揺らぎを上手く描けなかったことで失敗した。そこで「感情架橋」では、兵士よりも不安定な従軍記者という立場で戦場へ赴いたことを自覚的に描き、自らの居場所たる家庭との距離感を中心に、橋という概念化された（生のままでない）感情によって従軍体験を再構成した。それは家庭とのつながりを基礎に据えた上で、自らの尺度で理解できぬ兵士の内面を他者として構成することを伴った。つまりそこに揺らぎの要因、理解しえぬ故に不安を生む「他者」が見出されている。

結果的に「感情架橋」では、植木鉢の場面の兵士の描写にうかがえるように、兵士の美化とは隔絶し、むしろ不気味な存在として兵士が立ち上がっているのである。美化という形で戦場がポジティヴな意味での特別な位置づけをされることが普通の時代にあっては特異な表現であり、戦場の「今・ここ」を相対化して捉える可能性を含んでいるといえる。一九四〇年という時点で、こうした戦地・兵士を作品として書きつけるばかりか発表までしていた石川達三は、やはり「曲者」、単なる「常識人」として片づけるわけにはいかない作家であると言えよう。

敗戦まで

石川にとって、兵士や戦場を描いて国策に協力することは彼なりに自明なことであった。にもかかわらず、自らの秩序が崩壊しそうな時にまで、その秩序をまげて戦争や兵士を美化し続けることは彼には難しいことだった。敗戦までの間にそういう例は何度もあった（次章でも触れる）。久保田正文「『日本学芸新聞』を読む」や「『文学報国』を読む」に紹介されている文学報国会でのいくつかの言動[189]。あるいは毎日新聞社から連載を依頼されたが、あまりに激烈な当局批判を展開し、「検閲方針に抵触する個所が全篇に充ち満ちている[190]」ために掲載を中止された「遺書」という小説。戦後の回想では「本当に遺書を書くつもりであったが、この原稿はM新聞社から拒否された。新聞社自身はまだ生き残れるつもりであったらしい[191]」と皮肉っている。その作品の代わりに連載されたのが、本節冒頭で述べた「成瀬南平の行状」であり、こちらも当局の要請で一五回目（一九四五年七月二十八日）にして打ち切りになった。

浜野健三郎『評伝　石川達三の世界』には、打ち切り時に書き溜められていた残り九回分の粗筋が載っている。とある県の報道班長に抜擢され、歯に衣着せぬ物言いを展開する主人公の成瀬南平と、その県の警察部長のやり取りを引用してみよう。

「まあ聞きなさい。沖縄が苦戦に陥っていたときに、新聞やラジオは何と言ったか。寡兵をもって随所に敵を破砕しつつあるとか、敵の心胆を寒からしめつつあるとか、あたかも勝っているような印象を与えて居たではないですか〔中略〕国民は何でも知っている。時局認識だって滅私奉公だってみんな分かっている。僕が言いたいことは上に向って言うことばかりです」

「君は官吏を侮辱しているようですね」

「いや、僕は、官吏が国民を侮辱して居ないだろうかと思うんですよ[192]」

沖縄戦の敗北を例に、大本営発表の欺瞞をストレートに批判したこうした小説を、敗戦直前の一九四五年の八月上旬に掲載しようとしたのであり、その結果、連載打ち切りのみならず、石川は八月十二日ごろ警視庁に連行されたという。

石川達三の立場は戦争批判といったものとは違う。戦後にいたっても石川は、自分は全力で戦争に協力したと公言して憚らなかった。それでも確かに、戦時下にあって軍隊批判や政治批判をし続けていたのである。これは体制への協力が前提にあってなしうることであり（それがなければ公的な発言や書いたものを発表し続けることは不可能だった）、自ら言うべきと確信したことがある場合、権力に立ち向かってもものを言う、ということを石川は行なったわけだ。周囲との「和」を乱してでも自らの価値基準を守ろうとする、その点において石川達三は（日本的とされる）常識からははみ出たところにいることは確かである。この石川なりの戦争協力と抵抗の意味は次章で詳しく考えてみたい。

本章のおわりに

書きたいことが書けない時代。声高に語ることのできる帰還者であっても、語れぬことのある時代であった。そうしたなかで兵士や帰還者という題材を選んで小説を書くことは、それが国策に沿うものであれば安全であったし、逸脱を含むものであれば危険を伴うものであった。

戦時中の帰還者についての三人の作家の描き方を比較してみると、まず、実際の帰還者であった火野葦平と、帰還者を受け容れる側にあった石川達三とが対照的である。火野葦平は「雨後」で帰還兵というアイデンティティを拠り所にしている人物を造形した。「雨後」の主人公は帰還兵であることの矜恃を保ちつつ、それが銃後やイエにおける矛盾を全く解決させないことに気づく。彼の矜恃は無力感へと変わっていった。最終的に帰還兵としての秩序とイエや銃後の秩序は調和されぬままに残っていた。それに対してあっさり帰還「兵」であることを捨てさせることでイエ秩序を優先させたのが石川の「俳優」であった。そしてその自らの価値基準を守り、不安を打ち消すためには、兵士の描写に対するコードの逸脱をも辞さない、という石川の姿勢がより明確に表われているのが「感情架橋」である。そこでもやはり主人公はイエへ帰ることで安定を取り戻している。

こうした石川の振舞いは大したことではないようにも見える。だが、同じく帰還者を迎え入れる側にあった榊山潤と比べてみると、そうではないことがわかる。不安を描くことで文壇に出てきたような榊山。『歴史』で見たように彼を単なる時局便乗作家として見るべきではない。しかし「第二の戦場」では、彼は傷痍軍人を通してあたかもある種の健全性を手に入れたかのような、不安と無関係ともいえる作品を書いた。そういうことが可能であったばかりかプラスとして見られた時期にあっては、石川の振舞いは評価されるべきであろう。

以上、本章ではこれまで文学研究はおろか、歴史研究でもほとんど言及されることのなかった戦時中の帰還者について見てきた。銃後における英雄という位置づけが与えられ、それを後押し（あるいは利用）する榊山「第二の戦場」のような作品ももちろんあった。しかし帰還者の実態が示すように、英雄はメディアなどでつくられたイメージに過ぎない。英雄の最たる者として火野葦平は「雨後」でその苦悩を描いたとも言える。石川はまた別の視点から、英雄像を批判したとも考えられよう。戦地を銃後に持ち込む存在である帰還者がどのような期待を受け、現実にどう振る舞ったのか。そしてそれは作家によってどう描かれたのか。その一端を明らかにできたことと思う。

この帰還者の持つ意味というのは、しかし実のところ、戦後の帰還兵、つまり「復員兵」との比較のなかでさらによく見えてくるのである。それは裏返せば戦後の復員兵という、それなりに知られたイメージに対して今までとは別の角度から光を当てることにもなる。ということで、次章では復員兵の描写を中心に、戦後占領期の三人の作家について見ていくことにしたい。

第5章　敗戦と復員

内地、——それを恋ひ慕ふ兵隊たちの心は、赤ん坊が母の乳房を求める単純さと盲目さがある。内地の港に上陸すれば、内地の人々は「おう、御苦労さんだつた」と両手をひろげて、受け入れてくれるものと勝手にきめてゐて、そのときこそ敵のなかへ突込んで行くときのやうな夢中さで跳込んで行き、五年間も、六年間もの銃火のなかでの生活の貸越を、一どきにとり返してやらうと待ち構へてゐるのだ。(1)

長かった戦争が終わり、復員兵や引揚げの民間人、多くの日本人が故郷へ向けて帰っていった。なかにはポツダム宣言第八条（ひいてはカイロ宣言）に基づいて日本が「失った」植民地や占領地で生まれたため、あてもないまま見知らぬ「故国」に向かった場合もあっただろう。その裏返しとして故郷を奪われたために日本で生活していた人々もいた。

前章で取り上げた戦時中の帰還者においては、火野葦平は帰還者という当事者の立場であり、榊山潤と石川達三は銃後で受け容れる側だった。しかし戦争が終わり復員者たちが帰ってくると、三名ともに受け容れる側となっていた。

すべての人が戦争体験者であった敗戦直後。そこではほんの少し前まで戦争は日常以外の何ものでもなく、それでいて、目の前にある焼け跡を生んだ空襲体験を除けば、戦場の第一線で生々しい体験を持つ人の多くは未だ戦地にあり、復員したとしても、そのことを書くためには時間が必要であった。戦争を描く、語るという行為が定着し、時にパターン化するまでには、ある程度のタイムラグが存在したわけである。

さて、冒頭で引用した文は、戦後に復員した当事者であった田村泰次郎の「故国へ」（初出『肉体の悪魔』実業乃日本社、一九四七年七月）という作品の一節である。「敵の中へ突込んで行く」かのごとき、兵士としての自己意識を携えて故郷へ向かった「兵隊」は、万歳とともに送られたイメージで戦地での苦労をいたわってもらえるものと思っていた。だが内地の人々が「受け入れてくれるものと勝手に決めてゐて」と田村が書いたのは、その予想が大きく裏切られたからだ。復員者が世間からあるいは社会から疎外される存在となった敗戦直後の日本。そこに戻ってきた兵士たちを、「兵隊作家」火野葦平は「悲しき兵隊」と呼んでいる。

火野の研究においてはよく知られているように、彼は「悲しき兵隊」というテクストを二本書いている（エッセイと小説）。本章では引き続き二人の作家を軸にして、戦争終結直後に彼らがどのように戦争や兵士を受けとめたか、あるいは避けたのか、またそれを通して兵士たちが帰ってくること、そして「悲しき兵隊」と火野が名指したものが、戦争が終わり占領下にある日本社会においてどのような意味を持ったのかを考えてみたい。当然、前章で見た戦時中の帰還者のような、戦時動員のモーターとしての役割などは消え去り、戦地の秘密に対する扱いも変わっていくことは予想がつくだろう。戦地という空間から戦争を持ち込む「帰還兵」が、終わった戦争という過去を現在に持ち込む「復員兵」へと変わったわけだが、それが具体的にどういう意味を持ったのか。温かく迎えられることのなかった兵士たちは、どのように社会へと戻っていったのか。もしくは、兵士たちが温かく迎えられることがなかったはずなのに、社会への再統合を元兵士が果たしたことが、戦後社会をめぐる歴史や記憶のなかでそれほど注目されてこなかったことは、何を意味し得るのか。兵士や戦争に対する戦時中の意味づけからの変化や連続性を考察し、本書の締めくくりへと進んでいきたい。

既に第1章で復員についての基本的な事項はおさえておいたが、そこで扱いきれなかった前提的な事項を本章の1節で論じる。続いて2節では、敗戦直後に「悲しき兵隊」を書いた火野葦平を取りまく状況を通して、復員者に関わる政治的状況を論じる。そして3節では、当時の文壇において復員や戦争を論じることが持った一般的な意味をおさえた上で、石川達三と榊山潤がどう戦争の終結を受け止めたかを見る。狭義の政治的な意味が中心となる2節に対し、そこからはこぼれ落ちる問題がここでは中心になる。主に帰ってくる復員者を迎え入れる状況についての考察を2、3節で行なうのに対し、最後の4節では帰る側の復員者について考え、復員の多様な意味を捉えていきたい。

1 予備的考察

「復員を描くこと」についての先行研究

復員者という存在はさまざまな形で戦後の小説や映画に登場し、概して何らかの形で戦争を想起させる存在として位置づけられる、と一般的に言える。しかし個々の作品での位置づけはいろいろと可能であろうが、第1章で紹介した丸川哲史の言葉にあるように、総体としては「アマルガム化」[2]した大まかなイメージとされてしまう。その理由は映画などのマス・イメージのなかで典型が形作られたことのみならず、復員者イメージを分節する作業が進んでこなかったこととも関わるだろう。

著名な小説テクストのなかに復員者が重要な登場人物として出てくる例として、大岡昇平『武蔵野夫人』(一九五〇年)を考えてみよう。この作品にとって主人公の秋山道子の従弟、宮地勉が復員者であることが重要なのは間違いない。だが、フランス心理小説の影響や武蔵野の風土の描写、夫ある身で従弟と恋愛関係にある女性を描いた小説など、いろいろな読み方が可能であるなかで、この作品を復員者の小説という観点から読むとしても、それは作品の一側面でしかないわけである。また、勉というビルマからの復員者は、さまざまな復員者を差異づける多様性の一例に過ぎない。結局のところ、一登場人物から復員を論じることには限界がある。そのような人物を手がかりに「テクストを読む」ならまだしも、「復員を考える」というモチベーションが文学研究者に起きないのは当然であろう。十五年戦争の加害・被害といった研究視角が、人文・社会科学諸分野で広く共有されるようになったとはいえ、復員となれば歴史研究においてもマイナーな一点に過ぎないのだ。

もっとも、小説のなかには復員（者）そのものを主題として取り上げた作品もあるわけであり、先に挙げた田村泰次郎「故国へ」の他、大岡昇平「わが復員」（初出『小説公園』一九五〇年八月号）など、そういう作品を通して復員を考えることはもっとなされていいであろう。

狭義の作品研究という枠を超えて復員に焦点を当てた文学研究として、内田友子「語らない復員者たち」（上・中）と天野知幸「〈記憶〉の沈潜と二つの〈戦争〉」、そして第1章でも取り上げた丸川哲史『冷戦文化論』（特にⅦ章）が挙げられる。

内田は井伏鱒二「遥拝隊長」を取り上げている。外傷が精神障害に転化したため、戦時中の軍人の行動様式をそのまま戦後に持ち込んでしまう主人公を中心に描いたこの作品は、日本近代文学研究ではかなり知られた作品である。内田は「狂気ゆえに戦争の呪縛から逃れることはない」主人公が、「そうありながらも異常ゆえにその責任を見逃されている[3]」と指摘する。そして戦時中に精神障害を負った人々のドキュメンタリーをもとにした吉永春子『さすらいの〈未復員〉』（筑摩書房、一九八七年）を参照しつつ、「彼〔「遥拝隊長」の主人公〕は、戦争体験が頭から離れない、いから病んでいる、というわけではない。何らかの障害から戦後社会に順応することができないために、唯一、かつて自己同一化を可能にしていた従軍生活、滅私奉公の生活に、未だ依存しているのだ[4]」と述べる。こうした指摘は、戦争を戦後社会に持ち込む存在として復員者を考える時に重要である。

天野の研究は、詩人の西條八十がシベリア抑留からの復員者を迎える側から、彼らに語りかけるように書いた詩を中心に分析しつつ、復員体験が持つトランスナショナルかつ個人的な意味が、「家族の再会から国家の再建へ」と変容されて位置づけられていく様相を論じている。ここでソ連からの「赤い引揚者」を受け容れる日本社会の不安を、家族の「愛情」で解決していくという、冷戦的でありながらナショナルな枠へ閉じ込められてしまう復員の一側面が示されている。

これは天野が参照する丸川哲史『冷戦文化論』の枠組みと対応している。米ソ二大国の利害が国際政治の場を超えてナショナルな場に入り込んでくる冷戦の時空間において、本当はそこに大きく巻き込まれていたはずなのに日本人は冷戦を「傍観者としてやりすごし」てしまい、その認識が欠落しているのではないか、という問題意識が丸川にはある。(5) よって、特に「共産圏引揚期」以降の引揚げ(復員)が天野や丸川の研究の焦点となっている。

天野や丸川のような研究の必要性について私は同意するが、本書では「主力引揚期」とされる一九四五(昭和二十)年から四七年末ごろまでの時期、占領下日本において冷戦の影響がまだ明確に認識される前に焦点を当ててみたい。ちなみに冷戦の開始をいつからと考えるかは議論があるだろう。復員者に関してだけでも、例えば中国では勝利直後から、国民政府軍と共産党軍との間で、日本軍を武装解除する権限をめぐる争いが起きている。(6) あるいは2節で見るように、当時の日本国内でも、左右の政治勢力の対立が、後の冷戦的なものにつながっていくことは間違いない。復員者のいた地域ごとに現われ方が異なるためなおさら、明確な時期の線引きが困難であるので、大雑把に「主力引揚期」と「共産圏引揚期」の境目となる四七、四八年ごろまでのテクストを本章では取り上げていく。

この時期を中心に扱うのは研究の空白ということもあるが、本書で取り上げている三人の作家が復員について書いたテクストが、この時期に多いという理由が大きい。しかしいちばん重要なのは、共産主義圏からの復員が国内で摩擦を引き起こしたのに比べて可視化されにくいのと、「主力」という言葉があるとおり、人数的には多数を占める時期という点である。目安とした四七年末までの復員者数の確定はできないが、厚生省の資料によれば、中国、ソ連地域以外からの外地引揚げのほとんどが四八年三月ごろまでには完了している。(7) 中国も終戦時に国民党軍の支配下にあった地域が多かったため、「四六年五月までに中国から帰国した軍人と民間人は、累計で一六六万三八六〇人となり、八割をこえる人々が敗戦後一年もたたない内に帰還を果たした」という。(8) この時期の復員者が大多数を占めることは間違いない。数年、あるいは数ヵ月前まで戦場にいた兵士たちこそ最も生々しい戦場の体験を携えて故郷へ帰って来たはずだが、その「主力」の復員が可視化されにくい、ということは、少なくとも理論的には「戦後における戦争の語り」の出発点であるこの時期における兵士や戦争に対する意味づけが、後世の人間からは見えにくいものを含んでいるということだ。

そして可視化されにくいということは、少なくとも後から見れば、兵士たちが比較的スムーズに社会へ統合されていったということでもある。榊山潤がそうした復員を描き出しているのに対して、石川達三や火野葦平は復員者の統合過程に摩擦を見出しており、だからこそ復員者に焦点を当てるような小説を多く描いた。また、その摩擦も当時としては根拠のある見方だった。本章においても実証的な歴史研究の史料などからは見えにくい、戦後最初期の復員をめぐる場を浮かび上がらせるために、小説テクストや文壇における議論が力を発揮することになる。

「風俗小説」家

本章冒頭で田村泰次郎の文章を引用した。田村は「従軍慰安婦」に関する小説をいくつか書いていたことから近年再注目されている作家であるが、戦後(文学)史の文脈においては、焼け跡の娼婦を描いて大流行した『肉体の門』(一九四七年)に代表される「肉体文学」の作家として有名であった。ここで彼の文章を引用したのは、彼が復員の当事者であったと同時に、それによって「帰ってきた」作家であったからでもある。戦争の終結は、必然的に出征していた(主に)若い男性が言論空間に(再)参入する物理的機会を与えた。それは田村のように出征前からデビューしていた作家に限らず、戦後派と呼ばれる戦後に実質的デビューを果たした人々も含んでいる。

むろんそれは復員にとどまる問題ではない。出版社の経営や、言論人の生活・執筆の機会に直接踏み込んだ戦時統制が解除されることによって、雑誌の急増が執筆の場を広げていったことは勿論のことである。GHQによる検閲や弾圧という新たな障害があったとはいえ、一九四五年十月四日の「人権指令」ほか、そのGHQが戦時中の統制を解除することによって執筆の機会が相対的に(かつ圧倒的に)増大したことは確かである。

それは単なる機会の増大ではなく、戦争の終結と戦時体制の崩壊にともなう価値観の転換によって、新たな執筆者の登場を社会が求めていたことでもあった。逆に戦時下の言論統制のなかで書く機会を与えられていた作家には、言論空間のなかでの自身のプレゼンスが相対的に低下する可能性が大いにあった。ここでいったん時計の針を進めて、戦時中には純文学の作家と見做されていた火野、石川、榊山が戦後にはどのような評価を受けたのかに言及しておく。
戦後の火野、石川の活動は、風俗小説、あるいはジャーナリズム資本の巨大化にともなって出現した中間小説の領域に位置づけられることが多い。いずれにせよ大衆読者を狙った商業的小説の書き手とされる。戦後の風俗小説の書き手としてよく名前が挙げられる作家としては他に、丹羽文雄、田村泰次郎、井上友一郎などがいる。早くは荒正人が彼らを「風俗作家の一群」とまとめて「早稲田派リアリズム」と位置づけ、『新日本文学』を中心とした民主主義文学と、戦後(派)文学の二つに対立するものしている。ちなみにその三派とは別に、太宰治や坂口安吾、伊藤整などが新戯作派とされている。荒によれば「早稲田派リアリズム」、つまり風俗小説の方法は庶民の生活に根ざす写実主義であるが、「それを支える文学理論が皆無」であるとされる。[9] 森英一の整理によれば、こうした荒の見解は後の中村光夫による風俗小説理解に通じるものであるという。[10]

中村光夫は戦時中から活躍し、特に戦後の重要な文芸評論家となったが、その『日本の現代小説』(岩波新書、一九六八年)を見ると、確かに風俗小説家として彼らの名前が挙げられている。マスメディアの寵児となって締切りに追われて書きまくる彼ら流行作家の作品を、「文学概念の上では戦前と変ることのない文学」[11]としている。このような形で戦後の文学においては、石川も火野も純文学という枠から外されていくこととなる。この本ではそもそも榊山は触れられてもおらず、彼については戦後二〇年ほどの間に文壇の主流から完全に消えていった事実を示している。ほとんど忘れられた榊山はおろか、戦後もよく知られた作家であり続けた石川や火野がアカデミックな研究から長らく排除されていたことも、このことと関係する。

しかし、こうした変化は戦後十数年を経た上での話である。戦後の出発点においては必ずしもそうではなかった。戦後初期に目を戻そう。伊藤整が『群像』一九四七年三月号の「文芸時評」で次のように書いている。

作家が書斎に坐つてゐて、街上の悲しい売女の話や、浮浪者の少年や、生活苦の勤人などを「腕」をふるつて描くといふことは、ちつとも切実ではないといふことである。そんな「風景」は「風俗」はなるほどそれは面白いし、哀れだし、「腕」をふるふにはいい材料であらう。しかしそれは、書いてゐる人が辻褄の合ひやうのない今の社会で何を食ひ何を焚いて生きてゐるか、また何を読んでどう感ずるか、自分の生活態度をどう考へ、どう是認しまたは批判してゐるかといふことを空白にして書かれるのであれば、それは幽霊の生活を書いてゐるのと同じことだ。〔中略〕問ひたいのは、君はいかに生きてゐるか、といふことだ。[12]

焼け跡の広がる景色には、まさに「風俗」小説にうってつけの題材が広がっていた。そうしたものごとの表面をなぞって面白そうな現象を取り出して書き付ける創作方法、つまり「風俗小説」的なものを伊藤整は批判しているのだ。

注目すべきは、この文章で伊藤整が風俗小説的なものを批判しつつ、火野葦平についてはそうした括り方をしていない点である。戦争や復員兵をテーマにした火野の作品に触れて、次のように書いている。「これは運びがぎこちないけれども、作者は言はうとしてゐる。口ごもつてうなつてゐる。しかしもつと素直に直接に、どうしてそれが流露しないか。さう思ふ方が無理か[13]」。そのテーマを火野が書くことの必然性を作品に感じ、本人の葛藤を感じ、しかしそれが出切っていないと、読んでいる伊藤の方が地団駄を踏んでいるようである。

珍しい題材を取り上げることに意味があるのではなく、ある題材を選ぶ書き手に必然性があるか否か、その題材をどう引き受けようとしているのか。戦時中の素材派・芸術派論争の反復のようでもあるが、もはや伊藤の観点は素材と芸術という二項対立を批判的に乗り越えている。戦時中に戦争や兵士を描いてきた三人が、そうした過去をどう引き受け、そして帰ってくる兵士たちをどう受け止め、どう描いたのか。そこには切実ではないものを描く作家としての「風俗小説家」や忘れられた存在、とは片づけられないものがある。それを本章では見ていくことになる。だがまずその準備として、戦争の終結について見ておこう。

終戦、敗戦

この章は本書で唯一戦後をメインに扱っているが、そもそも戦争が終了した事態をどのような言葉で表わすかということに、既に価値判断が含まれていることを確認しておきたい。さしあたり本章では、「戦争の終結」（あるいは「終了」）と書く時に、形式的でニュートラルな意味としておく。

現在でも一般的に用いられることが多い「終戦」となれば、戦争の当事者にとって重要であるはずの勝敗に対する意図的な、時に無自覚な判断停止を含んでいる。歴史学者の粟屋憲太郎は「終戦」という言葉を、「日本降伏という峻厳な事態のさなかで、この近代天皇制国家にとっての最大の衝撃と汚辱を軽減するために、支配層が意図して流布したものであった」とし、同時に、「終戦」という用語の選択が、戦争を主体的な行為ではなく天災のように捉える認識と関わるものであることも指摘している[14]。それは連合国が勝ったということから目をそらすことでもあり、天皇の「聖断」によって戦争が終わったとする受身の態度ともつながるからである。しかもそこでは、戦争を終わらせた主体としての天皇が強調される一方で、その主体が戦争を始める権限を持っていた点については曖昧にされるという傾向がある。

「敗戦」という言葉は日本が敗れたことを意識する点ではこれと異なる立場にあるのだが、敗戦に対する意味づけにもいろいろな可能性がある。臣下として敗戦の責任を天皇に負うという意味か、指導者として国民に責任を負うのか、大東亜共栄圏の理想を掲げてともに戦った諸民族への申し訳が立たないのか、連合軍に負けたという意味での敗戦か。連合軍に負けたといっても、圧倒的な敗北をするような杜撰な戦争を仕掛けた日本の戦争指導者を批判するという意味あいが強かったり、勝者にひれ伏すという意味合いだったりする。勝者のイメージにしても、アメリカが突出するのか、アジア諸国の抵抗を意識しているのかで違う。つまり、戦争のどういった側面に注目して「敗戦」と考えるかで意味が全く異なってくるのだ。

以上で見たように、こうした言葉の用い方は戦争責任に対する態度とつながってくるものである。それが終わったばかりの戦争を象徴的に戦後に持ち込む存在としての復員者への認識や描写と関連してくるわけである。後で見るように、戦時中に「活躍」し、戦争に主体的な関わりを持った火野、石川、榊山は、基本的には「敗戦」という認識を持っていたといえるが、やはりそれぞれ「敗戦」の意味づけも違ってくる。榊山などは「終戦」認識に近い。戦争のイメージの型のようなものが作られるより前、戦後初期に、彼らはどのようなことを書いていたのだろう。

物を書き、従軍などによって軍隊との関わりを持ち、一般の人間とは異なる立場にあったとはいえ、彼らは指導者そのものであったわけではない。権力中枢からみれば作家の力などたかが知れている。あるいは作家という立場ゆえに独特の振舞いを要請される側面もある。そうした彼らのポジションを考慮するためには、当時の文壇の状況についても言及する必要があるのだが、ひとまず本章の重要なキーワードの一つである「悲しき兵隊」について見るため一足先に、戦時中「兵隊作家」として兵士たちを代弁するかのごとき立場に立った火野葦平がどのような形で戦争の終結を迎えたのか見ていこう。

2 「悲しき兵隊」をめぐって

火野葦平の敗戦

アジア・太平洋戦争が勃発した後、一九四二（昭和十七）年二月に、火野は陸軍からの白紙徴用を受けて、三木清らとともに従軍のため南方に向かった。フィリピンを皮切りに、インパール作戦などにも従軍。数多くの戦場の小説を描いた。フィリピン人などへの同情的な描写がある一方で、米兵への敵意剝き出しのルポや小説も少なくない[15]。

悪名高いインパール作戦に従軍した際には、兵士の人命をあまりに軽視した作戦に憤り、戦線の視察に来ていた情報参謀、瀬島龍三に意見書を出したことを後に回想している。「私が第一に書いたことは、インパール作戦が無謀きわまる強引作戦であつたこと、それから、前線の将兵の質の低下、特に、参謀や部隊長の統率力の欠如、意地や面目や顔などの固執によつて、いたずらに、兵隊が犬死にさせられていること、正確な情報が伝わらず、或いは伝えないために、誤つた作戦や命令がくりかえされていること――その他であつた」[16]。それを受けて杉山元《はじめ》元帥ほか陸軍の高官が居並ぶところに進言の機会を与えられ、意見書に書いた内容を述べ、「「このままで進めば、由々しき結果を将来することを恐れます」と結んだ[17]」という。

元帥に直言できるという時点で、彼が単なる一報道班員という扱いではなかったことがうかがえる。とはいえ、「僭上至極だといわれ、その場から引ったてられることも、覚悟していた[18]」という進言によっても、陸軍が変わったわけではなかっただろう。また、彼が描く軍隊や戦争がそれで大きく変わったわけでもない。

その後一九四五年七月からは、福岡県の博多で、九州の文化人を中心に集めた西部軍報道部の報道部員として徴用される。沖縄が米軍の手に陥ちた後である。九州は米軍の本土上陸作戦の候補地の一つであった（米軍は九州上陸作戦を「オリンピック作戦」と呼んでいた）。報道部には気心知れた地元若松や小倉、その周辺の作家たちも多くいたが、陸軍と付合いが深く知名度も抜群の火野はリーダー格の一人であった[19]。その報道部員として火野は敗戦を迎える。

火野は福岡県の二日市から、当時の勤務先（と宿舎）のあった博多へ帰る途中で玉音放送を聴いている。日本の勝利のためにすべてを尽くし、天皇への敬愛の念が強く、それゆえ戦前に共産主義者になり切れなかったともいう火野にとって、八月十五日という日は非常に重い日として刻み込まれた。戦後長い間にわたって八・一五という日付が象徴的な意味を持ち一人歩きしたことを考えれば、そんなことは火野に限ったことではないと思われるかもしれないが、「火野のようにおのれを責めることで八・一五を探った者はきわめて少数であった[20]」との田中艸太郎の見方にはうなずける点がある。火野はその日を一つの基準として自分のあり方を見つめ直す日と捉えたのだが、戦時中に「活躍」して戦後に非難の的となった人としては、言い逃れやヒステリックな反発をすることなく（全くなかったとは言えないが）、敗戦を見つめ続けたという点で火野は特異であった。その出発点が「悲しき兵隊」である。

この文章は敗戦から一月も経たぬ九月十一日と十三日の『朝日新聞』に掲載された。エッセイというよりは、世間での株をすっかり落とした兵隊に対する火野の信仰告白とでもいうべき文章である。「あの日以来、はじめて筆を持つてみて、まだほんたうに我にかへつてゐないのがわかる。一切の営為ことごとく徒労に帰し、失意と絶望のなかに茫然と阿呆のごとく今日までを過ごして来た」（火野葦平「悲しき兵隊（上）」『朝日新聞』一九四五年九月十一日）と、日本の敗北に大きな衝撃を受けて立ち直っていないことを最初に書き記す。ほとんど家に籠もっていたらしい。「今、私の胸には忘れがたい八月十五日の慟哭が、なにか新な形の勇気のやうなものを身内に生みつゝある気配を感じて来た」。そして「敗北と屈辱の現実」に触れた上で、「深遠の聖断は畏く、御軫念《しんねん》のほど察し奉れば、われらが一身などものゝ数ではない」。八月十五日と聖断というセットを前提にして敗戦を受けとめる、という語りがなされている。これは今日からすれば珍しくもないもののようであるが、敗戦から一月も経たない時点である上、後に見るように石川や榊山が八月十五日という区切りを重視していないことを考えると、火野の特徴を示しているとも言える。そして聖断と敗戦という結びつきからもうかがえるとおり、ここでの彼の敗戦認識は、天皇に対するおわび、申し訳なさが中心にある。当時満三十八歳の一知識人としては、ここまでの天皇への恭順は珍しいであろう。

そうした前置きの後、本題である「悲しき兵隊」について語られる。

このごろ、兵隊の姿を見るほど痛ましいものはない。烈々たる闘魂をもつて、敵撃滅の日を待ち望んでゐた兵隊は、今、武器をとりあげられ、愕然として故山にかへる。出征の日には、歓呼のとどろきのなかに、笑みをたたへて故郷をはなれ、その胸のうちには、いつれ《ママ》も勝利の凱旋の日の夢を大切にしまつてゐたのに、いま敗北の日に遇つて、たゞひとり、誰も迎へるものゝない故郷に帰り、旗もかゝげられてゐないひつそりとした我が家の入口を、沈痛の面持ちをもつてくゞる。（「悲しき兵隊（上）」）

第4章5節の最終段落で「ナショナリズムの高揚感が崩れ、再び帰還兵（復員兵）の孤独が現われるには、敗戦前後の絶望的な状況を待たねばならなかった(21)」と書いたが、それはこのような事態を表わしている。しかし戦時中の帰還者（の一部）が銃後の英雄でありながら実のところ孤独を感じていたのに対し、復員者たちはあからさまに排除されるような存在となった。その転換を確認しておこう。

敗戦によってうちひしがれ、さらには温かく迎え入れてくれると思っていた故郷の人々から鞭打たれる兵隊たち。

これこそが「悲しき兵隊」である。武装を解除され、故郷に帰る以上は元兵士のはずであるが、ここでも火野はやはり「兵隊」という言葉にこだわっている。苦しくても自らの任務を淡々とこなし、互いに助け合うよき集団という、戦時中以来の理想像がここでも語られるのだ。「烈々たる」「敵撃滅」といった戦況報道の記事にあふれていた誇大な軍国調とでも言うべき言葉遣いは、敗戦一ヶ月も経たない時期、まだ新たな時代に適した表現や言葉遣いが確立される前の時期を表わしている。とはいえ、戦争が終わって解放感を覚えている人から見れば何を今さらというところだろう。

もっとも、家族や友人たちは兵の帰還を間違いなく喜んだはずだし、敗戦後の混乱のなかで誰がいつ帰ってくるとも知れぬ状況であった。戦時中のように帰還兵（もしくは戦死者の遺骨）を大勢で歓迎することはやりたくてもやりようがなかっただろう。とはいえ、やはり多くの人々が帰ってくる兵士たちに冷たい視線を送っていた。

それは第1章でも指摘したとおり、物資不足に喘ぐ人々の眼の前を、敗戦にともなう軍需物資の放出（および盗難）によってたくさんの物資を抱えた復員将兵が故郷へ向かったことが最も大きな原因となっている。ちょうど火野が記事を掲載した直後（九月十五日）に出された政府内部の極秘資料では、こうした事態にともなう反軍感情によって、「特に戦災者戦死者遺族、外征軍人家族に対する反響は深刻なるものありたるのみならず、農民の食料供出意慾を著しく消磨せしめたり[22]」という報告がなされている。戦時体制下で名誉に包まれてきた将兵の家族に対して一転、非難の目が向けられるようになったわけだ。しかもここで出てきているのは、すべて軍人本人が家にいない例である。家族にも冷たいまなざしが向けられる理不尽さが、軍への反感の強さを物語っている。同時に遺家族に対する援助が主に、国家の直接支援ではなく、近隣の人たちによる私的援助によるものだったために、反軍感情の影響がストレートに遺家族の生活に影響したのである。

ちなみに別の調査（九月十二日）で、朝鮮から帰ったある陸軍兵長が、朝鮮で召集解除となり自力で帰り、持ち物もほとんど失った挙句、「帰郷シテ見テ内地兵ガ被服食料ヲ多量ニ持チ帰リ兵隊成金ガ出来テ居ルガ、数百万ノ海外将兵ガ帰ツタラ一騒動ハ必至デアラウ[23]」と述べている。外地から持ち込める物資、現金には厳しい制限があるため、同じ復員者でも全く条件が異なった。だから外地からの復員者が内地の復員者に憤りを感じているわけであるが、一般の人々はそうした事情を区別した上で元兵士への怒りをぶつけるわけではない。

そしてこうした反発が、食料事情の厳しいなかで、戦争のためならと供出に協力してきた農家の意欲をそいで、彼らが食料を闇経済に流すようになる。兵士たちが持ち出した物資と相俟って、戦時中から既に広く見られた闇市場への物資流入が一挙に拡大するわけである。それに加えて、当時一般の人々には見え難かったものの、軍需会社に対する莫大な支払金や損失補償などが臨時軍事費で支払われることによって、「戦後、国民生活を直撃するインフレーションの最大の原因がここにつくり出されたのである」。敗戦直後の世相を象徴する闇経済とインフレは、戦時体制の崩壊によるものであるが、両者に軍の専横的な振舞いが大きく関わっていたわけである。軍需物資の大資本などへの大規模な払い下げが行なわれていたという指摘も付け加えておこう(24)。

こうした事情はあれど、火野からみれば兵隊（兵士たち）はもともと庶民の集まりであり社会全体で送り出したのであって、敗戦し、たとえ軍が解体されるとしても誰もが感謝して迎えるべきものなのだ。そうした眼からすれば、兵隊が不当に冷淡な眼差しを向けられているように思えてしまう。火野は敗戦の事実に精神的な、それも特大のショックを受けつつも、社会的には（軍隊がなくなるということ以外には）ほとんど変化を想定していない。戦争に敗北して街で占領軍を既に見かけ始めた時期であるから、この社会観は能天気という気がするが、もう少し先を見ていこう。

八月十五日以降の状況にどう対処するかで、「真の日本人たるか、さうでないかゞ明瞭となるやうな契機が生じ」、「道徳の頽廃と、節操の欠如」に対する「内部からの革新」が新日本建設に必要だという（「悲しき兵隊（上）」）。「新日本建設」を謳ってはいるが非国民の理論をそのまま戦後に繰り返しているようでもある。ここで火野は「道義の頽廃と、節操の欠如」を敗戦の原因として持ち出しているのであるが、当時こうした論の立て方をしたのは火野のみではない。

いちばん有名なのは「一億総懺悔論」といわれる東久邇首相の一九四五年八月二十八日の記者会見で、「国民道徳の低下ということも敗因の一つと考える」[25]と語っていることだろう。別の例として「敗戦の最大原因は「国民道義の頽廃」にあつた」[26]と石原莞爾が火野より前に述べている。しかも石原の記事のタイトルは「新日本建設の道」である。敗戦直後のこの時期では、まだ「アメリカの物量／科学に負けた」とか「大本営発表のデタラメが悪かった」といった敗戦原因のイメージは形成されていないのである。石原は生産面や情報面での問題も挙げているが、結局それも道義の問題に収斂させている。ただし石原は道義の頽廃が軍にまで及んでいることを認めているが、火野はどこまでも「兵隊」の真摯な姿勢を褒め称えるのみである。インパール作戦後の進言や、戦後しばらく経ってから書いたものをみても、火野が軍上層部への批判を抱いていたことは間違いないのだが、「悲しき兵隊」の記事でそれを表に出すことはない。

では、「道徳の頽廃と、節操の欠如」の内実として火野は何を問うのか。

十五日を幾日もすぎないうちから新日本建設を論じ新事業の計画をたてるやうな人々の俊敏な頭脳の組織といふものに、たゞ驚嘆と羨望の念がわくのみであつた。君子は豹変するといふから、私など全く君子たるの資格はないが、そういふ君子の中に、常に人々に一億特攻の精神を説いてゐた人の顔を見いだすと、私は慄然と膚に粟の生ずるのを覚える。（「悲しき兵隊（上）」）

こうした「君子」は、外界の変化に合わせた自分の思想（語る内容）の変化に全く自覚がない。従って、過去の自分や変化に対する反省が生まれない形での一種の転向がここで起こっているといえる。仮に変化は自覚していたとしても、戦中の言説に対する責任感は完全に欠如している。日本共産党の佐野学、鍋山貞親が一九三三年に出した共同転向声明を分析した鶴見俊輔が、東大新人会のエリートとして「指導者に選ばれたものは、彼の心のそこにおいてどのようにその政治上の意見が変ろうとも、指導者であり続けるという信念を持っています」[27]と述べているのに近い。政治的な影響力のある立場で敗戦を迎えても自分が指導者の側にあり続けるという信念で動いている。

しかし佐野、鍋山の場合は、非合法政党の幹部として逮捕され、長期にわたる検察とのやり取りのなかで、思想的な立場の変化には自覚的だったはずである。ところが「君子」たちは自分の何が誤っていたのか、どう変化すべきかといった内面の葛藤が全く欠落している。玉音放送を受けて戦争が終わったと納得し、占領軍が来てはその施策にあわせた主張をする。この点でまったく「痛み」のない転向といえよう。こうした「君子」のなかには、「一億特攻」を説いた廉《かど》で後に追放になり、なぜ自分が追放されたかわからないような者もいたのではないか。

さて、こうした「君子」の他に、「道徳の頽廃と、節操の欠如」の非難の矛先を、火野は次のような相手にも向けている。「戦争中はすこしも協力せずに戦争が終ると、わが世が来たとばかりのこ〱出て来る者もあつた。一部巷間の守銭奴が外兵相手の儲け仕事に眼の色を変へて右往左往することは、咎めたところで仕方がない。そういう連中は戦時と戦後とを問はず、節操などは初めからないからである」（「悲しき兵隊（上）」）。強いていえば圧倒的な連戦連敗が生んだ倦怠感や、連敗の根本にある物資の不足の結果が、「道徳の頽廃と、節操の欠如」とも考えられるが、それこそが敗戦の原因とされる。

ここで出てきた「守銭奴」は、戦時中の『戦友に愬《うつた》ふ』に出てきた、中国大陸の日本軍の占領地にやってくる日本人商人たちのうち、「戦争のどさくさにまぎれこんで一儲けしようといふ不愉快なの(28)」とほとんど同じ層の人々を指している。こうした人々への火野の嫌悪は戦中からのものである。しかしながら「わが世が来た」、つまり軍国主義や戦争に内心批判的であった人々のなかには、戦後から見れば、単に戦争の終わりを待ち構えていただけでなく戦時体制にギリギリの消極的抵抗を見せた英雄すらいるかもしれない。こうした人々への強烈な非難は、日本の敗北という形で戦争が終わることを望んでいた人々への敵意でもある。火野からすれば、ホンネとタテマエという、いかにも「日本的」な理論によって公と私の顔を使い分けるようなことは許されざることで、「日本人の道は一つしかないはずである」（「悲しき兵隊（下）」『朝日新聞』一九四五年九月十三日）というわけだ。敗戦を迎えても「非国民」を排除する論理が戦時中からそのまま続いている。

このことは、火野が「聖戦」遂行の意義をほとんど疑うことのなかったことによって成立している。それを表わすのが「長年月にわたつて、大陸の戦野に、南方の新戦場に転戦した将兵たちはいたづらに殺戮を目的として馳駆したわけでない。むしろ過酷の戦相に眼を掩ひ、たゞその破壊も建設のためのものであると自覚することによつて、わづかに戦場の惨烈さに耐へた。それこそは兵隊の美しき道義であつた」(「悲しき兵隊(下)」)といった文であろう。侵略を正当化したスローガン、「建設のための破壊」の論理がそのまま持ち出される。「過酷の戦相」なる自軍の行為が影響を及ぼした他者、アジアの人々の視線を欠如する独善性が明らかである。成田龍一の述べた「帝国のまなざし」(29)は当然ここでも残っている。というよりは、敗戦のショックで強まってすらいるかもしれない。

この「悲しき兵隊」は、占領軍によって日本軍が解体されることが決定され、消滅を待っている時期に書かれている。一九三七年に召集されて以来、敗戦までのかなりの部分を陸軍の軍人か、徴用され報道班員(軍属)として戦地で過ごした火野にとって、軍隊、とくに陸軍への愛着は根強いものがあった。実際には一部職業軍人への反感を強く抱いているのだが、それでも一般庶民たる兵隊が支える軍隊への信頼は根強いようで、「兵隊は国民の花であり、希望であつた。力であり、光明であつ」て、「遺憾ながら軍人のなかにも、これが兵隊かと思はれるような者もあつた。しかしながら、私は依然として兵隊の立派さを信じる心に変りがない」(「悲しき兵隊(下)」)とまで述べて、世間からは疎まれ葬られる存在に対して、どこまでも信頼を寄せている。

回想では、この文章を執筆し、掲載するにあたり、「それ以来、ペンを折る決心をした。「そんな文章は発表しない方がいい。アメリカ占領軍の忌諱に触れて、君の損になる」と、報道部の将校は注意してくれたが、その時の私には損も得もなかつた」(30)という。こうした火野の真っすぐに思いつめた姿勢から、彼が機会主義者や便乗といったものから遠いところにいると評価することはできる。戦時中に兵隊を描き続けたこと、それに対するこの時点での自分なりの責任の取り方だったのだろう。しかし敗戦後の現実のなかで表明されたこの兵隊観、戦争観は、報道部の将校が注意してくれたように(おそらく、将校の意図すら超えて)、ただならぬ政治性を帯びている。それは「軍民離間」という概念と関わってくる。

「悲しき兵隊（下）」が掲載されてからわずか三日後の九月十六日、『朝日新聞』ほか各紙に掲載された記事が大きな反響を呼んだ。米国太平洋軍総司令部発表の、日本兵のフィリピンでの民間人に対する虐殺行為に関する記事である。その内容は例えば「タフト・アヴエニユの一住宅では四十五名の女の死体が発見されたが、この女達の大部分は暴行を受けてをり、そのうへ更に銃剣で辱しめられてゐた、被害者の中には数名の少女も混つてゐた」というものや、現地の日本人民間人に対する暴虐までも含まれている(31)。南京大虐殺を筆頭に、戦時中の報道統制のなかで隠蔽され続けてきた日本軍による残虐行為がGHQの強権発動によって初めて日本社会に公けの形で明らかにされたという事実は重い。

図8　戦後の火野葦平（『現代日本文学全集77』筑摩書房，1967年）

この報道に対する反応を『朝日新聞』は翌日に掲載した。「ほとんど全部の日本人が異口同音にいつてゐる事は、か丶る暴虐は信じられないといふ言葉である」。「郷にあつては善良な父であり息子である兵士が、いくら血なまぐさい戦線にあつても、武装なき民衆にか丶る残虐を行つたとは信じがたいといふのである」(32)。聖戦と皇軍の正しさについてのイメージが根強くあるなかで、自国の軍隊の残虐行為を認めたくないという反応が明らかに見られる。六〇年以上経ってもそうした事実を信じたくないという人々が少なくないのだから、終わったばかりの戦争で自らの家族や知人たちがそうした行為に及んだことを受け容れることの難しさはいっそう強いであろう。

その受け容れがたさの裏返しとして、連合軍の掲載意図に対して疑い深い眼が向けられる。『朝日』の記事には「〔連合軍の日本における〕暴行事件の報道と、日本軍の非行の発表とは、何らかの関係があるのではないかといふ疑問を洩らす向もある」と書いてある。これが占領軍批判と受け止められ、『朝日新聞』は九月十九日、二十日に発行停止処分を受けている(33)。記事はそれでもやんわりした表現であるが、より直截に「マツカーサーガ米軍ノ暴行ヲ正当視セン為ノ策略ダラウ(34)」という一般人の声が、鳥取県警の極秘調査資料には見られる。

世間的にすっかり株を下げたはずの兵士たちへの評判も、九月半ばのこの時点では「敵国」米軍への反感、警戒が強く、残虐行為を広く信じさせるまでには下がっていないようである。これが翌年初めになると、「正直に「比島から帰りました」と言はうものなら忽ち《たちま》「比島では兵隊さんが大変悪いことをしたさうですね」とあたかも戦争犯罪人のやうにいはれ甚だ迷惑する」[35]と復員者が嘆く状況にまでに評判が下がる。四五年の九月ではまだ、人々の占領軍との接触が少なかったこともあり、「鬼畜米英」への恐怖感が根強く、GHQの発信する情報への信頼度が低いのである。

ここで挙げた鳥取県警の調査では、民間人の反応に対する分析として、「該発表ハ日本国内ニ於テ軍民離間ヲ策シ或ハ米進駐軍ノ暴行ヲ正当視セシメントスル彼ラ独特ノ誇大宣伝」[36]であると書かれている。ここで出てきた「軍民離間」という言葉は、文字通り軍隊と民間との間を離す、つまり両者の関係を悪化させることである。鳥取県警に限らず、当局がこの軍民離間に該当する言動を恐れていたことは、当時の資料からはっきりとうかがえる[37]。

軍隊がなくなろうという時期にあってもなぜ軍民離間が問題になるのか。先の『朝日新聞』の記事は、日本軍の暴虐を受けとめた上でこう記している。「国民は常に同胞の戦つてゐる美しい姿をのみ信じさせられてきた。しかるに実際には軍の教育、また兵の指揮について驚くべき失敗があつたのである、かゝる行為は兵にも責任はありとはいへ、むしろ軍部首脳、あるひは軍の指揮者により大きな罪があつたといはねばならぬ[38]」。つまり兵への不信は軍への不信につながる。むろんその終着点には大元帥たる天皇がいる。軍民離間が進むことは支配体制の戦争責任の追及へと直結するのであり、それを恐れているわけだ。

現在から見てこの軍民離間がわかりにくいのは、敗戦にともない、支配層自体が、戦時中に大きな力を持った軍部を支配層の内側から切り離したからである。そもそも軍の解体を謳ったポツダム宣言の受諾か否かを決定するプロセスで、国体護持のみを考えるか、武装解除と戦犯裁判は日本側が自主的に行なうよう条件をつけるかの議論があった。その上で結局国体護持、つまり天皇を守ることのみに絞ったのであり、それは「天皇による軍部の切りすてを意味していた[39]」。これは軍隊の処遇を連合軍に一任するという決断であって日本軍の解体を認めることである。支配層が国体を護るために軍を捨て石にしつつも、軍民離間を防ぎたいというのは、軍部や支配層の責任を問う人々が現われる動きを食い止め、被支配者に対して「一億総懺悔論」的な、天皇に対して敗戦の責任を引き受けるという従順な臣民であり続け、ひいては国の重大事を今までと同様に支配層の内側で決定し続けることを望んでいるからである。

このような文脈を考慮したうえで「悲しき兵隊」について見てきたことをまとめてみよう。物資の問題にせよ、日本兵の暴虐（を信じるか否か）にせよ、将兵たちの行動における「道義の頽廃」こそが問われているのがこの時期なのである。兵士たちのなかにも世間的に目にあまる形で「守銭奴」的振舞いをしている者がいるし、さらには戦争犯罪を犯したものもいた。むろんすべての兵がそれをしたわけではない。火野に言わせればそんなことをする奴らは真の兵隊ではないのかもしれない。しかし兵の負の側面を覆い隠して軍隊を理想化するという態度を、戦時中から一貫して保ち続けていることは、いかに自らの信念に基づくものであれ、軍民離間を恐れる支配層の立場とピッタリと重なるのである。だからこそ、火野の意図がどうであれ、軍のスポークスマンのごとき存在として度たびメディアに引き出され続けてきたのである。

「悲しき兵隊」を全体として見ると、敗北の現実に打ちひしがれ、呆然としている自分が今までと同じ立場にはいられないということへの自覚や、敗戦の現実をどう受け止めるべきかという焦燥は感じられるものの、その語り口は大日本帝国の臣民としてこれからなすべきことについての「お説教」である。兵隊の思想の連続性とともに、銃後への叱咤激励という『戦友に愬ふ』に見られた戦時中からの「お説教」と強い連続性を帯びている。海外に対する戦争責任の意識がないどころか、指導的な位置（少なくともそう見られる立場）にあったことへの責任という意識も、この時点では弱い。おそらく火野自身は、戦時中も意見を述べる場合は指導的な立場でなく、「兵隊」がそうであるように庶民の一人として述べていたという意識が強かったのかもしれない。しかし足並みのそろわぬ銃後に対しての憤懣を述べている間に、理想の「庶民」像と現実の庶民との乖離が進んだことで、前章で見た語り以上に、強い指導の語り口が身についてしまったようである。

この時点で筆を折る覚悟をしていたので敢えて反感を承知で強い主張を述べたということも考えられるが、断筆がわずか三ヶ月ほどで撤回されることからも、「悲しき兵隊」を書いた時点ではまだ敗戦の感覚的なショックが先行して整理がついていなかったといえよう。もっともこの時期に敗戦の意味を整理できていたとしたら、それはそれで信じ難いが。既存の研究では、火野が戦後に敗戦を見つめ続けたという見方が多くなされているが、最初から冷静に敗戦を受け容れられたわけではない。戦後（占領）という時代に反発を感じ、その社会のなかで戦前からの「兵隊」という理想像を保ち続けようとしたが、それが困難になる現実を突きつけられることで、自分の責任意識をだんだんと作り上げていくプロセスを見ていくことが必要であろう。「兵隊」という理想の崩壊が火野自身の足場を掘り崩し、戦時中とは異なった意味での不安を呼び起こす。そんな火野を置き去りにするように、孤立しているかに思えた「悲しき兵隊」たちの多くは社会復帰を果たしていくのである（それは以下、4節で見ていく）。

戦争責任の追及

敗戦直後の日本社会において、兵士が復員することを考える一つの手がかりとして、火野葦平「悲しき兵隊」について見てきた。戦時中の価値観をダイレクトに戦後に持ち込もうとするような火野の言葉が、一日二面しかないこの時期の『朝日新聞』に大々的に掲載されたのは、まだ敗戦から一ヶ月も経たぬ時期だったからに他ならない。この後十月に入り、獄中にいた共産主義者たちが喝采を浴びながら世に出てくることに象徴されるように、大きく社会の論調が変化していく。火野葦平という作家が兵士について発言すること自体が、反発を生む時代が来たのである。「悲しき兵隊」や、戦争協力作家火野を取り巻くそうした状況を確認しておくことにしよう。

火野の地元福岡に本社のある『西日本新聞』の一九四五年十一月三十日「読者の声」に、ある投書が掲載された。火野が九州書房という出版事業を始めるという報道を受けて、「兵隊作家がいま転身の姿鮮かに、文化運動の指導者として飛出し始めたことも真の日本の文化建設のために甚だ遺憾に思ふのは私一人であらうか。〔中略〕極言すれば火野氏の作家的地位そのものが、立派な戦時利得ではないかと思ふ」[40]。ちなみに九州書房は何冊かの本を出したが、結局のところ失敗する。

こうして各方面から火野葦平の戦争責任を追及する声が出てくる。一般的に戦争責任を最も厳しく追及したのは侵略戦争に反対してきたコミュニストたちであったが、やはり火野に対する批判もそこから出てきた。復刊した共産党の機関紙『赤旗』第六号には、共産党が主導して作った戦争犯罪人名簿が掲載された。これは一九四五年の十二月八日にあわせて行なわれた戦争犯罪人追及人民大会で作られたリストである。戦争犯罪人追及といっても、BC級戦犯のような戦争犯罪人ではなく、戦争を指導した、いわば公職追放該当者に近い意味である。[41] 昭和天皇を筆頭に、軍閥や政治家、官僚などの項が続き、文学者も取り上げられている。「文学」の項では四二名が選ばれ、菊池寛や林房雄などにまじって火野の名前が四番目に挙げられている。

文学関係者自身による火野への追及もやはりマルクス主義者を中心に出てきた。佐々木基一「文学における戦争責任追及」（『新日本文学』一九四六年六月号）などが知られるが、ここではいちばん早い『文学時標』での荒正人のものを見てみよう。戦後の文学を牽引してきた雑誌『近代文学』の初期同人七名のうち、若い三名の荒正人、小田切秀雄、佐々木基一が（ほぼ）月刊で出していた『文学時標』という新聞の「文学検察」という欄で、戦争協力作家への批判が行なわれ、創刊号（一九四六年一月一日付）で、高村光太郎と並び火野葦平の名前が登場している。ちなみに第六号（一九四六年四月十日付）の「文学検察（五）」では石川達三が取り上げられ、それを書いた小原元は翌第七号に『生きてゐる兵隊』の書評という形で批判を重ねている。[42]

荒正人による火野への責任追及を見てみよう。「兵隊三部作」のどこを見ても「対支侵略戦争を扇動的に肯定してゐるわけではなかつた」が、そこには感傷によって思惟を放棄する形で、知性の解体が描きこまれていることを荒は指摘する。「この作者が糞尿譚を以て芥川賞を獲てゐるインテリ作家であり、言語を絶するきびしい戦闘といふ事実に直面すれば、いづれは自分もこんな風に考へるであらう——と、いふやうなことを何十万の読者たちに信じこませた功績は不滅のものがある！」[43]。火野が戦場における知性の解体を読者に向けて正当化したというわけだ。これは戦場における兵士の知性による抵抗の無力として、第Ⅱ部で触れたように荒とは別の意味で考えるべきことが含まれている。

それよりもむしろ、ここで荒正人が「悲しき兵隊」について言及していることが重要である。「わたしはこのへんちくりんな題を見凝め、相も変わらぬ昔のままの内容を読むうちに、なんとも言ひ現《ママ》はし難いやうな憤りが湧いてくるのを覚えた。天皇陛下万歳から天皇制打倒へと、大転換を演じようとしてゐる厖大な復員兵士たちの、悲痛、複雑、大胆な心的動揺、成長、飛躍を感じることができないのか(44)」。この荒の言葉には、当時の復員兵認識、そして今日の戦争認識に関する大事な論点がある。

　まずここで重要なのは、「悲しき兵隊」で見たように世間的には元兵士が冷たい目線で見られているこの時期にあって、マルクス主義者たる荒正人が復員兵士たちに味方として呼びかけている点である。実際、後で触れるとおり、軍隊や前線での過酷な体験によって、大日本帝国の体制内での被害者としての自覚から、共産党や進歩派知識人たちの軍国主義批判や天皇制批判に共感した復員者は少なからずいた。戦争責任を最も厳しく問う立場にあった人々が、このように復員者たちに味方として呼びかけることの意味をもう少し掘り下げて考えてみよう。

　マルクス主義者とは対立する側にあり、同時代的に「悲しき兵隊」を擁護した河上徹太郎「火野葦平君への公開状」（初出未詳、一九四六年二月？）は次のように書いている。「復員者の姿は区々である。自分は今まで軍国主義者に瞞されてゐたと自覚し、自分並びに日本の過去のすべてに反発する人もあらう。それはそれでいゝのだ。然し世には君の「悲しき兵隊」が数多くゐた。その事実を否定する必要はない。その悲しい足取りを描くに君が最適であり、それに何の遠慮がいらう(45)」。

　「悲しき兵隊」自体の持つ問題は既に述べた。また、当時の河上徹太郎の戦争認識は、戦争を天災のごとく受け止める庶民を肯定し、責任を論じることを封じようとするような立場である。その点で体制側の意図に寄り添っているものといえた(46)。しかしながら復員者への認識について、いうなれば荒正人の描いたような復員者もいれば、火野の描いたような復員者もいたという単純な話において、河上の指摘は間違ってはいない。逆にいえば荒の描く「復員兵士」は、それがすべてではないわけで、荒の希望が強く投影されているのである。この時期に火野葦平の戦時中の作品を批判することは必要なことだったし、その第一歩として荒の論は重要であるが、戦時中にあって多くの人々が火野葦平を支持したことの意味を荒は十分に捉えてはいない。

もっとも、小市民インテリゲンチャにしてマルクス主義者である荒正人の文章は、単なる願望ではなく、政治的見解の表現でもある。当時の復員者をめぐる状況として、この『文学時標』創刊号が出て間もない『朝日新聞』一九四六年一月十三日には、「多い復員者の入党　共産党　二ヶ所に救済委員会」という見出しがある。これはより大きな記事の一部分をなしており、それは「転落の復員軍人を聖上深く御憂慮」というものである。「復員軍人で犯罪者に転落する者もあり又特攻隊くづれなどという言葉さへ見受ける」現状を天皇が憂慮しているという記事である。また、復員省の官僚の言葉もあり、「曾って陛下の股肱たりし復員軍人が無気力な生活を続け、一部に国民から指弾される如き者も出したのはまことに遺憾であります」という。復員後、社会に適応できぬ元兵士たちが存在したことを示しているのだ。こうしたなかで『朝日新聞』記者の見解では、社会改革への意欲を携え共産党に入党する復員軍人とは、「祖国再建のため必死に立ち起らんとする復員軍人(47)」となる。もっともこうした復員者の入党も、おそらく天皇は「憂慮」していたのではないかと思う。

荒正人は「復員兵士」を自分たちの側、人民という立場にあるものとして捉えている。ということは、日本帝国主義の担い手であったはずの貧しい兵士たちは、その階級的立場ゆえに帝国主義的抑圧の被害者である、ということになる。こうしたマルクス主義的な復員者理解がよりストレートに現われているのが、当然のことながら共産党の主張である。『赤旗』第三号の「十二月八日を期して戦争犯罪人追及カンパ挙行」という記事には、「労働者、農民、勤労者、小市民等一般人民は暴力によつて戦争に駆り立てられたのであつて戦争の責任はいささかもない(48)」と述べられる。吉田裕によれば、こうしたスタンスは必ずしも共産党だけの立場でもなく、「民衆の戦争責任の問題をとり上げることが、結果的には指導者の免責につながるという警戒心が知識人の間で根強かったことである(49)」という背景があった。

もう一つ注目すべきは、『赤旗』の同じ号にある主筆、志賀義雄の言葉である。「復員兵士は既に武装を解除されてゐるから労働者農民勤労者として失業者として生活してゐる。故にこれを復員兵士として特別の組織を持《ママ》つて他の闘争組織から切り離すべきではない。〔中略〕われわれは特に反動的ゴロツキ軍部が復員軍人を彼らの下にあつめやうとするあらゆる計画を破らなければならない[50]」。ここで大切な点は、呼びかけにおいて「復員兵士」と名指してはいるものの、彼らを復員兵士という特別な立場ではなく、「労働者農民勤労者」および「失業者」といういわば共産党の潜在的な支持層一般に引き戻したい、ということである。むろん人民軍であれば共産党の立場と合致するから、その兵であれば兵のままでも問題ないのだろうが、旧日本軍は天皇制国家の軍隊であるから、農民なら農民へ戻して、「軍」から切り離す必要を述べているわけだ。それは復員兵士たちを軍国主義の被害者と規定することによって、政治上の敵対勢力「反動的ゴロツキ軍部」から彼らを引き離すという政治的立場の表明でもある。

これは講和の翌年、一九五三年に軍人恩給を復活させて、政府・軍に対する被害者であり、戦場での加害者ともなった元兵士たち（軍属を含む）を取り込むことに保守政権が成功したことを考えると、たいへん興味深い。これは単に左右両陣営が復員者たちを取り込もうとして、結果的に権力の側が勝ったという話には収まり切らない。それはマルクス主義者たちの呼びかけが元兵士を人民として名指すことと関連する。軍人恩給の復活とは、軍が解体された後に元軍人を他の民衆と区別して切り離し続けることを意味する。国内体制下における戦争被害者たちを、戦争被害の程度という「現在」（戦後）の困難に応じて救済するのではなく、軍人・軍属であったという過去（戦時中）の身分上の基準によって評価する。だから恩給の支給額には軍隊内での階級差が露骨に反映される[51]。これは軍の主導した戦争を正当化する立場と親和的なスタンスである。

そして民間人の被害者については「被害受忍論」を振りかざして補償を拒否する。二〇〇九年末にいたっても「軍人には年金や恩給がある。だが一般の戦災は多く放置されてきた」。当時「国はことあるごとに「一億」という表現で軍民一体の総力戦を鼓舞した[52]」と、東京大空襲の被害者や遺族（＝民間人）が訴訟を通して訴えていることからもわかるとおり、軍民離間は現在につながる問題でもあるのだ。しかも遺族などへの補償についてまとめた田中伸尚ほかの『遺族と戦後』によれば、戦時中は「戦時災害保護法」によって民間人の空襲被害者に対する補償が行なわれていたという[53]。民間人の戦争被害者に対する補償は、戦時中よりも後退したわけである。

ただここで厄介なのは、民間人でも補償の対象となるケースがいくつものパターン存在する点である。講和後、時間の経過とともに補償の対象を広げるなかで、「国との雇用（特別な）関係」を根拠に「準軍属」とみなされた人々である。例えば満州青年移民や沖縄戦で軍の要請で行動した人々である。だからこそ沖縄戦下における「集団自決」の死者のなかには、軍の作戦の協力者として準軍属とされ、遺族が補償を受けられるケースもあった。その援護法の対象となると、一般的には靖国神社に英霊として合祀されることになる。(54) よって日本兵によって死に追い込まれた住民と、日本兵がともに祀られるという奇妙なことが起こる。いずれにせよ軍との関係が補償の基準であり、被害そのものや生活の困難さが基準なのではない。

日本人の戦争観における被害者意識の強さが批判されるのにもっともな部分があるのは確かだが、民間の被害者の多くが置き去りにされてきた側面を軽視すべきではない。また、国内の被害の重みに気づいていた人であれば、海外からの被害の声に接した際に、ナショナルな壁を越えてその意味に気づきやすい面があったと思われる。

こうしてみると、荒や共産党の復員者へのアプローチは、「悲しき兵隊」のところで触れた「軍民離間」、つまり政府当局が恐れていたことと重なる図式であることがはっきりする。日本国内を支配者（階級）と被支配者（階級）に分けて、国民大衆一般はその抑圧的な体制の被害者であるから悪くない、支配者こそが真の侵略者であり、その責任を追及するべきである、となる。この論理構成は実のところ、後に中華人民共和国が、特に日中国交回復以降、前面に打ち出す中国共産党の公式な対日戦争認識の論理と類似している。マルクス・レーニン主義から演繹されるこうしたスタンスを、中国からすれば最悪の侵略者であろう日本に対して具体的にいつ表明するようになったのかは、専門家の指摘を請いたい。しかしながら、アグネス・スメドレーによれば、国民党の統治する重慶における共産党機関紙『新華日報』が、広島への原爆投下の翌日既に、つまりまだ交戦中であるにもかかわらず、「戦争の目標は日本軍国主義を破壊することであって、日本の人民を破壊することではない」と抗議したという。(55)

これは同じマルクス主義の論理を用いているからそうなる、というだけではない。こうした二分法は、「無責任ナル軍国主義」に対して「日本国国民」を対置し、前者を「日本国国民ヲ欺瞞シ之ヲシテ世界征服ノ挙ニ出ツルノ過誤ヲ犯サシメタル者」（第五条）とし、一般の将兵に対しては「武装ヲ解除セラレタル後各自ノ家庭ニ復帰シ平和的且生産的ノ生活ヲ営ムノ機会ヲ得シメラルヘシ」（第九条）とするポツダム宣言の立場とも近い。つまり連合軍がそうした大義を掲げていたわけである。むろんその一員としての中華民国も、主席蒋介石が同様の「日本人民を敵とするのではない」という立場を終戦直前に表明している。(56)

こうした連合国軍の立場は、第一次世界大戦におけるドイツへの過酷な賠償がヒトラー政権の土壌を作ったという教訓を受け、第二次世界大戦における戦後処理が、敗戦国に対する懲罰的なものではなくなったこととつながる。そして反ファシズムを掲げ、ファシズム体制下の人民を解放、民主化するという目的にもつながる。こうした支配者／人民の二分法を理論的根拠としつつ、現実には東西冷戦の力関係のなかで、西側諸国も中華人民共和国も、「寛人」で実質的に賠償を放棄した形での戦争終結を日本にもたらした（ただし例外的にサンフランシスコ講和条約締結後、五〇年代終わりまでにビルマ、南ベトナム、フィリピン、インドネシアと日本はそれぞれ賠償協定を結んでいる）。(57)

こうした国際関係というマクロな場においては、大雑把な図式が持ち出されたとしても、敗戦国に対する際限なき懲罰的復讐を避ける上でもやむを得ない（あるいは合理的な）部分があろう。ただし国家レベルの図式である以上こぼれ落ちる問題が多く、また日本側の戦後の対応が杜撰だったために、国家の枠を超えて当事者の声が届きやすくなった冷戦終結頃からさまざまな問題が見えてきたことは周知のとおりである。

そうした時間の経過で見えてきた問題以前の話として、当時の日本共産党、というよりは日本社会全体が見落としていた大事な点が二点ある。一点目は、支配者と人民という区分で分けて、われわれ人民には責任がない、と侵略国側の人々が言い切ってしまうことの問題である。確かに当時の進歩派には、再び加害者側に立たないため、軍国主義の温床となった天皇制を解体することが必要だという認識があった。またここでいう天皇制が今日いうところの憲法上の天皇の位置といったものにとどまらぬ、社会構造から個々人の意識にまで関わるトータルな課題であったことは、現在では専門的な議論の場以外にあっては見落とされがちである。これは侵略戦争を二度と起こさないという決意と結びついていた重要な点であるが、対内的な戦争責任の問題が焦点となっており、被害者に対する応答責任としての戦争責任・戦後責任という問題とは位相を異にしている。戦争責任を対英米戦の開戦責任のみに、極端なところでは東條英機の責任に矮小化してはならず、「満州侵略戦争以来の者を全面的に追究すべき」[58]という侵略認識を持っていた共産主義者ですら、中国などアジアの被害者を考慮できなかったことを考えれば、侵略戦争だったという認識が弱い（もしくはない）他の政治勢力にはなおさら無理だったのであろう。

実のところ、特に共産党の人々が「我々人民には責任がない」というスタンスをとる時には、次のような論理が働いている。戦時中政府批判を貫き通した非転向者に代表される国内での抵抗があり、同時に、実際に中国で日本軍に対する反戦活動を行なった野坂参三らがいたために、それによって自らを加害者の側から切り離すことである[59]。第二次世界大戦に連合国と枢軸国の反ファシズム対ファシズムの戦い、という側面があったことを考える時、日本の国内的にはコミュニストが最も重要な反ファシズム勢力であった。とはいえ、同じ枢軸国でも、イタリアでは連合国の支援を受けつつ反ファシズム勢力が中心となった政府が、四三年十月にドイツに対して宣戦布告するまでに至ったことと比べれば[60]、日本のコミュニストが連合国の力で「解放」されたことの責任も残る。また、政党として自らの主張が世の中に受け容れられず戦争を止め切れなかったことへの責任は残る[61]。とはいえ、抵抗を評価せずに戦争協力者と一緒くたにするべきものではないのだから、こちらはまだよい。より問題が大きいのがもう一つの論理である。

共産党が戦争責任から免れているとした上で、それゆえ戦時中の立場に（原則としては）関係なく、共産党員になるならその人も責任を逃れることができるというものである。党はそれによって党勢を伸ばし、入党者はそれによって免罪符を手に入れようとするもたれ合いがあった。以上が見落としの一点目、侵略国側の「人民」に責任がないと言い切ってしまうことの問題である。

二点目の問題は一点目と深く関わるものだが、人民＝被害者として責任を解除するとしても、対戦国側は、戦争犯罪人に対する処罰は厳格に行なうという立場を明確にしている点である。「吾等ノ俘虜ヲ虐待セル者ヲ含ム一切ノ戦争犯罪人ニ対シテハ厳重ナル処罰ヲ加ヘラルヘシ」というポツダム宣言第一〇条がそれである。兵士＝人民＝被害者という単純な図式でないことは強調されるべきである。ただしそれゆえ、帝国内では末端の被害者の位置にあった多数の朝鮮人や台湾人の軍属が、看守として直接連合国捕虜と日常的に接する立場に立ったため、その役割に不釣合いな形でBC級戦犯となるという問題が起きたわけであるが[62]。

よく言われるとおり、戦時国際法を組織的に（特に末端にいけばいくほど）無視していた日本軍が主導した戦争にあっては、日本社会全体がたいていのことは「戦争だから仕方がない」と片づける状況を生んだ。だからこそ戦争犯罪（特に捕虜の虐待）というルール違反に対する連合国側の処罰への理解が欠けていた。そして一九四五年十月に本格的に始められたBC級戦犯裁判を、単なる「復讐裁判」として捉えて、戦犯たちを殉難者のごとく祀り上げていくのである[63]。そこに連合軍側の怒りによる、冷静さあるいは公正さを欠いた裁判があったことも事実である。だが戦犯のなかには後に自らが捕虜や民間人を傷つけたことを受けとめ、加害者という立場にあったことの意味を考え続けた人々もいた[64]。彼らの存在自体、兵士＝人民＝被害者という図式を揺るがすものであったが、日本社会のマジョリティはその意味を捉え得ず、「戦争だから仕方がない」という態度とあいまって、日本側の責任から逃げようとした。そうした態度は、末端の軍属や兵士が戦争犯罪者とされながら、彼らに命令を出す立場にあった軍の上官への責任追及を放棄することにもつながった。また、戦後の軍事裁判を通してその新たな「国際基準」を作り上げた連合国側が戦後の国際社会においてその基準を破るダブル・スタンダードと、それに対して日本政府が目をつぶることの両方を黙認することにもつながっていったのだろう[65]。

火野の話から時間的にも空間的にも離れて大きな話になったが、復員者を論じることはこのように大きな視点にもつながりうるわけである。しかし一方で、こうしたマクロの視点や政治の視点からこぼれ落ちるものは何なのか、それを当時の人たちはどれだけ拾い得たのか。作家にとってそれを行なうことは重要な仕事であろう。本章の残りでそれを考えていくのだが、さしあたり次節では、敗戦直後の文壇においてどう復員者が描かれ、あるいは論じられていたのかを見る。本節の話だと、戦争責任を追及された火野も、追及する荒も、追及の議論自体を避けようとする河上も、みな復員者たちに温かく呼びかける点では共通していたのである。しかし彼らとはスタンスの異なる作家もいたわけで、次節ではそれらにも言及しながら、石川や榊山がどう戦争の終結を迎えたのかを見ていくことにしよう。

3　石川達三の「敗戦」と榊山潤の「終戦」

戦争と復員に見る戦後文壇出発の一側面

人々の眼前には焼け跡や闇市という独特の空間が広がっていた。そうした空間は食糧の増産や配給、住居の確保や都市の復興といった現実の問題とつながっていたものの、それらはすぐには解決できぬ課題であった以上、多くの人々の前には所与のごとく立ちはだかっていた。そこには、破壊、虚脱、解放など、さまざまな意味が読み込まれてきた[66]。そうした雑多な可能性が広がる空間とは逆にいえば、今まで戦争一色だったなかから解放されて、戦争や軍隊について考えることを拒否することのできる空間でもあった。だからその上で戦争や兵士たちを主題として書くことは、意識的な選択を必要とした。

しかし一方で、あたりには戦争や軍隊を思い起こさせるものがあふれ、いやでも眼に入るという状況でもあった。だから意識的に避けようと思っても、焼け跡という現在に戦争や兵士が入り込んでくることは珍しくもなかった。その一つの例が占領軍の兵士たちであった。ほんの少し前まで「鬼畜米英」と呼び、悪魔のように描かれた当の「敵」が、今や国中に存在するわけである。占領軍の将兵たちによる事件などの報道は検閲で封じられ、また、彼らと日本の女性たちとの親密な関係を記事などで扱うことも許されなかった。このことは「敗者」としての日本人イメージから重要な要素を排除することでもあった。とはいえ、直接書くことが難しくとも、彼らが戦争を眼前に突きつける存在であったことは間違いない。ＧＨＱによる検閲はよく知られているが、筆者が「なるほど」と思った例を一つ紹介しておこう。

川端康成ら、鎌倉在住の文学者でつくる出版社、鎌倉文庫が発行していた雑誌『人間』。その一九四六年七月号の編集後記では、検閲で次の部分が削除されている。「これまでは大てい軍人になりたいと云つてゐた子供□□達は、大きくなつて何になりたいと訊けば、Ｍ・Ｐと答へるといふ事実やら[67]」。漢字二文字分が不明であるが、検閲文書にある英訳（most children who wanted to be soldiers）を見ても、子供について述べていることは明らかである。かつて日本兵に憧れた軍国少年が、強者の側にあってかつ彼らにチューインガムやチョコレートや英語やアメリカ文化を与えてくれる占領軍の将兵に憧れを抱くという事実は、価値観の転換を示しつつも、強者への憧れという連続性が見られて興味深い。

占領軍兵士の存在を直接描写することが難しかったのに対して、当時街にあふれていたばかりか描きこむことも容易であった戦争をイメージさせる代表例が、日本軍の軍服と、それを象徴する「カーキ色」であった。中島健蔵「武装なき制服」というエッセイを見てみよう。敗戦にともない「一見明らかに復員者とわかるカーキ色の姿が、戦闘帽とともに、日本中にみちあふれはじめたのである。着古されるにつれて、そのカーキ色も次第に軍隊的な連想を与へぬやうになり、軍籍と無関係だつた罹災者にまでそれが配給され、中途半端ではあるが、ただ単に丈夫な服として、いたるところにこれが常用されようとしてゐるのである[68]」。

まずここで、復員者という立場の曖昧さが指摘されている。武装を解除され、もはや兵でなくなったはずの復員者だが、その服が軍との関係を物語っているようでもある。この曖昧な立場に対して、軍との関係を強調すれば、「復員兵」という言葉の選択となる。しかし軍服に準じた「国民服」なる戦時下民間人男性の普段着もカーキ色であったし、罹災者にも軍服が配給されるようになったのが当時の状況であった。つまり中島が指摘するとおり、カーキ色イコール軍隊ではないことは明らかなのである。

「武装のない軍服、軍服として通用しないカーキ色の服、しだひに古くなり、やがて消滅するしかない制服、しかも、着つぶすまでは、十分に使へる服、この服の示すところが、「復員」といふ言葉の内容である。カーキ色は、武装とは無関係な丈夫な服である。これを用いているものが、必ずしも復員者であるとは限らない[69]」。こうして、カーキ色が武装と無関係なことを強調し、やがて「消滅する」ことにも言及することで、カーキ色という外見上の基準で人々を区分することを批判し、そして最終的には元兵士たちが社会に元通り復帰できるよう迎え入れることを人々に呼びかけているのである。しかし裏返せば、そういう呼びかけをしなければならないほど、元兵士・軍人を取り巻く冷たいまなざしが存在したということである。カーキ色という外見を嫌なものとして批判することは、意図的か否かを問わず、表面的には批判する自分は戦争や軍隊と関係ないと切り離すこととなる。そうする方が安全でかつ時代の流れに乗ることでもあった。そうした状況を火野葦平は「悲しき兵隊」と呼んだわけであり、また火野本人も「切り離される」側となったのである。

実際のところ、当時の新聞を見てみると、復員者による犯罪の報道は眼につくが、さすがに復員者を含む元兵士たちを十把一からげにして悪し様になじるような記事はない。兵士＝悪人というイメージはあっても、そうした極端な一般化に無理があることは明らかだったからだ。しかしそうした一般化の風潮を批判する民間人や、自分たちへの非難に抗議する元兵士たちの投書が新聞には数多く見られる。明確に言語化しがたい人々のまなざしや雰囲気、「世間による排除」としか呼びようのない状況があり、それは排除される側からの異議申し立てを通さなければ見えにくいのである。

「特攻隊再教育」という投書が、『朝日新聞』一九四五年十二月十六日に掲載された。特攻隊員が受けていた死を前提とした教育と、その特殊な生活状況に鑑み、社会への再適応のため「よろしく、文部省と復員省とは速《すみやか》にそういふ学校を設け、彼等の頭を完全に切りかへる工夫をすべきだ」(70)というものだ。この投書への反響は多く、「特攻隊員の再教育よりも、社会各自の再自覚を要望する」との復員者からの反論も出たが、復員に際する社会の受け容れ体制が整っていないことを指摘した点で「なるほどと思つたのは自分だけではあるまい」(71)という声もあった。もっとも全生活が死へと向けられた状況から戦後日本の「再生」に役立つ人間となるために、教育で「頭を完全に切りかへる」ことがなしうるだろうというナイーヴな想定には驚くが、この「特攻隊再教育」なる投書を書いたのが、「小説の神様」とも呼ばれ、社会的関心の薄い「芸術派」と考えられた作家、志賀直哉である点にも驚く。確かに、同時期に書かれた戦後第一作「灰色の月」(『世界』一九四六年一月号)でも、焼け跡のなかで飢える少年を描いたことを考えれば、この老大家も焼け跡の混乱、今後の社会を担っていく青年たちの置かれた状況には関心を持たざるを得なかったのであろう。

戦後文学史の出発点としてしばしば言及されるのが、「大家の復活」である[72]。戦時中は老齢ゆえに第一線に引っ張り出されることもなく、また、消極的な抵抗によって、戦争協力を避けることのできたベテラン作家が敗戦後にいち早く、しかも活発に語り出した。「新しい」日本の出発に老大家というのも変かも知れないが、戦争協力者でないことだけでも魅力があり、新鮮だったのである。志賀直哉の他、永井荷風、谷崎潤一郎、そしてとりわけ目立ったのが正宗白鳥だった。

その名も『新生』と題された綜合雑誌が一九四五年十一月に創刊された。「その経営者の青山虎之助君がひどく白鳥さんに心酔していた[73]」という理由からであろう、疎開先の軽井沢にいながら、毎号のように白鳥は『新生』に、評論、エッセイ、短編などを掲載した。創刊号には「文学人の態度」という論を載せている。戦時下の圧迫が終わったなかで「従軍記者の戦争記述も、今日では新たに書き得られるのであらう。真相に即して遠慮なく書かうと思へば書けるやうになつたのであらう。〔中略〕しかし、作家の描写の真実に徹することの困難なのは、戦争中でも戦争後でも同様であつて、新聞記事的事実と文学作品の真実との、質の異なる所以がそこに存在するのではあるまいか[74]」と、戦時下に書けなかったことをただ書くだけでは、作家の役割を果たしたことにはならないと指摘した。ましてや兵士の暴虐を悪魔のように描いた暴露モノを書くだけでは、兵士を聖戦の担い手として美化した戦中の裏返しに過ぎないわけである。

もう一点、戦争について白鳥が述べている重要な事項として、それから約半年を経た『新生』四六年五月号を見てみよう。「私は、戦場の真相を暴露した小説が、終戦後には続々現はれるのであるまいかと想像してゐたが、それは当らなかつた。戦争話なんかは読者の方が飽き〳〵してゐるのであらうし、作者の方でも戦時中とは違つた意味で執筆に差障りがあるのであらう[75]」。戦後において戦争を語る、ということが最初から自明のことであったわけではないのである。

読者も書き手も、戦時中毎日目にしていた戦争のことなど見たくもないという気分があった。だが作家があまり暴露モノを書かなかったとはいえ、メディアが戦争に関する暴露話を扱わなかったわけではない。その典型は一九四五年の十二月八日に合わせて主要各紙に掲載された、戦時中に伝えられることのなかった侵略戦争の実態を明らかにしたキャンペーン報道であり[76]、また四六年一月から始まったラジオ放送「真相箱」と、その放送をもとに出版された『真相はかうだ』(四六年八月)であった。どちらもGHQの意図によって流された報道であった。他に日本人の手による暴露ももちろんあったが、今まで支配者側が隠蔽してきた事実を知ること自体に大きな意味があった。また、中国への侵略に大きな部分をさいたり、原爆投下に対するアメリカ国内のキリスト教徒の批判なども紹介されるなど、単純な「暴露」やアメリカ主導のプロパガンダとは言い切れない、重要な指摘もある[77]。

ただしこうした一連のキャンペーンは総体として、天皇の責任を免除しつつ軍人を中心とした指導者に一般の人々が「ダマサレタ」という図式を打ち出していることに大きな問題があった。これは天皇を占領統治に利用していたことと、一般民衆の責任を問わないという連合国軍の戦争責任に対するスタンスから考えれば当然であるが、それがさまざまな問題を孕んでいたことは言うまでもない。

また、GHQが主導してマスメディアが大規模なキャンペーンをしたとなれば、その時流に乗る形で戦争や兵を描く作家も出てくる。その一例として丹羽文雄「篠竹」(『新生』一九四六年一月号)を見てみよう。敗戦間際であろう、海軍の特攻隊基地にいる報道班員の作家、新門を主人公とした短編であるが、丹羽自身も海軍の報道班員として特攻隊の基地にいたことがあった。

戦時中に美化され、神格化すらされた特攻隊員。大仰な辞世の句や、勇ましい言葉ばかりが強調された戦時中の報道では現われようのなかった若い特攻隊員の思いが作中に描かれる。ある隊員の遺書を新門が読む。「今はの際に過去をふりかへる時、一番強く記憶にのこつてゐるものを正直に取りあげてゐる。それが見知らぬ女性に対するあこがれであつた。〔中略〕異性といふものをはじめて意識に置いたむせるやうな狼狽が続いた。魂をゆりうごかされるといふことがどういふ実感か、はじめてその切なさが判つた[78]」。戦時中には隠蔽されてきた彼らの人間性、内面の動きを描き出すという点で、この部分はとても重要な意味を持っている。

しかしこうした光景を見つめる主人公は、「飛行靴をはき、戦闘帽には士官の二本の黒絹はまいてゐないが、服は士官用であり、襟章はつけてゐないが、きまつて篠竹をステッキかはりにふりまはして歩くので、たれの目にも士官と映[79]」る。それをいいことに、実際はそんな立場ではない報道班員なのだが、士官面して軍のトラックを止めては乗せてもらったりして、「ありがたうとか、すみませんなどとは《ママ》娑婆の挨拶は一切禁物である。兵はそのやうに訓練されてゐる。階級的な言葉使ひに慣らされてゐるので、相手の人格をみとめるやうな口を利かれると、とつさに弱者の感じを与へるものらしい[80]」と得意気である。

　中野重治がある座談会でこの作品を取り上げ、「非人間的な扱ひ方」の暴露であり、「盛んに戦争熱を煽つたその調子で、すぐ暴露に切りかへられると思つてゐるのだね」と厳しく批判している[81]。特攻隊員の例は戦時中に抑えつけられた人間性の圧迫に対する批判であり、そうした暴露はよいとして、他の部分は戦時中に書けなかったことを何でもいいから書いたような恰好となっているわけだ。

　主人公は軍の論理にどっぷり浸って相手の人格を認めないことに慣れ切っている。その主人公自身も、彼に寄りそう語り手も、そうした態度を相対化することのないまま、「作家の良心をもつて書きたいものはいろいろとあつたが、書けば必ずボツになるものであり、そんなものを送るのでは何のために小説家を報道班員に仕立てて送つたのか判らなくなつてしまふ[82]」と、没にする大本営を批判するのだ。それによって軍に反感を持ち、消極的抵抗の態度をとる作家の姿を読者にちらつかせる。

　丹羽文雄は、「マダムもの」などの頽廃的な作品で注目されながら、戦時中は石川達三と同じく度たび従軍作家あるいは報道班員として戦場に赴き、「海戦」などの作品で「活躍」した作家である。この「篠竹」からは戦争協力者という立場から自らをなし崩し的に切り離そうという姿勢が見える。また、丹羽が先にあげた「風俗作家」（あるいは「早稲田派リアリズム」）の一人でもあることを考え合わせると、同じ戦争協力者であり、文壇内の位置としても近い立場にいる石川や火野との比較軸としても興味深い。

　中野重治が丹羽を批判した座談会には石川達三も参加している。石川は親しい友人であった丹羽を直接批判したわけではないが、こうした暴露が増えてくる傾向に対して「あれは非常に迎合的傾向が強いのだ《ママ》流行を追ふてゐる形になるのだね。しかしそれは良心ある作家としてできないはうが寧ろあたりまへだと思ふ[83]」と語っている。これは『文学会議』第一巻一号（一九四六年八月一日発行）に掲載された座談会での発言であるが、当時の検閲文書を見ると、この石川の発言を受けた次の部分が削除（DELETE）されている。

河上〔徹太郎〕　そう思ふね、つまり「真相はかうだ」なんていふのは…
中野〔重治〕　あれはいかんね。
河上　あれぢやもう一つその裏に「真相はかうだ」がいるな。
中野　あれは放送局がいかん。
石川　あれは進駐軍の指図があつたのだらう。
中野　どこの指金かしらんけれども…英語ではあれで通過したかもしれないけれどもあれは変だ。あんなものをやるのは放送局が不埒だ。
石川　実に軽薄だね。あゝいふ軽薄な暴露ならば、なにも作家がやらんでも、どなたでもやつて下さいだ。作家のやり方は自から別のものがあるべきだと思ふ[84]。

占領軍の主導した『真相はかうだ』への批判にあたる部分がごっそり削られているのがわかる。これも正宗白鳥のいう「差障り」の一つと言えるだろう。保守的スタンスの河上から中道的（？）な石川、左派の中野までが『真相はかうだ』の暴露に批判的である。残念ながら具体的に『真相はかうだ』の何を批判したいのかがわからないのだが、少なくとも作家が巨大メディアのやっていることをそのままなぞるような形でものを書くわけにはいかないということだろう。戦争について簡単に書けないという思いは一部の作家には共有されていたのである。

逆にいえば、単なる暴露や安易な批判とは違う形で描くことは簡単ではなかったのである。先ほどの丹羽の例よりも洗練された、軍からの切り離し方の例を見てみよう。石川淳「黄金伝説」（初出『中央公論』一九四六年三月）である。

この作品は、「焼跡の風景と季節はどこまで行つても変化することを忘れてゐて、水のない河のやうによろこびもかなしみもなく、わたしは焼け散つた木片のひとひらにすぎず、あわただしく風に吹き追はれつづけた[85]」とか、「けだし、罪とは煤煙のやうに降りかかつて来るもの、虱のやうに伝染して来るもの、古代印度の信仰のやうに罪は物質にちがひない[86]」といった、日常の生活のなかで当たり前のものになりがちな焼け跡を異化するために過剰なまでの比喩にあふれた文体で書かれている。

そうしたなかに次の文が出てくる。「わたしは以前もつてゐた黒のソフトを焼いてしまつて、わづかに火災の夜にかぶつて出た戦闘帽ひとつあるばかりだが、この異様なかぶりものを永遠にあたまの上に載せてあるくことは好まないので、中折帽なり鳥打帽なり、真人間のかぶる帽子をどこかの店で見つけたいとおもつた[87]」。異化を狙った文章のなかに並んだこうしたフレーズは、当時も今も何気なく読み飛ばしてしまいかねないものであるが、これが戦争や軍隊から自分を切り離し、関係ないものとする言葉の一例なのである。

これを痛烈に批判したのが、まだ活動を始めたばかりの若き作家、大西巨人の評論「「真人間のかぶる」物でない帽子・その他」(『文化展望』一九四六年六　七月合併号）であった。

「この異様なかぶりものを」云云のごとき云いぐさは、現在の俗耳に入りやすい。だが、俗耳に入りにくいことをこそ、作家は、語るべきではないのか。

「真人間のかぶる帽子」云云を、作者石川は、今日このように手軽に書くのでなく、一時代前にたいそう冒険的に書くべきではなかったのか。そして、その「真人間のかぶる帽子」でない「異様なかぶりもの」をかぶって、多くの無数の人人が、生命を失ったり、多年の苦労を忍んだりしてきて、なお現在でも、おびただしい同胞が、南海北辺の地でその「異様なかぶりもの」をかぶりつづけている、という事実を、作者は、いったいなんと考えているのであろうか。[88]

これは戦闘帽（軍服や国民服とセットになった帽子）を石川淳が「異様なかぶりもの」と書き、「真人間のかぶる帽子をどこかの店で見つけたい」と書いていることを批判したものである。石川淳の名誉のために、彼は「一時代前にたいそう冒険的に」軍隊を批判したことは指摘しておこう。石川達三『生きてゐる兵隊』より少し前、既に日中戦争が始まり軍歌の響く街を批判した「マルスの唄」（『文學界』（一九三八年一月号）である。ただしこれは発売禁止処分になったため、戦後すぐの時点で大西は知らなかったと思われる。

それをふまえた上で大西に戻ると、戦時中の軍国主義を思い起こさせるものと距離をとり、もしくは批判することで戦後における軍国主義批判に安易に同調した石川淳を、大西は批判したわけである。そしてこのことは逆にいえば、軍服や戦闘帽を身につけることをやめることが、反軍・反戦の一つの意思表示として流通しえたという当時の状況があったわけである。それは意思表示として意味がないわけではなかったし、大西自身もそれは認めている。大西の意図はむしろ、帽子を云々して戦時から距離をとることで戦争の問題を片づけてしまおうとする「俗耳に入りやすい」言いぐさによって、「反戦・反軍」への思考がそこで停まってしまっている状況を突くことにある。これは後の大西による野間宏『真空地帯』批判として有名な「俗情との結託」につながっていく評論といえよう。

このような形で戦争の問題を片づけるということは、軍服や戦闘帽、カーキ色を身にまとう人々に戦争の問題、ひいては責任を押し付けることにもなり、それはあたかも東條英機にすべてをなすりつけてそれで終わりとすることとパラレルのようであった。東條の責任を問うた上で自己も含めた他の責任を問うことが必要であると同じく、兵士の責任を問うた上で自他の責任も考える必要があったわけである。ただし開戦時の首相東條の責任を問うことがやはり必要なことであるのと異なり、カーキ色や戦闘帽というあいまい極まりないモノを通して戦争を片づけることの恣意性は、責任そのものを無効化しかねないものだったと言えよう。自らの責任を解除するために元兵士やカーキ色に戦争を押し付け、それによって自らを戦争から切り離して幕を引こうとする。兵士への批判というものが当時もった一側面が見えたことと思う。そして、積極的に戦争協力をした火野や石川達三を批判することも、同じように必要なことであったと同時に容易なことであった。
以下、石川達三と榊山潤それぞれの終戦間際における戦争との関わり方や、どう戦争終結を迎え、その時期にどんな振舞いをしたのかを見ていきたい。

石川達三――協力者と抵抗者の戦後

> 戦争の末期には軍の報道部に入りびたり、帰還兵の作家に書かせては巨利を博し、戦ひ終ると同時に帰還作家を戦犯扱ひにして上田廣や火野葦平には寄りつかず、小島政二郎の色情文学や暴露小説のたぐひで再び巨利を覘《うかが》ふ、さういふ政治家のやうな無節操と無定見とが出版屋精神である。[89]

戦時中に「活躍」した作家火野葦平への非難が噴出した戦後すぐ、石川達三はその傾向に批判を投げかけた。火野を受け容れ、もてはやし、使いたいだけ使ったのは誰だ、と。作家の戦争協力の意味をつかむためには、こうした出版社の動きも含めて考えることに意味はあるだろう。しかしこうした石川の発言は、言い逃れにも感じられたのか十分な説得力を持たなかった。実のところこの頃は石川自身にも非難が降りかかる時期であったのだ。

戦時中弾圧を受け日の目を見ることのなかった『生きてゐる兵隊』が一九四五年十二月に河出書房から出版されたことは、抵抗のアリバイとならないわけでもなかったが、石川達三が積極的に戦争協力をした作家であるというイメージは強かった。いや、それはイメージにとどまらない。彼の協力は弾圧を受けたからそれ以上の追及を避けるために協力せざるを得なかった、というようなものではおそらくなかった。そのあたりも含めて、石川がどのように敗戦を迎えたのか見ていくことにしよう。

「言論といふものは現実の社会より一歩先へ進んでゐることによつて言論としての価値を有する。〔中略〕ところが過去に於ける言論指導当局の何人がこの社会の現状より一歩先を考へ、一般言論よりもさらに一歩先を歩いて居たであらうか」[90]。石川による当局の言論統制への批判である。ここでの「過去」とは、戦後から戦時中を遡ってみた過去、ではない。巨大爆撃機B29の日本への往復圏内にあり、日本本土防衛のための重要な地域であったサイパンが一九四四年七月七日に陥落してから、戦局が目に見えるように悪化する最中、『文藝春秋』九月号に石川が書いた記事からの引用である。

　サイパン陥落直後の七月十四日の『毎日新聞』には、石川は「言論を活発に」という記事も書いており、そこでは「批判を抑圧して戦意は高揚しない。それは戦争の衝に当れる者として当然受くべき批判であつて、これを回避してはならない。〔中略〕戦況不利の場合、当局はきびしい批判を受けなくてはならない」[91]と言う。こちらは『生きてゐる兵隊』や『武漢作戦』などでつながりの深かった中央公論社が、横浜事件の弾圧を経て「自主」廃業を申し渡された直後でもあり、その弾圧に対する批判が込められていたであろうことはよく指摘される[92]。

　この二つの記事を素直に読めば間違いなく当局の方針に対する批判である。こうした批判を一九四四年の時点でも、当時の主要メディアである『毎日新聞』と『文藝春秋』に掲載できたのである。だが逆に、現状に内心では批判的であったであろう多くの書き手は、自主規制してこうした批判をほとんどしなかったということでもある。また、「言論を活発に」を素直に読むと、当局の方針に対する抵抗であると同時に、戦争を推進するための発言であることもわかる。前章までで既に指摘したとおり、石川のスタンスは戦争への協力ゆえに現状の軍や行政のあり方に対して抵抗（批判）する、というものであった。むろん戦争協力が前提にあるからこそ当局を批判できるのであるが、戦争協力者自体は数多いなかでも、この石川の発言は精彩を放っている。いうなればそれだけ真剣に彼が協力していたことをうかがわせる。

　さらに二ヶ月前、日本文学報国会の機関紙『文学報国』に、石川は「公平に就て」という配給に関する論説を書いている（ちなみにこの後四五年一月から石川は文学報国会の実践部長という役職を務めた[93]）。「今日民心の荒廃を歎ずる者は多いがその根元が配給切符制度にあることを考へなくてはならぬ」。「民心の荒廃」、言うなれば火野の述べた

「道義の荒廃」に近い指摘をしているが、ここでは配給（物資の統制）制度がその背景にあると認識している。ここでの石川の主張は当然戦争推進のためのものであり、次のように展開していく。「開戦以来、個人主義排撃と利己心との絶滅は事毎にくり返し議論されて来たのであるが、現実の生活面に於いては個人主義的な感情があらゆる生活層にまでも育成されつつあるのが実情である」(94)。

　ここでの個人主義は利己主義と解した方が今日からすればわかりやすい面もある。ただし国家という集団の「意思」（とされる権力側にある人々の合意）にそぐわない行動や思考が個人主義と名指され批判される時期であることもおさえておく必要がある。利己主義的な感情によって配給のちょっとした量の差などが不満の種になっていることを、石川は批判しているのだ。

　もっとも、『生きてゐる兵隊』に始まり、言論当局への批判や、前章で触れた戦争末期の「成瀬南平の行状」に至るまで、スタンドプレーととれるような目立った言動をとり続けた石川達三こそ、この時期にあっては個人主義的であり、だからこそ特高警察や情報局に目を付けられ、四五年の八月十二日頃にも取調べを受けることになるのである。それでも周囲に憚ることなく（そもそも気づくことなく？）突き進むような勢いが当時の石川には感じられる。

　こうした一本気な姿勢からうかがえるのは、言論の統制に対する石川の反発と、配給の不合理およびそれに対する庶民の反応への批判的な関心である。そしてそうしたテーマを中心に、戦時体制下の社会に関わっていこうという石川の思いもある。一九四五年四月には、大空襲後の東京から妻と幼い三人の子供を長野に疎開させている。普通は親戚のいるところを選ぶのであるが、石川の判断で海から遠く離れて米軍の上陸の影響を最も受けにくそうな長野を選んだようである。その身寄りのない山村に妻子を残して、自らは東京で仕事を続けている。

　石川達三が終戦／敗戦の日をどう迎えたのかはよくわからない。その前後について石川が書いたものが見当たらないからである。数少ない言及として、石川の友人であった浜野健三郎が次のように書いている。「八月十五日、終戦。／石川達三は、軍部や官僚の批判者として、「生きてい《ママ》る兵隊」以来、陰に陽に当局の弾圧をうけつづけて来た。それだけに闇の世界から抜け出たような安堵感を味わうと同時に、「国を愛し、国を憂うるもの」としては、奈落の底に沈みこんで行くような空洞感をどうすることも出来なかったという」[95]。もっともこれとて、石川の言葉を頼りに、戦争終結の意味づけを八月十五日に象徴させる形で浜野が再構成しているのである。区切りの日として八・一五を石川が重視していたかどうかははっきりしない。

一九四五年前後の資料のなかからうかがえるのは、石川にとって、戦争の終結とは圧政からの解放であると同時に、やはり「敗戦」であった。そしてその敗戦は、同じ戦争協力者であっても明らかに火野葦平にとっての敗戦とは異なるものであった。以下、それについて見てみよう。

浜野によると、戦争が終わったことで、圧力によって中断させられていた「成瀬南平の行状」の続きを石川は書きだした。それに「望みなきに非ず」という章題を付けたが、敗戦直後はまだ言論統制が続いていたため、結局掲載できなかったという[96]。その結果、公表された石川の戦後第一声は『毎日新聞』一九四五年十月一日に掲載された「日本再建の為に」という論説となった。

その冒頭では「漸く物が言へる時代が来た。正しい意図をもつた言論が処罰されること無しに発表される時が来た」と書き、戦時中以来批判してきた言論統制の圧政からの解放を喜んでいる。しかしその喜びにただ浸っているわけではない。「日本の再建に当つて、進駐軍司令官の施政の方図に日本の再建を威望《いぼう》しなければならないといふのは悲惨の極みである」。こう書いているからといって、占領軍への敵意をむき出しにしているわけではない。「進駐軍は内容充実せる民主主義が完成するまで日本に止まり、日本の病患を余す所なく切開して貰ひたい[97]」とも書いている。GHQの検閲を考えてそうしたというより、むしろ本当にそう思っていたのだろう。というのは、占領軍検閲など影も形もない一九六五年に「敗戦の直後から特高警察は廃止され、日本側の検閲がなくなって米軍側の検閲がはじまった。戦争や軍隊に関すること以外は何を書いても自由という時代が来た[98]」と、比較的ポジティヴな文脈で書いているからである。これは占領期の石川にとって、GHQの占領政策を論ずる前にやらなければならないと思っていたことがあったからだと思われる。とはいえ、検閲をめぐってGHQともやり合ったことがあったようだが[99]。再び「日本再建の為に」に戻る。

「日本を敗戦に導いたこの堕落せる日本人が再建に当ってのみ優秀であろう道理はない」。軍部と官僚の専横を日本の国民が許してきた結果の敗戦である以上、「進駐連合軍司令官の絶対命令こそ日本再建のための唯一の希望であるのだ。何たる恥辱であらう！　自ら改革さへもなし得ぬこの醜態こそ日本を六等国に転落せしめた[100]」。已むを得ざる形ではあるが、占領改革によってよき社会を作っていくことがベストであるという認識である。石川にとっての「敗戦」とは、火野のような天皇に対する申し訳のなさでないことは明らかである。そして勝者の前に従うことに対する恥辱としての「敗戦」という心情を持ちつつも、敗戦の事実を受け止め、堕ちた現在から日本を「再建」していかなければならないというのである。

この論の終わりの方で、石川は次のように記す。「私の所論は日本人に対する痛切な憎悪と不信から出発してゐる。不良化した自分の子を鞭でもつて打ち据える親の心と解して貰ひたい[101]」。彼は日本が（少なくともアメリカに）敗れたことを認識し、自分がその国家の一員であることも自覚しているにもかかわらず、なぜか自分がその敗者の一人であることの自覚がないようである。石川からすれば、当局の弾圧によって自分が戦時体制下で行なうべきことができなかったという不満があるとはいえ、戦時中も似た形で民衆に対する指導的言説を書いていた事実に対する認識は弱いようだ。

文芸評論家の亀井勝一郎が、後に石川を評して次のように書いている。「或る意味で冷酷なリアリストかもしれぬ。しかし思想的にみて、このリアリズムは、己が血肉をわかち与ふべき人物をもたぬ。つまり、思想的に傷つくことの絶対にない作家なのだ[102]」。ここで亀井が言うのは、石川が自分の小説の作中人物に「わかち与うべき人物をもたぬ」ことなのだが、先の新聞記事などを考えても、何だか自分だけ別世界から指導的言説を吐くことのできる立場にいるようで、現実においても石川が「己が血肉をわかち与ふべき人物をもたぬ」と言えそうな気がしてくる。

思想的に傷つくことが絶対にない！　敗れた戦争も真剣だった上に直接敗戦責任を負う立場ではないという自己了解のもと、また真剣に日本再建を説く。転向という精神的な傷を負っていた亀井からすれば、理解を絶した対象なのかもしれない。これこそ「転向を知らぬ」精神にも見える。

「日本再建の為に」の翌月、『朝日新聞』一九四五年十一月九日では、「生活擁護組合」と題して、戦時中以来の関心である配給問題について論じている。闇取引のエゴイズムが象徴するこの秩序の崩壊を、戦時体制からの解放と見る向きもあったが、敗戦までは権力の側こそ闇の中心であった。しかもその闇をやらねば生命の維持も危ういが、やれば無秩序な食料の分散（あるいは富者への集中）を押し進め、食糧難に加担してしまうことになる。石川はこう書く。「これ以上政府を頼つて巷に餓死する者は愚者である。闇をやらずに餓死した大学教授は愚者の典型だ」。解決能力のない政府に頼らず、かといって闇取引を続けるでもなく、「吾々自身の手で（生活擁護組合）をつくらなければならない」。生存の基盤を脅かされたもの同士の連帯による「生産、集荷、分配、消費の組織」としての「生活擁護組合」を立ち上げ、新たな秩序を作っていこう、と呼びかけている[103]。

この「生活擁護組合」を読んだ中野重治は、組合の発想自体は高く評価しながらも、闇をやらずに餓死した大学教授を「愚者」とする石川を厳しく批判した。ちなみに中野によるとこの教授とは、エッケルマンほか『ゲェテとの対話』（全三冊、岩波文庫、一九二七年）などの翻訳者である亀尾英四郎のことであるという。「闇をやらうにもやれなかつた人間、従つてやらなかつた人間は相当にあり、そのうち多くのものが死に今も死につゝある。しかしその人たちは決して皆が皆「愚者の典型」ではなかつた。また、「愚者の典型」ではない。愚者でも愚者の典型でもない沢山の人が、闇値で物を買はうにも金がなくて、あるひは続かなくて飢ゑ、短いうち、長いうちに餓死したといふことは事実として否定できまいと思ふ[104]」。

米の配給ほか統制経済は残っているが、権力への信用低下と凶作は、配給に従うだけでは生命維持がままならない状況を作り出した。このことは、それを補完するものが権力から切り離された闇市の空間であり、それに参与するか否かの判断、言い換えれば「飢える自由」が人々の手に与えられたことも半ば意味していた。そして飢えたくないものは闇取引に参加するわけであるが、そのためには自己の生活に直接必要のない余剰物資か、新円切替などで信用をある程度取り戻したカネが必要だった。それは誰もが持てるものではなかった[105]。

実際に石川は自分の住む町内で組合を結成し、『協同民主主義』という雑誌にその報告を書いた。そこでは「自由といひ、民主といひすべては安定した生活を基盤としてのみ考え得られるものであって、飢餓と無警察状態とのなかにあつて一切の文化は成立し得ないのである(106)」と、実質的な「無政府」状態に対して組合による自発的な秩序を作り、将来は地域も内容も拡げて「組合病院」なども作っていきたいと書く。しかし現実にはさまざまな障害があり、それを打ち破るためには「家庭を単位とした個人主義、利己主義をすて、、協同の生活を立て、行かうとする思想を養はなくてはならない(107)」と書く。二年も経っていないのであるから当然といえば当然であるが、戦時中の「公平に就て」との強い連続性が見て取れる。

石川達三のこうした「闇」評価に距離をとって考えるために、闇市をポジティヴに位置づけた論者として有名な思想家・藤田省三の議論を参照してみたい(108)。藤田は一九六二年の時点で、血縁・地縁関係からの独立と、権力から独立した市場集団を日本にもたらしたものとして、戦後の闇市を位置づけている。もっともそれがあくまで闇市《ブラック・マーケット》にとどまり、権力による秩序の回復によって消えてしまったという限界も指摘している。しかし軍などの物資の横流しといったことで闇が戦時中から成立し、コネや権力そのものによって利得者が闇市場でさらに肥えていった側面を考えるならば、「権力からの独立」という側面を過大評価しないほうがいいのかもしれない。

一方で、戦後一、二年が経過していくなかで、コネや権力に基盤をおいた闇ではなく、個々人が己れの才覚や工夫によって、さらにはGHQの物資の横流しのような命がけの行動によって取引を成立させる闇市が形成されていったのも確かだ。ここには権力から相対的に独立した市場集団の成立の可能性がある。石川が望んだ「生存の基盤を脅かされたもの同士の連帯」が秩序を作るよりも、現実は「見えざる手」によって個々の欲求がぶつかりあっていく方向へ進んだのである。

石川達三や中野重治の呼びかけが功を奏さなかったことは歴史的に明らかであるが、「生活擁護組合」から見えてくるのは、実際的な社会問題への関心を持ちつつ、ある種の理想的なヴィジョンも打ち出し、そしてどこまでも上から民衆を引っぱっていこうとするスタンスである。そんな石川の戦後初期における一つの(何がしかの飛躍を含んだ)帰結として、彼は一九四六年四月十日の、戦後第一回目となる第二二回衆議院議員総選挙に日本民党という小政党から立候補した。都内のいくつかの区と、区部以外を含んだ当選枠一二名の東京二区から出馬し、二二位で落選した[109]。彼のこうした現実政治への関心も興味深いが、ここでは出馬の際の主張の一つに注目したい。

立候補にあたり、石川は『君の情熱と僕の真実』というパンフレットを作成したという。残念ながら現物を見ることができなかったので、浜野健三郎による要約から、注目すべき部分を引用する。「天皇に戦争責任があるのかないのか。国内に対しては、憲法によって責任なし。ただし国外に対しては、ある。天皇制については、自分にはまだ定見がないが、その在り方をかえていけば存続した方がよいのではないか[110]」。

天皇制に対する議論が広く行なわれていた時期であり、天皇制を改良して残すという案自体はそれほど珍しいものではない。また、戦争に深くコミットした人間が、大元帥かつ元首という立場にあった天皇裕仁個人の責任に言及することも自体も珍しくはない。しかしここで責任を対内・対外に分け、体外的な責任を負う必要があることに触れていることは、国際的な行為としての戦争において敗戦国の元首に何がしかの責任があることを認識し、戦争責任を国内の問題に局限しない、ある種突き放した視点を持っていたことがわかる。当時の石川の戦争認識をもう少し詳しく見てみよう。

敗戦によって『生きてゐる兵隊』が出版されることとなり、その「初版の序」には次のようにある。「終戦に、何かしら釈然としない、拭ひ切れなかつた私の気持ちは、この〔『生きてゐる兵隊』の〕原稿を読み返してみて何となくはつきりした。〔中略〕これは私一個の主観にすぎないかも知れないが、戦場に於ける人間の在り方、兵隊の人間として生きて在る姿に対し、この作品を透して一層の理解と愛情を感じて貰ふことが出来れば幸である[111]」。

自信作の出版に喜んでいたことと思われるが、注目すべきは、復員者に鞭打つような人々も少なくなかった時期にあって、もしくはだからこそ、兵隊の生き方に対して「一層の理解と愛情を感じて貰ふこと」を望んでいる点である。日本兵の残虐行為を描きこんだために弾圧されたこの作品は、戦後に広がった暴露や兵への批判と同じではないことを筆者自ら強調したわけである。残虐行為を行なってしまった兵士を描きつつも、彼らについて理解する必要を説く点で、兵士を疎外して「切り離す」ような立場とは全く異なった見解であることがよくわかる。

もっとも、弾圧を受けたことからもわかるように、読者がこの作品に描かれた兵士たちに「愛情」を持てるかといえば、難しいところであろう。単に兵士をかばうような作品でもないだけに、日本軍への批判という文脈で少なからぬ読者が読んだであろう。作品自体の検討は第3章でしているので、以下、戦後初期にこの作品がどう捉えられたのかに触れておこう。東京裁判が始まり、南京大虐殺が取り上げられるなかで、『読売報知新聞』（当時）がこの作品を（文化欄などではなく）一般の記事で取り上げた。石川へのインタビューがメインであるが、記者は石川の紹介にあたり、「このころ南京攻略戦に従軍した作家石川達三氏はこのむごたらしい有様を見て〝日本人はもつと反省しなければならぬ〟ことを痛感しそのありのまゝを筆にした、昭和十三年三月号の中央公論に掲載された小説『生きてゐる兵隊』だ〔。〕（中略）いま国際裁判公判〔東京裁判〕をまへに〝南京事件〟の持つ意味は大きく軍国主義教育にぬりかためられてゐた日本人への大きな反省がもとめられねばならぬ[112]」と書いている。この記事では兵士への「理解」というより、兵士だけでなく、そうした兵士を支え、輩出してきた日本人への反省を求める本という位置づけになっている。戦争への抵抗の「証拠」としての『生きてゐる兵隊』の読み方ともなろう。

しかし少なからぬ文芸評論家や作家が、より突っ込んで作品を論じた。例えば林逸馬「石川達三論」は、「相手方の支那民衆の真の生きた感情が摑み取られてゐない憾みはあるが[113]」という注文をつけている。だが兵士のいい面も悪い面もともに描こうとした点において、「今にして思へば、『生きてゐる兵隊』が、今日でなく（今日にならザラにある）、戦争中に書かれたと言ふことで、それが大した傑作ではないにしても、日本の戦争文学は始《ママ》めて世界の戦争文学〔中略〕の仲間入りをする事が出来たと言へるのだ[114]」と、戦時中にこれだけのものを書いたことの意味を好意的に評価している。

対して石川に厳しい批判を投げかけたのは、先の「文学検察」などに見られる進歩派の作家や評論家であった。そこには、文学報国会で実践部長を務めたことなどの戦争協力も含めた批判も多かった。同時代の批判としては小田切秀雄「『生きてゐる兵隊』批判――戦争と知識人の一つの場合」（『新日本文学』一九四六年三月）が最も有名であるが、ここでは石川が詳細な反論を書いた岩上順一「書評　生きてゐる兵隊」（『文学会議』第三号、新生社、一九四七年二月）を紹介する。[115]

岩上は、この作品が日本軍の残虐行為を、個々の戦闘員のものにとどまらず、「日本軍の残虐な全体的統制」と、組織的な問題として描いていることを評価する。だが、「あきらかに石川達三は、表面的現象的な残虐行為をかきしるすことによつて、侵略戦争をよりお上品なすがたで遂行せよと提示してゐるに過ぎない。非戦闘員殺戮がどんなに抑制されたところで、全体として日本軍隊の戦闘が侵略戦争をなしてゐたという本質にはなんのかはりもない。石川達三は戦争のこのやうな本質をつかむことをどこまでも回避してゐる」[116]という。短い書評でもあり、作品に内在した理由よりは、序文や裁判関連の石川の発言を理由に、侵略戦争の「本質をつかむことをどこまでも回避してゐる」と結論づけているのだが、石川が抵抗者ではなく協力者であったことを突きつけるものであった。これに石川はどう反応したのか。

「ところが私には支那事変の本質は理解できなかつた。〔中略〕それは私のみならず全国民の殆んど全部が知り得なかつた事であつた」。そして「私はこの〔岩上の〕一文を拝見して、私のみならず、日本の殆んど全部の国民が岩上君から罵倒されてゐるのではないかと感じた。何となれば日本人の殆んど全部はこの侵略戦争に協力したのであったからだ。〔中略〕ひとり岩上君のみが愕くべき聡明さをもつて侵略戦争の本質を知つてゐた。この事実は驚嘆に値する」[117]。

岩上の指摘に開き直っている部分がある。ほとんどの国民が協力したという事実は重視すべきであるが、この石川の論理では「協力して何が悪い」で議論が終わってしまう。マルクス主義者たる岩上が侵略を認識していたことをその「聡明さ」と「驚嘆」という言葉で流してしまう。さらに「わが国民を愛し日本のプロレタリヤ幾百万を愛する岩上君としては、自分はたとひ逮捕処罰されることがあらうとも、かの尾崎秀実氏の如く積極的に活動して下さつたならばどれほど良かつたらうかと、私は残念でならないのである」[118]と、『生きてゐる兵隊』の裁判で石川側に立って弁護の証言をしてくれた尾崎を引き合いに出して岩上に強烈な皮肉を投げかける。ゾルゲ事件で死刑となった「抵抗者」の代表格尾崎と比べられては岩上も形無しであろう。とはいえ、侵略に立ち向かったともいえる尾崎を引き合いに出す時点で、石川が「ひとり岩上君のみが」侵略を認識していたとするのがレトリックに過ぎないことは明らかである。

同時に、石川のように話を片づけられては、次のような基本的な問題が消されてしまう。戦前・戦中の政府当局が、国体護持のために治安維持法でコミュニストを弾圧した。その弾圧が一区切りつき、戦争が本格化して、戦争遂行のために自由主義者（ここに石川を含めてよいだろう）にまで弾圧が広がっていったことを捉える可能性が遮断されてしまうのだ。石川の強烈な反共的スタンスが自己の受けた弾圧の意味への認識可能性をせばめてしまっている。

石川の言葉は次のように続く。「私は日本の戦争に多少の協力を致し、日本の敗北に多少の責任を感じてゐる。すなわち私もまた小さな戦争犯罪者である。それ故に私は今日まで一度として侵略戦争を罵倒しなかつた。〔中略〕私はたゞ悲しみをもつて過去をふりかへる。私は後悔しない。もう一度日本が戦ふと仮定すれば、私はもう一度同じ過ちを繰り返すであらう。私にはその程度の能力しかない」[119]。全力で戦ったが故に、その戦争の結果を引き受けようという姿勢がここにはある。軍閥に「だまされた」という当時広く見られた反応とは違う。しかしここで仮定とはいえ、もう一度戦争に加担する意思を示唆しているのは驚きである。

「後悔しない」。実にあっさりしている。大勢の死者が国内外に出たことの重みを石川がどう受け止めているのか、ここからは見えない。一度戦争が起きればその理由は問わずに「国家の一大事」として国民は尽くすべきと、国家を守るために人々を戦争のコマとして操りたい指導者のごとき視点である。もしくはその視点を内面化したコマとしての理想的な軍人のごときである。結局石川の引き受ける「戦争の結果」には、死者の痛みがさっぱり感じられないのだ。このような視点は、前章で見た、戦場の現実を前に自分自身が揺らいでいく様相を描いた「感情架橋」を思い浮かべると、同一人物だろうかと思いたくなるほどである。戦場の「今・ここ」から離れていくこととは、こういうことなのだろうか。

石川はこの論の結末近くで次のように書く。「侵略戦争であらうと防御戦争であらうと、戦場の様相に変りはないのだと私は考へた。むしろ侵略戦争の本質は政府や参謀本部や軍令部にあつたのではなからうか」[120]。『生きてゐる兵隊』で、中国の民間人が巻き込まれた様相を描きながら、日本軍が中国の地を戦場としたことすら「侵略」とは呼ばない。しかも、指導者然とした視点を持ちつつ、現実には自分が指導者ではないからと、その敗戦や侵略の真の責任は指導者に負わせる。「思想的に傷つくことの絶対にない作家」の恐るべき論理がここには見える。

石川達三の場合、積極的な協力者として当事者意識はあっただろうが、非戦闘員であったので、直接他者を傷つけたという経験はなかっただろう。加害に直接関係してはいないが、「他者」たる被害者からの声を知ってしまったがゆえに、その声を引き受けようという「戦後責任」と、こうした石川の立場の隔たりには絶望的なものがある。石川の場合はあまりに極端な例ではあるが、被害者という「他者」との出会い抜きに当事者が戦争の加害意識を持つことの困難さは、今日真剣に考える必要のあるテーマであろう。[121] このような石川こそ、日中戦争について考えるために重要な『生きてゐる兵隊』を書きえた人物であることを考えると、なおのことである。

全力で戦争に協力したがゆえに、敗戦に対する何がしかの責任意識を持っていることはうかがえるし、その責任は国内の問題だけにとどまっているわけでもない。しかしそれでも全力で戦ったがゆえに、真剣に戦った戦時中の立場を堅持する。もちろん侵略戦争であったという指摘を受け容れることはない。石川達三の敗戦とは、このようなものであった。

榊山潤――疎開と終戦

榊山潤の公表されたテクストのなかで、私が確認できた戦後最初のものは、「文報のこと」（『月刊東北』一九四五年十一月号）である。B5判で一ページの三分の二ほどしかないこの短いテクスト。その内容およびテクストの背景が雄弁にこの時期の榊山の置かれた状況を語ってくれる。

まずこの『月刊東北』という聞きなれぬ媒体である。仙台に本社を持つ東北の有力新聞社、河北新報社から出された雑誌である。なんと物資不足が深刻さを増す一九四四年九月に創刊され、疎開が進む時期、地方、特に食糧供給地としての東北地方の重要度が増すなかで出された。創刊の辞にあたる「楽しき合唱」という記事でも、「一億一心」

の必要が強調され、戦意の落ちてくる時期に叱咤を飛ばす雑誌として創られたといえよう。

敗戦にともない、戦時体制の崩壊が中央集権的な統制による締付けをゆるめ、さまざまな地域で言論が活発化したことはよく指摘される。そのため、戦後、「雨後の筍」のごとく次々と新しい雑誌が誕生し、多くの人々が新しい社会に向けての言論を切り開こうとした。とはいえ「一億一心」を煽るために登場した『月刊東北』はその流れに最初から合わなかったのだろう。地方の文化運動がまだ端緒につかぬ四五年十二月号には「月刊終末号」と、月刊での刊行をやめることを宣言し、おまけに以後の発刊は今のところ確認できていない。

さて、榊山潤がなぜ『月刊東北』に執筆したかといえば、答えは簡単である。実は創刊号にも「み国の子供」という短編を書いている福島県に疎開し、そこで戦争の終結を迎えたからである。一九四四年三月、妻、雪の故郷である。地方の言論運動とはいえ、やはり中央で活躍していた疎開文化人の影響は大きいものがあり、榊山もまたその例に当てはまる。一九四七年十一月に単身東京へ戻っているが、「榊山潤　年譜」[122]によれば、その疎開地福島県二本松町を離れた記念として四八年四月、榊山潤賞が宗像喜代治「戦争と抒情」というテクスト（内容は不明）に贈られたという。

この一九四七、四八年は地方の出版ブームが頂点の時期で、これ以降は東京への情報・人材の集中が進んでいく。[123]榊山が東京へ戻ったこともそうした文脈に当てはまる。マイナーな『月刊東北』といい、さらにマイナーな榊山潤賞といい、もはや今日存在を知られていないどころか資料すらほとんど残っていない多くの地方文化・出版事業。地方のものに限らず、当時の雑誌は残っていないものも多く、「榊山潤　年譜」に掲載されているテクストも、一九四五―五〇年ごろのものは手に入らないものや、作成者が掲載誌を確認できなかったためであろう、記載が間違っているものも多い。

とはいえ筆者がそういえるのも、多くのテクストが確認できたからである。こうしたマイナーな出版物までも調べることができるのはかなりの部分、既に何回か出てきているが、GHQによる検閲用の資料のコレクションたるプランゲ文庫（そのうちの新聞・雑誌がマイクロフィルム化されて国立国会図書館に所蔵されている）のおかげである。ここで

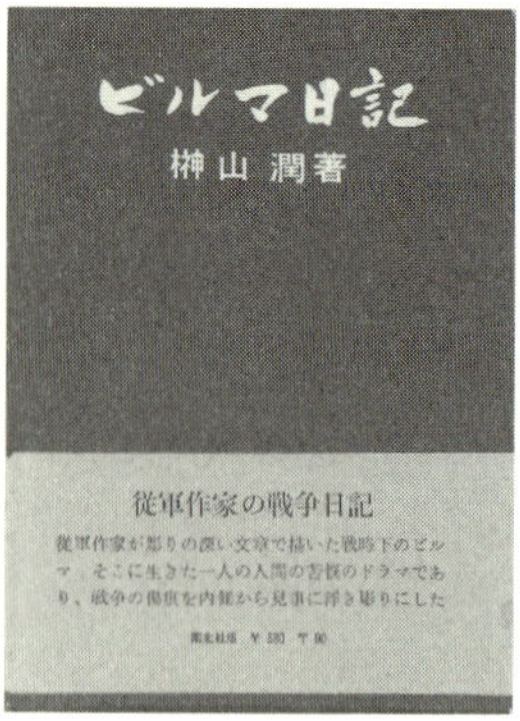

図9　榊山潤『ビルマ日記』（南北社，1963年）。白紙徴用によってビルマ戦線を中心に従軍した時の日記を戦後に出版したもの

触れた「文報のこと」というテクストも、プランゲ文庫のものを参照したが、そこに検閲用のメモが付いており、内容上の言及は特にないが「文報のこと」というタイトルが“Literary National Service Club”と翻訳されている。(124)

“Literary National Service Club”では何だか国がサービスしてくれそうな会のようである。しかし「文報」とは文筆活動者を統制する国策団体として、一九四二年に設立された日本文学報国会のことである。(125) 榊山は文化人に対する白紙徴用によって四二年初めからビルマ方面に従軍しており、彼いわく、「「文報」は僕のゐない東京で結成され、「文報」はゐない僕の承諾なしで僕を会員にし、留守居の女房から会費をとり上げた(126)」という。「国に報いる」会であり、当時の論理としては個人の意思と無関係に国のために尽くすのが当然というところだった。

榊山はビルマに徴用された点に触れて、「この徴用を、僕らは膺徴《ようちょう》と呼んでゐた」という。「膺懲」、つまり懲らしめられることに引っかけて、仲間内で徴用への憤懣を語っていたのだ。「かういふことがはつきり書ける時代になったことは有がたい(127)」とも書いており、敗戦にともなう抑圧からの解放を感じていたわけである。といっても徴用からの帰国後、別に文報を脱退したわけではないのであって、そうしたところに頰かむりして一方的に文報を批判するというのは、多くの作家に見られた態度である。こうした形で戦争から自分を切り離そうとする側面が榊山にはあったわけである。ただしそれだけの話ならばありきたりのものになってしまうのだが、疎開生活で迎えた終戦／敗戦からは、それとは別の側面も見えてくる。

榊山が疎開して間もない頃の『文藝春秋』一九四四年五月号に、結城哀草果《ゆうきあいそうか》なる歌人の「疎開する文学者に」と題する文章が載っている。東北地方の農村に五〇年間暮らしているという結城が、疎開を受け容れる側の立場から書いた文章である。疎開によって地方に定着する以上、「今度は都会の作家たちが容易に書いた農村訪問記とは、その質と責任に於ておのづからちがはなければならぬわけであるから、疎開文学者はまづ地方と村の根元からしつかり勉強した上に筆を持つて貰ひたい。疎開文学者の筆に綴られた農村指導観があまりに安価なものとすれば、文学者自身が地方民から軽蔑を買ふばかりでなく、せつかく与へられた文化的指導者を地方はふたたび失はねばならぬ結果となるからである」[128]という。作家は都会人の代表とも考えられるばかりか、文筆によって都会人の農村・地方イメージを左右しうる立場にいるのであり、地方の人間として彼らに対して警告しているわけである。

前章で見たように、「第二の戦場」という作品で傷痍軍人の視点から地方批判を展開していた榊山は、横浜市の繁華街、関内にほど近い村で生まれた。横浜の貿易商で働いた後、十九歳の時に東京で仕事を見つけて以来、東京に住み続け、銀座をこよなく愛した都会人である。その男が戦時下にあって生まれて初めて地方の農村で生活したのである。一九四三年は二冊の著作ほか、ビルマ関連の記事や小説を精力的に執筆していた榊山も、中央から離れたこと、新たな生活に落着くまでに時間がかかったのであろう、疎開後は執筆量が落ち（そもそも出版事情が悪いこともあるが）、戦時中に疎開についてまとまって書いたものは今のところ見当たらない。戦後に書いたものから、疎開先での生活とそこで迎えた戦争の終結について見てみたい。

『文藝』一九四六年五月号に掲載された「山村記」という短編。まだ榊山が福島に滞在している時期のものである。疎開してから執筆時点までの敗戦を挟んだ足かけ三年間（満二年ほど）を描いた、私小説風の作品である。『文藝』は河出書房が出していた、戦時中から続く、東京（＝中央）の文芸誌である。[129]この時点でもまだ榊山潤が「忘れられた」存在ではないことがわかる。

農村では、基本的に配給は都会よりも少ない。というのは、農民が中心であって生鮮食品などは自給が前提となっており、「米、味噌、醤油等のきまつた主食以外に何の配給もない」のである（榊山潤「山村記」六八頁。以下、『山村記」からの引用は『文藝』一九四六年五月号のページ数を本文中に記す）。配給品以外の（統制品目に入らない）野菜は八百屋に並ぶが、いろいろ理由をつけてよそ者には売ってくれない。四人の子供を抱え、食糧事情の悪化した四五年の春先、蛇や蛙を取って子供たちに食べさせたという語り手の「私」は、そうしたギリギリの状況に対し、「私は幾度か、空高く銀色に光るB29を仰いで、我が家根に一個の爆弾よ落ちよと希つた」（「山村記」六八頁）とも書く。だが何とか生き残り、敗戦後の状況に希望を感じている。「私」は敗戦後の「現在」という視点から現在のことと過去の回想を折りまぜて語るのだが、その語る場面の時間は複雑に入り組んでおり、戦争終結の時点を何度もまたぎ越す。

語り手にとっての「現在」とは、村の青年学校の芝居がある日である。実際、戦後初期とはこうした地域の青年運動が活発な時期であった[130]。夜の公演に向けての踊りの稽古で笛と太鼓の音が響きわたる。「私は炬燵にうづくまり、うつとりとその音にきき入つた。ああ、この山村に移つてからすでに三年、都会育ちの私には流謫に似た長い月日であつたが、その間に一度でも、こんな愉しい笛や太鼓の音色をきいたことがあつたらうか」（「山村記」六六頁）。厳しい時間から抜け出たのどかな光景から、戦時中の回想へと進む。

一九四五年の初めごろであろう、本土決戦に備えてこの村にも軍隊が駐屯するようになったのだが、それによって村の様子が変わる。農民たちはただでさえ貧しい上に、厳冬によって種芋まで凍らせた食糧不足の折、軍への臨時供出に悩む。だが、「それよりもつと百姓を悩ませたのは、腹の減つた兵隊たちであつた。兵隊は馬糧を盗み食ひしてビンタをくらひ、ビンタをくらつた者もくらはせた者も、ひそかに百姓家にお百度を踏むのであつた。何でもいいから食はせて呉れと、兵隊はなけなしの蟇口を片手に懇願した」（「山村記」六七頁）。この時期、本土では農村にいる兵士たちであっても馬のエサまで食べるほどに飢えていたのである（おそらく将校たちの食事は全く別で不自由なかっただろう）。

では百姓たちはどう対応したのか。「軍隊の臨時供出には愚痴たらたらの百姓も、かういふ兵隊たちには同情の方が先に立つた。大抵の百姓家は、息子か弟を軍隊へ送つてゐる。何処にゐるか分からぬが、自分の息子もこのやうに腹を減らしてゐるのかと驚き、「いたまし」がつた」（「山村記」六七頁）。この時点では、組織としての軍への不満はあれど、家族を兵士に取られている人々は兵への同情を強く持っていたことがわかる。

それが戦後になると、村の芝居で次のような場面が出てくる。

舞台では一人の兵隊が立つて、意気な上等兵には金がないといふ唄をうたつてゐた。上等兵が出て来て、もう一度その唄をうたはせる。兵隊がビンタをくらふ。兵隊を殴つた時上等兵はよろけて、内ポケットから蟇口を落したが、それに気づかずに行つてしまふ。兵隊が蟇口を拾つて開けると、中には一銭の金もない。見物人は笑ひ崩れ、さかんな拍手が起つた〔中略〕愉しい笑ひと喝采の中には、軍隊に対する嘲弄が多分に含まれてゐる。

（「山村記」八四頁）

これはまさに「悲しき兵隊」の背景にあった兵士をのけ者にする世間を表わしている。しかしここで注目したいのは、敗戦から間もなく「悲しき兵隊」を書いた火野葦平には見られなかった次のような記述である。「舞台の二人は私も知つてゐる復員したばかりの青年だが、この青年たちも、見物人も、さういふ芝居によつて溜り溜つた憤懣のはけ口を見出してゐる、と云つた風だ」（「山村記」八四頁）。つまり復員者の側も兵士を笑う側になって、周囲の人間もそれを受容する。復員者にとって、自らの軍隊時代のつらい体験から現在の自己を切り離そうという作業を行なっているのである。それを可能にするために、いったん兵隊（一等兵か二等兵）と上等兵という階級関係を劇中に持ち込んで、威張っている人間への反感を、虐げられた側として故郷の人々と共有する。劇の制作と笑いを共有することでコミュニティに再び迎え入れられ、復員という中途半端な立場を捨てて地域の人間として戻っていくというプロセスがここにはある。

弱者が権力の側にある者を笑いの対象にして戯画化したり批判したりすること自体、あってしかるべきものだ。それが戦時下では封じられていたが故に、戦後における軍への笑い＝反感はいっそう強まるのである。しかしそれは反感という感情にとどまり、責任を追及するという方向にはつながっていかなかった。この復員者のコミュニティへの再統合のエピソードは、それを象徴的に示しているといえよう（このことの意味は次節で掘り下げて考える）。

この時点で兵士について書く榊山の筆は、個々の下っ端兵士に対する同情を含みつつ、軍への反感を笑いにする人々に対しても共感している。地域においてのけ者であるという自覚を持つ疎開者の「私」であっても、先の劇については共感できるのである。つまり「私」はここで、兵士に対して過剰な共感も反発もしない点に立っている。おそらく作者榊山も同じスタンスだったのではないだろうか。

以上、この時点での榊山の復員者の描き方を確認したが、実のところ「山村記」の主題は兵士や軍隊そのものではないので、作品中こうした記述は他にはほとんど出てこない。榊山の復員者に対する描写の詳しい検証は次節に回すとして、彼の戦争終結に対する向き合い方の特徴を考えるため、「山村記」について、地方と東京という観点を中心に見ていこう。

この作品では、地元の芝田という青年が「私」の数少ない対話相手として重要な役回りを担っている。基本的に芝田とのやり取りはすべて戦時中の回想である（しばらく会っていなかったその芝田から手紙が来ることで作品は結ばれる）。中央の文化人に近づきたいが、しかし見下されたくないために「田舎へいらしたら、うんと威張つてゐなくては駄目ですよ。田舎者は威張らない人間は軽蔑しますからね」（「山村記」七一―七二頁）と、「私」への助言にかこつけて、自らが威張る側にあることを誇示している。また、地域の事情に疎い「私」が、翼壮（翼賛壮年団）の招待に応じて、ビルマ戦線の話をしたことについて、「この町は由来政党派閥の暗闘盛んな処で、今は政党の代りに翼壮、東亜聯盟、大政翼賛会と、この三つが鎬《しのぎ》を削つてゐるのです。それが現在では、みんな先生を軽蔑してゐる。翼壮では気軽に座談会へ出て来たといふ点で、他の二つは先生が翼壮の座談会などに出たといふので――」（「山村記」七四頁）と、戦時下における組織闘争に巻き込まれる中央文化人に忠告したりする。そうした忠告を好意として受け取っていた「私」も、つき合っていくうちに芝田の行動が信用するに足らぬものであることに思い至る。生活に苦しむ「私」に、食料や商売の話をもちこんではダメになったり、金だけ払わされて実現しなかったり、ということが続いたのだ。

芝田は東京に出たことがあるが、今は故郷へ帰ってきた農家の次男、三男坊にすぎない。だから地域では実際の力を持つことができないために、文化活動を通してのし上がりたい。そこで中央の文化人に近づきたいが、親切をしようとしてもうまくいかず、開き直ってカモにしたりもする。だから気まずくなってしばらく「私」の前に姿を現わさない、そんな造形がなされている。地方の文化人（青年）に対し「私」が高い評価を与えているケースも出てくるので、作者は芝田の描写をもって一般的な地方批判をしているわけではないし、そうした振舞いをせざるを得ない芝田の立場への同情も読み取れるが、地域に対する「私」の悪い印象の一環を形成していることは確かである。

当然のことながら、そんな「私」や家族の東京への思いはつのる。疎開者の帰京願望は一般に見られることであるが、榊山の場合特に東京への思いが銀座という空間への思いに収斂していくという点が特徴的である。一九四四年の晩秋か初冬に、「私」は諸々の用事があって東京へ出る。「明日あたり帰らうかと、私はひとり銀座を歩いた。この銀座も、東京も、恐らくこれが見納めであらうと、さびれた癖に人通りばかり多い銀座を歩きながら、胸を浸して来る感慨を抑へかねた。閉つたままの酒場の扉、汚れた色硝子、横町の芥箱、何も彼もなつかしかつた」（「山村記」七八頁）。疎開者の「私」にとって、東京は帰るべき場所であり感傷の対象であり、当然現在暮らす地方への不満が高まるほどに東京への思いは強くなる。通いなれた銀座の何気ない風景のなかにある酒場の扉や色硝子、芥箱に感傷を感じているのは、銀座という街、そこにある細かな具体物を通して東京という都市を確かなイメージとして思い起こすことが可能になるからなのだろう。

地方の息苦しさが物資の欠乏する終戦前後の特殊な事情によるものであるとしても、疎開者にそれを相対化する余裕はなく、あるいは知的にそれを行なったところで、地方を永住の地とせざるを得ない事情でもなければ、東京へ戻るという選択肢が常に頭を占める。「疎開者の夢は、悉く東京へ通つてゐる。焼野原で水を飲んで暮しても、田舎にゐるよりましだと誰もいふ。その気持ちは私とても同様だ」（「山村記」八六頁）。だが東京に戻る現実的条件がなければ戻るわけにもいかない。敗戦後も、焼け跡の住宅不足に加え、食糧不足と流通難から都市部への（再）転入制限が続いたのだ。

一旦、「山村記」から離れて別のテクストから榊山の銀座への思い入れを見てみよう。「疎開先の片田舎から、（用事で）半年ぶりで出て来た銀座[131]」を散歩するという作品、「散歩」（一九四七年四月）。ここでは、かつて恋仲にあった女性と十数年ぶりに会うという話が出る。その待合わせで喫茶店に入り、「久振りの珈琲の香りは、三吾にふと青春を呼びさました」[132]。ちなみにこの三吾とは、榊山が私小説風の、つまり作者自身を思わせる人物を主人公にする作品で頻繁に用いる名前である。

銀座で過ごした青春が想い起こされる。

奥の壁紙はまだ半分しか張られてゐず、半分は猛火の名残りを漂はしてゐる。曾てはここも同じ猛火に遇つた。ふたすじの柳の森、森の中のゆるやかな人波とまたたく灯。そのもの静かな銀座が亡びて、次には羞恥を忘れた女のやうな銀座になつた。毒々しい化粧の銀座になつた。再びかぼそい柳が植えられ、ふさふさした梢がやつと歩く頬をなぜるやうになつた。そこでまた今度の波頭だ。三吾がここに最後の青春を味わったのも、毒々しい化粧の時期だ。左翼の嵐が荒れくるつて、それが血の終結を□げ、ふしぎな虚無感がけばけばしい色感の底を流れてゐた時期だ。三吾は女に酔ひ、酒に酔ひ、虚無に酔つた。それ以外の人生は考へられなかつた[133]。

空襲の焼け跡から関東大震災の猛火が思い起こされる。実際、榊山は震災の時既に東京にいて、雑誌社に勤めていた。震災後の復興とモダニズムの流行、新中間層の勃興で派手な賑わいを見せるようになる銀座。第3章で触れたようなデカダンスの時期を回想しているのである。

銀座を女性に擬人化するのは彼にとって銀座という空間が、カフェーほか水商売に従事する女性との恋愛や性的快楽と切り離せなかったことと、街全体が三吾、いや榊山にとって常に寄り添い、そして疎開で離れ離れになった恋人のような存在だったからなのだろう。そして今、戦争で焼けた銀座にあって、「如何に変転を重ねやうと、銀座は死にはしなかつた」[134]と、過剰なまでに銀座への思いが語られる。

青春のさなかにあって銀座を我が物顔に歩いていた時期であれば、銀座という街自体をこのように過剰に対象化（さらには擬人化）することはなかっただろう。疎開を経て「田舎」と呼ぶ空間に住み着くことによって、そことの対比のなかで都市（東京・銀座）が浮かび上がり、それによって過去の記憶が辿られる結果、銀座の変転という時系列変化が描かれる。

地方と都市との対比という認識枠組みも重要な論点であるが、ここで銀座に注目したのには別の理由もある。「散歩」での銀座における自己の経験に基づいて語られる時間と比べることで、「山村記」の入り組んだ時間設定の特徴が浮かび上がるからである。既に触れたとおり「山村記」は戦争終結の前後を挟んだ疎開を描いている。語り手の位置は執筆時点と思われる四六年の春頃にあるが、そこからの回想という形で頻繁に戦中と戦後の場面が入れ替わる。戦争の終結は空襲や翼賛団体などからの解放という側面を持ち、ここでは敗戦よりむしろ「終戦」という位置づけに近い。ところが、そこで一つのお決まりの型として期待されるであろう八月十五日も玉音放送も出てこない。「私」にとっての終戦は現在に直接につながるあまりに近い過去であり、戦時中も当然連続した時間として捉えられている。そこでは八・一五といった特定の一時点に凝集して過去が再構成されることはない。終戦をまたいで時間が頻繁に前後するのは、食糧事情、地方の文化、まだ見ぬ空襲を受けた東京など、語り手の現在を形作るいくつもの事項を叙述することが作者にとって最優先事項であり、戦争が終わったこと自体の意味というのはそれに従属するものでしかないからだ。

東京にいて傷痍軍人の小説を書いていた頃や、ビルマで従軍していた時の榊山であったら、こうしたスタンスをとりえただろうか。もっとも、妻子を疎開させ東京に残った石川達三のケースと比べれば、自らも疎開した榊山の態度には戦争から距離をおきたいという思いがあった可能性もある。いずれにせよ結果的には疎開し、地方社会のなかで疎外され、言論を発する機会もぐっと減った立場に立つことによって、「被害者」としての自己が形成された。それによって主体的な戦争協力への意識はもはや失われ、「終戦」による解放という意識が強くなったのではないかと思う。

火野、石川、榊山の三人はともに日中戦争開始後、比較的早くからそれぞれ戦争に主体的に関わり、時間の経過とともに職業軍人や権力者への反感をそれぞれの形で抱えながら、敗戦、終戦を迎えた。敗戦間際の振舞いの違いが「終戦」（積極的な戦争協力から離れていた榊山）、「敗戦」（積極的に関わった火野、石川）の認識にもたらした影響は少なくない。むろんそれぞれの作家の個性からくる独自の要素も大きい。それでいて、戦後初期において三人とも兵士を「排除する」という言動はとらなかった点では共通している。それをもっていいとか悪いとか判断すべきことではないのだが、兵士を切り捨てることはしなかったとはいえる。

本章のここまでで見てきたのは、当時の復員をめぐる状況や、彼らの敗戦・終戦認識に加えて、エッセイや、兵士を主題とはしていない短編などからうかがえる彼らの復員者の描き方である。実のところ以上は、若干の例外がないわけではないが基本的に復員者を迎え入れる側の視点が中心になっている。これは火野、石川、榊山の三人が迎え入れる当事者であるから当然である、というわけではない。なぜなら彼らは作家であり、フィクションという形で復員者が帰ることの意味や、復員した自己と戦争をどう関係づけたかを描くことが可能だからである。

むろん復員した当事者による記述と彼らの記述のズレを考察することも重要なことであるが、それを本格的に行なうことは本書の範囲を大きく超えてしまう。いずれ戦後作家を中心に、当事者にとって復員したことの意味を考えてみたいが、次節では復員者でなかった三人が、兵士が戦後社会に「還る」ことを作品のなかにどう定着させようとしたかを考察して、本章を締めくくりたい。

4　復員者たち

「傷痍軍人」の怨念——石川達三「風雪」

石川達三は復員者を中心人物に据えた小説をいくつか書いている。最も有名なのは一九四八年のベストセラー第十位となった『望みなきに非ず』（『読売新聞』一九四七年七月十六日—十一月二十二日）であろう[135]。職業軍人であったために公職追放処分を受けた海軍の元軍人、矢吹大佐を主人公に、敗戦をまたぎ越して変化した当時の世相をコミカルに描いた長編である。他には『石川達三作品集』第二十四巻（新潮社、一九七四年）に収録されている「風雪」「旗を担いで」「溶岩」の三作がある。

　共産主義者となってシベリアから復員した息子につれられ、赤旗を振ってデモをする寺の和尚を描いた「旗を担いで」（初出『スタイル・読物版』一九五〇年二月）。反共的スタンスの強い石川であるが、この老和尚は語り手の親しみが込められたユーモラスな造形となっている。かつての戦友同士で泥棒をした復員者の裁判を描いた「溶岩」（初出『小説新潮』一九五三年二月）。戦場で狂った善悪の価値基準を戦後に持ち込む男を主人公として、戦争がもたらした人間の変化を描きつつ、戦争を忘却しようとする社会への批判をも含んだような作品となっている。この作品は井伏鱒二「遥拝隊長」のモチーフにもつながるような、今日的な意味を持つ作品である。ただし本章で扱うにはやや書かれた時期が遅く、ここではその重要性を指摘するだけにとどめておく。

　敗戦からしばらく時間を経た「旗を担いで」や「溶岩」における復員者像には、共産主義との関わりなど冷戦の影響なども見え隠れする。対して復員者を排除する世間に対する異議申し立てという面を最もストレートに打ち出した作品が「風雪」（初出『小説新潮』一九四七年九月―十二月）である。コミカルなタッチでこれからの社会への希望を込めた『望みなきに非ず』と同時期に書かれていて、同じ復員者を扱っているが、「風雪」は傷痍軍人の絶望感を表現したものといえよう。

　石川は後にこの作品を振り返って、「不具《ママ》になった傷痍軍人はその当時は社会からうとまれ、中には生きる道を失って街頭で物乞いをしている人もあった。彼等の心にどれほどの憤りと絶望感とがあったであろうか。しかし戦争中にはともかくも一つに束ねられていた（銃後）は、敗戦とともに崩壊していた。（銃後の国民）は個人に還元し、個人の自由を、恢復した」。「そしてこのような問題はすべて個人的な苦悩として、個々に何とか決着がつけられて行き、社会の表面にはほとんど出て来なかった。それを一つの社会問題として、共通の苦悩として掘り起こし、衆人の前に持ち出してくることが、小説「風雪」の目的であった[136]」と述べている。銃後の解体で、束ねられていた人々が「個人」となることによって起きた問題を描こうとしていた点が興味深い。銃後で讃えられていた傷痍軍人が、銃後の崩壊と社会の変容で疎まれる存在となる。同時に国家のなかにはっきりと位置づけられていた彼らの障害や病気が、「個人」的なこととして片づけられていく。実際、作品からは終わった戦争を個人や社会がどう担うのかという、登場人物たちの問いかけが読み取れるのである。

この作品について言及したのは、私の知る限りでは石川本人と、久保田正文だけである。久保田は、街頭で募金を呼びかける白衣の軍人を題材にした秋山清の詩「麦のうれた路を」（一九四八年）や火野葦平「悲しき兵隊」（一九五〇年の小説。2節で取り上げた新聞記事とは別）をひきあいにしつつ、この「風雪」について、「傷痍軍人問題そのものは、まだ内面的にしか提出されていないようなおもむきがある」[137]と書いている。これはつまり、戦後社会のある時期までの風物詩となる「白衣の人々」のような社会的な動きが「風雪」ではまだ表われていないことを指摘したものである。それは逆にいえば、傷痍軍人それぞれが孤立して大きな動きをとれていない時期に書かれたのが「風雪」だともいえ、石川が傷痍軍人の内面を通して戦争や戦後社会を語らせる部分にはそれだけ強烈な絶望感や怨念が表現されている。

ここで、戦後の傷痍軍人について少し触れておこう。復員者がもはや兵ではない以上、復員した傷痍「軍人」も実は矛盾を抱えた表現である。それが戦後ずっと一般的には使われてきたのである。戦時中であれば戦争体制下の「英雄」として、戦えなくなっても彼らの完治まで軍が治療を保証したため、彼らは軍との関係を持ち続けた。しかし敗戦後はそうした制度も変容していった。軍が解体した上に、占領下にあっては旧軍人を優遇する制度が廃止された。一九四六年二月には、重度の戦傷病者を除いて軍人恩給が廃止された[138]。一般の傷病者と同じ社会保障制度でカバーすべきものとされたからである。しかし講和条約発効後、元軍人・軍属を対象とした戦傷病者戦没者遺族等援護法、戦傷病者特別援護法が施行される[139]。これによって彼らは「戦傷病者」と規定されることとなる。

「戦傷病者」の規定に関して重要なのは、戦争により障害や病を負った人一般ではなく、元軍人・軍属（かそれに準ずる者）に限定されていることである。ここでもやはり保守政権が民間の戦争被害者と軍人・軍属の被害者との間にクサビを打ち込んだのである。もっとも「風雪」はその前に描かれたものであるが、軍人でなくなったはずの人々を作品中で「傷痍軍人」と名指している点はあらかじめ指摘しておこう。戦後も「傷痍軍人」という言葉が一般的に使われてきたのは、彼らの存在が戦争を想起させるものとしての「軍人」という規定と切り離しがたかったことと関わっているのだろう。以下、作品の分析を進めていく。

「風雪」には二人の元傷痍軍人が登場する。元陸軍少尉の中原宏。右足を失い坐骨神経痛を抱える彼は、傷痍軍人として敗戦を迎え、価値観の転換に直面することとなる。もう一人が高木威夫《たけお》。ピアニストであったが召集され、フィリピンで右腕を失い、戦後に復員する。彼の場合は傷痍軍人として日本へ帰り、復員によって軍人でなくなったわけだ。中原は入院していた病院で看護婦をしていた岡部貞枝と同棲している。その同じアパートで暮らすピアニストの佐々木史子は、戦死の報が出ていた高木威夫の婚約者であった。語り手は四名の登場人物にほぼ等距離ともいえる距離感を保って語りながら、四名がストーリーのなかで絡み合うことで、それぞれの視点を相対化しつつ話を展開していく。ちなみに初出は四回の連載であったため、各回のつなぎ目を中心に、『石川達三作品集』収録分とは若干の表現の違いがある。作品の趣旨を変えるほどの大きな変化はないが、引用はリアルタイムで復員が進む時期に読まれた初出テクストを用いる。

「俺は乞食をしたつて野垂死したつてかまふことはないんだ。放つて置いてくれ」(「風雪」『小説新潮』一九四七年九月号、一二頁。以下、同作品からの引用は『小説新潮』一九四七年の号数と頁数を示す)。右足をビルマで失った中原宏は、敗戦後、おそらく軍関係であろう病院が閉鎖されて放り出されるにあたりこう言い放った。実際、戦後には病院から放り出され乞食となった元傷痍軍人もいたわけであるが、戦時中であれば軍の正当性を傷つけるためそんなことは許されなかった。それがやはり彼らも「飢える自由」へ放り込まれたわけだ。だが中原の場合、看護婦の岡部貞枝が彼を無理やり引き取った。彼女は病人を介護することに生甲斐を感じており、「あるひは彼女は中原に対して格別な愛情をもつてゐたのではなかつたかも知れない」(「風雪」九月号、一二頁)。

同じアパートの住民としてそうした岡部を見ている佐々木史子は「(傷痍軍人の手足となる)といふ美名にたぶら

かされて、希望なき結婚に身を沈めた女の愚かさ！　彼女は自分の愛人が、傷痍軍人などにならないで、ちゃんと死んでくれたことを有難いと思つた」（「風雪」九月号一二三頁、傍点原著者）。もっともこうした史子の感情は、自分には理解しえぬ、病人の世話に純粋な喜びを感じている岡部への畏怖を含んだものである。貞枝の行為が「美名にたぶらかされ」たような類のものではないことを知りつつ、そうした一般的批判の図式に当てはめて、恋人を亡くした（とこの時点では思っている）満たされぬ自分を安心させたいという願望なのである。

他の主要人物が心の葛藤を抱き、大きな感情の振幅があるのに対して、岡部貞枝は自己の立場にどこまでも忠実であり、迷いがない。他の三人は彼女に対して驚き、あるいは畏れる。善人というより、かなり風変りなキャラクターとして描かれる不動点のごとき彼女が、他の人物の揺らぎを映す鏡のような役割を担っている面もある。

中原は常々自殺を意識している。「戦争の続いてゐたあひだ、中原少尉はまじめで平凡な患者にすぎなかつた。職業教育がはじまると、彼は懸命になつて珠算を勉強した。優秀な計算の技倆を養つて今後の生計を立てようといふのだった。戦争が終つたその日から、彼は尖鋭な病人になった」（「風雪」九月号、一二一頁）。「彼は戦災によつて帰るべき家を失つたが、同時に帰るべき国土をも失つてゐた。敗戦後の国家社会に対する憤りと憎悪とが、やがて自分の腑甲斐ない肉体に対する憎悪をみちびきだした。〔中略〕戦争の目的は知らぬ、善悪は俺は知らぬ。たゞ命をかけた戦ひは意義を失ひ、命を託した肉体は破壊された。それだけで十分だ」（「風雪」九月号、一一五頁）。

敗戦によって自分を傷つけた戦争の意義が崩れたと感じる上に、社会からの露骨な排除が加わる。それは戦時中に彼らが持っていた特権的立場への反感と無関係ではないのだが、前章でも触れたとおり、戦争によって障害者となった彼らに他の障害者に対する優遇を客観視することは恐らく不可能であっただろう。しかも戦争の意義が崩れても、「善悪は俺は知らぬ」と、その意義を問い直すことは拒否しているのである。恨みと自殺願望を抱えつつ、中原は岡部貞枝に連れられて、治療のために佐々木史子に紹介してもらった湯治場へと出かける。

その数日前、フィリピンで戦死したとされたことなど知る由もなく、高木威夫が復員してくる。こうした「生きていた英霊」の生み出す悲喜劇は、当時としては珍しいことではなかったようだ。家族の側も電報を受け、死んだはずの彼が生きていたことに大喜びするが、彼が右腕を失ったことなど知らない。死んだと思っていた元婚約者の生還に、佐々木史子は新しいボーイフレンドとの約束をすっぽかして駅へ迎えに行く。

出迎えた家族と史子の様子を見て、高木威夫はこう感じる。「右手が無いから愕《おどろ》いてゐるに違ひない。史子の蒼い顔もそれだ。父が物を言へなかつたのもそれだ。無くなつた右手に腹が立つ。遣り場のない怒りだ。遣り場がないから父や母や佐々木史子に対して腹が立つ。右手が無いからどうしたと言ふんだ。帰つて来た喜びがどこにも無かつた」（「風雪」十月号、四〇頁）。生還を喜んでくれると思っていた人々に喜びの表情が見えない。そのことに感じる孤独、それは失った右手のせいだと思わざるを得ない。

威夫の父は既に退役した陸軍少将であったから、敗戦で恩給がなくなり家計は苦しい。それを支えているのが妹の房子であるが、迎えに来てもらった威夫には「妹の派手な服装が最初に眼についた。それがまともな堅い職業についてゐる女の服装でないことはひと眼でわかつた。この華やかさが、戦ひに敗れた国を象徴してゐる」。焼け跡のなかで社会自体が大きく変容した状況を、妹の変化という形で復員早々突きつけられるわけである。その妹に生活を支えてもらっている老いの進む両親との痛々しい対比が、「同じ悲劇を背負つた悲惨な姿」（「風雪」十月号、三九頁）として捉えられる。そしてまた、片手を失ったピアニストでしかない自分には、その悲惨を改善させる筋道が見えない。「この絶望から逃れるために、彼は本能的に佐々木史子を求める気になつた。むしろ彼女に「救ひ」を求めるのであつた」（「風雪」十一月号、五〇頁）。しかし母から、自分が戦死したとされていたこと、それで婚約を解消したことを知らされる。だが婚約を解消したとはいえ、史子は自分を迎えに来てくれたわけだ。威夫は彼女に問いかける。「もしも君がはじめから、単なる義理で迎へてくれたものならば、僕に右手が無かつたからと言つて、あれほど真蒼になることはないんだ。傷痍軍人は見馴れてゐる筈だ。〔中略〕たゞ僕のひがみから言えば、〔自分との関係はなくなったという〕今の君の言葉は、僕の右手のせゐだらうと思へるんだ」（「風雪」十一月号、五二頁、傍点原著者）。

威夫の史子への洞察は正しい。彼女は痛いところを突かれたわけだ。「ひがみ」という言葉を用いてはいるが、彼は史子が自分を待っていたのではないかという点を知りたいわけである。そして彼女はそれに正面からは答えない。

史子は威夫から逃れたいがために、一度約束をすっぽかした新しいボーイフレンドの許へ向かう。その家は、中原と貞枝の二人が行った温泉の近くであった。そのため、二人のいる宿に史子も泊まるのだが、納得のいかない威夫は彼女を追いかけて湯治場までやってくる。

問い詰める威夫に対して史子は、「正直に言ひますわ。あなたのお察しの通りです。駅へお迎へに行くときは嬉しくつて、泣きながら行つたのです。でも……私には我慢できないの。あなたには済まない気がしますけれど、やはり私の勝手にさせて頂きます」（「風雪」十一月号、五六頁）と答える。

それを聞いた威夫は「君の気持はそれでいいさ。僕はどうなんだ。僕は何の為に戦つたんだ」（「風雪」十一月号、五六頁）とさらに詰め寄る。それに対して史子はこう返す。「私がいつあなたに、戦争に行つて呉れつて頼んだでせう。私は泣いて別れるのを嫌がつてゐましたわ。あなたを行かせまいと思つて、陸軍の大佐の人に御紹介するから何とかお願ひして見るやうにあなたに頼んだことをお忘れにならないでせう。〔中略〕なぜあのときあなたは出征を拒んで、私を連れて逃げてはくれなかつたのです。あなたは国の為といふ名目で、虚栄心に駆られて私をすてて行つてしまつたのです。あなたの負傷は御自分で選んだ道です。私には何の責任も義理も有りはしません」（「風雪」十一月号、五六頁）。

こうした言葉を突きつけられ、威夫は史子の許を去り、いっそうの孤独を感じながら思う。「戦ひに出て行つたのは国家への愛情であり国民への愛情であつた。虚栄心でもなければ不純なものもない。国民への愛情は、そのなかの輝く一点として、自分の愛人をも含んでゐた筈だ」（「風雪」十一月号、五六―五七頁）。互いの結論が違う以上、互いの論理もすれ違うわけだが、それぞれの論理にはエゴイズムと集合的な観念とが絡み合っている。

まず史子である。召集、出征に対して、自らの感情を押し殺してでも「おめでとうございます」と言わなければならなかった戦時下、「行かないで」などと言ってはならなかった時代にそれだけのことを述べた彼女の気持の強さは驚くべきものである。もっとも語り手はそのことを重視してはいないが。戦後社会には、そうした言葉を発せられなかった、あるいは行動に出なかった自分を問い詰め、愛情のエゴイズムを抵抗の基礎におこうとした論がしばしば見られた。抵抗の論理としてはエゴイズムに根ざすがゆえに、同じ立場にあった多くの人々をつなぐ回路が作りにくいという問題があるだろう。しかしここでの場合、問題は抵抗ではなく、威夫のケガから史子が自らを切り離すために、国家か私かという選択を威夫に対して要求したというアリバイが問題になっている。

確かに史子はケガを負った彼と生活を共にしていくか選択をする権利をもっている。しかし彼女の論理はそこに正面から向かっていない。彼女の持ち出した論理に従うならば、彼女を選ばなかった時点で史子は威夫をあきらめるべきだったのだ。これは彼がケガをせずに戻って来ていたら共に歩もうと思っていた彼女自身の立場と一致しない。自らの決断を、国家か私かという威夫の選択のせいにするという論理のすり替えがここで行なわれているのだ。彼女は自らの責任による決断を回避しているわけだ。

対して出征という道を選んだ威夫の論理は、自らの愛する人と国家への愛とをダイレクトに結びつけることでナショナリズムを正当化するというありふれたものである。だからこそ彼女のために戦争に行った自分と、彼女は結婚すべきだということになる。この論理を前提としては、国家と自己とを対立的に捉える史子の論理と対話が成立しない。この状況に対して威夫は、「よし、あの女の片腕を断り落としてやらう。〔中略〕老父母は自分を死んだものと思い諦めて居たのだ。改めて息子が死んだところで元々ではないか」（「風雪」十一月号、五七頁）、と思う。

これは作者が安易な復讐心を持ちだしてきたと考えられなくもない。だがここで威夫は、彼女を「殺すのではない、右手を斬り落としてやる。さうすれば日本に何万と居る傷痍軍人の立場を罵倒するやうな気持ちにはなれまい。片腕のピアニストの気持も解るだらう」（「風雪」十一月号、五七頁）と考える。そのことからもわかるように（史子もピアニストである）、彼女を自分と同じ立場に立たせることによって直観的に彼女と自分との間のズレを埋めようとしているとも言える。しかも自分は死んだはずの人間であるという元兵士ゆえの捨て鉢な暴力で。といっても彼はその実行を思い止まる。史子からの手紙を受け取ることによって。

私が嫌ひなのはあなたではなくて、あなたにつき纏ふ戦争の思い出なのです。あなたの負傷はいつも戦争の記憶を呼びさまし、私を苦しくさせます。あの戦争の記憶から自分を解放し、自分を明るい気持ちにもつて行く為には、あなたから私を解放しなくては済まないのです。私はたゞ一刻も早く戦争の思ひ出を忘れてしまひたいのです。（「風雪」十二月号、五〇頁）

これは彼に別れを告げるための単なる方便と見做すべきではないだろう。別れたいという彼女の気持のなかの少なくとも一部を率直に書いたのではないだろうか。戦争での外傷ゆえに戦争を呼び起こし続ける威夫、その彼とともに歩んでは戦争から自分を切り離すことができない。威夫は手紙を読み、彼女の腕を斬りおとすことはやめたが、「あまりにも深く戦争の歴史を背負い込んだ自分の将来に、絶望の溜息が湧くのである」（「風雪」十二月号、五一頁）。障害という形で戦争の傷跡が身体に刻み込まれ、戦場の「今・ここ」を超えて戦後の日本で戦争を喚起する人々。彼らは実のところ、こうした周囲からの排除ゆえにいっそう戦争を背負い込まされるのである。

高木威夫と佐々木史子の立場の違いがこうして決定的になった頃、以前から自殺を考えていた中原宏が自殺を決行する。史子を訪ねて宿に押しかけ、絶望的な感情のなかで同じ「傷痍軍人」である中原の自殺を聞いた威夫は、「まるで自分自身が自殺しに行つて、そのための騒ぎを他の自分が見てゐるやうな気がした」（「風雪」十二月号、五三頁）という状況に陥る。この状態をくぐり抜けて、威夫は生きようという決心を固めるのである。

自殺は敗北だ。傷痍軍人は、彼が世間から冷たく扱はれゝば扱はれるほど、なほ敢然として生きなくつてはならない。〔中略〕生きて、彼らの面前に不具《ママ》なからだを晒し、戦争を忘れたがつてゐる民衆に、まざまざと戦争を思ひ出させてやるのだ。先ず第一に佐々木史子の前に、幾度となく自分の姿を見せてやるのだ。〔中略〕思ひ出すことが世間の人々には苦痛である。その苦痛は、彼等がその義務を怠り、その責任を果たしてゐないことの反省であるに違ひない。（「風雪」十二月号、五三頁）

ここで威夫は戦争を想起させる自分の存在に自覚的になり、戦争を忘却しようとする世間へと立ち向かう決意をする。しかし彼の憤懣は史子が彼を受け容れなかったという点と切り離せない。彼が「反省」を要求する相手として真っ先に史子を挙げているのは、彼を疎む彼女を通して世間への対抗を決心したからである。愛する人のために戦争へ行くことを正当化したナショナリズムを前提にすることで、「私憤」が「公憤」に転化する。彼が戦争を引き受けて戦後を生きるという時、ここでは彼を傷つけた戦争そのものではなく、彼を排除することで戦争を忘却しようとする世間や個人によって、戦争を引き受けさせられている恰好となっているのだ。

　戦争の被害者となった結果、むしろ「戦後社会の被害者」とでもいうような自己認識を持つ。戦時中は、戦争による負傷に国家が意味を与えてくれたため、私的憤慨が抑えられていた。それが戦後、国家の意味付与が解体することによって私的な憤懣が解放されるが、戦争によるケガに起因するためその私憤には社会的な意味が付与されるのだ。傷痍「軍人」という威夫の自己認識は、その表現ともいえる(140)。

　あまつさえ威夫は次のように思う。「彼は比島の戦場を思ひ出した。戦ひの、あの単純な生活は、このやうな日常の息苦しさよりもずつと良かつたやうな気がした。砲弾に覘《ねら》はれる苦しさよりも、自分の命と自分の心との戦ひの方が何倍か苦しいものに思はれた」(『風雪』十二月号、五三頁)。彼は戦争という過去と戦っているのではない。戦争を忘却しようとする現在と戦っているのだ。それゆえに、と言うべきか、彼を傷つけたはずの戦場すら今よりマシな生活とされる。フィリピンといえば日本軍による現地住民への暴行が話題になっていた場所である。威夫が世間に戦争を突きつけようと考える時、加害国家の軍隊の一員であったという意味での戦争とはかけ離れたものであろうことは想像に難くない。ただし威夫の意図とは別に、戦争で傷ついたおのが身体を世間にさらすことは、彼がフィリピンで戦った元兵士であることによって、そこに侵略の痕跡を読み取る可能性も生む。それを読み取るか否かは彼の意識よりも受け手の側の問題だろう。そして作中の人々や語り手はそれを読み取れなかったわけだ。

　非当事者たる石川達三の描いた中原宏や高木威夫の感情は、戦後に作られた日本傷痍軍人会などの会報を分析したしまね・きよしの次の指摘にピタリと当てはまる。「傷痍軍人は戦争によってうけた傷については語るが、傷をうけた戦争については語らない。もし戦争について語ったとしても、それは個々の戦争について語るのではなく、戦争一般について語るのである[141]」。「傷痍軍人にとって、かれらがなぜ戦争にいかなければならなかったかを問うことはゆるされない。かれらにとっては、戦争に行かなければならない現実があっただけであり、戦争にいったという事実があるだけである。〔中略〕かれらの行った事実は、善悪を超越しているのである。かれらが斗《たたか》った中国、および東南アジアの現在も、かれらにとっては無関係の現実である[142]」。

　彼らはどこまでも戦争の被害者としての自己を語る。そして自らを傷つけた戦争そのものの意義を根底から否定することはない。傷ついた自己の意義を失ってしまうように思えるのだろう。小説内では彼らが傷ついた戦場について回想することはない。彼らは戦争そのものを怨むよりも、彼らを冷遇する社会を怨む。

　自殺で中原宏が亡くなり、岡部貞枝は多少の動揺を感じたものの、お悔やみの言葉をかける片腕の高木威夫を反対に優しくいたわる。「彼女は看護婦に生れついたやうな女であつた。〔中略〕その相手が中原であつても高木であつても何の変りはない。〔中略〕しかも高木威夫は憤りと傷心との果てに冷え固まつた感情を、貞枝の親切によつて温められ柔らげられ、安らかにされてゐるのであつた」（「風雪」十二月号、五六頁）。相手は誰でもよく、弱者をいたわるという役割に自己満足を覚える風変わりな女性とされる貞枝ゆえ、排除される彼らを受けとめるという構図になっている。逆にいえば史子も含んだ一般の女性は傷痍軍人に見向きもしないわけだ。そして同時に自分を受け容れてくれる相手を見出すことによって、威夫の世間に対する怨念が弱まっていくことが暗示されている。

　威夫と別れた佐々木史子の方では、「高木を愛し得ない気持は、ただ単純に戦争の記憶から逃れたいといふ、それだけのものであつたらうか。彼に右手がないといふ、それだけのことであつたらうか。完全に別れてしまつたいまになつて、彼女はもう一度冷静に高木と自分との関係を考へて見たくなつた」（「風雪」十二月号、五六頁）と、ナショナリズムや戦争の痕跡が入り込むことによって見えづらくなった威夫との関係を、自己の問題としてもう一度捉えなおそうとする。このような形で作品は終わる。高木威夫と佐々木史子との間の溝は、「私〔石川〕自身解決をもたなかった[143]」と作者自身が述べているとおり、作品上両者のどちらかが正しいとか良いとかいう結論は出されていない。イエから解放されることによって女性が相対的に自立し、自己決定権を持っていく状況を、石川達三も否定しえないのである。

自分から切り離せぬ戦争での障害ゆえに、戦後に戦争を持ち込む極端な例となった「傷痍軍人」。しかし当人の意識においては、戦争そのものより現在の不遇に対する反発の方が強い、というケースもありうるわけだ。彼らが半ば空洞化したような戦争観を携えて戦後社会に意義を申し立てるさまを、この作品から読み取ることができる。こうした状況なればこそ、後に「聖戦」意識を復活させるような形で旧軍人や元傷痍軍人を優遇するような制度の復活が、当人たちに比較的スムーズに受け容れられていったのであろう。一方で彼らの論理と必ずしも正面から向き合うことのない形でその論理を拒否する史子のような生き方が可能な世の中であることは、彼らの排除に憤っていた石川ですら認めなくてはならない現実であった。排除ではない形で元兵士たちとともに人々が戦争を考え直すことが必要なことだったのだろうが、排除する側もされる側も当事者たちの感情としてそれが容易ではなかったわけである。自分が戦争協力をしたことを認める石川は、それゆえ戦争協力者たる元傷痍軍人が排除される状況に憤る。これは前節で見た石川の敗戦観にぴったりと結びついている。その敗戦観の問題は指摘したとおりだが、彼らの内面に入り込もうとしたからこそ、結果的に「排除される側」の彼らの持つ論理を鋭く捉えた作品を書くことができたわけである。

希望の光としての復員者——榊山潤

『私は生きてゐた』。こう題した書き下ろし長編小説の単行本を、榊山潤は萬里閣という出版社から一九四七年一月に出した。私の手許にある初版(重版されたかは不明)では、定価「弐拾五圓」の欄の上にシールで「三拾圓」と訂正されており、当時のインフレの激しさを物語っている。四七年一月というと、榊山は時折り東京へ出ることはあってもまだ疎開先の福島にいた時期である。二〇〇頁ちょっとの単行本の本文最後には「第一部(終)」とあるが、第二部が出た形跡はない。榊の会編『回想・榊山潤』の年譜によると、この作品の刊行にあたって「総司令部の検閲を受けて以来、創作意欲を失い」、とある。もっともその直後も依然作品を多く発表しているのだが。実際のところどんな部分が削除されたかは現在のところ不明だが、後の『天草』という単行本の著者略歴には、『私は生きてゐた』が検閲で「合計三十頁削除される」と書いてある。(144)

『私は生きてゐた』というタイトルは、中原中也の詩、「少年時」から取ったようである。一九四七年におけるこのフレーズは、一方で戦争が終わり、死の恐怖にさらされ続ける日々から解放されて生き残った実感、その喜びを感じさせる。しかし他方、生き残ったことが重い意味を持つのは、死んでいった多くの人々がいたからであり、死者に対する追悼や、時には後ろめたさすら含まれている言葉でもありそうだ。死者への後ろめたさはさまざまな戦争の語りに垣間見える思いである。それがトラウマとなっている場合も少なくなかっただろう。

この作品は小沢三吾という(一応の)主人公が中心となっている。「三吾」という名前は前節でも触れたとおり、榊山本人を思わせる私小説風の作品の主人公としてしばしば登場する。しかしこの作品においてたびたび語り手は三吾を離れて他の二人の主要な登場人物に視点を移す。

その主要な登場人物の一人が、若き復員者の入江利男である。復員者が後ろ指さされる時代にあって、この作品のなかでむしろ彼は一つの希望の光として描かれる。とはいえ手離しで讃えられるわけではない。もう一人の主要な人物に内田きさ子という入江の幼なじみがおり、女性の視点から入江が対象化される。また、入江の若さゆえの理想とその青さを突き放して眺める中年男性たる三吾の視線があり、一方で、作者自身にかなり近い存在である三吾に対して距離をおいて語ろうとする超越的な語り手がいる。こうした語りの構造のなかで作品は進んでいく。

入江という復員者が「還る」ことの意味を考えるために、彼が最初に登場する浮浪児にまつわるエピソードから始めたい。作品冒頭、所用で東京を訪れていた小沢三吾は、疎開先の福島へ帰るため、上野駅にいる。そこで顔見知りの若い戦争未亡人、内田きさ子と待合わせをしている。一九四六年六月上旬である。きさ子の父親は三吾の疎開先の農村の顔役で、家父長制を体現したような人物である。彼女はその父から逃げるためにかつて東京へ出て、そこで幼なじみの桑部と結婚した。のちに桑部は召集され、きさ子は東京で一人暮しをしていたが、終戦後、夫の戦死の報せを受ける。経済的に苦しくなり、やむなく三吾に仲介を頼んで実家に帰ろうと、上野駅で待合わせているのである。

上野駅といえば東北・北陸地方への大ターミナル駅であった。そればかりか切符の購入が困難なこの時期、長距離列車の切符を買うために場合によっては何日も並ばなければならず、いっそう多くの人が集まる。人々が集まり、大きな地下道が存在するため、東京大空襲の頃から浮浪児のメッカとなっていた。念のためにいうと、人が多いというのは物乞いの相手が増えるからである。

そんな上野駅できさ子を待っている三吾の眼の前で、九歳か十歳くらいの浮浪児の仲間うちで、食べ物を隠しているか否かでケンカが始まる。少年の一人が、一回り年上であるボス格の若者のご機嫌取りのために「告発」したのがきっかけだった。

代用パンをかくしてゐると疑はれた子供は、濡れた三和土《たたき》に組み伏せられて額から口まで涙だらけになり、やがて組み伏せられたまま泣き出した。〔中略〕泣きわめきながら、さらにぎゆうぎゆう痛めつけられてゐる子供を、無感覚に見のがしてゐる人波が若し冷酷であるとしたら、それを興味の対象として眺めてゐる三吾は、むしろ冷酷以上であつた。子供らをひき離してやらうかと考えた。けれどもそれが億劫だつた。いや、下手に子供たちのボロにさはつても、虱《しらみ》がこつちに移りさうで気味わるかつた。それに、あの子供らをひき離した所で、どうならう。(『私は生きてゐた』萬里閣、一九四七年、一四頁。以下、同作品からの引用頁は本文中に記す)

ここで多くの人がこの光景を「無感覚に見のがしてゐる」点は重要である。焼跡の光景とは、「終戦」にともなうさまざまな締付けからの剝き出しの解放感を意味しうるものである一方で、そのなかに生きる人々にとっては日常、それも物資が不足し飢えと隣り合わせの日常と容易に化すものでもあった。だからこそ、そこでの弱者でもあり、しかし生命力を多分に持ってもいる浮浪児や飢えた子供たちをどう描くかが、この時期の小説において重要なテーマとされてきたのである。具体的には、浮浪児のなかにイエスを見出した石川淳「焼跡のイエス」(『新潮』一九四六年十

図10　榊山潤『私は生きてゐた』（萬里閣，1947年）。GHQの検閲で大幅に削除されたと、後に本人が語っている

月）であったり、山手線内で飢えのため降りることも座席から立ち上がることもできぬ少年へのシンパシーを描いた志賀直哉「灰色の月」（『世界』一九四六年一月）であった。

ここで三吾は少年を聖化するわけでもないし、同情すらせず冷静に見つめている。彼は一時的なケンカの介入が気休めにすぎず、その後また同じことが起こる、つまり根本的な解決がないことにも気づいているからこそ動かないのである。しかしこうして人々が見ているなかに割って入ったのが、そこに居あわせた復員者の入江であった。「「どうして喧嘩なんかするんだ」／二人を交互に見ながら、兵隊は云つた。何故喧嘩をする。お前たちは、今お前たちのおかれてゐる境涯を悟らないか。〔中略〕兵隊はかいくぐつた生死の巷を消しきれぬ悪夢のやうに漂わせ、さらに幾年ぶりかで踏んだ故国の惨めさ、のたうつ惘れさを、構外のどしや降りの冷さが肌に沁みるやうに、心に沁みこませてゐたのであらう」（『私は生きてゐた』一五頁）。

復員者の入江は他の少年たちも集めて自分の乾パンを均等に配分する。そして入江がその場を去った後、脇で見ていたボス格の若者が、少年たちに乾パン二つずつを「上納」させるのである。ところがそれに気づいた入江は引き返してきて、彼に強烈なビンタをあびせる。「取りあげたパンを、みんな出せ」（『私は生きてゐた』一七頁）と怒鳴り、周囲の注目を浴びているのにも気づかず若者から乾パンをとり戻してまた配るのである。この若者の上にさらに顔役がいて、彼らの庇護に入ることによって少年たちが物乞いを続けられる、そんなネットワークが成立している、といったことには入江の想像は及ぶべくもない。

ちなみにこの後、そのようなネットワークを少年少女への取材によって榊山は具体的に描き出した。そのルポルタージュ『少年は訴える』（春歩堂、一九五一年七月）は、戦争の開始に政治的責任がないのに、戦争から自らを切り離すことのできない、言うなれば日本国内における戦争被害者の極北である戦争に起因する浮浪児たちに光を当てたものである。だんだんと戦災からの復興が進み、戦争を過去のものと片づけるような時期に彼らの存在を世に問うたことは評価すべきであろう。

さて、本題に戻ると、入江はビルマから復員したばかりである。内地が空襲を受けたことは聞いていただろう。だが彼が胸に抱いて帰ってきた「故国」は、戦争前（中）の、少なくとも空襲前のイメージである。空襲による外見上の破壊は焼け跡の東京にいる以上理解できるとしても、破壊と物資の欠乏による、人々の内面や社会（規範）の変容をすぐに理解することはできない。空襲にさらされ続けてきた人間ではなく、外地から復員したてであればこそ、子供のケンカは止めるべきであり、他人のものを取り上げることは許されないという、出征前から彼が抱いていたであろう規範が、そのまま行動となって出たのである。

戦争末期と敗戦の混乱によって、多くの人々が価値基準を狂わせた時代にあって、外地にいたことによって若い復員者はそうした混乱を「免れた」存在として位置づけられているのである。彼が軍隊で抱えていたであろう苦悩や混乱、さらには侵略軍の一員としてビルマに行ってきたことの意味を脱落させることによってこの位置づけは可能となる。かつて報道班員として、主に陸軍の航空部隊に従軍した榊山であるが、まだ日本軍に勢いがあった一九四二年七月に帰国している。白骨街道とも呼ばれた戦争末期のビルマの具体的な戦場の様相は知らなかっただろう。その上で、作者の知る範囲での戦場の悲惨さすら入江には与えず、敢えて「理想の担い手」としての復員者を設定したように見受けられる。

入江はボス格の若者に向かって次のように言う。「貴様、こんな子供から物をまき上げていい気になつてゐると、承知しないぞ。俺みたいに承知できない者が、他にもうんとゐることを忘れるなよ」（『私は生きてゐた』一八頁）。しかし現実には「うんと」はいない。そのことに復員したての入江は気づいていないのだ。皆が浮浪児に慣れ切っているだけの話ではない。一人ひとりが目前の生存に精一杯であったり、あるいは社会全体には強盗、軍需物資の横流しなどあまりにいろいろな悪事が蔓延し、自らも闇市や買出しその他、「悪事」とされたことに手を染めなければ生きてゆけないのである。このギャップを復員者がどう受けとめるかには個人差がある。

火野葦平「夜汽車」（『新小説』一九四六年九月）という作品には、佐世保に船が着き、故郷の広島へ戻る途中の博多駅で荷物をすっかり盗まれた復員者が出てくる。「まさか復員の物を盗る奴が居らうなんて、考へもせなんだもんで」[145]と、イメージしていた「祖国」とのギャップに驚きを隠せない。だがその後列車の中でさまざまな人々の話を聞くなかでこう結論づける。「ともかく、日本は地獄だ。朝鮮や満州の比ぢやない。〔中略〕楽しみにして帰つてきたんだけれど、恐しいところへ帰ってきたもんだ。それなら、それでいいんだ。それも面白いぢやないか。泥棒の競争だ。あたしも帰ればどうせ職も仕事もないにきまつとる。妻子もあるから、なにもせずにゐるわけにはいかん。泥棒になるんだ、泥棒に」[146]。ギャップを埋めて自らも同じ立場に立とうという宣言である。いや、この「復員兵」はさらに先へ進もうとする。

「あたしらも兵隊だ。どんなことだつてやつてきた。やるならちつぽけなことはやらん。こそ泥なんかはやらん。大泥棒になつてやる」[147]。温かく社会に迎え入れられると思っていたがゆえに、それが裏切られた場合の落差は大きくなる。軍が解体したところで、兵士としてのハビトゥスは身体に叩き込まれている。戦地そのままの兵士としての自分が帰国するのだと最初から思っていたら、わざわざこんなことは言わない。頭の中では兵としての自分をすっかり捨てて戻っていくものだとばかり思っていたからこそ、裏切りに直面して「どんなことだつてやつてきた」と宣言して兵としての自分を表に出すのである。

ここでこの復員者が、イメージしていた日本と「地獄」の日本のギャップを埋めること、つまり泥棒になろうとすることの延長線上に、「兵」としての自己を位置づけていることは重要である。戦場と混乱する焼け跡とは同じものではないが、兵士であった過去が混乱への適応を容易にしているのである。

『私は生きてゐた』の復員者、入江は小さなギャップにはぶつかるが、ギャップを深刻な形で突きつけられることなしに進んでいく。ギャップに直面した「夜汽車」の復員者は兵としての自己によってギャップに適応する。大きなギャップに直面しない入江は、これ今から見ていくように兵としての自己をあっさり捨て去る。これは敗戦の混乱を「免れた」存在という彼の位置づけと対応している。

三吾が待ち合わせていた内田きさ子は、帰郷に踏み切れなかったこともあり汽車の時間に間に合わず、結局、三吾一人で福島へ帰る。汽車の出たあとの上野駅で、彼女は入江と会う。二人は幼馴染であり、死んだ彼女の夫、桑部が彼の友人でもあった。再会に喜ぶ入江に、きさ子は桑部が戦死したことを淡々と話す。

桑部の死を見届け、その報告に来てくれた看護兵から受け取ったという血染めのお守りを入江は見せてもらう。「彼は自分の周囲に、声なき血の汚点となつた幾多の仲間を思ひ出した。夥しい血が、外地にも内地にも流された。何のために。今となつて、それが天皇のためでなかつたことまで、はつきりした。全ての戦友が、軍の一私兵にすぎなかつたことを知らずに死んだ。知らずに多くの血を流して自らも死んだのだ。恐るべき徒労、無意味な悲劇であつた。いや、あつたという過去完了ではない。徒労と悲劇を償ふための悲劇と忍苦は、この地上に溢れてゐる。自ら罪なくして罪のつぐなひをしなければならない大多数の人間。その中に自分もゐれば、きさ子もゐる」(『私は生きてゐた』三八頁)。

「生きてゐた」ことを浮かび上がらせる死者。ここでは二人にとって共通の近しい存在であった桑部の死から出発して、「幾多の仲間」「全ての戦友」という、不特定多数の死者へと入江のイメージが広がっていく。それがさらに広がって、戦争に対するやや抽象的な意味づけにまで拡散していく。その結果、死を「恐るべき徒労」「無意味な悲劇」と言い切ることとなる。ここでの「死」の意味づけが集合的なものであり、個々人(例えば桑部)にとどまっていないから、こうした割り切りが容易にできるのである。具体的な知人の死を『無意味』と言い切ってしまう、榊山潤「戦場」(第3章参照)の主人公のニヒリズムは入江には一片も見えない。

その上で、入江、もしくは入江の内面を代弁する語り手が、日本兵たちの流した血を「恐るべき徒労」「無意味な悲劇」と語っていることをもう少し考えてみよう。この見方が語り手のイメージする若き復員者入江のものに過ぎないのか、榊山自身も支持しているのかははっきりしない。だが語り手が入江のこの思考に対して非難するような介入をしていないのは確かだ。兵士を擁護する点では石川や火野と共通しつつも、「聖戦」観をそのまま戦後に持ち込もうとするこの時期の石川や火野とは異なる戦争観を、榊山は持っていたのであろう。これは彼が「終戦」認識を持っていたこととつながる。

また、「自ら罪なくして」という言葉から、「被害者＝人民」の図式になっていることもわかるだろう。そうなるとここでの「つぐなひ」とは、戦争による破壊の結果もたらされた荒廃のなかで生きることをさしているのだろう。「日本国民」が被害者である大義なき戦争、という認識である。日本軍が他国にもたらした被害への「つぐなひ」ではない。

前に引用した部分はこう続く。「それにしても、男の死も無造作な調子で云ひ出したきさ子が、入江には了解できなかつた。そんな悲しみにも無感覚になつてしまつたのかと、彼女を劬《いたは》つた。自分たちが死に無感覚になつてゐたやうに。材木を胯《また》ぐやうに屍を胯いで歩いたやうに」（『私は生きてゐた』三八頁）。ここで入江はギャップに直面している。自分たち兵士は戦場で死に対する感覚を麻痺させてきた。眼前に死が転がっている戦場と、大切な人の死ゆえ直視しないという場合では異なるけれど、彼女をはじめ内地の人々も死の意味を宙吊りにして考えることを避けていることを、この時点で入江はまだ納得しきれないのである（とはいえ、そのギャップはこの時点で入江にとって、深刻な問題をもたらすものではないのだが）。

こうしたやり取りのなかできさ子は、故郷へ帰ろうと思ったのだが踏ん切りがつかなかったことを入江に話す。彼は自分の家の農場へ一緒に行こうという。「迷ひあぐねて、どうでもなつて呉れ」（『私は生きてゐた』四五頁）ときさ子は入江について行くことにする。

殺人的な混乱で切符を買うのも大変な状況であったが、復員の証明書によってすぐに買うことができた。「復員兵は、行列のはしに加はる必要がなかつた。汽車の座席を占める優先権があたへられてゐた。いたる処に出来た接待所と、お茶と、汽車に乗るための長蛇の列にならぶ必要がないこと、これが、現在のところ、復員兵にあたへられた特権だ。政府が考へ、指令した最大の優遇方法であつた」（『私は生きてゐた』四六頁）。逆に当時それ以上の優遇はなくなっており、復員者でも乗る列車やタイミングによっては結局混雑のなかを並んで乗車する必要があったことを考えると、入江は「悲しき兵隊」ではなく、比較的恵まれた環境のなかで故郷へ向かうことができた復員兵の一人だったと言えよう。

しかも幼馴染みと再会し、ともに帰ることとなり、入江は「自分という言葉しか使へなかつた窮屈な習慣から、僕といふ言葉を自然にとり戻した」(『私は生きてゐた』四八頁)。これだけで、長年軍隊で叩き込まれた兵士としての習性から自分を解放できると考えるのは単純すぎるかもしれないが、自己を規定する自称を軍隊式のものからとり戻すことの意味を、作者が重視していることを示している。復員手続きによって自動的に兵が兵でなくなるのではない。兵の帰ってきた環境、そこで出会った他者によって兵がどのような「私」となっていくのかは大きく異なるわけである。むろん、戦争への意味づけも異なってくるだろう。

入江は復員途中の東京で、荒廃し、食糧の不足する社会の断片を見て、自らの家の農場を合理化し、それを通して農村の近代化を図ろうと考える。そして、きさ子にその手伝いをしてもらおうというのである。彼女と再会し、そして彼女の夫が亡くなったことを知り、恋心を抱きつつ。

こうして入江ときさ子は福島へ二人で帰郷する。きさ子は父親に見つからぬよう入江の農場へ行き、そこから三吾に手紙を送る。実家からそう遠くない場所にいるため、父親にバレた時の「壁」、一種の後見となってもらいたいからである。入江と会って、三吾は彼が上野駅で見た復員兵であることに気づく。入江は文化人である三吾にも、協同組合による農場の近代化を手伝ってもらいたいと説く。「政府を頼つてばかりはゐられません。政府を正直に頼つてゐたら都市生活者は餓死するでせうし、農村も滅亡してしまふでせう。政府の農地計画なども、相変わらずの情けない机上計画にすぎません。私は一つ、小さな理想を此処に築きあげたいと思ふのです。お医者さんにも来て貰ひます。耕作法の改革も考へてをります。農場そのものを機械化するとともに、文化設備も備へたい」(『私は生きてゐた』九三―九四頁)。何だか石川達三の協同組合論の農村版のようでもあるが、政府の権威が地に落ちたこの時期に、下から自発的な秩序を組み上げていこうという希望と、その実現のための重要な理想形の一つが、協同組合であったことがあらためてわかる。

こうした理想論を聞きつつ、三吾は思う。「この困難な時期を突破して、日本が再び生活をとり戻すには、この力をおいて他にはない。それも分かつてゐながら、何か危惧に似た不安を感じる。現実の困難、夢と理想に対するあらゆる障害、それらは人間の外にあると同時により多く内にあるが、それを克復して倦まない忍耐が、若い入江にあるだろうか。夢を現実とする力は若さから生れるが、夢を夢として常に崩折《くずを》れてしまうのも亦、いたいたしい若さだ」（『私は生きてゐた』九四頁）。ケンカする浮浪児を眺めていた自分と、それを止めに入った入江と。自らが傍観者であることを自覚し、入江のような若者が時代を担っていくべきと期待しつつ、頼りなさを覚えた感覚がここで浮かび上がる。

後に農場にきさ子の父親がやって来て、その時は入江もきさ子も不在でやり過ごすことができたのだが、これからどう父親に対応すればよいのかを入江が三吾に相談する場面がある。そこで三吾は、「きさ子が内田の後とりだからといつて、きさ子の一生を縛るやうな法律は、もう日本にもなくならう。ああいふ人物に餌をふりまいて、巧く事なかれ主義をとらうといふ精神には、僕は反対だ。むしろああいふ精神と真向から戦ふのが、日本を救ふ新しい青春の一つではないのかね」。こう入江を叱りつけてはいるが、「しかもその腹の立て方は、いはば波の上つつらの小波動にすぎない。しんから腹を立てることで、自分の鞭となるやうな底のある強いものではなかつた。〔中略〕再び立上がる力の強さが、もはや自分を見捨てたのではないかと思ふ。彼はちつぽけに腹を立て、つけつけ放言して、変な悔いばかり味つてゐる」（『私は生きてゐた』二〇八―二〇九頁）。

一家族内の不和をどう解決するかが、「日本」を救うことと結び付けて語られる。むろん農村における封建的な家父長制との戦いに社会的意義が与えられているからである。理想主義者の青年が逡巡しているのを見て、もっと青くさいような正論を吐くのである。だがそうした理想論ではもはや自分自身が突き動かされることがないことも三吾は自覚している。理想を吐きつつ、その理想の実現は若者に任せるのである。

この頃榊山が書いたエッセイを見ると、こうした入江に対する三吾のスタンスを理解しやすくなる。『New Life』という雑誌（一九四七年七月号）に、「自分のこと」というエッセイを書いている。そこでは「今年の一月から、私は土地の新聞に「歴史」の三部を連載している(148)ことに触れたあと、こう言う。「私は日本の現在の流行小説を、殆ど読まなかつた。〔中略〕唯一つ、織田作之助の作品を読んで、私は妙な「いやらしさ」を感じた。すでに、私は「ふるく」なつているのかも知れない。もはや私から「文壇」は遠くなつた。が、不思議に、その気持は私に淋しさも心細さも感じさせない(149)」。戦後すぐ流行作家となり、生き急いだかのように四七年一月に満三十三歳で亡くなったオダサクの作品のどこにどう「いやらしさ」を感じたのかは具体的に書いていない。しかし新しい時代の到来を感じ、四十代後半にさしかかった自分に古さを感じ、その自分を受け容れるまでになっている。

「まぶしい新時代」（『日本文庫』一九四八年五月号）というエッセイでも、愛する街銀座を歩く女性の服装や化粧がケバケバしくなっているのを嘆きつつも、「しかしこの時代は生れたばかりだ。いづれこのなかから、新しい美が生れ、成長して行くのであらう。その精神にも、肉体にも。私はすでに旧時代の人間である。生きてゐる限りいつかさういふ新しい美に打たれる時があらう(150)」。新しい文学者として出てきたオダサクには厳しく当たったが、こちらのエッセイでは現在の小説の流れに対し、作家である以上、実作においてそれを乗り越えるものを書かなければ、「何も云へなくなる(151)」、つまり自分が大きなことを言える立場でないことを述べている。

自分が旧時代の側にいることを自覚しつつ、自分が理解しえぬ形の美の可能性を頭ごなしに否定することを戒めている。「文壇」から遠くなり、新しい「美」についていけない自分を客観視しようとする。最前線から降りつつも、自分は自分の道（例えば歴史小説）を進んでいこうという思いが見て取れる。デビュー前後に描いていたような根底的な自己の揺らぎとは全く異なり、確立された中堅作家のキャリアという安定した足場の上に榊山は立っているのだ。若い世代への不満を抱きつつも、希望も抱き、見守っていこうという思いを、復員者に托して描いたのが『私は生きてゐた』であるとも言える。実際、榊山は後に『文藝日本』や『円卓』といった同人誌の編集責任者となり、若い世代の作家たちに発表の場を与えていくこととなる。そこで活動していた若手のなかには、自らの戦場体験にこだわった作家である伊藤桂一や、尾崎秀実《ほつみ》の弟で、大衆文学研究などで知られる尾崎秀樹《ほつき》などがいた。

『私は生きてゐた』に戻ると、農場の近代化という理想が入江を前進させるエネルギーとなっているのだが、彼にはもう一つのエネルギー源がある。近代化を進める彼の傍らにいるべき存在としてのきさ子である。だが二人の間には桑部というかつての夫／親友の不在がつきまとっている。

入江がきさ子に自分の農場を案内する。その時にふと入江はきさ子を後ろから抱きしめる。「柱を失つた若い女が、この時代に生きて行くためには、大なり小なり「女」を売らなくてはならぬ。誰かの胸に顔を埋めなくてはならぬ。入江が彼の情熱と、幸福感の胸苦しい瞬間にあつた時に、きさ子もまたそれに呼応する情熱に目をとぢながら、少くともそのやうな思考の片鱗を、いはば一種の自棄を漠として感じてゐた。〔中略〕入江もまた自分ときさ子の間に桑部を感じながら、亡き桑部への後暗さを乗り越えずにはゐられぬ喘ぎがあつた。彼には女としてのきさ子の自棄を反映する何ものもなかつた。自分の愛情の前に一途に純粋であつた。濁つたものはなかつた。さうしてきさ子もそれを感じた」(『私は生きてゐた』一三〇頁)。

数多の戦争未亡人、特に子供を抱えた女性や、父親を失った若い女性たちが、家計を支えるために身を売った時代であった。入江はよもやきさ子の脳裡をかすめたこうした思いに気づくことはなかったが、桑部の不在という心理的な壁については二人とも気づいていたわけである。だがその壁は、二人にとっての生前の桑部の存在の重みに比例して非対称であった。生活をともにした夫婦であったため、きさ子にそれだけ重くのしかかり、入江は容易に乗り越えて自らの思いに純粋であることができる。

こうした壁はいったん乗り越えられそうになるのだが、さまざまなしきたりのある農村での生活の苦しさに加え、自分を縛りつけようとする父親に居場所がバレたこともあり、きさ子は再び東京へ出る。そして入江に手紙を送る。「あなたに心の青空を見つけながら、一方、私はもつと広い、独立した人間としての青空を、自分の手に握らなければならないやうな気がいたします。〔中略〕かくしても仕方がありませんので、正直に申上げますが、さういふことに怯む理由はないと常に考へながら、焼きついた桑部の記憶を拭ひ去ることが出来ません。桑部が、ひよいと帰つて来た夢を見ることとさへあります。桑部がひどい苦労の果てに命を終へたことを考へると、私一人が仕合せになることが、怖しいやうな気持ちになります」(『私は生きてゐた』二二〇―二二一頁)。

一方では男性を頼って生きるという方法を捨て去る、女性の自立への宣言ともとれ、その方便として桑部が持ち出されているようにも読める。他方で、死者への後ろめたさが、その人を想い起こさずにはいられぬ友人と新しい生活を始めることを押しとどめ、入江から離れる決心にたどりついたようにも読める。しかも復員者の社会復帰が失業者を増加させてしまうので、戦時下で増加した女性労働力のための仕事が削られ、きさ子のような戦争未亡人の経済的自立を困難にするというのが現実であった。この手紙は「第一部」とされた本編のラストに置かれているため、きさ子の本心も、自立が可能だったかも、彼女に対して入江がどう対応したのかもわからない。しかし真っすぐに進む入江が困難にどう立ち向かい、あるいはきさ子がどう歩んでいくのかを、作者は書かれることのなかった第二部において描こうとしていたのだろう。

こうして恋愛感情と農場近代化の理想という二つを抱え、入江という人物における「復員」という側面は、作品の後半ではほとんど見られなくなっていく。それは戦争からスムーズに自分を切り離し、眼前の困難に立ち向かうことに没頭できたからでもある。戦争の影が入り込むのは、彼の「没頭」する対象であるきさ子が桑部を引きずっていることを感じた時だけなのだ。前節で見た、村の祭に受け容れられた復員者たちのように、いかにもあっさりと入江は戦争から自身を切り離す。これは敗戦ではなく「終戦」観を持ち、自らを被害者として規定し、なおかつ復員当事者ではない榊山が描いた復員者ゆえ、簡単に「復員」を切り捨てられたという側面もある。

だが「山村記」の村祭りにせよ、この入江にせよ、復員者が「還る」ことと彼らを「受け容れる」という作業が、元来共同体意識の強かった農村でそれなりにうまく機能したと表現されていることは大きな意味があるように思われる。何度も見ているとおり、日本の陸軍が農家の次男・三男を中心的な供給源としていたということは、軍隊の解体によって多くの人々が、場合によっては出征前に都会に出ていた時でも、農村へ帰らざるを得なかったわけである。というのは、戦時中の労働力不足は、兵士の復員と軍需産業の停止によって、一気に労働力の過剰＝失業者の増加へと転換したからである。その一部は朝鮮人や学生、さらには若い女性などの労働動員を（時に一方的に）解除することで吸収しえたが、都市の労働力過剰は明らかだった。そのため、例えば香川県の場合などは、復員者のうち就業できたのは五、六割で、その大半が帰農者であったという。農村に労働力の吸収を求める他なかったのである。(152)

これは食糧不足という当面の課題への対応としても理に適ったものであり、社会の安定に寄与した。それは復員者が「其ノ一部ニ在リテハ大義ヲ忘レ濫《ミダリ》ニ抗戦ヲ示唆シ或ハ政府ヲ誹謗シ且過激ナル言辞ヲ弄シ一般民心ヲ刺激シテ軍官民ノ離間ヲ誘発スル等憂慮仕難キ情勢下ニ在リタルガ、日時ノ経過ト共ニ家庭生活ノ環境ニ入リ承詔必謹国体護持ノ冷厳ヲ覚リ皇国再建ニ挺身ヲ誓ヒツ、アリ(153)」と、権力側も好ましいことと見ていた。「復員兵」が地域に溶け込んで家庭に戻ることで、指導者への責任追及や、自分たちの戦争への加担を問うエネルギーを喪失していった。入江のように自らの戦った戦争に否定的な青年でさえ、政府への責任追及よりも農村の近代化こそを優先したわけだ。

ただし当局の思惑とは異なり、多くの人々の意識は「国体護持ノ冷厳ヲ覚」るのとは違う方向へ向かった。食糧を握る農村の都市に対する闇経済の優位によって、戦時中に押さえつけられていた欲望が解放される形で、「欲望自然主義」と呼ばれるようなエゴイズムの爆発に多くのエネルギーが向かったのだ。ただし食糧の出所が地方であっても都市に闇物資が集積する以上、「欲望自然主義」の爆発はもちろん都市でも起きた(154)。

こうしたなかで地域共同体が復員者を受け容れ、兵士であったことから自己を切り離していくのに対し、一般農民のなかには「復員ニナル人ヲ見ル毎ニ我ガ子、夫ガ無《ママ》クナツタ事ヲ思ヒ出ス。勝利デアレバ護国ノ神ト祭ラレテ永遠ニ魂ハ生キルコトガ出来得ルガコウナレバ犬死デアル(155)」と、復員者が帰ることによって、帰って来なかった家族を思い出してしまう戦死者遺族があり、社会的弱者こそ戦争から自分を切り離しにくいという一例が垣間見える。きさ子の場合もその例に漏れない。

以上で見たことから考えるに、四十代後半に差しかかった榊山が、復員者の犯罪といったニュースがあふれるなかで、敢えて温かく迎えられ、理想へ突き進むという復員者の若者を描いたことには、若者への期待にとどまらぬ思いが読み取れる。上野駅の浮浪児のところで見たように、入江は混乱した日本社会のなかにいなかったからこそ理想的な行動をとることのできた人物として位置づけられている。だからここでの入江は、戦争を戦後に持ち込む存在ではなく、むしろ誰もが戦争の傷跡を抱えている時代にあって、復員者ゆえ戦争のもたらした混乱を免れているような人物として描かれているのだ。

入江の場合、意図的に自らを戦争や軍隊から切り離すというような言動をしないことが、それをよく表わしている。周囲とのギャップが深刻な形で顕在化されることのないまま、自然と戦争や軍隊から切れて社会へ統合されていく。彼の理想に対する障害は数多く描かれるが、復員者が「戦争」や「軍隊」を切り捨てる際の摩擦はほとんど見られない。同時に受け容れる側も、復員者をスムーズに受け容れることによって、戦争について問うことをやめる。せいぜい「山村記」の祭の例のように、上の者への「反感」にとどまる程度で、「悲しき兵隊」とは別の復員の側面がここには見える。もちろん、上野駅の浮浪児や、死者たる桑部から自らを切り離すことのできない戦争未亡人きさ子のような存在も作品に描きこまれていて、戦争を引きずらざるを得ない人々の存在を榊山が無視しているわけではない。しかし巨視的に見て、復員が比較的順調に行なわれたことを、この作品は象徴的に描き出しているといえる。

これこそ、復員者たちが冷たいまなざしの下で日本社会へ迎えられながら、その大多数が時間の経過とともに問題なく社会へ再統合されていったプロセスを示しているのではないだろうか。それはカーキ色を脱ぐことと大差なく、比較的容易になされてしまったのである。復員者も受け容れる側もともに戦争から自らをあっさりと切り離していったのである。さらに榊山は当時の日本人のマジョリティに近い「終戦」認識を持っていた。それゆえに、大多数の復員者がそうであっただろう、大きな摩擦抜きに社会へ再統合されるプロセスを捉え得たのである。そしてそれは石川や火野のような立場との対比のなかでこそはっきりと浮かび上がってくる。

復員者の血塗られた手——火野葦平、芸術家と戦争

哀堂は思ひのほかに話し好きで、また雄弁で、いろいろな話題をとらへてはよくしやべる。〔中略〕いい加減にして、黙つて寝ればよいと思ふのに、うるさくつまらない話題をさがしては、低俗な解釈を下した論議をするので、私は夕方彼からきいた話の感動すら、まやかしもののやうに反省されてきたほどである。ところが、彼がさういふ饒舌を弄してゐたのは、実は彼がほんとうに話したいと考へてゐることを話しだしかねて、くどくどしい

廻りみちをしてゐたのであることが、まもなくわかつた。（火野葦平「怒濤」『改造』一九四六年十月、九三頁。以下、同作品からの引用は同誌から）

本当に話したいこと、話の核心。日常の会話のなかで前置き抜きにいきなり核心に入っていくということはむしろ珍しいだろう。そしてその話題が当人にとって自己の存在そのものに関わるような重大なものである場合、説明のために「前置き」が必要である以上に、相手にそれを話すことへの心理的な壁を越えなくてはならないので、核心へ入ることがいっそう難しい。ここでは自らが兵士として戦った戦場のことを話さざるを得ないと思っている復員者を出発点に、火野葦平の描いた復員者について考えてみたい。

戦時中の帰還後に火野葦平が書いた小説のなかにはたびたび帰還者が描きこまれ、彼らが「兵隊」としてのよきものを銃後に持ち込む存在とされてきたことは前章で見てきた。戦後の火野葦平の作品にもまた、さまざまな形で復員者が登場する。その多くは「悲しき兵隊」のような、世間から疎まれつつ、それでも地道に自分の仕事をするような、理想としての「兵隊」であるが、すべての復員者がそのように描かれているわけでもない。

ここに引用した「怒濤」という作品（『改造』一九四六年十月号）では、火野を思わせる作家の「私」を語り手として、その知人戸崎哀堂という復員者のことが語られる。戸崎は召集され、中国から南方を転戦し、中国へ戻され華中で敗戦を迎えた。有名な日本画家の弟子である彼は、復員後、画家としての本格的な出発にあたり、「私」の知人の家の一部屋をアトリエとして使わせてもらっている。引用はその戸崎を「私」が訪ねた日の夜の場面である。そこで二人が話をしていて、「ほんとうに話したいと考へてゐることを話しだしかねて」いたというのは、彼にトラウマとなって突き刺さっていた、中国兵を殺した話であり、その語り難さが表現されている。彼はその核心に入る前に、「私」を「感動」させたという話を語っている。

戸崎は「私」に、敗戦をどこで迎えたかという話を切り出す。それに対して「福岡」と答えた「私」は、戸崎にも同じ問いを返す。彼は「鎮江《チンキャン》にゐたんです」と答えた後、「「戦争のことはもうなんにもいひたくありませんな」と、ためいきをつくやうにして呟いた。私も同感であつたので、うなづいた。／哀堂はそれでも俄かに回想に駈られはじめた様子で、「勝つのと負けるのとでは大違ひですな」と、いつて、けたたましい笑ひ声を立てた」（「怒濤」九〇頁）。「私」の解釈とは異なり、むしろ戸崎は意図的に戦争の話を振ったのではないだろうか。彼は中国での敗戦体験を語り始める。

　彼の部隊は敗戦によって国民党軍に武装解除され、上海へ送られる。といっても「武器がないのに安心したものか、支那軍の者はたれもついてゐない」（「怒濤」九〇頁）。自分たちだけで上海へ向かうのだ。上海の収容所もわりとのんきで、「上海に来た重慶軍」の兵士たちと仲良くなる。四川の山奥から来た兵のなかには、「瓦斯や水道まで魔法のやうに見える。水道をとても珍らしがるんです。どうして、栓をひねれば水が出るのかわからない」（「怒濤」九一頁）などと、武器を置いた上で初めて接する「敵」との交流が語られる。

　そのような上海の捕虜生活において、戦友が病気にかかる。食料が不足しているなかなので、部隊の仲間で苦力《クーリー》（最底辺の賃金労働者）をして、稼いだ金で戦友に栄養をつけさせようというエピソードが語られる。「勝つのと負けるのとは大ちがひで、これまで景気のよかつたときに、支那人をこきつかつてゐた罰があたつたといふわけでせう。今度は使はれる羽目になつた」（「怒濤」九一頁）。

　敗者が中国で捕虜となっていること、つまり日本兵の自分がこき使われている場所が中国であるという日本と中国の非対称性は無視されて、「勝つのと負けるのとは大ちがひ」とされてしまっていることには注意は払われない。その上で、戦友のために働き、農民に頭を下げては卵を分けてもらうというエピソードに「私」は感動をおぼえる。小説の構成上、この部分はトラウマのエピソードへの前振りになるのだが、これは知り合って間もない哀堂という人物に胡散臭さを感じている「私」の警戒を解くというシーンとしても位置づけられている。警戒している「私」に哀堂がトラウマの話を打ち明けることは奇妙であるからだ。

　「私」は旧い知人の従弟である戸崎とは、彼の復員後に初めて会ったのである。よって数えるほどしか会ったことはない。その旧い知人に芸術家同士ということで頼み込まれ、アトリエがわりの部屋を紹介したのだが、戸崎は久々に会った時の挨拶一つでも「どこか人を小馬鹿にしたそのいひかたに私はちよつとむつとした」とか、「いつたい、戸崎哀堂はあまり好感の持てる人物ではない」(「怒濤」八四頁)とか、「「哀堂さんを見りや、たいがいの泣く子も黙るぐらいぢやど」といふのもほんとうかも知れない」(「怒濤」八五頁)という書かれようである。ではなぜ彼がそのような人物像とされているのか。

芸術家の風丰《ふうぼう》が規定されてゐるわけもないから、哀堂がいかに魁偉であつても、不作法であつてもかまはないが、せめてどこかに澄んだものを見てゐたいといふ私の願望は、芸術の美しさを信ずるものとしては当然であつたのに、その心の窓である眼さへ、どろんとにごつてゐて、ときどきぎよろりと光るのも、澄んだ鋭さといふよりは、猜疑のいろさへたたへた俗悪の光の方が強かつた。それは闇で儲けてゐる商人にふさはしいやうな賤しさであつて、純粋なものを追求する芸術家の眼とははるかに隔つてゐると思はれた。(「怒濤」八五頁)

この頃は闇の買出しをしなければ食べていけない時代であり、「私」もその例外ではなかった。そもそもこの日も戸崎のいる郊外の村落に買出しに来たついでに寄ったのである。戸崎は闇商人として一儲けした蓄えがあるので絵に集中できる。生きていくのに精一杯のそんな時代だからこそ、芸術という営みがそうした日常抜きには成立し難いものであることが痛感される。しかしその日常が苦しいものであるからこそ、むしろ日常の生活を超越する、非日常的で「美しいもの、純粋なもの」としての芸術観を一つの「夢」として「私」は持っているのである。そして戸崎哀堂という人は一見したところ、その夢の担い手にはとても思えない人物とされる。

だが画家である彼の「支那農民」のようなごつごつした「頑丈無類な手と、繊細きはまる美しい線との対照は、一種奇妙な昏迷を感じさせる。しかしながら、不思議に不調和を感じはしなかつた」(「怒濤」八九頁)。「私」も彼の芸術家としての力量は認めざるを得なかったのである。このような戸崎の設定によって、表層に現われるものとしての容貌や性格と、その芸術家の作品(の印象)とが一致しないことを示しているわけだ。

そうしたなかで先の会話の場面となるのである。いろいろな話が出たあと、夜も遅くなって「私」は眠りかけていたが、戸崎は「興奮してふるへて」、「私」の手を握り、「ね、聞いて下さい。お願ひです。聞いて下さいますか」（「怒濤」九四頁）と苦しげに言い出す。

しばらく言い出せず沈黙が続いたが、彼はこう切り出す。「僕は、人を、殺しました」。まず、彼は「僕の鉄砲にあたつて死んだ支那人や南方人の数は、計算することができない」と言う。それを聞いて「なんだ、そんなことかと、私は気合ひ抜けがした」（「怒濤」九五頁）という。そして戸崎自身も「兵隊が戦争に行つて、敵を射つ、そして、たふす、射たなくちやならない。そんなことはあたりまへで、殺人でもなんでもない。〔中略〕そんなことぢやないんだ」と語る。これを「あたりまへ」と言い切ってしまうことは今日からみればギャップがあるだろうが、彼らの間では合意ができている。その上で戸崎は続ける。

「あんな一回の経験が、いまになつて、こんなに僕を苦しめるやうにならうとは思はなかつたのです。忘れてしまつてゐたといつてもいい、戦場の神経で割り切つてしまつてゐた、……それが罪悪だといふ観念すら、そのときは、……復員してからも、なかつたのに、……今になつて、今になつて、……絵を描かうといふときになつて、……」（「怒濤」九五―九六頁）。

華中での戦闘中、気を失った戸崎は気がつくと農家の納屋にいた。近くに一人の中国兵が血まみれで倒れているのに気づいたが、戸崎は再び気を失ってしまう。再び気がついた際に、「血まみれの顔が……それは支那人です……僕の鼻にひつつかんばかりになつて、なにか僕の胸のなかにつつこんでゐるものが、ひどく痛い。気づいたばかりでなにもわからなかつた僕は、恐怖のあまり、いきなり下から、両手でその支那人の首をつかんだ。〔中略〕殺《ママ》されなければ、殺される、……ただその一途で、ぐんぐん締めた。……瞬間のできごとでした。……ああ、あの眼、あの眼が忘れられない」（「怒濤」九六頁）。銃で撃つのと異なり、無我夢中におのれの手で首を絞めた殺人だったがため、触覚や嗅覚、赤い血が手を染めたことの視覚などを通して彼の脳裡に焼きついたのだろう。

作品中、戸崎は癇癪持ちだということにされているが、ＰＴＳＤ（心的外傷後ストレス障害）によるフラッシュバックが起きていると考えて差し支えないだろう。こうした発作が何回かあったという。ここで彼は戦争犯罪をしたわけではなく、戦争で人を殺すこと自体正当なことだと思っていて、この殺人自体にもともと罪悪感を感じていなかった。そして中国で敗戦を迎え、復員してしばらく特に何もなく、落ち着いて絵を描こうとした時にこうなったという。

「いよいよ絵筆をとつてみると、あのことが、この手で人間を殺したことが、にはかに恐しい問題となつて、よみがへつてきたのです。鉛筆をとつた僕の手はふるえだして、どうしても絵が描けない。一本の線も引けない」(「怒濤」九七頁)。復員後しばらくして、ようやく落ち着いて絵を描こうとしたとき、絵筆を持つ自分の手がクローズアップされる。それを通して、自分の手で中国兵の首を絞めた記憶が甦ってくる。「戦場の神経で割り切つてしまつてゐた」かつてと異なり、平和を取り戻した故郷にある、兵士ではない自分として、彼はその過去との対話をせざるをえない。そうなると、画家としての自分も問わざるを得ない。戦場の「今・ここ」が帰って来た自分によって相対化されるのだ。「もつと、もつと、大切なこと、根本問題、ね、教へて下さい。この手で、絵をかく資格がありますか。もう、この手は、このけがれた手は、美しいものなど描く資格はなくなつてゐるのとちがひますか」(「怒濤」九七頁)。

戸崎は、「ほかの者に話したことはないが、あなたが芸術家だから、どうしても聞いて貰はなくちやならん」(「怒濤」九五頁)と言う。彼は、絞り出すように話をして、「私」に向けた問いに対する答えを聞くことなく、発作の挙句倒れこんだまま眠った。芸術家にとって重要な問題であればこそ、戸崎は「私」に相談したわけだ。ここでこうしたことを他人に「教へて下さい」と頼み込むことは、自己の主体性を放棄することかもしれない。しかし「人をこの手で殺したこと」の重みを現在の自分が一人で抱えきれなくなったからこそ、彼はPTSDの症状を呈しているのであろう。

数週間して、切迫したように「怒濤」と題された絵を彼は完成させる。彼が発作から解放されたかどうかはわからないが、絵を描けたということは、初めて他人に打ち明け、共有してもらったことによって、心の重荷の幾許かを降ろせたということなのだろう。「私」は直接戸崎に答えを言わなかったが、戸崎自身が描いてよいのだという答えを出したわけだ。そして「私」もそれを肯定している。

あちこちの戦場を、下士官として、報道班員として、徴用作家として飛び回っていた火野だからか、はたまた実際のモデルが知人にいたのか、復員者戸崎哀堂の語る戦場は、石川や榊山の描く復員者と異なって具体的である。しかしそれゆえに、作者の視点からは、戦場で兵士としての正当な行為として敵を殺すということを「あたりまへ」とし、戸崎や多くの日本兵が数え切れないはどの人を殺すまでにいたる途中で直面したであろう、内面の葛藤や、あるいはその葛藤の抑圧といったものが捨象されている。「私」も作者も、完成された兵士の視点から戦場を解釈し、そこからこぼれ落ちる戸崎の悩みを突き放しているのだ。だから作者の関心は、血塗られた手で芸術家が作品を作っていいのか否かにある。そして同じ元兵士の芸術家である「私」は、完成した『怒濤』を眺めて、「いづれにしろ、深い孤独感にとらはれた戸崎哀堂が、余生の一切をあげて芸術に没頭しようと決意してゐることは明白で、もはや絵が彼の生命であるといふことが少しも誇張でないことは、私にもうなづくことができた」(「怒濤」一〇三頁)と、作品を作ることを肯定するのである。

こうしたモチーフはもちろん、元下士官であり、兵隊作家、あるいは帰還作家の代表格、戦争と切り離せぬ作家として戦後を生きねばならなかった火野葦平本人にとって切実なものであっただろう。そしてここで見たとおり、この時点で彼は芸術に打ち込むことを肯定したわけである。戸崎という容貌美しからず、性格もよいとはいえぬ画家が素晴らしい作品を描くということが、芸術の持つ独自の評価軸の存在を示しているわけである。それと似たような意味で、中国兵を殺した手であっても、その手から美しい作品が作られるのであれば、それは芸術の観点から肯定されるべきことであると位置づけられる。だがここには、芸術が独自の評価基準を持っているという論理に、戦争という「厭な」(ここで善悪は必ずしも問題とされない)歴史を芸術の美によって浄化したいという思いが入り込んでいる。こうした火野の思いは復員者とは関係のない作品などにも見られ、戦後初期の作品を中心に池田浩士が論じている。(156)

作品中、絵を完成させたことによって戸崎のトラウマが変容したのか否かは、全く触れられていない。もしこれが、芸術による浄化によって、血塗られた手すらも戦争の過去から切り離すことができるという物語なのであれば（そう読めないこともない）、実に芸術とは都合のよいものではないだろうか。

しかし一方で、戸崎哀堂が兵士を殺したことでフラッシュバックに襲われるように、現実に戦場のなかにいた人々には、自らの願望や意思を超えて戦争が付きまとうことがあることを、作者は描いてしまっている。兵士としての戦争体験者の語りが戦後にいろいろと出てきたが、死者の手記（これも重要なものであるが）を除けば、その多くは復員者たちが帰って来た日本で語った（書いた）ものである。そのなかには憑かれたように切迫し、己れの全存在を賭けるように語る人々が少なくなかったのである。もちろん語らずに沈黙した人々も多いが、復員者とはやはり戦争の記憶を何らかの形で戦後へ持ち込む存在という面を色濃く持っている。そして火野葦平も、「怒濤」において、戦争から切り離された美しい世界を求める芸術家の願望を描きながら、実のところ、自らが戦争を完全に切り離すことができないことにも気づいていた。そして彼がそのことを強く感じたのは他でもない、彼の拠り所であった「兵隊」を取り巻く状況の変化に他ならなかった。「怒濤」より後の作品からそれを確認して、本節の締めくくりへと向かっていこう。

「あの人、切腹すると、立派だつたんじやがなあ」[157]。「追放者」（初出『改造』一九五〇年十二月号）という作品のなかの有名なフレーズである。「あの人」とは火野のことであり、作者はある復員者にこう語らせている。『麦と兵隊』で兵士たちへのシンパシーを示し、「悲しき兵隊」で、世間から疎まれる元兵士たちを描いた火野は、その描いた兵士像が戦時中の人々の心を捉えたが故に戦後その兵士たちから疎まれる存在となってしまったのである。

「怒濤」から少し後、『新潮』一九四七年二月号に、火野は「夜景」という作品を書いている。主人公の名は「雨後」などと同じ首藤研吉で、火野本人を連想させる設定の一群の私小説的な作品の一つである。敗戦と向き合おうとしつつも、生活のために闇の物資を集めることに駆け回る、「壮大な主題にも卑小の瑣事にも執念《しゅうね》く股をかけてはなれぬ生活のくびき」（火野葦平『夜景』世間書房、一九四七年、八頁）[158]に悩む主人公が描かれる。この作品からは、芸術による浄化というモチーフに対して、「怒濤」からのスタンスの大きな変化を読み取ることができるのである。そして同時に「怒濤」の時点から火野の復員者への認識が変化していることも見えてくる。

博多の街で夜、酒を飲んだ後に市電を待っていた研吉は、奇妙な電車に乗る。電車の様子がおかしいので「どうしたのかときくつもりでゐると、くるりとふりかへつた運転手がいきなり車内にとびこんできた。把手《ハンドル》はほつたらかしたままだ。五十年配の、馬面のその運転手もすでに酩酊してゐた。隅に腰かけてゐた男の風呂敷づつみから一升瓶を抜きだすと、口につけてぐつぐつとあふった」(『夜景』一七頁)。敗戦の混乱期を象徴するようなこのエピソードに対して、復員者による対照的な話が出てくる。

同じように無秩序な、殺人的に混雑する汽車に乗っていた時のこと、一人の復員者が乗客全体に話を始める。『日本は負けた。負けたら、すつからかんで、なんにもなうなつた。日本人にのこされたもんちゆうたら、たつたおたがひ同士の愛情だけぢや。愛情でむすびあはんで、日本人にやもうたよりになるもんは、なんにもない。さあ、敗残兵のいふことをきいてくれ」(『夜景』四二頁)。「敗残兵」という自称は、復員者たちこそ今の社会でいちばん底にいる存在であるという表明なのかもしれない。そのへりくだった立場から、彼はてきぱきと一人ひとりに指示を出し、雑然とした車内を整理していく。「さつきまでまつたく立錐の余地もないほどだつた車内は、いつかがらんとしてゐるやうにすらみえて、研吉はその復員兵の車内整理の手際に感心した。放任されてゐれば保たれぬ秩序がふとしたきつかけでつくられる。ちよつとしたことだ」(『夜景』四三頁)。榊山の描いた希望としての復員者が、すんなりと「兵」であったことを切り離したのに対し、火野の描く希望としての復員者は、どこまでも「兵隊」であることによって周囲に貢献するのである。

しかし一方で、「このやうな単純なものがここであらはした成果を生活全体へひろげてゆく方途に考へいたると、もうそこへ疑惑の帯がながれこんでくるのをおぼえた」(『夜景』四四頁)という。「兵隊」への連帯感を抱き、さらにこうした行為に感心しつつも、混乱する社会全体がそれでどうにかなるという風には思えないわけである。前章の「雨後」で見たように、兵隊であることで成り立ち、生活のすべてがそこにつながっていた研吉であるが、今や『汽

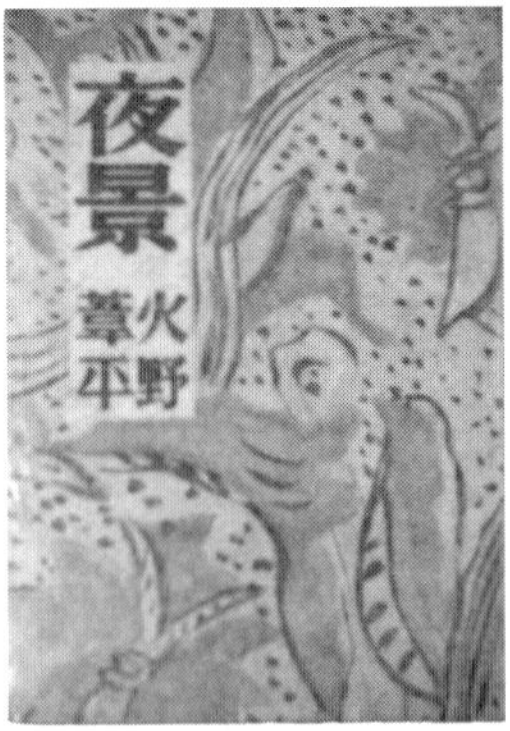

図11　火野葦平『夜景』（世間書房，1947年）

車のなかで復員の兵隊を見るほど、研吉はつらい思ひのすることはなかつた。敗北といふ巨大な運命が兵隊の精神と肉体とにあたへた影響、筆舌につくしがたいその複雑な感慨は、兵隊として何年か戦場生活をしてきた研吉には、なにか腹の底にしみるやうにわかる気がした」（『夜景』二二一―二二二頁）。これはむろん「悲しき兵隊」で描いたような兵士たちのことである。だが研吉がその復員者たちを「見る」ことがつらいという。これは単なる「兵隊」へのシンパシー、同一化の感情ではない。すぐ後に次のような文が来ることからそれはわかる。

「一日も一刻も早く、兵隊の姿が一人のこらずこの世から消え去つてもらひたかつた」（『夜景』二二五頁）。軍隊の解体により、兵隊という実体が消えた今ではかつての信念が社会に通じず、信念が揺らいできた。世間からの非難に対して必要以上に謙虚で小さくなっている復員者を見るたびにつらくなる。自らの信念を支えてきた存在である「兵隊」に対して「この世から消え去つてもらひ」たいというのは兵隊が嫌いになったということでは決してない。しかし自分を支えた精神が成り立たない時代にあっては、兵隊の姿を見ることは自らの信念の無力を意識させられてしまうことだったのだろう。戦時中の「雨後」では混乱を救ってくれるのが兵隊というアイデンティティだったのが、ここではその兵隊に対しても懐疑を抱かざるを得ない。そして兵隊と自己との隔たりを感じている状況になっているわけである。

戦時中は「兵隊作家」研吉を好きなだけ利用して戦争を煽ってきた彼の勤める新聞社が、敗戦後には一気に民主主義を標榜しはじめる。「さういふあざやかな転身がどうしてできるのか、研吉はただ呆然となつてゐるばかりだつた」。転身する自分に対して何の痛みも感じていない同僚たちを見て、「苦悶のないわけはないのに、同僚たちはきはめて快活で、さうして痴呆的であつた。〔中略〕しかし考へずにゐられなかつた研吉はしだいにぎこちなくなつて、その野暮さが目だつてきた」（『夜景』四九―五〇頁）。

「悲しき兵隊」で、踵を返して占領軍に擦り寄る人々を「兵隊精神」の立場から叱りつけてから一年半、そうした立場の自分が完全に少数派であることに気づき、かつて「お説教」を述べていた姿はもううかがえない。もちろんエッセイと小説とは異なり、説教をしていたような自己を相対化するためにこそ、自己に近い主人公を設定して作品を書いているのではあるが。同僚のほとんどから敬遠、排除されるなかで、「研吉はもはや外部からの鞭や礫や矢よりも、みづからの内部からの指摘、叱咤、罵倒、さうしてまた激励にかかづらつてゐることがいつぱいで、これからの自分の支柱の求めどころをつかまうと必死であった」(『夜景』五〇頁)という。冷静にみれば、これは社会から排除されて自らが周囲に対して影響を及ぼすことができない状況に対して、内面に向かって逃避しているのである。兵隊が疎まれる時代であればこそ、その代表格ともされる兵隊作家はいっそう疎まれる。そして拠り所であった兵隊、復員者からの隔たりを痛感することで、孤独がいっそう深まる。

妻子のある研吉だが、会社の同僚である志津と恋愛関係にある。志津は結婚して二週間で夫が出征し、結局夫は戦死した。周囲が敵だらけである研吉にとって彼女の存在は大きい。しかしその存在が大きくなり、真剣になればなるほど、妻への罪悪感が増す。それで彼はしばらく前から彼女を遠ざけるようになっている。こうして再び孤独が強まる。「敗北といふ壮大にして悲痛な祖国の運命と、とるに足らぬちつぽけな女出入り。さまざまのことが平行し、交錯してゐるが、それは大小無数の歯車がどこかでがちつと噛みあつて、結局全部が回転して、巨大なひとつの歯車をおしすすめてゐるものなのであらう」(『夜景』六九―七〇頁)。

兵士を代表して語ってきたがゆえに、兵士から責任を追及される立場へと追い込まれる。そして兵士から切り離されたという孤独感のなかで、敗戦を引き受けて考えようとするが、その自分の存在が一人の女性によって大きく揺さぶられるちっぽけなものでしかないことの自覚が表現されている。もっとも、元兵士から切り離される立場になったがゆえに自分にとって彼女の存在がより大きくなっているのであろうという自覚は弱いが。

「雨後」のラストでは、泥に身を沈めながら何もできぬ自分の孤独を兵隊というアイデンティティで埋められたのだが、「夜景」ではもはや兵隊への同一化もできない状況になっている。では彼はどうするのか。

「研吉はいつも屁つぺり腰の自分の姿に嫌悪の情がわく。見栄坊の卑怯者。自分がころげまはつて泥濘の臭気を吸ふのでなくて、そこからほんたうに出たいといふ欲求はおこらないのではないか。〔中略〕志津とただれるやうな恋をしてみようか。おそらくなにもかも滅茶滅茶になる。がらがらと音をたてて一挙にこれまでの秩序がくづれる。しかしそんならこれまでの秩序にどれだけの価値があるのか」(『夜景』七〇―七一頁)。

酔っ払いの市電に象徴されるような無秩序へ飛び込みたいという憧れ。それを「泥濘の臭気」という言葉で表わしつつ、そこに踏み込み切れぬ自分も見ている。浄化としての芸術への憧れと、「泥濘の臭気」に象徴される敗戦やそれに伴う世相を引き受けることで自分の文学を紡ぎ上げようという二つの方向の間での葛藤があるのだ。まだ迷いがあるが、兵隊や世間からのまなざしを引き受け、敗戦について考え続けなければならぬ自分を感じているわけである。石川達三は戦争を切り離そうとする世間に憤っていた。火野にもそういう側面がないわけではないが、石川と大きく異なるのは、憤慨以上に切り離す世間に抗して自分が戦争を積極的に引き受けようという面を打ち出していることである。

拠って立つべき規範として設定された「兵隊の精神」、これが現実の生活の前で無力であるというのは、実は一九四〇年の「雨後」とほとんど変わらぬ構図なのである。しかもそれが自己の内面で葛藤を生み続けるだけで、主人公の研吉が外界(現実)に対して積極的な働きかけをとらないところまで同じである。その上で明らかな変化は、もはや周囲に対して精神論を説く力すらも研吉には残されていないということだろう。もっとも作者火野葦平には辛うじて、自己(火野)の置かれた不遇への間接的な不満を重ねつつ、このような作品の形で、「あざやかな転進」を遂げた人々への異議を申し立てる力が残されていたのである。だがそれとともに、そういう自己をも見つめようとしている。

火野は翌年「海の火」(『文學界』一九四八年八月)を書き、「浄化」という現実逃避を望む自己をさらに厳しく追及、批判している。このほとんど注目されたことのない作品は、「夜景」の姉妹編である。研吉の恋人、幹本志津が研吉に語りかける形のこの作品で、火野は煮え切らず、迷いを振り払えずにいる自分の分身ともいえる首藤研吉への痛烈な批判を志津の口を通して浴びせる。

あなたは明瞭に、あたしをなにか必要以上に神聖なものにして、その設定によつて、自分の浄化をはからうとなさつたのです。それはあなたの焦燥のあらはれであつたやうに思ひます。（中略）うしなはれてゐない若さ、清浄さ、どんな執拗な汚辱にもよごれぬつよさ、うつくしさ、一切の邪念をはじき飛ばしてうけつけぬ純潔、――あなたは勝手にあたしをさうきめつけてしまつた。あなたがのたうちまはつてゐた夜景の人生、現在の地上からは、さういふ無垢なるものはまつたく姿を消してゐる筈なのでした。そのあるべからざるものの発見にあなたはきつと喊声をあげたのでせう。あなたは一種の誇大妄想狂です。（「海の火」『文學界』一九四八年八月、八―九頁。傍点引用者[159]）。

清浄ですつて？　純潔ですつて？　どんな汚辱にもよごれない？　どんな邪念をもうけつけないんですつて？　やめて頂戴。へどが出さうだわ。あたし、もう、いやになつたわ。あなたが勝手にきめた品物になつて、あなたに利用されてゐるなんて。（「海の火」一三頁）

研吉が求める神聖なもの、清浄さが志津に投影されているわけである。志津の言葉は、互いに魅かれ合いながら中途半端な態度で彼女に接する研吉に対し、「戦争未亡人」（志津）や「妻子持ち」（研吉）といった世間的な立場を超えてぶつかっていこうとする必死の呼びかけである。それは「清浄さ」といったイメージを投影することで真の彼女の姿を見ようとしない研吉への批判でもある。

志津は研吉に「鉄面皮で、図々しく、反省も、苦悩もない社内の人たちのなかで、誠実に、そして不器用に苦しんでゐるあなたの姿が、あたしの心をうつたのでありました」（「海の火」八頁）と語る。その苦悩を捨て去らぬ研吉に魅かれている一方で、結局は研吉にとって自分は苦悩からの逃避先でしかない。しかも求められている彼女は研吉から見た偶像でしかない。世間から切り離された（取り残された）戦争未亡人ゆえに研吉の苦悩を理解しつつ、世間から切り離され、失うものがない身であるからこそ、あいまいな位置にとどまっている研吉を厳しく批判する。この時点で二十六歳だという彼女にとって、この先の生活は厳しいものになるかもしれないが、恋人を問い詰めるこの作品のなかでは、その将来の不安に触れない。燃え盛る火のように自己の全人格を賭けて語りかける志津の言葉に研吉はまともに応えられない。

志津の言葉は浄化としての芸術への批判と重ねて捉えられる。兵隊としてのアイデンティティの崩壊による孤独を埋めるものとしての、もっといえばその埋め合わせの域を出ない範囲での恋愛と、敗戦のショックからの逃避としての芸術とが、「浄化」や「純潔」という言葉で結び付けられているのだ。そして前作のタイトルである「夜景」という言葉が、彼が「のたうちまわつていた」無秩序の混乱であり、泥濘であり、敗戦であり、兵隊作家としての自己であり、といったものとつながることも、志津の言葉からは浮かび上がってくる。

敗戦を引き受けようとして混乱している自己を相対化して見つめるために、作者に近い主人公たる首藤研吉を持ち出して「夜景」を書く。さらに「海の火」によって恋人のまなざしからその研吉を相対化することで、自己の置かれた状況を厳しく見つめなおそうとしたのである。逃避しようとする自己をモデルにし、その主人公を相対化する作品を描くことによって、戦争や兵士から自己および自己の芸術を切り離さないことの決意を火野はここで打ち出したと言えるのではないだろうか。

「怒濤」においては、芸術作品の制作によってその血塗られた手を浄化したいという願望が描かれていた。しかし一方で、トラウマを抱える戸崎は、自らの意思に反して戦争の記憶に付きまとわれる存在でもあった。「夜景」「海の火」において、敗戦を切り離したくても切り離しえぬ自己を見つめた火野は、芸術による浄化ではなく（その方向性も火野は捨てないのだが）、むしろ敗戦の現実を受け止めるところから自らの作品を作り上げていくことの必要を表明したといえる。「兵隊作家」と呼ばれることを嫌いながらも、戦争、兵隊といった題材に執着する。火野葦平は、一九六〇年に自殺するまで、「兵隊作家」であった過去と自分なりに向き合ったと言えよう。

本章のまとめとして

「海の火」が出される少し前、一九四八年六月二十五日、火野はGHQによって公職追放を受けた。本来は再び日本が戦争を起こさぬための政策だったのだが、既に冷戦の影響が出始めている時期であり、アメリカの戦略的な配慮から占領政策の「非軍事化」の側面が弱まっていくなかで、それをカモフラージュするような形式的な指定であった。わずか二年余り、一九五〇年十月十三日には追放を解除されている。ちなみに同じく戦争協力作家であった石川達三も公職追放のリストに上がったが、彼の場合は異議申し立てが認められ、実際の追放には至らなかった[160]。追放を受けるといっても、筆一本で生活する作家はそもそも公職とは関係が薄い。検閲が厳しくなるとか、一部中央紙の連載小説は難しいといった若干の制約はあったが、火野はこの一九四八、四九、五〇年とむしろ多作の年で、「風俗作家」としての地位を確立していく。

こうした中途半端で形式的な公職追放が、作家たちにとって何をもたらしたのか、ここで論じる用意はないが、こうした一部作家を切り捨ててしかもすぐに解除して戦争の問題を終わりとするわけにいかなかったことは間違いない。また、追放よりも前の時点で既に、さまざまな形で作家たちが戦争を引き受け、あるいは戦争から自分を切り離そうとしていたことを、本章では見てきた。

4節では帰る側である復員者の視点を中心に見てきたのだが、受け容れる側の事情を抜きにしては論じられず、前節までとやや重なる部分もあったかもしれない。だがこのことは、特に戦争未亡人や傷痍軍人の妻、「生きていた英霊」の婚約者など、つまり復員者たちと同じ世代に属する女性たちと彼らの関係、あるいは復員者を再統合する社会においてすら置き去りにされかねない彼女たちの存在抜きに、復員者を論じることは難しいということでもある。

本章では、最も大量の兵が復員していながら今まで見え難かった、敗戦直後の復員者をめぐる様相をある程度示せたのではないかと思う。いずれ戦後派など他の世代の作品からも、復員を考える必要があるとは思うが、本書ではその出発点として戦時中から活躍していた三人の作家を中心に考えてみた。戦争を戦後に持ち込む存在と見做されながら、排除への怨念ゆえに傷痍軍人の戦争観が空洞化していく例（石川達三）。コミュニティに受け容れられるなかで、きれいに兵士としての自己を切り離してしまう例（榊山潤）。当人の思惑を超えて戦争を引き受けざるを得ない例（火野葦平）と、この時期だけを見ても復員は複雑な面を持っていることがわかる。

それぞれの作家が描いた復員者像を考えてみると、各人の戦争観と結びついていることがうかがえる。まず三人ともに復員者が冷たく迎えられる時代にあって、復員者を切り捨てるというスタンスをとらなかったことは、2節、3節で確認したとおりである。その上で、「終戦」認識を持ち、戦争被害者という立場に親和的な榊山は、復員者を戦争から切り離すことで希望と結び付けて描いた。対する石川、火野は、二人ともに戦争協力への自覚があり、「敗戦」認識を持っていたのだが、石川の場合は、復員者を非難することで戦争から自分たちを切り離そうとする人々への強い憤りを持っていた。だから、特に強烈な憤りを抱いていた元傷痍軍人の視点から作品を描いたのである。火野葦平もそうした憤りがないとは言えないが、批判される側の元兵士を擁護する側にあると思っていた自分がその元兵士たちからも批判される側にあることを自覚するなかで、戦争という過去を自分が積極的に引き受けることが必要だと感じていった。こうしたことも、戦時中以降、作家として活動していた彼らを考察してきたからこそ言えることである。

復員とは戦地からの帰国という単なる空間の移動でもなければ、軍事的観点における部隊の平時への編成替え、あるいは旧軍隊の解体にとどまるものでもない。十五年戦争の敗戦にともなう日本軍将兵の復員とは、彼らが、今まで「地方」と呼んできた社会へ帰ることであり、それが敗戦による軍の威信低下の真っ只中で行なわれたのである。それは受け容れる側の人々からすれば、それまで批判し得なかった、戦争の中心的な遂行主体である軍隊を担ってきた人々を大量に民間人に戻すことでもあった。むろん人数的にはその大部分が民間出身で強制的に軍隊へ徴集される下っ端の兵士にすぎない。そうした兵士たちと将校たちとの社会復帰では全く意味が異なるものであったが、兵士たちとて非難にさらされていたのである。これは戦前以来流布していた、擬似デモクラティックな、あるいは家族的な軍隊観によって、軍隊内の階級構造の問題や、兵士たちが市井の生活から軍へと放り込まれることの意味が見え難かったこととつながる。民間人と将兵（復員者）たちの接触の仕方が、戦後におけるその個々人の戦争観や軍隊観を左右しかねないものであった。同時に、個々人の戦争観や軍隊観が、復員者と民間人の関係に影響を与えもした。

前章で見た戦時中の帰還者が、基本的には戦争遂行のための役割を担わされ、帰還者を表現することも基本的にはその内側での変種に過ぎなかったのに対して、復員者はここで見た「主力引揚期」だけを見ても、銃後（戦時体制）の崩壊にともなう価値観の変化と多様化、政治状況の変動によって、さまざまな意味づけがなされてきたことがわかる。しかも今日に残されたままの問題を多く含んでいることも。

結論

以上、戦場へ「征く」、戦場から「還る」日本兵を描いた小説を分析してきた。第Ⅱ部と第Ⅲ部と、あるいは章ごとに分けた分析が中心だったので、全体として三人の作家それぞれが描いた兵士像、戦場イメージを振り返りながら簡単にまとめていこう。

まず、下士官として日中戦争に参加した火野葦平。日中戦争開始後のメディアにおいて、作家たちは今まで競合することなどなかったジャーナリストや学者などと同じ戦争関連の記事を書くこととなった。作家たちにとっては、自分たちの存在意義を認めてもらうために、戦争に貢献することが課題となっていた。その時期に、出征中の身で芥川賞を受賞した火野は、下士官という視点で戦場の内側にいる兵士たちの日常を描き出した『麦と兵隊』『土と兵隊』で、肉親や知人の出征している多くの読者の共感を呼んだ。この二作で「戦場の小説」ブームを巻き起こし、火野は「兵隊作家」として一躍有名となった。

火野は帰還兵が〝英雄〟のように迎えられた時期、一九三九年十一月に帰還した。銃後の人々は彼の発言に注目する。帰還兵を主人公にした小説「雨後」では、帰還兵が、銃後の人々の期待とは裏腹に、銃後での無力さに苦悩し、その思いを共有してもらえぬ孤立感を描いた。これは帰還兵が英雄、つまり特別な存在として迎え入れられる事態と深く関わっている。「還る」ことによって、かつて故郷にいた時の自分にわけなく戻れると思っていたにもかかわらず、戦地での生活による自身の変化や戦時体制のなかで、銃後の人々とのギャップが現実には存在し、そのギャップが帰還兵という自己認識を強めることとなったわけだ。

こうした火野の「兵隊」アイデンティティは、敗戦後、復員兵が世間から無謀な戦争の実行者として非難される状況のなかで、ますます強くなった（「悲しき兵隊」）。そこで復員兵を擁護しようとした火野はしかし、有名な「兵隊作家」として戦争を煽ったと、世間からのみならず、自らの拠り所であった兵隊からも排除されていく（「夜景」）。あたかも「怒濤」の復員兵がトラウマのせいで、自らの意思と無関係に、自分の手から戦争の記憶を切り離せないように、火野は「兵隊作家」として自らが真剣に戦った戦争から逃れられず、あるいは世間から逃れることを許してもらえず、戦争という過去と自分なりに向き合っていくこととなった。

火野葦平は「兵隊作家」というレッテルから逃れたいという思いを強く持ちながらも、結局のところ「兵隊」にこだわり、こだわらざるを得なかったからこそ、戦争について考え続けた。それはアジアの解放のための「大東亜戦争」という見方をベースにしていたが、考え続けるなかで、当初は十分に気づいていなかった、中国などアジア諸国の被害者の存在に気づくことになるのだが、残念ながらそれを本書では扱う余裕がなかった。

石川達三は、第一回芥川賞受賞作『蒼氓《そうぼう》』が示すように、当時の文壇では稀な、社会的なテーマを面白い筋運びで小説に組み立てることに長けた作家であった。盧溝橋事件（一九三七年七月）後、戦地ルポが各誌に載り始めるなかで、その石川が戦場を取材し、作品を書くことはある意味で当然の流れだったのかもしれない。緒戦の戦勝報道に浮かれる銃後の人々に対し、戦場の厳しい現実を突きつけて気を引き締めさせようと意気込んで書かれたのが『生きてゐる兵隊』だった。掲載予定の『中央公論』としてもこの作品が話題を呼ぶことを期待していたが、発売禁止処分という事件によって世間にも後世にも知られる結果となってしまった。中国の民間人を殺害し、あるいは略奪し、そして時にそのことに苦悩する日本兵を描きこんだこの小説が弾圧されたことで、それ以後の作家たちは委縮し、描ける兵士像の幅が大きく狭まったのではないかと思われる。

帰還兵が注目される時期には、知人をモデルにした「俳優」において、兵士という役割を捨て去るような帰還者の主人公を描いた。帰還してからも出征前の自分に戻ることができない主人公の不安を表わしているものの、その不安の根底にあるであろう、戦時社会のあり方や戦場での体験などが十分に扱われておらず、失敗作に終わったといえよう。だが、その後の「感情架橋」では、石川自身が戦場で感じたであろう不安が描き出された。従軍記者が戦場において兵士たちと行動を共にすることで、行動を強制される兵士と、自らの判断で行動する記者との立場の根本的な違いに直面する。兵士たちの行動の理解しがたさ、それへの違和感を表現することで、一九四〇年としては異例な、不気味な存在としての日本兵が描かれた。当時にあってこうした作品を書いた点は評価されるべきであろう。

もっともこれは戦時体制への抵抗といった観点から考えられるべきこととは言い切れないし、ましてや石川はアジア・太平洋戦争開始後も、シンガポールなどへの文化人徴用や文学報国会での活動などで、積極的に戦争に協力した。とはいえ、勝つために本気で行動したからこそ、彼はたびたび軍部を批判してより効率的な戦争体制を作るための主張をしたのである。これも当時としては非常に勇気のいることだった。

敗戦後においては石川は、軍や政府の指導者の責任を指摘しながら、自分は言論人として変わらず指導的な視点から言葉を発し続けている。多くの人が自分の戦争協力に頬かむりしようとするなかで、全力で協力したことを公言して憚らなかった石川の態度は概ね一貫している（ただし多くの死者が出た戦争を経ても、また戦争があれば協力するという発言をしており、開き直りのようでもある）。ここにはなし崩し的に戦争の過去を切り捨てようとする人々への異議や反発が感じられる。「風雪」において、戦傷ゆえに戦争の過去から逃れられない傷痍軍人を通して、戦後社会への怒りを表現したことは、以上のような石川の立場と一致しているのである。

石川達三の態度のこうした戦時から戦後への連続性は、戦時体制への「抵抗か加担か」という基準では捉えようのないものと言える。石川にとって最大限の協力が、実際に協力となることもあれば権力から見てあたかも抵抗のようにしか思えないということもあり、石川本人がどこまで戦略的に振る舞い、あるいは無自覚だったのかは、判断しがたい。火野と同じく戦中も戦後も、積極的に戦争協力したことを自覚していた石川だが、公職追放までされた火野と決定的に異なるのは、戦時期に自己の行なったことに対する自己正当化が強く、戦争という過去を見つめ直す、という様子が見えないところであろう。

榊山潤は、大都会東京のモダニズムという、きらびやかさの裏にある、絶えず刺激を求めるような不安定、不安の心理を描いてデビューした作家と言える。その彼が東京の失業者の視線を借りて、中国の戦場をニヒリスティックに解釈してみせたのが、「戦場」であった。「生活の巷では空しくおのれに返つて鬱屈していた憤懣が、国家の名によって、胸の透く吐け口を見つけたのだ。敵は誰であつてもいい」と、聖戦イメージからかけ離れた兵士の内面を描いたこの小説は、盧溝橋事件直前に書かれた。その数ヶ月後、少なくとも『生きてゐる兵隊』発禁の後であれば、こうした小説は発表できなかったのではないだろうか。もっとも、「戦場」を書いた後に戦火の上海へ取材に行った榊山自身、ナショナリズムに抗えなくなっていったので、もはや「戦場」のような作品は書かなかっただろう。上海についてのルポルタージュでは、自分自身の行為を突き放して相対化する程度のニヒリズムはかろうじて残っていても、在留日本人の戦争協力や、軍人の行動などを冷やかに論じるような言葉は封印されていった。

その後、一九三八年から四二年ごろまで、彼は流行作家として活躍していく。特に上海での体験で受けた刺激から執筆を決意したという『歴史』は注目に値する。進行中の日中戦争については検閲や政治的配慮から描けなかった戦場の陰惨な側面や、そこにおける兵士たちの弱さを、戊辰戦争という過去に託して書き、高い評価を受ける作品世界を創った。しかしほぼ同時期の「第二の戦場」では、銃後での産業戦線への復帰に懸命にはげむ傷痍軍人が美化されている。戦場の暴力性を、外傷によって銃後に見せつけるはずの傷痍軍人が、読者に戦争の残酷さを感じさせない形で周到に描かれているのだ。こうした矛盾とも思える態度を、彼が心中どのように受けとめていたかはわからない。だが少なからぬ人が戦争協力への意思と戦時社会の不合理とのはざまで、割り切れない感覚を持っていたのではなかろうか。ビルマ戦線に徴用文化人として従軍した後、一九四四年に福島県に疎開し、文化人としての戦争協力の最前線から外れて、敗戦を迎えた。

復員者が石もて追われるような敗戦直後の世相。とはいえ、実際のところ復員者の多くはわけもなく戦後社会へ溶け込み、戦場での過去を忘れるかのように「復員兵」のレッテルをはがしていく。この時期榊山が書いたものを見ると、軍の上層に反感を持っていたが、〝下っ端〟の復員兵を非難するようなことはなかっただけでなく、復員兵を受け容れつつ、戦争といういやな過去を忘れようとする世間の様相を捉えている。ここでは榊山自身も彼らを受け容れることで半ば無自覚に戦争の過去を切り離している面がある。

東京裁判や公職追放が進み、大多数の人々は指導者の処遇に注目したものの、戦争を自分の加担との関係で受けとめたり、反省したり、あるいは大東亜戦争の正しさを信じ続けてGHQを真っ向から批判することはなかった。自らの戦争協力を、肯定的であれ否定的であれ自覚的に捉えていた火野や石川の方が少数派であり、榊山の描いたような人々が、敗戦直後の社会にあっては主流だったのだろう。

こうした戦争への加担と抵抗という問題は、今日あまり触れられないものの、なお考える意味があろう。だが日本社会に生きた大多数が加担し、加担せざるをえなかったことを考える時、加担か抵抗かという二点だけで捉えるのではなく、どのような形で加担し、そしてそれをどう戦後に捉えなおしたか（あるいは捉えなおさなかったか）、という視点が重要であろう。戦時中の英雄としての帰還兵との対比のなかで、「悲しき兵隊」のような復員兵の意味が明確となり、しかもその復員兵たちが、実際はすんなりと社会へ戻っていったわけだ。もっとも、以上のようなまとめは、作家論あるいは知識人論的な視点から、三人の作家の戦争へのコミットを分析した、という本書の一側面に過ぎない。

本書で論じたことを別の角度から整理してみよう。「戦場へ征く」（第Ⅱ部）、「戦場から還る」（第Ⅲ部）は対になっているが、構成としては対称（シンメトリー）になっているわけではない。というのも、第Ⅱ部の考察の中心になった「戦場の小説」は、先行研究が比較的多い領域であるのに対して、第Ⅲ部、特に第4章の戦時中の帰還兵というテーマは、先行研究自体が極めて限られるため、問題提起という性格が大きいからである。

第Ⅱ部では、「戦場の小説」、特に火野葦平『麦と兵隊』『土と兵隊』が一つのブームとして立ち上がっていく様子を、文学史的な観点からだけではなく、盧溝橋事件以後のメディアや戦時社会の変化という大きな視点から考えることに力点を置いた。もっとも、この時代の重要な課題であった、ファシズム、共産主義、自由主義といった思想的な戦い、あるいは体制選択の戦いなどと直接関連づけて論じるには至らなかった。

第Ⅲ部の「戦場から還る」という視点は、戦争認識において近年少しずつ重視され始めてきてはいるが、戦時中の帰還兵についてはほとんど注目されていない。「還る」ことの意味は、本書で取り上げた十五年戦争の認識にとどまる問題ではなく、現在の戦争について考える際にも大きな意味を持つ。筆者の念頭には、イラク戦争から帰ってきて、現場を知る身としてブッシュ政権（当時）を痛烈に批判するアメリカの帰還者の姿があった。彼らのなかには除隊せず軍人の立場のままで、軍法会議を覚悟してまで反戦の意思を表明する人々もいた。これはもちろんベトナム戦争における帰還者の反戦活動という歴史と深くつながっている。ひるがえって日本では、果たしてイラクやインド洋帰りの自衛隊員が何か語れる状況にあるだろうか。むろんこれはシビリアン・コントロールに関する軍人（自衛官）の議論や、彼らの政治的発言に関する議論が少ない、あるいは社会に共有されていないという背景がある。これは憲法九条に関わる問題以上に、そもそも公務員の（私的な）政治的活動に対してすら抑制的な社会という事情もあるだろう。自衛隊の存在をめぐる議論がさらに事態を複雑にしている。とはいえ、むしろ根本にあるのは、自衛隊の内部から海外派遣の実態に対する批判が少しでも出ることを政府が恐れていることによる、過剰なまでの統制があるのではないかと思える。もっともこれは「還る」ことの射程を考えるための一つの例示であり、本書のテーマから外れてしまうので、今後の課題としておこう。

戦争の記憶の風化が問題視され、戦争を語り継いでいくことの必要性が叫ばれるようになってから久しい。今や課題は戦争体験を持たない世代が、戦争体験をどう捉え、どう受け継ぎ、さらに下の世代へどう伝えていくのか、ということになりつつある。普通に考えて、それは非常に困難な試みであり、風化は年々進んでいくであろう。しかしこの困難は単に体験の有無だけによるのではないだろう。それは現在の日本社会に暮らす人々の多くにとって、過去の戦争に限らず、戦争が遠い世界のごときものとして感じられているから、ある意味当然なのだ。

筆者が戦場の「今・ここ」にこだわり続け、兵士たちを描いた小説を分析してきたのは、戦時中を生きた多くの人々にとってさえ、実は中国や南方で行なわれていた戦争は遠い世界での出来事だったということの意味を考える必要がある、と思うからである。作品の分析だけでなく、当時のメディア状況を詳しく考察したのには、こうした理由がある。これはさらにいえば、兵士にとっても戦場に行ってみるまではその現実は想像を超えたものであったということを確認しつつ、戦時中において戦場の実態や、帰還兵の体験をキチンと伝えることがどれだけ困難だったかを、具体的な形で提示したかったということにもつながる。それでも作品の分析からは、それぞれの作者の戦争に対するスタンスや意図には収まりきらない戦場の様相や、帰還兵、復員兵が帰国後に持ち込む戦場の痕跡や、それを受け容れる側の人々の思いをかなり読み取ることはできる。本書の具体的な分析を通して、十五年戦争への見方が変わったり、深まったりする読者がいたならば、本書の目的は（一応）達成されたことになるだろう。その意味で、戦争体験の語りにおける送り手と受け手の相互行為を重視する本書ももちろん、読者との相互行為によって完結するのだ。

最後に、東日本大震災を経て、自明だと思っていた「平和」な日常性が崩れていくことを目の当たりにして、しかもその奪われた日常の一部が、原発神話という、権力の加担した事実の隠蔽構造に立脚していたにすぎないことを経験したことで、あるいは日本の市民の戦争への感受性は高まっていくのかもしれない。もっとも、本書の大部分は3・11より前に書かれたものであるし、3・11後の言論空間において、戦争の語りが変容しているのか否か、まだ判断のしようがない。今後の課題としておこう。

注

序章　本書の問いとその背景

（1）「同時進行　大統領の戦争（二五）」『朝日新聞』二〇〇三年四月十六日朝刊。太字は原文どおり。

（2）加藤陽子『満州事変から日中戦争へ』シリーズ日本近現代史⑤、岩波新書、二〇〇七年、i—ii頁。

（3）同書は二〇〇五年に岩波現代文庫から出版され、「文庫版のためのあとがき」には初版から十年の動きが補足されている。

（4）戦争の呼称と性格づけに関しては、木坂順一郎「アジア・太平洋戦争の呼称と性格」（『龍谷法学』第二五巻四号、一九九三年）が詳しい。また、木坂順一郎「アジア・太平洋戦争の歴史的性格をめぐって」（粟屋憲太郎ほか編『戦後五〇年の史的検証　年報・日本現代史』創刊号、現代史料出版、一九九五年）も参考になる。

（5）近年では「満州」ではなく、十六世紀末以来の民族名、地名（固有名詞）「マンジュ」の漢字表記としての「満洲」という表記を用いる論者もいる。その呼称については神田信夫『満学五十年』刀水書房、一九九二年、九七—九九頁。本書では論文名や書名を除き、「満州」を用いる。それが歴史的根拠のある固有名詞かどうかというよりは、それを日本側が意図的に取り出して傀儡国家に対して用いたことを批判的に捉えることが重要であると考えたからである。一般的には本書と同じく「満州」「満州国」や「満州事変」とカッコ付きで用いられる。「満州事変」を「中国東北戦争」と呼び換えることも提唱されている（木坂前掲「アジア・太平洋戦争の呼称と性格」五九—六〇頁）。

（6）引用は鶴見俊輔『鶴見俊輔集5』筑摩書房、一九九一年、九頁の注（3）。初出は『戦時期日本の精神史』岩波書店、一九八二年。「十五年戦争」を初めて用いたのは「知識人の戦争責任」『中央公論』一九五六年一月号（『鶴見俊輔集9』筑摩書房、一九九一年、一一三頁）。

（7）こうした立場は「満州事変」と日中戦争の間の変化を重視するものといえよう。「日中開戦前夜にはさまざまな可能性が模索されていた点、そして、日中戦争が長期化するなかで、言説の場が質的に転換する点を重視」する米谷匡史「戦時期日本の社会思想」（『思想』第八八二号、一九九七年）や、一九三三年五月の塘沽《タンクー》停戦協定の成立を重視する臼井勝美『新版　日中戦争』（中公新書、二〇〇〇年）などがある。

（8）広義の「アジア・太平洋戦争」に関しては、成田龍一・吉田裕「まえがき」（倉沢愛子ほか編『岩波講座　アジア・太平洋戦争1』二〇〇五年、岩波書店、viii頁）。

（9）この流れの代表は、山之内靖ほか編『総力戦と現代化』（柏書房、一九九五年）であろう。

(10) 雨宮昭一『占領と改革』岩波新書、二〇〇八年、viii頁。総力戦体制論への批判としてまとまったものとして、森武麿「総力戦・ファシズム・戦後改革」(倉沢ほか編前掲書、一三二頁以下)。

(11) アメリカに関しては堤未果『ルポ　貧困大国アメリカ』岩波新書、二〇〇八年。自衛隊に関しては布施祐仁「自衛隊・経済的徴兵制の足音」『世界』二〇〇九年八月号。

(12) もっとも「世代」と書いたが、厳密な世代の問題ではない。直接関連のない世代であっても戦争を引き受ける人はいるし、直接関わった世代でも/だから、引き受けないという人もあっただろう。小熊英二『〈民主〉と〈愛国〉』(新曜社、二〇〇二年)は、戦後知識人におけるこうした戦争の影響を取り上げた研究といえよう。

(13) 第Ⅱ部、第Ⅲ部で何度も取り上げる。

(14) 筆者はかつて疎開研究に絞って専門分化を取り上げ、「疎開研究の精度が上がり細分化していく一方で、分かりにくくなっているそれぞれのつながりを考える」ために、疎開を描いた小説を分析する論文を書いた。神子島健「終戦期長野の山村疎開の諸相――石川達三「暗い嘆きの谷」を読む」『相関社会科学』第一八号、二〇〇八年。

(15) M・アルヴァックス『集合的記憶』小関藤一郎訳、行路社、一九八九年、八四頁、および八八頁以下。

(16) 他者に共有可能な形に整除される「物語」に対立する、共有不可能なものとして「記憶」を突きつける岡真理のような立場(岡真理『記憶/物語』岩波書店、二〇〇〇年)がこれに当たるだろう。

(17) 彼女たちの経験を人類の負の遺産として普遍的に共有せよという立場もあるだろう。

(18) 高橋哲哉『戦後責任論』講談社学術文庫、二〇〇五年、五八頁以下など。

(19) 「新世紀オタク清談　第一〇回　映画「ローレライ」」『創』二〇〇五年五月号、一四〇頁。

(20) 同前、一四五頁。

(21) ちなみに彼らにしてみれば旧日本軍の軍服が「カッコ悪い」ということなのだろうが、当時としてはそれなりの「カッコよさ」を持っていたわけで、それゆえ軍国少年たちは憧れの目で兵隊さんを見ていたのである。また、野暮な陸軍というイメージに抗して、モダニズム的手法を使って出された戦時中のグラフ誌『FRONT』(復刻版が平凡社から一九八九年に出ている)のなかには、今日でも目を引くようなスマートな写真も少なくない。

(22) 赤澤史朗「戦後日本の戦争責任論の動向」(『立命館法學』第六号、二〇〇〇年)では、一六三頁で戦争責任論と戦争体験論の交錯について言及している。

(23) そうした「投機」を論じたものとして例えば米谷前掲(注7)論文がある。

(24) 安田武『戦争体験――一九七〇年への遺書』朝文社、一九九四年、一〇頁。初出は『現代の発見Ⅰ』月報、一九五九年十二月。

(25) 同前、三五頁。傍点引用者。初出は大河内一男・清水幾太郎編『わが学生の頃』三芽書房、一九五七年十一月。

(26) 冨山一郎『戦場の記憶』日本経済評論社、一九九五年、一〇二頁。

(27) 野上元『戦争体験の社会学――「兵士」という文体』弘文堂、二〇〇六年、二一七頁。

(28) 前掲書、二四三頁。

(29) 元「従軍慰安婦」の証言は、性暴力の被害者であることをさらけ出すという意味において、彼女たち自身が戦後に生きてきた社会的関係を壊すものであると同時に、日本社会に亀裂を生むという意味で社会関係を変容させうるものである。語り手が日本社会の構成員でない場合でも、社会関係を変容させうるような語りがありうることを如実に示している。か細い老人たちの言葉であるのに、彼女らの発言を取り上げた「女性国際戦犯法廷」(二〇〇〇年)を題材にしたNHKの番組「問われる戦時性暴力」(二〇〇一年)に政治的介入が行なわれたのは記憶に新しい。この問題にはまだ決着が着いていない。同法廷で、慰安婦制度の利用者(=加害者)として証言したのが、中国帰還者連絡会の元兵士、金子安次と鈴木良雄である。中国帰還者連絡会についてコンパクトにまとめているものとして、熊谷伸一郎『なぜ加害を語るのか――中国帰還者連絡会の戦後史』岩波ブックレット、二〇〇五年。

(30) 下嶋哲朗『平和は「退屈」ですか――元ひめゆり学徒と若者たちの五〇〇日』岩波書店、二〇〇六年、八七―八八頁。「虹の会」の活動記録としてはこの本に加え、虹の会編『終わりないうた――元ひめゆり学徒と虹の会のあゆみ』(虹の会発行、二〇〇六年)がある。

(31) 下嶋前掲書、七一頁。

(32) 小田実『「難死」の思想』同時代ライブラリー、一九九一年、二四九―二五〇頁。初出「「殺すな」から」『世界』一九七六年一月号。

(33) 小田の論じた被害/加害の絡まりあいを、戦後日本の運動史のなかで捉えた研究として、道場親信『占領と平和――〈戦後〉という経験』(青土社、二〇〇五年)四五八頁以下を挙げておく。

(34) これは作田啓一『恥の文化再考』(筑摩書房、一九六七年)に収録されている。

(35) 小田前掲書、一二七―一二八頁、傍点原著者。

(36) この研究は、連合軍の一員であるオーストラリアの資料を使った貴重な研究としても意義がある、と林博史は指摘している。林博史「ナウルでのハンセン病患者の集団虐殺事件(下)」『季刊戦争責任研究』第六五号、二〇〇九年、七五頁。

(37) 田口祐史『戦後世代の戦争責任』樹花舎、一九九六年。この田口が卒業論文で、本書でも大きく取り上げている火野葦平を論じたというのは、単なる偶然とは言い難い興味深い符合である(同書一一八―一二二頁)。

(38) 実際に召集され、「なかみまで軍人にされてしまう」ことへの内なる抵抗を続けたある男性は「「地方」の基準」を精神的に保持することを抵抗の根拠にしたとインタビューで語っている。彦坂諦『ひとはどのようにして兵となるのか（下）』罌粟書房、一九八四年、一〇―一二頁。

(39) 伊藤整「病める時代」『文藝』一九四八年一月号、四九頁。『伊藤整全集』第十六巻、新潮社、一九七三年に所収。

(40) 藤井忠俊『在郷軍人会――良兵良民から赤紙・玉砕へ』岩波書店、二〇〇九年、二八九―二九五頁。

(41) 吉良芳恵「昭和期の徴兵・兵事史料から見た兵士の見送りと帰還」『村と戦場　国立歴史民俗博物館研究報告』第一〇一集、二〇〇三年、二九〇頁以下。

(42) 野上前掲書、一三八―一四〇頁。

(43) 火野葦平「雨後」『中央公論』一九四〇年七月号、五五頁。

(44) 火野葦平「悲しき兵隊（上）」『朝日新聞』一九四五年九月十一日。

(45) ピエール・ブルデュー『芸術の規則I』石井洋二郎訳、藤原書店、一九九五年、一二頁、傍点原著者。

(46) 鈴木貞美『日本の「文学」概念』作品社、一九九八年、二四四―二四六頁。

(47) 鈴木貞美『日本の「文学」を考える』（角川書店、一九九四年）一〇二―一一四頁を参照した。ほかにこの頃のメディア空間を分析して「文学」の自律性が立ち上がっていく諸相を描き出した研究として、紅野謙介『投機としての文学――活字・懸賞・メディア』（新曜社、二〇〇三年）がある。特に第I部。

(48) ロラン・バルト『物語の構造分析』花輪光訳、みすず書房、一九七九年。本書では第2章4節「私小説について」で作者の問題に詳しく触れる。

(49) T・イーグルトン『文芸批評とイデオロギー』高田康成訳、岩波書店、一九八〇年、五二頁。

(50) 鈴木前掲『日本の「文学」概念』第4章の注（20）、四〇〇頁。

第1章　兵士たちのこと

(1) 安田純平・綿井健陽「私たちがイラク取材で直面したこと」（『世界』二〇〇四年七月号）一〇二頁の綿井の発言から。辺見の発言がどこでなされたのかは記載がないので確認できなかったが、彼が実際に言ったかどうかよりも、その意味合いが重要だと考えてここに記した。

(2) 橋田信介『イラクの中心で、バカとさけぶ』アスコム、二〇〇四年、二六五―二六六頁。

(3) ちなみにこの意味での front には他に popular front（人民戦線、people's front とも）や labor front（労働戦線）などがある。

(4) 近代日本最初のベストセラーとなった戦記文学と言えよう。

(5) P・ヴィリリオ「臨場性の欺瞞」石井直志・千葉文夫訳、『現代思想』第一三巻第一三号、一九八五年、六五―六六頁、太字は原文どおり。

(6) 若桑みどり「見たものの力」（三宅明正・若桑みどり編『九

人の語る戦争と人間』大月書店、一九九一年）三一一頁。
（7）門奈直樹『現代の戦争報道』岩波新書、二〇〇四年、二〇一―二一一頁。
（8）キャロル・グラッグ「九月一一日――二一世紀のテレビと戦争」梅崎透訳、『現代思想』第三〇巻第九号、二〇〇二年七月、七八頁、傍点引用者。
（9）同前。
（10）加藤健二郎・黒井文太郎・村上和巳『戦友が死体となる瞬間』アリアドネ企画、二〇〇一年、二頁。
（11）「戦死イラク米兵　写真掲載、半年で一回」『朝日新聞』二〇〇五年五月二十三日朝刊。
（12）同前。
（13）加藤健二郎ほか前掲書、三頁、傍点引用者。
（14）同前。
（15）吉田裕『日本の軍隊』岩波新書、二〇〇二年、一八二頁。
（16）大西巨人『大西巨人文選1　新生』みすず書房、一九九六年、二二四頁。このほか、『真空地帯』をめぐる論争の主要な論文は、臼井吉見監修『戦後文学論争』下巻（番町書房、一九七二年）収録の「『真空地帯』評価をめぐる論争」に掲載されている。
（17）鹿野政直『兵士であること』朝日新聞社、二〇〇五年、一一一頁。
（18）『火野葦平選集』第二巻、東京創元社、一九五八年、四〇六―四〇八頁。
（19）大岡昇平『野火』角川文庫版、一九九〇年、七頁。
（20）吉田前掲書、一九七頁。
（21）もっとも、まともな訓練を経ずに数合わせのごとく体力のない老兵を、銃すら足りないような状況で、しかもボロ舟で戦線に送ったのが、戦争末期であったのだが。それまで軍隊と無縁な生活を送ってきて突如召集され、三十代半ばでフィリピンへ行くこととなった大岡昇平の体験などそのよい例である。
（22）小澤眞人、NHK取材班『赤紙――男たちはこうして戦場へ送られた』創元社、一九九七年、二四―二六頁。
（23）鹿野前掲書、一〇頁。
（24）飯塚浩二『日本の軍隊』（同時代ライブラリー、一九九一年、一五五頁）での丸山眞男の発言より。
（25）大江志乃夫『徴兵制』岩波新書、一九八一年、七九―八〇頁。
（26）同前、八〇頁。
（27）荒川章二「日本近代史における戦争と植民地」『岩波講座アジア・太平洋戦争1』岩波書店、二〇〇五年、一八一頁。
（28）吉見義明『従軍慰安婦』岩波新書、一九九五年、五二―五三頁。
（29）同前、一四三―一四四頁。
（30）彦坂諦「男性神話から見た兵士の精神構造」（池田恵理子・大越愛子責任編集『加害の精神構造と戦後責任』緑風出版、二〇〇〇年）五八―五九頁。
（31）「〔資料紹介〕日中戦争期における日本軍人の自殺について

の憲兵隊報告」『季刊戦争責任研究』第五三号、二〇〇六年秋季号、五九頁。
(32) 同前、六五頁。
(33) 同前、六二頁。
(34) 私的制裁については、彦坂諦『ひとはどのようにして兵となるのか（下）』罌粟書房、一九八二年の「対談（9）」と同書注（27）が詳しい。
(35)「男らしさ」や「ヒーロー」としての軍人については、大日方純夫「総論」（阿部恒久ほか編『モダニズムから総力戦へ　男性史2』日本経済評論社、二〇〇六年）一九頁を参照。学校教育における軍国主義的思想の植え付けについては、彦坂諦『ひとはどのようにして兵となるのか（上）』罌粟書房、一九八二年、一七四―一七六頁。敗戦時に旧制中学の学生だった彦坂は当事者世代といえる。
(36) 安田武『学徒出陣　新版』三省堂、一九七七年、一八二頁。
(37) 岩手県農村文化懇談会編『戦没農民兵士の手紙』岩波新書、一九六一年、二頁。
(38) 藤井忠俊『兵たちの戦争』朝日選書、二〇〇〇年、二七八―二七九頁。もしくは吉田前掲（注15）書、八八頁以降。
(39) 飯塚前掲書（二一七―二一八頁）での丸山眞男の発言。
(40) 宮田節子『朝鮮民衆と「皇民化」政策』未來社、一九八五年、一〇五―一〇七頁、傍点引用者。
(41) ジュディス・L・ハーマン『心的外傷と回復　増補版』中井久夫訳、みすず書房、一九九九年、二五頁。井村恒郎『戦争下の異常心理――戦争神経症を中心にして』みすず書房、一九五五年、一八頁。
(42) 岩井圭司「トラウマ（心的外傷）議論の暗点」藤沢敏雄編『トラウマ――心の痛手の精神医学』批評社、二〇〇二年、二四頁。
(43) ハーマン前掲書、三二頁、傍点原著者。
(44) 井村前掲書、一七頁。
(45) 同前、二九頁。このことは野田正彰が、当時の軍医に対するインタビューによって裏づけている。北京陸軍第一病院という規模の大きな病院で、精神科を担当することとなった医師は全くの専門外で、「戦争神経症」という概念すら知らなかったという（野田正彰『戦争と罪責』岩波書店、一九九八年、七七頁）。
(46) 井村前掲書、三三頁。
(47) 森山公夫「新しい外傷論の出発」藤沢編前掲書、七二頁。
(48) 信田さよ子「記憶をどうとらえるか」『論座』二〇〇三年十二月号、二〇一頁。
(49) 藤沢敏雄「はしがき」藤沢編前掲書、三―四頁。
(50) ハーマン前掲書、六九―七〇頁。
(51) 同前、四六頁。
(52) 同前、特に第9章、第10章。
(53) 同前、二二五―二二六頁。
(54) 同前、二三八―二三九頁。

(55) 浅井利勇編『うずもれた大戦の犠牲者』国府台陸軍病院精神科病歴分析資料・文献論集記念刊行委員会、一九九三年、二四頁から引用。残念ながら海軍のデータは見当たらない。編者の浅井は国府台陸軍病院で長期にわたり戦争神経症の治療に当たった医師である。
(56) 小澤ほか前掲『赤紙』二六六頁。
(57) 鹿野前掲書、二二七頁。
(58) 櫻井圖南男「戦時神経症の精神病学的考察(第二編)」『軍医団雑誌』第三四四号、一九四二年、三六頁。
(59) 櫻井前掲、三八頁。
(60) 野田前掲書、三四三頁。
(61) 富永正三『あるB・C級戦犯の戦後史』影書房、二〇一〇年、六九―七〇頁。この部分は野田前掲書、一六二―一六三頁にも引用されている。
(62) 野田前掲書、三〇―三一頁。
(63) 序章注(34)参照。
(64) 野田前掲書、一五一頁。この元日本兵たちの経験の記録は、当事者たちによってまとめられている。さしあたり中国帰還者連絡会編『私たちは中国でなにをしたか――元日本人戦犯の記録』(三一書房、一九八七年)と、その会が立ち上げた雑誌(季刊)『中帰連』を挙げておく。注(61)で取り上げた富永正三も、この会の一員であった。
(65) 野田前掲書、一六六頁。
(66) 同前、一三四頁。
(67) 井上麻耶子がこうした視角から、罪悪感を感じていないと見る野田正彰への批判を提出している。井上「旧日本軍兵士の加害意識――慰安所体験、強姦体験への聞取り調査から」(池田ほか編前掲(注30)書)一一九―一二〇頁。
(68) 吉良芳恵「昭和期の徴兵・兵事史料から見た兵士の見送りと帰還」『村と戦場　国立歴史民俗博物館研究報告』第一〇一集、二〇〇三年、二八九頁以下。
(69) 吉見義明『草の根のファシズム』東京大学出版会、一九八七年、三四頁以下。
(70) 代表的なものとして家永三郎『太平洋戦争(第二版)』(岩波現代文庫版)を見るかぎりでは、抵抗における「帰還者(兵)」といった問いの立て方は重視されていない。言及したものがあればご指摘願いたい。
(71) 藤井忠俊『在郷軍人会』岩波書店、二〇〇九年、二九三頁。
(72) 加納実紀代「〈復員兵〉と〈未亡人〉のいる風景」(岩崎稔ほか編『戦後日本スタディーズ①「40・50」年代』紀伊國屋書店、二〇〇九年)八四―八五頁。
(73) 厚生省援護局編『引揚げと援護三十年の歩み』厚生省、一九七七年、四九頁。
(74) 加納前掲、八五頁。
(75) 「改正徴兵令」(明治二二年)由井正臣ほか校註『軍隊　兵士』日本近代思想大系4、岩波書店、一九八九年、一二四頁。
(76) 小澤前掲書、一六〇頁。

(77)加藤陽子『徴兵制と近代日本』吉川弘文館、一九九六年、二二三頁。このように兵役の期間は時期によってたびたび変更されている。同書四六―五〇頁がその変化を簡潔な表にまとめている。

(78)アーヴィット・プロダーセン編『アルフレッド・シュッツ著作集』第三巻『社会理論の研究』渡部光ほか訳、マルジュ社、一九九一年、一五三―一五四頁。

(79)同前、一五九頁。

(80)同前、一六〇頁。

(81)同前、一五五頁。

(82)同前、一六八頁。

(83)同前、一六二頁、傍点原著者。

(84)同前、一六五頁。

(85)だから先述の吉良論文の第4節が「アジア・太平洋戦争期における兵士の見送りと帰還」とされているにもかかわらず、この時期の帰還者の実態はほとんど論じられていない。

(86)藤原彰『日中全面戦争』小学館、一九八二年、一四三頁。

(87)大江志乃夫編・解説『支那事変大東亜戦争間動員概史』(復刻版)不二出版、一九八八年、七五―七六頁。この帰還兵数の存在は加藤前掲書、二二二頁によって知った。

(88)大江編前掲書、七五頁。

(89)小澤ほか前掲『赤紙』二三六頁。

(90)イラク戦争におけるWinter Soldierの活動は、さしあたり田保寿一「イラク戦争を告発する「冬の兵士」」(『世界』二〇〇九年八月号)。また、ベトナム戦争時の活動としては、陸井三郎編訳『ベトナム帰還兵の証言』(岩波新書、一九七三年)がある。ベトナムからの帰還米兵のWinter Soldierとしての証言を翻訳したものである。

(91)郡司淳『軍事援護の世界』(同成社、二〇〇三年)のほか、高岡裕之「戦時動員と福祉国家」(成田龍一ほか編『動員・抵抗・翼賛』岩波講座アジア・太平洋戦争3、岩波書店、二〇〇六年)など。

(92)加藤前掲書が、こうした観点から徴兵制度の運用を考える必要を強調している。

(93)加藤前掲書、六七頁、および吉田前掲書、一九七頁。

(94)大江前掲書、一一五―一一六頁。

(95)「火野葦平帰還座談会」『改造』一九三九年十二月号、三〇五頁。

(96)この資料は池田浩士が『火野葦平論』(インパクト出版会、二〇〇〇年、一三〇頁)で取り上げており、存在を知った。第4章で詳しく検討する。

(97)『輝く帰還兵の為に』陸軍新聞班、一九三八年、二頁。

(98)傷痍軍人(一時期まで「廃兵」と呼ばれた)の収容施設である廃兵院における服装については、郡司前掲書、一〇〇頁。管轄の移行については一〇九頁。

(99)軍事保護院に関しては郡司前掲書のほか、参考にした当時の資料として軍事保護院編『軍人援護事業概要』軍事保護院、昭和一五年度版(一九四一年発行)、昭和一六年度版(一九四三年発行）がある。また、軍事保護院関係者が戦後に出版した甲賀春一編『本庄総裁と軍事保護院』（春州会、一九六一年）も挙げておく。特に後者は当事者の回想として客観的なものとはいいがたいが、当時の詳しいデータなども挙げており、重要なものであるのは間違いない。

(100) 以上の軍人の結核に関する記述は、ともに清水勝嘉編『日本公衆衛生史〈昭和戦前期編〉』不二出版、一九八九年、九四頁以下による。引用は一〇一頁。この資料の存在は、莇昭三『戦争と医療――医師たちの十五年戦争』かもがわ出版、二〇〇〇年、Ⅳ-3の注4で知った。

(101) 莇前掲書、八六頁。

(102) 軍事保護院編前掲『軍人援護事業概要　昭和十五年度』一三五頁。

(103) 逸見勝亮「戦歿者寡婦特設教員養成所――「戦争未亡人」へのまなざしと自立と」橋本紀子・逸見勝亮編『ジェンダーと教育の歴史』川島書店、二〇〇〇年。また、この施設を取材して描かれた当時の小説に、丹羽文雄「碧い空」（『軍人援護文藝作品集』第一輯、軍事保護院、一九四二年）がある。

(104) 橋川文三編、清沢洌『暗黒日記Ⅲ』評論社、一九七三年、五頁。

(105) 空襲の被害という体験から出発して、自らは体験していない日本の加害を、自らの体験と結び合わせて考えた小田実「「難死」の思想」（『「難死」の思想』同時代ライブラリー、一九九一年。初出『展望』一九六五年一月号）以下の論考。それが登場するまで、二〇年近い年月が必要だったとも言える。

(106) 筆者はかつて、疎開を描いた小説を通して、戦時利得者が利得を増やし続けていく様相を分析したことがある。神子島健「終戦期長野の山村疎開の諸相――石川達三『暗い嘆きの谷』を読む」『相関社会科学』第一八号、二〇〇八年。

(107) 荒井信一「空襲の歴史を見直す」『季刊　戦争責任研究』第五八号、二〇〇七年、七七頁。

(108) 原朗「日本の戦時経済――国際比較の視点から」（原朗編『日本の戦時経済――計画と市場』東京大学出版会、一九九五年）。生産力に関しては九―一三頁、生活水準に関しては一八―二〇頁。生産力のピークの時期については同書にあるとおり、どの産業を重視するかによって諸説ある。

(109) 引用は大江編前掲書、三二三頁から。動員の数値の背景については小澤ほか『赤紙』二〇六―二一四頁。

(110) 藤原彰『日本軍事史　下巻　戦後篇』日本評論社、一九八七年、一頁。

(111) 加藤前掲書、四九頁。

(112) 藤原前掲書、五頁。

(113) 荒川章二「兵士たちの男性史」（阿部ほか編前掲書）、三三頁。

(114) 同前、一三五頁。

(115) 大豆生田稔「戦時食糧問題の発生――東アジア主要食糧農産物流通の変貌」（大江志乃夫ほか編『膨張する帝国の人流』岩波講座近代日本と植民地4、岩波書店、一九九三年）一九一

―一九三頁。
(116) 加瀬和俊「太平洋戦争期食料統制政策の一側面」原編前掲書、三〇一頁。
(117) 藤原前掲書、六―七頁。
(118) 引用は塩田庄兵衛ほか編『日本戦後史資料』新日本出版社、一九九五年、一五四頁。
(119) 大江前掲『徴兵制』一六四―一六五頁、傍点引用者。
(120) 塩田ほか編前掲書、一六一頁。
(121) 「終戦の詔書」、いわゆる玉音放送を分析しつつ、天皇の「終戦」の決断と開戦の責任とのつながりを指摘した研究として、小森陽一『天皇の玉音放送』五月書房、二〇〇三年、三七頁。
(122) ちなみに「軍人」とか「元軍人」という言葉に、元職業軍人を指すニュアンスが強いと筆者は感じているが、現時点では論証できるレベルまで調べられていない。
(123) 長崎寛「海外同胞六六〇万引揚の記録」奥村芳太郎編『在外邦人引揚の記録』毎日新聞社、一九七〇年、一九九頁。
(124) 丸川哲史『冷戦文化論――忘れられた曖昧な戦争の現在性』双風舎、二〇〇五年、一八四―一八五頁。
(125) 藤原前掲書、および木村卓滋「復員　軍人の戦後社会への包摂」吉田裕編『戦後改革と逆コース――日本の時代史26』吉川弘文館、二〇〇四年。直接引用してはいないが参照した研究としては、春川由美子「復員省と占領政策」(『軍事史学』第三一巻一・二合併号、一九九五年)、北河賢三『戦後の出発』(青木書店、二〇〇〇年)特に第Ⅱ章がある。
(126) 藤原前掲書、一頁。
(127) 藤原前掲書、一四頁。木村前掲論文、九一頁。もっとも外務省の資料「執務報告(第一号)終戦連絡中央事務局第一部(1945・11・15)」(粟屋憲太郎編「解説」『敗戦直後の政治と社会②』資料日本現代史3、大月書店、一九八一年、二一一頁)には、十一月五日現在で内地部隊の復員率九七パーセントとある。残務処理などの軍人が残るため、いつ内地の復員が終わったかというのは今のところ私には確定しがたい。
(128) 厚生省援護局編前掲書、七四頁。
(129) 粟屋編前掲書「解説」四四八頁。
(130) 「「ポツダム」宣言の条項受諾に伴ひ大東亜地域に関し大東亜省及我方出先各機関の執りたる措置並に現地の状況(一九四五・八・一九)」粟屋編前掲書、二五二頁。
(131) 厚生省援護局編前掲書、八〇頁。
(132) 加藤陽子「敗者の帰還――中国からの復員・引揚問題の展開」『国際政治』第一〇九号、一九九五年、一一五頁。
(133) 加藤前掲論文。この研究は中国からの復員・引揚げに対象を限定したものであり、復員全体のプロセスを解明したわけではないが、日本と連合国側の交渉のプロセスがよく見える。
(134) 現時点で最も包括的な戦犯裁判研究といえる林博史『BC級戦犯裁判』(岩波新書、二〇〇五年)六四頁によると、ソ連と共産党支配地域を除いて、五七〇〇名の軍人・軍属が裁判を受けたという。ただしこの数値には日本国内(横浜)で裁判を受けた人数も含んでいる。東京裁判は含んでいない。また、内海愛子『朝鮮人ＢＣ級戦犯の記録』（勁草書房、一九八二年）一五二頁によれば、五七〇〇名のうち、一四八人が朝鮮人、一七三人が台湾人であるという。

(135) 厚生省援護局編前掲書、二八頁。ちなみに海軍では元来、復員ではなく「解員」という用語を用いていたという（同書、六一頁）。

(136) 厚生省援護局編前掲書、四九頁。引用中の（　）内は原文どおり。

(137) タイ、ビルマ国境付近に残った未帰還者を取り上げた映画『花と兵隊』（松林要樹監督）が二〇〇九年に公開された。まさに現在の問題であることがわかる。

(138) 藤原前掲書、七頁。

(139) 木村前掲、九二頁。木村によると元データは『終戦直後の国内治安確保と進駐軍との衝突回避措置その他』復員庁復員局法務調査部、防衛庁防衛研修所戦史部所蔵、一九四七年十月十四日。

(140) 厚生省援護局編前掲書、六四―六五頁、傍点引用者。

(141) 吉田裕『兵士たちの戦後史』（岩波書店、二〇一一年）二七頁以下で、こうした反感の例が詳しく紹介されている。

(142) 木村前掲、九六頁。

(143) 木村前掲、一〇〇頁。

(144) 戦争未亡人の人数については、川口恵美子『戦争未亡人』ドメス出版、二〇〇三年、一〇頁。また、加納前掲論文が、未亡人と復員者を対比させつつ論じている。

第2章　戦場の小説へ

(1)「満州」という用語については、序章注（5）参照。

(2) こうした様子を藤井忠俊は「赤紙の祭」と名づけた。『国防婦人会』岩波新書、一九八五年、一四四頁。同書を読めば、国防婦人会こそ、出征者を見送る側の代表的存在であったことがわかる。

(3) 平野謙「ひとつの反措定」『新生活』一九四六年四・五月合併号、四九頁。火野を「犠牲」という言葉で捉えたのは、火野が戦犯となって二度と作家として活動できなくなるであろうと考えていたからだ、と平野は後に述べている。中島健蔵・中野重治編『戦後十年・日本文学の歩み』（青木書店、一九五六年）二二八頁、田中艸太郎『火野葦平論』（五月書房、一九七一年）一三〇頁も参照のこと。

(4) この七〇万部という数字は、鶴島正男「新編＝火野葦平年譜」（『敍説XIII』花書院、１９９６年）による確実にわかっている最低限の部数である。爆発的な売行きを示して何刷りも出た初出掲載雑誌などの数字は入っていない。しかも戦争末期の資料が残っていないため、それより多い可能性は高い。『火野葦平選集』第二巻（創元社、一九五八年）の「解説」で火野本人は、「百万部まではおぼえているが、あとはわからないと、〔出版元の〕改造社の人がいつていた」（四二七頁）と書いている。

(5) 池田浩士『火野葦平論』インパクト出版会、二〇〇〇年、五四七頁。

(6) 成田龍一『〈歴史〉はいかに語られるか』ＮＨＫブックス、二〇〇一年、一二八―一三〇頁。

(7) このことを反映する一例として、東京大学の図書館には『石川達三作品集』（全二五巻、新潮社、一九七二―七四年）も『火野葦平選集』（全八巻、東京創元社、一九五八―五九年）も所蔵されていない（二〇一二年二月末現在）。つまりはアカデミックな対象として捉えられてこなかったということである。ここで見られる純文学／大衆文学という区分はどこからくるものなのかは興味深いテーマであるが、本書では残念ながら十分に突っ込んだ議論はできなかった。

(8) その流れを明確に打ち出したのは、安藤宏「太宰治・戦中から戦後へ」（『国語と国文学』第七八四号、一九八九年）であろう。

(9) 安藤宏「交差する「自己」――「第一次戦後派」と「無頼派」と」『文学』二〇〇三年九・十月号、一一一頁、傍点原著者。

(10) 花田俊典「火野葦平、戦争文学の誕生」『昭和文学研究』第四四集、二〇〇二年三月。松本和也「事変下メディアのなかの火野葦平」（『Intelligence』第六号、二〇〇五年十一月）および松本和也「〈戦場〉の日記――火野葦平「麦と兵隊」」（『立教大学日本文学』第九九号、二〇〇七年）。

(11) 松本和也「石川達三「蒼氓」の射程」『立教大学日本文学』第八九号、二〇〇二年十二月。松本和也「昭和十年前後の私小説言説をめぐって」『日本近代文学』第六八集、二〇〇三年。

(12) 板垣直子『事変下の文学』近代文藝評論叢書22、日本図書センター、一九九二年、二四頁。この著作は同時代的な見取り図を知る上で参考になる。この本は板垣『事変下の文学』（第一書房、一九四一年）の復刻版である。成田前掲書、第二章で、筆者はこの本について知った。

(13) 板垣前掲書、二七頁。

(14) 同前、三五―三七頁。もっとも『西部戦線異状なし』も当然ながら、記録的な文体であると同時に登場人物（作者ではない）の内面はさまざまに書き込まれている。

(15) Donald Keene, "Japanese Writers and the Greater East Asia War," *Journal of Asian Studies*, vol. 23, No. 2, 1964, p. 225.

(16) 小松伸六「戦争文学の展望」荒正人編『昭和文学研究』塙書房、一九五二年、一八九頁。

(17) 同前、二一〇―二一一頁。

(18) 同前、二〇六頁。

(19) 同前、二一一頁。

(20) 安藤宏「批評の運命」有精堂編集部編『抑圧と解放　戦中から戦後へ』講座昭和文学史第3巻、有精堂、一九八八年、一七七頁。

(21) 安永武人『戦時下の作家と作品』未來社、一九八三年、三一―三二頁。

(22) 同前、四〇―四六頁。

(23) 矢野貫一「左翼文学から戦争文学へ」矢野貫一編『近代戦争文学事典』第一輯、和泉書院、一九九二年、二七九―二八一頁。
(24) 同前、二八五頁。
(25) 松本前掲「石川達三「蒼氓」の射程」一四九頁。
(26) 火野葦平「麦と兵隊」『改造』一九三八年八月号、一〇四頁、傍点引用者。
(27) 『火野葦平選集』第二巻、四一二―四一三頁。
(28) 藤井忠俊『兵たちの戦争』朝日新聞社、二〇〇〇年、一八四―一八八頁。
(29) 加藤典洋『敗戦後論』講談社、一九九七年、一四四頁。
(30) しかし敗戦からわずか三年足らずで亡くなった太宰も、戦時中のいくつかの作品を戦後の再刊にあたってかなり改稿している（安藤前掲「太宰治・戦中から戦後へ」一〇五頁）。
(31) もっとも加害という問題に斬りこんだ小説がなかったわけでは決してない。さしあたり、竹内栄美子「記憶をつないでゆく――戦後文学と元兵士の証言」（『世界』二〇〇八年九月）を参照のこと。
(32) 成田前掲書、一六六頁。
(33) こうした点に関して成田も回答を試みていないわけではないが、十分な説明が与えられていないと筆者は考える。罪悪感の問題については第3章で詳述する。
(34) 民衆の生活・文化に戦時色が浸透していく様子を描いた研究に、赤澤史朗・粟屋憲太郎ほか編『戦時下の宣伝と文化　年報・日本現代史』（現代史料出版、二〇〇一年）がある。戦時期の雑誌に関しての代表的な研究として、高崎隆治『戦時下の雑誌――その光と影』（風媒社、一九七六年）などがあげられる。新聞に関しては前坂俊之『太平洋戦争と新聞』（講談社学術文庫、二〇〇七年）が詳しい。これは「太平洋戦争」と題にあるが、むしろ正確には「十五年戦争と新聞」を扱った著作である。
(35) 権錫永「日本における統制とプロパガンダ」小森陽一ほか編『メディアの力学』岩波講座文学2、岩波書店、二〇〇二年、二三九頁。
(36) 石川三四郎「黄河の水をも浄化せよ」『改造』一九三八年八月号、一〇六―一〇七頁。
(37) 同前、一〇九―一一〇頁。
(38) 同前、一一二頁。
(39) 阿部愼吾「満州事変を綴る新聞街」『改造』一九三一年十一月号、三七頁。
(40) 『東京朝日新聞』は二十日朝刊で、本社特派員を八名現地へ派遣することを報じている。内訳は一般記者四名写真記者四名である。ちなみに航空機という新たな輸送手段が発展途上であって注目を浴びていた当時、新聞や雑誌には、無着陸長距離飛行実験などの話題が毎号のように掲載されている。
(41) 阿部前掲、三六頁。
(42) 阿部前掲、三九頁、傍点引用者。
(43) 「肉弾三勇士」をめぐるメディアの状況は、有山輝雄「戦時体制と国民化」（赤澤史朗・粟屋憲太郎ほか編『戦時下の宣伝と文化　年報・日本現代史』）一二頁の記述によった。また、上野英信『天皇陛下万歳――爆弾三勇士序説』（筑摩書房、一九七二年）一三八頁以下も参照のこと。上野の表題に見られるように、「肉弾三勇士」「爆弾三勇士」という二つの呼び方が存在した。

（44）L・ヤング『総動員帝国――満洲と戦時帝国主義』加藤陽子ほか訳、岩波書店、二〇〇一年、四九―五六頁。この本の第二章は、「満州事変」期のメディアにおける兵士の表象の特徴を、それ以前の戦争と比較しながら明らかにした重要なものである。ただし日中戦争期に関してはほとんど触れられていない。

（45）同盟通信社設立の経緯は今西光男『新聞　資本と経営の昭和史』（朝日選書、二〇〇七年）一六七―一七七頁に詳しい。

（46）有山前掲、一四一―一五頁。

（47）大正期における軍隊批判の社会的な高まりについては、例えば筒井清忠「大正期の軍縮と世論」（青木保ほか編『戦争と軍隊』近代日本文化論10、岩波書店、一九九九年）などを参照のこと。

（48）田中紀之「論壇ジャーナリズムの成立」青木保ほか編『知識人』近代日本文化論4、岩波書店、一九九九年、一七九頁。

（49）同前、一八九―一九〇頁。

（50）前田愛『近代読者の成立』同時代ライブラリー版、一九九三年、二一六頁。こうしたなかで力を発揮した作家の代表格が菊池寛であった。この前田の著作は、近代日本文学研究における読者論の先駆的研究と言えよう。

（51）大宅壮一「文壇ギルドの解体期」『新潮』一九二六年十二月、八一頁。これは千葉俊二・坪内祐三編『日本近代文学評論選（昭和篇）』（岩波文庫、二〇〇四年）にも収録されている。

（52）盧溝橋事件については既にいろいろな研究があるが、ここでは主に江口圭一『盧溝橋事件』（岩波ブックレット・シリーズ昭和史No.3、岩波書店、一九八八年）を参照した。

（53）臼井勝美『新版　日中戦争』によると、事件勃発後すぐの時点で、蒋介石は事件が偶然に起きたとは考えておらず、日本の目的が華北の支配にあるのか、全面戦争にあるのかの判断に苦しんでいたという（同書六六頁）。

（54）日本読書新聞社編『雑誌年鑑　昭和十四年度版』（複製版）大空社、一九八八年、六四頁。

（55）都築久義『戦時体制下の文学者』笠間書院、一九七六年、一一〇頁。

（56）前掲『雑誌年鑑』五〇―五一頁。

（57）同前、五三頁。

（58）白石喜彦が『生きてゐる兵隊』の本文と、その当時の要領とを対照させて、問題となった部分を詳しく指摘している（白石喜彦『石川達三の戦争小説』翰林書房、二〇〇三年、第3章）。

（59）雨宮庸蔵『偲ぶ草――ジャーナリスト六十年』中央公論社、一九八八年、四六六頁。

（60）同前、四六九頁、傍点引用者。この部分は半藤一利「『生きている兵隊』の時代　解説に代えて」(石川達三『生きている兵隊』中公文庫、一九九九年)二〇六頁にも引用されている。本書では基本的に、旧仮名をそのまま用いているので『生きてゐる兵隊』と書いているが、前記の文庫本は『生きている兵隊』の書名であるので、そう記載する。

(61) 本章注(142)参照。

(62) 雨宮前掲書、四六九頁。

(63) 同前、四七一頁。

(64) 前掲『雑誌年鑑』五七頁。

(65) 松浦総三『占領下の言論弾圧　増補決定版』現代ジャーナリズム出版会、一九七四年、七〇頁、傍点原著者。

(66) 伊藤正徳「大事変と言論自由」『改造』一九三七年八月号、一一六頁。

(67) 同前、一二〇頁。

(68) たとえば、『日本評論』一九三七年八月号の「新聞時評」も、似たような論旨で、言論統制を批判している。三木清なども、時局に対する批判の重要性をより強調してはいるが、同じように統制の必要性を受け容れる形で議論をしている(三木清「時局と思想」『日本評論』一九三七年九月号)。

(69) 小林英夫『日中戦争——殲滅戦から消耗戦へ』講談社現代新書、二〇〇七年。

(70) 正確には用紙統制のなかで増刊号を出すことが許されなくなり、文藝春秋社が『話』という雑誌を『文藝春秋』の「時局増刊」と統合させた形で『現地報告』にしたのである。とはいえ『話』という一般読み物の雑誌よりも『現地報告』を優先させたという判断は、当時の情勢を如実に示している。

(71) 戸坂潤「戦場ジヤーナリスト論」『日本評論』一九三七年十月号、二六一頁。

(72) 同前、二五八頁。

(73) 同前、二六五頁、傍点原著者。

(74) Q・天・Q「変態的言論統制」(『日本評論』一九三七年八月号)三八二頁、およびQ・天・Q「事変か戦争か?」(『日本評論』一九三七年九月号)四〇二頁。なおQ・天・Qというのは、『日本評論』の匿名新聞時評欄のペンネームである。

(75) Q・天・Q「事変と従軍記者」『日本評論』一九三七年十月号、三二五頁。

(76) 同前。

(77) この時期、日本の航空機の技術は世界の最先端の一角を占めていた。航空機技術の発展においては、軍にとどまらず新聞社が大きな役割を担っていた。神風機や当時の日本の航空機事情については、山崎明夫編『朝日新聞社訪欧機　神風』(三樹書房、二〇〇五年)に詳しい。また、朝日新聞「新聞と戦争」取材班『新聞と戦争』(朝日新聞社、二〇〇八年)の第三章と、今西前掲書、一五七—一五九頁にも言及がある。

(78) Q・天・Q前掲「事変と従軍記者」三二六—三三〇頁。

(79) 伊藤恭雄「戦雲を衝くニュース・カメラマン——支那事変とニュース映画の位置」『改造』一九三七年十月支那事変増刊号、八〇—八二頁。伊藤の肩書きは書かれていないが、文面から判断するに東日・大毎国際ニュースのスタッフの一人だろう。

(80)「文壇寸評」『改造』一九三七年八月号、二五五頁。

(81)A・H・O「戦時体制下の文学（文芸時評）」『日本評論』一九三七年十月号、四一八頁。同誌の文芸時評の匿名執筆者による。

(82)大宅壮一「浮ぶ人沈む人――ヂヤーナリズム戦線ルポルタージユ」『日本評論』一九三七年十二月号、二七六頁。

(83)実際には、こうした動きの指摘はわりと早い時期からあった。例えば亀井秀雄「戦争下の私小説問題――その『抵抗』の姿」日本文学研究資料刊行会編『日本文学研究資料叢書　昭和の文学』有精堂、一九八一年（初出『位置』一九六三年十月）。

(84)松本前掲「昭和十年前後の私小説言説をめぐって」六四―六五頁。

(85)こうした文壇中心の観点を批判しつつ、純文学という見方に囚われず言語芸術たる「文芸」の歴史を構想している論者として、鈴木貞美がいる。鈴木貞美『日本の「文学」概念』作品社、一九九八年などを参照のこと。

(86)松本前掲「昭和十年前後の私小説言説をめぐって」六九頁。この問題を「社会」ではなく自己と他者というより限定した問題として扱った研究としては、安藤前掲「交差する『自己』」がある。この二人はともに火野葦平の登場を一つのターニングポイントとして挙げている。

(87)佐藤春夫「文芸時評」『中央公論』一九二七年五月号、一三八頁。『佐藤春夫全集』第十一巻、講談社、一九六九年に収録されている。こうした当時の佐藤のスタンスについては、鈴木貞美が前掲書、三四五頁で指摘している。

(88)佐藤前掲、一三八頁。

(89)鈴木前掲書、三四五頁。

(90)伊藤整「短編は象徴であるか」『新潮』一九三六年十一月号、五八―六〇頁、傍点引用者。『伊藤整全集』第十四巻、新潮社、一九七四年に収録されている。

(91)伊藤氏貴『告白の文学』鳥影社、二〇〇二年、二七三―二七四頁。

(92)鈴木登美『語られた自己――日本近代の私小説言説』岩波書店、二〇〇〇年、一〇頁。

(93)ロラン・バルト『物語の構造分析』花輪光訳、みすず書房、一九七九年、八七頁。

(94)伊藤整「私小説と自意識」『文藝』一九三六年十一月号、四六頁。『伊藤整全集』第十四巻に所収。

(95)大宅壮一「文学史的空白時代」『新潮』一九二八年一月、五―七頁。『大宅壮一全集』第一巻、蒼洋社、一九八一年に所収。

(96)蔵原惟人「プロレタリヤ・レアリズムへの道」『戦旗』創刊号（一九二八年五月号）二〇頁、傍点引用者。千葉俊二・坪内祐三編『日本近代文学評論選　昭和篇』岩波文庫、二〇〇四年ほかに収録されている。

(97) 徳永直「いま広場へ出てきた——自分に即した回顧」『文学界』一九五二年十一月号、九二頁。
(98) 蔵原前掲、一六頁。
(99) 小林秀雄「純粋小説について」『文藝通信』一九三六年二月、四頁、傍点原著者。『小林秀雄全集』第四巻、新潮社、二〇〇一年にも収録されている。
(100) 横光利一「純粋小説論」『改造』一九三五年四月号、三〇二—三〇四頁。この論は千葉・坪内編前掲書などに収録されている。通俗小説的な性格も持っている、という意味であって『罪と罰』が芸術(純文学)に対立するものとしての通俗作品だ、と横光は言っているわけではない。
(101) 横光前掲、三〇四頁。
(102) 横光前掲、三〇九頁。
(103) 小林秀雄「私小説論」『経済往来』一九三五年五月号、三五五頁。この部分は岩波文庫『小林秀雄初期文藝論集』(一九八〇年)などに収録されているテクストとはかなりの異同がある。
(104) 小林秀雄「続々私小説論」『経済往来』一九三五年七月号、四六九頁。
(105) 松本前掲「昭和十年前後の私小説言説をめぐって」六九頁。
(106) 伊藤整「新人作家」『新潮』一九三六年十二月号、一五二—一五三頁。『伊藤整全集』第十四巻に収録。
(107) 初出は『星座』一九三五年四月号。この『蒼氓』は第三部までであるが、第二部、第三部は一九三八年ごろ発表されている。芥川賞の受賞作は当然、第一部である。
(108) 菊池寛「話の屑籠」『文藝春秋』一九三五年九月号、二四五頁。菊池自身は芥川賞の選考委員ではないが、こうした石川への好意的な発言が、選考会議に影響したとも言われる。
(109) 中野好夫「人と文学」『石川達三集』筑摩現代文学大系50、筑摩書房、一九七六年、四六九頁。
(110) 日本での自然主義を唱えた一人である田山花袋がゾラの影響を受けたのは間違いないし、身辺小説的なものも書いているのは確かだが、田山の作品を私小説と呼ぶことに対する批判も多い。
(111) 中野好夫前掲、四六九頁。
(112) ゾラに関してはさしあたり、清水徹「解説」(綜合社編『集英社ギャラリー「世界の文学」7 フランスⅡ』集英社、一九九〇年)と、アンリ・ミットラン『ゾラと自然主義』(佐藤正年訳、文庫クセジュ、一九九九年)を参照した。石川自身、「ゾラに共鳴するものを感じていた」と語っていると同時に、私小説への対決、批判というモチベーションをもって作家として出発したとも語っている。石川達三「経験的小説論」『石川達三作品集』第二十五巻、新潮社、一九七四年、三一七頁および三三〇頁。
(113) 山本健吉「解説」(石川達三『蒼氓』新潮文庫、一九七一年)二五〇頁。
(114) 中野好夫前掲、四七六頁。
(115) 石川前掲「経験的小説論」三二五頁。

(116) こうした観点から石川達三『蒼氓』を扱った研究として、松本前掲「石川達三「蒼氓」の射程」がある。
(117) 林房雄「国内改革と文学」『新潮』一九三七年七月号、一六頁。
(118) 中條百合子「〝大人の世界〟とは? 「大人の文学」論の現実性(中)」『報知新聞』一九三七年二月十七日朝刊。『宮本百合子全集』第十一巻、新日本出版社、一九八〇年に収録されている。
(119) 戸坂潤『日本イデオロギー論(増補版)』白揚社、一九三六年、二七三頁。
(120) 同前、二八四頁。傍線部は伏字。戸坂『日本イデオロギー論』(岩波文庫、一九七七年)三〇三頁より補った。
(121) 戸坂はこの論説を通し、マルクス主義的な階級概念をもとに、インテリゲンチャを知識「階級」と呼ぶことを痛烈に批判している。
(122) 戸坂前掲書、二九三頁、傍点原著者。
(123) 同前、二九一頁。
(124) 矢野前掲書、二七九—二八一頁。
(125) 小島晋治・丸山松幸『中国近現代史』岩波新書、一九八六年、一六三頁。
(126) 岡田宗司「上海は何処へ」『改造』一九三七年十月支那事変増刊号、一六頁。また、当時「日本租界」とも呼ばれた虹口の日本人街の成り立ちについては、高崎隆治『上海狂想曲』文春文庫、二〇〇六年、二四頁以下に詳しい。
(127) 林房雄『戦争の横顔』春秋社、一九三七年、三九四頁。この林の上海滞在については、榊山との行動も含め、高崎前掲書、第四章が詳しく扱っている。
(128) 林前掲書、三七六頁。
(129) 徳永直「報告文学と記録文学」『新潮』一九三七年十一月号、五二—五三頁。
(130) 杉山平助を取り上げた貴重な研究として、都築久義『戦時下の文学』和泉書院、一九八五年がある。
(131) 中野重治「ルポルタージュについて」『文藝春秋』一九三七年十一月号、三六六—三六七頁。『中野重治全集』第十一巻、筑摩書房、一九七九年に収録。
(132) 宮本百合子「明日の言葉——ルポルタージュの問題」『文藝首都』一九三七年十二月号、七九頁。『宮本百合子全集』第十一巻にも収録。
(133) 同前、八〇頁。
(134) 同前、八一頁。
(135) 青野季吉「「調べた」芸術」『片上伸・平林初之輔・青野季吉・宮本顕治・蔵原惟人集』現代日本文學大系54、筑摩書房、一九七三年。初出は一九二五年六月。
(136) 伊藤整「事変下の小説」『新潮』一九三七年十一月号、三頁。『伊藤整全集』第十四巻に収録。
(137) 同前、三—四頁。
(138) 石川前掲「経験的小説論」三二七—三二八頁。
(139) この裁判については、白石前掲(注58)書、特に第2章、

第3章、および都築前掲書『戦時体制下の文学者』に詳しい。
(140) 都築前掲書、一〇頁。
(141) 半藤前掲、二〇七―二〇八頁。
(142) 白石前掲書、六七頁。未回収本については、次章注(20)でも少し触れている。
(143) この翻訳に関しては、『都新聞』一九三八年三月二十九日朝刊に記事が掲載されている。杉本正子「石川達三『生きてゐる兵隊』論――矛盾に翻弄される兵隊たち」(杉野要吉編『交争する中国文学と日本文学――淪落下北京 1937-45』三元社、二〇〇〇年)五三九―五四二頁に詳しい成立事情が述べてある。
(144) 宮本百合子「昭和の十四年間」(近藤忠義編『日本文学入門』日本評論社、一九四〇年)と、板垣前掲書、二六頁。「昭和の十四年間」は『宮本百合子全集』第十一巻、新日本出版社、一九八〇年に収録されている。
(145) 伊藤整「文学の将来」『三田文学』一九三八年四月号、九三頁。『伊藤整全集』第十四巻所収。
(146) 菊池寛「話の屑籠」『文藝春秋』一九三八年三月号、三一九頁。ちなみに『文藝春秋』は日中戦争開始後早くから、戦争協力に最も積極的なメディアであった。それについては高崎隆治『雑誌メディアの戦争責任』第三文明社、一九九五年に詳しい。
(147) 「芥川龍之介賞経緯」『文藝春秋』一九三八年三月号、三五六頁。『芥川賞全集』第二巻、文藝春秋、一九八二年にも所収。
(148) 同前、三六〇頁。
(149) 饒舌体という観点からこの時期の小説について触れた研究に、安藤前掲「交差する「自己」」と、松本和也「昭和十年前後の〝リアリズム〟をめぐって――饒舌体・行動主義・報告文学」(『昭和文学研究』第五四号、二〇〇七年)がある。
(150) 伊藤整「文芸時評」『新潮』一九三八年四月号、一五五―一五七頁。『伊藤整全集』第十四巻に収録。
(151) 本人のメモによると、『朝日新聞』の児玉記者から芥川賞当選を聞いたのが一九三八年の三月八日と書いてある。『火野葦平選集』第二巻、四〇〇頁。しかし、当時の新聞を見ると記者が火野に報告した写真付きのインタビュー記事が『東京朝日新聞』一九三八年二月十二日朝刊に掲載されているので、本人のメモが一ヶ月誤っている。
(152) 小林秀雄「杭州」『文藝春秋』一九三八年五月号、三〇八頁。『小林秀雄全集』第五巻、新潮社、二〇〇二年などに収録されている。
(153) 同前、三〇九頁。
(154) 『火野葦平選集』第二巻、四〇二頁。
(155) 大宅壮一「「葦平文学」は何処へ」『日本評論』一九三九年三月号、二一九頁。
(156) 『東京朝日新聞』一九三八年五月十九日夕刊。
(157) 玉井政雄『兄・火野葦平私記』島津書房、一九八一年、一八六―一八七頁。
(158) 『火野葦平選集』第二巻、四一〇―四一二頁。
(159) 例えば「芥川賞」『日本評論』一九三八年九月号など。

(160) 第1章注(18)参照。
(161) このあたりの事情は、矢野貫一「戦時下文学の戦後」(矢野編前掲書、三二二—三二五頁)に手短にまとめられている。
(162) 西銀七「街の人物評論　火野葦平」『中央公論』一九三八年十二月号、四七〇—四七一頁。
(163) 広津和郎がその場面に対して「終ひの一行など、外の作家だつたら〔怖くて〕載せやしないと思ふ」と述べている。「座談会　時局と文学者の使命」『新潮』一九三八年十月号、一六四頁。
(164) 小林秀雄「槍騎兵」『東京朝日新聞』一九三八年八月四日朝刊。
(165) 岡田三郎「文芸時評」『新潮』一九三八年六月特大号、八九頁。
(166) 高崎隆治『戦争と戦争文学と』日本図書センター、一九八六年、二二三頁。
(167) 本章注(4)参照。
(168) こうした指摘は成田龍一もしている。成田前掲書、一五一—一五二頁。
(169) 神田鵜平「創作時評」『新潮』一九三八年十二月号、二二九—二三〇頁。
(170) 「新潮評論　時局・芸術・文藝」『新潮』一九三八年十二月号、一五〇—一五一頁。
(171) 伊藤整「純文学の勝利——事変下二年の文学界の回顧(上)」『東京朝日新聞』一九三九年七月十八日。『伊藤整全集』第十四巻に所収。
(172) 宮本自身がこの作品をルポルタージュとして見ていたというわけでもないが、同じ戦場を描いた文章として戦地ルポに対して述べた評価方法に重ね合わせて論じている部分が多い。ちなみに、この文章が書かれたのは一九四〇年である。『土と兵隊』には触れていない。
(173) 宮本前掲「昭和の十四年間」三四〇頁。
(174) 同前。
(175) 「〜と兵隊」と題した三部作がヒットしたため、連載時に火野に断わりなく『海と兵隊』というタイトルに変えられてしまった。単行本として出版される際にこのタイトルとなっている。
(176) 保田與重郎「戦争文学の後に来るもの」『日本評論』一九三九年三月。

第3章　戦場と兵隊の小説

(1) 第2章1節参照のこと。ちなみに、戦地ルポに関しては榊山のところで若干扱うが、基本的には前章で見た部分で十分だと考え、ここでは特に扱わない。
(2) 榊山潤「サル蟹合戦」『新潮』一九三七年七月号、二二四頁。
(3) 同前、二二六—二二七頁。
(4) クリスティアン・グラーフ・フォン・クロコウ『決断——ユンガー、シュミット、ハイデガー』高田珠樹訳、柏書房、一九九九年、六二頁。
(5) ハナ・アーレント『全体主義の起原3　全体主義』大久保和郎・大島かおり訳、みすず書房、一九八一年、四四頁。
(6) これも、刺激を絶えず求める形のモダニズムに近いものと考えられないこともない。
(7) 第1章注(41)参照。
(8) 中條百合子「戦争を描く小説3」『中外商業新報』一九三七年八月一日朝刊。『宮本百合子全集』第十一巻、新日本出版社、一九八〇年にも収録されている。
(9) 赤木智弘「「丸山眞男」をひっぱたきたい　三一歳フリーター。希望は、戦争」『論座』二〇〇七年一月号。
(10) 矢野貫一編「左翼文学から戦争文学へ」『近代戦争文学事典』第一輯、和泉書院、一九九二年、二八一頁、傍点引用者。
(11) 誤字が多いので、以下、同書からの引用で明らかな誤りは適宜訂正した。意図的な当て字を用いているのか判断がつかないものはそのままにしてある。
(12) 流民という意味の「流氓」の間違いなのか、「流れ亡びる」という意味の造語なのかよくわからない。単行本掲載時でもタイトルは「流泯」のままである。
(13) ちなみに本文中で先に紹介した畑中論文は、『上海戦線』における中国観を論じたものであり、「新しい支那」と「古い支那」の対比を詳しく論じている。畑中佳恵「長崎・一九三七年——榊山潤から届く手紙」『叙説Ⅱ』第一〇号、二〇〇六年。
(14) ここでいう「女」とは、男性の目線から見た性的対象としての女性のことである
(15) 牧義之「石川達三「生きてゐる兵隊」誌面の削除に見るテキストのヴァリアント」『中京国文学』第二八号、二〇〇九年。
(16) この『生きてゐる兵隊』の書誌的な面に関しては、牧前掲論文の他、白石喜彦『石川達三の戦争小説』(翰林書房、二〇〇三年)と杉本正子「石川達三『生きてゐる兵隊』論——矛盾に翻弄される兵隊たち」(杉野要吉編『交争する中国文学と日本文学　淪落下北京 1937-45』三元社、二〇〇〇年)を参照のこと。杉本論文は、海賊版として出された中国版について詳しい言及がなされている点で重要である。
(17) 石川達三「経験的小説論」『石川達三作品集』第二十五巻、新潮社、一九七四年、三二七—三二八頁。この「経験的小説論」は『文學界』一九六九年十一月から翌年四月まで連載され、同年単行本として文藝春秋から発売された。また、船内で知り合った将校たちについて描いた短編に、「五人の補充将校」(『石川達三作品集』第二十三巻、新潮社、一九七三年　初出『文学者』一九三九年七月)がある。
(18) 白石喜彦『石川達三の戦争小説』翰林書房、二〇〇三年。特に第1章。
(19) 安永武人『戦時下の作家と作品』未來社、一九八三年、第二章注(22)参照。
(20) 宮本百合子「昭和の十四年間」近藤忠義編『日本文学入門』日本評論社、一九四〇年、三四二—三四三頁。『宮本百合

子全集』第十二巻、新日本出版社、一九八〇年に所収。宮本が入手して読んで、批評まで出していたということは、発禁となったこの作品が出版、文壇関係者内ではかなり出回っていたことを推測させ、前章で触れた未回収本の話と合致する。宮本以外にも板垣直子『事変下の文学』（日本図書センター、一九九二年、二六頁。一九四一年、第一書房、復刻）などで、直接作品名を挙げて言及されている。

(21) 中野重治「解説」『現代日本小説体系』第五九巻、河出書房、一九五二年、三二四頁。

(22) 都築久義『戦時体制下の文学者』笠間書院、一九七六年、一二三、二二三、二二六頁。都築は別のところで、前掲注（20）の宮本の論を引用して、『生きてゐる兵隊』における石川の文壇的野望を批判している。都築久義「石川達三の戦中・戦後――文学者の戦争責任をめぐって」『愛知淑徳大学論集――文学部・文学研究科篇』第三二号、二〇〇七年、九〇―九一頁。

(23) 安田武『定本戦争文学論』朝文社、一九九四年、一九四頁の注（12）。

(24) 高崎隆治『戦争と戦争文学と』日本図書センター、一九八七年、七六―八四頁。

(25) 開高健『紙の中の戦争』岩波同時代ライブラリー、一九九六年、七八頁。

(26) 同前、八四頁。

(27) 『生きてゐる兵隊』における石川の取材行程に関しては、白石前掲書第1章や、白石喜彦「『生きてゐる兵隊』論・素描」（『解釈と鑑賞』第七〇巻四号、二〇〇五年四月）を参照した。

(28) この『生きてゐる兵隊』で出てくるのは正式の従軍僧であるが、各部隊の兵士のなかで仏門に関係のある人がいて、彼らが経を読んだりする場合も多かったようだ。特に少人数で動く前線付近などでは、従軍僧がそこにいるとは限らなかったので、そういうケースが多かったと思われる。

(29) 宗教と戦争、ここでは十五年戦争と仏教といったテーマも非常に面白いものを含んでいるが、本章では扱う余裕がなかった。ちなみにこの連隊長と玄澄との対話は、作品内における国家観のうかがえる場面として、白石前掲書でも取り上げられている（一〇六頁以下）。

(30) 『中央公論』で全文が削除されている箇所からの引用は、表記のとおり中公文庫版の頁数を示した。

(31) 野田正彰『戦争と罪責』岩波書店、一九九八年、一六七頁。

(32) 杉本前掲、五五四頁。

(33) この点については第5章3節で取り上げる。

(34) 『生きてゐる兵隊』の南京における慰安所の描写については、源淳子が「仏教が支えた加害の責任」（池田恵理子・大越愛子責任編集『加害の精神構造と戦後責任』緑風出版、二〇〇〇年）という論文で触れている（二〇一頁以降）。

(35) 石川達三『恥かしい話・その他』新潮社、一九八二年、二一頁。

(36) 同前、二一〇頁。

(37) 雨宮庸蔵『偲ぶ草――ジャーナリスト六十年』中央公論社、一九八八年、四六八頁。
(38) 石川前掲「経験的小説論」三三七頁。
(39) 白石前掲書、一二六―一二七頁。
(40) 同前、一三一―一三二頁。
(41) 同前、一八四頁。
(42) 石川前掲「経験的小説論」三三七―三三八頁。
(43) 佐藤卓己『言論統制』中公新書、二〇〇四年、四五頁。
(44) 火野の年譜は、火野に関する基礎史料を駆使して編まれた鶴島正男「新編＝火野葦平年譜」『敍説XIII』花書院、一九九六年を参照した。
(45) このことを指摘する研究は多いが、特に人々の顔の見える「中都会」としての若松という場が火野の作品に与えた影響についての優れた研究として、池田浩士『火野葦平論』(インパクト出版会、二〇〇〇年) がある。火野の生い立ちと両親に関しては、両親を主人公とした伝記的小説『花と竜』に詳しい。
(46) この時の体験をもとにした自伝的小説が『魔の河』(一九五七年) という作品になっている。
(47) このあたりの事情は「解説」(『火野葦平選集』第二巻、東京創元社、一九五八年) 四二四―四二五頁に述べられている。ここで取り上げる二作の創作メモ、ノートについては、花田俊典「火野葦平、戦争文学の誕生」(『昭和文学研究』第四四集、二〇〇二年三月) 五九頁以下に詳しい。
(48) 手紙に関しては、藤井忠俊『兵たちの戦争』(朝日選書、二〇〇〇年) の第一章と、鹿野政直「村の兵士たちの中国戦線」(『兵士であること』朝日選書、二〇〇五年) を参照した。
(49) 実際火野にも弟が二人いて、下の弟は当時実家にいたはずである。
(50) 藤井前掲書、六一頁。
(51) この島については「戦友立候補」(『火野葦平兵隊小説文庫一』光人社、一九七八年) という作品でも触れられている。
(52) 火野葦平「鰯船」『オール讀物』一九四八年五月号、三九頁。
(53) 同前、四一頁。
(54) 同前、四〇頁。
(55) 初出『文藝春秋』だと、ここだけ日付が飛んで十二月二十八日になっているが、前後関係からしても、後の版で修正されていることからも、明らかに十月二十八日である。
(56) 火野葦平「麦と兵隊」『土と兵隊・麦と兵隊』新潮文庫、一九七〇年、一二二頁。
(57) こうした文体による読者とのコミュニケーションについてまとまった形で指摘しているものとして、成田龍一『〈歴史〉はいかに語られるか』(NHKブックス、二〇〇一年) を挙げておく。
(58) 成田前掲書、一二八―一三〇頁。
(59) 藤井前掲書、一二三頁。なお、同じ頁で、前に述べた『麦と兵隊』における「徴発」が言及されている。
(60) 玉井政雄『兄・火野葦平私記』島津書房、一九八一年、一三三頁。
(61)『火野葦平選集』第二巻、四三〇頁。
(62)同前、四三四頁。
(63)日本戦没学生記念会編『きけわだつみのこえ』第二集、岩波文庫、一九八八年、八二頁。椿文雄の日記、一九三九年一月三十一日のから。補足の「(火野葦平作)」は原文どおり。
(64)朝日新聞「新聞と戦争」取材班『新聞と戦争』朝日新聞社、二〇〇八年、一三三頁。
(65)安藤宏「交差する「自己」――「第一次戦後派」と「無頼派」と」『文学』二〇〇三年九・十月号、一一一頁。
(66)「気遣いあふれる「兵隊作家」の素顔」『朝日新聞』二〇〇三年二月八日夕刊の記事から。「(略)」も含めてそこからの引用。
(67)削除部分復元の引用は、新潮文庫版、二三八頁。戦後再版された時に火野の書いた原稿は残っていなかったので、初版で削除された部分に関しては、戦後に火野が記憶を頼りに書き直したという。長い削除もあったので、元のとおりには戻っていないと考えられる。
(68)高崎隆治『戦時下文学の周辺』風媒社、一九八一年、一二八―一三一頁。
(69)『土と兵隊・麦と兵隊』新潮文庫版、九八頁。
(70)高崎前掲書、一三〇頁。
(71)これにはもちろん日本主義など、別の文脈も絡み合って作用したことはいうまでもない。
(72)松本和也「石川達三「蒼氓」の射程――〝題材〟の一九三〇年代一面」『立教大学日本文学』第八九号、二〇〇二年、一五〇―一五一頁。特にこの論文はプロレタリア文学のルポルタージュと、文壇的な報告文学の媒介役として『蒼氓』を位置づけている。
(73)下野孝文「火野葦平と「兵隊」――石川達三を媒介にして」『敍説Ⅻ』三八―四三頁。
(74)第2章1節参照のこと。
(75)川村湊・富岡幸一朗・柘植光彦「座談会　戦後派の再検討」『解釈と鑑賞』第七〇巻一一号、二二頁。
(76)この宣伝部隊に関しては、櫻本富雄『文化人たちの大東亜戦争――PK部隊が行く』(青木書店、一九九三年)が詳しい。ちなみに火野もこの時期には軍人としてではなく、彼らと同じく徴用令によって従軍している。
(77)作家、獅子文六の本名。この作品は本名で書いた。
(78)映画との比較に関しては、坂口博「私は兵隊が好きである――火野葦平「陸軍」序説」(『敍説Ⅻ』花書院、一九九六年)などが詳しく指摘している。
(79)吉田裕『日本の軍隊』岩波新書、二〇〇二年、六二―六三頁。
(80)彦坂諦『ひとはどのようにして兵となるのか(下)』罌粟書房、一九八四年、二八頁。
(81)「火野葦平・石川達三対談」『中央公論』一九三九年十二月号、三五三頁。

(82)「自筆年譜」『火野葦平選集』第八巻（東京創元社、一九五九年）によると、火野は一九〇六年十二月三日生まれらしい。ただし出生届は翌〇七年一月二十五日に出されたため、数え年と戸籍上の年齢には二歳の開きが出る。数え年ではこの入隊は二十三歳になるが、戸籍上二十一歳で入隊している。

(83)沖仲士と兵隊については次章三四七頁で少し論じた。火野と庶民との関係をめぐっては、既にいろいろと論じられている。たとえば田中艸太郎『火野葦平論』（五月書房、一九七一年）、安田武前掲書、花田俊典「火野葦平という問題」（『叙説XIII』）などである。田中が批判するように、安田の研究などは、火野の書く庶民を一般化しすぎるきらいがある。「庶民」のなかには、兵隊も含まれれば沖仲士も含まれることが多いが、兵隊の描き方と沖仲士の描き方も異なるし、兵隊の描き方とそれ以外の一般庶民の描き方も違うというのが本当のところだろう。

(84)同じ中隊同士では盗まないのが「仁義」であるという暗黙のルールがあったということが、彦坂前掲書、六〇—六二頁の、体験者へのインタビューで触れられている。

(85)ここで見られる自己完結型の責任意識がアジアへの責任意識を塞いでいくことは当然のことである。池田浩士は火野の「責任意識が戦争責任ではなく一貫して敗戦責任でしかなかったのは、もちろん火野葦平の限界であると同時に、時代の限界でもあっただろう」と書いている（池田前掲書、一一頁、傍点原著者）。しかしこうした意識ではあっても、自分のなかで敗戦と向かいつづけ、それを書きつづけてきたという点では火野は珍しい存在である。また、戦後には中国に対する罪悪感も感じていたという点はここで指摘しておきたい。田中前掲、一六四—一六八頁、および神子島健「火野葦平（中）戦後十年、中国との「再会」」『季刊 中帰連』第四五号、二〇〇九年。

(86)注（62）参照。

(87)丸山眞男「超国家主義の論理と心理」『増補版 現代政治の思想と行動』未來社、一九六四年、二五頁。

(88)藤原彰『新装版 天皇制と軍隊』青木書店、一九九八年、第一部第一章。藤原はここで青年将校たちの思想や行動を、反共主義とその徹底による自分たちの特権擁護という視覚から説明している。

第4章 帰還兵の時代

(1)日比野士朗「火野葦平と上田廣」『文藝』一九四〇年一月号、八〇頁。

(2)中島健蔵『昭和時代』岩波新書、一九五七年、一四八—一四九頁。

(3)同前、一四九頁。同書においてはこの出来事の年月は確定されていない。当時の日記を参照して書いた中島『兵荒馬乱の巻 昭和一四年—一六年』回想の文学4、平凡社、一九七七年、一二四頁で言明されている。

(4)藤原彰『日中全面戦争』小学館、一九八二年、一六二頁。

(5)さしあたり小林英夫『日中戦争——殲滅戦から消耗戦へ』

講談社現代新書、二〇〇七年。
（6）鶴島正男「新編＝火野葦平年譜」『敍説XIII』によると、十二月の『戦友に愬ふ』は一万部が出版されている。ちなみにパンフレットを底本にしたテクストが、『中国への進撃』昭和戦争文学全集2、集英社、一九六四年に掲載されている。
（7）第3章（66）参照のこと。
（8）金子文夫「対外経済膨張の構図」（原朗編『日本の戦時経済』東京大学出版会、一九九五年）一七六頁の表「外地在住日本人人口の地域別推移」。
（9）同前、一七八頁の表「外地在住日本人の地域別・職業別構成」。
（10）第1章（84）参照
（11）第1章（44）参照。
（12）池田浩士『火野葦平論』インパクト出版会二〇〇〇年、一三〇頁。
（13）丸山眞男『増補版　現代政治の思想と行動』未來社、一九六四年、二〇頁。
（14）同前、二二頁、傍点原著者。
（15）吉良芳恵「昭和期の徴兵・兵事史料から見た兵士の見送りと帰還」『村と戦場　国立歴史民俗博物館研究報告』第一〇一集、二〇〇三年、二九〇頁ほか。
（16）藤原前掲書、一四二―一四三頁。
（17）吉田裕・吉見義明編『日中戦争期の国民動員①』資料日本現代史10、大月書店、一九八四年、三四七―三四八頁。
（18）同前、三四五頁。
（19）もっとも「銃後」という言葉は、日露戦争の戦記文学「肉弾」で知られる桜井忠温の『銃後』（一九一三年三月）によって使われるようになったものであり、日露戦争当時にこの言葉が用いられていたわけではない。また『日本国語大辞典（第二版）』（小学館、二〇〇一年）によれば、桜井の用いた「銃後」とは「銃を執る人。また、戦争の勝敗は武器の良否よりもむしろ武器をとる兵士およびその精神にかかわっているということ」という意味である。つまりこれはわれわれがイメージする「戦場の後方。また戦時、直接の戦闘に加わらないで、前線の背後にあってこれを支援すること。また、その一般国民及び国内をいう」という意味とは異なる。同辞典では、こちらの意味は日中戦争開始後の一九三七年十二月二十六日、第七十三回帝国議会開院式の勅語、「朕ガ銃後ノ臣民亦克ク協力一致シテ時艱ニ当レリ」からであるという。
（20）傷痍軍人の研究に関しては、植野真澄「「傷痍軍人」をめぐる研究状況と現在」（『季刊　戦争責任研究』第五五号、二〇〇七年春季号）が研究史を最も幅広く整理している。廃兵院については郡司淳『軍事援護の世界』（同成社、二〇〇三年）の第四、五章が詳しい。
（21）生瀬克己「破壊される心と身体」倉沢愛子ほか編『日常生活の中の総力戦』岩波講座アジア・太平洋戦争6、岩波書店、二〇〇六年、一六五―一六七頁。
（22）植野真澄「傷痍軍人、戦争未亡人、戦争孤児」倉沢ほか編前掲書、一八五頁。
(23)「帰還二勇士——戦争とスポーツを語る」『オール読物』一九四〇年九月号、二二七頁。
(24)同前、二二九頁。笹崎の発言。
(25)同前、二三〇頁。
(26)「産業戦線に甦った傷痍軍人は語る」『雄弁』一九四〇年十一月号、一四四頁。
(27)同前、一四二—一四三頁。
(28)同前、一四四頁。
(29)同前。
(30)臼井勝美『新版　日中戦争』中公新書、二〇〇〇年、一一二頁。
(31)上村伸一『日本外交史二〇　日華事変(下)』鹿島平和研究所、一九七一年、二七八頁。
(32)藤原前掲書、二二二—二二三頁。
(33)「一般に」と書いたのは、実際に汪に対して突きつけられた条件は、声明よりも中国側にとって屈辱的な「日支新関係調整方針」をベースにしたものであったからである。もっともそうした実情は一般に知られるものではなかった(臼井前掲書、一二〇頁、および小林前掲書、九一頁、ほか多数)。
(34)矢部貞治『近衛文麿』読売新聞社、一九七六年、三七五—三七六頁。
(35)上村前掲書、二八二頁。
(36)同前、二八三頁。
(37)斎藤隆夫の反軍演説に関しては、有馬学「戦争のパラダイム——斎藤隆夫のいわゆる「反軍」演説の意味」(『比較社会文化』第一巻、一九九五年)、および斎藤隆夫「国家競争と平和論の価値」(『改造』一九三九年十月号)、斎藤隆夫「国民的政治体制を確立せよ」(『改造』一九四〇年二月時局増刊)と次注の文献を参照した。二つの斎藤論文は、有馬が指摘するように、「反軍演説」の論旨を余すところなく(演説より事前に)発表したものである。
(38)吉田裕・吉見義明・伊香俊哉「解説」(吉田裕・吉見義明編『日中戦争期の国民動員②』資料日本現代史11、大月書店、一九八四年)五一〇頁、および同書所収の「斎藤隆夫宛書簡類」を参照。
(39)『鹿児島新聞』一九三八年三月二十一日。本多勝一ほか『南京大虐殺と「百人斬り競争」の全貌』金曜日二〇〇九年、三三五頁からの再引用。
(40)志々目彰「日中戦争の追憶〝百人斬り競争〟」『中国』一九七一年十二月号、四三頁。この回想記は笠原前掲書、一一七頁と、本多ほか前掲書、三七頁で言及されている。
(41)笠原十九司『「百人斬り競争」と南京事件——史実の解明から歴史対話へ』大月書店、二〇〇八年、四八頁。この「百人斬り競争」については、本多勝一に対する名誉棄損裁判の(本多への)支援を行なった、「南京への道・史実を守る会」のメンバーから資料提供やアドバイスを受けた。
(42)「無し」は「為し」の誤りか?『会津新聞』一九三七年十

一月二十八日。小野賢二「報道された無数の「百人斬り」」『戦争責任研究』第五〇号、二〇〇五年からの再引用。
(43) 藤原彰・姫田光義編『日中戦争下中国における日本人の反戦活動』青木書店、一九九九年、一六五頁。
(44) 同前、一七四頁。
(45) 同前、一三四頁。
(46) 「中支方面戦地に於ける反戦文書入手に関する件」『思想月報　複製版』第五五号、文生書院、一九七三年。
(47) 藤原・姫田編前掲書、五三—五五頁。
(48) 同前、一八二頁。
(49) 「特高ブロック会議書類（一九三九・四）」吉田・吉見編前掲書『資料日本現代史10』二七四頁、二七九頁など。
(50) 小森恵「刊行のことば」『思想月報　第六七号　第六八号　昭和前期思想資料　第一期』文生書院、一九七三年。
(51) 第1章3節で触れたとおり、この調査は藤井忠俊『在郷軍人会』（岩波書店、二〇〇九年）でも取り上げられている。
(52) 加瀬和俊「戦時経済と労働者」倉沢愛子ほか編『戦争の政治学』岩波講座アジア・太平洋戦争2、岩波書店、二〇〇五年、一二七頁。
(53) 戦時中の食糧の輸入に関する問題は、大豆生田稔「戦時食糧問題の発生——東アジア主要食料農産物流通の変貌」『膨張する帝国の人流』岩波講座近代日本と植民地5、岩波書店、一九九三年を参照した。
(54) 小野沢あかね「戦時体制下の「花柳界」——企業整備から「慰安所」へ」『日本史研究』第五三六号、二〇〇七年四月、六四頁。
(55) 加納実紀代『女たちの〈銃後〉　増補新版』インパクト出版会、一九九五年、四九頁。
(56) こうしたトラブルにおいて、立場の弱い未亡人の側に立って軍が介入する別の例を一ノ瀬俊也も取り上げている。一之瀬俊也『銃後の社会史』吉川弘文館、二〇〇五年、一〇二頁。
(57) 早川紀代「家族法の改正——戦時および戦後」吉田裕編『戦後改革と逆コース』日本の時代史26、吉川弘文館、二〇〇四年、一一八—一二〇頁。これは軍事援護を家族制度との関わりから取り上げており、戦後改革による家族制度の変化まで含めて論じたものである。
(58) 古屋哲夫『日中戦争』岩波新書、一九八五年、一七一頁。
(59) ペン部隊に関する研究としてはさしあたり、高崎隆治『戦時下文学の周辺』（風媒社、一九八一年）、都筑久義『戦時下の文学』（和泉書院、一九八五年）、櫻本富雄『文化人たちの大東亜戦争』（青木書店、一九九三年）の第一章、荒井とみよ『中国戦線はどう描かれたか』（岩波書店、二〇〇七年）を挙げておく。
(60) 「座談会　戦争の体験と文学」『文藝』一九三九年七月号、二四五頁。
(61) 同前、二五一頁の今日出海の発言。
(62) 同前、二五七頁の今日出海の発言。
(63) 藤原彰・棟田博「対談　中国戦線と戦時体制」『日中全面戦

争』昭和の歴史第5巻、月報4、小学館、一九八二年、四頁。

(64) 同前、七頁。

(65) 都築久義「林田博」(都築前掲書)一三七頁。棟田を主題として取り上げた数少ない研究の一つである。都築いわく、(戦争を描くことで知られたにもかかわらず)戦争以外の作品を書きたいという欲求を持っていたが故に、日比野や上田は結局のところ戦後に名を残せなかったのに対し、戦争の作品にこだわったゆえに棟田が戦後にも残ることができたということである。また、池田浩士『「海外進出文学」論・序説』(インパクト出版会、一九九七年)の第Ⅳ章「下士官の視座　分隊長・棟田博の愛憎」も棟田を取り上げている。

(66) 大岡昇平「解説」『中国への進撃』昭和戦争文学全集2、集英社、一九六四年、四八六頁。

(67) 都築前掲「棟田博」一四八頁。

(68) 後述の作品「黄塵」が、戦地で最初に書かれた上田の作品であったが、発表が遅れたため、「鮑慶郷」で上田の名は知られることになった。池田浩士「建設としての戦争――上田廣と鉄道部隊」『「海外進出文学」論・序説』。

(69) 「上田廣帰還座談会」『文藝』一九四〇年一月号、二一六頁。

(70) 同前、一九九頁。こちらも上田に関する数少ない研究である都築前掲書の「上田広《ママ》」でも、こうした上田の「地味な」帰還を火野の帰還と対照的に取り上げている。

(71) 上田廣「戦地より還りて(下)」『東京朝日新聞』一九三九年十一月二十七日朝刊。

(72) 従軍作家になることの難しさを、都築久義も指摘している。一例として、日中戦争期には無名の駆け出しでしかなかった太宰治は選ばれようもなかったという(都築前掲書、三五頁)。

(73) 「新潮評論」『新潮』一九三九年六月、一五頁。平野謙編『現代日本文学論争史』下巻、未來社、一九五七年に収録。

(74) 中野重治の有名な評論「ねちねちした進み方の必要」(初出『革新』一九三九年七月号)はその一例である。ここで中野は、火野や上田の名を引き合いに出しつつ、戦争文学は「明らかに文学的な収穫をえつつある」と書き、素材派と括られる作品(中野は「社会文藝的な文学」と名指している)のなかで、戦争文学のみを高く評価している。『中野重治全集』第十一巻、筑摩書房、一九七九年、二八四―二八六頁。本書三〇五―三〇六頁で取り上げた日比野、芹沢たちの態度も、こうした二項対立とは異なるスタンスである。

(75) 上林暁「外的世界と内的風景」(初出『文藝』一九三九年一月号)二八一頁。平野編前掲書にも掲載されている。この引用部分は正確にいえば、上林が「新潮評論」(『新潮』一九三八年十二月)一五九頁を引用したものである。ここでは上林がこの内容に注目し、そこから発展させた以下の議論が重要である。

(76) 丸山真男『日本の思想』岩波新書、一九六一年、一一頁。

(77) 上林前掲、二七八頁。こちらも上林が引用した室生犀星の言葉。

(78) 山川菊栄に関しては、加納実紀代『女たちの〈銃後〉増補新版』インパクト出版会、一九九五年、二二四頁。
(79)上林前掲、二八四頁。
(80)高田瑞穂「自我の解体とニヒリズム——芥川の死を乗り越えようとするもの」日本文学研究資料刊行会編『昭和の文学』有精堂、一九八一年、六七頁(初出は『国文学』一九七五年七月号)。
(81)中島健蔵「何を書くべきか」『新潮』一九三九年一月号、二六九頁。
(82)同前、二七〇頁。
(83)同前。
(84)同前、二七一頁。
(85)同前。
(86)榊山潤『生産地帯』日本文学社、一九三九年、二三頁。
(87)榊山潤『文人囲碁界』砂子屋書房、一九四〇年、四九頁。
(88)名取勘助「小説月評」『新潮』一九三八年七月号、一二五頁。
(89)榊山『生産地帯』七〇頁。〔 〕内は引用者注。( )は原文どおり。
(90)榊山『文人囲碁界』二四〇頁。
(91)宮本百合子「昭和の十四年間」近藤忠義編『日本文学入門』日本評論社、一九四〇年、三四七頁。『宮本百合子全集』第十二巻、新日本出版社、一九八〇年に所収。
(92)池田浩士『[海外進出文学]論・序説』二四九頁。
(93)板垣直子『事変下の文学』近代文藝評論叢書22、日本図書センター、一九九二年、一五三頁。
(94)榊山潤「『歴史』について」『新潮』一九四〇年四月号、八七頁。ちなみに同八九頁以降には、選評と審査経過が記されている。落選した候補作のなかには、太宰治「女生徒」もある。
(95)伊藤整「榊山潤『歴史』を読む」『伊藤整全集』第十四巻、新潮社、一九七四年、三七八—三七九頁。初出『文学者』(第一巻四号)一九三九年四月、これは初出誌を直接あたれなかった。
(96)榊山潤『歴史』第一部、第二部は、今日比較的手に入れやすいものとして、富士見書房版(時代小説文庫、一九九〇年)がある。
(97)中島健蔵「榊山潤」『現代作家論』河出書房、一九四一年、一四五—一四六頁。
(98)同前、一五一頁。
(99)軍事保護院『昭和十六年度軍人援護事業概要』一九四三年、一九六頁。ただしこの資料を見ると、この時期の榊山の二作品のうち、キャンペーンの公式なものとしては「市井譜」のみが上げられており、「傷痍の人」についてはこの資料には記載がない。その理由は不明だが、三作品のうち軍事保護院編の作品集に「傷痍の人」だけが収録されていないのは、このことと関連すると思われる。
(100)「榊山潤日記(昭和十五年〜昭和十六年)」『地上』第四集、一九九一年四月、九一頁。
(101)軍事保護院『昭和十六年度軍人援護事業概要』一九四二

年、二六九―二七〇頁。ほかに出版された民間人の手記などを推薦図書として挙げている。
(102) 榊山『文人囲碁会』一四九頁。この単行本内にこのエッセイの初出は記載されていないが、内容から判断すると一九三九年の七月か八月に書かれた可能性が高い。
(103) 同前、一五〇頁。ちなみにこの直後に「文学であるからには、敗戦国支那の、敗戦によって得た民衆の悲惨などを描いてもよかろう」と述べている。
(104) 前掲「榊山潤日記(昭和十五年～昭和十六年)」八九頁。
(105) 同前、八四頁。
(106) 板垣前掲書、三四頁。
(107) 榊山『文人囲碁会』一四九頁。
(108) 火野葦平「明るき家」『軍人援護文藝作品集』第二輯、軍事保護院、一九四二年、二〇一頁。
(109) ただしこうした意味に気づくことが不可能だったわけではない。傷痍軍人の側が一般の障害者の生活救済のために働きかけた、一九二〇年ごろの大阪廃兵協会の例を、郡司淳が紹介している(郡司前掲書、一一八頁)。
(110) 榊山潤「市井譜」『街の物語』実業之日本社、一九四二年、二二五頁。
(111) 同前、二二六頁。
(112) 西岡恒也「ある弱視者の戦中戦後」清水寛編著『障害者と戦争 手記・証言集』新日本新書、一九八七年、三四頁。編者の清水は、十五年戦争における障害者の処遇をさまざまな角度から検証している、この分野の第一人者である。
(113) 高橋哲哉『国家と犠牲』NHKブックス、二〇〇五年、一八頁。
(114) 本章(26)参照。
(115) ここで農村と軍隊と家族主義についての議論をするにあたっては、戸坂潤『日本イデオロギー論』(岩波文庫、一九七七年)所収の「日本主義の帰趨」を念頭においた。
(116) 島木健作「芽生え」『軍人援護文藝作品集』第一輯、軍事保護院、一九四二年、二三九―二四〇頁。初出は『婦人公論』一九四一年十月号。
(117) 中島健蔵「文芸政策の基礎問題」『文藝』一九四〇年十一月号。
(118) 「戦時下の未婚男女が語る結婚問題」『現代』一九三九年十二月号、一九四頁。
(119) 伊藤整「温泉療養所」『軍人援護文藝作品集』第一輯、七七頁。「得能」とあるとおり、この作品の主人公はこの時期に伊藤が取り組んでいた連作「得能五郎の生活と意見」の一環である。この作品は『伊藤整全集』第二巻、新潮社、一九七二年に収録されている。
(120) 同前、八一頁。
(121) 同前、九四頁。
(122) 高橋前掲書、 八頁。
(123) 重要なものとして、木村一信・神谷忠孝編『南方徴用作家』(世界思想社、一九九六年)、および池田浩士『火野葦平論』を挙げておく。ただし石川達三に関しては、この白紙徴用の従軍についての研究が見当たらない。これはこの従軍に基づいた石川の小説が一作も見当たらないことと関係していると思われる。実際に書いていないのか、知られていないだけなのかは現在のところ不明。もっとも座談会や報告記事などについてはいくつか存在する。

(124) 田中艸太郎『火野葦平論』五月書房、一九七一年、四八—五〇頁。安田の議論については注(143)を参照のこと。

(125) 火野葦平「戦争より帰りて」『婦人朝日』一九四〇年一月号、四八—四九頁。

(126)「対談　火野葦平と小杉勇」『アサヒグラフ』一九三九年十一月二十九日号。

(127)「帰還の火野葦平に聞く」『週刊朝日』一九三九年十二月二日号、一五頁。十一月八日に行なわれた読売新聞の新社屋落成式に出席した際のスピーチで阿部首相が言及したという。

(128) この日の講演なのか定かではないが、火野前掲「戦争より帰りて」は、朝日新聞社主催の講演筆記である。

(129) 都築義久「上田広《ママ》」都築前掲書、一一七頁も、この記事を火野との扱いの対比で論じている。

(130) 前掲「帰還の火野葦平に聞く」一二頁。

(131)「火野葦平帰還座談会」『改造』一九三九年十二月号、三〇一頁。

(132)「火野葦平・石川達三対談」『中央公論』一九三九年十二月号、三五八頁。

(133) 同前。

(134) 池田浩士『火野葦平論』二二九頁以下。ちなみに池田は、銃後の虚構の系譜をさらに二つのパターンに分けている。銃後や社会の現実を描くことに重点のある系譜（風俗小説に近い）と、そうした社会のなかに生きる自己を凝視することに重点をおく系譜（心境小説に近い）という二つである。池田はその分岐点、両方の性格を兼ね備えた作品として「雨後」を位置づけている（同書二二九—二三〇頁）。

(135) その例外としては『青春と泥濘』、「鎖と骸骨」、「日本鬼子兵」といった作品がある。前の二作については池田前掲書が取り上げている。「日本鬼子兵」については拙稿「火野葦平（後）　撫順、一九五五年の戦犯たち」（『季刊　中帰連』第四六号、二〇一〇年）で扱っており、「例外」の意味を考察している。

(136)『火野葦平選集』第一巻、東京創元社、一九五八年、四四五頁。

(137) 玉井政雄『兄・火野葦平私記』島津書房、一九八一年、一三頁。

(138) 第3章で扱った『陸軍』も、そのような読み方のできる作品である。

(139) 若松、北九州が軍需景気に沸き、石炭を運搬する海運業者などは潤っている。それにもかかわらず、三池などから鉄道で運ばれてくる石炭をその船へ運搬する際の労働力である沖仲士たちの労働条件は悪いことを告発しているともいえる。物価の高騰や動員による人夫の減少のせいだと考えていたが、原因は分配の不公平にあり、「今にして思へばその真の理由は荷主側の誠意の不足にあるといふことに気づ」いたという（『改造』一九四〇年九月号、三五三頁）。戦時体制における賃金統制によって三九年九月十八日に禁令が出て労働者は賃金交渉ができなくなったため、やむなく行政に条件改善の話を持ち込んだという。こうした現状においては、「国民は各職場の専門部門に於て、自主的に改革を図り、あまりお上に厄介をかけぬやうにすべきである」（同、三六六頁）と、過度の統制に対してやんわりとではあるが批判を述べている。地元の若松において労働運動に携わっていた火野の面目躍如とも言えようか。

(140) 同前、三六六頁。

(141) この兵隊の理想化、およびそれと関連する庶民の描き方に関しては、第3章注（83）を参照のこと。

(142) 『中央公論』一九四〇年七月号、五一二頁。

(143) 安田武『定本 戦争文学論』朝文社、一九九四年、一六三―一六四頁。

(144) 前掲『火野葦平選集』第一巻、四四六頁。

(145) 北原武夫「人間を描く権利について」（『新潮』一九四〇年八月号）という評論が、まさにそのような読み方にもとづいて火野を批判している。

(146) 岩上順一『文学の主体』桃蹊書房、一九四二年、四六頁。

(147) 同前、四〇頁。

(148) これに関しては序章で扱ったとおりである。

(149) 前掲「火野葦平・石川達三対談」三五三頁。

(150) 安田前掲書、一七〇頁。

(151) 第一章注（84）参照。

(152) 火野葦平「朝」『新潮』一九四二年一月号、一五一頁。

(153) 松本和也「小説表象としての〝十二月八日〟――太宰治「十二月八日」論」『日本文学』二〇〇四年九月号、四八頁。

(154) 正宗白鳥「石川達三論――「望みなきに非ず」について」『中央公論』一九四八年一月号、五一頁。

(155) 伊藤整「具体的人間」『文学界』一九五三年二月号、一一五頁。『伊藤整全集』第二十巻、新潮社、一九七三年に所収。

(156) 同前、一一六頁。

(157) 石川代志子「回想の石川達三」『オール読物』一九九二年二月号、一七三頁、傍点原著者。

(158) 久保田正文『石川達三論』永田書房、一九七二年、一一一頁。

(159) 宮本前掲、三五〇―三五一頁。

(160) 『宮本百合子全集』第十二巻、一五一頁。初出不明のため、初出を当たれず。

(161) 窪川鶴次郎「現代小説の新性格」『改造』一九四〇年四月号、三八〇頁。窪川『再説現代文学論』昭森社、一九四四年に所収。

(162) 同前、三八三頁。

(163) 宮本百合子「読者の時代的性格（一）」『都新聞』一九四〇年五月十九日朝刊。『宮本百合子全集』第十一巻、新日本出版社、一九八〇年に収録。
(164) 宮本百合子「読者の時代的性格（四）」『都新聞』一九四〇年五月二十二日朝刊。同前書に所収。
(165) 古谷綱武「石川達三論」『近代日本文学研究　昭和文学作家論』下巻、小学館、一九四三年、三一七―三一八頁。
(166) 同前、三一八頁。
(167) これは当時の通俗小説からズレを含んでいるという歴史的な問題として、通俗小説というカテゴリーそのものを批判するかどうかとはまた別の問題として捉えられる。ただし、そもそも当時の通俗小説への理解は論者ごとの印象がベースにあり、統一的な見解を立てようという当時の議論を私は今のところ見かけたことがない。
(168) 久保田正文「『石川達三作品集』にそって」久保田前掲書。
(169) 伊藤前掲、一二五頁。
(170) 同前、一二四―一二五頁。
(171) 高見順「石川達三論」『私の小説勉強』竹村書房、一九三九年、一二六頁。
(172) 久保田前掲書、九一―九二頁。
(173) 矢崎弾「石川達三論」『文藝』一九四〇年五月号、一三九頁。この論は石川「非常識」論を展開している点でも面白いが、この時点でのほとんどの作品を網羅して説得的に論じており、今日でも読み応えのある作家論となっている。また、戦後に石川＝非常識を論じたものとして、林逸馬「石川達三論」（『九州文学』一九四六年八月号）と十返肇『五十人の作家』（大日本雄弁会講談社、一九五五年）がある。林は非常識な点があったからこそ、『生きてゐる兵隊』事件が起きたのだと指摘する（一四頁）。十返は「私はむしろ石川達三が常識円満な人物とは反対にひとり合点の多いところに、作家としての複雑な面白さを潜めていると思っている」と論じ、『結婚の生態』の主人公「私」にも、かなり異常な考え方が多いと指摘している（二五頁）。
(174) 三木清「シェストフ的不安について」平野編前掲書、四二頁。
(175) 同前、四二―四三頁。
(176) 石川達三『心に残る人々』文藝春秋、一九六八年、七二頁。
(177) 「最後のダンス」『「週刊朝日」の昭和史　事件人物世相　第一巻　昭和初年～一〇年代』朝日新聞社、一九九〇年、二六二頁。
(178) 前掲「火野葦平・石川達三対談」三五九頁。
(179) 同前、三五三頁。
(180) 瀬沼茂樹「現代作家筆禍帳」『新潮』一九五六年九月、五一頁。
(181) 久保田前掲書、一〇五頁。ちなみに現在のところ私が目にした「感情架橋」への言及はこれだけしかない。
(182) 「感情架橋」『石川達三作品集』第二十三巻、新潮社、一九七三年に収録されている。ちなみに初出誌を見ると「第一回」とあり、末尾には「―つづく―」とある。ただし続編は今のところ確認できていない。
(183)石川のこうした決定・決断を避ける身構えについては、既に矢崎弾が指摘している(矢崎前掲、一四〇頁)。
(184)「武漢作戦」『中央公論』一九三九年一月号、一二三頁。
(185)白石喜彦『石川達三の戦争小説』翰林書房、二〇〇三年、一四五頁。
(186)同前、一四四頁。
(187)井上友一郎「石川達三」『文藝』一九五三年九月号、一二七頁。
(188)同前、一二九頁。傍点原著者。白石前掲書、一八八頁では、「武漢作戦」を取り上げながらこの「帰りたいよう」という部分を引用している。「感情架橋」への言及はない。
(189)久保田正文「『日本学芸新聞』をよむ──一九四二年から四三年まで」『文学』一九六一年八月号、一一九頁。同「『文学報国』をよむ── ANNUS MIRABILIS のこと」『文学』一九六一年十二月号、八三─八四頁。
(190)浜野健三郎『評伝　石川達三の世界』文藝春秋、一九七六年、一六二頁。
(191)石川達三『恥かしい話・その他』新潮社、一九七二年、三二頁。
(192)浜野前掲書、一六六頁。

第5章　敗戦と復員

(1)田村泰次郎「故国へ」『田村泰次郎選集』第二巻、日本図書センター、二〇〇五年、二五五─二五六頁。同書「解題」によると、この「故国へ」は、『小説』一九四六年十一月号に掲載予定だったが、GHQの検閲で差し止められ、初出は田村泰次郎『有楽町夜色』(一九四七年十一月、林檎書院)とのこと。
(2)第1章注(124)。
(3)内田友子「語らない復員者たち(上)　井伏鱒二「遥拝隊長」」『九大日文』第一号、二〇〇二年、一五一頁。
(4)内田友子「語らない復員者たち(中)　玉音放送の風景と井伏鱒二「遥拝隊長」」『九大日文』第二号、二〇〇三年、一四四頁、傍点原著者。
(5)天野知幸「〈記憶〉の沈潜と二つの〈戦争〉──引揚・復員表象と西條八十」『日本文学』二〇〇六年十一月、一二頁ほか。丸川哲史『冷戦文化論』双風舎、二〇〇五年、七─八頁。
(6)加藤陽子「敗者の帰還──中国からの復員・引揚問題の展開」『国際政治』第一〇九号、一九九五年、一一七頁。当初これに対して中立であろうとしたアメリカも、日本の復員を円滑に進めるために完全に無関係ではいられなかったという。
(7)厚生省援護局編『引揚げと援護三十年の歩み』厚生省、一九七七年、六六─六九頁。
(8)加藤前掲、一二四頁。
(9)荒正人「文学界の回顧」『文芸年鑑　昭和二十四年度版』(復刻版)日本図書センター、一九八六年、六─七頁。実のところ荒はここに火野の名前を挙げていないが、「早稲田派リアリズム」の作家たちが『風雪』『文學界』『早稲田文学』といった雑誌を中心に活動していることに言及しており（七頁）、火野もまさにこの頃こうした雑誌に多くの作品を掲載している。公職追放まで受けた「戦犯作家」火野の名前は意図的に省いた可能性もある。

（10）森英一「風俗小説と中間小説」（『抑圧と解放〈戦中から戦後へ〉』講座昭和文学史第三巻、有精堂、一九八八年）二三五頁。

（11）中村光夫『日本の現代小説』岩波新書、一九六八年、一六七頁。

（12）伊藤整「作家の姿勢」『群像』一九四七年三月号、一五八頁。『伊藤整全集』第十六巻、新潮社、一九七三年にも収録されている。

（13）同前、一五九頁。ちなみに、ここで伊藤が論じているのは火野葦平「軍艦」（『藝林間歩』一九四六年十二月）という戯曲である。この作品以上に伊藤が求めているものが表現されていると思われる別の作品を4節で取り上げる。

（14）粟屋憲太郎「解説」粟屋憲太郎編『敗戦直後の政治と社会①』資料日本現代史2、大月書店、一九八〇年、四五九頁。

（15）このあたりの事情に関しては、池田浩士『火野葦平論』（インパクト出版会、二〇〇〇年）一八四頁以降や、花田俊典「火野葦平」（神谷忠孝・木村一信編『南方徴用作家』世界思想社、一九九六年）に詳しい。

（16）火野葦平「解説」『火野葦平選集』第四巻、東京創元社、一九五九年、四二五頁。

（17）同前、四二六頁。

（18）同前。

（19）この西部軍報道部のことを私小説風に作品化したのが、「盲目の暦」（初出『改造』一九五二年一月号―六月号、未完。創言社から二〇〇六年に単行本が出ている）と、遺作となった「革命前後」（初出『中央公論』一九五九年五月号―十二月号）である。

（20）田中艸太郎『火野葦平論』五月書房、一九七一年、一〇一頁。

（21）本書三五九頁。

（22）「新事態後に於ける各方面の動向（一九四五・九・一五）」粟屋編前掲書、四二頁。

（23）「帰還兵の言動を繞る一般部民の動向に関する件　鳥取県警察部長（一九四五・九・一二）」粟屋編前掲書、一八四頁。

（24）粟屋前掲、四七七頁。

（25）『朝日新聞』一九四五年八月三十日。

（26）石原莞爾「新日本建設の道」『毎日新聞』一九四五年八月二十八日。

（27）鶴見俊輔『鶴見俊輔集』第五巻、筑摩書房、一九九一年、一八頁。

（28）火野葦平『戦友に愬ふ』軍事思想普及会、一九三九年、二四―二五頁。

（29）第2章注（32）参照。

（30）火野前掲「解説」四二八頁。

(31)『朝日新聞』一九四五年九月十六日。
(32)『朝日新聞』一九四五年九月十七日。
(33)この記事と発行停止に関しては、粟屋前掲、四九一頁で存在を知った。また、この発行停止は、フィリピンの件についてとともに、九月十五日の記事で、鳩山一郎が原爆投下を国際法違反および戦争犯罪と批判したこととの両方に起因する。山本武利『占領期メディア分析』（法政大学出版局、一九九六年）五〇―五二頁では、この処分理由を示したGHQ文書が紹介されている。
(34)「比島に於ける日本兵の暴虐報道に対する部民の反響に関する件　鳥取県警察部長（一九四五・九・二七）」粟屋編前掲書、二〇七頁。
(35)「声欄　比島から帰る」『朝日新聞』一九四六年二月十五日。
(36)注（34）に同じ。
(37)粟屋編前掲書所収の資料から挙げれば、四一頁、一八四頁、一八五頁。
(38)『朝日新聞』一九四五年九月十七日。
(39)荒井信一『戦争責任論』岩波現代文庫、二〇〇五年、一八一頁。
(40)『西日本新聞』一九四五年十一月三十日。火野の研究においてはよく言及される投書である。火野はこの投書にだいぶこたえたのであろう、「押切帳」と題した終戦直後のメモにこの投書が記されている。また、この投書を批判する火野擁護の投書が、十二月十日の同紙に掲載され、こちらも「押切帳」に記されている。この「押切帳」の一部が、後に「暗愚の記録」と題されて『文藝』一九五六年八月号に掲載された。
(41)『赤旗』再刊六号、一九四五年十二月十二日。
(42)『文学時標』については、同復刻版（不二出版、一九八六年）に解説がいくつか収められている。また、文学者の戦争責任論については、金子博「戦争責任論争」（前掲『抑圧と解放』）が論争の流れを手際よくまとめている。
(43)荒正人「文学検察（一）火野葦平」『文学時標1』一九四六年一月一日（『復刻版　文学時標』）、太字は原著者。
(44)同前。
(45)河上徹太郎『戦後の虚実』近代文芸評論叢書8、日本図書センター、一九九〇年、三七頁（文学界社、一九四七年の複製版）。
(46)それは河上の有名なエッセイ「配給された「自由」」（初出『東京新聞』一九四五年十月二十六日―二十七日）に露骨に表われている。千葉俊二・坪内祐三編『日本近代文学評論選　昭和編』岩波文庫、二〇〇四年に収録されている。
(47)『朝日新聞』一九四六年一月十三日
(48)「十二月八日を期して戦争犯罪人追及カンパ挙行　党全国協議会において決議さる」『赤旗』第三号、一九四五年十一月二十二日、一〇頁。共産党の正式な再建は四五年十二月で、この第三号は再建準備中のものであるため、厳密にいえば「共産党の主張」とは言えないのだが、党再建後はそのまま機関紙となるのでこう書いておいた。この「戦争犯罪人追及カンパ」とは、四二二頁で取り上げた「戦争犯罪人追及人民大会」のことである。
(49) 吉田裕「占領期における戦争責任論」『一橋論叢』第一〇五巻二号、一九九一年二月、一二九頁。
(50) 志賀義雄「日本共産党当面の政策——十一月八日、日本共産党全国協議会において採決せられたるものの要旨」『赤旗』第三号、二—三頁。
(51) 田中伸尚・田中宏・波多永実『遺族と戦後』岩波新書、一九九五年、九三頁以下。
(52)「天声人語」『朝日新聞』二〇〇九年十二月十六日、傍点引用者。
(53) 田中伸尚ほか前掲書、八七—八八頁。「戦時災害保護法」については赤澤史朗「戦時災害保護法小論」(『立命館法學』第二二五号、二二六号、一九九三年)が詳しい。
(54) 補償を受けることのできる準軍属については、田中伸尚ほか前掲書、一〇四—一〇五頁に一覧がある。「集団自決」については一〇八—一〇九頁。
(55) アグネス・スメドレー『偉大なる道(下)』阿部知二訳、岩波文庫、一九七七年、二七二頁。
(56) 殷燕軍『日中講和の研究——戦後日中関係の原点』柏書房、二〇〇七年、五九頁。一九四五年八月十四日に発表された「以徳報怨」談話。
(57) ただしよく知られているように、この賠償は経済協力や貿易という形をとった。東南アジア四ヶ国との賠償に関しては内海愛子『戦後補償から考える日本とアジア』山川出版社、二〇〇二年、二四—二七頁。サンフランシスコ講和条約における「寛大さ」についての指摘はいろいろとあるが、「寛大さ」を掘り下げた研究として、三浦陽一「サンフランシスコ体制論」(吉田裕編『戦後改革と逆コース』日本の時代史26、吉川弘文館、二〇〇四年)がある。中華人民共和国の賠償放棄と戦争認識を、当時の国際関係などの文脈から整理した研究としては、岡田実「日中「戦後和解」プロセスと経済協力「一九七九年体制」をめぐる考察」(『アジア研究』第五三巻二号、二〇〇七年四月)を挙げておく。
(58) 徳田球一「当面の事態に対する党の政策に就て」『赤旗』第二号、一九四五年十一月七日、一頁。
(59) 野坂を中心とした、中国で捕虜となった日本人が日本軍に対して展開した反戦活動については、第4章2節と該当部分の注を参照のこと。また、その当事者が執筆した記録に前田光繁・香川孝志『八路軍の日本兵たち』サイマル出版会、一九八四年がある。
(60) 荒井前掲書、二〇六—二〇八頁。
(61) 丸山眞男「戦争責任論の盲点」『丸山眞男集』第六巻、岩波書店、一九九五年、一五六頁。
(62) この件については内海愛子『朝鮮人BC級戦犯の記録』勁草書房、一九八二年。また、現時点でBC級戦犯について最も包括的な研究として、林博史『BC級戦犯裁判』岩波新書、二〇〇五年がある。

(63) BC級戦犯裁判の本格的開始の時期は、林前掲書、五六頁。

(64) この問題に関しては、神子島健「火野葦平(下) 撫順、一九五五年の戦犯たち」『季刊 中帰連』第四六号において論じた。

(65) 以上のような戦争責任に関する議論は多いが、戦後における戦争責任の議論を整理した研究として、石田雄「戦争責任論五〇年の変遷と今日的課題」(『記憶と忘却の政治学』明石書店、二〇〇〇年)、赤澤史朗「戦後日本の戦争責任論の動向」(『立命館法學』第六号、二〇〇〇年)および、大沼保昭『東京裁判、戦争責任、戦後責任』(東信堂、二〇〇七年)所収の「4 東京裁判、戦争責任、戦後責任」を挙げておく。

(66) こうした戦後すぐの状況を、(特に東京の)焼け跡というトポスとして対象化した研究としては、前田愛「焦土の聖性」(『都市空間のなかの文学』ちくま学芸文庫、一九九二年 初出一九八〇年)などが真っ先に挙げられるだろう。

(67)「編集後記」『人間』第一巻七号、一九四六年七月号。国立国会図書館プランゲ文庫所蔵。プランゲ文庫については本節内で後ほど触れる。

(68) 中島健蔵「武装なき制服」『週刊朝日』一九四六年新年二号、一二三頁。国立国会図書館のプランゲ文庫所蔵の資料から。この時期の軍隊の解体と軍服との関係については、藤井忠俊『在郷軍人会』(岩波書店、二〇〇九年)も、終章で考察している。

(69) 同前。

(70)『朝日新聞』一九四五年十二月十六日。

(71)『朝日新聞』一九四五年十二月二十二日。

(72) 同時代的に多数の言及があるほか、鈴木醇爾「文学者の八月十五日」、中島国彦「持続する文学精神」(ともに前掲『抑圧と解放』)など多数。

(73) 石川達三『心に残る人々』文藝春秋、一九六八年。

(74) 正宗白鳥「文学人の態度」『新生』一九四五年十一月号、二八頁。

(75) 正宗白鳥「終戦後の文学 文芸時評」『新生』一九四六年五月号、四一頁。

(76) 使っている資料はGHQからの同じものであろうが、タイトルや内容(構成)などは、各新聞ごとに異なっている。

(77) 例えば『朝日新聞』十二月八日の「太平洋戦争史」初回が、中国への侵略に大きなスペースを割いている。また、原爆批判については、連合軍総司令部民間情報教育局編『真相はかうだ』第一集、連合プレス社、一九四六年、六二頁。

(78) 丹羽文雄「篠竹」『新生』一九四六年一月号、四九頁。

(79) 同前、四五頁。

(80) 同前、四六頁。

(81)「座談会 文学の諸問題」『文学会議』第一号、新生社、一九四六年八月、一二頁。国立国会図書館プランゲ文庫所蔵資料より。ちなみにこの新生社版『文学会議』は四七年二月の第三号で終刊になり、四七年四月から大日本雄弁会講談社からの発行となっている。この雑誌は日本文芸家協会編の機関誌という位置づけであり、この協会の活動については、中心的なメンバーであった中島健蔵が『回想の戦後文学』(平凡社、一九七九年)で詳しく触れている。
(82) 丹羽前掲「篠竹」四六頁。
(83) 前掲「座談会　文学の諸問題」一二頁。
(84) 同前、プランゲ文庫の検閲資料より。
(85) 石川淳「黄金伝説」『中央公論』一九四六年三月号、九六頁。
(86) 同前、九七頁。
(87) 同前、九六―九七頁。
(88) 大西巨人「「真人間のかぶる」物でない帽子・その他」『大西巨人文選1　新生』みすず書房、一九九六年、一一頁。これについては初出資料を当たれなかった。
(89) 石川達三「文芸復興」『新潮』一九四六年八月号、二三頁。
(90) 石川達三「言論暢達の道」『文藝春秋』一九四四年九月号、四〇頁。
(91) 石川達三「言論を活発に」『毎日新聞』一九四四年七月十四日。
(92) 久保田正文『石川達三論』(永田書房、一九七二年)一一五―一一六頁、浜野健三郎『評伝　石川達三の世界』(文藝春秋、一九七六年)一九七―一九八頁。
(93) 久保田前掲書にある石川達三の年譜によると、実践部長は六月か七月頃に辞めたようであるが、正確にいつまでやったのかは、戦争末期のごたごたで資料も残っていないことからよくわからない。
(94) 石川達三「公平に就て」『文学報国』第二五号(一九四四年五月十日付)。引用は『文学報国　複製版』不二出版、一九九〇年より。この記事については久保田正文「「文学報国」をよむ――ANNUS MIRABILISのこと」『文学』一九六一年十二月号で取り上げられている。
(95) 浜野前掲書、一六八頁。
(96) 同前、一六九―一七一頁。
(97) 石川達三「日本再建の為に」『毎日新聞』一九四五年十月一日。
(98) 石川達三「経験的小説論」『石川達三作品集』第二十五巻、新潮社、一九七四年、三五〇頁。
(99) 復員兵たる矢吹大佐を主人公とした『望みなきに非ず』(一九四八年)の執筆で、かなりGHQとやりあったようだ(石川達三前掲「経験的小説論」三五四頁)。
(100) 石川達三前掲「日本再建の為に」。
(101) 同前。
(102) 亀井勝一郎「石川達三論」『風雪』一九四九年四月号、七一頁。
(103) 石川達三「生活擁護組合」『朝日新聞』一九四五年十一月九日。
(104) 中野重治「冬に入る」『展望』一九四六年一月号、八五頁。

『中野重治全集』第十二巻（筑摩書房、一九七九年）や日高六郎編『戦後の出発』（戦後日本思想大系1、筑摩書房、一九六八年）にも収録されている。

(105) 一例として当時大学生だった吉行淳之介は、金がないので闇市は「見物する場所あるいは通り過ぎる場所にすぎなかった」と表現している。吉行淳之介「スルメと焼酎」（林忠彦『カストリ時代』朝日文庫、一九八七年）一八四頁。

(106) 石川達三「組合の活動と利用」『協同民主主義』第三号、一九四六年五月、二二頁、国立国会図書館プランゲ文庫所収。ちなみに目次（表紙）では、この石川の報告のタイトルは「生活協同体に就て」となっている。

(107) 同前。

(108) 以下、藤田の議論は藤田省三「昭和二十年、二十七年を中心とする転向の状況」（思想の科学研究会編『共同研究　転向下巻』平凡社、一九六二年）五〇頁参照。あくまでこれは大衆社会化の進行途中としてのこの時期の評価である。

(109) 『朝日新聞』一九四六年四月十五日。

(110) 浜野前掲書、一八〇頁。

(111) 「序」『石川達三選集5』八雲書店、一九四八年、三頁。初版は一九四五年の河出書房版であるが、資料が見当たらないので、後に選集に転載されたものから引用する。ただしこの「序」には、「初版の序」一九四六年とあるが、河出書房版が四五年刊であることから、四五年の間違いであると思われる。

(112) 「裁かれる残虐「南京事件」」『読売報知新聞』一九四六年五月九日。この記事は白石喜彦『石川達三の戦争小説』（翰林書房、二〇〇三年）一一九頁、笠原十九司『「百人斬り競争」と南京事件――史実の解明から歴史対話へ』（大月書店、二〇〇八年）六四頁に紹介されている。

(113) 林逸馬「石川達三論」『九州文学』一九四六年八月号、一五頁。

(114) 同前、一三―一四頁、傍点原著者。

(115) 白石前掲書、一一九頁も、岩上と石川のやりとりに注目し、石川が侵略という観点を持たなかったことへの岩上による批判に言及している。

(116) 岩上順一「書評　生きてゐる兵隊」『文学会議』（新生社版第三号）一九四七年二月、二三頁、国立国会図書館プランゲ文庫所収。

(117) 石川達三「時代の認識と反省――評論家岩上順一君に」『風雪』一九四七年五月号、三六頁。

(118) 同前。

(119) 同前、三六―三七頁。

(120) 同前、三九頁。

(121) 「戦後責任」については高橋哲哉『戦後責任論』講談社学術文庫、二〇〇五年。このテーマについてはそのうちに別稿を用意する予定である。

(122) この頃の地方の出版ブームに関する研究としては、北河賢三『戦後の出発』（青木書店、二〇〇〇年）がある。

(123) 榊の会編『回想・榊山潤』（一九九一年、非売品）に所収。

この年譜自体は小田淳編・榊山雪閲とある。雪は榊山潤の妻。

(124) ちなみに『月刊東北』は日本近代文学館にも所蔵されており、こちらにはプランゲ文庫には所蔵されていない創刊号などもある。

(125) 文学報国会については櫻本富雄『日本文学報国会——大東亜戦争下の文学者たち』青木書店、一九九五年が詳しい。また、久保田前掲論文および、久保田正文「「日本学芸新聞」をよむ——一九四二年から四三年まで」『文学』一九六一年八月号も参照した。

(126) 榊山潤「文報のこと」『月刊東北』一九四五年十一月号、一七頁、国立国会図書館プランゲ文庫所収。

(127) 同前。

(128) 結城哀草果「疎開する文学者に」『文藝春秋』一九四四年五月号、二七頁。

(129) といっても一九四四年十一月にできた雑誌である。同名の『文藝』が戦時中の言論弾圧事件、横浜事件によって「自主」廃業させられた改造社から一九四四年七月まで出版されている。両誌には直接の関係はないと思われるが、河出書房版が紙の減少および内容的な統制の強まった四四年秋に刊行されたということは、改造社版の廃刊による割当て枠の増加抜きには考えがたい点で、全く無関係ともいいがたい。

(130) 北河前掲書、Ⅱ章。

(131) 榊山潤「散歩」『文明』一九四七年、小説特集号、一頁。国立国会図書館プランゲ文庫所収の資料を利用。

(132) 同前、二頁。

(133) 同前、三頁。□は判読不明。

(134) 同前。

(135) ベストセラーについては、出版ニュース社編『出版データブック 1945年-1984年』(出版ニュース社、一九八五年)の「一九四八年」の項目を参照。

(136) 石川達三「経験的小説論」『石川達三作品集』第二十五巻、新潮社、一九七四年、三六四—三六五頁。

(137) 久保田前掲書、一四九頁。

(138) 田中伸尚ほか前掲書、八七頁。植野真澄「傷痍軍人、戦争未亡人、戦争孤児」(倉沢愛子ほか編『日常生活の中の総力戦』岩波講座アジア・太平洋戦争6、岩波書店、二〇〇六年)一九二頁。

(139) 厚生省援護局編前掲書、九〇頁。

(140) 復員者ではないが、朝鮮人を含めたBC級戦犯と日本社会の大勢との、戦争の引き受け方についての戦後におけるギャップを、田口祐史が論じている。田口祐史『戦後世代の戦争責任』樹花舎、一九九六年、一五〇頁以下。

(141) しまね・きよし「傷痍軍人と十五年戦争——戦中思想を戦後にもちこしたひとつの姿」『思想の科学』一九六三年十二月号、七九頁。

(142) 同前、八四頁、傍点原著者。

(143) 石川前掲「経験的小説論」三六五頁。

(144) 榊山潤『天草』叢文社、一九八三年。

(145) 火野葦平「夜汽車」『新小説』一九四六年九月号、八頁。
(146) 同前、一四頁。
(147) 同前、一五頁。
(148) 榊山潤「自分のこと」『New Life』一九四七年七月号、六頁。国立国会図書館プランゲ文庫所収。
(149) 同前、七頁。
(150) 榊山潤「まぶしい新時代」『日本文庫』一九四八年五月号、三四頁。国立国会図書館プランゲ文庫所収。
(151) 同前、三三頁。
(152) 「治安情報に関する件　香川県知事」(一九四五・一〇・四) 粟屋編前掲書、二一三頁。
(153) 同前。
(154) 「欲望自然主義」については、粟屋憲太郎「解説」(粟屋編前掲書) 四八一頁や、広川禎秀「国民の敗戦体験」(藤原彰・今井清一編『占領と講和』十五年戦争史4、青木書店、一九八九年) 七八頁。
(155) 前掲「治安情報に関する件　香川県知事」二一八頁。
(156) 池田浩士『火野葦平論』第Ⅵ章、二四三頁以下など。
(157) 火野葦平「追放者」『火野葦平選集』第七巻、東京創元社、一九五八年、三一四頁。
(158) この「夜景」は、『火野葦平選集』第七巻に収録されている。ここでは発表直後に収録された単行本から引用する。
(159) この「海の火」は「夜景」と同じく『火野葦平選集』第七巻に収録されている。
(160) 石川の異議申し立てについてはわかっていない部分が多い。都築久義「石川達三の戦中・戦後——文学者の戦争責任をめぐって」(『愛知淑徳大学論集　文学部・文学研究科篇』第三二号、二〇〇七年) 八七頁。

あとがき

　こういう研究をやっていると、「なんで戦争の研究をしているの？」とたまに聞かれます。特に年配の方は、若い世代が戦争に関心を持つことに興味津津のようです。私は一九七八年生まれで、物心ついた頃の日本は「経済大国」でしたので、戦争は「過去の出来事」でしかありません。その世代がなぜ、と聞かれると、答えるのが難しいところです。

　もっとも、どんなジャンルであれ、研究をやっていると、誰しもそのテーマを選んだ究極的な理由など説明できないものでしょう。もっともらしい理由があったとしてもおそらく後付けでしかありません。あるものに強くこだわる理由なんて、明確な言葉に説明できないのではありますまいか。

　とはいえ、折角なので、たまに人に対して説明する「後付け」を書いてみたいと思います。私は多摩ニュータウンで育ち、今も住んでいます。この日本最大級のニュータウンでは、もともとあった丘陵地、今風にいえば里山を切り崩して、長きにわたって続いてきた農村を引っぺがすようにして団地やら家やらを作ったわけです。つまりこの街では家、道路、お店、さらには大抵の公園の木々まで、新しくデザインされ、作られた空間なのです。それは基本的には歴史から切り離された街と言えるわけですが、街全体がそうであるために、かえって、その新しい地域の隙間に残っている森林や神社や古い家が、計画都市の裂け目として立ち現われます。

　この空間的な裂け目は、ニュータウン以前の古いモノの象徴と考えられますが、どういう訳か私は小学校の、しかもたぶん二、三年生のころから、その「古さ」を考える時に、「これは一九四五年にはあったのだろうか」という発想をしていたことを覚えています。当時の私の意識のなかには、「それ（例えば古い家）が、戦争の時代をくぐりぬけてきたのだろうか？」ということに強い関心があったのです。どうしてそういう発想になったのかは自分でもわかりませんが、〝一九四五年に終わった戦争〟（第二次世界大戦、と当時は理解していました）が、私にとってモノを考える一つの基準として、小学校の頃からあったと言えます。

もっともそんな考えを、その頃から一貫して持ち続けてきたということはないにせよ、ある程度継続的に持ち続けてきた、ということくらいは言えそうです。後付けにしても、戦争（戦場）を、時空間を超えてどう考えていくのか、ということにずっとこだわりがあったのだなあと、自分では割と納得したりしています。

本書は、二〇一〇年に東京大学大学院総合文化研究科に提出した博士論文に、多少の加筆修正をしたものです。無名の若僧の分厚く読みにくい論文を読んで下さった新曜社編集部の渦岡謙一さん、出版を決意して下さった新曜社には、ただただ、感謝するのみです。

研究領域が曖昧な上に取り上げる対象もマイナーな（特に学界の流行りとは縁遠い）私の研究に、根気よくお付き合い下さった森政稔先生をはじめ、そうした研究を早くから評価していただいた酒井哲哉先生、研究計画の甘い部分を鋭く指摘してくれた山本泰先生、元来文学研究と接点のなかった私に文学研究者の立場からいろいろとアドバイスをくれた小森陽一先生、ここ数年研究会などで数え切れぬ知的影響を与えてくれた三宅芳夫先生など、諸先生方のお力添えは大変大きいものでした。

ゼミや研究会などでの発表に際して友人・知人の皆さまから頂いたコメントもさまざまに本書には反映されております。とりわけ十五年戦争をはじめとした歴史認識に関心のあるメンバーの集まった戦後責任研究会では、さまざまな報告の機会を与えてもらったことが直接・間接に役立ちました。日中の歴史認識を専門とし、鋭い問題意識を持つジャーナリストとして相談に乗ってくれた熊谷伸一郎さん、出版のひとつのきっかけを作ってくれた星野泰久さんほかみなさん、大変お世話になりました。同研究会の遠藤美幸さん、東大駒場の知人である村上克尚さん、高橋幸さんには、お忙しいなかにもかかわらず、草稿に対して詳しいご意見を頂きました。ありがとうございます。

地元、東京都多摩市で活動している多摩平和イベント実行委員会、および民権 com. には、関連する内容で講演する機会を与えていただきました。一般の方に対してお話をすることは、狭義の専門の枠を超えようとする本書の狙いにとって極めて貴重な経験でした。

友人・諸先輩のみなさん、そして両親、その他、数え切れぬ人々のおかげでこの本が完成に至ったことに、この場を借りてお礼申し上げます。

二〇一二年六月六日

神子島　健

基本文献一覧

先行研究や引用文献については本文か注で明記してあるが、読者の利便性を考え、本書で引用した石川達三、榊山潤、火野葦平の文献、著作を一覧としてまとめた。

石川達三「生きてゐる兵隊」『中央公論』一九三八年三月号
石川達三『結婚の生態』新潮社、一九三八年
石川達三「武漢作戦」『中央公論』一九三九年一月号
石川達三「戦争をした人」『新潮』一九三九年二月号
石川達三「俳優」『日本評論』一九四〇年一月号
石川達三「感情架橋」『新風』一九四〇年七月号
石川達三「公平に就て」『文学報国』第二五号、一九四四年五月十日
石川達三「言論を活発に」『毎日新聞』一九四四年七月十四日
石川達三「言論暢達の道」『文藝春秋』一九四四年九月号
石川達三「成瀬南平の行状」『毎日新聞』一九四五年七月十四日―二十八日
石川達三「日本再建の為に」『毎日新聞』一九四五年十月一日
石川達三「生活擁護組合」『朝日新聞』一九四五年十一月九日
石川達三「組合の活動と利用」『協同民主主義』一九四六年第三号
石川達三「文芸復興」『新潮』一九四六年八月号
石川達三「時代の認識と反省――評論家岩上順一君に」『風雪』一九四七年五月号
石川達三「風雪」『小説新潮』一九四七年九月―十二月
石川達三『石川達三選集』第5、八雲書店、一九四八年
石川達三『心に残る人々』文藝春秋、一九六八年
石川達三『蒼氓』新潮社、一九七一年
石川達三『石川達三作品集』第二十三巻、新潮社、一九七三年
石川達三『石川達三作品集』第二十五巻、新潮社、一九七四年
石川達三『恥かしい話・その他』新潮社、一九八二年
石川達三『生きている兵隊』中央公論新社、一九九九年
榊山　潤「サル蟹合戦」『新潮』一九三七年四月号
榊山　潤「戦場」『日本評論』一九三七年八月号
榊山　潤『をかしな人たち』砂子屋書房、一九三七年
榊山　潤『上海戦線』砂子屋書房、一九三七年
榊山　潤『生産地帯』日本文学社、一九三九年
榊山　潤『歴史　第一部』砂子屋書房、一九三九年
榊山　潤『文人囲碁界』砂子屋書房、一九四〇年
榊山　潤『歴史　第二部』砂子屋書房、一九四〇年
榊山　潤「『歴史』について」『新潮』四月号、一九四〇年
榊山　潤「第二の戦場」軍事保護院編『第二の戦場』時代社、一九四二年
榊山　潤『街の物語』実業之日本社、一九四二年
榊山　潤「文報のこと」『月刊東北』一九四五年十一月号

榊山　潤「山村記」『文藝』一九四六年五月号
榊山　潤「自分のこと」『New Life』一九四七年七月号
榊山　潤「散歩」『文明』小説特集号、一九四七年
榊山　潤『私は生きてゐた』萬里閣、一九四七年
榊山　潤「まぶしい新時代」『日本文庫』一九四八年五月号
榊山　潤『天草』叢文社、一九八三年
榊山　潤『歴史』富士見書房、一九九〇年
榊山　潤「榊山潤日記　昭和十五年〜昭和十六年」『地上』第四集、一九九一年
火野葦平「麦と兵隊」『改造』一九三八年八月号
火野葦平「土と兵隊」『文藝春秋』一九三八年十一月号
火野葦平「戦友に愬ふ」『東京朝日新聞』一九三九年二月二十一日、二十二日、二十四日朝刊
火野葦平・小杉勇「対談　火野葦平と小杉勇」『アサヒグラフ』一九三九年十一月二十九日号
火野葦平ほか「帰還の火野葦平に聞く」『週刊朝日』一九三九年十二月二日号
火野葦平ほか「火野葦平帰還座談会」『改造』一九三九年十二月号
火野葦平・石川達三「火野葦平・石川達三対談」『中央公論』一九三九年十二月号
火野葦平『戦友に愬ふ』軍事思想普及会、一九三九年
火野葦平「戦争より帰りて」『婦人朝日』一九四〇年一月号
火野葦平「雨後」『中央公論』一九四〇年七月号
火野葦平「石炭の黒さについて」『改造』一九四〇年九月号
火野葦平「春日」『文藝春秋』一九四一年四月号
火野葦平「朝」『新潮』一九四二年一月号
火野葦平「明るき家」『軍人援護文藝作品集』第二輯、軍事保護院、一九四二年
火野葦平「陸軍」『朝日新聞』一九四三年五月—四四年四月
火野葦平「悲しき兵隊（上）」『朝日新聞』一九四五年九月十一日
火野葦平「悲しき兵隊（下）」『朝日新聞』一九四五年九月十三日
火野葦平「軍艦」『芸林間歩』一九四六年十二月号
火野葦平『夜景』世間書房、一九四七年
火野葦平「鰯船」『オール読物』一九四八年五月号
火野葦平「海の火」『文學界』一九四八年八月号
火野葦平「青春の岐路」『世界』一九五八年一月号—十月号
火野葦平『火野葦平選集』第一巻、東京創元社、一九五八年
火野葦平『火野葦平選集』第二巻、東京創元社、一九五八年
火野葦平『火野葦平選集』第四巻、東京創元社、一九五九年
火野葦平『火野葦平選集』第八巻、東京創元社、一九五九年
火野葦平『土と兵隊・麦と兵隊』新潮社、一九六〇年
火野葦平『火野葦平兵隊小説文庫1』光人社、一九七八年
火野葦平『小説陸軍（上）』中央公論新社、二〇〇〇年
火野葦平『小説陸軍（下）』中央公論新社、二〇〇〇年
火野葦平『盲目の暦』創言社、二〇〇六年

		9中 石川「風雪」(『小説新潮』9月号-12月号)。 11. 榊山，単身で東京に戻る。
1948(昭23)		6. 火野，戦争協力に対してGHQより公職追放を受ける。石川も仮指定されたが，異議が認められて追放されず。 8. 火野「海の火」(『文学界』8月号)。
1957(昭32)		12. 火野『青春の岐路』連載開始(『世界』58年1月号-10月号)。
1960(昭35)		1.24 火野葦平自殺。当初心臓マヒと発表された。享年53歳。
1980(昭55)		9.9 榊山潤死去。享年79歳。
1985(昭60)		1.31 石川達三死去。享年79歳。

＊年表作成にあたっては，鶴島正男「新編＝火野葦平年譜」(『敍説 XIII』花書院，1996年)，久保田正文「石川達三年譜」(『石川達三論』永田書房，1972年)，小田淳編・榊山雪閲「榊山潤　年譜」(榊の会編『回想・榊山潤』1991年，非売品) を中心に，本文および注で言及した各種資料を参照した。
＊作品発表の年月は，初出 (単行本あるいは掲載誌の発売) の時期とした。ただし，出版事情の悪化などで発売時期が不明確なため，確定できないものもある。その場合，8月号なら「8月」という形で記載している。

1942(昭17)	4.13 日ソ中立条約締結。 6.22 独ソ戦開始。	2. 火野，陸軍に徴用され，フィリピン方面へ（42年12月帰国）。 5.26 日本文学報国会が結成される。
1943(昭18)		5. 火野，「陸軍」を『朝日新聞』に連載（44年4月まで）。
1944(昭19)	7. サイパン島守備隊全滅。この頃から，都市部から地方への学童集団疎開が進められる。	3. 榊山，妻雪の縁故を頼って福島県二本松町に家族で疎開（8月，福島県安達郡岳下村へ移転）。 3. 火野，インパール作戦に従軍のため，インドへ（9月に帰国）。 7. 石川，「言論を活発に」（『毎日新聞』）などで，当局の言論統制のあり方を批判。
1945(昭20)	3.10 東京大空襲。 8.14 日本政府がポツダム宣言を受諾。 8.15 玉音放送。 9.2 日本政府，降伏文書に調印。	1. 石川，文学報国会の実践部長に就任。 4. 石川，妻子を長野県に疎開させ，自分は東京に残る。 7.7 火野，本土決戦に備えた西部軍報道部の発足にともない，徴用される。 7.14- 石川，「成瀬南平の行状」を『毎日新聞』に連載するが，政府への批判が多いため問題視され，15回で打ち切りとなる。 9中 火野「悲しき兵隊」（『朝日新聞』）。 9.26 哲学者の三木清が獄死。連合軍がこの問題を重大視し，人権指令や政治犯釈放へつながる。 12.8 共産党が戦争犯罪人追及人民大会を実施。追及対象のなかに火野葦平の名前も。 12. 石川『生きてゐる兵隊』（河出書房）が，執筆から7年以上を経て公表される。
1946(昭21)	4.10 初の男女普通選挙による，第22回衆議院議員総選挙が行なわれる。 5.3 極東国際軍事裁判が開始される。 11.3 日本国憲法発布。	4. 石川，日本民党から東京2区に出馬するが落選。 5. 榊山「山村記」（『文藝』 5月号）。 10. 火野「怒濤」（『改造』10月号）。
1947(昭22)		1. 榊山『私は生きてゐた』（萬里閣）刊行。GHQの検閲で大幅な削除を受ける。 2. 火野「夜景」（『新潮』 2月号）。 7. 石川『望みなきに非ず』を連載（『読売新聞』11月まで）。大きな人気を呼ぶ。

		12下 石川『武漢作戦』(『中央公論』39年1月号)。 12下 火野葦平ブームのなかで,『花と兵隊』と『海と兵隊』(のち『広東進軍抄』に改題)がほぼ同時に連載開始。
1939(昭14)	5. 日本軍による本格的な無差別爆撃としての重慶爆撃が,この頃より行なわれる。 5.11 ノモンハン事件。日本軍が外蒙軍およびソ連軍と武力衝突,9月に停戦。 9.1 ドイツ軍,ポーランドへ侵入。 9.3 英・仏がドイツへ宣戦布告して,第二次世界大戦が勃発。	2下 火野「戦友に愬ふ」(『朝日新聞』)。 4. 榊山「第二の戦場」(『週刊朝日』5月1日号)。 5. このころ 「素材派・芸術派論争」起こる。 10. 榊山「歴史 第二部」(『文学者』39年10月号-40年1月号)。 11上 火野,広東から台北に渡り,現地除隊。5日に故郷福岡へ戻り,火野の帰還にメディア沸く。 11.10 若松市の火野の自宅で,「火野葦平・石川達三対談」が行なわれる。対談は『中央公論』12月号に掲載。 12下 石川「俳優」(『日本評論』1940年1月号)。
1940(昭15)	9.27 日独伊三国同盟調印。 12.6 情報局が設立され,政府は省庁を超えた一元的な情報統制を図る。	3.5 榊山『歴史』(第一部・第二部)が,第三回新潮社文藝賞を受賞。 6下 火野「雨後」(『中央公論』7月号)。 7. 石川「感情架橋」(『新風』創刊号)。 7. 鹿地亘ら,重慶にて日本人反戦同盟総本部を結成。 10.12 大政翼賛会発足。初代文化部長に劇作家の岸田國士。
1941(昭16)	10.15 尾崎秀樹,10.18にゾルゲが検挙さる。 12.8 日本軍のマレー半島およびハワイ真珠湾への奇襲攻撃で,アジア・太平洋戦争始まる。	3下 火野「春日」(『文藝春秋』4月号)。 10上 銃後奉公運動の一環として,榊山潤ほか,十数名の作家が傷痍軍人をテーマにした小説を各誌に掲載。 11. 文化人に対する大規模な徴用が始まる。 12. 榊山,南方派遣軍に配属,タイ,ビルマ方面へ(42年7月帰国)。石川,海軍報道部のもとでシンガポール方面へ(42年6月帰国)。 12下 火野,真珠湾攻撃の日を題材とした「朝」(『新潮』42年1月号)を発表。

	8.13 華北に限定されていた戦線が華中へも拡大（第二次上海事変）。	
	9.25 情報委員会が内閣情報部に改組・昇格される。	9上 榊山，日本評論社の特派員として上海へ。帰国後，上海関連のルポや小説を執筆。
		9.10 火野，陸軍伍長として応召。出征の前日に「糞尿譚」を書き上げる。
		10中 榊山の第一著作『をかしな人たち』（砂子屋書房）発売。
	11上 日本軍の杭州湾上陸作戦開始。	11上 火野葦平，一下士官として杭州湾上陸作戦に参加。
		11中 榊山「戦場」や上海のルポルタージュを収録した榊山潤『上海戦線』（砂子屋書房）が発売される。
	12.13 日本軍の南京占領。その過程で「南京事件」が起こる。	12.15 第一次人民戦線事件。山川均ら，労農派マルクス主義者の知識人への弾圧。
		12下 石川，中央公論社の特派員として，上海経由で陥落から間もない南京へ（−38年１月）。
1938(昭13)	1．近衛首相，「南京政府を対手にせず」との声明を出し，国民党政権との戦争収拾を放棄（第一次近衛声明）。	
		2上 火野，「糞尿譚」にて芥川賞を受賞。駐屯先の杭州でその報せを聞く。
		2下 石川，『生きてゐる兵隊』を『中央公論』３月号に執筆するも，発売禁止に。４月には起訴される。
	5．日本軍，華北と華中での戦線をつなげるための徐州会戦を行なう。	5．火野，中支派遣軍報道部員として徐州会戦に参加。
		5下 榊山「生産地帯」（『日本評論』６月号）。
		7下 火野，徐州会戦での体験を描いた『麦と兵隊』（『改造』８月号）を発表，大きな反響を呼ぶ。
		8下 通称「ペン部隊」（内閣情報部による，武漢攻略戦への作家の従軍）の派遣が決まる。
		9.5 石川，『生きてゐる兵隊』に対して，新聞紙法違反で有罪に。
		9上 榊山「歴史」（『新潮』10月号）。
		9中 石川，『中央公論』の特派員として武漢攻略戦への従軍取材。
	10.27 日本軍が武漢三鎮（武昌・漢口・漢陽）を占領。この頃から戦線膠着。	10下 火野，前年の杭州湾上陸作戦での体験をもとにした『土と兵隊』（『文藝春秋』11月号）を発表，こちらも大きな反響を呼ぶ。
	11.3 近衛首相，東亜新秩序建設を発表（第二次近衛声明）。	11．石川，書き下ろしの単行本『結婚の生態』（新潮社）を刊行，幅広い読者に支持される。

関連年表

西暦(元号)	主な出来事	関連事項
1900(明33)		11.21 榊山潤，神奈川県久良岐郡中村町（現・横浜市南区）で生まれる。
1905(明38)		7.2 石川達三，秋田県平鹿郡横手町（現横手市）で生まれる。
1906(明39)		12.3 火野葦平，福岡県遠賀郡若松町（現北九州市若松区）で生まれる。
1923(大12)	9.1 関東大震災起こる。	
1928(昭3)		2.1 火野，陸軍の福岡歩兵二四連隊に幹部候補生として志願入隊（11月，任期を終えて除隊）。
1930(昭5)		3. 石川，移民船でブラジルへ渡る（-8月帰国）。この時の体験が後に『蒼氓』執筆につながる。
1931(昭6)	9.18 柳条湖事件を皮切りに，関東軍（「満州」に本拠地を置く日本軍）が軍事行動を開始し，「満州事変」勃発。	
1932(昭7)	1下 第一次上海事変。日中の両軍が国際都市上海で衝突する。 3.1「満州国」建国宣言。 5.15 5・15事件で犬養毅首相，暗殺される。	2. 上海事変で戦死した兵士のエピソードをもとにした「爆弾三勇士」（肉弾三勇士）がメディアをにぎわす。
1933(昭8)	5.31「満州事変」に関し塘沽停戦協定が成立し，万里の長城以南に中立地帯が設けられる。	2.20 小林多喜二，獄中で虐殺される。
1934(昭9)		三木清「シェストフ的不安について」（『改造』8月）など，不安についての論争としてシェストフ論争が起こる。
1935(昭10)		3下 横光利一「純粋小説論」（『改造』4月）を皮切りに，「純粋小説論争」が起こる。 8.10 石川達三，『蒼氓』で第一回芥川賞を受賞。
1936(昭11)	2・26事件勃発。 7. 情報委員会（政府の情報機関）設立。	
1937(昭12)	6.4 第一次近衛内閣発足。 7.7 北京郊外での日中両軍の衝突，盧溝橋事件起こる。軍事衝突が次第に拡大し，互いに宣戦布告しないまま全面戦争に突入（日中戦争）。	7下 榊山「戦場」（『日本評論』8月号）。

や 行

ら・わ 行

は 行

ま 行

な　行

た　行

さ　行

事項索引

ま　行

や・ら　行

な　行

は　行

さ 行

た 行

か　行

人名・書名索引

著者紹介

神子島　健（かごしま たけし）

1978年東京生まれ。東京大学大学院総合文化研究科国際社会科学専攻博士課程修了（学術博士），現在，同専攻助教。

近代日本の戦争認識に関する研究を，主に小説テクストを通して研究している。

著書：熊谷伸一郎編『僕らが戦後の責任を受けとめる30の視点』（共著，合同出版，2009年）。論文に「戦場の記憶と戦後文学」『中帰連』(全5回，42-46号)，「終戦期長野の山村疎開の諸相――石川達三「暗い嘆きの谷」を読む」『相関社会科学』第18号（2008年）など。

新曜社

戦場へ征《ゆ》く、戦場から還《かえ》る
火野葦平、石川達三、榊山潤の描いた兵士たち

初版第1刷発行　2012年8月15日©

著　者　神子島 健
発行者　塩浦　暲
発行所　株式会社 新曜社
〒101-0051 東京都千代田区神田神保町 2-10
電 話(03)3264-4973・FAX(03)3239-2958
e-mail　info@shin-yo-sha.co.jp
URL　http://www.shin-yo-sha.co.jp/

印刷　星野精版印刷　Printed in Japan
製本　イマヰ製本所
ISBN978-4-7885-1300-6 C1030